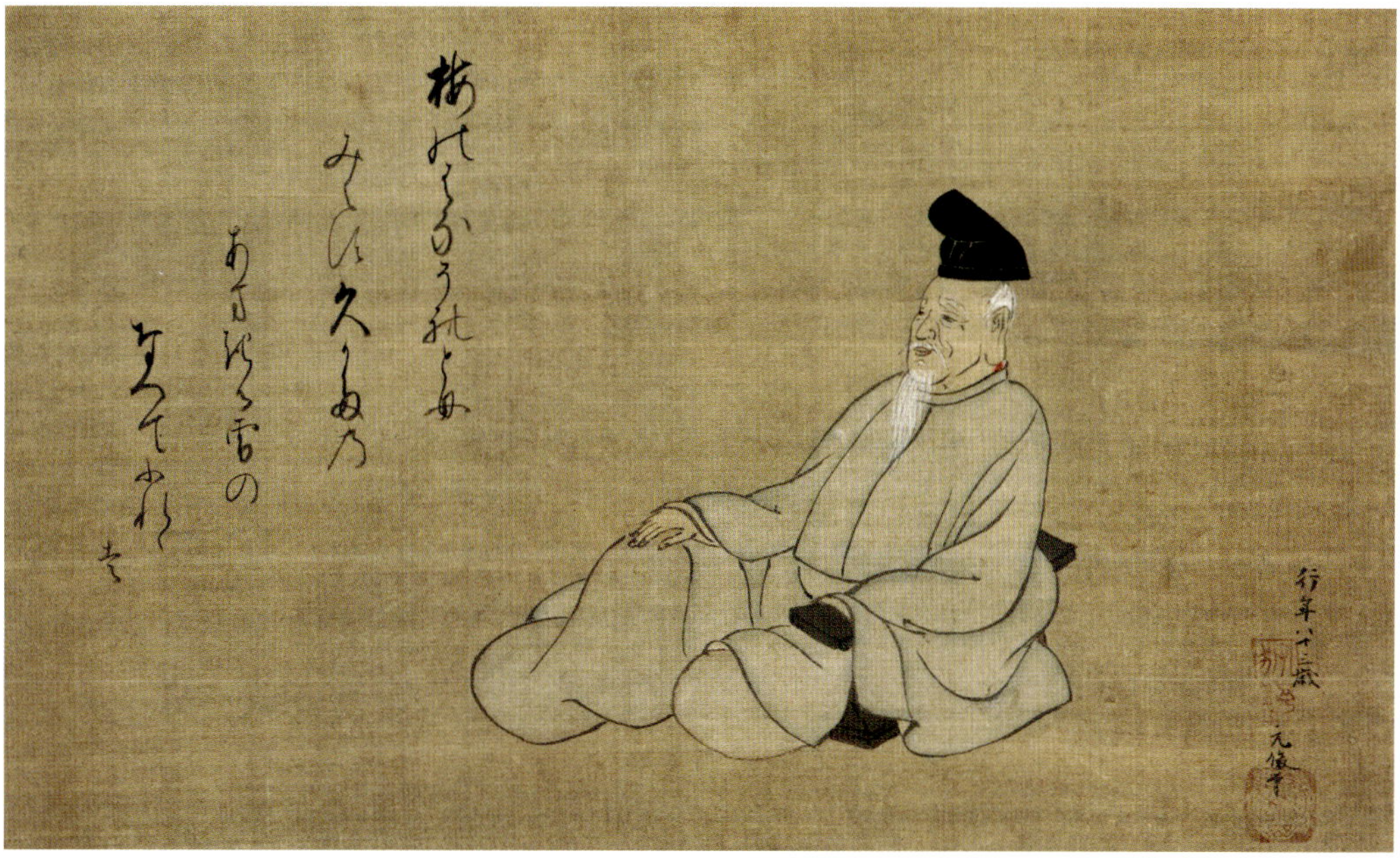

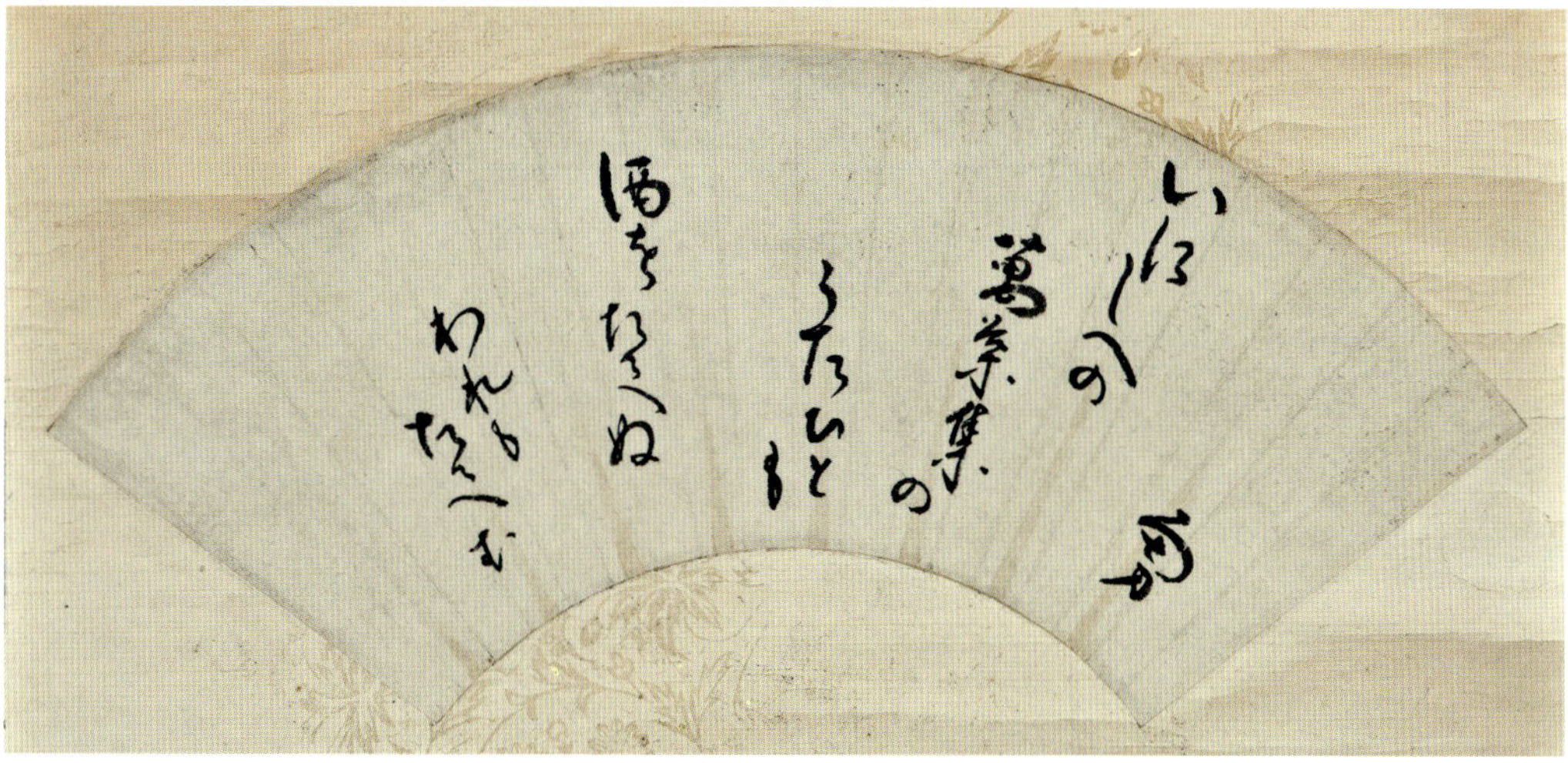

柿本人麻呂御像［上図］　**江戸前期**　（個人蔵）

柿本人麻呂の像は、狩野隼人元俊《はやともとし》の画である。元俊は、古法眼と呼ばれた狩野元信《もとのぶ》の孫にあたる。八十三歳の筆と記されている。

また、柿本人麻呂の歌の

梅《うめ》の花《はな》　それとも見《み》えず　久方《ひさかた》の
あまぎる雪《ゆき》の　なべてふれゝば
（『古今和歌集』巻六・冬 — 334）

は、久世《くぜ》前大納言通夏《みちなつ》卿の筆である。

柿本人麻呂は、時代と共に、歌聖として最高の尊崇をうけるにいたり、歌の会にはかならず人麻呂像が床に祀られるようになる。それと共に、人麻呂の縁《ゆかり》の地には、柿本神社も設立されていくのである。

吉井勇の扇面和歌［下図］（個人蔵）

勇
いにしへの
萬葉集《まんようしゅう》の
うたひとも
酒《さけ》をたたへぬ
われも
たゝへむ

吉井勇は、叙情歌人として有名であるが、酒をこよなく愛した歌人としても知られる。彼は『万葉集』の大伴旅人らが酒を愛したことを知り、その共感を歌に託して、鑽仰している。

旅人も
古《いにしへ》の　七《なな》の賢《さか》しき　人《ひと》たちも
欲《ほ》りせしものは　酒《さけ》にしあるらし
（『万葉集』巻三 — 340）

と、中国の竹林の七賢人達が酒を愛したことを歌っている。

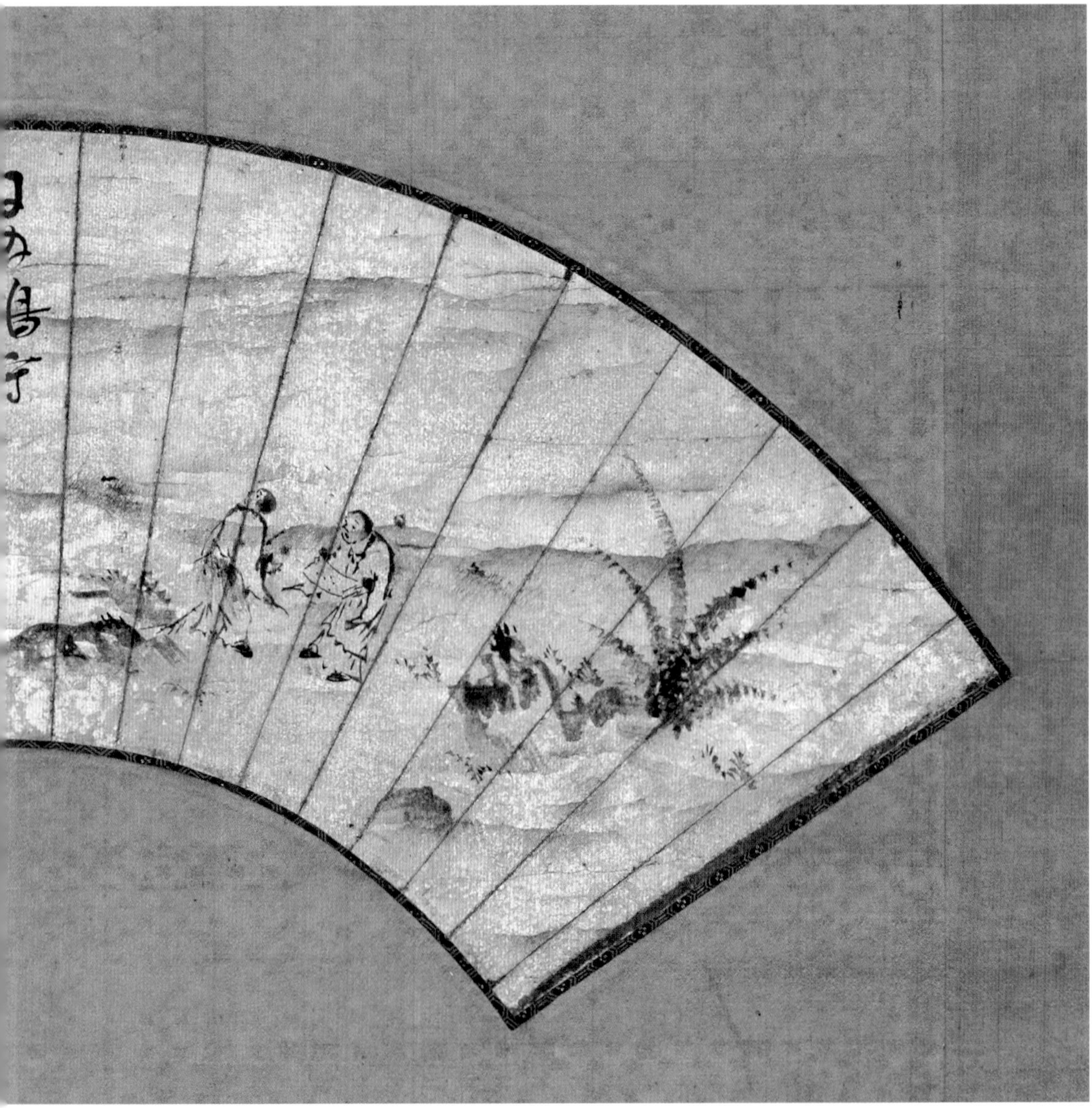

小堀遠州《こぼりえんしゅう》筆扇面　万葉集　江戸前期（個人蔵）

にゐ嶋守
　万葉集巻七
今年去　新嶋守之　麻衣
肩乃間乱者　誰取見
ことしゆく　にゐし万毛《まも》りの　あさ衣《ごろも》
かたの万《ま》よひは　たれか　とりみむ
只見此哥作者　己父并明静全不
知子細作家隆卿　云々

と記されている。

　現在では、この歌は一般的に

今年《ことし》行《ゆ》く　新防人《にひさきもり》が　麻衣《あさごろも》　肩《かた》のまゆ
ひは　誰《たれ》か取《と》り見《み》む
（『万葉集』巻七―1265）

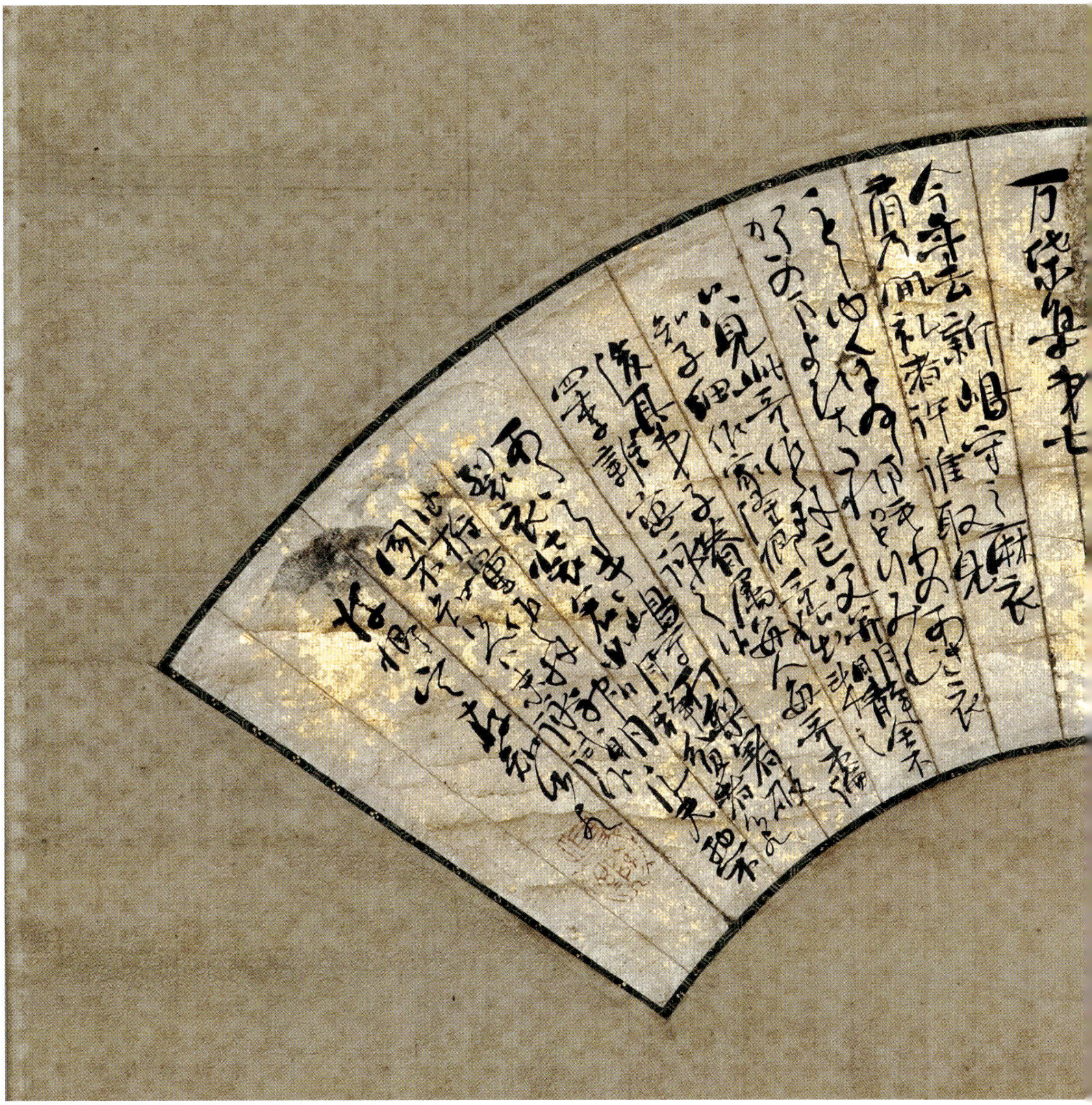

と詠まれている。
　小堀遠州は、江戸初期の茶人として有名であるが、彼も『万葉集』の訓読に興味を寄せていたことが知られる貴重な史料といってよいだろう。
　このような文芸復興の気運が、江戸初期に起こり、契沖らの万葉研究を醸成していくのである。

明堂宗旦《みょうどうそうたん》筆　柿本人麻呂（文字絵）　江戸後期 （個人蔵）

この人丸の文字で描いた文字絵は、江戸時代後期の大徳寺四二九世を継いだ明堂宗旦の筆である。

すぐれた禅僧が人丸（人麻呂）の像を描いているのは、禅僧の中にも、歌聖を尊ぶ風潮があったことを示すものとして、注目されてよいであろう。

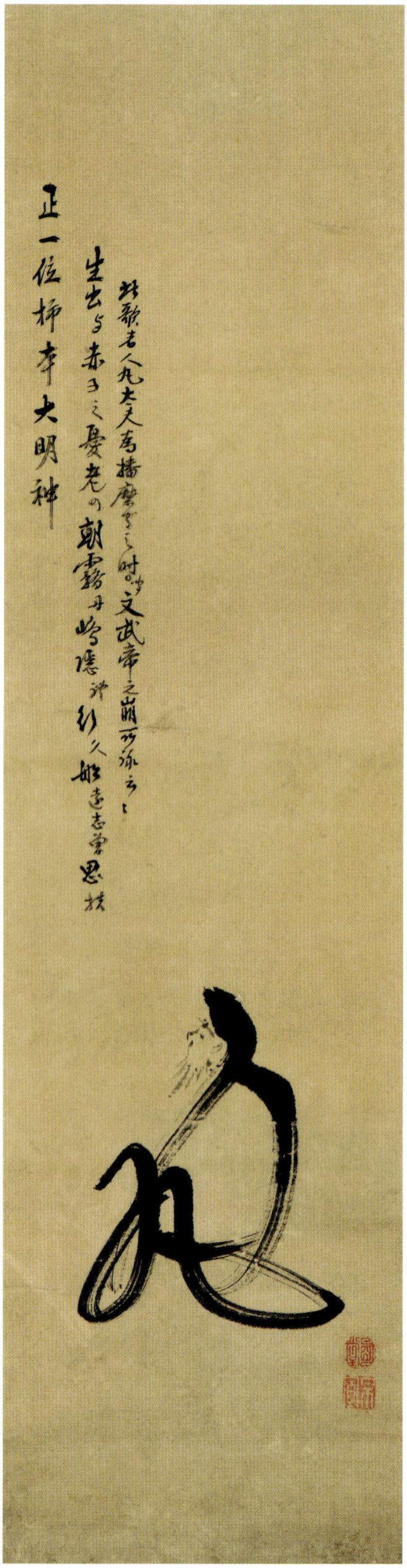

沢瀉久孝《おもだかひさたか》先生の万葉の歌 （個人蔵）

志貴皇子《しきのみこ》　石激《いはばしる》　垂見之上乃《たるみのうへの》　左和良妣乃《さわらびの》
懽御歌《よろこびのみうた》　毛要出春尓《もえいづるはるに》　成来鴨《なりにけるかも》

花押

万葉学の泰斗と称された沢瀉久孝先生筆の志貴皇子の歌（『万葉集』巻八―1418）である。先生は、現代の万葉集の訓詁的研究をリードされた最高の学者のお一人である。

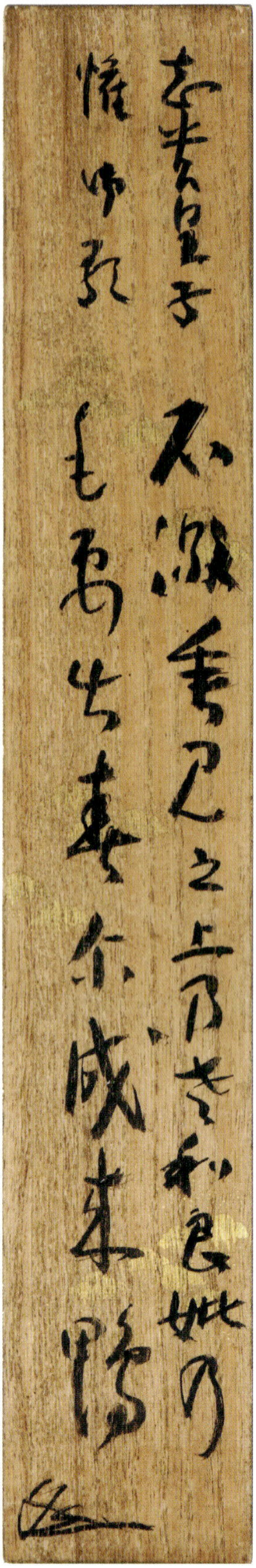

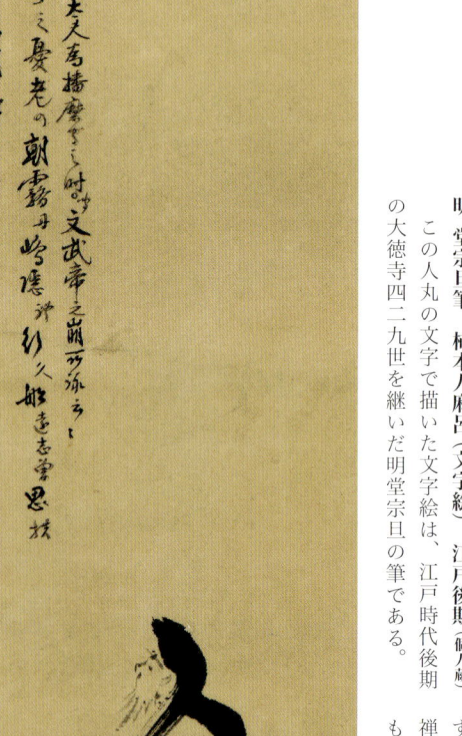

万葉びとの心と言葉の事典

井上辰雄　著

遊子館

万葉びとの心と言葉の事典

はじめに

わたくしたち日本人の感性は、長い歴史を経て形成されてきたが、その源泉の一つを、万葉の時代に求めてよいであろう。『万葉集』は、八世紀の時代に成立した、上は天皇より下は庶民に至るまでの歌を集めた壮大な歌集であるが、それを通じて、わたくしは、日本人の感性の源をたどることができると考えている。

このような、全国規模における、世界でも稀な歌集が、今日まで残されているのは、いわば歴史的奇蹟であり、すぐれた文化遺産である。

『万葉集』は、その名が示すごとく、きわめて多くの言葉《ことのは》によって綴られているが、その一つ一つの言葉に、万葉びとの感情や認識が込められている。そのことは、『万葉集』の独特な言い回しや感性を調べることによって、日本人の伝統的な思惟やユニークな感性を探《さぐ》ることが可能であることを示している。

もちろん、『万葉集』には、わたくしたちの現代語とは異なる言葉が用いられているが、丹念に読んでいくと、意外にも、わたくしたちの感性と少しも変わらぬ気持ちを伝えていることに気づくのである。

そのことは、わたくしたちの感受性や物の見方は、すでに万葉の時代に形成されていたことを物語っている。

言葉は、もともと認識したことを提示するものであるが、どのように感じ、表現したかを知ることによって、その感受性のありかたが明らかにされるのである。「言《こと》が事《こと》」であるというのは、そういう意味である。言葉が端的に物事の認識や感性を示しているのである。

わたくしは、『万葉集』の面白さを知っていただくために、いくつかの万葉の言葉を抽出して、その用法や言い回しを調べてみた。この拙著を通じて、わたくしたち日本人の言葉の感性と豊かさを少しでも味わっていただければ、望外の喜びである。

井上　辰雄

万葉びとの心と言葉の事典　目次

口絵

柿本人麻呂御像（江戸前期）
吉井勇の扇面和歌
小堀遠州筆扇面　万葉集（江戸前期）
明堂宗旦筆　柿本人麻呂文字絵（江戸後期）
沢瀉久孝先生の万葉の歌

あかし（明石）……2
あかねさす（茜さす）……3
あきづ（秋津）……4
あきつかみ（現つ神）……5
あきづしま（秋津島）……6
あきの（阿騎野）……7
あさがほの（朝顔の）……8
あさぎりの（朝霧の）……9
あさづま（朝妻）……10
あさとりの（朝鳥の）……11
あさもよし（麻裳よし）……12
あしかきの（葦垣の）……13
あしがら（足柄）……14
あしはらのみづほのくに（葦原の瑞穂の国）……15
あしひきの（足引の）……16
あすかがは（明日香川）……17
あぢさはふ……18
あづきなく……19
あづさゆみ（梓弓）……20
あなしかは（穴師川）……21
あふみ（淡海）……22
あまくもの（天雲の）……23
あまざかる（天離る）……24
あまづたふ（天伝ふ）……25
あまとぶや（天飛ぶや）……26
あまのはら（天の原）……27
あらき（殯）……28
あらたまの……29
あられふる（霰降る）……30
ありきぬの（あり衣の）……31
ありますげ（有間菅）……32
あをによし（青丹よし）……33
あをはたの（青旗の）……34
いかるが（斑鳩）……35
いこまやま（生駒山）……36
いさなとり……37
いせ（伊勢）……38
いそのかみふる（石上布留）……39
いつも（厳つ藻）……40
いはせのもり（岩瀬の社）……41
いはばしる（石走る）……42
いはひべ（斎瓮）……43
いめたてて（射目立てて）……44
うぢ（宇治）……45
うちなびく……46
うちひさす（うち日さす）……47
うつせみの（空蝉の）……48
うづらなく（鶉鳴く）……49
うねびやま（畝傍山）……50
うまさけのみわ（味酒の三輪）……51
うらぐはし……52
うらなひ（占ひ）……53
うらわかみ（うら若み）……54
うるはし（愛し）……55
おしてるなには（押照る難波）……56
おほきみはかみにしいませば（大君は神にしいませば）……57
おほとものみつ（大伴の御津）……58

おほぶねの（大船の）…………………………59
おほほしく……………………………………60
おほまへつきみ（大臣）……………………61
かがみなす（鏡なす）………………………62
かぎろひの……………………………………63
かぐはし（香し）……………………………64
かぐやま（香具山）…………………………65
かけまくも……………………………………66
かすが（春日）………………………………67
かすみたつかすが（霞立つ春日）…………68
かぜをいたみ（風をいたみ）………………69
かたみのころも（形見の衣）………………70
かつしか（葛飾）……………………………71
かづらき（葛城）……………………………72
かはたれとき（かはたれ時）………………73
かみあげ（髪上げ）…………………………74
かむかぜのいせ（神風の伊勢）……………75
かむながら（神ながら）……………………76
かむなび（神奈備）…………………………77
からころも（唐衣）…………………………78
かりこもの（刈り薦の）……………………79
かる（軽）……………………………………80
かるかやの（刈る萱の）……………………81
きこしをす（聞こし食す）…………………82
きもむかふ（肝向かふ）……………………83
くさか（日下）………………………………84
くさまくら（草枕）…………………………85
くしろつく（釧つく）………………………86
くにみ（国見）………………………………87
くもりよの（曇り夜の）……………………88
くらはしやま（倉椅山）……………………89
けころもを……………………………………90
こころぐき（心ぐき）………………………91
こちたし（言痛し）…………………………92
ことあげ（言挙げ）…………………………93
ことしあらば（事しあらば）………………94
ことだま（言霊）……………………………95
こひ（孤悲・恋）……………………………96
こひぢから（恋力）…………………………97
こまにしき（高麗錦）………………………98
こもりくの……………………………………99
こもりぬの（隠り沼の）……………………100
ころもでの（衣手の）………………………101
さきくさの（三枝の）………………………102
さざなみのしが（楽浪の志賀）……………103
さすたけの（さす竹の）……………………104
さにつらふ……………………………………105
さねかづら（さね葛）………………………106
さばへなす（五月蠅なす）…………………107
さほ（佐保）…………………………………108
しか（志賀）…………………………………109
しきしまのやまと（磯城島の大和）………110
しきたへの（敷妙の）………………………111
ししじもの（鹿じもの・猪じもの）………112
しながとり（しなが鳥）……………………113
しなてるや……………………………………114
しひかたり（強ひ語り）……………………115
しぶたにの（渋谿の）………………………116
しましく（暫しく）…………………………117
しまつとり（島つ鳥）………………………118
しみにしこころ（染みにし心）……………119
しらくもの（白雲の）………………………120
しろたへの（白妙の）………………………121
すがのねの（菅の根の）……………………122
すま（須磨）…………………………………123
すめろき（天皇）……………………………124
そでかへし（袖返し）………………………125
そらみつやまと（そらみつ大和）…………126
たかてらす（高照らす）……………………127

たかまとやま（高円山）……128
たくづのの（栲綱の）……129
たくひれの（栲領巾の）……130
たたなづく（畳なづく）……131
たたみこも（畳薦）……132
たつきりの（立つ霧の）……133
たてやま（立山）……134
たまかぎる（玉かぎる）……135
たまかづら（玉葛）……136
たまきはる……137
たまくしげ（玉櫛笥）……138
たましける（玉敷ける）……139
たまだすき（玉襷）……140
たまぬくたちばな（玉貫く橘）……141
たまのを（玉の緒）……142
たまほこの（玉桙の）……143
たまもなす（玉藻なす）……144
たむけ（手向け）……145
たもとほる（徘徊る）……146
たらちねの（垂乳根の）……147
たわやめ（手弱女）……148
ちちのみの（ちちの実の）……149
ちはやぶるかみ（千早振る神）……150
つがのきの（栂の木の）……151
つきくさの（月草の）……152
つぎねふ……153
つきひとをとこ（月人をとこ）……154
つくし（筑紫）……155
つくよみの（月読の）……156
つくよみのをちみづ（月読のをち水）……157
つつみなく（恙無く）……158
つのさはふいはれ（つのさはふ磐余）……159
つばいち（海石榴市）……160
つまごひに（妻恋ひに）……161
つまごもる（妻隠る）……162
つゆしもの（露霜の）……163
つるぎたち（剣大刀）……164
つれもなく……165
てにまきもちて（手に巻き持ちて）……166
とききぬの（解き衣の）……167
ときじき（時じき）……168
ときつかぜ（時つ風）……169
ときはなす（常磐なす）……170
とこみや（常宮）……171
としのはに（年のはに）……172
としのをながく（年の緒長く）……173
とのぐもり（との曇り）……174
とぶさたて（鳥総〈朶〉立て）……175
とぶとりのあすか（飛ぶ鳥の明日香）……176
とほつかみ（遠つ神）……177
とほつひと（遠つ人）……178
とほのみかど（遠の朝廷）……179
とみ（跡見）……180
ともし……181
とよのしるしのゆき（豊のしるしの雪）……182
とりがなく（鶏が鳴く）……183
とりじもの（鳥じもの）……184
なくこなす（泣く子なす）……185
なぐはし（名細し）……186
なつくさの（夏草の）……187
なづさひわたる（なづさひ渡る）……188
なつそびく（夏麻引く）……189
なには（難波）……190
なのりその……191
なのをしけくも（名の惜しけくも）……192
なめし……193
ならやま（奈良山）……194
なるかみの（鳴る神の）……195
にはたづみ（行潦）……196

にほどりの（鳰鳥の）……197
ぬえどりの（鵼鳥の）……198
ぬさまつり（幣奉り）……199
ぬばたまのよる（ぬばたまの夜）……200
ねぐ……201
ねのみしなかゆ（音のみし泣かゆ）……202
ねもころに（懇に）……203
のちのよの（後の世の）……204
はしき（愛しき）……205
はしきやし（愛しきやし）……206
はしきよし（愛しきよし）……207
はしたての（梯立の）……208
はだすすき（はだ薄）……209
はつはつに……210
はつをばな（初尾花）……211
はなぐはし（花ぐはし）……212
はなたちばな（花橘）……213
はにやす（埴安）……214
はねかづら（葉根縵）……215
はねずいろの（はねず色の）……216
はふくずの（延ふ葛の）……217
はやひとの（隼人の）……218
はるがすみ（春霞）……219
はるさめの（春雨の）……220
はるはなの（春花の）……221
ひぐらしの……222
ひこほしの（彦星の）……223
ひさかたの……224
ひとことをしげみ（人言を繁み）……225
ひとめおほみ（人目多み）……226
ひにけに（日に異に）……227
ひもとかず（紐解かず）……228
ひるめのみこと（日女の命）……229
ふかみるの（深海松の）……230
ふさたをり（ふさ手折り）……231
ふすまぢを（衾道を）……232
ふたがみやま（二上山）……233
ふぢなみの（藤波の）……234
ふふめるは（含めるは）……235
ふゆごもり（冬籠り）……236
へにもおきにも（辺にも沖にも）……237
ほしききみかも（欲しき君かも）……238
ほりえ（堀江）……239
まかなしみ（真愛しみ）……240
まくずはふ（真葛延ふ）……241
まぐはし（目細し）……242
まくらづく（枕づく）……243
まけながく（真日長く）……244
まけのまにまに（任けのまにまに）……245
まさきくあらば（真幸くあらば）……246
ますらを……247
まそかがみ（真澄鏡）……248
まそでもち（真袖もち）……249
またまなす（真玉なす）……250
まだら（斑）……251
まつかひも（間使ひも）……252
まつら（松浦）……253
まつろふ（服ふ・順ふ）……254
まなくしばなく（間なくしば鳴く）……255
まなご（真砂）……256
まひはせむ（賂はせむ）……257
まよごもり（繭隠り）……258
まよねかく（眉根掻く）……259
みかさやま（三笠山）……260
みけつくに（御食つ国）……261
みけむかふ（御食向かふ）……262
みごもりに（水隠りに）……263
みそぎ（禊ぎ）……264
みそのふ（御園生）……265

みちのくの（陸奥の）…… 266
みちのくま（道の隈）…… 267
みちのながてを（道の長手を）…… 268
みづかきの（瑞垣の）…… 269
みづくきの（水茎の）…… 270
みづほのくに（瑞穂の国）…… 271
みなのわた（蜷の腸）…… 272
みまくほり（見まく欲り）…… 273
みもろ（三諸・御諸）…… 274
みやばしら（宮柱）…… 275
みやびを…… 276
みわ（三輪）…… 277
むざしの（武蔵野）…… 278
むすびまつ（結び松）…… 279
むなことも（空言も・虚言も）…… 280
むらきもの（むら肝の）…… 281
むらとりの（群鳥の）…… 282
もだもあらむ（黙もあらむ）…… 283
もちぐたち（望ぐたち）…… 284
もののふの…… 285
ももしきの（百敷の）…… 286
ももしきのおほみや（百敷の大宮）…… 287
ももたらず（百足らず）…… 288
ももづたふ（百伝ふ）…… 289
もものはな（桃の花）…… 290
もりへするゑ（守部するゑ）…… 291
やきたちの（焼き大刀の）…… 292
やくしほの（焼く塩の）…… 293
やすけなくに（安けなくに）…… 294
やすみしし…… 295
やそとものを（八十伴の男〈緒〉）…… 296
やましろ（山背）…… 297
やまのゐのあさきこころ（山の井の浅き心）…… 298
やまびこの（山彦の）…… 299
ゆくみづの（行く水の）…… 300
ゆくらゆくらに…… 301
ゆふだすき（木綿襷）…… 302
ゆふだたみ（木綿畳）…… 303
ゆゆしき…… 304
ゆりもあはむ（ゆりも逢はむ）…… 305
よしゑやし…… 306
よそのみに…… 307
よのほどろ（夜のほどろ）…… 308
よばひ（呼ばひ・婚ひ）…… 309
よろしなへ（宜しなへ）…… 310
よろづよに（万代に）…… 311
わがせこ（我が背子）…… 312
わぎもこ（我妹子）…… 313
わすれがひ（忘れ貝）…… 314
わせをにへす（早稲を贄す）…… 315
わたつみの（海神の・綿津見の）…… 316
われはなし（我はなし）…… 317
をちかたに（遠方に・彼方に）…… 318
をちかへり（復ち返り）…… 319
和歌索引…… 323
和語索引…… 353
人名索引…… 359

凡例

一、見出し語は歴史的仮名表記とし、カッコ内に適宜、その漢字表記を記した。

二、神話上の人物を含む歴史人物の表記と読みは、一般的なものとした。また、良く知られていると思われる歴史人物については、宿禰、真人、朝臣、連などの姓を適宜省略した。

三、歌と史料からの引用には、適宜、振り仮名を補った。

四、本文中の「○○記」は『古事記』の、「○○紀」は『日本書紀』の記述を示す。

五、歌と史料に関しては、岩波書店の『日本古典文学体系』及び『新日本古典文学大系』などを参照した。

六、図版は口絵を含め、編集部が取材・撮影した。国立国会図書館、個人の方々の協力をいただいた。

七、用字は、概ね常用漢字・正字体とした。

万葉びとの心と言葉の事典

あかし（明石）

明石浜「和朝名勝画図」

見渡《みわた》せば　明石《あかし》の浦《うら》に　ともす火《ひ》の　ほにそ出《い》でぬる　妹《いも》に恋《こ》ふらく

（『万葉集』巻三—326）

門部王《かどべのおおきみ》のこの歌は、見渡すと、明石の浦にともしている漁《いさ》り火《び》のように、どうも人目に立つようになった。わたくしは密かに恋をしているのに、という意味である。

明石は、播磨国明石郡明石郷である。「孝徳紀」大化二（六四六）年正月の詔に、「凡《およ》そ畿内《うちつくに》は、東《ひむがし》は名墾《なばり》の横河《よこかは》より以来《このかた》、南《みなみ》は紀伊《き》の兄山《せのやま》より以来《このかた》、西《にし》は赤石《あかし》の櫛淵《くしふち》より以来《このかた》、北《きた》は近江《あふみ》の狭狭波《ささなみ》の合坂山《あふさかやま》より以来《このかた》を、畿内国《うちつくに》とす」と記されるように、赤石は、西の畿内の入口と見なされていた。

赤石（明石）の櫛淵は、現在の神戸市須磨区一ノ谷町ではないかといわれている。この地においては、鉢伏山や鉄拐《てつかい》山が海に迫り、関をなしていたようである。「明石」を「赤石」と書くのは、赤は「明るい色」の「アカ」であり、黒の暗い色に対するからである。

明石は、畿内の境界にあったから、柿本人麻呂も、

天離《あまざか》る　鄙《ひな》の長道《ながち》ゆ　恋《こ》ひ来《く》れば　明石《あかし》の門《と》より　大和島見《やまとしまみ》ゆ

（『万葉集』巻三—255）

と歌っている。ちなみに、

粟島《あはしま》に　漕《こ》ぎ渡《わた》らむと　思《おも》へども　明石《あかし》の門波《となみ》　いまだ騒《さわ》けり

（『万葉集』巻七—1207）

と歌われるように、明石海峡は、干満の激しい所でもあった。

粟島は、「仁徳記」に、

おしてるや　難波《なには》の崎《さき》よ　出《い》で立《た》ちて　我《わ》が国見《くにみ》れば　淡島《あはしま》　自《おの》凝島《ごろしま》　檳榔《あぢまさ》の　島《しま》も見《み》ゆ　離《さ》けつ島見《しまみ》ゆ

と歌われた「淡島」がこの「粟島」であろうが、淡路島周辺の島であろう。

わが舟《ふね》は　明石《あかし》の水門《みと》に　漕《こ》ぎ泊《は》てむ　沖辺《おきへ》な離《さか》り　さ夜《よ》ふけにけり

（『万葉集』巻七—1229）

「わが舟は　明石の水門に　漕ぎ泊てむ」とあるように、明石には、船の停泊する場所が設けられていた。

『竹取物語』にも、大納言大伴御行《みゆき》は、龍の頸にある五色に光る玉を求めて、筑紫の海に漕ぎ出したが、暴風のために吹き返されて「播磨の明石の浜」に打ち上げられたと記されている。また『源氏物語』では、光源氏が明石に身を隠されたように、明石は都びとにとっても馴染みの深いところであった。

おそらく、明石が、畿内とほぼ接する交通の要衝であったからであろう。遠からず近からずの位置にあり、淡路島との間が海峡となり、明石が港としても重要な機能を果たしていたからである。

淡路《あはぢ》の島《しま》は　夕《ゆふ》されば　雲居隠《くもゐかく》りぬ　さ夜《よ》ふけて　行《ゆ》くへを知《し》らに　我《あ》が心《こころ》　明石《あかし》の浦《うら》に　船泊《ふねと》めて……

（『万葉集』巻十五—3627）

明石は、文学の世界においては、都びとの心の憩う港であり、隠棲の地でもあったのである。

あかねさす（茜さす）

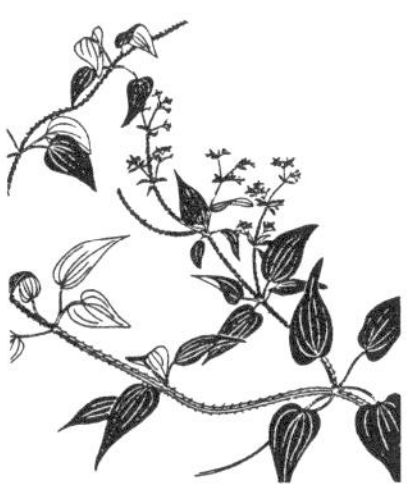

アカネ「草木図説」

あかねさす　日《ひ》は照《て》らせれど　ぬばたまの　夜渡《よわた》る月《つき》の　隠《かく》らく惜《を》しも

（『万葉集』巻二―169）

この挽歌は、柿本人麻呂が、後《のち》の皇子尊《みこのみこと》の殯宮《あらきのみや》で詠んだものである。後の皇子尊は、天武天皇の第一皇子であった高市皇子《たけちのみこ》を指す。

「持統紀」十（六九六）年七月条には、「後皇子尊《のちのみこのみこと》（高市皇子）薨《みう》せましぬ」と記されている。

持統三（六八九）年四月に、持統天皇（女帝）の最愛の皇子であった草壁《くさかべの》皇子《みこ》が亡くなると、天武天皇の長子高市皇子が、太政大臣《だいじょうだいじん》に任ぜられ、皇太子に準ずる地位を与えられた。そのため、先の皇太子である草壁皇子に対して、「後皇子尊」と称されたのである。

持統天皇は即位に当たり、天武天皇の皇子で、もっとも人望の高かった大《おお》津皇子《つのみこ》を死に追いやり、強引に、自分の子である草壁皇子を皇太子に立てられたが、草壁皇子が若くして薨《こう》ずると、天武天皇の長子で、壬申《じんしん》の乱の最高の功労者である高市皇子を政治の中枢にすえて、反対勢力をおさえようとはかられたのである。ちなみに、「皇子尊」と称するのは、皇太子に対する敬称であり、「尊」は一般の「命《みこと》」と区別され、天皇、皇后及び皇太子だけに許される称号である。柿本人麻呂も、

やすみしし　我《わ》が大君《おほきみ》の　天《あめ》の下《した》　奏《まを》したまへば　万代《よろづよ》に　然《しか》しもあらむと……

（『万葉集』巻二―199）

として、高市皇子が皇太子に準じて、天下を治めておられたと歌っている。

ところで、柿本人麻呂は挽歌の冒頭に「あかねさす（茜さす）」と歌っているが、いうまでもなく、これは「日」の枕詞として用いられたものである。

茜は、本州の西部の山間部に自生する植物で、その根は黄赤色であるが、乾燥させると暗紫色となり、当時の植物染料として盛んに用いられていた。その茜色が赤く照り映えることより、「照る」や「日」、「光」などの枕詞となったといわれている。

あかねさす　日並《ひなら》べなくに　我《あ》が恋《こひ》は　吉野《よしの》の川《かは》の　霧《きり》に立《た》ちつつ

（『万葉集』巻六―916）

この歌には、「養老《やうらう》七（七二三）年五月、芳野《よしの》の離宮《とつみや》に幸《いでま》しし時《とき》」と記されているから、元正《げんしょう》天皇（女帝）が芳野（吉野）の宮に行幸された時の歌であろう（『続日本紀』）。

おそらく行幸に従った人物が、恋人を都に残し、長い間、逢うことのできぬ苦しさを歌ったと考えられる。日数を重ねているわけでもないのに、わたくしの恋心は、吉野川の川霧のように立ち続けている、という意味である。

「茜さす」は、有名な額田王《ぬかたのおおきみ》の絶唱にも、

あかねさす　紫野行《むらさきのゆ》き　標野行《しめのゆ》き　野守《のもり》は見《み》ずや　君《きみ》が袖振《そでふ》る

（『万葉集』巻一―20）

と歌われているのを御存知であろう。「茜さす」は、紫の枕詞でもある。

茜は、紫や蘇芳《すおう》に似た染料として用いられたといわれている。さらには、「赤色」から、赤き心、つまり真心を表す言葉の枕詞としても用いられている。

あきづ（秋津）

トンボ「明治期挿絵」

吉野《よしの》の国《くに》の　花散《はなち》らふ　秋津《あきづ》の野辺《のへ》に　宮柱《みやばしら》　太敷《ふとし》きませば……

（『万葉集』巻一―36）

吉野の秋津に、吉野離宮が建てられたことを讃美した柿本人麻呂の歌である。この秋津は、当然、離宮の営まれた吉野町宮滝の周辺である。

「雄略記」によれば、天皇がこの地に御獦《みかり》（狩）された時、蝄《あむ》（虻《あぶ》）が飛んできて御腕を噛んだが、ただちに「蜻蛉《あきづ》」（トンボの古名）が飛来して、その虻を咋《く》い殺してしまった。そのことより、この地を「阿岐津野《あきつの》」と名付けたと伝えている。つまり、蜻蛉の群生するところが、「アキツ野」の由来だと説いているのである。ちなみに『万葉集』にも、

やすみしし　わご大君《おほきみ》は　み吉野《よしの》の　秋津《あきづ》の小野《をの》の　野《の》の上《うへ》には　跡見《とみ》する置《お》きて　み山《やま》には　射目《いめ》立《た》て渡《わた》し　朝狩《あさがり》に　鹿猪《しし》踏《ふ》み起《お》こし　夕狩《ゆふがり》に　鳥踏《とりふ》み立《た》て　馬並《うまな》めて　み狩《かり》そ立《た》たす　春《はる》の茂野《しげの》に

（『万葉集』巻六―926）

と歌われるごとく、吉野の秋津の小野は朝廷の恰好の狩場となっていたようである。現在でも、川上村西河の音無川に、「蜻蛉《せいれい》の滝」が存在しているが、笠朝臣金村《かさのあそみかなむら》も、

み吉野《よしの》の　秋津《あきづ》の宮《みや》は　神《かむ》からか　貴《たふと》くあるらむ……

（『万葉集』巻六―907）

として、「秋津の宮」と述べている。

「神武紀」三十一年四月条にも、神武天皇が、腋上《わきがみ》の嗛間《ほほま》の丘に登られ、国見をされた時「あなにや、国《くに》を獲《え》つること。内木綿《うつゆふ》の真迮《まさ》き国《くに》と雖《いへど》も、蜻蛉《あきづ》の臀呫《となめ》の如《ごと》くにあるかな」とおおせになられて、「秋津州《あきづしま》」と名付けられたと伝えている。

腋上の嗛間は、奈良県御所《ごせ》市の本間山であるという。もちろん、場所も異なり、命名の仕方も異なるが、秋津を蜻蛉に結びつけて説くのは同じである。蜻蛉は秋の収穫を知らせる虫として、古代の人から好まれていたからであろう。

み吉野《よしの》の　秋津《あきづ》の川《かは》の　万代《よろづよ》に　絶《た》ゆることなく　またかへり見《み》む

（『万葉集』巻六―911）

として、吉野の秋津川の、美しさをなつかしがっている。

この歌は、柿本人麻呂の、

見《み》れど飽《あ》かぬ　吉野《よしの》の川《かは》の　常滑《とこなめ》の　絶《た》ゆる事《こと》なく　またかへり見《み》む

（『万葉集』巻一―37）

を意識して、作られた歌と見なされている。

かくのみし　恋ひやわたらむ　秋津野《あきづの》に　たなびく雲《くも》の　過《す》ぐとはなしに

（『万葉集』巻四―693）

大伴千室《ちむろ》のこの歌は、これほどまでに、わたしは恋い続けるのであろうか、秋津野にたなびく雲が、いずれ消え去るのとは異なるように、という意味であろう。

この「秋津野」は、いずれのところの秋津野でも充分適応する歌なので、必ずしも吉野とは特定できないが、万葉びとは、秋津という地名に込められた響きを、こよなく愛していたようである。

あきつかみ（現つ神）

聖武天皇「集古十種」

現《あき》つ神《かみ》　我《わ》が大君《おほきみ》の　天《あめ》の下《した》　八島《やしま》の中《うち》に　国《くに》はしも　多《おほ》くあれど
も　里《さと》はしも　さはにあれども　山並《やまなみ》の　宜《よろ》しき国《くに》と　川《かは》なみの
立《た》ち合《あ》ふ里《さと》と　山背《やましろ》の　鹿背山《かせやま》のまに　宮柱《みやばしら》　太敷《ふとし》き奉《まつ》り　高知《たかし》
らす　布当《ふたぎ》の宮《みや》は……
（『万葉集』巻六―1050）

この長歌は、「田辺福麻呂歌集」に収める久邇《くに》の新京を讃めたたえた歌である。久邇（恭仁）の京は、山背国の南部に営まれた聖武天皇の新京であった。現在の京都府の木津川市に置かれた都である。

天平十二（七四〇）年の藤原広嗣《ひろつぐ》の乱を契機に、聖武天皇は「暫《しまら》く関東《せきのひむかし》に住《ゆ》かむ」とおおせになられ、伊勢、美濃を経て、近江、山背を巡り、天平十二年（七四〇）十二月に、恭仁京の造営をはじめられた（『続日本紀』）。

一説には、広嗣の一族、つまり藤原氏が勢力を固めてきた奈良の地を離れ、橘諸兄《たちばなのもろえ》が、自らの勢力下にある土地へ誘致したともいわれている。鹿背山は、山城国相楽郡の山で、現在の京都府木津市鹿背山である。『延喜式』（諸陵寮）によれば、この鹿背山には後に「贈太政大臣橘朝臣清友」の加勢山の墓が設けられている。

先の長歌は「現《あき》つ神《かみ》　我《わ》が大君《おほきみ》」と、聖武天皇を呼んでいるが、「現つ神」は現実に姿を現した神の意で、天照大神の直系の血筋を継がれて、人々の前に、姿を現された尊貴なお方を指すものである。

本来は、神は人の目を避けて、天上や神奈備山《かむなびやま》におられるが、日神の後裔とされる天皇は、現人神《あらひとがみ》として君臨されると考えられていた。『公式令《くしきりょう》』には、天皇は「明神《あらみかみ》　御　宇《あめのしたしらす》日本天皇《やまとのすめらみこと》」などと称号があげられているが、この「明神」は「現人神」と同じ意味である。

柿本人麻呂の、

大君《おほきみ》は　神《かみ》にしいませば　天雲《あまくも》の　雷《いかづち》の上《うへ》に　廬《いほ》りせるかも
（『万葉集』巻三―235）

や、大伴御行《みゆき》の、

大君《おほきみ》は　神《かみ》にしいませば　赤駒《あかごま》の　腹這《はらば》ふ田居《たゐ》を　都《みやこ》と成《な》しつ
（『万葉集』巻十九―4260）

などの讃歌のごとく、壬申《じんしん》の乱を自らの指揮で、見事に平定された天武天皇は、きわめて偉大な天皇と讃仰《さんごう》され、「神にしませば」と称されたのである。

「天武紀」即位前紀にも「生《あ》れましより岐嶷《いこよか》なる姿《みすがた》有《あ》り。壮《をとこざかり》に及《いた》りて雄抜《をを》しく神武《たけ》し」と記されている。

ここに、「神武」とあるが、これは、日向国より兵を率いて全国を統一された、初代の神武天皇の称号と同じであるが、天武天皇も、近江朝の大友皇子を滅ぼして、新しい律令国家を制定された。神武天皇に通ずるその偉業に対する讃辞とみるべきであろう。

神々しいほどの権威によって、天下を平定されて君臨された天皇が、現人神であり、現つ神であった。

このように、神にもまがう能力によって、新しい国家体制を樹立された天皇に、「現つ神」の尊称が奉られたのである。

あきづしま（秋津島）

大和《やまと》には　群山《むらやま》あれど　とりよろふ　天《あめ》の香具山《かぐやま》　登《のぼ》り立《た》ち　国見《くにみ》をすれば　国原《くにはら》は　煙立《けぶりた》ち立《た》つ　海原《うなはら》は　かまめ立《た》ち立《た》つ　うまし国《くに》そ　あきづしま　大和《やまと》の国《くに》は
（『万葉集』巻一―2）

舒明天皇の御製であるが、「秋津島」は、いうまでもなく「大和」にかかる美称ないし枕詞と用いられている言葉である。

ちなみに『日本書紀』や『万葉集』においては、必ず「安吉豆之万《あきづしま》」のごとく、「アキヅ」の「ヅ」には、濁音を示す「豆《づ》」を用いている。それゆえ古くは「アキヅシマ」と訓《よ》まれていたといってよいであろう。

ところで「秋津島」の名称の由来であるが、「孝安紀」二年十月条に「都《みやこ》を室《むろ》の地《ところ》に遷《うつ》す。是《こ》れ秋津島宮《あきづしまのみや》と謂《い》ふ」とあるように、もともとは、大和国葛上《かつらぎかみ》郡室《むろ》村、現在の奈良県御所《ごせ》市室のあたりの土地や特徴的な地形を指すものであったようである。

「神武紀」三十一年条にも、天皇が腋上《わきがみ》の嗛間《ほほま》の丘に登られて「内木綿《うつゆふ》の真迮《まさ》き国《くに》と雖《いへど》も、蜻蛉《あきづ》の臀呫《となめ》の如《ごと》くにあるかな」と述べられたと記されているが、この腋上の嗛間の丘も、大和国南葛城郡腋上村、現在の奈良県御所市に比定されている。

これらの地は、あたかも蜻蛉が臀呫、つまり、蜻蛉《とんぼ》が臀《しり》を嚙み合いながら、連なって飛んでゆくような、長く細長い地形であったというのである。

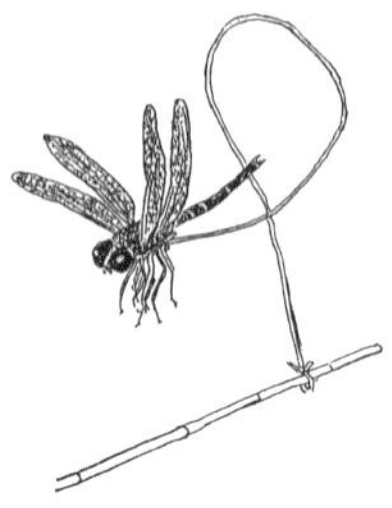
トンボ釣り（笹間良彦画）

狭くて細長い地形、いわばマイナスのイメージを示す名称が、後に大和に冠する枕詞となっていくのは、おそらく、ひとつには蜻蛉が、田畑の豊穣を予兆する虫と考えられていたからではないだろうか。

蜻蛉が秋の実りの予兆とされたのは、弥生時代にまで遡ってよいと、わたくしは考えているのである。

たとえば、香川県出土と伝える袈裟《けさ》襷文《だすきもん》の銅鐸《どうたく》には、蜻蛉と見なされる原始的絵画が描かれているからである。

このような信仰から、秋津島が、大和の美称的な枕詞として、好んで用いられたのであろう。

『万葉集』を繙《ひもと》いても、「あきづ島　大和の国は」（巻十三―3250、巻十九―4254等）と歌われているのは、そのためである。

だがそれとは別に、「あきづ」の項で述べたように「雄略記」においては、吉野の阿岐豆野の話が伝えられている。ここは、現在の奈良県吉野の、川上村西河の音無川の蜻蛉《せいれい》の滝の付近であるといわれているが、雄略天皇の御腕に虻《あぶ》がとまり、刺したが、そこへすかさず蜻蛉が飛来して、その虻を咋《く》い殺したというのである。

それを御覧になった雄略天皇は、

手腓《たくふら》に　蝄《あむ》（虻）かきつき　その蝄《あむ》を　蜻蛉早咋《あきづはやぐ》ひ　かくの如　名《な》に負《お》はむと　そらみつ　倭《やまと》の国《くに》を　蜻蛉島《あきづしま》とふ
（「雄略記」）

と歌われたという。

ここでは、蜻蛉は、人を害する虫を駆除する益虫として描かれているが、本義的には、吉野の秋津島も、稲作の豊穣を示す名称であり、後には、日本全体の美称として、用いられていくのである。

あきの（阿騎野）

シカ「絵本和歌浦」

み雪《ゆきふ》降る　安騎《あき》の大野《おほの》に　はたすすき　小竹《しの》を押《お》しなべ　草枕《くさまくら》　旅《たび》宿《やど》りせす　古《いにしへ》思《おも》ひて　（『万葉集』巻一―45）

雪の降る安騎の大野に、風になびく薄《すすき》や小竹を押し伏せて、その上に旅の宿りをするが、往時の事をお思いになられて、という意味である。

この歌は、父君草壁皇子《くさかべのみこ》がここで狩りをなされたことを思い出されながら、軽皇子《かるのみこ》（後の文武天皇）が草の褥《しとね》に休まれたことを、柿本人麻呂が歌ったものである。

安騎《あき》の野《の》に　宿《やど》る旅人《たびひと》　うちなびき　いも寝《ぬ》らめやも　古《いにしへ》思《おも》ふに　（『万葉集』巻一―46）

は、その反歌であるが、安騎の野で仮寝する旅人たちは、ゆったりした気分で眠ることができただろうか、おそらく、昔のことを想い出しているのだろう、という意味である。

だが、ひとたび夜明けを迎えれば、

日並《ひなみし》の　皇子《みこ》の尊《みこと》の　馬並《うまな》めて　み狩《かり》立《た》たしし　時《とき》は来向《きむ》かふ　（『万葉集』巻一―49）

として、まことに凛々しいお姿で狩に出で立たれるのである。

また、その時、人麻呂は、

東《ひむがし》の　野《の》にかぎろひの　立《た》つ見《み》えて　かへり見《み》すれば　月《つき》かたぶきぬ　（『万葉集』巻一―48）

という絶唱を残している。

この安騎野（阿騎野）は、大和国宇陀郡の安騎野で、現在の奈良県宇陀市大宇陀野の中央部に広がる原野である。

この地は、軽皇子の祖父に当たられる天武天皇が、壬申《じんしん》の乱の時、吉野を出発され、津振《つぶり》川を経て「菟田《うだ》の吾城《あき》」に宿られた所であった。そこには、皇后（持統女帝）とともに、軽皇子の父君である草壁皇子も加わっていたという（「天武紀」元年六月条）。

軽皇子は、それらの苦難のことを想い出されたというのであろう。

「天武紀」九年三月条には、天武天皇は、即位された後にも、この「菟田の吾城」に行幸されたとある。

『大和志』巻十一には「吾城野《あきの》は迫間《はざま》、本郷《ほんごう》の二村《にそん》の間《かん》に在《あ》り」とある。

現在の奈良県宇陀市大宇陀区迫間や、本郷あたりの原野であろう。

宇陀の地には、早くから、朝廷の狩場が設けられていたのであろう。

「推古紀」十九（六一一）年五月条には「菟田の薬猟《くすりがり》」ということが記されている。これは鹿の若角を狩るものであるという。

宇陀《うだ》の野《の》の　秋萩《あきはぎ》しのぎ　鳴《な》く鹿《しか》も　妻《つま》に恋《こ》ふらく　我《あれ》にはまさじ　（『万葉集』巻八―1609）

の歌も、おそらく、宇蛇の鹿の角を狩る行事にかり出された丹比真人《たぢひのまひと》が歌ったものであろう。

この「宇陀の野」も、先の阿騎野などを含む地名であった。

あさがほの（朝顔の）

アサガオ「草木図説」

言《こと》に出《い》でて　言《い》はばゆゆしみ　朝顔《あさがほ》の　ほには咲《さ》き出《で》ぬ　恋《こひ》もするかも

（『万葉集』巻十―2275）

言葉に出して言ったなら、本当に憚《はばか》り多いので、わたくしは、朝顔のように目立って咲き出すような恋ではなく、密かにあなたに恋をすることだろう、という意味である。

朝顔は、「穂」または「穂には咲き出ぬ」にかかる枕詞である。朝早く咲くから、ぬきんでている状態を意味する「秀」に咲くといったのであろう。古代の朝皃《あさがほ》（顔）は、『本朝和名《ほんちょうわみょう》』に「牽牛子《けんぎょうし》、和名阿佐加保《わみょうあさがほ》」とあるように「牽牛花《けんぎゅうか》」を指す。

『今昔物語集』第二十四ノ三十八に「此《こ》ノ中将《ちゅうじょう》（藤原道信《ふじわらみちのぶ》）、殿上《でんじょう》ニシテ、数《あまた》ノ人々有《ひとびとあり》テ世中《よのなか》ノ墓無《はかな》キ事共《ことども》を云《いい》テ、牽牛子《あさがほ》ノ花《はな》ヲ見《み》ルト云心《いうこころ》ヲ、中将《ちゅうじょう》此《かく》ナム　アサガホヲ　ナニハカナシト　思《おも》ヒケム　人《ひと》ヲモ花《はな》ハ　サコソミルラメ」と記し、牽牛花のはかなさを歌っている。

朝顔は、朝咲いて、昼にはしぼんでしまう花だから、「はかなし」に掛かる枕詞とされるが、一方で、朝顔の花は朝早く一番に咲く花として、人々に愛されてきたことから、「穂」や「秀」に掛かる枕詞となったのであろう。

わが目妻《めづま》　人《ひと》は放《さ》くれど　朝顔《あさがほ》の　としさへこごと　我《わ》は離《さか》るがへ

（『万葉集』巻十四―3502）

この恋の歌は、わたくしの愛する妻を、人々は邪魔して離すけれど、わたくしは、幾年もの長い間、決してあなたから離れるものか、という意味であろう。

ちなみに、「目妻」は、「愛する妻」の意である。この歌の場合は、朝顔は「とし」に掛かる枕詞となっている。朝顔がすぐにしぼむ花であるから、「疾《と》し」、「敏《と》し」に掛かる枕詞となったものである。

『万葉集』には、

萩《はぎ》の花《はな》　尾花葛花《をばなくずはな》　なでしこが花《はな》　をみなへし　また藤袴《ふぢはかま》　朝顔《あさがほ》が花《はな》

（『万葉集』巻八―1538）

という山上憶良の旋頭歌《せどうか》も載せられている。

この歌は、

秋《あき》の野《の》に　咲《さ》きたる花《はな》を　指折《およびを》り　かき数《かぞ》ふれば　七種《ななくさ》の花《はな》

（『万葉集』巻八―1537）

に対する歌である。このように、朝顔は古代にあっては、「秋の七種」に含まれていたのである。

ちなみに、旋頭歌というのは、五七七、五七七の歌の形式をいうものである。

それはともかくとして、朝顔が、万葉びとから注目されるのは、はかない生命を象徴するものへの愛情の気持ちからであろうが、同時に、漢方の薬として、つまり利尿剤としても用いられたからである。

漢方の薬には黒白の二種があり、一つは黒丑《こくちゅう》といい、白い方は白丑《はくちゅう》と称されていたという。このように、朝顔は、その美しさを鑑賞されただけではなく、薬としても珍重されていた。

あさぎりの（朝霧の）

古代の子供「前賢故実」

白《しろ》たへの　手本《たもと》を別《わか》れ　にきびにし　家《いへ》ゆも出《い》でて　みどり子《こ》の　泣《な》くをも置《お》きて　朝霧《あさぎり》の　おほになりつつ　山背《やましろ》の　相楽山《さがらかやま》の　山《やま》のまに　行《ゆ》き過《す》ぎぬれば　言《い》はむすべ　せむすべ知《し》らに……

（『万葉集』巻三―481）

この長歌は、高橋朝臣が妻の死を「悲傷」した歌である。

わたくしの袖口を離れ、日頃馴れ親んだ家からも離れて行き、緑児が泣いているのも、そのままにして置いてあなたは家を出ていってしまった。姿もぼんやりとかすんで行き、山背の相楽の山の間に、去ってしまったので、言いようもなく、どうしたらよいかも判らない、という意味である。「にきびにし」は、馴れ親しむこと、柔和になるの意味である。

ちなみに、『万葉集』の、

大君《おほきみ》の　命《みこと》かしこみ　にきびにし　家《いへ》を置《お》き　こもりくの　泊瀬《はつせ》の　川《かは》に　舟《ふね》浮《う》けて……

（『万葉集』巻一―79）

も、大君の仰せを謹んで、日頃馴れ親んでいる家をあとにして赴く、という意味である。

朝霧《あさぎり》の　おほに相見《あひみ》し　人《ひと》ゆゑに　命《いのち》死《し》ぬべく　恋《こ》ひわたるかも

（『万葉集』巻四―599）

この歌では「朝霧の　おほに相見し」の「朝霧」は、「おほ」（凡）にかかる枕詞として用いられている。朝霧が立ちこめると、すべてのものが、おぼろに見えることより、「おほ」に掛かると説かれている。

ただ外からぼんやりと、お姿を拝見しただけの人なのに、わたくしは、死ぬような恋をし続けている、という意味である。「おほ」は「鬱」の文字を当てているように、草木が鬱蒼《うっそう》と茂り、先がはっきりと見えないことを、言い表しているのであろう。

この相聞歌は、笠女郎《かさのいらつめ》が、自分のことをほとんど振り向いてくれない、大伴家持に贈った歌の一つである。笠女郎は、切ない恋心をいだきながら家持に近づけず、このような切ない恋の歌を、歌わざるを得なかったのである。

朝霧はまた、笠女郎の恋の吐息であった。

朝霧《あさぎり》の　八重山越《やへやまこ》えて　呼子鳥《よぶこどり》　鳴《な》きや汝《な》が来《く》る　やどもあらなくに

（『万葉集』巻十―1941）

八重にかさなる山を越えてくる呼子鳥よ、おまえは、鳴きながら来るが、とまる宿もないのに、本当にはるばる来たのか、という意味である。

この場合の朝霧は、深くたちこめている様を、「八重」に掛かる枕詞として用いている。

また、霧が山の麓に流れ通うところから、「通ふ」に掛かるとも説かれている。

朝霧《あさぎり》の　通《かよ》はす君《きみ》が　夏草《なつくさ》の　思《おも》ひ萎《しな》えて……

（『万葉集』巻二―196）

柿本人麻呂のこの挽歌は、一説には「朝鳥の通はす君が」と解すべきだ、とも説かれるが、朝霧も「通す」に掛かる枕詞とみてもよいであろう。

あさづま（朝妻）

賀茂の競馬「大和耕作絵抄」

今朝《けさ》行《ゆ》きて　明日《あす》は来《き》なむと　言《い》ひし子《こ》が　朝妻山《あさづまやま》に　霞《かすみ》たなびく

（『万葉集』巻十―1817）

今朝、出て行って、明日には帰ってこられるでしょう、という子に、その名もふさわしい朝妻山に、霞がたなびいている、という意味である。

朝妻は、妻問いをしてきた男性を、早朝見送る女性のことである。いわゆる「後朝《きぬぎぬ》の妻」のことである。この霞は、纏綿《てんめん》たる情緒を示唆しているのであろう。

児《こ》らが名《な》に　かけの宜《よろ》しき　朝妻《あさづま》の　片山崖《かたやまぎし》に　霞《かすみ》たなびく

（『万葉集』巻十―1818）

あの児の名に冠するに、もっとも好ましい「朝妻」という名の山の懸崖《けんがい》に、霞がたなびいている、という意味である。おそらく、この二つは一連の歌であろうが、この地名の朝妻は、奈良県御所《ごせ》市朝妻である。

「仁徳紀」二十二年正月条に、

朝嬬《あさづま》の　避介《ひか》の小坂《をさか》を　片泣《かたな》きに　道行《みちゆ》く者《もの》も　偶《たぐ》ひてぞ良《よ》き

という歌を載せている。

仁徳天皇が、八田皇女《やたのひめみこ》を納《めし》れんとした時、皇后石之比売《いわのひめ》（磐姫）と取り交わした、御歌の一首である。朝妻の避介《ひか》の坂を、べそをかきながら道行く者も、せめて二人揃って、道づれがあった方がよいだろう、という意味である。

葛城磐姫の故郷は「葛城《かつらぎ》の高宮《たかみや》」であり、今日の御所市は、その範囲内に含まれている。

天武天皇も、朝嬬に行幸されて、大山《だいせんの》位《くらい》以上の官人達の馬を長柄杜《ながらのもり》に集め、馬的《うまゆみ》をさせたと記されている（「天武紀」九年九月九日条）。

長柄杜は式内社の長柄神社で、御所市名柄に祀られていた神社であるが、ここで騎射をさせたのである。

神社に馬を走らせることは、『山城国風土記逸文』にも「馬《うま》は鈴《すず》を係《か》け、人《ひと》は猪《しし》の頭《かしら》を蒙《かがふ》りて、駈《は》馳せて、祭《まつ》祀《り》を為《な》して」と記し、賀茂の競馬の起源を伝えている。

朝妻の地は、葛城《かずらき》氏の支配下の地であったが、早くから、渡来系の人々も居住していたところでもあったらしい。

『新撰姓氏録《しんせんしょうじろく》』山城国諸藩の条に、秦《はた》氏の祖先である弓月王《ゆづききみ》が、応神天皇の時代に、百二十七の県の百姓を率いて帰化し、大和国朝妻腋上地《わきがみのち》に、土地を賜ったと記している。

この地は、「神武紀」三十一年四月条に、天皇が「腋上《わきがみ》の嗛間《ほほま》の丘《をか》」に登《のぼ》られ、国状《こくじょう》を見《み》られて「蜻蛉《あきづ》の臀呫《となめ》の国《くに》」といわれた所である。現在の御所市本馬付近であるという。

「履中紀」三年十一月条には、非時《ときじく》の桜を求めて物部長真胆《もののべのなかまい》に命じて、探し出されたところが、掖上《わきのかみ》の室山《むろのやま》であると記されている。天皇はめったに見つからないこの非時の桜を記念して、宮を磐余《いわれ》の稚桜部《わかさくらべ》と改められたといわれている。

おそらく、仁徳天皇の時代に、葛城氏から磐姫を皇后に迎えたように、葛城氏の勢力は絶大であったから、葛城の朝妻や掖上が、史料の上に盛んに登場してきたのであろう。

あさとりの（朝鳥の）

鳥「和朝名勝画図」

ぬえ鳥《どり》の　片恋《かたこひ》づま　朝鳥《あさとり》の　通《かよ》はす君《きみ》が　夏草《なつくさ》の　思《おも》ひ萎《しな》えて

……

（『万葉集』巻二—196）

この挽歌の一節は、文武天皇四（七〇〇）年四月に、天智天皇の皇女、明日香皇女《かのひめみこ》が薨《こう》ぜられた時に、柿本人麻呂が献じたものである。片恋の夫君の忍壁皇子《おさかべのみこ》が通ってこられたが、悲しみにしおれて、という意味である。

「朝鳥の」は、朝鳥が、早朝にねぐらを飛び出し、あちらこちらに行き通うことから、「朝立つ」や「通ふ」の枕詞となったものである。

ちなみに、「鵼鳥《ぬえどり》の」は、鵼鳥の鳴く声が悲しく聞こえることから「うら歎く」とか、「片恋ひ」などに掛かる枕詞となったといわれている。鵼鳥は、とらつぐみ（虎鶫）の異名である。

子《こ》の泣《な》くごとに　男《をとこ》じもの　負《お》ひみ抱《むだ》きみ　朝鳥《あさとり》の　音《ね》のみ泣《な》きつつ　恋《こ》ふれども　験《しるし》をなみと　言問《ことと》はぬ　ものにはあれど　我妹子《わぎもこ》が　入《い》りにし山《やま》を　よすかとぞ思《おも》ふ

（『万葉集』巻三—481）

子が泣くごとに、男であるが、背負ったり抱いたりしている。わたくしは、声を上げて泣くばかりである。亡き妻を恋い慕ってばかりいても、少しも甲斐がないので、妻はすでに物は言わぬが、妻が葬られた山を、せめて、偲ぶよすがとしよう、という意味である。この「よすがとぞ思ふ」に「因鹿跡叙《よすがとぞ》念《おもふ》」の文字を当てている。

これは「入りにし山」をうけて、鹿の足跡をたよって山に入ることを示唆するものであろう。また、雄鹿は雌鹿を恋い慕って鳴くことから、妻恋いの気持ちを表したのではないだろうか。

この挽歌の反歌は、

朝鳥《あさとり》の　音《ね》のみし泣《な》かむ　我妹子《わぎもこ》に　今《いま》また更《さら》に　逢《あ》ふよしをなみ

（『万葉集』巻三—483）

わたくしは、声を上げて泣くより仕方がないのである。妻に今さら逢えるわけではないのに、という意味であろう。

この挽歌の作者は、高橋朝臣として個人名は記されてはいないが、その代わり「奉膳《かしはでのかみ》の男子《だんし》」と註記されている。

『新撰姓氏録』（左京皇別下）には、「高橋朝臣《たかはしのあそみ》。阿部朝臣《あべのあそみ》と同《おな》じ祖《おや》、……景行天皇《けいこうてんのう》、東国《とうごく》を巡狩《じゅんしゅ》され、大《おほ》きな蛤《はまぐり》を供献《きょうけん》す、時《とき》に天皇《てんのう》、其《そ》の奇美《きび》を喜《よろこ》ばれ、膳臣《かしわでのおみ》の姓《かばね》を賜《たま》ふ。天渟中原真人天皇《あめのぬなかはらまひとすめらみこと》（天武天皇）十二年に膳臣《かしはで》を改《あら》めて、高橋朝臣《たかはしのあそみ》を賜《たま》ふ」と見える。

「天武紀」十二年条には、高橋朝臣の改姓のことは記されていないが、高橋朝臣は、宮内省の内膳司《ないぜんし》に、奉膳《ほうぜん》（長官）や典膳《てんぜん》（次官）として奉仕してきた家柄である（『高橋氏文』）。

いずれにしても、朝鳥は、音のみ泣く（鳴く）鳥として、万葉の人々に見られていたようである。

あさもよし（麻裳よし）

聖武天皇行幸図「大和名所図会」

天飛《あまと》ぶや　軽《かる》の道《みち》より　玉《たま》だすき　畝傍《うねび》を見《み》つつ　あさもよし　紀《き》
伊路《ぢ》に入《い》り立《た》ち　真土山《まつちやま》……
（『万葉集』巻四―543）

右にかかげた笠朝臣金村の長歌の一部は、神亀元（七二四）年十月に、聖武天皇が、紀伊国に行幸された道筋の地名を、一つ一つ枕詞をつけて歌に詠み込んだものである。

この行幸は、聖武天皇に忘れ難い印象を与えたようで、『続日本紀』には「山《やま》に登《のぼ》り海《うみ》を望《のぞ》むに、此間《ここ》最《もと》も好《よ》し。遠行《ゑんかう》を労《いたは》らずして、遊覧《いうらむ》するに足《た》れり。故《ゆえ》に弱浜《わかのはま》の名《な》を改《あらた》め、明光浦《あかのうら》とす」（『続日本紀』神亀元年十月条）と述べられた、と伝えられている。

この長歌には、「朝裳吉《あさもよし》　木道邇入立《きぢにいりたち》」と、木の国、つまり紀伊の国の枕詞として「あさもよし」が用いられている。

麻裳《あさも》の本義は、麻製の裳であるが、一般の庶民は、日常的に着ているものであったから「き」に掛かる枕詞とされたのである。「麻裳よし」の「よし」は感動詞の一種であるが、よく着なれたことを表すものであろう。

ちなみに、高貴な身分の人たちは、沙弥満誓《しゃみまんぜい》（俗名、笠朝臣麻呂）が、

しらぬひ　筑紫《つくし》の綿《わた》は　身《み》に着《つ》けて　いまだは着《き》ねど　暖《あたた》けく見《み》ゆ
（『万葉集』巻三―336）

と歌っているように、多くは、真綿製の衣類を身につけていた。

あさもよし　紀人《きひと》ともしも　真土山《まつちやま》　行《ゆ》き来《く》と見《み》らむ　紀人《きひと》ともしも
（『万葉集』巻一―55）

この歌は、調首淡海《つきのおびとおうみ》の作であるが、ここでも紀人、つまり紀伊国の住人に対して「あさもよし」（朝毛吉）の枕詞を用いている。

この歌で、「あさもよし」にあえて「朝も吉し」の文学を当てたのは、紀伊の真土山の風景が、特に朝明けの姿が美しいと感じられたからであろう。

この真土山は、奈良県五条市上野町から和歌山県橋本市隅田町真土に至る、県境の待《ま》つ乳峠《ち》を指すという。おそらく、真土の名の由来は、「松乳」であり、松脂《まつやに》を採る山であろう。

『万葉集』には、

あさもよし　紀伊《き》へ行《ゆ》く君《きみ》が　真土山《まつちやま》　越《こ》ゆらむ今日《けふ》そ　雨《あめ》な降《ふ》りそね
（『万葉集』巻九―1680）

と、大和と紀伊の国境をなす真土山を越える人を案ずる歌も、残されている。

また、

あさもよし　城上《きのへ》の道《みち》ゆ　つのさはふ　磐余《いはれ》を見《み》つつ……
（『万葉集』巻十三―3324）

と「城上」の「キ」に掛かる枕詞として、「朝裳吉」を用いている。城上は、大和国広瀬郡城上郷である。現在の奈良県北葛城郡河合町に当たるが、ここはかつて高市皇子《たけちのみこ》の殯宮《もがりのみや》が設けられた所でもあった。

あしかきの（葦垣の）

アシ「毛詩品物図攷」

**射《い》ゆししの　心《こころ》を痛《いた》み　葦垣《あしかき》の　思《おも》ひ乱《みだ》れて　春鳥《はるとり》の　音《ね》のみ泣《な》き
つつ　あぢさはふ　夜昼《よるひる》知《し》らず　かぎろひの　心燃《こころも》えつつ　嘆《なげ》き別《わか》
れぬ**
（『万葉集』巻九―1804）

「田辺福麻呂歌集」に見えるこの長歌は、「弟《おとうと》の死去《しきょ》せしを哀《かな》しみて作《つく》りし歌《うた》」と題されている挽歌である。心が痛むほど思い乱れ、春鳥のように声をあげて泣き続けてきた。それゆえ、昼も夜も判らぬ有様で、心は燃えるような痛みを感じながら、嘆き別れてきた、という意味である。

この歌で注意されるべき点は、「葦垣」を「乱れ」に掛かる枕詞として用いていることである。

葦垣は、葦を組み合わせて作られた粗末な垣根であるが、すぐに古びて乱れやすいところから、「古る」や「思ひ乱れる」に掛かる枕詞として用いられたといわれている。

**天雲《あまくも》の　ゆくらゆくらに　葦垣《あしかき》の　思《おも》ひ乱《みだ》れて　乱《みだ》れ麻《を》の　麻笥《をけ》を
なみと　我《あ》が恋《こ》ふる　千重《ちへ》の一重《ひとへ》も　人知《ひとし》れず　もとなや恋《こ》ひむ
息《いき》の緒《を》にして**
（『万葉集』巻十三―3272）

天雲のように、ゆらゆらと思い乱れている。葦垣のように思いは乱れ、麻笥がないので乱れる麻のように、わたくしは恋い乱れているが、そのことを千分の一でも、ほんの少しでも人には知られないようにしているけれども、それでもわたくしは、生命をかけて無性にあなたに恋い焦がれ続けている、という意味である。

また、葦垣は、内を外とへだてる境界でもあったから、「外」に掛かる枕詞としても用いられている。

わが背子《せこ》に　恋《こ》ひすべながり　葦垣《あしかき》の　外《ほか》に嘆《なげ》かふ　我《あれ》し悲《かな》しも
（『万葉集』巻十七―3975）

大伴宿禰池主のこの歌は、恋人が恋しくてどうすることもできず、恋人の目のとどかぬところで嘆いているが、我ながらあわれな気がする、という恋の嘆きの歌である。「葦垣の外《ほか》」は、「葦垣の外《そと》」とは微妙に意味を異にしているようである。「葦垣の外《ほか》」は、端的にいうならば、自分の恋を相手に理解されぬことである。

ところで、葦垣は「古《ふ》る」に掛かる枕詞としても用いられている。笠朝臣金村が聖武天皇の行幸に従って難波の宿に赴いた時、

**おしてる　難波《なには》の国《くに》は　葦垣《あしかき》の　古《ふ》りにし里《さと》と　人皆《ひとみな》の　思《おも》ひやす
みて　つれもなく　ありし間《あひだ》に　績麻《うみを》なす　長柄《ながら》の宮《みや》に　真木柱《まきばしら》
太高敷《ふとたかし》きて　食《を》す国《くに》を　治《をさ》めたまへば……**
（『万葉集』巻六―928）

と歌っている。

この長歌は、難波の国は古びた里だと、人々が皆、思いを寄せることもなく、またよそよそしい気持ちでいる間に、長柄の宮に真木柱を太く据えて、天下をお治めになった、という意味である。

『続日本紀』の天平十六（七四四）年二月条に「難波《なには》の宮《みや》を以《も》って、定《さだ》めて皇都《こうと》と為《な》す」とあることに関係する歌であろう。

奈良を捨てて放浪される聖武天皇を、擁護する歌とみてよいであろう。

あしがら（足柄）

弟橘比売の入水「前賢故実」

『常陸国風土記』の総記に「古《いにしへ》は、相摸《さかむ》の国《くに》の足柄《あしがら》の岳坂《やまさか》より東《ひむかし》の諸《もろもろ》の県《あがた》は、惣《す》べて我姫《あづま》の国《くに》と称《い》ひき」と記し、足柄の岳坂が、我姫（吾妻）の国の境界であったことを物語っている。

「景行紀」にも、倭建命《やまとたけるのみこと》が、「足柄の坂本」に至り、走水《はしりみず》の海で入水された弟橘比売《おとたちばなひめ》を偲んで、「吾嬬《あづま》はや」と叫ばれたと述べている。

古代では東海道を下り、東国に赴くのには、静岡県沼津あたりから、黄瀬川沿いに北上し、足柄峠を抜けて、足柄の関（南足柄市）に至るコースをたどったようである。この足柄の関より東が、いわゆる「関東」の地域なのである。

足柄《あしがら》の　八重山《やへやま》越《こ》えて　いましなば　誰《たれ》をか君《きみ》と　見《み》つつ偲《しの》はむ

（『万葉集』巻巻二十―4440）

この歌は、上総国の朝集使《ちょうしゅうし》として京に赴く、大掾《だいじょう》の大原真人今城《おおはらまひといまき》に対して、郡司の妻女《さいじょ》が贈った歌である。朝集使は、国政を記した文書を携えて、中央政庁に報告するために都に集められる重要な使いであった。

『公式令《くしきりょう》』によれば、東海道でも坂東《さかのひがし》の国々では、駅馬に乗ることが認められていた。坂東《ばんどう》は足柄の坂より東の意であり、先の「関東」と同様に今日まで用いられている。ちなみに朝集使は、十月一日までに参集する規定であった。

大掾とは、大国の役人で、長官は守《かみ》、次官は介《すけ》、三等官は大掾、少掾《しょうじょう》、四等官は大目《だいさかん》、少目《しょうさかん》という構成である。つまり、大掾は国司の三等官であった。

ところで、これは餞別の歌であるから、「足柄」を、ことさらに「安之我良《あしがら》」と表記して、「我を良く安んぜよ」とも解釈できる文字を当てている。

足柄《あしがら》の　箱根《はこね》飛《と》び越《こ》え　行《ゆ》く鶴《たづ》の　ともしき見《み》れば　大和《やまと》し思《おも》ほゆ

（『万葉集』巻七―1175）

足柄の箱根の山を飛び越えていく、鶴の羨ましい姿を見ていると、わたくしも、大和のことが想い出される、という意味である。おそらく、国司か、あるいは地方に派遣された役人が、故郷の大和に残した妻を偲んで詠んだものであろう。

箱根は、神山、駒ケ岳、二子山の西側の麓を回るコースを指したという。『日本紀略』の延暦二十一（九〇二）年五月の条には「相摸国《さかむのくに》の足柄《あしがら》の道《みち》を廃《はい》して、筥荷《はこね》の途《みち》を開《ひら》く」とあるが、これは、富士山の焼けた石で、道がふさがれたためである。一年後には足柄の道はまた開かれたが、箱根路も傍道として利用されていくのである。

東国より召された防人《さきもり》も、

我《わ》が行《ゆ》きの　息《いき》づくしかば　足柄《あしがら》の　峰《みね》這《は》ほ雲《くも》を　見《み》とと偲《しの》はね

（『万葉集』巻二十―4421）

足柄《あしがら》の　御坂《みさか》に立《た》して　袖《そで》振《ふ》らば　家《いは》なる妹《いも》は　さやに見《み》もかも

（『万葉集』巻二十―4423）

などの歌をとどめている。

あしはらの みづほのくに

（葦原の　瑞穂の国）

水田の草取り「農業全書」

「葦原《あしはら》の　瑞穂《みづほ》の国《くに》」（『万葉集』巻十三―3253）は、我が国の美称である。

『古事記』の「神代記」は、番能邇邇芸命《ほのににぎのみこと》が降臨される時、「豊葦原《とよあしはら》の水穂《みづほ》の国《くに》は、汝知《いましし》らさむ国《くに》」と天照大神が仰せになられたと伝えている。

しかし、現代的感覚からすれば、正直いって葦原は、瑞穂の国とはどうあっても結びつかないのである。現代では葦の群生するような場所は、たわわに稲穂の実る水田というイメージとは、すいぶんかけ離れているからである。

それにもかかわらず、古代においては「豊葦原《とよあしはら》の千《ち》秋長五百秋《あきのながいほあき》の水穂国《みづほのくに》」（「神代記」）と、麗々しく述べているのである。

もちろん『古事記』でも、

葦原《あしはら》の　しけしき小屋《をや》に　菅畳《すがたたみ》　いや清敷《さやし》きて　我《わ》が二人寝《ふたりね》し

（「神武記」）

という、神武天皇の御製の「葦原」は、当然ながら水田ではない。

そのような葦原が、一転して瑞穂が実る水田と結びつくというのは、どうしてであろうか、と疑問に思われるだろう。

日本の神話をみていくと、「葦牙《あしかび》の如《ごと》く萌《も》え騰《あが》る物《もの》に因《よ》りて成《な》れる神《かみ》」「宇《う》摩志阿斯訶備比古遅神《ましあしかびひこぢのかみ》」が、早々に出現してくるのである。

そして、次に、「宇比治邇《うひぢに》の神」という沙土《さど》の神がつづき、「角杙《つのぐひ》の神」、「意富斗能地《おほとのぢ》の神」が出現されるのである。角杙の神は、土砂の周りを固める杙《くい》を、意富斗能地の神は大きな戸の辺や家の周辺の土地を神格化したものであろう。

これらの神々の出現は、葦原を次第に開墾して農地に仕上げていく過程を、暗示しているようである。

おそらく、林野の木々を切り倒し、根を引き抜いて開墾するのは、きわめて困難であったから、それより水辺に生える葦をなぎ倒し、それを水の中に積みかためて、水田を作る方法が、まず採用されたようである。

林野の開墾は、原始的な道具では容易なことでなかったからである。それより、低湿地の葦原を切り開いて、水田とする方が手っ取り早い方法だったからである。

このように、初めて水田が開かれて、稲を栽培したことは、それまでの狩猟生活を、根底から変える画期的な事件であったから、葦原の瑞穂の国の名称は、喜びとともに、人々の口にされるようになったのではないだろうか。

『常陸国風土記』行方《なめかた》郡の条には、箭括麻多智《やはずのまたち》は「郡《こほり》より西《にし》の谷《たに》の葦原《あしはら》を截《きりはら》ひ、墾《ひら》開きて新《あらた》に田《た》に治《は》りき」と記されている。「耕田《つくりだ》一十《と》町余《ところあまり》」とあるように、葦原は見事な水田と化したのである。そこには瑞穂がたわわに実った喜びが、このような伝承として語り継がれてきたのであろう。

葦原《あしはら》の　瑞穂《みづほ》の国《くに》を　天降《あまくだ》り　知《し》らしめしける　皇祖《すめろき》の　神《かみ》の命《みこと》の　御代重《みよかさ》ね　天《あま》の日継《ひつぎ》と　知《し》らし来《く》る……

（『万葉集』巻十八―4094）

と歌われるのは、天照大神の神勅のままに、皇統が現在に至るまで続いていることを歌ったものである。

あしひきの（足引の）

三輪山の裾野「大和名所図会」

あしひきの　山川《やまがは》の瀬《せ》の　鳴《な》るなへに　弓月《ゆつき》が岳《たけ》に　雲立《くもた》ちわたる

（『万葉集』巻七―1088）

この歌は、柿本人麻呂の歌集に伝えられるものである。弓月が岳は、三輪山から連なる峰の山であるといわれている。『万葉集』の巻十にも、

玉《たま》かぎる　夕《ゆふ》さり来《く》れば　猟人《さつひと》の　弓月《ゆつき》が岳《たけ》に　霞《かすみ》たなびく

（『万葉集』巻十―1816）

として弓月が岳が歌われている。冒頭の歌の「鳴るなへに」の「なへに」は、動作が一緒に進行していることを示す言葉である。

たとえば、

黄葉《もみちば》の　散《ち》り行《ゆ》くなへに　玉梓《たまづさ》の　使《つか》ひを見《み》れば　逢《あ》ひし日思《ひおも》ほゆ

（『万葉集』巻二―209）

は、妻を失った柿本人麻呂が、黄葉の散りゆく様をながめながら、玉梓の使いを見ていると、亡妻とかつて出逢ったことが、しみじみと偲ばれるという歌である。

ところで、冒頭の歌に山の枕詞として「足引の」が用いられているが、この枕詞の「足」は山の脚をいい、「引く」は長く引き延ばす意とする本居宣長の『古事記伝』の解釈に従いたい。

大和の三輪山のように、長く裾を引く秀麗な山が、「足引」の山の典型とみられた、とわたくしは考えている。

『万葉集』では、「足日木」とか「足比奇」「足曳」「足引」など、多くは、「アシ」に「足」の文字が当てられている。

「允恭記」にも、木梨軽太子《きなしのかるのひつぎのみこ》が、

あしひきの　山田《やまだ》を作《つく》り　山高《やまだか》み　下樋《したび》を走《わた》せ……

（「允恭記」）

と歌っているが、ここでは『万葉仮名』で「阿志比紀能《あしびきの》」と表記されている。

『万葉集』においては、「足引の」と歌い出される歌は、かなりの数にのぼっているので、当時、盛んに用いられた枕詞であったことが知られる。

あしひきの　山飛《やまと》び越《こ》ゆる　雁《かり》がねは　都《みやこ》に行《ゆ》かば　妹《いも》に逢《あ》ひて来《こ》ね

（『万葉集』巻十五―3687）

の歌では、「あしひきの」を「安思必寄能」と表記しているが、この万葉仮名は、考えようによっては、雁は必ず妹の面影を引き寄せてくれると、心安く思っているという作者の気持ちを、よく暗示しているようである。

『百人一首』で有名な柿本人麻呂の、

葦引《あしひき》の　山鳥《やまどり》の尾《を》の　しだり尾《を》の　ながながし夜《よ》を　ひとりかも寝《ね》む

（『拾遺和歌集』巻十三・恋三―778）

という歌は、意外にも『万葉集』には収められず、『拾遺和歌集』恋三に載せられている。この人麻呂の歌は、特に「ながながし夜」と「足引の」が、お互いに補い合いながら、歌の独自の叙情性をかもし出している。

『万葉集』でいえば、石川郎女《いしかわのいらつめ》の、

我《あ》を待《ま》つと　君《きみ》が濡《ぬ》れけむ　あしひきの　山《やま》のしづくに　ならましものを

（『万葉集』巻二―108）

の歌も、雫が長くたれている情景が、ありありと目に浮かぶようである。

あすかがは（明日香川）

飛鳥川「西国三十三所名所図会」

明日香川《あすかがは》　しがらみ渡《わた》し　塞《せ》かませば　流《なが》るる水《みづ》も　のどにかあらまし

（『万葉集』巻二―197）

柿本人麻呂のこの歌は、明日香川に、しがらみを渡して、堰《せ》き止めたならば、さぞかし流れる水も、ゆったり流れるだろう、という意味である。

この歌は、挽歌であり、

飛《と》ぶ鳥《とり》の　明日香《あすか》の川《かは》の　上《かみ》つ瀬《せ》に　石橋渡《いしばしわた》し　下《しも》つ瀬《せ》に　打橋渡《うちはしわた》す　石橋《いしばし》に　生《お》ひなびける　玉藻《たまも》もぞ　絶《た》ゆれば生《お》ふる　打橋《うちはし》に　生《お》ひををれる　川藻《かはも》もぞ……

（『万葉集』巻二―196）

の長歌をうけた歌であることを、知っておく必要があるだろう。

玉藻のようになびき寄せられるのは、明日香皇女《あすかのひめみこ》が夫君忍壁皇子《おさかべのみこ》に身を引き寄せられることを示唆するものである。

明日香川は飛鳥川とも書かれるが、いうまでもなく、飛鳥の甘樫丘《あまかしのおか》と雷《いかずちのおか》丘の間を縫うように流れる川である。

今行《いまゆ》きて　聞《き》くものにもが　明日香川《あすかがは》　春雨降《はるさめふ》りて　激《たき》つ瀬《せ》の音《おと》を

（『万葉集』巻十―1878）

の歌のごとく、流れの速い川でもあった。

「推古紀」三十四年五月条に、蘇我馬子が薨《こう》じたが、彼は「飛鳥河《あすかがは》の傍《ほとり》に家《いへゐ》せり。乃《すなは》ち庭《には》の中《うち》に小《いささか》なる池《いけ》を開《は》れり。仍《よ》りて小《いささか》なる島《しま》を池《いけ》の中《なか》に興《た》つ。故《かれ》、時《とき》の人《ひと》、島大臣《しまのおほおみ》と曰《い》ふ」と記している。

推古天皇（女帝）も十一月十日に「小墾田宮《をはりたのみや》」を宮とされたと記されている。ここは奈良県高市郡明日香村の豊浦付近と考えられているが、近くには明日香川が流れている。

神奈備《かむなび》の　三諸《みもろ》の神《かみ》の　帯《おび》にせる　明日香《あすか》の川《かは》の　水脈速《みをはや》み……

（『万葉集』巻十三―3227）

神奈備の三諸の神は、三輪の神で、その山裾をめぐって明日香川が流れているが、水の流れは速いと歌っている。

それより平安時代に入っても、明日香川は変化が早く、流れを変える川とされ、世の無常や、男女の恋のはかなさを象徴するものとして歌われることが多くなっていったようである。

世中《よのなか》は　なにか常《つね》なる　あすか河《がは》　きのふの淵《ふち》ぞ　けふは瀬《せ》になる

（『古今和歌集』巻十八・雑歌下―933）

や、赤染衛門の、

淵《ふち》やさは　瀬《せ》にはなりける　飛鳥川《あすかがは》　あさきをふかく　なす世《よ》なりせば

（『後拾遺和歌集』巻十二・恋二―696）

などと歌われるようになっていく。

年月《としつき》も　いまだ経《へ》なくに　明日香川《あすかがは》　瀬々《せぜ》ゆ渡《わた》しし　石橋《いしばし》もなし

（『万葉集』巻七―1126）

年月もほとんど経っていないのに、明日香川のあちこちの瀬に、渡して置いた石橋はもうない、という意味である。ちなみに、石橋は、石を点々と川の中に並べただけのものである。

あぢさはふ

アジカモ（トモエガモ）
「聚鳥画譜」

城上《きのへ》の宮《みや》を　常宮《とこみや》と　定《さだ》めたまひて　あぢさはふ　目言《めこと》も絶《た》えぬ
……

（『万葉集』巻二―196）

城上の宮を永遠の宮とお定めになったが、わたくしたちが目で見ることも、言葉も交わすことも絶えてしまった、という意味である。

城上は、大和国広瀬郡城戸郷《きのへごう》で、天皇家の縁《ゆかり》の墓が設けられたところである。高市皇子《たけちのみこ》の墓「三立岡墓《みたておかのはか》」や、桓武天皇の外祖父、高野乙継《たかのおとつぐ》の牧野墓も設けられたところであるが、この柿本人麻呂の挽歌では、明日香皇女《あすかのひめみこ》の木《きの》瓲《へ》の殯宮《あらきのみや》を指している。

この挽歌に、「あじさはふ」という言葉が登場するが、その意味は必ずしも明らかではないようである。

一説には、「あぢさはふ」を「味鳧《あぢ》」という鳥が、さわ（多）ふ（経）と解し、アジカモが昼夜を問わず群れていることから、「群れ」の約の「め」に掛かるといわれている。

だが、「あぢさはふ」の言葉には、「味沢相《あじさはふ》」と書かれることが多いので、うまい植物が群生する意から、「芽《め》」に掛かるのではないかと、わたくしは思っている。

あぢさはふ　妹《いも》が目離《めか》れて　しきたへの　枕《まくら》もまかず　桜皮巻《かにはま》き
作《つく》れる舟《ふね》に　ま梶貫《かぢぬ》き　我《わ》が漕《こ》ぎ来《く》れば　淡路《あはぢ》の　野島《のしま》も過《す》ぎ……

（『万葉集』巻六―942）

妻と別れて、手枕をまかず、桜皮を巻いて作る船に、揖《かじ》を通して、わたくしが漕いでくると、淡路島の野島を過ぎて……という意味である。

桜皮は『和名抄』に、「樺《かば》の和名は『加波《かは》』、又云《またい》う、加仁波《かには》、今《いま》、桜皮《さくらかねは》、之《こ》れ有《あ》り」と註されている。船板を連ねて、穴に桜皮を通して継ぐことをいうのであろう。

注目したい点は、この山部赤人の歌にも、「味沢相」の文字を用いていることである。

朝戸《あさと》を　早《はや》くな開《あ》けそ　あぢさはふ　目《め》の乏《とも》しかる　君今夜来《きみこよひき》ませり

（『万葉集』巻十一―2555）

朝の戸を開けないでほしい。なぜなら、お逢いしたいと思っていた恋人が、今夜はおいでになっていますから、という後朝《きぬぎぬ》の歌である。

「目の乏しかる」は、「目がいつも不足気味に思っている」の意味で、「お目にかかりたいとかねてから思っていた君」と解してよいであろう。

あぢさはふ　目《め》は飽《あ》かざらね　携《たづさ》はり　言問《ことと》はなくも　苦《くる》しかりけり

（『万葉集』巻十二―2934）

見ることだけで、決して満足しないわけではない。だが、それでも、お互いに手を取り合って、言葉を交わせないことは大変苦しい、という意味である。

これらすべての歌には、「あぢさはふ」に「味沢相」の文字が当てられているので、やはり味のよい植物が群生する様を表し、それをうれしそうに眺める「目」に掛かる枕詞ではないだろうか。『万葉集』には、このように一見不可解な言葉が出現し、わたくし達を迷わせるが、万葉の人々の生活体験における実感に立ち返ることが必要であろう。

あづきなく

アズキ「大植物図鑑」

なかなかに　黙《もだ》もあらましを　あづきなく　相見《あひみ》そめても　我《あれ》は恋《こ》ふるか　（『万葉集』巻十二―2899）

いっそのこと、黙っておればよかったのだ。無益なことに、彼女を見染めてしまったために、わたくしは大変、苦しい恋をしている、という意味である。

なかなかに　黙《もだ》もあらましを　何《なに》すとか　相見《あひみ》そめけむ　遂《と》げざらまくに　（『万葉集』巻四―612）

はその類歌である。

こちらの歌は、わたくしの恋は、遂げることができないだろう、と悲観を歌っているようである。

「なかなかに」は、中途半端で、どっちつかずの心理状態を示す言葉であるが、この言葉は、予想したことと、逆の結果が生ずる時に用いられることが多いようである。

『万葉集』には「あづきなし」という見慣れぬ言葉が登場するが、「あぢきなし」の古語であるという。さらに面白いことに、この「あづきなし」を万葉仮名では「小豆無」と記していることである。

おそらく「小豆《あずき》」は、中国から輸入された貴重品であったために、わざわざ「あづきなし」に、「小豆無」と当てたのであろう。万葉仮名は時々、このような洒落《しゃれ》の効いた漢語を当てはめているのである。

たとえば、鏡（鑑）に「可我見《かがみ》」（『万葉集』巻二十―4465）の文字を当てている。まさに、「我を見るべし」の意であろう。

ところで、「あづきなし」であるが、『万葉集』には、

あづきなく　何《なに》の狂言《たはこと》　今《いま》さらに　童言《わらはごと》する　老人《おいひと》にして　（『万葉集』巻十一―2582）

などの歌が含まれている。

この「あづきなく」は、「たわいもない」の意であろう。年甲斐もなく、愚かなことをするのが、「あづきなく」である。「狂言」は、信じ難いことを意味する言葉である。

狂言《たはこと》か　およづれ言《こと》か　こもりくの　泊瀬《はつせ》の山《やま》に　廬《いほ》りせりといふ　（『万葉集』巻七―1408）

「およづれ言」は、「妖言」、つまり人をまどわすような言葉である。「天智紀」九年正月条に「復《また》、誣妄《たはこと》、妖偽《およづれこと》を禁《いさ》ひ断《や》む」とあり、「妖偽」を「およづれ言」と訓《よ》ませている。

面形《おもかた》の　忘《わす》るさあらば　あづきなく　男《おとこ》じものや　恋《こ》ひつつ居《を》らむ　（『万葉集』巻十一―2580）

この歌は、恋人の顔つきを忘れることがあったなら、本当になさけないことだ。男であるのに、まったく男らしくなく、恋をしているのだろうか、という意味である。どうも、屈折した男の、心理状態が歌われているようである。恋はまったく不条理ものだ、と歌っているのだろう。

恋する人は、常に冷静を保つことは困難であり、時には自分の心をもてあますことが少なくないが、そのようなことが、「あづきなし」なのだろう。

あづさゆみ（梓弓）

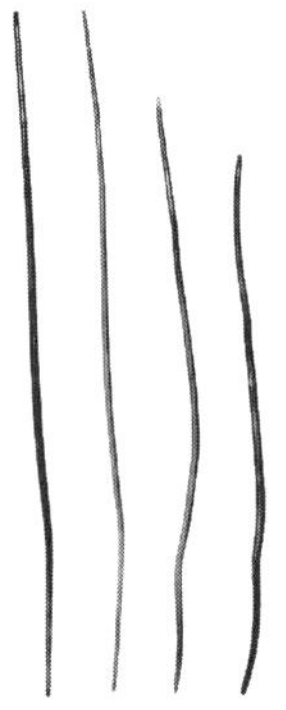

梓弓「正倉院御物図録」

『万葉集』には、梓弓がよく歌われているが、梓は「よぐそみねばり」と呼ばれるカバノキ科の落葉高木である。

木材は堅く、古代においては、好んで弓の材料として用いられた。たとえば、天平勝宝八（七五六）年六月の東大寺正倉院の「献物帳《けんもつちょう》」にも、「梓御弓《あづさおんゆみ》八十四張《はちじゅうしはり》」と記されている。

この梓弓は、「射る器具」とされることから「いる」「引く」などに掛かる枕詞として用いられてきた。

『万葉集』に枕詞として好んで用いられる言葉は、このように普段日常的に親しいものが、まず選ばれて用いられている。また、それでなければ、枕詞は、多くの人々に用いられなかったはずである。

今更《いまさら》に　何《なに》をか思《おも》はむ　梓弓《あづさゆみ》　引《ひ》きみ緩《ゆる》へみ　寄《よ》りにしものを

（『万葉集』巻十二―2989）

この相聞歌は、今更に何を思い悩むことがあろうか。梓弓を引いたり緩めたりするように、あれこれと悩んでいたが、わたくしの心は、いつの間にかあなたに寄せられてしまった、という意味である。梓弓が、心の動揺を象徴するものとして、歌われているのである。

梓弓《あづさゆみ》　引《ひ》きて緩《ゆる》へぬ　ますらをや　恋《こひ》といふものを　忍《しの》びかねてむ

（『万葉集』巻十二―2987）

は、梓弓を引き絞ったままに、じっと耐えるほどの剛毅を歌われた立派な男であるが、恋というものには、心を動揺させて乱れてしまう、という意味である。

ただ、この歌では、「梓弓」は、枕詞というより自らの力量を示す、具体的なものを歌ったとみるべきであろう。

桉作村主益人《くらつくりのすぐりますひと》の、

梓弓《あづさゆみ》　引《ひ》き豊国《とよくに》の　鏡山《かがみやま》　見《み》ず久《ひさ》ならば　恋《こひ》しけむかも

（『万葉集』巻三―311）

の「梓弓」は、「引《ひ》き響《とよ》める」意から「豊」に掛ける枕詞として用いられている。

梓弓《あづさゆみ》　春山近《はるやまちか》く　家居《いへを》らば　継《つ》ぎて聞《き》くらむ　うぐひすの声《こゑ》

（『万葉集』巻十―1829）

の歌では、梓弓は、「春」（張る）の枕詞となっている。梓弓の射る音が、はなはだ印象的であったゆえに、「音」に掛かるものとしても用いられている。

霧《きり》こそば　夕《ゆうへ》に立《た》ちて　朝《あした》には　失《う》すといへ　梓弓《あづさゆみ》　音聞《おとき》く我《われ》も
おほに見《み》し　こと悔《くや》しきを……

（『万葉集』巻二―217）

柿本人麻呂のこの長歌は、吉備津《きびつ》の采女《うねめ》の死を悼む挽歌である。

霧は、夕べこそ立ちこめるが、翌朝には消えさると言われているように、まさに、その通りに、わたくしは噂に聞いた生前の美しい采女の姿を、ほんのわずかしか見なかったことが悔やまれる、という意味であろう。さらに「梓弓」は「寄り」に掛かる枕詞でもあった。

梓弓《あづさゆみ》　末《すゑ》は寄《よ》り寝《ね》む　まさかこそ　人目《ひとめ》を多《おほ》み　汝《な》をはしに置《お》けれ

（『万葉集』巻十四―3490）

古代には、梓巫女《あづさみこ》と称する人物が、梓弓の弦を鳴らして、霊魂を「寄り憑かせた」ことから、「寄る」に掛かる枕詞となったといわれている。

あなしかは

（穴師川）

大和川「河内名所図会」

世《よ》の中《なか》の　女《をみな》にしあらば　我《わ》が渡《わた》る　痛背《あなせ》の川《かは》を　渡《わた》りかねめや（『万葉集』巻四―643）

この歌の作者である紀女郎《きのいらつめ》は、もと安貴王《あきのおおきみ》の妻であった。安貴王は、天平元（七二九）年三月に「无位《むい》阿紀王《あきのみこ》に従五位下《じゅごいのげ》」を授《さづ》く（『続日本紀』）とある阿紀王のことである。養老の末年頃に、因幡八上采女《いなばのやがみのいらつめ》との関係で、勅勘を受けている（『万葉集』巻四―534）。

この事件後、紀女郎は安貴王と別れ、大伴家持と親しくなっていったようである。

神《かむ》さぶと　いなぶにはあらず　はたやはた　かくして後《のち》に　さぶしけむかも（『万葉集』巻四―762）

と、思わせぶりな歌を、大伴家持に贈っている。

もう年を取ってしまったからと、決して拒むわけではない。もしも、拒んだ後は、寂しい思いをするであろうか、という意味である。「はたやはた」は「またまた」の意である。

それに対する家持の歌が、まことに面白い。

百歳《ももとせ》に　老《お》い舌出《したい》でて　よよむとも　我《あれ》はいとはじ　恋《こひ》は益《ま》すとも（『万葉集』巻四―764）

あなたが百歳になって、老いて口から舌が出て、腰が曲がっても、わたくしはいとわない。恋心は増しても、という意味である。

どうも、この二人は、恋愛遊戯を楽しんでいるようである。そうすると、冒頭にあげた歌は、紀女郎が誰と恋をした時のものであろうか。

世の中の女性のように、わたくしも女性のひとりであるから、わたくしが渡る痛背の川を、渡りかねることもあろう、という意味である。

この痛背の川は「穴師川」のことであるといわれているが、「痛背」の文字を当てるのは、背が痛むの寓意《ぐうい》を秘めているように思われる。文字通り、川を渡るのに、背を痛めると解してもよいが、この場合の「背」は「背信」の意も、含んでいるのではないだろうか。なぜなら、この歌は「紀女郎の怨恨《うらみ》の歌」と明記されているからである。

それはともかくとして、穴師の川は、桜井市の三輪山の北西麓に流れる大和川の支流の巻向川をいうようである。

ぬばたまの　夜《よる》さり来《く》れば　巻向《まきむく》の　川音高《かはおとたか》しも　あらしかも疾《と》き（『万葉集』巻七―1101）

夜になってくると、巻向川の瀬音が高い。山の風が激しいから、川の流れが速いのであろう、という意味である。

巻向《まきむく》の　痛足《あなし》の川《かは》ゆ　行《ゆ》く水《みづ》の　絶《た》ゆることなく　またかへり見《み》む（『万葉集』巻七―1100）

の歌のごとく、あえて「痛足」と文字を当てている。川瀬を渡るのに難渋することを、痛足といっているのであろう。

痛背の川も、同じく川を渡ることに、身体をそこなうような苦労する川であったとも解される。

あふみ（淡海）

琵琶湖「東海道名所図会」

淡海の原義は、淡水の湖である。畿内に接するところに、琵琶湖があり、これを淡海と称していたのである。後に、浜名湖が東海道の途中にあり、有名になると、琵琶湖を「近淡海《ちかつあふみ》」と称するのに対して、「遠淡海《とほつあふみ》」と呼ぶようになった。

浜名湖は、その入口の新居《あらい》のあたりが決壊して、淡水湖ではなくなったが、国名は、依然として「遠淡海（遠江《とほたふみ》）」と呼ばれていたのである。

近江は、「近つ淡海」の意であるが、都びとにとっては、淡海はここだけであったので、「近つ淡海」の「近つ」を省略して、ただ「淡海」と呼んだのである。

また、この地は、一時的に、大津京が置かれた地でもあったが、後には、むしろ、そこに置かれた逢坂の関が有名となっていったようである。

近江道《あふみぢ》の　逢坂山《あふさかやま》に　手向《たむ》けして　我《わ》が越《こ》え行《ゆ》けば　楽浪《ささなみ》の　志賀《しが》の唐崎《からさき》……（『万葉集』巻十三―3240）

と歌われている。

逢坂の地名由来伝承は、「神功《じんぐう》皇后紀」摂政元年三月条に、武内宿禰《たけのうちのすくね》が忍《おし》熊王《くまのみこ》と、この坂で偶然に出会って合戦におよび、忍熊王の兵を破った地であるから、逢坂と名付けたと記している。そして、さらに追撃して、狭狭浪《ささなみ》の栗林《くるす》で、敵兵を多く斬り殺したと述べている。

狭狭浪は、近江国滋賀郡あたりの地名とも解されるが、淡海に細小波《さざなみ》が立つという枕詞として理解してよいであろう。

楽浪《ささなみ》の　志賀津《しがつ》の海人《あま》は　我《われ》なしに　潜《かづ》きはなせそ　波立《なみた》たずとも（『万葉集』巻七―1253）

この「楽浪」には「神楽浪」の文字が当てられているが、笹《ささ》が神楽《かぐら》に用いられるものであるからであろう。

『古事記』の天の岩屋戸の段で、天宇受売命《あめのうずめのみこと》は、「天《あま》の香山《かぐやま》の小竹葉《ささば》を手草《たぐさ》に結《ゆ》ひて」、神祭りをしたと記されている。

いさなとり　近江《あふみ》の海《うみ》を　沖離《おきさ》けて　漕《こ》ぎ来《く》る船《ふね》　辺《へ》つきて　漕《こ》ぎ来《く》る船《ふね》　沖《おき》つ櫂《かい》　いたくなはねそ　辺《へ》つ櫂《かい》　いたくなはねそ　若草《わかくさ》の　夫《つま》の　思《おも》ふ鳥《とり》立《た》つ（『万葉集』巻二―153）

これは、天智天皇の大后（皇后）の御製である。

近江の海を、沖から離れないで漕いでくる船よ、岸にそって漕いで来る船よ、決して沖の櫂を強く撥ねないでほしい、岸辺の船も同じように強く漕ぐことを慎んでほしい。わが愛する夫の君が愛好されている鳥が驚いて飛び立ってしまうから、という意味である。

実は、これは天智天皇十（六七一）年十二月に、天智天皇が崩ぜられた時の御歌である。

おそらく、驚いて飛び立つ鳥は、天智天皇の遊魂を指すのではなかろうか。殯宮《あらきのみや》は、死者の遊魂を、ふたたび身体に取り戻す呪礼の場所であったからである。

あまくもの（天雲の）

雲の峰「尾張名所図会」

天雲《あまくも》の　外《よそ》に見《み》しより　我妹子《わぎもこ》に　心《こころ》も身《み》さへ　寄《よ》りにしものを

（『万葉集』巻四―547）

遠く方から見ただけで、わたくしの愛する恋人に、心も身もすっかり、吸い寄せられている、という恋の歌である。

この歌は、笠朝臣金村《かさのあそみかなむら》が、神亀二（七二三）年三月に三香原《みかのはら》の離宮への行幸に従った時のものである。

その長歌にも、

天雲《あまくも》の　外《よそ》のみ見《み》つつ　言問《こと》はむ　よしのなければ　心《こころ》のみ　むせつつあるに……

（『万葉集』巻四―546）

と歌っている。

遥か遠くからあなたのいる方を見ているけれど、言葉を通ずる手段もないので、心の中は、苦しさでふさいでいる、という意味である。

「天雲の」は、遥かに高く遠く離れたところにあることより、遠く離れた「外」に掛かる枕詞として用いられている。

天雲《あまくも》の　別《わか》れし行《ゆ》けば　闇夜《やみよ》なす　思《おも》ひ迷《まと》はひ　射《い》ゆししの　心《こころ》を痛《いた》み……

（『万葉集』巻九―1804）

死に別れて行ってしまったので、闇夜のように思い迷っている。わたくしの心も痛く、という意味である。

この挽歌は、弟の突然の死に、悲しみととまどいを感じている兄の歌である。この歌では、天雲は「別れ」に掛かる枕詞となっている。天雲が、時によると、ちぎれたり、離ればなれになる状態から、「別れ」に掛かる枕詞になったといわれている。

うらぶれて　物《もの》な思《おも》ひそ　天雲《あまくも》の　たゆたふ心《こころ》　我《わ》が思《おも》はなくに

（『万葉集』巻十一―2816）

うらぶれて、もの思いをしないでほしい。わたくしはけっして、あなたに対し、揺れ動くような、不安定な心は持っていないから、という意味である。

天雲は、いつも行方を定めず、空に浮かんでいることから、「たゆたふ」に掛かる枕詞となっている。「たゆたふ」に、「絶多不心《たゆたゆ》」という文字を当てているが、あなたに対する想いが絶えることも多く、きまぐれで永続きせずに、心ここにあらずということを、言い表そうとしたものであろう。

天雲《あまくも》の　たゆたひやすき　心《こころ》あらば　我《あ》をな頼《たの》めそ　待《ま》たば苦《くる》しも

（『万葉集』巻十二―3031）

あなたが、ゆらゆらとためらう気持ちならば、わたくしに期待の心を持たせないようにしてほしい。なぜなら、いつまでも期待しながら待つのは、まことに苦しいから、という意味である。ここでも「たゆたひ」は「絶多《たゆたゆ》」である。

思《おも》ふ空《そら》　苦《くる》しきものを　嘆《なげ》く空《そら》　過《す》ぐし得《え》ぬものを　天雲《あまくも》の　ゆくらゆくらに　葦垣《あしかき》の　思《おも》ひ乱《みだ》れて……

（『万葉集』巻十三―3272）

想う心は苦しいものなのだ、また、嘆く心で過ごすことができず、ゆらゆら揺らぎ、思い乱れる、という意味である。この「ゆくらゆくら」を「行莫行莫」と表記しており、ためらい、行ったり来たりすることを言い表している。

あまざかる（天離る）

大伴家持「聯珠百人一首」

天離《あまざか》る　鄙《ひな》とも著《しる》く　ここだくも　繁《しげ》き恋《こひ》かも　和《な》ぐる日《ひ》もなく
（『万葉集』巻十七―4019）

この大伴家持の歌は、鄙の地といわれる越中にいることは、はっきりと意識しているが、それでも、都に残した恋人が恋しいという思いは、盛んに募るばかりである。それゆえ、この地は、思う人のいない田舎であることが、今さらに実感される、という意味であろう。

「天離る」の「天」を天や空と解するか、中央の都と考えるか、二つの説があるが、ここでは後者と考えて、「天離る」は、都振りの雅《みやび》の地に対する鄙の地を指すと見てよいであろう。鄙は、一説には日継ぎの御子（天皇）のいない「日無《ひな》」の地の意であるとも説かれている。大伴家持は天平十八（七四六）年六月に越中守を命ぜられており、京を偲ぶ歌を詠んでいる。

天離《あまざか》る　鄙《ひな》に五年《いつとせ》　住《す》まひつつ　都《みやこ》のてぶり　忘《わす》らえにけり
（『万葉集』巻五―880）

これは、天離る鄙の地といわれる筑前の国に、すでに五年も住み続けてきたので、都びとの立ち振るまいを忘れてしまった、という山上憶良の歌である。

筑紫の国は、大宰府の置かれる政治上重要な地であったが、一方では、「馬《むま》の爪《つめ》　筑紫《つくし》」（『万葉集』巻二十―4372）といわれるように、国のきわまり尽きるところとも意識されていたようである。

筑前守の任期は普通四年であるから、山上憶良は早く都へ召還されることを望んでいたのであろう。

あをによし　奈良《なら》を来離《きはな》れ　天離《あまざか》る　鄙《ひな》にはあれど　我《わ》が背《せ》子《こ》を　見《み》つつしをれば　思《おも》ひ遣《や》る　こともありしを　大君《おほきみ》の　命恐《みことかしこ》み　食《を》す国《くに》の　事《こと》取《と》り持《も》ちて……
（『万葉集』巻十七―4008）

大伴池主はこの長歌の一節で、奈良を離れて、辺鄙《へんぴ》なところであるが、心許せるあなたには、いつでもお逢いできると安心していたのに、天皇の御命令で政務を取りまとめる仕事のために、お帰りになれなくなったことがまことに残念だ、と歌っている。

ちなみに、この歌は、天平十八（七四六）年十一月の頃の歌である、と考えられている。

大伴池主は、家持が越中守であった時、越中掾《じょう》、つまり越中の国司の三等官として、ともに官人を務めていた。同族の誼《よしみ》で、長官の家持から、大変信頼されていたようである。その池主は、越中掾の時代に、

天離《あまざか》る　鄙《ひな》にある我《われ》を　うたがたも　紐《ひも》解《と》き放《さ》けて　思《おも》ほすらめや
（『万葉集』巻十七―3949）

という妻への想いを歌っている。鄙にいるわたくしを、決して紐を解き放っていると思わないだろう、という意味である。

池主は、妻に対してきわめて律儀な男であったようである。

あまづたふ（天伝ふ）

武庫の浦「住吉名勝図会」

屋上《やかみ》の山《やま》の　雲間《くもま》より　渡《わた》らふ月《つき》の　惜《を》しけども　隠《かく》らひ来《く》れば　天伝《あまづた》ふ　入日《いりひ》さしぬれ　ますらをと　思《おも》へる我《われ》も　しきたへの　衣《ころも》の袖《そで》は　通《とほ》りて濡《ぬ》れぬ
（『万葉集』巻二—135）

屋上の山の雲間を渡っていく月のように、本当に名残惜しい。次第にその姿が隠れて見えなくなってくるときに、入日が差し込んでくるその光景を見ていると、自分は立派な男だと自負していたが、衣の袖は涙が濡れ通った、という意味の柿本人麻呂の歌である。

この長歌は、石見《いわみ》国で離れた妻を思いやる別離の歌である。この歌に、「天伝ふ　入日さしぬれ」と述べているが、「天伝ふ」というのは、天空を伝わっていくとか、天をめぐるの意であり、「日」、「入日」などの枕詞として用いられたのである。

柿本人麻呂といえば、新田部皇子《にいたべのみこ》に献じた歌にも、

やすみしし　わが大君《おほきみ》　高光《たかひか》る　日《ひ》の皇子《みこ》　しきいます　大殿《おほとの》の上《うへ》に　ひさかたの　天伝《あまづた》ひ来《く》る　雪《ゆき》じもの　行《ゆ》き通《かよ》ひつつ　いや常世《とこよ》まで
（『万葉集』巻三—261）

という寿歌《ことほぎうた》がある。

わが大君の新田部皇子のおわします御殿の上に、天上から降ってくる雪のように、わたくしはしきりにこの御殿に通い続けてお仕えしよう、万代までも、という意味である。おそらく雪降る冬の作品であろう。

印南野《いなみの》は　行《ゆ》き過《す》ぎぬらし　天伝《あまづた》ふ　日笠《ひかさ》の浦《うら》に　波立《なみた》てり見《み》ゆ
（『万葉集』巻七—1178）

播磨の国の印南野は、もう通り過ぎたようだ、日笠の浦に波が立っているのが見えるから、という意味である。

日笠の浦は、兵庫県高砂市や姫路市にかけての海岸である。印南野は、つまり播磨国印南郡の原野の意であるが、現在の加古川市を中心とした地域に当たる。

松《まつ》が根《ね》の　待《ま》つこと遠《とほ》み　天伝《あまづた》ふ　日《ひ》の暮《く》れぬれば　白《しろ》たへの　わが衣手《ころもで》も　通《とほ》りて濡《ぬ》れぬ
（『万葉集』巻十三—3258）

待つことが久しくなり、また日が暮れて行くので、わたくしの衣の袖も涙が濡れ通ってしまった、という意味である。

たまはやす　武庫《むこ》の渡《わた》りに　天伝《あまづた》ふ　日《ひ》の暮《く》れ行《ゆ》けば　家《いへ》をしそ思《おも》ふ
（『万葉集』巻十七—3895）

武庫の渡し場で、日が暮れて行くと、家のことがしきりに思い出される、という意味であろう。

武庫の水門《みと》は、現在の兵庫県西宮市の水門で、かつては潟湖《かたご》が存在し、舟を繋留《けいりゅう》していたようである。

この歌でも、「天伝ふ」は「日」に掛かる枕詞となっている。

ちなみに、「たまはやす」は、武庫に掛かる枕詞である。「玉《たま》（魂）栄《はや》やす」が、その原義である。

あまとぶや（天飛ぶや）

ツキ（ケヤキ）「大植物図鑑」

天飛《あまと》ぶや　軽《かる》の社《やしろ》の斎《いは》ひ槻《つき》　幾代《いくよ》まであらむ　隠《こも》り妻《づま》ぞも

（万葉集巻十一―2656）

軽の社の御神木である神聖な槻《つき》のように、わたくしは幾代までも、隠り妻とされているのだろうか、という意味である。

軽は、現在の奈良県橿原《かしはら》市大軽町付近の地である。

軽の社は、『延喜式』の神名帳の、大和国高市郡の条に「軽樹《かるこ》村《むら》坐《にいます》神社《じんじゃ》」であろう。「斎ひ槻」とあるが、古代より、槻は、神聖な樹木と見なされていた。

たとえば、大化改新の際に、孝徳天皇が皇祖母尊、皇太子（中大兄皇子）とともに、群臣を法興寺の大槻の下に集めて、天神地祇に盟約せしめている（「孝徳紀」即位前紀）。槻は欅《けやき》の古名であるが、おそらく「ツキ」と称されるのは、神の依代《よりしろ》の木、つまり、神霊の寄《よ》り憑《つ》く聖木と意識されていたからであろう。

このように、神聖視される槻の木は、人の手が触れることを忌《い》む聖木と見なされていたのである。

ところで、軽の枕詞に「天飛ぶや」が冠せられているが、これは空を飛ぶ「鳥」や「雁」に掛かるものと考えられている。さらには「雁」の類音の「軽」にも掛かる枕詞となったと説かれている。

天飛《あまと》ぶや　鳥《とり》にもがもや　都《みやこ》まで　送《おく》りまをして　飛《と》び帰《かへ》るもの

（『万葉集』巻五―876）

という歌の「天飛ぶや」は「鳥」に掛かる。

この歌は、わたくしは鳥になれたらいいと思っている。都まで、あなたをお送りして飛び帰ってくるものを、という意味である。

この歌の「天飛ぶや」は「鳥」に掛かる枕詞である。

「允恭記」の、

天飛《あまと》ぶ　鳥《とり》も使《つかひ》ぞ　鶴《たづ》が音《ね》の　聞《きこ》えむ時《とき》は　我《わ》が名《な》問《と》はさね

（「允恭記」）

の歌では、「天飛ぶ」は「鳥」に掛かる枕詞であるとみてもよいし、あるいは単に、大空を飛ぶ鳥と、形容句として使われていると解してもよい。大空を飛ぶ使者である鶴の鳴き声が聞こえるような時は、わたくしの名を告げて、わたくしのことを尋ねてごらん、という木梨軽太子《きなしのかるのひつぎのみこ》の歌である。

大空を飛ぶ使者といえば、

天飛《あまと》ぶや　雁《かり》を使《つか》ひに　得《え》てしかも　奈良《なら》の都《みやこ》に　言告《ことつ》げやらむ

（『万葉集』巻十五―3676）

という歌が『万葉集』に収められている。

雁を文使いとして得たいものだ。そうしたら、奈良の都の人に言伝てを送ろう、という意味である。

雁の使いは蘇武《そぶ》の故事をふまえているが、これと同じ歌が、『拾遺和歌集』には、柿本人麻呂の作として収められている。

天飛《あまと》ぶや　雁《かり》の使《つかひ》に　いつしかも　奈良《なら》の都《みやこ》に　言《こと》づてやらん

（『拾遺和歌集』巻六・別―353）

あまのはら（天の原）

富士山「東海道名所図会」

天《あま》の原《はら》　ふりさけ見《み》れば　春日《かすが》なる　三笠《みかさ》の山《やま》に　いでし月《つき》かも

という有名な安倍仲麻呂の絶唱は、『万葉集』ではなく、意外にも『古今和歌集』（巻九・羇旅歌―406）所収である。

『万葉集』では、山辺赤人が不尽山《ふじやま》を歌った長歌に、

天地《あめつち》の　分《わか》れし時《とき》ゆ　神《かむ》さびて　高《たか》く貴《たふと》き　駿河《するが》なる　富士《ふじ》の高嶺《たかね》を　天《あま》の原《はら》　振《ふ》り放《さ》け見《み》れば……

（『万葉集』巻三―317）

と歌われている。

「振り放け見」るとは、遠くを振り仰ぐことである。つまり、はるかに見上げる意である。『万葉集』にも、

我《あ》が面《も》の　忘《わす》れもしだは　筑波嶺《つくはね》を　振《ふ》り放《さ》け見《み》つつ　妹《いも》は偲《しぬ》はね

（『万葉集』巻二十―4367）

という、常陸の茨城郡の占部小竜《うらべのおたつ》の歌がある。

ちなみに、「忘れもしだは」は「忘れた時には」の意で、当時の方言を伝えている。

ところで「天の原」は、天空いっぱい、ひろびろとした様を表現する言葉であるという。

天《あま》の原《はら》　振《ふ》り放《さ》け見《み》れば　夜《よ》そふけにける　よしゑやし　ひとり寝《ぬ》る夜《よ》は　明《あ》けば明《あ》けぬとも

（『万葉集』巻十五―3662）

という旋頭歌《せどうか》にも、「天の原　振り放け見れば」と詠まれている。

大空を振り仰いで見ても、夜はすでに更けてしまっている。まあいいさ、独り寝る夜は明けるのなら、明けてしまえという、やや、自暴自棄気味の歌である。

ただ、『日本書紀』の「神代紀」を見ていくと、「天の原」は、天照大神が統治される、天上界を指しているようである。

「神代紀」第六段の一書《あるふみ》には、「弟《なせのみこと》の来《き》ませる所以《ゆゑ》は、是善《これよ》き意《こころ》には非《あら》じ。必《かなら》ず当《まさ》に我《わ》が天原《あまのはら》を奪《うば》はむ」と述べているからである。

『万葉集』では、特に、富士の山に掛かる枕詞として、用いられることが多い。富士の山が、雄大に、天高くそびえ立っている姿が、あたかも、天の原にそそり立つように仰ぎ見られたからであろう。

天《あま》の原《はら》　富士《ふじ》の柴山《しばやま》　木《こ》の暗《くれ》の　時《とき》ゆつりなば　逢《あ》はずかもあらむ

（『万葉集』巻十四―3355）

大空にそびえる富士山麓の柴山。その木の下が暗くなり、時が移っていくのなら、逢わないでいることもあるだろう、という意味であるが、この歌はおそらく、恋人を待つ心の焦りの歌であろう。

古代の人にとって富士の山は、『竹取物語』の終章において、「駿河《するが》の国《くに》にある山《やま》なる、この都《みやこ》も近《ちか》く、天《てん》も近《ちか》く侍《はべ》る」といわれるように、天にもっとも近い山として、認識されていた。その上、富士は「不死」の山とも考えられていたのである。

あらき（殯）

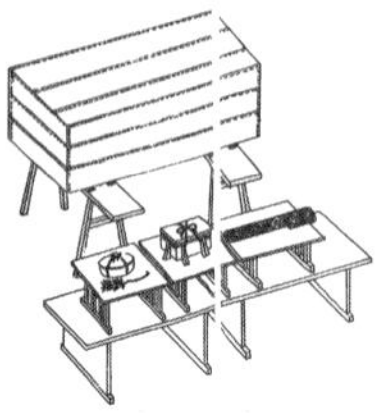

遷霊式「葬儀式」

大君《おほきみ》の　命恐《みことかしこ》み　大殯《おほあらき》の　時《とき》にはあらねど　雲隠《くもがく》ります
（『万葉集』巻三―441）

という歌は、長屋王の悲劇の死に対し、倉橋部女王《くらはしべのおおきみ》が歌ったものである。この悲劇は、神亀六（七二九）年、突如として、長屋王の家が、藤原宇合《うまかい》らの率いる兵によって囲まれたことによって始まる。

その理由とされたのは、長屋王が「私《ひそ》かに左道《さだう》を学《まな》びて国家《こくか》を傾《かたぶ》けむと欲《す》」（『続日本紀』天平元年二月条）というものであった。おそらく長屋王が、聖武天皇の夫人、光明子《こうみょうし》の皇后冊立《さくりつ》に反対していたためであろう。

『後宮職員令《こうきゅうしきいんりょう》』によれば、天皇の妻には妃《ひ》、夫人《ぶにん》、嬪《ひん》の区別があった。妃は皇女出身者に限られていたのである。それに対し、高位高官の三位以上の家の娘は、夫人と称されたのである。

ちなみに、嬪は四位、五位の貴族の出身者であった。

この規定に従って、藤原光明子は、左大臣藤原不比等の娘であったから、藤原夫人と称せられていたのである。

しかし、当時の政局に漸次勢力を固めつつあった藤原四兄弟は、光明子の皇后冊立の運動を精力的に推し進めていったのである

このような藤原氏の政治的動向に、最後まで抵抗したのが、皇族側の代表である高市《たけち》親王の皇子長屋王であった。そのため家を兵に囲まれ、自尽《じじん》に追いこまれたのである。

亡くなった長屋王と、その妻である吉備内親王《きびのないしんのう》の屍《しかばね》は、生馬《いこま》山に葬られたと記されている。その時、長屋王の娘、倉橋部女王が歌ったのが先の「大君の」の挽歌である。

昔は、亡くなった人は、ただちには葬られず、一定の期間、殯《あらき》に置かれる風習があった。「殯」はまた「もがり」とも称されていたようである。「もがり」は「仮《か》り喪《も》」の謂《いわ》れである。

この風習は、卑弥呼の時代に遡るが（『魏志倭人伝』）、「仲哀紀」には、仲哀天皇が崩じられた時、「豊《と》浦宮《ゆらのみや》に殯《もがり》して、无炎殯斂《ほなしあがり》」したと記されている。

おそらく、ただちに遺体を火葬しないことをいうのであろう。古代では、死後一定期間、死者の魂が肉体の周辺に存在すると考えて、この魂を再び肉体に呼びもどす儀礼が行われたのである。

一般には、遺体は殯《あらき》の宮と呼ばれる建物に安置されたが、「アラキ」というのは、自然のままの荒木で造った建物であったからである。

朱鳥元（六八六）年九月に、天武天皇が崩御されると、殯の宮を南庭に起こして、多くの官人達はそこで誄《しのびごと》を奉上したという。

誄は、死者の聖徳を慕って、その霊をなぐさめることであるが、本来は、魂を呼びもどす祈りであったようである。『魏志倭人伝』の、殯の前で歌舞をしたとあるのは、そのためである。

それが終了すると、はじめて、遺体を葬る墓（古墳）が、築かれたのである。その一定期間を、仏教では喪中、四十九日としているのである。

あらたまの

仲秋の月「紀伊国名所図会」

あらたまの　年反《としかへ》るまで　相見《あひみ》ねば　心《こころ》もしのに　思《おも》ほゆるかも（『万葉集』巻十七―3979）

大伴家持の、新しい年に変わるまでお逢いすることができないので、わたくしの心は萎えるばかりに思えてならない、という意味の歌である。

右の短歌の前に置かれた長歌にも、

あらたまの　年行《としゆ》き反《がへ》り　春花《はるはな》の　うつろふまでに　相見《あひみ》ねば　いたもすべなみ……（『万葉集』巻十七―3978）

と歌われている。

ちなみに、「いたもすべなみ」は「どうしようもない」の意である。

家持は、妻を「常初花《とこはつはな》」（『万葉集』巻十七―3978）に喩えて、永遠に初々しい花のような女性と見ているのであろう。

あらたまの　年《とし》の経《へ》ぬれば　今《いま》しはと　ゆめよわが背子《せこ》　わが名告《なの》らすな（『万葉集』巻四―590）

年が経ってしまったからもういいだろうと、わたくしの名前を絶対に人に告げないでほしい、という意味である。この歌は、大伴家持の恋人であった笠女郎《かさのいらつめ》のものである。

その一方で、笠女郎は家持に、

君《きみ》に恋《こ》ひ　いたもすべなみ　奈良山《ならやま》の　小松《こまつ》が下《もと》に　立《た》ち嘆《なげ》くかも（『万葉集』巻四―593）

として、切々と慕情を訴えている。家持をめぐる女性の中でも、その恋慕をもっともはげしく歌ったのは、笠女郎であったといってよい。

ところで、この「あらたま」は、「新玉」などと記されるが、「玉」は魂の意で、わたくしたちの生命は、年毎に復活するという信仰にもとづくものであった。古代においては、冬至の日が「魂」（生命）の甦生《そせい》する時と考えられていた。それは、太陽の復活であるとともに、わたくしたちの生命の甦生であった。

また、「年《ねん》」の本字は「秊」とされ、「禾《か》」の字が含まれているように、年《とし》は本来、稲の生と死のサイクルをいうのである。旧暦二月に行われる祈《き》年祭《ねんさい》は、「としごいの祭り」と呼ばれるように、もともとは稲の豊作を祈る祭りであった。

わたくしたちの祖先は、月の満ち欠けで、日の移り変わりを計っていた。月立ち（一日）からはじまり三日月、望月《もちづき》、十六夜《いざよい》などを経て、月隠《つごもり》に至る期間を一つの周期として、月の生と死を考えてきた。それゆえ、『万葉集』でも、「あらたまの」が「月」に掛かる枕詞としても用いられている。

あらたまの　月立《つきた》つまでに　来《き》まさねば　夢《いめ》にし見《み》つつ　思《おも》ひそ我《あ》がせし（『万葉集』巻八―1620）

家持の叔母である大伴坂上郎女《さかのうえのいらつめ》が、竹田庄で、家持を迎えた時の歌である。竹田庄は、奈良県磯城郡田原本町法貴寺、西井上付近にあったといわれる坂上女郎の所有の庄園で、西竹田庄に対して東竹田庄と呼ばれた。

ところで、家持も、

たらちねの　母《はは》が目離《めか》れて　若草《わかくさ》の　妻《つま》をもまかず　あらたまの　月日数《つきひよ》みつつ……（『万葉集』巻二十―4331）

と歌っているが、このように日を数《よ》むのが「日読《かよみ》」、つまり暦《こよみ》であった。

あられふる（霰降る）

鹿島神宮「鹿島志」

霰降《あられふ》り　吉志美《きしみ》が岳《たけ》を　険《さが》しみと　草取《くさと》りかなわ　妹《いも》が手《て》を取《と》る

（『万葉集』巻三―385）

この「仙《せん》の柘枝《つみのえ》の歌」は、「吉野《よしの》の人味稲《ひとうましね》の、柘枝《つみのえ》の仙媛《せんゑん》に与《あた》へし歌《うた》なり」と註されている。

柘は、山桑《やまぐわ》のことであるといわれている。『和名抄』には、「柘《つみ》を漢語抄《かんごしょう》に云《いは》く、『豆美《つみ》』」と註されている。

昔、吉野川のほとりに住む美稲《うましね》と呼ばれた男が、川上から流れてきた柘の枝を手にとると、たちまち美しい仙女に変わったという伝承がある。

『続日本後紀』にも、仁明天皇の四十賀に興福寺の僧等が献じた長歌にも「三吉野《みよしの》に有《あり》し、熊志禰《くましね》、天女《あまつめ》の来通《きたりかよひ》て」と歌われている。

しかし、「霰降り　吉志美が岳」と歌い出されるこの歌は、明らかに歌垣《うたがき》の歌と見なされなければならないだろう。

『肥前国風土記』逸文の杵島山《きしまやま》の条には、「郷閭《むらざと》の士女《をとこをみな》、酒《さけ》を提《たづさ》へ琴《こと》を抱《いだ》きて、歳毎《としごと》の春《はる》と秋《あき》に」杵島岳に集って歌垣を行い、

あられふる　杵島《きしま》が岳《たけ》を　峻《さか》しみと　草採《くさと》りかねて　妹《いも》が手《て》を執《と》る

と歌ったと伝えているからである。

この「杵島が岳」は、現在の佐賀県武雄市北方町大崎にある山である。『風土記』によれば、比古神《ひこがみ》、比売神《ひめがみ》、御子神《みこがみ》と称する三山が連なっていると記されている。

ここで行われた歌垣は、大変流行し、各地の歌垣でもその類歌が好んで唱われたのである。これを世の人は杵島曲《きしまぶり》と称していたが、冒頭の「仙の柘枝の歌」も一種の杵島曲といってよいであろう。

ところで、このような歌垣には必ずといってよいほど、「霰降る」という枕詞がつけられている。一般には、霰の降る音が「かしましい」から鹿島に掛かる枕詞と説かれている。

事実、『万葉集』には、

あられ降《ふ》り　鹿島《かしま》の神《かみ》を　祈《いの》りつつ　皇御軍士《すめらみくさ》に　我《われ》は来《き》にしを

（『万葉集』巻二十―4370）

など「霰降り鹿島」と歌われている。冒頭の「仙の柘枝の歌」では、「きしむ（軋む）」に掛けられているのである。軋む音が「かしましい」と解すこともできるが、わたくしは、むしろ歌垣と結びついた踏歌《とうか》が「あらればしり」と呼ばれたことから、歌垣の枕詞として、「あられふる」が用いられたのだと考えている。

『釈日本紀』十五には、「踏歌」を「阿良礼走《あらればしり》」と呼んで、この曲の終わりに、かならず「万年阿良礼《よろづよあられ》」と唱うため、と註している。

踏歌は、中国から輸入されたものだが、歌垣に類していることから、日本の歌垣でも、「霰降る」の枕詞が、次第に用いられるようになったのではないかと想像しているのである。

ありきぬの
（あり衣の）

養蚕（蚕棚）「養蚕秘録」

「ありきぬの」の「あり」は、一説には蚕をいうようである。つまり「ありきぬ」は、蚕のつくる生糸で織った絹布のことであるという。

しかし、本居宣長は、『玉勝間』六において、「ありきぬは、あざやかなる衣也《きぬなり》。……阿理《あり》とはあざやかなるをいふ」と記している。いずれともあれ、当時においては、高級な織物を指している。

この「ありきぬの」は、その音の通り「あり」に掛かる枕詞として用いられている。

命《いのち》をし　全《また》くしあらば　あり衣《きぬ》の　ありて後《のち》にも　逢《あ》はざらめやも
（『万葉集』巻十五―3741）

この歌は、狭野弟上娘子《さののおとがみのおとめ》と許されざる恋をして、越前国へ流された中臣宅守《なかとみのやかもり》のものである。宅守は、また、

天地《あめつち》の　神《かみ》なきものに　あらばこそ　我《あ》が思《も》ふ妹《いも》に　逢《あ》はず死《し》にせめ
（『万葉集』巻十五―3740）

という、痛恨極まりない歌も残している。

天地の神がある限り、わたくしは、いつも心に想っているあなたに逢わないで死ぬことがあろうか、という意味である。

「あり衣の」という枕詞は、単に「あり」だけに掛かるものではなく、「さゑさゑ」に掛かるものとしても用いられている。これは衣ずれの音からくる枕詞と考えられている。

あり衣《きぬ》の　さゑさゑ沈《しづ》み　家《いへ》の妹《いも》に　物言《ものい》はず来《き》にて　思《おも》ひ苦《ぐる》しも
（『万葉集』巻十四―3481）

この歌は「柿本人麻呂歌集」にある歌の一首であるが、家の中がざわめいていて、悒鬱《ゆううつ》になったわたくしは、家に残してきた妻に、一言の言葉もかけずに来てしまったことを、今さらながら残念に思っている、という意味である。いうまでもなく、「さゑさゑ」は「さえさえ」とは異なる意である。「さえさえ」は、「冴え冴え」で澄みきったことをいうのである。

この歌は、そのまま現代人にも通用する気持ちを歌った歌といってよいであろう。

また、あり衣は高貴な織物であったから、当時の人に、珍重される衣類であった。よって、あり衣は「宝」に掛かる枕詞としても用いられている。

色《いろ》なつかしき　紫《むらさき》の　大綾《おほあや》の衣《きぬ》　住吉《すみのえ》の　遠里小野《とほさとをの》の　ま榛《はり》もち　にほほし衣《きぬ》に　高麗錦《こまにしき》　紐《ひも》に縫《ぬ》ひ付《つ》け　刺部重部　なみ重《かさ》ね着《き》て　打麻《うちそ》やし　麻績《をみ》の子《こ》ら　あり衣《きぬ》の　宝《たから》の子《こ》らが……
（『万葉集』巻十六―3791）

この長歌は、竹取の翁が、かぐや姫に、ありとあらゆる高貴な着物を着せる一節である。

心ひかれる紫の大綾の衣や、住吉の遠里小野の榛で染めた衣に、高麗錦を紐として縫い付けて、一緒に重ね着をさせ、麻績の娘達が織った布をかぐや姫に着せたというのである。

このように、重ね着するところから、「三重」にかかる枕詞としても用いられている。「雄略記」に、「あり衣《きぬ》の　三重《みへ》の子《こ》が　指挙《ささが》せる　瑞玉盞《みづたまうき》に……」とあるのは、その例といってよいであろう。

ありますげ（有間菅）

有間温泉「有馬山温泉小鑑」

人皆《ひとみな》の　笠《かさ》に縫《ぬ》ふといふ　有間菅《ありますげ》　ありて後《のち》にも　逢《あ》はむとそ思《おも》ふ
（『万葉集』巻十二―3064）

誰もが笠に縫い付ける有間菅ではないが、このままあり続けて、今後もお逢いしたい、という意味であろう。

有間菅は、有間産の菅である。摂津国有馬郡では、良質な菅笠が作られていたといわれている。

大君《おほきみ》の　御笠《みかさ》に縫《ぬ》へる　有間菅《ありますげ》　ありつつ見《み》れど　事《こと》なき我妹《わぎも》
（『万葉集』巻十一―2757）

と歌われているところからみれば、天皇も有間菅を用いられていることから、決して粗末な品ではなく、高価な菅であったようである。

大君が用いられる有間菅を、いつも感心して見ているように、あなたをわたくしは見続けているが、本当に欠点が見られぬ美しい方ですね、という意味であろう。有間菅は美しいと評判となって、宮廷内でも大流行していたようである。

有間（有馬）は温泉地として有名であったが、その他にも、有馬人形、有馬籠、有馬細工、有馬筆などの工芸品が、つぎつぎと売り出されていたところでもあった。

その先鞭をつけたのが、有馬菅笠であった。あまりに有名になったため、和歌でも「あり」を引き出す枕詞として用いられるようになったのであろう。

もともと菅という植物は、日本の各地に産し、日本人にはなじみの植物であった。

仁徳天皇が八田皇女《やたのひめみこ》に対して、

八田《やた》の　一本菅《ひともとすげ》　子《こ》持たず　立《た》ちか荒《あ》れなむ　あたら菅原《すがはら》　言《こと》をこそ　菅原《すがはら》と言《い》はめ　あたら清《すが》し女《め》
（「仁徳記」）

と求婚の御歌を寄せられているが、一本菅が、独身を暗示するものとして歌われている。

また、「神武記」には、神武天皇が、伊須気余理比売《いすけよりひめ》と結ばれた時の御歌にも、

葦原《あしはら》の　しけしき小屋《をや》に　菅畳《すがたたみ》　いや清《さや》敷《し》きて　我《わ》が二人《ふたり》寝《ね》し

と、菅畳が歌われている。

菅は当時の人にとって、清々しいものと見なされたのであろう。一本菅にたとえられた八田皇女は、「あたら清し女」（「仁徳記」）と称えられていたのである。

とすれば、有馬菅笠も、そのような惜しむほどの清らかな女に、もっともふさわしい菅笠と認められていたのではないだろうか。もちろん、『万葉集』の歌からもお判りになるように、有間菅は「あり」に掛かる枕詞である。

だが、このように「有間菅」が「清々しき」ものとして、多くの人々から愛用されていたことが、このように枕詞として珍重される原因となったものであろう。

枕詞が定着していくには、当時の人々の信仰心や、好みや、趣向が大きく作用していたのである。その一つが、「有間菅」だといってよいであろう。

あをによし（青丹よし）

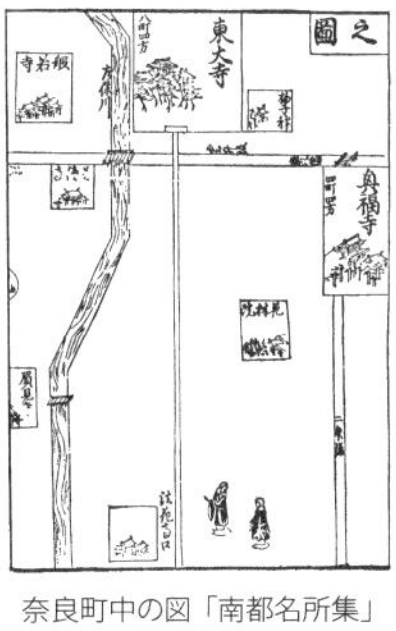

奈良町中の図「南都名所集」

奈良の都は、すでに千三百年の月日を経ているが、大唐国の都、長安を模した壮大な都であった。

特に、天平年間はその全盛期を迎えた時代であったから、

あをによし　奈良《なら》の都《みやこ》は　咲《さ》く花《はな》の　薫《にほ》ふがごとく　今盛《いまさか》りなり

（『万葉集』巻三―328）

と歌われたのである。いうまでもなく、この歌は、大宰少弐《だざいのしょうに》小野老《おののおゆ》が、大宰府から献じた讃歌である。

「あをによし」は、奈良の枕詞であるが、一般には、奈良坂のあたりから青土《あおに》が出土していたからであるという。

ただ、『万葉集』の表記では、「青丹吉」とか「緑青吉」とされているから、平城京の宮殿の瓦が、青にかがやき、柱が朱で彩られていたことが、奈良時代の歌人に強く影響を与えていたのではあるまいか。

もちろん「青丹よし」は、すでに『古事記』に「あをによし　那良《なら》を過《す》ぎ　小楯倭《をだてやまと》を過《す》ぎ」という葛城石之比売《かずらきのいわのひめ》（磐姫）の御歌を載せているから、必ずしも、奈良の都の壮麗さを称える枕詞ではないであろうが、佳麗で壮大な奈良の都の宮殿を目にした人たちは、青丹はそれこそ宮殿を彩り、天皇の権威の高揚を象徴するものとして意識したことは、間違いないとわたくしは思っている。小野老の歌は、まさにそれを証しているといってよいであろう。

また五行説でいえば、緑（青）は、東の色であり、朱《あか》（赤）は南の色であったから、青丹は、最盛期を示す色であったのである。陰陽でいえば「陽」に該当する色が、青（緑）と赤である。

緑（青）はいわゆる青葉若葉の色であり、朱は太陽を象徴するものであった。さらにいえば「朱」は明るい色で、黒《くろ》（玄）の暗い色に対するものであった。

また、先の歌には「咲く花の　薫ふがごとく」と歌われているが、「神代記」でも、番能邇邇芸命《ほのににぎのみこと》に、木花之佐久夜比売《このはなのさくやびめ》を献じた大山津見神《おおやまつみのかみ》は「木《こ》の花《はな》の栄《さか》ゆるが如栄《ごとさか》え坐《いま》さむ」と願っていることを伝えている。

おそらく、小野老も、桜の花の咲き散れる栄華を祈願したのであろう。

ところで「咲く花の　薫ふがごとく」と歌われた花は、果たして桜の花であろうか、あるいは、また、中国文化に愛された梅の花であろうかと、わたくしは迷うのである。

確かに「青丹よし奈良」とすれば、唐朝文化のイメージが強いから、花を梅と見なすことの方が、ふさわしいように思われるのである。

しかし、一方、日本では伝統的に、花といえば、桜を指しているのである。「允恭紀」八年二月条に、

花《はな》ぐはし　桜《さくら》の愛《め》で　同愛《ことめ》でば　早《はや》くは愛《め》でず　我《わ》が愛《め》つる子《こ》ら

（「允恭紀」）

として、衣通姫《そとおりひめ》を讃美するように、桜を愛でる伝統は、古代を通じて見られるからである。しかし、ことさら「薫」の文字を用いているところからすれば、梅の花の可能性も、充分残されているというべきであろう。

あをはたの（青旗の）

葛城山「日本名山図会」

青旗《あをはた》の　木幡《こはた》の上《うへ》を　通《かよ》ふとは　目《め》には見《み》れども　ただに逢《あ》はぬかも

（『万葉集』巻二―148）

この歌は、天智天皇が御危篤になられた時、皇后が献ぜられた御歌である。木幡の森の上を、天皇の御霊が行き来しているのは、目には見えるけれど、直接にはお逢いできない、という意味である。

「天智紀」十年十二月条に、「天皇《てんのう》、近江宮《あふみのみや》に崩《かむあが》りましぬ」と記されているように、天智十（六七二）年に崩御されている。

木幡は、現在の京都府宇治市から、京都市伏見区桃山のあたりにかけての広い地域であったようである。

『延喜式』諸陵式には「山科陵《やましなのりょう》」として、「近江大津宮《あふみのおほつのみや》に、御宇《あめのしたしろしめす》天智《てんぢ》天皇《てんのう》。山城国《やましろのくにの》宇治郡《うぢぐん》に在《あ》り」として、その御陵が、宇治郡の山科に設けられた、と記されているからである。

伊予親王の巨幡《こはた》の墓は、同じく山城国宇治郡に在りとあるから、木幡は、宇治郡山代一帯の朝廷の御陵地を指していたようである。

それにしても、「木幡の上を　通ふとは　目には見」えるということは、おそらく、遊魂の存在が信じられていたことを示すものであろう。

古代では、死後、人の魂は肉体から抜け出すけれど、しばらくはその周辺にただよい続ける、と信じられていた。生命の復活を願う気持ちから「通ふ」という言葉に、あえて「賀欲布《かよふ》」という文字を当てている。

ところで「青旗」は、木々の青々とした様を青旗に見立てたもので、「木幡」に掛かる枕詞とされたようである。

また、木々が青々と茂る「葛城の山」や「忍坂の山」の枕詞として用いられることもある。

我《あ》が恋《こ》ふる　千重《ちへ》の一重《ひとへ》も　慰《なぐさ》もる　心《こころ》もありやと　家《いへ》のあたり　我《わ》が立《た》ち見《み》れば　青旗《あをはた》の　葛城山《かづらきやま》に　たなびける　白雲隠《しらくもがく》る　天《あま》さがる……

（『万葉集』巻四―509）

この歌は、丹比真人笠麻呂《たじひのまひとかさまろ》が、筑紫へ下向した際に、故郷を偲んで歌ったものである。

わたくしが、恋しく思う千分の一でも慰める心もあろうかと、妻のいる方角の大和の山を眺めるが、残念なことに、葛城山にたなびいている白雲に隠れて、妻の家のあたりは少しも見えない、という意味である。

こもりくの　泊瀬《はつせ》の山《やま》　青旗《あをはた》の　忍坂《おさか》の山《やま》は　走《はし》り出《で》の　宜《よろ》しき山《やま》の　出《い》で立《た》ちの　くはしき山《やま》ぞ……

（『万葉集』巻十三―3331）

泊瀬の山や忍坂の山は、長く山裾を引いて好ましい山である。そして、高く際だった美しい山である、という意で、大和盆地の山々を、讃美している歌である。

山を称えることは、自らの土地の安全と保護を求める、願いの呪礼であったようである。

いかるが（斑鳩）

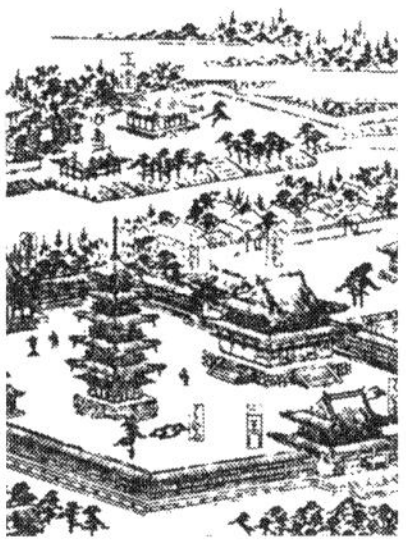

法隆寺「大和名所図会」

斑鳩の地は、聖徳太子の縁《ゆかり》の地である。「用明紀」元年正月条に「是《こ》の皇子《みこ》、初《はじ》め上宮《かみつみや》に居《ましま》しき。後《のち》に斑鳩《いかるが》に移《うつ》りたまふ」と記されている。上宮は、学者によっては「ウヘノミコヤ」と訓《よ》まれるべきだ、と説かれる方もあるが、現在の桜井市上之宮に比定されている。

聖徳太子は、大陸文化を摂取する入口であった難波により近い交通の要衝に、自ら住まいを移された。そこが斑鳩の里であった。「推古紀」十三年十月条に「皇太子《ひつぎのみこ》、斑鳩宮《いかるがのみや》に居《ま》す」とあるが、この頃から政治的にも蘇我氏とは一線を画す意図があったようである。従来の百済を中心とした外交政策を改め、隋との直接交渉を推進することに努められた。さらに重要な点は、仏教を基本とする精神的国家を目指されたことである。

その理想的世界の実現を夢見たところが、斑鳩の里であったのである。

斑鳩は鳥の名前であるが、『和名抄』では「伊加流我《いかるが》」を「顔《かお》は鴿《こう》に似《に》て、白《しろ》き啄《くちばし》なり」と説明している。鴿は家鳩やキジバトの類であるという。斑鳩が具体的にいかなる鳥であるかは、いろいろ説かれているが、この斑鳩が、多く住みついていた地域が、斑鳩の里と呼ばれていたのだろう。

斑鳩の里は、現在の奈良県生駒郡斑鳩町の、法隆寺が建てられている所である。

花橘《はなたちばな》を　ほつ枝《え》に　もち引《ひ》き掛《か》け　中《なか》つ枝《え》に　いかるが掛《か》け　下《しづ》枝《え》に　ひめを掛《か》け　汝《な》が母《はは》を　取《と》らくを知《し》らに　汝《な》が父《ちち》を　取《と》らくを知《し》らに　いそばひ居《を》るよ　いかるがとひめと

（『万葉集』巻十三―3239）

この長歌は、きわめて意味深長で判りづらいが、花橘の上の枝に鳥黐《とりもち》を引きかけ、中の枝に斑鳩を繋ぎ、下の枝に姫を繋いで、お前の母を取るとも知らず、父を取るとも知らずに遊び戯れている斑鳩と姫よ、という意味であろう。

この長歌がいかなる寓意と諷喩を示しているかは判らないが、斑鳩の宮の聖徳太子御一家を滅ぼしていい気になっている蘇我入鹿《そがのいるか》が、父蝦夷《えみし》とともに、中大兄皇子に討たれたことへの諷刺とも考えられるのであろう。

このような諷刺は「崇神紀」にも、

御間城入彦《みまきいりひこ》はや　己《おの》が命《を》を　弑《し》せむと　竊《ぬす》まく知《し》らに　姫遊《ひめなそび》すも
一《ある》に云《い》はく　大《おほ》き戸《と》より　窺《うかが》ひて　殺《ころ》さむと　すらくを知《し》らに　姫《ひめ》遊《なそび》すも

（「崇神紀」）

という、山背《やましろ》の平坂の童女の寓意の歌があるのを思い出す。

『万葉集』には、

斑鳩《いかるが》の　因可《よるか》の池《いけ》の　宜《よろ》しくも　君《きみ》を言《い》はねば　思《おも》ひぞ我《あ》がする

（『万葉集』巻十二―3020）

という歌が収められている。

斑鳩の里の因可の池の名のようによろしい人だと、人々はあなたのことを言わないので、わたくしはひとり悩んでいる、という意味である。

いこまやま（生駒山）

生駒山「山水奇観〈五畿奇勝〉」

「神武紀」即位前紀には、東征された神武天皇の軍隊は「歩《かち》より龍田《たつた》に趣《おもぶ》く。而《しか》して其《そ》の路狭《みちさ》く嶮《さが》しくして、人並《ひとな》み行《ゆ》くこと得《え》ず。乃《すなは》ち還《かへ》りて更《さら》に東《ひむがしのかた》　胆駒山《いこまのやま》を踰《こ》えて、中洲《うちつくに》に入《い》らむと欲《おもほ》す」とあるが、昔は、生駒山を越えて大和の盆地に赴く路が開かれていたのであろう。

生駒山（胆駒山）は、河内国と大和国の国境をなす山である。

皇極二（六四三）年十一月に、斑鳩宮において蘇我入鹿《そがのいるか》に襲われた山背大《やましろのおお》兄《え》皇子は胆駒山中に隠れたとあるが（「皇極紀」二年十一月条）、生駒山は軍事上、重要な位置を占めていたのであろう。

『万葉集』には秦間満《はだのままろ》の、

夕《ゆふ》されば　ひぐらし来鳴《きな》く　生駒山《いこまやま》　越《こ》えてそ我《あ》が来《く》る　妹《いも》が目《め》を
欲《ほ》り　（『万葉集』巻十五―3589）

という、生駒山を越えて妻に逢いにゆく男の歌が収められている。

夕方になると、ひぐらしが来て鳴く生駒山を、わたしは越えてやって来たのだ、妻に逢いたいので、という意味である。

妹《いも》に逢《あ》はず　あらばすべなみ　岩根踏《いはねふ》む　生駒《いこま》の山《やま》を　越《こ》えてそ
我《あ》が来《く》る　（『万葉集』巻十五―3590）

恋人に逢わなければどうしようもないので、わたくしは、岩根を踏みながら苦労をものともせず、生駒の山を越えて、あなたの許《もと》にやって来た、という意味である。

「雄略記」には、皇后の若日下部王《わかくさかべのおおきみ》の許に天皇が「日下《くさか》の直越《ただこ》えの道《みち》より、河内《かふち》に幸行《い》でましき」と記されているように、大和の平群郡より生駒山の南方を越えて河内の国に至り、難波に赴く道が開かれていたのである。

これを「日下の直越」と称していたのである。秦間満が、河内の生駒山を越えたのか、あるいは大和から生駒山を越えたのか、前出の歌からは判らないが、相当に困難な道程であったことは間違いないであろう。

秋《あき》さり来《く》れば　生駒山《いこまやま》　飛火《とぶひ》が岡《をか》に　萩《はぎ》の枝《え》を　しがらみ散《ち》らし
さ雄鹿《をしか》は　妻呼《つまよ》びとよめ　山見《やまみ》れば　山《やま》も見《み》が欲《ほ》し　里見《さとみ》れば　里《さと》
も住《す》み良《よ》し……　（『万葉集』巻六―1047）

として、春の春日山に対し、秋の生駒山を讃美している。

秋になると、生駒山や飛火が岡には、萩の枝がからみながら散っていて、雄鹿が雌鹿を呼ぶ声が響いている。山を見れば、山もますます見たくなる。里を見れば、また里も住みよく思われる、という意味である。

妹《いも》がりと　馬《うま》に鞍置《くらお》きて　生駒山《いこまやま》　うち越《こ》え来《く》れば　紅葉散《もみちち》りつつ
（『万葉集』巻十―2201）

昔より、生駒山が、紅葉の名所であったことを示す歌であるが「もみち」をあえて「黄葉」ではなく、「紅葉」と明記しているので、わたくしたちが現在いう「紅葉」であることは明らかである。

難波津《なにはと》を　漕《こ》ぎ出《で》て見《み》れば　神《かみ》さぶる　生駒高嶺《いこまたかね》に　雲《くも》そたなびく
（『万葉集』巻二十―4380）

これは下野国梁田郡《やなだのこおり》の上丁《じょうちょう》大田部三成《おおたべのみなり》の歌である。

生駒山は、式内社《しきないしゃ》である住馬《いこま》坐《います》伊古麻都比古《いこまつひこ》神社が祀られる神の山であった。

いさなとり

鯨取り「西国三十三所名所図会」

よしゑやし　潟《かた》はなくとも　いさなとり　海辺《うみへ》をさして　にきたづの　荒磯《ありそ》の上《うへ》に　か青《あを》く生《お》ふる　玉藻《たまも》沖《おき》つ藻《も》……

（『万葉集』巻二―131）

ええままよ、潟はなくとも、浦はなくとも、海辺をさして、和多豆《にきたづ》の荒磯の上に、青々とはえている玉藻や沖つ藻、という意味の、柿本人麻呂の歌である。この風景は石見国《いわみ》の海である。この長歌に「いさなとり　海辺をさして」と歌われているが「いさな」は鯨のことである。万葉仮名で「鯨魚取《いさなとり》」として表記されている。

いさなは「勇魚」の意味であろう。「いさなとり」は、鯨を取る「海」や「浜」「灘」の枕詞とされている。「允恭紀」十一年三月条に、衣通姫《そとおりひめ》が允恭天皇とともに、茅渟宮《ちぬのみや》に行かれた時、次の歌を詠んでいる。

とこしへに　君《きみ》も会《あ》へやも　いさなとり　海《うみ》の浜藻《はまも》の　寄《よ》る時々《ときとき》を

（「允恭紀」）

いつも変わらず、あなたと逢えるわけではない。海の浜藻が、波のまにまに漂い寄るように、たまにしかお逢いできない、という意味である。

それに対し、天皇は、このことが知れたなら、皇后の忍坂大中姫《おしさかのおおなかつひめ》が嫉妬するから、「なのりそ」、つまり、決して口に出して喋ってはならないと、口止めされたと伝えている。そのことより、その海藻を「なのりそも」（勿告藻）と名付けたといわれている。

越《こし》の海《うみ》の　角鹿《つのが》の浜《はま》ゆ　大船《おほぶね》に　真梶貫《まかぢぬ》き下《お》ろし　いさなとり　海《うみ》路《ぢ》に出《い》でて　あへきつつ　我《わ》が漕《こ》ぎ行《ゆ》けば　ますらをの　手結《たゆひ》が浦《うら》に　海人娘子《あまをとめ》　塩焼《しほや》く煙《けぶり》　草枕《くさまくら》　旅《たび》にしあれば　ひとりして　見《み》るしるしなみ　わたつみの　手《て》に巻《ま》かしたる　玉《たま》だすき　かけて偲《しの》ひつ　大和島根《やまとしまね》を

（『万葉集』巻三―366）

この笠朝臣金村の歌は、越（北陸）の海の角鹿の浜より、大船に楫を取りつけ海路に出て、あえぎながら漕いで行くと、手結の浦に、若い海女の、藻塩焼く煙が立ちこめている。旅先であるから、ひとりで見る甲斐がないが、海神が、手の甲に巻かれるという玉ではないが、その玉襷を懸けるように想いをかけて、わたくしは、ひとりで大和島根の方々を偲んでいる、という意味である。ここでは「いさなとり」は「勇魚取」として表記されている。

難波宮の讃歌にも、

やすみしし　我《わ》が大君《おほきみ》の　あり通《がよ》ふ　難波《なには》の宮《みや》は　いさなとり　海《うみ》片付《かたづ》きて　玉拾《たまひり》ふ　浜辺《はまへ》を近《ちか》み……

（『万葉集』巻六―1062）

として「いさなとり　海片付きて」と歌われている。

いさなとり　海《うみ》や死《し》にする　山《やま》や死《し》にする　死《し》ぬれこそ　海《うみ》は潮干《しほひ》て　山《やま》は枯《か》れすれ

（『万葉集』巻十六―3852）

大海は、本当に死ぬことがあるのだろうか。あるいは、山が死ぬようなことが起きるのだろうか。死ぬからこそ、海は潮が引き、山は枯れるのだ、という意味である。

仏教的な傍観を語っているのであろうが、『古事記』の須佐之男命《すさのおのみこと》の、「其《そ》の泣《な》く状《さま》は、青山《あをやま》の枯山《からやま》の如《ごと》く泣《な》き枯《か》らし、河海《かはうみ》は悉《ことごと》に泣《な》き乾《ほ》しき」の一節にも、類似しているといってよいであろう。

いせ（伊勢）

二見浦「伊勢参宮名所図会」

「垂仁紀」二十五年三月条によると、倭姫命《やまとひめのみこと》は天照大神と「鎮《しづ》め坐《ま》せむ処《ところ》」を求めて、伊勢の国に至ったという。

ここで、大神は倭姫命に、「是《こ》の神風《かむかぜ》の伊勢国《いせのくに》は、常世《とこよ》の浪《なみ》の重浪《しきなみ》帰《よ》する国《くに》なり」とおおせになり、この地にとどまられたと伝えている。

伊勢神宮の起源伝承であるが、伊勢が「常世の浪の重浪の帰する国」と見なされていたことは、伊勢の国の本質をとらえているといってよいと思っている。

伊勢は、近畿地方の東に位置するが、これこそ「日向《ひむか》」の典型的な所であった。つまり日々に太陽はこの地の海で再生して昇るのである。言葉を換えていうならば、西の方に沈んだ太陽が、再びこの地に帰ってきて、新しい太陽として復活するのである。

常世とは、永生というより、常に再生を繰り返すことである。太陽は、伊勢の海で禊《みそぎ》されて再生される、と考えられたのである。

ちなみに「伊勢《いせ》」は「磯《いそ》」が、その名の由来であろう。「応神記」に「伊勢部」とあるが、これは「磯部」とも書かれているからである。

御食《みけ》つ国《くに》　神風《かむかぜ》の　伊勢《いせ》の国《くに》は　国見《くにみ》ればしも　山見《やまみ》れば　高《たか》く貴《たふと》し　川見《かはみ》れば　さやけく清《きよ》し　湊《みなと》なす　海《うみ》も広《ひろ》し　見渡《みわた》す　島《しま》も名《な》高《たか》し……

（『万葉集』巻十三—3234）

貢物を献ずる伊勢の国は、国見をするならば、山を見ると高くそびえ立ち、尊く見られる。川を見ると、さわやかで清らかである。港を形成している海は、広々としているし、遥かに見渡す島も名高い、という意味である。

「御食つ国」というは伊勢神宮に海の幸、山の幸を献ずる国の意味である。『延喜式』（伊勢太神宮）によると、伊勢国には、神田《かみた》が三十二町一段置かれ、神宮の封戸《ふこ》千八百三十戸が存在している。

伊勢《いせ》の海人《あま》の　朝《あさ》な夕《ゆふ》なに　潜《かづ》くといふ　鮑《あはび》の貝《かひ》の　片思《かたもひ》にして

（『万葉集』巻十一—2798）

伊勢神宮には、九月の神嘗祭《かんなめさい》に「鰒《あわび》十二斤」、「度会宮《わたらいのみや》」に「鰒八斤」などと、鮑が献ぜられている。『延喜式』主計寮上によると、志摩国より「御《み》取鰒《とりのあわび》」が、調として献上されている。

それはともかくとして、「鮑の片思い」の言葉が、この歌に歌われているのである。

山辺《やまのへ》の　御井《みゐ》を見《み》がてり　神風《かむかぜ》の　伊勢娘子《いせをとめ》ども　相見《あひみ》つるかも

（『万葉集』巻一—81）

この恋歌は、和銅五（七一二）年四月に、長田王が、伊勢の斎宮に遣わされた時のものである。山辺の御井を拝見したついでに、伊勢の処女達に、はからずしも逢った、という意味である。

伊勢国員弁《いなべ》郡のうちに、「御井」という地名が存在している。現在の三重県いなべ市大安《だいあん》町大井田付近である。

養老二（七一八）年二月、元正天皇の伊勢行幸に従った安貴王《あきのおおきみ》は、

伊勢《いせ》の海《うみ》の　沖《おき》つ白波《しらなみ》　花《はな》にもが　包《つつ》みて妹《いも》が　家《いへ》づとにせむ

（『万葉集』巻三—306）

という歌を、奈良に残した妻に贈っている。

いそのかみふる
（石上布留）

布留社「大和名所図会」

石上《いそのかみ》　降《ふ》るとも雨《あめ》に　つつまめや　妹《いも》に逢《あ》はむと　言《い》ひてしものを

（『万葉集』巻四―664）

この大伴像見《かたみ》の歌は、降ってくる雨などに妨げられようか、あなたにお逢いしたいと、固く約束を交わしたのだから、という意味である。

石上は、

磯城島《しきしま》の　大和《やまと》の国《くに》の　石上《いそのかみ》　布留《ふる》の里《さと》に　紐解《ひもと》かず……

（『万葉集』巻九―1787）

と歌われるように、大和国山辺郡石上郷である、その石上郷の布留と呼ばれる所に、石上布留《いそのかみふる》の社《やしろ》と呼ばれる石上神社が祀られていたのである。

この石上神社の祭神は物部《もののべ》氏が斎《いつ》く、布留御魂《ふるのみたま》（経津主神《ふつぬしのかみ》）である。御神体は韴霊剣刀《ふつのみたまのつるぎ》（『旧事本紀』天孫本紀）とも称するが、もともと物部氏の破邪《はじゃ》の剣そのものであった。

その剣が、「布留」の名を冠して呼ばれるのは、その剣先に神が降臨されて、悪霊を調伏する力を有する、と考えられていたからである。

「フル」は剣刀を振り下ろす意でもあるが、本義的には、破邪の神が、霊剣の穂先に降臨されることをいうのである。これがいわゆる鎮魂《たまふり》である。

鎮魂は古代でも、「タマシズメ」とともに「タマフリ」と訓《よ》まれていたが、「タマフリ」は、神が降る（降臨される）ことである。そして、その神が、悪霊を威力で鎮めることが、「タマシズメ」そのものである。

石上の神は「タマフリ」のすぐれた神と見なされていたから、特に布留の神と称されていたのである。

おそらく、物部氏の軍隊は、常にこの「布留の神」を奉斎して、「まつらわぬ」（従わない）者を鎮圧していたのであろう。

このように、石上といえばすぐ布留の神が想起されたから、石上は「布留」や、「下る」の枕詞となっていったのである。

さらにいえば、物部氏の祖神である宇摩志麻治《うましまぢ》の神は、天神より授けられた天《あま》の璽《みしるし》の瑞宝《ずいほう》をもたらした。この瑞宝を一《ひ》、二《ふ》、三《み》……と言って振るえば、痛む所はたちどころになおり、死者も生き返ると伝えられていた（『旧事本紀』天皇本紀）。この神宝を、ゆらゆら振ることも、いわゆる「布留《ふる》」に含まれていたのである。

石上神社の御神木は杉であったが、杉は「直っすぐな木」を原義としていた。その杉は、人々によく知られていたから、『万葉集』にも、

石上《いそのかみ》　布留《ふる》の山《やま》なる　杉群《すぎむら》の　思《おも》ひ過《す》ぐべき　君《きみ》にあらなくに

（『万葉集』巻三―422）

などと歌われているのである。この歌では、「思ひ過ぐ」の「過ぐ」が杉に掛けられているのである。

ちなみに、天武十三（六八四）年に、物部連《むらじ》麻呂《まろ》は、石上朝臣《あそみ》という姓を賜っているが（「天武紀」）、これは物部氏の本拠地が、大和国山辺郡石上郷にあったためである。その麻呂の孫の宅嗣《やかつぐ》は、宝亀十（七七九）年、石上大朝臣《おおあそみ》の姓を賜っている（『続日本紀』宝亀十年十一月条）。

いつも（厳つ藻）

フキ「七十二候名花画帖」

川《かは》の上《へ》の　いつ藻《も》の花《はな》の　いつもいつも　来《き》ませわが背子《せこ》　時《とき》じけめやも
（『万葉集』巻四―491）

この吹芡刀自《ふふきのとじ》の相聞歌は、川の辺に咲くいつ藻ではないが、いつでもいつでもわたくしの所へおいで下さい。来ていただいても、決して悪い時なぞありませんから、という意味である。

興味深いことに、この相聞歌は、そのまま『万葉集』の巻十―1931に重複して載せられている。

『万葉集』巻一には「十市皇女《とをちのひめみこ》の伊勢神宮《いせじんぐう》に参《まゐ》り赴《おもむ》きし時に、波多《はた》の横山《よこやま》の巌《いはほ》を見て、吹芡刀自《ふふきのとじ》の作りし歌」として、

河上《かはのへ》の　ゆつ岩群《いはむら》に　草生《くさむ》さず　常《つね》にもがもな　常娘子《とこをとめ》にて
（『万葉集』巻一―22）

の歌を献じているが、その註に「吹芡刀自、未《いま》だ詳《つまび》らかならず」と記されている。おそらく、吹芡刀自は、天武天皇の時代に十市皇女に仕えた女官であろう。

十市皇女は、天武天皇と額田王《ぬかたのおおきみ》との間に生まれた皇女であったが、不幸なことに、壬申《じんしん》の乱で、父の天武天皇と対立した大友皇子に嫁していたため、苦難の一生を過ごされた皇女であった。

天武四（六七五）年二月、阿閉皇女《あへのひめみこ》とともに伊勢神宮に参向した時、それに従った吹芡刀自が、十市皇女に永遠の乙女でほしいと歌ったのである。

吹芡は「蕗」の古名であろうが、古代では「フフキ」（斑雑毛）の意もあったようである。つまり、白髪まじりの様をいうのである。

「皇極紀」二（六四三）年十一月条「山背王《やましろのみこ》の頭髪《みぐし》斑雑毛《ふふき》にして山羊《かましし》に似《に》たるに喩《たと》ふ」に見える「斑雑毛」である。

その名を名告《なの》る吹芡刀自が、それとはまったく対比的な、十市皇女の常《とこ》処女《おとめ》を願っているのである。

十市皇女は、河藻が長く流れるような黒髪をなびかせた常処女であり、吹芡刀自にとっては、あくまで永遠の乙女でいてほしかった女性なのである。いうなれば、穢れを知らぬ聖女と願われたのであろう。

ところで、冒頭の吹芡刀自の歌に、「いつ藻」とあるが、「厳つ藻」の意であろう。

「イツ」は厳島神社の「イツ」で、激しい神の威力である。

ちなみに、出雲国の「イヅモ」の由来は、『出雲国風土記』に「八雲立《やくもた》つ出雲《いづも》」であるというが、

やつめさす　出雲建《いづもたける》が　佩《は》ける刀《たち》　黒葛多纏《つづらさはま》き　さ身無《みな》しにあはれ
（「景行記」）

の場合の「やつめさす」は、「出雲」にかかり、おそらく、これは「八《や》つ藻《も》さす　厳《い》つ藻《も》」の意味ではないだろうか。

出雲の神社では、昔から「和布刈《めかり》の神事」が行われていたから、そこで刈られる和布《わかめ》は、厳つ藻と称していたのである。

いずれにしても、厳つ藻は、神事にかかわる名称であったと考えてよい。

いはせのもり（岩瀬の社）

ホトトギス「日本産物志」

神奈備《かむなび》の　磐瀬《いはせ》の社《もり》の　呼子鳥《よぶこどり》　いたくな鳴《な》きそ　我《あ》が恋《こひ》まさる

（『万葉集』巻八—1419）

神奈備の磐（岩）瀬の社の呼子鳥よ、ひどく鳴かないでほしい。なぜなら、わたくしの恋心がつのるばかりだから、という意味であろう。

鏡女王のこの歌では、磐瀬の社の「いはせ」が「いはせる」つまり「白状させる」意に通ずるので、秘めた恋心を口に出すことを連想させる。

だが、この磐瀬の社は有名なわりに、所在地は必ずしも明らかではないのである。

たとえば、斑鳩《いかるが》町の稲葉車瀬の竜田川の東岸の森とする説や、あるいは三郷町立野の大和川北岸の森などがあげられている。

竜田川説をとなえる人は、『後撰和歌集』（巻十四・恋六—1033）の在原元方《ありわらのもとかた》の、

竜田河《たつたかは》　立《た》ちなば君《きみ》が　名《な》を惜《を》しみ　岩瀬《いはせ》の森《もり》の　言《い》はじとぞ思《おも》ふ

を典拠とするようである。

神奈備《かむなび》の　磐瀬《いはせ》の社《もり》の　ほととぎす　毛無《けなし》の岡《をか》に　いつか来鳴《きな》かむ

（『万葉集』巻八—1466）

これは志貴皇子《しきのみこ》の御歌であるが、ここに見える「毛無の岡」は、ほとんど草木の茂っていない丘、という意味であろう。

毛無山と称するところは、信濃国下高井郡野沢（長野県下高井郡野沢温泉村）に毛無山があり、駿河国富士郡柚野村の天子獄の北にも、毛無山があるという（吉田東伍『大日本地名辞書』）。

もちろん、『万葉集』で歌われる毛無山は、大和の毛無山であろう。法隆寺の北方は「毛無池」があり、そのあたりだろうともいわれている。

もののふの　磐瀬《いはせ》の社《もり》の　ほととぎす　今《いま》も鳴《な》かぬか　山《やま》の常陰《とかげ》に

（『万葉集』巻八—1470）

刀理《とりの》（土理）宣令《せんりょう》のこの歌は、磐瀬の社のほととぎすよ、今こそ鳴いてくれないのだろうか、つねに日のささぬ山陰で、という意味であろう。

磐瀬の社は、ほととぎすの名所として有名であったのであろう。

ここで、「磐瀬の社」に枕詞「もののふの」が冠せられているが、物部《もののふ》の八十伴《やそとも》といわれるように、数の多いものに「もののふの」が枕詞として用いられ、「五十《いそ》」も同様と見なされて、磐瀬の「い」に掛かると説かれている。

清少納言は『枕草子』百八段で、「森《もり》は　浮田《うきた》の森《もり》。うへ木《き》の森《もり》。岩瀬《いはせ》の森《もり》。たちぎきの森《もり》」として、岩瀬の森をあげている。

岩瀬の森は、その名に引かれて、平安時代に入っても歌われている。

今日《けふ》こそは　いはせの森《もり》の　下紅葉《したもみぢ》　色《いろ》にいづれば　ちりもしぬらめ

（『金葉和歌集』巻八・恋下—472）

今日こそは言ってしまおう。岩瀬の森の下紅葉が色づくように、はっきりと色に出るならば、恋も散ってしまうだろうから、という意味の源兼昌《かねまさ》の歌である。

いはばしる（石走る）

吉野滝「和朝名勝画図」

『万葉集』巻八の巻頭を飾る歌は、志貴皇子《しきのみこ》の、

いはばしる　垂水《たるみ》の上《うへ》の　さわらびの　萌《も》え出《い》づる春《はる》に　なりにけるかも

（『万葉集』巻八―1418）

という、清冽な早春賦である。

「岩ばしる」は、雪解けの水が、ほとばしる様を表す言葉である。垂水は崖の上から、したたり落ちる滝のことである。「垂る」は上から下に下ることをいうが、またこの「タル」は「テル」（照る）と同義の言葉でもあった。

志貴皇子は、天智天皇の皇子であったため、天武朝の系統が皇位を継承する時代にあっては、必ずしも恵まれた環境に置かれていたわけではない。だが、志貴皇子のこの歌は、『万葉集』の中でも、ひときわ光彩を放つ秀歌である。

この歌は奈良朝の末期、志貴皇子の皇子、白壁王《しらかべのおおきみ》が、藤原百川《ふじわらのももかわ》らに擁立されて光仁天皇となられることを暗示するような歌である。光仁天皇が即位されると、志貴皇子は「春日宮の天皇」を追贈されている（『続日本紀』宝亀元年十一月条）。

とすれば、志貴皇子は、まさに雪解けの水、つまり「垂水」のごとき、我が世の春を謳歌されたことになる。あたかもこの歌は、後世の姿を予見しているようである。といっても、もちろん、これは、単なる後世の想像に過ぎないというべきであろう。

ところで、「石走る」は「垂水」のみならず、「近江」に掛かる枕詞でもあった。柿本人麻呂の、

あまざかる　鄙《ひな》にはあれど　いはばしる　近江《あふみ》の国《くに》の　楽浪《ささなみ》の　大《おほ》津《つ》の宮《みや》に……

（『万葉集』巻一―29）

の歌では、近江の枕詞として用いられる。

「楽浪《ささなみ》」という表記は、「神楽声浪《ささなみ》」（『万葉集』巻七―1398）とか、「神楽浪《ささなみ》」（『万葉集』巻二―154）などとされているが、これは神楽の囃《はやし》言葉の「ささ」を援用したものであろう。

『古事記』に、息長帯日売命《おきながたらしめのみこと》（神功《じんぐう》皇后）が、御子の品陀和気命《ほんだわけのみこと》（応神天皇）を待酒《まちざけ》して歓待された時、

豊寿《とよほ》き　寿《ほ》き廻《もとほ》し　献《まつ》り来《こ》し御酒《みき》ぞ　乾《あ》さず食《を》せ　ささ

と歌われたと記されている。「ささ」は単なる囃詞ではなく、神の降霊をうながす言葉であると考えている。

巫女の、天宇受売命《あめのうずめのみこと》が、天の香山の小竹葉を手草に持つのも、そのためである（『古事記』天の石屋戸の段）。

このように「石走る」は、滔々《とうとう》と流れる雪解けの水の清冽な響きや、神の降霊の高ぶりを暗示する言葉となっている。

石走《いはばし》る　垂水《たるみ》の水《みづ》の　はしきやし　君《きみ》に恋《こ》ふらく　我《わ》が心《こころ》から

（『万葉集』巻十二―3025）

岩の上をはげしく流れる滝の水のように、わたくしは、高ぶる気持ちであなたを愛している。あなたは知らないだろうが、それは、わたくしひとりの心で感じていることだ、という意味であろう。こちらは恋の高ぶりである。

いはひべ（斎瓮）

神子・巫女「百人女郎品定」

草枕《くさまくら》　旅行《たびゆ》く君《きみ》を　幸《さき》くあれと　斎瓮《いはひへ》するつ　我《あ》が床《とこ》の辺《へ》に

（『万葉集』巻十七—3927）

大伴家持が、天平十八（七四六）年閏《うるう》七月に、越中守として赴任を命ぜられた時、叔母の大伴坂上郎女《さかのうえのいらつめ》が、贈った歌である。

大伴坂上郎女が、娘の夫でもある家持の旅の安全と、国司の任期を無事に終えることを祈るため、神を祀り、その御前に斎瓮を据え、酒を入れて祈った。この斎瓮の「斎《いはひ》」は、神を斎《いつ》きまつるの意である。「瓮《へ》」は、酒や神水を入れる甕《かめ》である。

斎瓮は、「神代紀」に散見する「厳瓮《いつへ》」と同じものであろう。厳瓮の「厳《い》」とは、神威の強い様を表現する言葉である。

安芸の宮島の神が坐《いま》す島を、厳島《いつくしま》と称するのもそのためである。

奥山《おくやま》の　賢木《さかき》の枝《えだ》に　しらか付《つ》く　木綿《ゆふ》取《と》り付《つ》けて　斎瓮《いはひへ》を　斎《いは》ひ
ほりするゐ　竹玉《たかたま》を　しじに貫《ぬ》き垂《た》れ……

（『万葉集』巻三—379）

と歌われているが、この長歌は、大伴氏の祭主の地位にあった坂上郎女の作である。

古代にあっては、一族の祭りの主催者一門を代表するのは、主として女性であった。

後になると、仏教思想の影響で、祭りは、もっぱら男性の手に委ねられたが、古代の代表的な祭主、つまり巫女は、卑弥呼や神功《じんぐう》皇后のように、もっぱら女性が占めていた。

斎瓮は「ほりするゐ」とあるように、大地を掘って据えていたようである。

木綿《ゆふ》だすき　肩《かた》に取《と》り掛《か》け　斎瓮《いはひへ》を　斎《いは》ひ掘《ほ》りするゐ　天地《あめつち》の　神《かみ》に
そ我《あ》が乞《こ》ふ　いたもすべなみ

（『万葉集』巻十三—3288）

木綿襷を肩に掛け、斎瓮を大地に据えて、天地の神々にお願いをしている。なぜならば、わたくしの持っている力ではどうしようもないから、といっているのである。

菅《すが》の根《ね》の　ねもころごろに　我《あ》が思《おも》へる　妹《いも》によりては　事《こと》の忌《い》み
も　なくありこそと　斎瓮《いはひへ》を　斎《いは》ひ掘《ほ》りするゐ　竹玉《たかたま》を　間《ま》なく貫《ぬ》き
垂《た》れ　天地《あめつち》の　神《かみ》をそ我《あ》が祈《の》む　いたもすべなみ

（『万葉集』巻十三—3284）

の歌も、先の歌と類似しているが、『万葉集』の註記にあるように「妹によりては」は「君により」と改めるべきであろう。なぜならばこの長歌の反歌は、

たらちねの　母《はは》にも告《の》らず　包《つつ》めりし　心《こころ》はよしゑ　君《きみ》がまにまに

（『万葉集』巻十三—3285）

と記されているからである。

「神武紀」即位前紀には、天皇が「丹生《にふ》の川上《かはかみ》の五百《いほつ》種の真坂樹《まさかき》を抜取《ねこじ》にして、諸神《もろかみたち》を祭《いは》ひたまふ。此《これ》より始《はじ》めて厳瓮《いつへ》の置有《おきものあ》り」とある。本来は女性が斎主となるが、この時は戦場であったので、大伴の祖である道臣命《みちのおみのみこと》が、仮に厳媛《いつひめ》と称して、代役を務めたのである。

いめたてて（射目立てて）

イノシシ狩「日本歴史図解」

「いめたてて」の「いめ（射目）」は、狩猟の際に、獣道で待ち伏せするため、柴などで身を隠す場所をいう。

み吉野《よしの》の　秋津《あきづ》の小野《をの》の　野《の》の上《うへ》には　跡見《とみ》する置《お》きて　み山《やま》には
射目《いめ》立《た》て渡《わた》し　朝狩《あさがり》に……
（『万葉集』巻六―926）

山部赤人のこの長歌は、吉野の秋津野で神亀二（七二五）年五月に、聖武天皇が、吉野の離宮に行幸された際の歌である。

射目は、待ち伏せの矢を放つための穴の意でもある。『播磨国風土記』餝《しか》磨《ま》郡の英馬野《あがまの》の条には「是《こ》の時《とき》、射目《いめ》を立《た》てし処《ところ》は、即《すなは》ち射目前《いめさき》と号《なづ》け」と記されている。この射目前は、姫路市上手野、下手野付近にある。

高山《たかやま》の　峰《みね》のたをりに　射目《いめ》立《た》てて　鹿猪《しし》待《ま》つごとく　床敷《とこし》きて
我《あ》が待《ま》つ君《きみ》を　犬《いぬ》な吠《ほ》えそね
（『万葉集』巻十三―3278）

この長歌は、恋人がいつ来るのかとじっと待つ者の気持ちを、狩人の気持ちに託して、歌ったものである。

高山の嶺の窪みの部分に、射目を立てて、鹿や猪の来るのをじっと窺《うかが》うように、わたくしは、床を敷いて、恋人の来訪を待っている。犬よ、決して、恋人に吠えるな、という意味である。

この長歌には、

葦垣《あしかき》の　末《すゑ》かき別《わ》けて　君越《きみこ》ゆと　人《ひと》にな告《つ》げそ　事《こと》はたな知《し》れ
（『万葉集』巻十三―3279）

という反歌がつけられている。

葦垣をかき分けて、恋人が越えてくると、人には決して告げないでほしい。ことの事情を、よくよく理解しておくれ、という意味である。

それにしても、先の長歌の作者は、男であるようにも思われるが、妻問いの時代からすれば、女性とも考えられる不思議な歌である。

射目《いめ》立《た》てて　跡見《とみ》の岡辺《をかへ》の　なでしこが花《はな》　ふさ手折《たを》り　我《わ》は持《も》ちて行《ゆ》く　奈良人《ならひと》のため
（『万葉集』巻八―1549）

この歌は、典鋳正紀朝臣鹿人《てんちゅうのしょうきのあそみかひと》が、跡見《とみ》の庄《たどころ》に、衛門大尉《えもんのだいじょう》大伴宿禰稲《いな》公《きみ》を訪問した際のものである。

ちなみに、典鋳正は、大蔵省の典鋳司《てんちゅうのつかさ》という宮司の長宮で、正六位上が相当官である（『官位令』）。

一方の衛門大尉は、従六位下である。ほぼ同格の仲間同士が訪問しあって、親交を深めていたのであろう。

大伴稲公は、大伴安麻呂の子で、大伴坂上郎女《さかのうえのいらつめ》の兄弟である。大伴一族の跡見の庄は、現在の奈良県桜井市外山《とび》付近にあったといわれている。

『万葉集』巻四―723にも、坂上娘女が、跡見の庄から佐保の宅で留守番をしている娘の大伴坂上大嬢《おおいらつめ》に贈った歌がある。

また、巻八―1560・1561も、坂上郎女が「跡見の田荘《たどころ》」で歌った歌なので、ここに大伴氏の田荘があったことが窺える。

うぢ（宇治）

宇治川「拾遺都名所図会」

もののふの　八十《やそ》宇治川《うぢかは》の　網代木《あじろき》に　いさよふ波《なみ》の　行《ゆ》くへ知《し》らずも　（『万葉集』巻三―264）

この歌は、柿本人麻呂が旧都の大津宮を見て廻り、飛鳥に帰って来た時の歌である。

宇治川に設けられている網代木に遮られて滞っている波の行方が、わからないように、わたくしの空ろな心の行方もわからない、という意味であろう。おそらく、人麻呂の脳裏には、大津京の荒廃の姿が浮かんでいたのであろう。天智朝の華やかな時代には、多くの官人や宮廷に仕える処女たちでざわめいていた大津京は、壬申《じんしん》の乱の戦火で一挙に焼け落ち、今は人影ひとつないのをつぶさに見てきた人麻呂は、宇治川のほとりに立って、網代木に塞《せ》かれながら流れ去って行く水を、ただ呆然と立ち尽くして見ているのである。

宇治の地は、世を「憂し」と見る人々の隠棲の地であったのである。

宇治人《うぢひと》の　譬《たと》への網代《あじろ》　我《われ》ならば　今《いま》は寄《よ》らまし　こつみ来《こ》ずとも　（『万葉集』巻七―1137）

宇治人というと、すぐ譬えに引かれる網代がわたくしなら、すぐに寄るのに、たとえ木屑のようなものさえ流れてこないとしても、という意味だろうか。

宇治川《うぢかは》の　瀬々《せぜ》のしき波《なみ》　しくしくに　妹《いも》は心《こころ》に　乗《の》りにけるかも　（『万葉集』巻十一―2427）

この恋歌は、宇治川の瀬々にしきりに寄せる波のように、わたくしの心のうちに、恋人のことがしきりに想い出される、という意であろう。

はしきやし　逢《あ》はぬ児《こ》ゆゑに　いたづらに　宇治川《うぢかは》の瀬《せ》に　裳裾《もすそ》濡らしつ　（『万葉集』巻十一―2429）

ああ、いとおしい、どうしても逢ってくれないあの子、それゆえに、背をむけて、いたずらに裳の裾を濡らして、宇治川の瀬に立っている、という意味であろう。

宇治川《うぢかは》の　水沫逆巻《みなあわさかま》き　行《ゆ》く水《みづ》の　事反《ことかへ》らずぞ　思《おも》ひそめてし　（『万葉集』巻十一―2430）

逆巻いて速く流れていく宇治川の水のように、早くもあなたのことを思いそめてしまったわたくしは、もう後戻りはできない、という意味であろう。どうも宇治川の流れは急であったようである。

宇治川《うぢかは》に　生《お》ふる菅藻《すがも》を　川速《かははや》み　取《と》らず来《き》にけり　つとにせましを　（『万葉集』巻七―1136）

あまりにも川の流れが速いので、菅藻を採ることさえできない、愉しみにしていた家の者の土産に、持ち帰ることさえ許されない、という意味である。

宇治は、大和から、山背《やましろ》へ抜ける街道上にあったから、宇治川の流れは、万葉びとにも周知のものであったのであろう。それゆえ、

ちはや人《ひと》　宇治川波《うぢかはなみ》を　清《きよ》みかも　旅行《たびゆ》く人《ひと》の　立《た》ちかてにする　（『万葉集』巻七―1139）

と歌われるのである。旅ゆく人も、立ち去りかねている、と歌っているのである。

うちなびく

アセビ「大植物図鑑」

君《きみ》待つと　庭《には》にし居《を》れば　うちなびく　我《わ》が黒髪《くろかみ》に　霜《しも》そ置《お》きにける
（『万葉集』巻十二―3044）

この相聞歌を読むたびに、わたくしは、必ず、

ありつつも　君《きみ》をば待《ま》たむ　うちなびく　わが黒髪《くろかみ》に　霜《しも》の置《お》くまでに
（『万葉集』巻二―87）

という、磐姫《いわのひめ》の、切々と訴える恋の歌を想起する。

日本の女性の誇りの一つは、このようにうちなびく黒髪であった。

大伴家持は、「防人《さきもり》の悲別《ひべつ》の心《こころ》を追《お》ひ痛《いた》みて作りし歌」の中で、

白《しろ》たへの　袖《そで》折《を》り返《かへ》し　ぬばたまの　黒髪《くろかみ》敷《し》きて　長《なが》き日《け》を……
（『万葉集』巻二十―4331）

と歌っている。

「うちなびく」の「うち」は接頭語で、「なびく」ことを強める語である。おそらく、しなやかになびいていることを述べているのであろう。

また、「うちなびく」は、冬が去り、春が来ると、草木の枝や葉が一斉にしなやかに伸びていくことから、「草」にも掛かる枕詞となったという。

おしてる　難波《なには》を過《す》ぎて　うちなびく　草香《くさか》の山《やま》を　夕暮《ゆふぐれ》に　我《わ》が越《こ》え来《く》れば　山《やま》も狭《せ》に　咲《さ》けるあしびの　悪《あ》しからぬ　君《きみ》をいつしか　行《ゆ》きてはや見《み》む
（『万葉集』巻八―1428）

この長歌は、難波を経て、草香《くさか》の山を夕暮に越えてくると、山を狭しと馬《あ》酔木《しび》がいっぱいに咲いている。それは少しも悪くは感じられない。まったくそのとおりであるが、あなたに一刻も早くお目にかかりたい、という意味である。

万葉歌人は、すぐに、身近にあるものに目をつけて、それを恋人達になぞらえている。

ちなみに、草香の山は、現在の大阪府東大阪市日下《くさか》町付近にあった山である。「神武紀」即位前紀には、神武天皇が長髄彦《ながすねひこ》と激戦して敗れた所と伝えられるが、「雄略記」には、皇后となられた若日下部《わかくさかべ》王《のおおきみ》の故郷とされている。

藤波《ふぢなみ》は　咲《さ》きて散《ち》りにき　卯《う》の花《はな》は　今《いま》そ盛《さか》りと　あしひきの　山《やま》にも野《の》にも　ほととぎす　鳴《な》きしとよめば　うちなびく　心《こころ》もしのに　そこをしも　うら恋《ごひ》しみと……
（『万葉集』巻十七―3993）

この歌では、「うちなびく　心もしのに」と歌われている。「心もしのに」は「心もうちしおれて」の意である。

この場合の心が「うちなびく」というのは、服従する意で、心が完全に相手に奪われるような感情を言い表している。

うちなびく　春来《はるき》たるらし　山《やま》のまの　遠《とほ》き木末《こぬれ》の　咲《さ》き行《ゆ》く見《み》れば
（『万葉集』巻八―1422）

のごとく、「うちなびく」は「春」「はる」に掛かる枕詞として用いられるが、春には草木が一斉にぐんぐん成長する様を、言い表しているのであろう。

うちひさす
（うち日さす）

ツキクサ（ツユクサ）「大植物図鑑」

うちひさす　宮《みや》の我《わ》が背《せ》は　大和女《やまとめ》の　膝《ひざ》まくごとに　我《あ》を忘《わす》らすな
（『万葉集』巻十四―3457）

都へ上って宮仕えする夫よ。大和女の膝を枕にするたびに、わたくしのことを忘れないでほしい、という意味である。上京した夫に対する、心配と嫉妬心がないまぜになった、妻のいじらしい心境が語られている。

この相聞の歌の初めに、「うちひさす宮」という言葉が見られるが、「うちひさす」については、昔よりいろいろと解釈が施されている。

たとえば、「うちひさす」の「うち」は接頭語であり、「日が射す」ことを表すという説であるとか、「うちひ」は「うつひ」で、「全日《うつひ》」や「現し日《うつひ》」などと解する説、さらには、「美しい檜《ひ》」とする異説も呈示されている。

いずれにしても、都や宮を讃美する枕詞であることには、変わりない。

冒頭の相聞歌でも、地方に住む人が目映《まばゆ》い想いで都を見つめている感情が、「うち日さす」の言葉にこめられているようである。

山辺《やまのへ》の　五十師《いし》の原《はら》に　うちひさす　大宮仕《おほみやつか》へ　朝日《あさひ》なす　まぐはしも　夕日《ゆふひ》なす　うらぐはしも　春山《はるやま》の　しなひ栄《さか》えて　秋山《あきやま》の　色《いろ》なつかしき　ももしきの　大宮人《おほみやひと》は　天地《あめつち》　日月《ひつき》と共《とも》に　万代《よろづよ》にもが
（『万葉集』巻十三―3234）

山辺の五十師の原に、大宮に奉仕して、それこそ朝日のように麗《うるわ》しく、夕日のように心にしみるように美しい。春山のように、枝もたわわに茂るように若々しく、秋山のように、その色に心ひかれる大宮人は、天地や日月とともに、永遠に変わらないでほしい、という意味である。

これは、伊勢の五十師の離宮を称える歌だが、ちなみに「しなひ栄えて」は、「撓栄」の意で、枝がたわむほど茂ることを言い表している。

このように、地方から見て、都はあくまで「うちひさす」華やかな憧れの地であった。

うちひさす　宮《みや》にはあれど　月草《つきくさ》の　うつろふ心《こころ》　我《わ》が思《おも》はなくに
（『万葉集』巻十二―3058）

この歌では、「うちひさす」は万葉仮名では「内日刺」と表記されている。わたくしは、宮廷に勤めに出ているが、月草のように移りやすい気持ちは持たない、という意味である。

この歌を、都に召された采女が、故郷に残した恋人に贈った歌として解することもできるであろう。

ちなみに、月草は、露草の古名である。

『万葉集』にも、

月草《つきくさ》に　衣《ころも》そ染《そ》むる　君《きみ》がため　いろどり衣《ころも》　摺《す》らむと思《おも》ひて
（『万葉集』巻七―1255）

と歌われている。露草も染料に用いられたが、すぐに色褪せるともいわれている。この恋の行末も、果たして色褪せるのであろうか。

うつせみの（空蟬の）

セミ「明治期挿絵」

「天武紀」四年四月条に「三位麻続王《みつのくらゐをみのおほきみ》、罪有《つみあ》り。因播《いなば》に流《なが》す。一《ひとり》の子《こ》をば、伊豆島《いづのしま》に流《なが》す。一《ひとり》の子《こ》をば血鹿島《ちかのしま》に流《なが》す」として、麻続王《おみのおおきみ》が流罪となったことが記されている。

残念ながら、麻続王がいかなる人物であり、また、何の罪に問われて流罪となったかは、今日でも詳《つまび》らかではない。「天武紀」では、麻続王は因幡国に流されたと明記されているが、『万葉集』では、伊勢国の伊良虞《いらご》の島と明記されている。ただ、これも正確にいえば、伊良虞は三河国の渥美半島の先端の伊良湖の岬であろう。

しかるに、それも『万葉集』の詞書《ことばがき》に「後人《こうじん》の歌辞《かじ》に縁《よ》りて誤《あやま》り記《しる》せしか」と書かれているところを見ると、伊勢伊良虞説には疑問があり、その伝承には、必ずしも自信がもてなかったようである。

さらに困ったことに、『常陸国風土記』行方《なめかた》郡《のこおり》板来《いたく》の村の条に「飛鳥《あすか》の浄御原《きよみはら》の天皇《すめらみこと》（天武天皇）のみ世《よ》、麻績《をみ》の王《おほぎみ》を遣《や》らひて居《を》らしめし処《ところ》なり」と見え、常陸国への流罪を主張しているのである。

このように、各地に麻続王の流罪地が伝えられるのは、おそらく、麻続王に対する同情の念が強く、そのために、各地で麻続王の流罪伝承が生まれたのであろう。

それはともかく、『万葉集』には、

うつせみの　命《いのち》を惜《を》しみ　波《なみ》に濡《ぬ》れ　伊良虞《いらご》の島《しま》の　玉藻《たまも》刈《か》り食《は》む

（『万葉集』巻一―24）

という麻続王の歌が載っている。この「うつせみの」という言葉は、本来「現つ世《せ》み」の意である。たとえば『万葉集』には、

うつせみと　思《おも》ひし時《とき》に　取《と》り持《も》ちて　我《わ》が二人《ふたり》見《み》し……

（『万葉集』巻二―210）

とあるが、「うつせみ」は、「現在生きているこの世」の意味に解すべきであろう。だが、愛する妻が逝ってしまったので、

うつせみと　思《おも》ひし妹《いも》が　玉《たま》かぎる　ほのかにだにも　見《み》えなく思《おも》へば

（『万葉集』巻二―210）

と慨嘆しているのである。

つまり「この世の人だと思い込んでいた妻が、ぼんやりとも見えてこないことを思うと、まことに悲しい」と述べているのである。このようなことから「現つ世み」は、「空蟬」という無常感の漂う語に変わっていったのではないだろうか。

たとえば、「秋風を悲嘆して」作られた大伴家持の歌、

うつせみの　世《よ》は常《つね》なしと　知《し》るものを　秋風寒《あきかぜさむ》み　偲《しの》びつるかも

（『万葉集』巻三―465）

では、「うつせみ」を「虚蟬」と表記しているが、まさに、それにふさわしい心境を述べているのである。

家持は、他の歌でも「空蟬」を多用してるが（『万葉集』巻四―733）、おそらく、旧名族の誇りも次第に藤原氏に圧迫されていき、それにともなって仏教的無常感が強まり、「空蟬」を用いるようになっていったのではあるまいか。

うづらなく（鶉鳴く）

ウズラ「聚鳥画譜」

鶉《うづら》鳴《な》く　古《ふる》しと人《ひと》は　思《おも》へれど　花橘《はなたちばな》の　にほふこのやど
（『万葉集』巻十七―3920）

右の歌には、天文十六（七四四）年四月に、大伴家持が独り平城京の旧宅にあって詠んだものという詞書がある。家持は、天平十（七二六）年の頃、やっと内舎人《うどねり》として宮廷に仕え、天平十七（七四五）年になって、正六位上から従五位下に昇進しているから、右の歌を作ったのは、まだ若い頃であった。

人々は鶉が鳴く古びたところだと思うかもしれないが、ここは、花橘の匂うすばらしい所だ、と家持は反発しているのである。

おそらく、大伴氏は、大化前代からの名族としての誇りを持ちつづけていたが、藤原氏が政治をほしいままにして、権力をわがものとする様に、大伴氏ここにありと、若者がひとり、気張っているように思われるのである。

「鶉鳴く」は、鶉が草深い荒野や古びた所に好んで生息することから、「ふる」に掛かる枕詞となっていったといわれている。

『伊勢物語』には、昔、深草に住んでいる子女の許《もと》に男が通っていたが、次第に飽きてきたので、次のような歌を贈ったとある。

年《とし》をへて　住《す》みこし里《さと》を　出《い》でていなば　いとど深草《ふかくさ》　野《の》とやなりなん
（『伊勢物語』百二十三段）

すると、その男の歌に対して女は、

野《の》とならば　鶉《うづら》となりて　鳴《な》きをらん　かりにだにやは　君《きみ》は来《こ》ざらむ
（『伊勢物語』百二十三段）

と答えたという。ここでは、「かり」を、「仮」と「（鶉）狩り」に掛けているのである。

深草は、山城国紀伊郡深草郷で、現在の京都市伏見区深草である。『千載和歌集』に収められた藤原俊成の絶唱である、

夕《ゆふ》されば　野辺《のへ》の秋風《あきかぜ》　身《み》にしみて　うづらなくなり　深草《ふかくさ》のさと
（『千載和歌集』巻四・秋歌上―259）

の歌を挙げるまでもなく、深草の里は、鶉住む草深い里として知られていた。

藤原家隆も、

深草《ふかくさ》や　竹《たけ》のはやまの　夕霧《ゆふぎり》に　人《ひと》こそ見《み》えね　うづらなくなり
（『続古今和歌集』巻五・秋歌下―492）

と鶉鳴く深草の里を歌っている。ちなみに平安時代に入ると、深草の里には、仁明天皇家の御陵が設けられ、仁明天皇の深草山陵を代表とする、山陵の置かれた所となる（『続日本後紀』嘉承三年三月条）。

鶉鳴く古里は、平安時代に入ると、ただちに深草の里を思い出すようになるが、家持の歌はまだ平城京の時代である。それでも「鶉鳴く」は、草深い里や「古家」に掛かるものとして用いられている。

鶉《うづら》鳴《な》く　故《ふ》りにし郷《さと》ゆ　思《おも》へども　なにそも妹《いも》に　逢《あ》ふよしもなき
（『万葉集』巻四―775）

この相聞歌は、家持が紀女郎《きのいらつめ》に贈ったものである。鶉鳴くといわれた奈良の旧都にいた時から、今までずっと、あなたのことを愛していたのに、どうしても、あなたにお逢いできない、という意味である。

ちなみに、紀女郎は、天智天皇の曾孫に当たる安貴王《あきのおおきみ》の妻である。

うねびやま（畝傍山）

畝傍山「西国三十三所名所図会」

「神武紀」には、神武天皇は辛酉《かのととり》の年の元年正月庚辰《かのえとら》の朔《さく》の日《ひ》に、「畝傍《うねび》の橿原《かしはら》」で即位されたと記されている。即位された日を、あえて辛酉の年にしたのは、中国の思想に基づき、辛酉《しんゆう》革命を意識したものである。天の命があらたまる年、と考えられていたからである。

しかも、さらにその正月一日、つまり「朔」の日に設定したのは、建国の日に最もふさわしいと観念されていたからである。

橿原の宮の地は、白檮《かし》の森の地であり、「白檮（橿）」は聖木と見なされていた。

御諸《みもろ》の　厳白檮《いつかし》がもと　白檮《かし》がもと　ゆゆしきかも　白檮原童女《かしはらをとめ》

（「雄略記」）

と歌われている。畝傍の山は、麓にそのような森が存在していたため、初代の天皇が即位する、もっともふさわしい場として選ばれたと伝えられている。

あきづ島《しま》　大和《やまと》の国《くに》の　橿原《かしはら》の　畝傍《うねび》の宮《みや》に　宮柱《みやばしら》　太知《ふとし》り立《た》て　天《あめ》の下《した》　知《し》らしめしける　皇祖《すめろき》の……

（『万葉集』巻二十―4465）

『万葉集』でも、大伴家持が、右のように歌っている。畝傍は、現在の奈良県橿原市畝傍町であり、古代では大和国高市郡に属していた。この地にある山が、畝傍山であり、いわゆる大和三山の一つとされて、尊崇されていた。

思《おも》ひ余《あま》り　いたもすべなみ　玉《たま》だすき　畝傍《うねび》の山《やま》に　我標結《われしめゆ》ひつ

（『万葉集』巻七―1335）

この歌は、思い余ってどうしようもないので、わたくしは、畝傍の山に標を結んだ、という意味である。

畝傍の山は、「香具山《かぐやま》は　畝傍《うねび》を惜《を》しと」（『万葉集』巻一―13）と歌われるように、女性の山と見なされていた。それゆえ、おそらく、身分の高貴な女性との恋の成就を歌ったものであろう。「標を結ぶ」というのは、自らのものという〝しるし〟を立てることである。高貴な女性との恋は、公言することも許されないので、その代わりに、神聖な女性山である畝傍山に標を立てたのである。それが「いたもすべなみ」の内容と解してよいであろう。

おそらく、天の香具山は東の山であるのに対し、畝傍の山は西の山であることから、東を陽とし西を陰とする日本の伝統的な思考に基づき、畝傍を女性の山と見なしていたのであろう。

しかも、畝傍の枕詞は「玉襷《たまたすき》」である。柿本人麻呂の、

玉《たま》だすき　畝傍《うねび》の山《やま》の　橿原《かしはら》の　ひじりの御代《みよ》ゆ……

（『万葉集』巻一―29）

や、笠朝臣金村の、

天飛《あまと》ぶや　軽《かる》の道《みち》より　玉《たま》だすき　畝傍《うねび》を見《み》つつ……

（『万葉集』巻四―543）

などに用いられているが、玉襷は、「項《うなじ》」などに掛かるところから、類音の畝傍に掛かる枕詞となったと説かれている。

畝傍の山は、山の尾が畝のように波状になっている姿から名付けられたものであろう。いずれにしても、畝傍は国家の起源の山であるとともに、女性の山として語り継がれてきたのである。

うまさけのみわ
（味酒の三輪）

糸巻き「和国百女」

額田王《ぬかたのおおきみ》が、故郷の飛鳥の地を離れて、近江の京に移転せざるを得なくなった時、大和の神山を代表する三輪山に別れを惜しむ歌が、『万葉集』の巻一に伝えられている。

味酒《うまさけ》　三輪《みわ》の山《やま》　あをによし　奈良《なら》の山《やま》の　山《やま》のまに　い隠《かく》るまで
道《みち》の隈《くま》　い積《つ》もるまでに　つばらにも　見《み》つつ行《ゆ》かむを　しばしばも　見放《みさ》けむ山《やま》を　心《こころ》なく　雲《くも》の　隠《かく》さふべしや

（『万葉集』巻一―17）

この歌の一番初めから、「味酒　三輪」と呼びかけている点に、まず注目していただきたいのである。『万葉集』には、この他、

味酒《うまさけ》　三輪《みわ》の社《やしろ》の　山照《やまて》らす　秋《あき》の黄葉《もみち》の　散《ち》らまく惜《を》しも

（『万葉集』巻八―1517）

という長屋王の歌も残されているが、三輪の社（三輪神社）の枕詞が、「味酒」とされているのは、おそらく、酒を醸《かも》し、その酒を神に献げる瓶、つまり「瓱《みわ》」が、「ミワ」と呼ばれることに、関係があるものと考えられている。

神酒を「ミワ」と呼ぶ例は、「舒明紀」四年十月条に、唐の使節を迎えて「神酒《みわ》を給《たま》ふ」と記されていることからも知られよう。古代には「瓱」という酒を醸す器があり、その瓱に酒を盛り、神に献じたことをもって、神に供せられる御酒の意である「神酒《みわ》」の語義となったのである。

泣沢《なきさは》の　神社《もり》に神酒《みわ》据《すゑ》ゑ　祈《いの》れども　我《わ》が大王《おほきみ》は　高日《たかひ》知《し》らしぬ

（『万葉集』巻二―202）

をはじめ、古代歌謡では、「神酒」を「みわ」と訓《よ》ませているのである。だが、「記紀」などを繰っていくと、「三輪」の語源は、直接、酒とは結びつかないようである。

「崇神記」によれば、活玉依毗売《いくたまよりひめ》の許《もと》に、夜な夜な通う壮夫《おとこ》があったが、その男が誰とも知れなかったという。そこで、毗売は、父母から「赤土《はに》を床の前に散らし、閇蘇《へそ》紡麻《を》を針に貫《ぬ》きて、其の衣《きぬ》の襴《すそ》に刺《さ》せ」といわれるのである。その通りにすると、針につけた麻は、美和の山に達したという。そこで妻問いする夫は、美和の神であることが判明したが、その麻が、糸巻に三輪だけ残されていたので、この神を、三輪の神と称するようになったと伝える。ちなみに、閇蘇《へそ》は、『和名抄』に「巻子」をいうとあるので、わたくし達がいう、糸巻のことである。

それはともかくとして、おそらく、ここに登場する活玉依毗売の名は、神霊を常に憑依する巫女《みこ》の意であり、さらにいえば、斎《いつ》く神のために神御衣《かむみそ》を織る処女であったのであろう。もちろん、考古学的知見によれば、三輪の名称は、神坐《かみくら》の山とされる三輪山に、岩座《いわくら》が三か所置かれていることに基づくといわれている。

もともと、三輪の神は、大物主神《おおものぬしのかみ》として、民に疫病の禍いをなす疫神であったが（「崇神記」）、これを心をこめて斎き祀った結果、荒魂《あらみたま》から和魂《にぎみたま》に変わり、民を護る神へと変身していったものである。三輪の神が神酒の神となり、現在でも多くの酒樽が社頭に積み上げられるのは、和魂としての三輪の神であるからである。

うらぐはし

須佐之男命（月岡芳年画）

大和《やまと》の　黄楊《つげ》の小櫛《をぐし》を　押《おさ》へ刺《さ》す　うらぐはし児《こ》　それぞ我《わ》が妻《つま》

（『万葉集』巻十三―3295）

大和で作られた黄楊《つげ》の小櫛を押さえ刺している可憐な子こそ、わたくしの妻だ、という意味である。

「神代記」にも、速須佐之男命《はやすさのおのみこと》は、櫛名田比売《くしなだひめ》を湯津爪櫛《ゆつつまぐし》に化して、自らの角髪《みずら》に挿したと記されている。これは八俣《やまた》の遠呂智《おろち》を退治した時の一節である。古代において、櫛は「奇《く》しきもの」と意識され、神が聖女を選ぶ際に、櫛をその乙女の髪に挿したと伝えられている。『古事記』に見える櫛名田比売は、聖なる櫛を挿している稲田の巫女《みこ》である。それゆえ、すさまじい神威を示す速須佐之男命も、自らその櫛を角髪に挿して悪霊と戦ったのである。

黄楊の木は日本にも広く自生し、その材質は『和名抄』に「色《いろ》は黄白《こうはく》にして材《ざい》は堅《かた》き者《もの》なり」とあるように、緻密で狂いが少ないといわれていた。櫛をはじめ、印材や定規などに用いられてきた木である。特に、黄楊の小櫛は万葉の時代にも、広く愛用されてきた。

君《きみ》なくは　なぞ身装《みよそ》はむ　くしげなる　黄楊《つげ》の小櫛《をぐし》も　取《と》らむとも思《も》はず

（『万葉集』巻九―1777）

播磨娘女《はりまのおとめ》のこの歌は、もしあなたがいなかったなら、どうして身を装うことがあろうか、そして黄楊の小櫛を「櫛筐《くしげ》（笥）」から取り出して身につけようとは思わない、という意味である。黄楊の小櫛については、菟原処女《うないおとめ》（葦屋処女）を偲ぶ歌の中にも、

後《のち》の世《よ》の　聞《き》き継《つ》ぐ人《ひと》も　いや遠《とほ》に　偲《しの》ひにせよと　黄楊小櫛《つげをぐし》　然《しか》挿《さ》しけらし　生《お》ひてなびけり

（『万葉集』巻十九―4211）

と記されている。その反歌でも、

処女《をとめ》らが　後《のち》のしるしと　黄楊小櫛《つげをぐし》　生《お》ひ代《か》はり生《お》ひて　なびきけらしも

（『万葉集』巻十九―4212）

と、黄楊の小櫛が、菟原処女の大切な遺品であると大伴家持は詠んでいる。そのような黄楊小櫛を挿している乙女が、いうなれば「うらぐはし」の実体であった。

「うらぐはし」は、心より可愛いの意味であろう。

あからひく　色《いろ》ぐはし児《こ》を　しば見《み》れば　人妻故《ひとづまゆゑ》に　我恋《あれこ》ひぬべし

（『万葉集』巻十―1999）

紅顔の美少女を、たびたび見ていると、あなたは人妻なのに、わたくしは恋してしまうだろう、との意味であろう。「くはし」は、こまやかで美しい様をいう言葉である。他にも、次のような歌が見える。

忍坂《おさか》の山《やま》は　走《はし》り出《で》の　宜《よろ》しき山《やま》の　出《い》で立《た》ちの　くはしき山《やま》ぞ

（『万葉集』巻十三―3331）

……

三諸《みもろ》は　人《ひと》の守《も》る山《やま》　本辺《もとへ》には　あしび花咲《はなさ》き　末辺《すゑへ》には　椿花咲《つばきはなさ》く　うらぐはし　山《やま》ぞ　泣《な》く子守《こも》る山《やま》

（『万葉集』巻十三―3222）

三諸の山は、人が大切に番をしているのである。麓の辺りには馬酔木《あしび》の花が咲き、頂上の部分には椿の花が咲いている。泣く子を子守りするように、心より大切に見守っている山だ、という意味である。

うらなひ（占ひ）

亀甲獣骨文字「古代中国」

占部《うらへ》をも　八十《やそ》の衢《ちまた》も　占問《うらと》へど　君《きみ》を相見《あひみ》む　たどき知《し》らずも

（『万葉集』巻十六—3812）

この歌は、「夫君《ふくん》を恋《こ》ひし歌《うた》」の反歌である。「占部をも　八十の衢も　占問へど」とあり、恋しい夫にどうにかして逢いたいと、辻占を試みたというのである。占部は、文字通り、占いを職業とする集団である。『常陸国風土記』の香島郡の条には、「神《かみ》の社《やしろ》（鹿島神宮）の周匝《めぐり》は、卜氏《うらべうぢ》の居《す》む所《ところ》なり」と記されている。

日本古来の占いは、『古事記』の天の岩屋戸の段に、「天児屋命《あめのこやねのみこと》、布刀玉《ふとだまの》命《みこと》を召《め》して、天《あめ》の香山《かぐやま》の真男鹿《まをしか》の肩《かた》を内抜《うつぬ》きに抜《ぬ》きて、天《あめ》の香山《かぐやま》の天《あま》の波波《はは》迦《か》を取《と》りて、占合《うらな》ひ麻迦那波《まかなは》しめて」と記されているように、鹿の肩胛骨を、火をつけた波波迦の枝で焼き、そのひび割れの具合で吉凶を占う「鹿卜《ろくぼく》」であった。

ちなみに、「波波迦」は、『和名抄』では「朱桜《かにわさくら》」（うわみずざくら）のこととしている。この占部から、中臣氏が分かれ、さらに中臣氏から藤原氏が出ているのである。「八十の衢」に「占問」うとは、辻占のことである。「衢」は、道が又状《またじょう》に交差するところをいう。つまり「道又《ちまた》」の意であるが、それは「霊《ち》また」と見なされていた。

道の交差する地点には、神が出現して、行き交う人間の吉凶を占うという信仰があったようである。後世になると、黄楊《つげ》の櫛を持って四辻に立ち、道祖神に祈って、占いをしたようである。櫛は「奇《く》し」で、神の降臨されるものと考えられていたのである。その場合、夕暮時に、特に、その辻に最初に通りかかった人の言葉で、占ったともいわれている。

『万葉集』には、

夕占《ゆふけ》にも　占《うら》にも告《の》れる　今夜《こよひ》だに　来《き》まさぬ君《きみ》を　何時《いつ》とか待《ま》たむ

（『万葉集』巻十一—2613）

とあるが、この「夕占」も、先の道の「衢」の占と、同じものであろう。

大伴家持が、大伴坂上大嬢《さかのうえのおおいらつめ》に贈った歌にも、

月夜《つくよ》には　門《かど》に出《い》で立《た》ち　夕占問《ゆふけと》ひ　足占《あしうら》をそせし　行《ゆ》かまくを欲《ほ》り

（『万葉集』巻四—736）

があるが、「足占」というのは、一定の目標を定めて、歩数や、左右いずれの足が目標の地点に先に着くかでうらなう占いだったようである。

恋に悩む頃になると、その不安を解消せんがために、必ずといってよいほど、神占いに頼らざるを得ないのである。現代においても若い人の間では恋占いが流行しているが、古代では一層、恋占いの神は多くの人の信仰を集めていたのである。

ところで、冒頭の歌で「相見む　たどき知らずも」と歌っているが、あなたにお目にかかる方法はわからない、という意味である。「たどき」は「方便」の意である。『万葉集』にも、

思《おも》はぬに　横《よこ》しま風《かぜ》の　にふふかに　覆《おほ》ひ来《き》ぬれば　せむすべの　たどきを知《し》らに……

（『万葉集』巻五—904）

とある。

うらわかみ（うら若み）

ナデシコ「七十二候名花画帖」

うら若《わか》み　花咲《はなさ》きがたき　梅《うめ》を植《う》ゑて　人《ひと》の言《こと》しみ　思《おも》ひぞ我《あ》がする

（『万葉集』巻四―788）

この歌は、わたくしは花を咲かせるには至らぬ梅の若木を植えているが、人の噂がうるさいので、悩んでいる、という意味である。

この歌は、うら若い女性を自分のものにしたけれど、世間の噂がうるさくて悩んでいる男性の気持ちを訴えているのであろう。梅の花が、いわば若き恋人の象徴である。

ところで、「うら若み」は「うらわかい」という語に、接尾語の「み」を付けた言葉である。「若々しい」という現代の言葉に当たるものと解してよい。

『伊勢物語』にも「むかし、お《(を)》とこ、妹《いもうと》のいとお《(を)》かしげなりけるを見《み》をりて」に続き、

うら若《わか》み　寝《ね》よげに見《み》ゆる　若草《わかくさ》を　ひとの結《むす》ばむ　ことをしぞ思《おも》ふ

（『伊勢物語』四十九段）

と見える。

本当に若々しいので、寝心地がよさそうに見える若草の妹は、他の男と結ばれることがあるのだろうか。それを想うと、わたくしは心配だ、という意味である。それに対し、妹は、

初草《はつくさ》の　などめづらしき　言《こと》の葉《は》ぞ　うらなく物《もの》を　思《おも》ひける哉《かな》

（『伊勢物語』四十九段）

という歌を返したという。どうして思いもよらぬ変なことをいうのであろうか。わたくしは兄として慕ってきたのに、という意味である。

高円《たかまと》の　秋野《あきの》の上《うへ》の　なでしこが花《はな》　うら若《わか》み　人《ひと》のかざしし　なでしこが花《はな》

（『万葉集』巻八―1610）

この旋頭歌《せどうか》は、丹生女王《にうのおおきみ》が、大宰帥《だざいのそち》大伴旅人《たびと》に贈ったものである。旅人は、九州の大宰府に赴任しているので、都にいる丹生女王が、手紙の中に、撫子の花を挟んで贈ったのであろう。

高円山は、奈良市白毫寺町の東方の山である。白毫寺《びゃくごうじ》の上方にそびえる山であったから、白毫寺山とも呼ばれていた。この山は、万葉びとの遊覧の地として有名で、桜、黄葉などを題材とした歌が多く残されている。

丹生女王は、旅人と親しい関係にあったとみえ、旅人に宛てた歌を、いくつか『万葉集』に残している。

夕《ゆふ》されば　野辺《のへ》の秋萩《あきはぎ》　末若《うらわか》み　露《つゆ》に枯《か》れけり　秋待《あきま》ちかてに

（『万葉集』巻十―2095）

「柿本人麻呂歌集」に見られるこの歌は、文字通りに解すると、野辺に咲く秋萩の穂先がまだ若いので、秋露にふれると枯れてしまう、という意味であるが、農村に住むうら若き女性の死を暗示しているように思われる。まさに「露の命」の歌である。

はね縵《かづら》　今《いま》する妹《いも》を　うら若《わか》み　いざ率川《いざかは》の　音《おと》のさやけさ

（『万葉集』巻七―1112）

はね縵を挿す恋人が、まだ若々しいので、いざ誘う段になると、何と率川の川音が、すがすがしく聞こえることか、という意味である。

うるはし（愛し）

越前敦賀湊「二十四輩順拝図会」

愛《うるは》しと　思《おも》ひし思《おも》はば　下紐《したびも》に　結《ゆ》ひ付《つ》け持《も》ちて　止《や》まず偲《しの》はせ
（『万葉集』巻十五―3766）

この歌は、中臣宅守《なかとみのやかもり》が、狭野弟上娘子《さののおとがみのおとめ》に贈った歌の一つである。宅守は、蔵部《くらべ》の女孺《にょじゅ》であった狭野弟上娘子と、禁断の恋をして越前国へ流されたのである。

流罪の刑で遠くに追いやられた宅守を偲び、狭野弟上娘子は、

君《きみ》が行《ゆ》く　道《みち》の長手《ながて》を　繰《く》り畳《たた》ね　焼《や》き滅《ほろ》ぼさむ　天《あめ》の火《ひ》もがも
（『万葉集』巻十五―3724）

という、有名な激しい恋歌を作っているのである。

「うるはし」は、美しいという意味ばかりでなく、それに加えて、立派なという精神的に賞揚する場合に用いる言葉であったようである。「心愛《うらは》し」が原義であろう。

愛《うるは》しと　我《あ》が思《も》ふ妹《いも》を　思《おも》ひつつ　行《ゆ》けばかもとな　行《ゆ》き悪《あ》しかるらむ
（『万葉集』巻十五―3729）

でも、宅守は、狭野弟上娘子を「愛し」と呼んでいるが、ここでは、政府から不倫の恋をとがめられているにかかわらず、毅然として態度を変えぬ娘子を、そう呼んだのである。

わたくしたちの禁断の恋にも、すばらしい態度を保ちつづけてきた狭野弟上娘子を思い出しながら、配所に赴いたが、それにくらべて、わたくしは、だらしがないようだ、どうしてこんなにも、ひどく歩きづらいと悩まされているのだろう、という意味であろう。

「うるはし」は、大伴池主の次の歌にも用いられている。

山吹《やまぶき》は　日《ひ》に日《ひ》に咲《さ》きぬ　愛《うるは》しと　我《あ》が思《も》ふ君《きみ》は　しくしく思《おも》ほゆ
（『万葉集』巻十七―3974）

山吹の花は、日ごとに咲いている。わたくしは、あなたを山吹の花のように美しい方だと思っているから、それを見ていると、あなたのことがしきりに思い出されてくる、という意味である。

「しくしく思ほゆ」には、「思久思久於毛保由《しくしくおもほゆ》」の文字が当てられており、常々思う感性をことさらに表しているようである。

愛《うるは》しと　我《あ》が思《も》ふ君《きみ》は　いや日異《ひけ》に　来《き》ませ我《わ》が背子《せこ》　絶《た》ゆる日《ひ》なしに
（『万葉集』巻二十―4504）

立派な方だと、わたくしが思っているあなたは、毎日でもお出でください、絶える日なしに、という意味である。

「愛し」は「麗しい」と同じ意味だが、より愛情を込めて表現したものである。この歌を詠んだ中臣清麻呂《きよまろ》は意美麻呂《おみまろ》の子であるが、天平宝字八（七六四）年の藤原仲麻呂の乱鎮圧の功により、にわかに昇進し、中納言を経て、最後は正二位右大臣まで昇りつめた人物である。

おしてる　なには

（押照る　難波）

難波江「和朝名勝画図」

「草香山《くさかやま》の歌《うた》」と題した長歌がある。この草香山は、大阪府東大阪市の日《くさ》下《か》町にあった山である。

雄略天皇が、山坂を登りながら若日下部王《わかくさかべのおおきみ》を偲ばれて、

日下部《くさかべ》の　此方《こち》の山《やま》と　畳薦《たたみこも》　平群《へぐり》の山《やま》の　此方此方《こちごち》の　山《やま》の峡《かひ》に

……

（「雄略記」）

と歌われた山が、草香山であろう。

おしてる　難波《なには》を過《す》ぎて　うちなびく　草香《くさか》の山《やま》を　夕暮《ゆふぐれ》に　我《わ》が
越《こ》え来《く》れば　山《やま》も狭《せ》に　咲《さ》けるあしびの　悪《あ》しからぬ　君《きみ》をいつし
か　行《ゆ》きてはや見《み》む

（『万葉集』巻八―1428）

という長歌が『万葉集』に収められている。

山いっぱいに群生する馬酔木《あしび》を見て、一刻も早くあなたにお逢いしたいと歌っているのである。「おしてる」は、「押照る」とも書かれるが、日や月の光がくまなく照らすことである。「おし」は「圧し」であり、威光の全般におよぶことを表す言葉とみてよい。特に、「難波」に掛かる枕詞とされている。

「仁徳紀」二十二年、仁徳天皇が、

押照《おして》る　難波《なには》の崎《さき》の　並《なら》び浜《はま》　並《なら》べむとこそ　その子《こ》は有《あ》りけめ

（「仁徳紀」）

と、「押照る　難波」と歌われているのである。

おそらく、大和の国から、大和川に沿って難波に赴くと、難波の海が一面に輝いて見えたことから起こった語であろう。『万葉集』にも、

大君《おほきみ》の　命恐《みことかしこ》み　おしてる　難波《なには》の国《くに》に　あらたまの　年経《としふ》るまで
に……

（『万葉集』巻三―443）

という、大伴三中《みなか》の長歌の一節にも、「おしてる（押光）難波」と歌われている。

大伴家持も「私《わたくし》の拙懐《せつくわい》を陳《の》べし一首」で、

皇祖《すめろき》の　遠《とほ》き御代《みよ》にも　おしてる　難波《なには》の国《くに》に　天《あめ》の下《した》　知《し》らしめ
しきと……

（『万葉集』巻二十―4360）

と歌い出している。

この場合の「おしてる」というのは、

難波《なには》の宮《みや》は　聞《き》こしをす　四方《よも》の国《くに》より　奉《たてまつ》る　御調《みつき》の船《ふね》は　堀江《ほりえ》
より　水脈《みをび》引きしつつ　朝《あさ》なぎに　梶《かぢ》引《ひ》き上《のぼ》り　夕潮《ゆふしほ》に　棹《さを》さし
下《くだ》り　あぢ群《むら》の　騒《さわ》き競《きほ》ひて　浜《はま》に出《い》でて　海原《うなはら》見《み》れば　白波《しらなみ》の
八重折《やへを》るが上《うへ》に　海人小舟《あまをぶね》　はららに浮《う》きて　大御食《おほみけ》に　仕《つか》へ奉《まつ》る
と　をちこちに……

（『万葉集』巻二十―4360）

という続きの部分が、「押照る」の実体を如実に示していると、わたくしは考えている。難波の宮で即位された仁徳天皇や孝徳天皇の御治世や、一時難波に居られた聖武天皇の御政道への讃美が「押照る」という言葉に結晶していったのであろう。

「おす」は先に触れたように、「圧す」、つまり支配することであり、「照る」は天照《あまてらす》の「テル」で、上から威光を垂らす意味である。難波で即位された天皇が、それぞれ日本の歴史上で大きな画期をなしたことを想起すれば、ほぼ納得していただけるであろう。

おほきみは かみにしいませば

（大君は　神にしいませば）

雷丘「西国三十三所名所図会」

「天皇《てんわう》の雷丘《いかづちのをか》に御遊《あそ》びたまひし時《とき》に、柿本朝臣人麻呂《かきのもとのあそみひとまろ》の作《つく》りし歌一首《うたいっしゅ》」と題された天皇讃歌の歌である。

大君《おほきみ》は　神《かみ》にしいませば　天雲《あまくも》の　雷《いかづち》の上《うへ》に　廬《いほ》りせるかも

（『万葉集』巻三―235）

天皇という称号が、正式に用いられるようになったのは、天武天皇の時代であったといわれている（『公式令』）。

天武天皇の時代に「浄御原令《きよみはらりょう》」という新しい律令国家の法制が定められ、ここに、天皇の称号が、正式に採用されたというのである。

天皇は、一般に「スメラミコト」とも訓《よ》まれるが、これは「統《す》べる命《みこと》」の意である。「命」の本義は、「御言《みこと》」であり、身分の高い人が、目下の者に伝える御言葉であった。そのことより、その「御言」を下す豪族達のことも「ミコト」と呼び、各地に、このような「命」である豪族達が存在した。ヤマト王権が確立していくことによって、それらの命をさらに統率する命が出現することになり、そのため、ヤマト王権の君主は「統べる命」、つまり「スメラミコト」と呼ばれたのである。

また、地方の豪族は、肥《ひの》（火）君《きみ》や大分君《おおいたのきみ》などと「君《きみ》」と称していたが、それらの「君」の上に立つヤマト王権の君主は、「大君《おおきみ》」ともいわれるようになったのである。

東アジアで、中国に大帝国が出現すると、その刺激をうけて、周辺国は統一国家の形成を急ぐようになった。

日本でも、統一国家を目指す大化の改新以後は、天智天皇の近江令《おうみりょう》に続き、天武天皇の浄御原令《きよみはらりょう》が制定された。

特に、天武天皇は自ら指揮をとられ、壬申《じんしん》の乱を勝ち抜いて皇位につかれたから、いっそう天皇の権威は高まり、「天皇」という称号を、正式に採用することになったのである。

『万葉集』に「大君は　神にしいませば」と歌われるようになるのも、この天武朝の頃からである。

天皇は、天照大神の直系の子孫といわれ、「天日嗣《あまつひつぎ》」（『続日本紀』文武元年八月条）といわれている神格を備えていると、観念されていたのである。

『万葉集』に、

大君《おほきみ》は　神《かみ》にしいませば　赤駒《あかごま》の　腹這《はらば》ふ田居《たゐ》を　都《みやこ》と成《な》しつ

（『万葉集』巻十九―4260）

とか、

大君《おほきみ》は　神《かみ》にしいませば　水鳥《みづとり》の　すだく水沼《みぬま》を　都《みやこ》と成《な》しつ

（『万葉集』巻十九―4261）

と、壬申の乱の後に歌われたのは、そのためである。

いうまでもなく、天武天皇の都は、飛鳥の浄御原宮《きよみはらのみや》である。現在の奈良県の明日香村にあったが、浄御原はもっとも清浄な宮居の意であろう。

ちなみに、雷丘も、明日香村の小丘で、かつて雷神が落ちたという伝説の地である。雷神を調伏しうる権威を、天皇が具備されていることを述べているのであろう。

おほとものみつ
（大伴の御津）

三津寺「摂津名所図会」

いざ子《こ》ども　早《はや》く大和《やまと》へ　大伴《おほとも》の　御津《みつ》の浜松《はままつ》　待《ま》ち恋《こ》ひぬらむ

（『万葉集』巻一―63）

さあ、皆の衆よ、早く、故郷の大和へ帰ろう。大伴の御津に生えている浜松でないが、故郷の人々は、待ちこがれているだろう、という意味である。

この歌を詠んだ山上憶良は、『続日本紀』の大宝二（七〇二）年六月条に、「遣唐使等《けんとうしたち》、去年《きょねん》、筑紫《つくし》より海《うみ》に入《はい》る、風浪暴《ふうろうにはか》に険《けん》にして、渡海《とかい》すること得《あ》はず、是《ここ》に至《いた》り乃《すなは》ち発《た》つ」とあるように、唐に向かって出発していった。そして、慶雲元（七〇四）年七月に帰国している。

これらの遣唐使は見事に大任を果たしたが、唐の人々は、大倭国は「君主の国」と誉めそやしたと伝えている（『続日本紀』）。

大伴の御津は、大阪市中央区の三津寺のあたりにあった港である。もちろん、現在は大阪の街のまんなかで、古代の姿を想像することさえできぬほど変貌をとげている。

「仁徳記」によると、皇后の石之比売《いわのひめ》（磐姫）は嫉妬のあまり、せっかく集めてきた御綱柏《みつながしわ》を、ことごとく海に棄てたという。それゆえに、この地は「御津前《みつのさき》」と名付けられたとある。この地は、京に入るための難波の港であったのであろう。

「仁賢紀」六年の条には、日鷹吉士《ひたかのきし》が、高句麗に派遣された時、女人が難波の御津で嘆き悲しんだと記されている。

この御津に「大伴」の名を冠するのは、大伴氏が大阪湾一帯に深い関わりをもっていたからであろう。たとえば、『和名抄』に、摂津国西成郡雄惟郷が存在するが、これは雄伴郷《おともごう》であろうといわれている（吉田東伍『大日本地名辞書』）。「雄伴」は大伴の意であろう。また、「欽明紀」元年九月条には、百済に任那《みまな》四割譲の政治的責任を問われた大伴金村が「住吉《すみのえ》の宅《いへ》に居《は》べりて、疾《やまひ》を称《まう》して朝《つかへまつ》らず」と記されている。

この大伴の御津は、瀬戸内へ船を乗り出す港であったから、万葉の人々は、この地を歌に詠むことも少なくなかったようである。

大伴《おほとも》の　御津《みつ》に船乗《ふなの》り　漕《こ》ぎ出《で》ては　いづれの島《しま》に　廬《いほ》りせむ我《われ》

（『万葉集』巻十五―3593）

この歌は、旅の不安と寂寥を感じさせる。

大君《おほきみ》の　命恐《みことかしこ》み　あきづ島《しま》　大和《やまと》を過《す》ぎて　大伴《おほとも》の　御津《みつ》の浜辺《はまへ》ゆ　大船《おほぶね》に　ま梶《かぢ》しじ貫《ぬ》き　朝《あさ》なぎに　水手《かこ》の声《こゑ》しつつ　夕《ゆふ》なぎに　梶《かぢ》の音《おと》しつつ　行《ゆ》きし君《きみ》……

（『万葉集』巻十三―3333）

この長歌は、天皇の御命令をうけて、筑紫の国まで赴く夫を見送る妻の歌である。

この旅立ちは、おそらく妻にとっては、予期せぬ出来事であったのであろう。そのため、彼女は

狂言《たはこと》か　人《ひと》の言《い》ひつる　玉《たま》の緒《を》の　長《なが》くと君《きみ》は　言《い》ひてしものを

（『万葉集』巻十三―3334）

として、愕然とした気持ちの歌を添えている。

おほぶねの （大船の）

奈呉浜「住吉名勝図会」

大船《おほぶね》の　津守《つもり》が占《うら》に　告《の》らむとは　まさしく知《し》りて　我《わ》が二人寝《ふたりね》し
（『万葉集』巻二―109）

この御歌は、大津皇子が、密かに石川女郎《いらつめ》と通じたことを、津守連通《つもりのむらじとおる》が、占いで暴露した時のものである。

石川女郎は、皇太子の草壁皇子《くさかべのみこ》の恋人であったから、津守連通の占いは、一層、大津皇子の政治的立場を危うくするものであった。

『続日本紀』養老五（七二一）年正月条によると、陰陽道に優れた人物として、従五位下の津守連通は、賞与を賜わっている。

その津守連通の占いで、密通が人々に知れわたったというのである。

その「津守」に、「大船の」という枕詞が冠されているが、津守氏はその名が示すように、代々、住吉の海の船の津を管理する氏族であった。

ここはヤマト王権が、伝統的に瀬戸内に乗り出す大船の港であったから、津守に大船が冠されるようになったのであろう。

また、大船は、小さな釣船とは異なり、ゆったりとして頼りになる乗物であったから、「大船の」は「ゆた」や「たのむ」に掛かる枕詞としても用いられるようになっていったようである。たとえば、旋頭歌《せどうか》の、

海原《うなはら》の　路《みち》に乗《の》りてや　我《あ》が恋《こ》ひ居《を》らむ　大船《おほぶね》の　ゆたにあるらむ　人《ひと》の児《こ》ゆゑに
（『万葉集』巻十一―2367）

は、大海原の海路に乗り出して行ったり来たりするように、わたしは恋い続けている。それなのに、相手は、あたかも大船に乗ったようにのんびりと安心しきっている、という意味である。こちらを、ひとりやきもきさせているのに、あなたは平気でいるとは、どうしたことか、と決め付けたものであろう。

大船《おほぶね》の　思《おも》ひ頼《たの》める　君《きみ》ゆゑに　尽《つ》くす心《こころ》は　惜《を》しけくもなし
（『万葉集』巻十三―3251）

大船のように頼みに思えるあなたなので、あなたに尽くす心は少しも惜しくない、という意味である。

この歌は、

恋《こ》ふれかも　心《こころ》の痛《いた》き　末《すゑ》つひに　君《きみ》に逢《あ》はずは　わが命《いのち》の　生《い》けらむ極《きは》み　恋《こ》ひつつも　我《あれ》は渡《わた》らむ　まそ鏡《かがみ》　直目《ただめ》に君《きみ》を　相見《あひみ》てばこそ　我《あ》が恋止《こひや》まめ
（『万葉集』巻十三―3250）

の反歌である。

恋い慕うから、わたくしの心は痛むのであろう。今後、君にお逢いできなくとも、わたくしの命の続く限り、恋い続けるであろう。あなたのお姿をじかに見るまでは、という恋歌である。

大船《おほぶね》の　思《おも》ひ頼《たの》みて　さな葛《かづら》　いや遠長《とほなが》く　我《あ》が思《おも》へる　君《きみ》によりては　事《こと》の故《ゆゑ》も　なくありこそと……
（『万葉集』巻十三―3288）

すっかり安心して、頼りに思っているし、これからも末長くわたくしは思っているので、不都合なこともなく、ありつづけてほしい、という意味である。

おほほしく

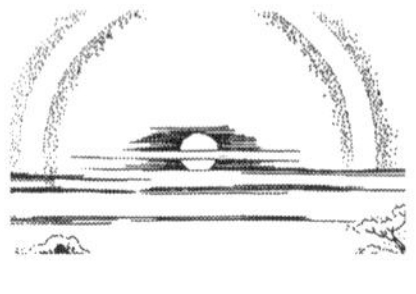

朧月「頭書増補訓蒙図彙大成」

海人娘子《あまをとめ》　いざり焚《た》く火《ひ》の　おぼほしく　角《つの》の松原《まつばら》　思《おも》ほゆるかも
（『万葉集』巻十七―3899）

海人の乙女が焚く漁火《いざりび》のように、ぼんやりと心許《こころもと》なく、角の松原のことが想い出されるのだ、という意味であろう。

「角の松原」は、

我妹子《わぎもこ》に　猪名野《ゐなの》は見《み》せつ　名次山《なすきやま》　角《つの》の松原《まつばら》　いつか示《しめ》さむ
（『万葉集』巻三―279）

にも見えるが、猪名野は、兵庫県伊丹市稲野町付近であり、名次山は、西宮市名次町の北東部にある山である。その前方にひろがる大阪湾の海岸部が、角の松原と呼ばれていたのである。

いうまでもなく、「名好き」を想起させる名次山という山の名が、この歌では生かされているのである。

冒頭の歌では「おぼほしく……思ほゆるかも」と歌っているが、様子がぼんやりとして明らかでないことの意味である。

ぬばたまの　夜霧《よぎり》の立《た》ちて　おほほしく　照《て》れる月夜《つくよ》の　見《み》れば悲《かな》しさ
（『万葉集』巻六―982）

の「おほほしく」は、万葉仮名では「不清」の文字が当てられているように、清らかな月の光でなく、うすぼんやりとした状態をいうのであった。

雲間《くもま》より　さ渡《わた》る月《つき》の　おほほしく　相見《あひみ》し児《こ》らを　見《み》むよしもがも
（『万葉集』巻十一―2450）

この歌も、雲間から射してくる月の光で、うすぼんやりとしか見えない子を、もう一度はっきりと見る機会に恵まれるならば、わたくしは嬉しい、という意味であろう。

だが、「おほほしく」は次第に、心の状態を表す言葉に転じていくのである。たとえば、讃岐の狭岑《さみね》の島の、石の中の死人を見て柿本人麻呂が詠んだ長歌の一節の、

妻知《つまし》らば　来《き》も問《と》はましを　玉桙《たまほこ》の　道《みち》だに知《し》らず　おほほしく　待《ま》ちか恋《こ》ふらむ　愛《は》しき妻《つま》らは
（『万葉集』巻二―220）

の「おほほしく」は、安否の知れぬ漠然たる不安を言い表したものであろう。

春霞《はるかすみ》　山《やま》にたなびき　おほほしく　妹《いも》を相見《あひみ》て　後恋《のちこ》ひむかも
（『万葉集』巻十―1909）

春霞が山にたな引いていて、ぼんやり見えているが、そのように、ほのかに妹に逢っても、後で恋しく思うのだろうか、という意味である。

この歌では、「おほほしく」の文字に「鬱」の字を当てているが、心が憂いふさがることを示しているのであろう。

春日山《かすがやま》　朝居《あさゐ》る雲《くも》の　おほほしく　知《し》らぬ人《ひと》にも　恋《こ》ふるものかも
（『万葉集』巻四―677）

の歌でも、「おほほしく」には「鬱」の字を当てている。

この歌も、春日山に朝、たな引いている雲のように、ぼんやりとしか見えない人に、わたくしは恋をするものだろうか、という意味である。

この二つの歌は、身元も知れない女性への恋の歌と見てよいであろう。

おほまえつきみ（大臣）

天皇と大臣「日本歴史図解」

元明天皇（女帝）は、文武天皇の崩御をうけて、慶雲四（七〇七）年の七日に即位された（『続日本紀』）。

天武、持統朝が確立すると、皇位は必ず嫡子《ちゃくし》が継がれるものと定められていたが、文武天皇が崩ぜられたとき、その直系の嫡子（後の聖武天皇）は、まだ幼かった。

そこで、文武天皇の御生母であった元明天皇が、急遽、中継ぎの天皇として、即位されることになったのである。

元明天皇にしてみれば、その即位は予期せぬ出来事で、不安は募るばかりであったようである。即位の宣命にも「朕《ちん》は堪《た》えじと辞《いな》び白《もう》して、受《う》け坐《あさ》ず」（『続日本紀』慶雲四年七月条）と述べられるように、ためらわれるお気持ちもかなり強かった。

だが、皇統を保持するためには、一刻の猶予も許されなかった。おそらく、『万葉集』の巻一に収められた、即位に際する元明天皇の御製は、その不安なお気持ちを歌われたものであろう。

ますらをの　鞆《とも》の音《おと》すなり　もののふの　大臣《おほまへつきみ》　楯立《たてた》つらしも（『万葉集』巻一―76）

ここにいう「ますらを」は、「益荒男」や「大夫」の文字が当てられるように、強くたくましい男を指すが、一般には、武人のことである。

『万葉集』には、

大君《おほきみ》の　命恐《みことかしこ》み　あしひきの　山野障《やまのさは》らず　天離《あまざか》る　鄙《ひな》も治《をさ》むる
ますらをや……（『万葉集』巻十七―3973）

などと歌われているが、天皇に仕える勇猛な武人が「ますらを」と呼ばれていた。

その武人が、あえて「鞆の音」を立てるのは、即位式にあたって、まず、邪霊を調伏する儀礼が行われたからである。

昔の弓は、平弓でなく、丸弓であったため、弓を強く引き矢を放つと、その反動で、弓の弦で左手の手首を痛めることが多かった。そのため、左手首を保護するために、動物の皮に、綿状のものをつめ、環状にした鞆をつけていた。その音が、後になると、邪霊を調伏させるものと意識されてきて、あえて、鞆に弓の弦を当てたのである。特に、天皇の即位式に先立ち、武人が鞆の音を鳴らす儀式が、とりおこなわれた。

しかし、元明天皇は女帝であったから、その鞆の音は、逆に不安なお気持ちを、そそることになったようである。

それとともに、即位式には、武士《もののふ》が楯をならべて厳めしく立つことになっていた。文武天皇の御即位式には、榎井朝臣《えのいのあそみ》倭麻呂《やまとまろ》が大楯を立て、大伴宿禰手柏《かしわで》が楯桙《たてほこ》を立てたと記されている（『続日本紀』文武二年十一月条）。

先の御歌に見える、「もののふの大臣」は「物部《もののべ》の大臣」とも書かれるように、楯を立てる役は、物部氏の担当であった。いうまでもなく榎井朝臣も物部氏系の一族である。また、大臣は「天皇の大前に仕える君」の意で、天皇の御前にあって仕える最高級官僚をいう。

大化前代の、大臣《おおおみ》、大連《おおむらじ》がそれにあたり、律令制では、左大臣、右大臣に当る執政官のトップが、「おほまえつきみ」である。

かがみなす（鏡なす）

銅鏡「集古十種」

朝《あさ》されば　妹《いも》が手《て》にまく　鏡《かがみ》なす　御津《みつ》の浜《はま》びに　大船《おほぶね》に　ま梶《かぢ》しじ貫《ぬ》き　韓国《からくに》に　渡《わた》り行《ゆ》かむと……

（『万葉集』巻十五―3627）

この長歌の一節は、朝になると、妻が手にする鏡で、自分の顔を見ながら化粧をするが、その「ミツ」ではないが、大伴の御津の浜から、大船に乗り梶（揖）を両側にたくさんそなえつけて、韓の国に赴いて行くという意味である。

この長歌の「鏡なす」は、万葉仮名では「可我見奈須《かがみなす》」と表記されているが、鏡をこのように「我を見る可《べ》し」の文字をあえて用いていることに、わたくしは、『万葉集』のユーモアのセンスに面白さを感ずる。

それはともかくとして、「鏡なす」という言葉が「みつ」の枕詞に用いられている。もちろん、今日の鏡と異なり、鏡は金偏の文字であることからも判るように、ほとんどが銅鏡であった。そして弥生時代以来、日本人は、鏡を宗教的な聖具として取り扱ってきた。

第一に、鏡は、神の魂のやどるところと見なされてきた。その上、鏡が光を反射させるところから、太陽のシンボルとしての信仰も強かったようである。

「神代紀」にも、天孫降臨の段に、天照大神は宝鏡を授けて、斎《いはひ》の鏡とせよと命ぜられたとあるが、この鏡は、日神、天照大神の身代《みしろ》であった。

中国においても、歴史の姿を映すものとして、鏡が、反省に役立つものと見なされてきた。『万葉集』の万葉仮名でも「可我見」の文字を当てるのは、自らを省るという考えが反映しているのだろう。

臣《おみ》の女《め》の　櫛笥《くしげ》に乗《の》れる　鏡《かがみ》なす　三津《みつ》の浜辺《はまへ》に　さにつらふ　紐《ひも》解《と》き放《さ》けず　我妹子《わぎもこ》に　恋《こ》ひつつをれば……

（『万葉集』巻四―509）

この長歌の一節は、丹比真人笠麻呂《たじひのまひとかさまろ》が、筑紫の国へ下った際に、作った歌である。

「臣の女」は、宮仕の女性の意とされているが、その女性が、いつも櫛箱の上に鏡をのせて化粧をしているが、その鏡で自分の顔を見つめるように、その「見つ」と同じ名の三津の浜辺で、あなたが結んだ、赤い下紐を解き放つこともなく、いとしい人を恋い慕っている、という意味であろう。

ちなみに「さにつらふ」は、赤く照り輝くの意であるが、「紐」、「妹」、「紅葉」などの枕詞として用いられている。

鏡《かがみ》なす　我《わ》が見《み》し君《きみ》を　阿婆《あば》の野《の》の　花橘《はなたちばな》の　珠《たま》に拾《ひり》ひつ

（『万葉集』巻七―1404）

鏡のように、いつも見ていたあなたを、阿婆の野の花橘の実のように拾った、という意味である。

この歌は挽歌であるから、おそらく火葬の後の骨を拾うことを歌ったものであろう。「花橘の珠」と歌われるように、美しい恋人の葬儀の歌ではないだろうか。

この歌で「鏡なす」は、わたくしが、いつもかかさずに見ていた恋人を示唆するものであろう。

かぎろひの

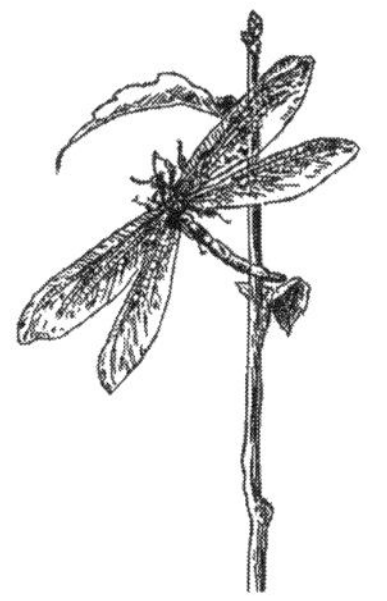

ウスバカゲロウ「益虫物語」

「かぎろひ」は「陽炎《かげろう》」のことである。いうまでもなく、うららかな日に、太陽の光が、水蒸気でゆらめく現象である。

「履中記」は、

波邇布坂《はにふざか》　我が立《た》ち見《み》れば　かぎろひの　燃《も》ゆる家群《いへむら》　妻《つま》が家《いへ》のあたり

（「履中記」）

という履中天皇の御歌を収めている。波邇布坂は、現在の大阪府羽曳野市埴生野にある坂である。丹比坂《にふのさか》とも呼ばれている。

おそらく『古事記』のこの歌は、妻問いの歌を援用したものではあるまいか。この「かぎろひの」は「燃ゆる」に掛かる枕詞的な言葉であろう。

世《よ》の中《なか》を　背《そむ》きしえねば　かぎろひの　もゆる荒野《あらの》に　白《しろ》たへの　天領巾《あまひれ》隠《がく》り　鳥《とり》じもの　朝立《あさだ》ちいまして　入日《いりひ》なす　隠《かく》りにしかば　我妹子《わぎもこ》が……

（『万葉集』巻二―210）

柿本人麻呂のこの歌は、この世の無常の定めに背くことのできない人間なので、陽炎の燃える荒野に、真白の天人の領巾のような雲に隠れ、朝鳥のように朝早く、この世を去り、入日のように姿を隠してしまった、わが妻よ、という意味である。

陽炎は、一方において、ゆらめいて消えていく、はかない命の象徴のようである。

心《こころ》を痛《いた》み　葦垣《あしかき》の　思《おも》ひ乱《みだ》れて　春鳥《はるとり》の　音《ね》のみ泣《な》きつつ　あぢさはふ　夜昼《よるひる》知《し》らず　かぎろひの　心燃《こころも》えつつ　嘆《なげ》き別《わか》れぬ

（『万葉集』巻九―1804）

心も痛く、思いも乱れ、わたくしは、声をあげて泣き続けた。それこそ昼夜も判らぬほどで、心が燃えるように苦しみながら、嘆き別れたという意味である。

この長歌は、弟と死に別れた兄の挽歌である。

この歌の「かぎろひ」は、「燃ゆる」に掛かる枕詞である。

注目される点は、「かぎろひ」に「蜻蜓《せいてい》」という文字を当てていることである。蜻蜓は「かげろうとんぼ」を指すのである。

天《あめ》の下《した》　知《し》らしまさむと　八百万《やほよろづ》　千年《ちとせ》をかねて　定《さだ》めけむ　奈良《なら》の都《みやこ》は　かぎろひの　春《はる》にしなれば　春日山《かすがやま》　三笠《みかさ》の野辺《のへ》に……

（『万葉集』巻六―1047）

天下をお治めになられるだろうと、八百万の神々が、千年の長き時代が続くだろうとお定めになった奈良の都は、春になれば、春日山や三笠の山の野辺に、という意味である。

この長歌の題は、「寧楽《なら》の故郷《こきゃう》を悲《かな》しみて作《つく》りし歌《うた》」とあるように、奈良を「寧楽」と記している。奈良の都の「安寧」と「豊楽」を願う気持ちが、かかる名称を生み出したのであろう。「養徳」を「ヤマト」と訓《よ》ませるのと、同じ意識である。

かぐはし（香し）

タチバナ「本草綱目」

「応神記」は、応神天皇が、髪長比売《かみながひめ》と大雀命《おおさざきのみこと》（仁徳天皇）を近づけるため、一緒に野蒜摘みに出かけるように、すすめられた御歌を収めている。

いざ子《こ》ども　野蒜《のびる》摘《つ》みに　蒜《ひる》摘《つ》みに　我《わ》が行《ゆ》く道《みち》の　香《か》ぐはし　花《はな》
橘《たちばな》は　上枝《ほつえ》は　鳥居《とりゐ》枯《が》らし　下枝《しづえ》は　人取《ひとと》り枯《が》らし　三《み》つ栗《ぐり》の
中《なか》つ枝《え》の　ほつもり　赤《あか》ら嬢子《をとめ》を　いざささば　良《よ》らしな（「応神記」）

さあ子供達よ、野蒜を摘みに行く道には、香りのよい花橘がある。その上の枝は、鳥が巣を作って枯らしてしまった。下の枝は、人々が橘の実を取り尽くしている。ただ、その中の枝には美しい実がなっている。その実のように、美しい紅顔の少女を、お前は自分のものにしたらよい、という意味である。「香ぐはし花橘」は、「香細し花橘」、つまり「繊細な香り」の意である。

橘は、「垂仁記」で、「登岐士玖能迦玖能木実《ときじくのかくのこのみ》」と呼ばれている。ちなみに、「垂仁紀」九十年条では、これを「非時《ときじく》の香菓《かくのみ》」といっている。

橘といえば『万葉集』も、

橘《たちばな》の　下吹《したふ》く風《かぜ》の　かぐはしき　筑波《つくは》の山《やま》を　恋《こ》ひずあらめかも（『万葉集』巻二十―4371）

という、防人《さきもり》の歌を載せている。

橘の木の下を、吹き渡る風のかぐわしい筑波の山を、故郷を離れても、ひとときも恋しく思わないことはない、という意味である。

橘については、葛城王《かずらきのおおきみ》が橘宿禰《たちばなのすくね》を賜姓された時の聖武天皇の詔《みことのり》にも、「橘《たちばな》は、果子《かくのみ》の長上《ちょうじょう》にして、人《ひと》の好《この》む所《ところ》なり、柯《えだ》は霜雪《そうせつ》を凌《しの》ぎて繁茂《はんも》し、葉《は》は寒暑《かんしょ》を経《へ》て彫《しぼ》まず」（『続日本紀』天平八年十一月条）と述べられている。

大伴家持も「橘の歌」において、

田道間守《たぢまもり》　常世《とこよ》に渡《わた》り　八矛《やほこ》持《も》ち　参《ま》ゐ出来《でこ》し時《とき》　時《とき》じくの　香久《かく》
の菓子《このみ》を　恐《かしこ》くも　残《のこ》したまへれ……（『万葉集』巻十八―4111）

と歌っている。

橘《たちばな》は　花《はな》にも実《み》にも　見《み》つれども　いや時《とき》じくに　なほし見《み》が欲《ほ》し（『万葉集』巻十八―4112）

橘は、花も実も見るけれど、いかなる時にでもなお見たい、という意味である。

かぐはしき　花橘《はなたちばな》を　玉《たま》に貫《ぬ》き　送《おく》らむ妹《いも》は　みつれてもあるか（『万葉集』巻十―1967）

芳しい橘の花を、玉に通して、贈りたいと思う恋人は、恋にやつれているのだろうか、という意味である。

ここでも「かぐはし」には、「香細」の文字が当てられているので、万葉の人々にとっては、橘は細やかな香りとして愛されたようである。

風《かぜ》に散《ち》る　花橘《はなたちばな》を　袖《そで》に受《う》けて　君《きみ》が御跡《みあと》と　偲《しの》ひつるかも（『万葉集』巻十―1966）

この歌でも、花橘は、ほのかに恋人を偲ばせる香りであった。

かぐやま（香具山）

香具山「大和名所図会」

「神代記」に、「天児屋命《あめのこやねのみこと》、布刀王命《ふとだまのみこと》を召《め》して、天《あめ》の香山《かぐやま》の真男鹿《まをしか》の肩《かた》を内抜《うつぬ》きに抜《ぬ》きて、天《あめ》の香山《かぐやま》の天《あめ》の波波迦《ははか》を取《と》りて、占合《うらな》ひ麻迦那波《まかなは》しめて、天《あめ》の香山《かぐやま》の五百津真賢木《いほつまさかき》を根許士爾許士《ねこじにこじ》て……」として、中臣《なかとみ》氏の遠祖、天児屋命が、神祭りをする場面が描かれている。天照大神が岩屋戸に隠《こも》られ、「萬《よろづ》の妖《わざわひ》」が、いっせいに起こった時である。

その聖なる祭りに用いられるものは、すべて、天の香山から調達されたのである。

天の香山（香具山）は、大和三山の一つであるが、この山にだけ「天」が冠せられるように、もっとも、尊崇される山をなしていたようである。香山《かぐやま》は、神坐《かみくら》の山の意で、天から降りてきた神がこの山に鎮座すると見なされていたのである。しかも、大和三山の東の位置を占めていたことも、この山の地位をいっそう高めることになったのであろう。

わたくしたち日本人は、特に、太陽の昇る東（日向《ひむか》）を、聖地と見なしてきたのである。それは、神武東征の出発の地が、日向の地とされていたことや、伊勢神宮が鎮座する伊勢が、近畿地方の日向の地であることなどから、お判りになられるだろう。

神坐の山であるから、天の香山の枕詞は、「天降りつく」である。

天降《あも》りつく　神《かみ》の香具山《かぐやま》　うちなびく　春《はる》さり来《く》れば……

（『万葉集』巻三—260）

とか、鴨君足人《かものきみたるひと》の、

天降《あも》りつく　天《あめ》の芳来山《かぐやま》　霞立《かすみた》つ　春《はる》に至《いた》れば……

（『万葉集』巻三—257）

のように歌われている。

特に、「香具山」を万葉仮名で「芳来山（芳《よ》く来《きた》る山《やま》）」と表記しているのは、神の降臨を寿ぐ意が込められていたのであろう。

そのような聖山であったから、藤原京も、それを東に配して設けられたのではないだろうか。

大和《やまと》の　青香具山《あをかぐやま》は　日《ひ》の経《たて》の　大《おほ》き御門《みかど》に　春山《はるやま》と　しみさび立《た》てり　畝傍《うねび》の　この瑞山《みづやま》は　日《ひ》の緯《よこ》の　大《おほ》き御門《みかど》に　瑞山《みづやま》と　山《やま》さびいます　耳梨《みみなし》の　青菅山《あをすがやま》は　背面《そとも》の　大《おほ》き御門《みかど》に　よろしなへ　神《かむ》さび立《た》てり……

（『万葉集』巻一—52）

とあるように、藤原宮は、大和三山に囲まれるように設けられていたのである。「持統紀」八（六九八）年十二月条に「藤原宮《ふぢはらのみや》に遷《うつ》り居《おは》します」として、飛鳥京より遷都されたと伝えている。

ここで初めて、唐制に倣《なら》う王城の建設が成されることになる。

その新都において、持統天皇（女帝）は、

春過《はるす》ぎて　夏来《なつき》たるらし　白《しろ》たへの　衣干《ころもほ》したり　天《あめ》の香来山《かぐやま》

（『万葉集』巻一—28）

と歌われている。この御製では、香具山をあえて「香来山」と表記している。これは、常世国《とこよのくに》の「非時《ときじく》の香菓《かくのみ》」（「垂仁紀」九十年条）のごとき、永遠を願われたお気持ちを示すものと、わたくしは密かに考えている。

かけまくも

聖武天皇と皇子「日本歴史図解」

かけまくも　あやに恐《かしこ》く　言《い》はまくも　ゆゆしくあらむと　あらかじめ　かねて知《し》りせば……

（『万葉集』巻六―948）

この長歌の一部は、神亀四（七二七）年正月に、勅命をもって、諸王や諸臣らが授刀寮《じゅとうりょう》に散禁《さんきん》された時のものである。

散禁は『獄令《ごくりょう》』の規定によれば、軟禁されることである。つまり、外出が許されず、とどめ置かれたのである。

「かけまくも」は、「出雲《いずも》の国《くに》の造《みやつこ》の神賀詞《かむよごと》」という祝詞にも「挂《か》けまくも恐《かしこ》き明《あき》つ御神《みかみ》」と述べるように、「言葉にかけて申すことが畏れ多い」という意味である。神や天皇について申し上げる前に、まずもって、謹みの言葉を述べたものである。

かけまくも　あやに恐《かしこ》し　言《い》はまくも　ゆゆしきかも　わが大君《おほきみ》
皇子《みこ》の命《みこと》　万代《よろづよ》に　めしたまはまし　大日本《おほやまと》　久邇《くに》の都《みやこ》は……

（『万葉集』巻三―475）

という長歌は、天平十六（七四四）年二月、突然、安積皇子《あさかのみこ》が葬ぜられた時、大伴家持が嘆き作ったものである。

安積皇子は、聖武天皇の唯一の男の子であったが、生母は県犬養宿禰広《あがたのいぬかいのすくねひろ》刀自《とじ》であった。

これに対し、聖武天皇と藤原不比等の娘、光明皇后との間に生誕された阿《あ》倍内親王《べないしんのう》（孝謙女帝）という皇女がおられたが、反藤原氏の立場をとる人たちにとって、安積皇子はいわば希望の星の皇子であった。

ところが、聖武天皇が難波宮に移られた時、その留守中に、安積皇子は急死されてしまうのである。

一説には、留守役をおおせつかった藤原仲麻呂に、暗殺されたともいわれているが、安積皇子は、当時、わずか十七歳の若さであった。

そのため、反藤原氏の立場にあった家持の落胆は、それこそ口に出しても言い表せないほどであった。その気持ちが、まさに「かけまくも云々」の言葉に凝縮しているようである。

かけまくも　あやに恐《かしこ》し　わが大君《おほきみ》　皇子《みこ》の命《みこと》　もののふの　八十《やそ》
伴《とも》の男《を》を　召《め》し集《つど》へ　あどもひたまひ　朝狩《あさがり》に　鹿猪《しし》踏《ふ》み起《お》こし
夕狩《ゆふがり》に　鶉雉《とり》踏《ふ》み立《た》て……

（『万葉集』巻三―478）

言葉にして言うことは、まことに恐れ多いが、わが大君の安積皇子が、多くの臣下のますらお達を呼び集められ、朝狩には鹿や猪を踏み立て起こし、夕狩には鶉《うずら》や雉《きじ》を踏み立たせて、という意味である。

この家持の歌は、安積皇子の葬儀の時のものである。生前の皇子が、いつも元気に、多くの供を率いて狩に向かわれていたことを回顧したものである。

安積皇子のあまりにも早い薨去《こうきょ》に、家持は、悲しみと失望の歌を詠んでいるのである。

かすが（春日）

若菜摘み「大和耕作絵抄」

春日は、奈良市の中心部を占めることはいうまでもないが、どうして「春日《はるひ》」と書いて「カスガ」と訓《よ》ませるかは、どうも、はっきりとは判らない。一説には、神の栖《す》まわれる所、「神栖処《かすが》」であるといわれている。確かに、春日大社をはじめ、多くの神々が祀られているし、

ちはやぶる　神《かみ》の社《やしろ》し　なかりせば　春日《かすが》の野辺《のへ》に　粟蒔《あはま》かましを（『万葉集』巻三—404）

と歌われている。しかし、それならば、他の地域にも「神栖処」と呼ばれる所は決して少なくないはずである。それよりも、

見渡《みわた》せば　春日《かすが》の野辺《のへ》に　立《た》つ霞《かすみ》　見《み》まくの欲《ほ》しき　君《きみ》が姿《すがた》か（『万葉集』巻十—1913）

の歌のごとく、「春日《はるひ》に霞たなびく所」の意とする方が適当ではないだろうか。

山部赤人の、

春日《はるひ》を　春日《かすが》の山《やま》の　高座《たかくら》の　三笠《みかさ》の山《やま》に　朝去《あささ》らず　雲居《くもゐ》たなびき……（『万葉集』巻三—372）

の歌でも、春日《かすが》の枕詞は「春日《はるひ》」であり、春日《かすが》は雲居たなびく所であるからである。

うぐひすの　春《はる》になるらし　春日山《かすがやま》　霞《かすみ》たなびく　夜目《よめ》に見《み》れども（『万葉集』巻十—1845）

冬過《ふゆす》ぎて　春来《はるき》たるらし　朝日《あさひ》さす　春日《かすが》の山《やま》に　霞《かすみ》たなびく（『万葉集』巻十—1844）

などと、春に霞たなびく春日《かすが》と歌われているのである。また、春日野は、昔より、春の若菜を摘む名所でもあったようである。

春日野《かすがの》に　煙立《けぶりた》つ見《み》ゆ　娘子《をとめ》らし　春野《はるの》のうはぎ　摘《つ》みて煮《に》らしも（『万葉集』巻十—1879）

「うはぎ」は嫁菜《よめな》のことである。いわゆる、春の七草の一つであるから、この歌は、七草を摘む娘子を歌ったものであろう。

見渡《みわた》せば　春日《かすが》の野辺《のへ》に　立《た》つ霞《かすみ》　見《み》まくの欲《ほ》しき　君《きみ》が姿《すがた》か（『万葉集』巻十—1913）

と歌われる「君の姿」も、若菜摘む娘子をいうのであろう。

平安時代に入っても、素性法師の名が記された屏風歌の、

春日野《かすがの》に　若菜《わかな》つみつつ　万世《よろづよ》を　いはふ心《こころ》は　神《かみ》ぞしるらむ（『古今和歌集』巻七・賀歌—357）

のごとく、春日野の若菜摘みは有名な行事とされていたのである。

『古事記』によれば、開化天皇は、春日の伊《い》邪《ざ》河宮《かわのみや》で即位されたと伝えている。『日本書紀』では「都《みやこ》を春日《かすが》の地《ところ》に遷《うつ》す。是《これ》を率川宮《いざかはのみや》と謂《い》ふ」（「開化紀」元年十月条）と記している。五世紀の後期に入ると、春日《かすがの》和邇臣《わにのおみ》深目《ふかめ》が台頭し、雄略天皇の妃として、童女君《をみなぎみ》が、春日大娘《かすがのおおいらつめ》皇女《のひめみこ》をもうけている（「雄略紀」元年三月条）。この春日大娘皇女は、仁賢天皇の皇后となり、武烈天皇の生母となられている（「仁賢紀」元年二月条）。

このようにして、和邇氏系の春日氏が勢力を強めていくのであるが、やはり律令時代に入ると、藤原氏と春日の地は、氏神の鎮守地として密接に結びついていくのである。

かすみたつ　かすが
（霞立つ　春日）

ウメ「芥子園画伝」

霞《かすみ》立《た》つ　春日《かすが》の里《さと》の　梅《うめ》の花《はな》　花《はな》に問《と》はむと　我《わ》が思《おも》はなくに
（『万葉集』巻八―1438）

この「梅の花」の歌は、大伴駿河丸《するがまろ》のものとあるが、「丸」は「麻呂」が「マル」と訛《なま》ったものである。

大伴駿河麻呂は、参議従三位まで、昇りつめた人物である。当時、蝦夷《えみし》征討に、功が認められた武人であった。『続日本紀』には「参議《さんぎ》正四位上陸奥《むつの》按察使《あぜち》兼鎮守将軍《けんちんじゅしょうぐん》、勲三等《くんさんとう》、大伴《おおとも》宿禰《すくね》駿河麻呂《するがまろ》卒《しゅつ》す。従三位《じゅさんみ》を賜《たま》ふ」（『続日本紀』宝亀七年七月条）と記されている。

冒頭の駿河麻呂の歌は、春日に咲いている梅の花、そのような、曖昧な気分で、あなたを訪ねたわけではない、という意味である。

梅の花は、当時の官人達の多くに愛されたが、そのように、誰でも好きになるような気持ちとは、まったく別で、あなたを本当に愛しているのは、わたくしだけだと、言外に窺《うかが》わせている歌と解すべきであろう。

それにしても、春日の地は、春霞が立ちこめることが、多かったようである。

霞《かすみ》立《た》つ　長《なが》き春日《はるひ》を　かざせれど　いやなつかしき　梅《うめ》の花《はな》かも
（『万葉集』巻五―846）

この小野《おの》氏《うじの》淡理《たもり》の歌では、「霞立つ」は「春日」に掛けられている。霞が立ちこめた長い春の日に、梅の花を「かざし」に挿しているが、それでも、梅の花がなつかしく、この地から離れ難《がた》い気持ちである、と歌っているのである。

春《はる》されば　まづ咲《さ》くやどの　梅《うめ》の花《はな》　ひとり見《み》つつや　春日暮《はるひく》らさむ
（『万葉集』巻五―818）

山上憶良はこのように歌ったが、当時の教養人は、中国文化の影響をうけて、春に先がけて咲く梅の花の愛好者であった。もちろん、伝統的に日本人は桜を好んだが、奈良朝の宮人達は梅をこよなく愛していたようである。

『伊勢物語』四段には「又《また》の年《とし》のむ月《つき》（睦月）に、む（う）めの花《はな》ざかりに、去年《こぞ》を恋《こ》ひて行《い》きて」とあり、むかし男（在原業平）が、恋人の高子を、梅に擬している場面が描かれている。

春日の里は、大和国添上郡春日郷（『和名抄』）の地である。春日の里は、梅の名所であった。大伴三林《みはやし》は、

霜雪《しもゆき》も　いまだ過《す》ぎねば　思《おも》はぬに　春日《かすが》の里《さと》に　梅《うめ》の花見《はなみ》つ
（『万葉集』巻八―1434）

と詠じた。

霞《かすみ》立《た》つ　春日《かすが》の里《さと》の　梅《うめ》の花《はな》　山《やま》のあらしに　散《ち》りこすなゆめ
（『万葉集』巻八―1437）

日本の気候では、霞が立ちこめるのは、いうまでもなく、春の季節であった。それゆえ『万葉集』でも、「春《はる》の日《ひ》の　霞《かす》める時《とき》に」（『万葉集』巻九―1740）と歌うのである。

後になると、梅の群生そのものを、霞に見立てることになるのである。

かぜをいたみ

（風をいたみ）

塩汲み「日本山海名物図会」

風《かぜ》をいたみ　沖《おき》つ白波《しらなみ》　高《たか》からし　海人《あま》の釣船《つりぶね》　浜《はま》に帰《かへ》りぬ

（『万葉集』巻三—294）

この「風をいたみ」は、「風乎疾《かぜをいたみ》」と万葉仮名で書かれているように、風が、人に害を与えるように強く吹く意であろう。

「風をいたみ」の言葉を耳にされた方は、『百人一首』に載せられた、

風《かぜ》をいたみ　岩《いは》うつ波《なみ》の　を《(お)》のれのみ　くだけてものを　おもふころかな

（『詞花和歌集』巻七・恋上—211）

という、源《みなもとの》重之《しげゆき》の歌を思い出されるだろう。

この歌は、風がまことに強く吹くために、岩打つ波がくだけ散るが、まさにその通り、自分だけが千々《ちぢ》に心がくだけて、物思いにふけっているという意味である。

『万葉集』にも、

風《かぜ》をいたみ　いたぶる波《なみ》の　間《あひだ》なく　我《あ》が思《おも》ふ君《きみ》は　相思《あひおも》ふらむか

（『万葉集』巻十一—2736）

という歌がある。

風が強いので、激しく揺れる波のように、わたくしは、絶え間なくあなたのことを想っている。そのあなたは、わたくしのそばにいて、常にわたくしを想ってくれているのだろうか、という意味である。

志賀《しか》の海人《あま》の　塩焼《しほや》く煙《けぶり》　風《かぜ》を疾《いた》み　立《た》ちは上《のぼ》らず　山《やま》にたなびく

（『万葉集』巻七—1246）

志賀の島の漁師たちが塩を焼く煙は、あまりにも風が強いので、まっすぐに立ち昇らず、横に流れて、山の方へたなびいている、という意味である。

志賀の島は、博多湾の東にある島であるが、現在では、海の中道と結ばれている。

我《わ》が岡《をか》の　秋萩《あきはぎ》の花《はな》　風《かぜ》をいたみ　散《ち》るべくなりぬ　見《み》む人《ひと》もがも

（『万葉集』巻八—1542）

という大伴旅人の歌は、わが岡の秋萩の花は、風が強く吹くので散りそうになっているが、散る前に見る人がいたらなあ、という意味である。

この歌には、

我《わ》がやどに　盛《さか》りに咲《さ》ける　梅《うめ》の花《はな》　散《ち》るべくなりぬ　見《み》む人《ひと》もがも

（『万葉集』巻五—851）

という類歌があり、これも旅人の作ではないかといわれている。

旅人は常に、ともに花を感賞してくれる人を待ち続けていたのである。おそらく、孤独を慰める友を待ち続けていたのであろう。あるいは、花を前にして、好きな酒を飲み交わす友の来訪を心待ちにしていたのかもしれない。

埼玉《さきたま》の　津《つ》に居《を》る舟《ふね》の　風《かぜ》をいたみ　綱《つな》は絶《た》ゆとも　言《こと》な絶《た》えそね

（『万葉集』巻十四—3380）

埼玉の津は、武蔵国埼玉郡にあった津である。現在の埼玉県行田市付近である。おそらく、古代では、東京湾が深く入り込んでおり、利根川の元の流路に当たっていたので、入江となっていたようである。

埼玉の津に停まっている舟を繋留《けいりゅう》している綱が、風が強いので切れることがあっても、言葉を絶やさない、という恋の歌である。

かたみのころも
（形見の衣）

古代の女性「前賢故実」

我妹子《わぎもこ》が　形見《かたみ》の衣《ころも》　したに着《き》て　直《ただ》に逢《あ》ふまでは　われ脱《ぬ》かめやも
（『万葉集』巻四―747）

形見という言葉は、多義的に用いられる。第一は、死んだ人やその想い出となるような品をいうが、本人の代わりとなるものも「形見」と称しているし、あるいは、想い出の種となる記念の物も、わたくしたちは同じく「形見」と呼んでいる。

この歌の形見は、死んだ人の遺品の意でなく、本人の代わりの品や、想い出の品の意に解されている。それは「直に逢ふまで」と歌われているからである。

古代の人々は、恋人の着た衣を身につければ相手の身をわが身に付着できる、と考えていたようである。

わが背子《せこ》が　形見《かたみ》の衣《ころも》　妻問《つまど》ひに　我《あ》が身《み》は離《さ》けじ　言問《ことと》はずとも
（『万葉集』巻四―637）

という娘子《おとめ》の歌は、

我《あ》が衣《ころも》　形見《かたみ》に奉《まつ》る　しきたへの　枕《まくら》を離《さ》けず　まきてさ寝《ね》ませ
（『万葉集』巻四―636）

という、湯原王《ゆはらのおおきみ》の歌に、応えたものである。わたくしの衣を形見に差し上げよう。夜は、枕から離さずに、身につけて休んでほしい、という意味である。

それに対して娘子は、あなたの形見の衣を求婚の印として、わたくしは肌身から離すことはない。形見の衣はものを言わなくとも、といっているのである。

「形見の衣」を詠んだものとしては、他にも、

通《とほ》るべく　雨《あめ》はな降《ふ》りそ　我妹子《わぎもこ》が　形見《かたみ》の衣《ころも》　我下《われした》に着《け》り
（『万葉集』巻七―1091）

がある。雨水が濡れ通るほど、雨は降るなよ。わたくしの恋しい人の想い出の衣を、わたくしは下着にしているから、という意味である。

この形見の衣も、恋人のゆかりの衣の意味で、遺品と解さなくてもよいであろう。

万葉の時代にあっては、恋人と恋人が、互いに下着を交換して、恋をたしかめ合うことが行われたようである。

我妹子《わぎもこ》が　形見《かたみ》の衣《ころも》　なかりせば　何物《なにもの》もてか　命継《いのちつ》がまし
（『万葉集』巻十五―3733）

は、わたくしのいとしい人の形見の衣がなければ、いったいどうして、わたくしの命を継ごうか。もし、あなたの形見の衣を身につけることができないのであるならば、あなたの恋の証しを知ることができるだろうか。もし、そのようなことがあったら、わたくしは、生きるすべを失ってしまう、といっているのである。

それほど、形見の衣を相手の男に渡すことは、女性にとっては、完全に我が身を相手にゆだねる「しるし」であった。男の方も、恋の確証として、必ず形見の衣を女性に要求したのであろう。

かつしか（葛飾）

真間の継橋「江戸名所図会」

古《いにしへ》に　ありけむ人《ひと》の　倭文機《しつはた》の　帯解《おびと》き替《か》へて　廬屋立《ふせやた》て　妻問《つまど》ひしけむ　葛飾《かつしか》の　真間《まま》の手児名《てごな》が　奥《おく》つ城《き》を　こことは聞《き》けど　真《ま》木《き》の葉《は》や　茂《しげ》りたるらむ　松《まつ》が根《ね》や　遠《とほ》く久《ひさ》しき　言《こと》のみも　名《な》のみも我《われ》は　忘《わす》らゆましじ

（『万葉集』巻三—431）

山部赤人の歌である。昔、そこに居たという人が、倭文機《しずはた》の帯を解き交わして伏すという廬屋に、妻問いしたという、葛飾の真間の手児名の墓が、ここに在ると聞くけれど、槙の葉が生い茂り、松の根が年を経て長く延びているせいで、どこなのか判らない。だが、わたくしは手児名の話だけ、どうしても忘れることはできない、という意味であろう。

真間は、現在の千葉県市川市真間である。そこに、手児名を祀る手児名堂や、手児名が汲んだと伝える井戸とともに、手児名のロマンスも語り伝える継橋などが存在している。

もちろん、手児名を追慕する後世の人が、設けたものに過ぎないが、今もって手児名の遺跡を訪ねる人は、絶えないのである。

山部赤人は、

我《われ》も見《み》つ　人《ひと》にも告《つ》げむ　葛飾《かつしか》の　真間《まま》の手児名《てごな》が　奥《おく》つ城処《きところ》

（『万葉集』巻三—432）

葛飾《かつしか》の　真間《まま》の入江《いりえ》に　うちなびく　玉藻刈《たまもか》りけむ　手児名《てごな》し思《おも》ほゆ

（『万葉集』巻三—433）

という反歌をとどめている。

赤人は、いずれの歌でも「葛飾」に万葉仮名で「勝壮鹿《かつしか》」の文字を当てているが、妻を恋う牡鹿《おじか》をイメージしていたのであろう。

にほ鳥《どり》の　葛飾早稲《かづしかわせ》を　贄《にへ》すとも　そのかなしきを　外《と》に立《た》てめやも

（『万葉集』巻十四—3386）

葛飾の土地で産する早稲の稲を、新嘗《にいなめ》の神に供える祭りの時でも、本来は禁男の家の中にもいとしいあなただけは入れておきたい、という意味である。

古代にあっては、家の祭りはすべて女性が主催し、祭りが終わるまで、男達は家から追われて、外に立っていた。

足《あ》の音《おと》せず　行《ゆ》かむ駒《こま》もが　葛飾《かづしか》の　真間《まま》の継橋《つぎはし》　やまず通《かよ》はむ

（『万葉集』巻十四—3387）

足の音を立てぬ馬はいないものか、もしそのような馬がいたら、人知れず、いつも継橋を通って、手児名の許《もと》に通って行こう、という意味である。

継橋は、川の中に岩を置き、板を継いで作った簡単な橋である。

葛飾《かづしか》の　真間《まま》の浦廻《うらみ》を　漕《こ》ぐ船《ふね》の　船人騒《ふなびとさわ》く　波立《なみた》つらしも

（『万葉集』巻十四—3349）

この歌から、現在ではすっかり陸化して、海から離れている真間の地も、かつては海辺に面していたことが窺《うかが》える。

ちなみに、真間は、急な傾斜地や崖をいう。

足柄《あしがり》の　ままの小菅《こすげ》の　菅枕《すがまくら》　あぜかまかさむ　児《こ》ろせ手枕《たまくら》

（『万葉集』巻十四—3369）

「足柄のまま」は、足柄山の崖のことである。

かづらき（葛城）

役行者と鬼「北斎漫画」

葛城は、大和国の葛上郡と、葛下郡を併せた地域である。大和盆地の西部地区であるが、四、五世紀の頃には、強大な葛城氏が蟠踞《ばんきょ》し、朝廷内においても、絶大な権力を振るっていたようである。

葛城《かづらき》の　襲津彦真弓《そつびこまゆみ》　荒木《あらき》にも　頼《たの》めや君《きみ》が　わが名告《なの》りけむ（『万葉集』巻十一―2639）

葛城襲津彦《かずらきのそつびこ》が持つという真弓、その荒木のように、しっかりと頼りにしていたあなたが、わたくしの名を言ったのでしょうか。つまり、プロポーズを確かめる歌である。

ここに葛城襲津彦の弓が、強力で頼りになる例証として引き出されているように、葛城襲津彦は、強大な武力を誇った武将であった。

「神功皇后紀」摂政六十二年条に、神功皇后が「襲津彦《そつびこ》を遣《つかは》して新羅《しらぎ》を撃《う》たしむ」とあり、『百済記』にも「沙至比跪《さちひこ》」の名前で記録されている。

この襲津彦の娘が、葛城《かずらき》磐姫《いわのひめ》であり、仁徳天皇の皇后となられた方である。葛城氏を後ろ楯として、仁徳天皇を辟易《へきえき》させるほどの振る舞いをなされたといわれ、「言立《ことだ》てば、足母阿賀迦邇嫉妬《あしもあがかにねた》みしたまひき」と『古事記』には記されている。つまり、天皇の妾に対し、足をばたつかせて、嫉妬されたというのである。

この皇后の故郷は、「葛城高宮《かづらきたかみや》」（「仁徳記」）といわれるように、大和国葛上郡高宮郷にあったのである。現在の奈良市御所市森脇、名柄付近であるという。

この葛城氏の流れから、後の蘇我氏が出るが、「皇極紀」元年条には、「是《こ》歳《とし》、蘇我大臣蝦夷《そがのおほおみえみし》、己《おの》が祖廟《おやのまつりや》を葛城《かづらき》の高宮《たかみや》に立《た》てて、八佾《やつら》の儛《まひ》をす」として、高宮を祖先発祥の地としているのである。

このように、大化前代の大和盆地の西部には、常に朝廷の権力を左右する勢力が存在していたのである。

大化後はその勢力を失うが、その代わりに、葛城山の一言主神《ひとことぬしのかみ》や葛城山を中心とする役行者《えんのぎょうじゃ》が、朝廷に逆らうのである。

ところで、『万葉集』では、

葛城《かづらき》の　高間《たかま》の草野《かやの》　はや知《し》りて　標刺《しめさ》さましを　今《いま》そ悔《くや》しき（『万葉集』巻七―1337）

という歌が収められている。

高間は「高天」とも表記され、式内社の高天彦神社が祀られているあたりであろう。

春柳《はるやなぎ》　葛城山《かづらきやま》に　立《た》つ雲《くも》の　立《た》ちても居《ゐ》ても　妹《いも》をしそ思《おも》ふ（『万葉集』巻十一―2453）

葛城山に立つ雲のように、居ても立っても、常に恋人のことを思い続ける、という意味である。

ちなみに「春柳」は、「縵《かづら》」の枕詞であるが（『万葉集』巻五―840）、「葛城」の枕詞でもある。

かはたれとき
（かはたれ時）

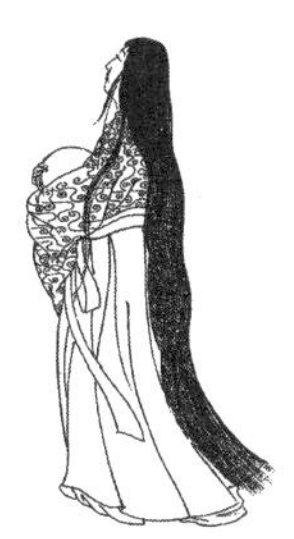
古代の女性「前賢故実」

暁《あかとき》の　かはたれ時《どき》に　島陰《しまかぎ》を　漕《こ》ぎにし船《ふね》の　たづき知《し》らずも
（『万葉集』巻二十―4384）

暁のまだ薄暗い時分に、島陰を漕いでいった船の行方《ゆくえ》が気にかかる、という意味である。

「かはたれ時」は「彼《か》は誰《た》れ」と尋ねなければならないほどの、薄暗い頃をいう。「たそかれ時」とされる夕暮れに対し、とくに、夜明けの時分を、「かはたれ時」と称することが多いようである。

「たそかれ時」は、「誰《た》そ彼《か》れ」が原義である。誰なのか、明瞭に見分けができない夕暮れ時をいうのである。

誰《た》そ彼《かれ》と　問《と》はば答《こた》へむ　すべをなみ　君《きみ》が使《つか》ひを　帰《かへ》しつるかも
（『万葉集』巻十一―2545）

彼は誰かと尋ねてきたら、お知らせしようが、わたくしは、なすすべもなく、あなたの使いを帰してしまった、という意味である。この歌においては、「誰そ彼」は、文字通りに、彼は誰かと尋ねる意味である。

誰《た》そ彼《かれ》と　我《われ》をな問《と》ひそ　九月《ながつき》の　露《つゆ》に濡《ぬ》れつつ　君待《きみま》つ我《われ》を
（『万葉集』巻十―2240）

あれは誰かと、わたくしのことをお聞きにならないでほしい。九月の露に身を濡らしながら、あの人を待っているわたくしのことを、の意である。ここでは、彼は誰かと尋ねる意味と、はっきりと人の見分けがつかなくなる夕暮れ時も示している。

それにしても、露に濡れつつ恋人を待つというのは、『万葉集』では好んで用いられている表現であるが、おそらく、しっとりとした恋心をそのまま表現しているのであろう。

あしひきの　山《やま》のしづくに　妹待《いもま》つと　われ立《た》ち濡《ぬ》れぬ　山《やま》のしづくに
（『万葉集』巻二―107）

は、悲劇の皇子、大津皇子《おおつのみこ》の御歌である。それに応えて、石川郎女《いしかわのいらつめ》は、

我《あ》を待《ま》つと　君《きみ》が濡《ぬ》れけむ　あしひきの　山《やま》のしづくに　ならましものを
（『万葉集』巻二―108）

と、「山のしづく」になりたいと歌っている。

石川郎女は、大津皇子と皇位を争う立場にあった草壁皇子《くさかべのみこ》からも愛されていたから、この歌から、きわめて微妙な関係を読み取る必要があるようである。

人目を忍んで、露に濡れて待つ人は、それこそ、「たそかれ時」にじっと恋人を待ちつづけていたのだろう。

「かはたれ時」も「たそかれ時」も、人目をはばかる恋人には、絶好な時を提供してくれているが、また、一抹の不安も暗示しているようである。

いつも電光の光輝く現代の夜と違って、古代においては、常に恋人を夕闇に隠し込んでくれていたのである。

まさに、「たそかれ時」は、絶好の恋の時間であり、後朝《きぬぎぬ》の別れの「かはたれ時」も、恋人の姿を隠してくれていたのであろう。

かみあげ（髪上げ）

橘寺「西国三十三所名所図会」

橘《たちばな》の　寺《てら》の長屋《ながや》に　我《わ》が率寝《ゐね》し　童女放《うなゐはな》りは　髪上《かみあ》げつらむか
（『万葉集』巻十六―3822）

橘寺の長屋に、わたくしが連れ込んで寝た童女は、もう「童女放り」の髪を結い上げた年頃の女性になったのだろうか、という歌である。

古代の女性は、年齢と共に髪形を変えていた。まだ幼い女の子は「童女放り」と呼ばれて髪を結わずに、垂らしていたようである。

『和名抄』では、垂らした髪を「宇奈井《うなゐ》」と称している。「放り」とは、上げて結んでいないということである。

『伊勢物語』に見える、

くらべこし　振分髪《ふりわけがみ》も　肩《かた》すぎぬ　君《きみ》ならずして　誰《たれ》かあぐべき
（『伊勢物語』二十三段）

の歌でいう「振分髪」も垂らしたままの髪のことである。

その振分髪を、「誰かあぐべき」とあるように、童女ないし少女から成人して、結婚することが認められる年頃になると、髪は上げられ、結われたのである。

冒頭の歌は、童女《うなゐ》の乙女は、もうすでに、結婚するのにふさわしい年令に達したのに、恋人は気づかないのか、と感慨にふけっているのである。

ただ、現代と異なって、律令の規定では、「女の年、十三以上にして、婚《こん》嫁《か》を聴《ゆる》せ」（戸令）とあり、数え年十三歳に達したならば、結婚は一応公認されていたのである。

『竹取物語』には、かぐや姫は、見る間に大きく成長したので、竹取の翁は「よき程《ほど》なる人《ひと》に成《なり》ぬれば、髪上《かみあ》げなどさうして、髪上《かみあ》げさせ、裳着《もき》す」と記されているが、髪上げして、裳着《もぎ》させたのは、成人したことを示すものであった。

『宇津保物語』内侍督《ないしのかみ》の条にも「かみあげ、さうぞくしたるさまも、いとめでたし」と記し、髪上げと裳着が、同時に行われたことを物語っている。

橘の寺は、大和国高市郡の飛鳥川上流の左岸に位置する寺であろう。

『元興寺縁起』の逸文には、「橘寺《たちばなでら》は、此《こ》の地《ち》に橘《たちばな》の樹《き》多《おほ》し」とあり、それにもとづいて、橘寺と名づけられたと記されている。聖徳太子の縁《ゆかり》の寺で、勝鬘経《しょうまんきょう》を説いたと伝えられている（『聖徳太子伝拾遺記』）。

この橘寺は、尼寺であったため、橘尼寺とも呼ばれていたようである。

ちなみに、『僧尼令』の一文に「凡《およ》そ、僧房《そうぼう》に婦女《ふじょ》を停《とど》め、尼房《にぼう》に男夫《だんふ》を停《とど》めて、一宿以上《いっしゅくいじょう》を経たらば、其《そ》の所由《しょゆ》の人《ひと》、十日苦使《とおかくしせよ》」とあり、さらには「凡《およ》そ僧《そう》は輒《たやす》く尼寺《にじ》に入《い》ることを、尼《あま》は輒《たやす》く僧寺《そうじ》に入《い》るを得《え》ず」ともある。

ちなみに、平安朝の宮廷では、女官達は立ち働くとき、垂髪《すいはつ》を結び上げていたようである。たとえば、『紫式部日記』の寛弘五（一〇〇八）年九月条に「例は、御膳《おもの》まゐるとて髪あぐることをぞする」とあるが、これは先の成人式の髪上げとは異なるものである。

かむかぜのいせ
（神風の伊勢）

斎宮群行「伊勢参宮名所図会」

神風《かむかぜ》の　伊勢《いせ》の国《くに》にも　あらましを　なにしか来《き》けむ　君《きみ》もあらなくに

（『万葉集』巻二―163）

この御歌は、「大津皇子《おほつのみこ》の薨《こう》ぜし後《のち》に、大来皇女《おほくのひめみこ》の、伊勢《いせ》の斎宮《いつきのみや》より、京《みやこ》に上《のぼ》りし時《とき》に御作《つく》りたまひし歌《うた》」である。

「持統即位前紀」朱鳥元年十月条に「皇子《みこ》大津《おほつ》、謀反《みかどかたぶ》けむとして発覚《あらは》れぬ」として、大津皇子の謀反を伝えているが、持統女帝が、自ら産んだ草壁皇子《くさかべのみこ》の皇位継承の、最大の障害だった大津皇子を、政治的謀略によって除いたものといわれている。そのため、大津皇子の死を悼む歌も少なくないのである。

『日本書紀』でも、大津皇子を「容止《みかほ》墻《たか》く岸《さが》しくして、音辞《みことば》、俊《すぐ》れ朗《あきらか》なり。天命開別天皇《あめのみことひらかすわけのすめらみこと》（天智天皇）の為《ため》に愛《めぐ》まれたてまつりたまふ」と讃詞が寄せられている。その上、「尤《もと》も文筆《ふみつくること》を愛《この》みたまふ。詩賦《しふ》の興《おこり》、大津《おほつ》より始《はじま》れり」と記している。

『懐風藻』にも「幼年《えうねん》にして学《がく》を好《この》み、博覧《はくらん》にして能《よ》く文《ぶん》を属《つづ》る」と、その人物を高く評価する言葉が、呈せられている。

だが、その秀れた才能と人望が、かえってわざわいして、叔母持統女帝の手によって、大津皇子は死に追いやられてしまうが、それをもっとも悲しんだのは、たったひとりの姉、大来（大伯）皇女であった。

大来皇女は、弟の死を知って伊勢の斎宮より急遽、京に上ってきたが、その時すでに、大津皇子は死を賜わった後であった。

その悲しみの歌が、冒頭の「神風の伊勢の国」の御歌である。

『万葉集』にも、

神風《かむかぜ》の　伊勢《いせ》の海《うみ》の　朝《あさ》なぎに　来寄《きよ》る深海松《ふかみる》　夕《ゆふ》なぎに　来寄《きよ》る俣海松《またみる》……

（『万葉集』巻十三―3301）

として、神風が伊勢に吹き寄せる様が、歌われている。

伊勢の語源は、「磯《いそ》」とされているから、笠郎女も、

伊勢《いせ》の海《うみ》の　磯《いそ》もとどろに　寄《よ》する波《なみ》　畏《かしこ》き人《ひと》に　恋《こ》ひわたるかも

（『万葉集』巻四―600）

と詠じている。

「垂仁紀」二十五年三月条では、倭姫命《やまとのひめみこ》が、天照大神の鎮座される土地を求めて、伊勢国に至った時、天照大神が「是《こ》の神風《かむかぜ》の伊勢国《いせのくに》は、常世《とこよ》の浪《なみ》の重浪《しきなみ》の帰《よ》する国《くに》なり」と、託宣されたと伝えている。

伊勢の国は、近畿地方の東部を占めて、太陽の日毎に甦る聖地、日向の地であった。そのような日向の地は、また常世の国から、更生の波が打ち寄せるという信仰があったのである。

そのような聖地であったから、太陽神としての天照大神をこの地に祀ったのである。

ちなみに、大和盆地の太陽の昇る山、三輪山を一直線に東に延ばすと、伊勢の斎宮の置かれた、三重県多気郡明和町が位置しているのである。

かむながら（神ながら）

壬申の乱「日本歴史図解」

やすみしし　わが大君《おほきみ》　神《かむ》ながら　神《かむ》さびせすと　吉野川《よしのがは》　たぎつ
河内《かふち》に　高殿《たかどの》を　高知《たかし》りまして　登《のぼ》り立《た》ち　国見《くにみ》をせせば　たたな
はる　青垣山《あをかきやま》　やまつみの　奉《まつ》る御調《みつき》と……
（『万葉集』巻一―38）

吉野の離宮に、持統天皇が、行幸された際の柿本人麻呂の長歌である。持統女帝は、天武天皇との想い出の地である吉野には、何度も行幸されていた。

わが大君（持統女帝）は、神の御心にまかせて、神々しく振る舞われているが、吉野川が激しく流れる河内の場所に、高殿を設けられて、お登りなられて国見をされていると、幾重にも重なる青垣山は、その山の神達が奉る貢物で……という意味である。

「やすみしし」は、「安見知《やすみしし》」、または「八隅知《やすみしし》」の意で、安らかに平安に支配されるという意味と、国の隅々まで統治されるの意が、含まれている讃詞である。それゆえ、「大君」に掛かる枕詞となったのである。

「神ながら」は、神そのものであるように振る舞われることである。あるいは、神の御心のままにの意も含まれているといってよいであろう。

柿本人麻呂は先の長歌を受けて、その反歌にも、

山川《やまかは》も　依《よ》りて仕《つか》ふる　神《かむ》ながら　たぎつ河内《かふち》に　船出《ふなで》せすかも
（『万葉集』巻一―39）

と歌っている。

壬申の乱で勝利を得、律令体制の基礎を築いた天武・持統天皇は、その偉大な業績を称えられて、「大君《おほきみ》は　神《かみ》にしいませば」（『万葉集』巻三―235）と讃仰されていた。それゆえ、それらの天皇方は、「神ながら」と賞讃されていたのである。

いや継《つ》ぎ継《つ》ぎに　知《し》らし来《く》る　天《あま》の日継《ひつぎ》と　神《かむ》ながら　わが大君《おほきみ》の
天《あめ》の下《した》　治《をさ》めたまへば　もののふの　八十伴《やそとも》の男《を》を　撫《な》でたまひ
整《とと》へたまひ……
（『万葉集』巻十九―4254）

千代も重ねて次々と、この世の中をお治めになられてきた天照大神の日嗣《ひつぎ》である、わが大君は、神の御心のままに天下をお治めになり、多くの官吏を慈《いつく》しんで正しく統率されてきた、という意味である。

この歌は、「京《みやこ》に向《む》かふ路上《ろじやう》、興《きよう》に依《よ》りて預《あらかじ》め作《つく》りし侍宴応詔《じえんおうせう》の歌《うた》」と題されているから、天皇が催された宴で、勅命によって作られた歌であることが知られるのである。

『懐風藻』に収められた従四位下大石王《おおいしのおおきみ》の「宴《うたげ》に侍《じ》す、応詔《おうせう》」の詩の一節にも、「神沢群臣《しんたくぐんしん》に施《ほどこ》したまふ」と詠まれているが、これは、霊妙な天皇の恩沢が群臣達に施されている、という意味である。

「応詔」には、このような賛辞が述べられていたのであろう。

かむなび（神奈備）

神奈備「大和名所図会」

神奈備《かむなび》の　神依《かみよ》り板《いた》に　する杉《すぎ》の　思《おも》ひも過《す》ぎず　恋《こひ》の繁《しげ》きに
（『万葉集』巻九―1773）

弓削皇子《ゆげのみこ》に献じるとあるこの恋歌は、神奈備の神が依《よ》り憑《つ》く杉板のように、わたくしの想いも、どこにも過ぎ去っていかない。なぜならば、わたくしの恋は、激しいからだ、という意味であろう。自分の激しい恋心が、依り憑くもののたとえとして、神依り板のごとし、と述べているのである。

神奈備は、神が「隠《な》び」する聖なる山や森のことをいうのである。もっとも古い時代には、聖なる山に神は宿られているとされ、そのような山を神奈備山と称した。神は、聖なる山に天降《あも》りされると、山の隅に身を隠され、人目を避けられた。

そのように神が天から降りられる際に、山の聖なる木を、依代《よりしろ》とされたのである。

とくに「杉」は、天にむかって直立する「直《す》ぐなる木」を意味し、天と通ずると見なされて、巨大な杉は神の憑依《ひょうい》する神木とされた。

神社に神殿が設けられる以前には、このような御神木が、直接の崇拝の対象であった。神社は、もともと「杜《もり》」と呼ばれていたが、それは、神の依代である神木を、神として祀っていたためである。いうまでもなく、「社」の「示」は、「祭」「祀」「斎」の一連の文字のように祭祀を表示するものであった。

里人《さとびと》の　我《われ》に告《つ》ぐらく　汝《な》が恋《こ》ふる　愛《うるは》し夫《づま》は　もみち葉《ば》の　散《ち》りまがひたる　神奈備《かむなび》の　この山辺《やまへ》から　ぬばたまの　黒馬《くろま》に乗《の》りて　川の瀬を　七瀬渡りて　うらぶれて　夫《つま》は逢《あ》ひきと　人《ひと》そ告《つ》げつる
（『万葉集』巻十三―3303）

あなたが恋しがっている夫《せ》の君《きみ》ですが、黄葉《もみじ》が散り乱れている神奈備の山辺から、黒馬に乗りながら、川の瀬を七たびも渡って、うらぶれた様子で会いに来ましたよと、里人はわたくしに告げたという意味である。

この歌の反歌は、

聞《き》かずして　黙《もだ》もあらましを　なにしかも　君《きみ》がただかを　人《ひと》の告《つ》げつる
（『万葉集』巻十三―3304）

というもので、何も聞かないで、黙ってすませばよかった。それをどうして君のうらぶれた様子を、人はわざわざ告げ口するのであろうか、という意味である。

神聖な神奈備の山を、かえってみじめな様子で帰ってくる夫の姿を人に知られて、恨んでいる妻の心情を歌ったものであろう。

神奈備《かむなび》の　磐瀬《いはせ》の杜《もり》の　呼子鳥《よぶこどり》　いたくな鳴《な》きそ　我《あ》が恋《こひ》まさる
（『万葉集』巻八―1419）

の歌は、磐瀬の社に、神奈備と冠している。

ちなみに、磐瀬の社は諸説あって、必ずしも明らかではない。竜田川の東岸の森や、三郷町立野の大和川北岸の森などが挙げられている。

いずれともあれ、神が鎮座する鬱蒼《うっそう》たる森の存在する所が、神奈備であった。いうなれば、神が奥深き森を神坐《かみくら》とされた禁断の所、聖地であったのである。

からころも（唐衣）

在原業平「聯珠百人一首」

唐衣という言葉を耳にすると、誰もが、在原業平《ありわらのなりひら》の、

唐衣《からころも》　着《き》つつなれにし　つましあれば　はるばるきぬる　旅《たび》をしぞおもふ

（『古今和歌集』巻九・羇旅歌—410）

の名歌を、想起されるに違いない。

この歌は『伊勢物語』九段にも収められているが、「むかしをとこ」が、「身《み》をえうなき物《もの》に思《おも》ひなして」はるばると、三河の八橋（愛知県知立市）に下り、都に残した妻をしのんで作った歌とされている。

唐衣は、文字通り解すれば、中国風、ないしは大陸風の衣服のことで、袖が大きく、裾はくるぶしまで隠す衣である。日本の十二単のごとく、重ね着をする衣服であった。しかし『伊勢物語』の時代は、むしろ単に、美しい衣服の意であろう。

韓衣《からころも》　着奈良《きなら》の里《さと》の　妻《つま》まつに　玉《たま》をし付《つ》けむ　よき人《ひと》もがも

（『万葉集』巻六—952）

から衣を着馴《きな》れるという都の奈良の里に、妻を待つという「マツ」と同じ響きをもつ松に、玉をつけるような、よき人がいたら、本当にうれしい、という意味である。この「玉」は、宝石の玉であると共に、「魂」も意味しているのである。この歌の場合は、「から衣」は、「着馴れる」と「奈良」に掛かる枕詞となっている。

ところで、松の木に玉をつけるといっているが、松は、影向《ようごう》の松という言葉が示すように、神や仏が来臨されることを待つ、聖木であった。

前述の歌も、一種の魂結びと考えてよいであろう。御神木に恋人同士の魂を結び付けて、神の加護を願う呪術である。

韓衣《からころも》　君《きみ》にうち着《き》せ　見《み》まく欲《ほ》り　恋《こ》ひそ暮《く》らしし　雨《あめ》の降《ふ》る日《ひ》を

（『万葉集』巻十一—2682）

舶来の上品な、から衣を、恋人のあなたに着せて、その美しい姿を見たいと、わたくしは恋い焦がれている。ふたりだけになることのできる雨の降る日を、心密かに望んでいる、という意味である。

「雨の降る日を」の終句の意は、必ずしも明らかでないが、仕事から離れ、プライベートな日という意味であろう。

雁《かり》がねの　来鳴《きな》きしなへに　韓衣《からころも》　竜田《たつた》の山《やま》は　もみちそめたり

（『万葉集』巻十—2194）

雁が鳴く声を聞くと同時に、竜田の山は、もみじ（紅葉、黄葉）しはじめるという意味である。この歌もまた、業平の、

ちはやぶる　神世《かみよ》も聞《き》かず　たつた河《かは》　から紅《くれなゐ》に　水《みづ》くくるとは

（『古今和歌集』巻五・秋歌下—294）

が頭に浮かんでくる。「くくるとは」は、染色のため、糸を括《く》ることである。

韓衣《からころも》　裾《すそ》のうちかへ　逢《あ》はねども　異《け》しき心《こころ》を　我《あ》が思《も》はなくに

（『万葉集』巻十四—3482）

から衣の裾が合わないように、最近は少しもお逢いしないが、異《あだ》し心《ごころ》（浮気な心）をわたしは持たない、の意である。この「から衣」は、裾にかかる枕詞とも解してよいであろう。

かりこもの（刈り薦の）

マコモ「大植物図鑑」

妹《いも》がため　命残《いのちのこ》せり　刈《か》り薦《こも》の　思《おも》ひ乱《みだ》れて　死《し》ぬべきものを

（『万葉集』巻十一—2764）

恋するあなたのために、わたくしの命だけは、残しておきたいものだ。わたくしは、思い乱れて死んでしまいそうであるが、という意味である。
「刈り薦の」は、刈り取ったばかりの薦が乱れやすいことから、「乱《みだ》る」に掛かる枕詞である。薦は菰《こも》とも書かれるが、入江などに群生する植物である。それを用いて、粗く編んだものをいうこともある。
『古事記』の木梨軽太子《きなしのかるのひつぎのみこ》の歌にも、

人《ひと》は離《か》ゆとも　愛《うるは》しと　さ寝《ね》しさ寝《ね》てば　刈薦《かりこも》の　乱《みだ》れば乱《みだ》れ　さ寝《ね》しさ寝《ね》てば

とあるように、「刈薦」は、乱れにかかる慣用句であった。この歌は、他人はわたくしたちを離すかもしれないが、共寝をした後は、乱れるなら乱れよ、ふたりの間が乱されても、すでに共寝したから、どうもなってもかまわない、という意味である。

我妹子《わぎもこ》に　恋《こ》ひつつあらずは　刈《か》り薦《こも》の　思《おも》ひ乱《みだ》れて　死《し》ぬべきものを

（『万葉集』巻十一—2765）

この歌は、冒頭の「妹《いも》がため……」という歌に続けて載せられているものである。このように、刈り薦は、万葉びとには日常的に親しいものであった。

三島江《みしまえ》の　入江《いりえ》の薦《こも》を　かりにこそ　我《われ》をば君《きみ》は　思《おも》ひたりけれ

（『万葉集』巻十一—2766）

とあるように、三島江の入江は薦が群生し、人々は、これを刈って用いていた。
この歌の「かり」は、「刈り」であるとともに、「仮に」の意を含んでいる。三島江は、摂津国島上郡にあった入江で、現在の大阪府高槻市三島江の付近から、淀川の下流あたりを指すようである。

飼飯《けひ》の海《うみ》の　庭良《にはよ》くあらし　刈薦《かりこも》の　乱《みだ》れて出《い》づ見《み》ゆ　海人《あま》の釣船《つりぶね》

（『万葉集』巻三—256）

柿本人麻呂のこの歌は、飼飯の海の漁場は、穏やかであるらしい。そのためか、漁夫の釣船が、入り乱れて漕ぎ出しているように見えるという意味である。
この場合も「刈薦の」は、「乱れて」に掛かる枕詞である。
飼飯の海は、淡路国三原郡の海で、現在の兵庫県南あわじ市の慶野松原付近の海である。「飼飯」は「気比《けひ》」とも表記されている。

草枕《くさまくら》　旅《たび》にし居《を》れば　刈《か》り薦《こも》の　乱《みだ》れて妹《いも》に　恋《こ》ひぬ日《ひ》はなし

（『万葉集』巻十二—3176）

都辺《みやこへ》に　行《ゆ》かむ船《ふね》もが　刈《か》り薦《こも》の　乱《みだ》れて思《おも》ふ　こと告《つ》げやらむ

（『万葉集』巻十五—3640）

の両方の「刈り薦の」も、「乱れて」に掛かる枕詞である。この歌の舞台は、熊毛の浦（山口県光市の室積の港）に比定されている。

かる（軽）

カモ「景年画譜」

現在でも、奈良市橿原市には、大軽町《おおがるちょう》という地名が残されているが、古代においては、交通の要衝地であった。

「允恭記」は、允恭天皇の御子に、木梨軽太子《きなしのかるのひつぎのみこ》と軽大娘皇女《かるのおおいらつめのひめみこ》の兄妹がおられたが、皇子は、不倫の恋で皇太子を廃されるというショッキングな事件を伝えている。この軽に、宮を設けられていたのであろう。

軽の地は、早くから朝廷領であったようで、伝承に過ぎないが、懿徳《いとく》天皇の軽の曲峡宮《まがりのみや》や、孝元天皇の軽の境原宮《さかいはらのみや》が置かれていたという。

応神天皇の「豊明《とよあかり》の宮《みや》」は、『古事記』には、「軽島《かるしま》の明宮《あきらのみや》」とあるが、その付近に「軽《かる》の池《いけ》」を造られたという（「応神紀」十一年十月条）。

この池は、『万葉集』にも、

軽《かる》の池《いけ》の　浦廻《うらみ》行《ゆ》き廻《み》る　鴨《かも》すらに　玉藻《たまも》の上《うへ》に　ひとり寝《ね》なくに

（『万葉集』巻三―390）

として紀皇女《きのひめみこ》の歌が収められている。

軽の池を、めぐりに添って、泳ぎまわる鴨さえも、夜になれば、玉藻の上でひとり寝をしないのに、という孤閨《こけい》をかこつ歌である。

紀皇女は天武天皇の皇女で、穂積皇子《ほづみのみこ》の同母妹である。『万葉集』には、弓削皇子《ゆげのみこ》が紀皇女に、次のような恋の歌を贈られている。

我妹子《わぎもこ》に　恋《こ》ひつつあらずは　秋萩《あきはぎ》の　咲《さ》きて散《ち》りぬる　花《はな》にあらましを

（『万葉集』巻二―120）

あなたに恋い続けているくらいなら、咲いてすぐ散る秋萩の花の方がましだという意味である。

天飛《あまと》ぶや　軽《かる》の道《みち》は　我妹子《わぎもこ》が　里《さと》にしあれば　ねもころに　見《み》まく欲《ほ》しけど……

（『万葉集』巻二―207）

と柿本人麻呂が詠むように、人麻呂の妻の出身地は、「軽」の地にあった。その妻が亡くなった後に、人麻呂は妻恋しさに、軽の地を訪れたのであるが、

慰《なぐさ》もる　心《こころ》もありやと　我妹子《わぎもこ》が　やまず出《い》で見《み》し　軽《かる》の市《いち》に　我《わ》が立《た》ち聞《き》けば　玉《たま》だすき　畝傍《うねび》の山《やま》に　鳴《な》く鳥《とり》の　声《こゑ》も聞《き》こえず　玉桙《たまほこ》の　道行《みちゆ》き人《びと》も　ひとりだに　似《に》てし行《ゆ》かねば　すべをなみ　妹《いも》が名呼《なよ》びて　袖《そで》そ振《ふ》りつる

（『万葉集』巻二―207）

と歌わざるを得なかったのである。

もう一度、妻に逢えるのではないか、軽の市に立ってみたが、妻に似る人も見当たらず、鳥の鳴き声さえ、耳に入らない有様であったという意味である。

軽の地は、交通の便利な地であったとみえ、隠し妻を置くのに都合のよい地でもあったようである。

天飛《あまと》ぶや　軽《かる》の社《やしろ》の　斎《いは》ひ槻《つき》　幾代《いくよ》まであらむ　隠《こも》り妻《づま》そも

（『万葉集』巻十一―2656）

わたくしは、軽の社の御神木の槻の木のように、いつまでも、隠し妻で置かれているのか、という意味である。

かるかやの（刈る萱の）

カヤ「本草綱目啓蒙図譜」

大名児《おほなこ》を　彼方野辺《をちかたのへ》に　刈《か》る草《かや》の　束《つか》の間《あひだ》も　われ忘《わす》れめや
（『万葉集』巻二―110）

この御歌は、草壁皇子《くさかべのみこ》が、石川女郎《いしかわのいらつめ》に贈られたものである。大名児よ、むこうの野原で刈る草の、一束の間でも、わたくしはあなたのことを決して忘れはしないか、という意味である。茅《かや》は刈り取ると、すぐに束《たば》ねるものであるため、「かるかやの」を「束《つか》」に掛かる枕詞として用いたといわれている。

紅《くれなゐ》の　浅葉《あさは》の野《の》らに　刈《か》る草《かや》の　束《つか》の間《あひだ》も　我《あ》を忘《わす》らすな
（『万葉集』巻十一―2763）

浅葉の野原で、刈る草の束の間も、わたくしのことを忘れないでほしい、という恋歌である。この歌は、先の歌の類歌と見なしてよいであろう。「刈る草の」は、刈った草が次々と積み重なって置かれ、時には乱雑に放置されるので、「乱れ」に掛かる枕詞ともなっている。

み吉野《よしの》の　秋津《あきづ》の小野《をの》に　刈《か》る草《かや》の　思《おも》ひ乱《みだ》れて　寝《ぬ》る夜《よ》しそ多《おほ》き
（『万葉集』巻十二―3065）

吉野の秋津の小野において刈る草が乱れるように、わたくしは、思い乱れて寝る夜が多い、という意味である。

吉野の秋津の小野は、「あきづ」の項で述べたように、「雄略紀」四年八月条に、雄略天皇が吉野の河上の小野に行幸され、虻《あぶ》になやまされていた時、蜻蛉《とんぼ》が忽然と飛んできて、虻をくい殺したという伝承の地である。そのため、天皇は、この地を蜻蛉野《あきづの》と名付けられたというのである。

平安時代に入っても、『万葉集』の伝統を受けて、「かるかやの」は、同じく「乱れ」に掛かる枕詞として用いられている。

まめなれど　何《なに》ぞは良《よ》けく　刈《か》る萱《かや》の　乱《みだ》れてあれど　悪《あ》しけくもなし
（『古今和歌集』巻十九・雑体―1052）

まじめであることは、いったい何が良いことがあろうか。わたくしは刈る萱のように恋に乱れているが、少しも悪いとは思っていない、という意味である。恋する人を軽蔑して冷やかな目で見る堅物の男に抗議したものであろう。

その歌に続く藤原興風《おきかぜ》の歌も、

何《なに》かその　名《な》のたつことの　お《(を)》しからむ　知《し》りてまどふは　我《われ》ひとりかは
（『古今和歌集』巻十九・雑体―1053）

何のことで噂が立つのが惜しいのだろう。それを承知で思い迷うのは、わたくしひとりではないと、言い切っている。

『古今和歌集』の、

刈《かり》こもの　思《おもひ》みだれて　我恋《わがこ》ふと　妹《いも》しるらめや　人《ひと》し告《つ》げずは
（『古今和歌集』巻十一・恋歌一―485）

の「刈こもの」も同じように、「乱れ」に掛かる枕詞である。

この歌は、わたくしは恋に乱れているが、誰も人に告げないから、恋人は知らないだろう、という意味である。

きこしをす（聞こし食す）

阿漕浦「伊勢参宮名所図会」

やすみしし　わが大君《おほきみ》の　聞《き》こしをす　天《あめ》の下《した》に　国《くに》はしも　さはにあれども　山川《やまかは》の　清《きよ》き河内《かふち》と　御心《みこころ》を　吉野《よしの》の国《くに》の……

（『万葉集』巻一―36）

と歌い出す荘重な長歌は、天皇の行幸に従った時の作である。

「聞こしをす」の「をす」は、「圧《お》す」の意で、支配することを意味する。それと同じく、「聞こしをす」は、「召し上がる」の意味を含むが、古代にあっては、地方産の飲物を、天皇に献じ召し上がっていただくと、その国魂《くにだま》も、天皇に憑依《ひょうい》すると考えられていたようである。

「神武紀」即位前紀甲寅年条に、菟狭《うさ》（宇佐）の国造《くにのみやつこ》の祖《おや》の菟狭津彦《うさつひこ》と菟《う》狭津媛《さつひめ》は、菟狭（宇佐）の川上に、一柱 騰 宮《あしひとつのあがりのみや》を造って、饗《みあえ》を奉ったなどとあるように、天皇に降服する地方の豪族は、その服属の証として、土地の食物を天皇に召し上がっていただいたのである。

これが、天皇がお治めになる国という意である「食国《をすくに》」の語の由来である。

やすみしし　わご大君《おほきみ》　高照《たかて》らす　日《ひ》の皇子《みこ》の　聞《き》こし食《を》す　御食《みけ》つ国《くに》　神風《かむかぜ》の　伊勢《いせ》の国《くに》は……

（『万葉集』巻十三―3234）

の「聞こし食す　御食つ国」はまさにそれであるといってよい。

「応神記」に伊勢部を置くと見えるが、この伊勢部は、磯部とも表記されるように、伊勢の国は、海産物を、伊勢神宮や天皇家に献じていた国である。

大君《おほきみ》います　この照《て》らす　日月《ひつき》の下《した》は　天雲《あまくも》の　向伏《むかぶ》す極《きは》み　たにぐくの　さ渡《わた》る極《きは》み　聞《き》こし食《を》す　国《くに》のまほらぞ　かにかくに　欲《ほ》しきまにまに　然《しか》にはあらじか

（『万葉集』巻五―800）

大君（天皇）が、いらっしゃる。そして、地上を照らす日や月との下には、天雲がたなびく果てまで、ひきがえるが這っていく地の果てまでも、天皇が治め給う秀れた国である。それゆえ、あれこれと自分のしたい放題にしてはいけない、という意味である。

この長歌は、父母を侍養《じよう》することもせず、あるいは妻子のことを顧みず、自ら異俗《いぞく》先生と名乗る俗物を、謹厳居士《きんげんこじ》の山上憶良が諫《いさ》める歌である。

憶良は彼に、

ひさかたの　天路《あまぢ》は遠《とほ》し　なほなほに　家《いへ》に帰《かへ》りて　業《なり》をしまさに

（『万葉集』巻五―801）

という歌を贈っている。現代でも、適用する歌といってよいであろう。

しらぬひ　筑紫《つくし》の国《くに》は　賊守《あたまも》る　おさへの城《き》そと　聞《き》こし食《を》す　四《よ》方《も》の国《くに》には　人《ひと》さはに　満《み》ちてはあれど　鶏《とり》が鳴《な》く　東男《あづまをのこ》は　出《い》で向《む》かひ……

（『万葉集』巻二十―4331）

は、大伴家持が、防人《さきもり》の兵に徴発される東国の人々を、哀れんで作った長歌の一節である。

この「聞こし食す」も、いうまでもなく、支配し統治する意の敬語である。

きもむかふ（肝向かふ）

柿本人麻呂「聯珠百人一首」

「肝向かふ」は、昔の人が、体内で心と内臓が相対していると考えたことにもとづく言葉である。その内臓のうち、とくに、肝臓が、心を動かすと考えていた。そのことから、「肝向かふ」は「心」に掛かる枕詞となったようである。

肝向《きもむ》かふ　心砕《こころくだ》けて　玉《たま》だすき　かけぬ時《とき》なく　口止《くちや》まず　我《あ》が恋《こ》
ふる児《こ》を　玉釧《たまくしろ》　手《て》に取《と》り持《も》ちて　まそ鏡《かがみ》　直目《ただめ》に見《み》ねば　したひ
山《やま》　下行《したゆ》く水《みづ》の　上《うへ》に出《い》でず　我《あ》が思《おも》ふ心《こころ》　安《やす》きそらかも
（『万葉集』巻九―1792）

わたくしの心は、砕けるように苦しい。それは、あなたのことを心にかけないことがないからだ。あなたが恋しいと言わない時はほとんどない。それなのに、その恋人を、手にしずかに取り、目でしっかりと見つめることはできない。それでもわたくしは、山の木陰の下を流れるように、顔色には出さないでいる。しかし、想いを深奥に隠した心は、いつも不安でおののいている、という意味である。

延《は》ふつたの　別《わか》れし来《く》れば　肝向《きもむ》かふ　心《こころ》を痛《いた》み　思《おも》ひつつ　かへ
りみすれど　大船《おほぶね》の　渡《わたり》の山《やま》の　黄葉《もみちば》の　散《ち》りのまがひに　妹《いも》が袖《そで》
さやにも見《み》えず……
（『万葉集』巻二―135）

妻と別れてきたので、心が痛む。思い偲びながら、振り返って見るけれど、渡の山の黄葉が乱れているので、妻が、別れのために振る袖も、はっきりと見えない、という柿本人麻呂の別離の歌である。

「仁徳記」には、仁徳天皇の御命令で、皇后の石之比売《いわのひめ》（磐姫）の許《もと》に赴いた時、丸邇臣口子《わにのおみくちこ》は、

御諸《みもろ》の　その高城《たかき》なる　大猪子《おほゐこ》が原《はら》　大猪子《おほゐこ》が　腹《はら》にある　肝向《きもむか》ふ
心《こころ》をだにか　相思《あひおも》はずあらむ
（「仁徳記」）

と歌ったと伝えている。

神が降臨されるという高城の大猪子が原に、住むと伝えられている大猪子の腹の中に、心があるというが、お互いに心を交わし、想い合えないか、という意味である。

「推古紀」三十六年三月条に、推古女帝は、皇位継承の争いに際し、山《やま》背大兄《しろのおおえの》皇子《みこ》に「汝《いまし》は肝稚《きもわか》し。若《も》し心《こころ》に望《のぞ》むと雖《いふと》も、諠《とよ》き言《い》ふこと勿《まな》。必《かなら》ず群《まへつきみたち》　の言《ことば》を待《ま》ちて従《したが》ふべし」と諭されたという。

この「肝稚し」は、心が成熟していない、という意味であろう。ここで「肝」を「心」と同じような意味に用いている。

山背大兄皇子は、聖徳太子の御子であり、早くから、皇位継承をのぞまれていたが、当時の最高の権力者である蘇我入鹿《そがのいるか》は、田村皇子を擁立し、上宮家の聖徳太子一族を圧迫していたのである。

その状勢を、推古女帝は察知されて、山背大兄皇子に、忠告されたのであろう。有力な豪族の後ろ楯もなく、一途に皇位を望まれる山背大兄皇子を「肝稚し」と評されたのである。

ここでも、「肝」は「心」の意として、用いられている。

くさか（日下）

ハス「大植物図鑑」

「神武紀」即位前紀によれば、東征の軍を率いられた神武天皇は、難波に到着し、直ちに「河内国《かふちのくに》の草香邑《くさかのむら》の青雲《あをくも》の白肩之津《しらかたのつ》に至《いた》ります」と記されている。

草香は、大阪府東大阪市日下町《くさか》である。おそらく、現在の東大阪市の善根寺町あたりから、生駒山の道を抜けて、大和の地を目指したのであろう。難波から最短距離の道であったので、日下の直越《ただごえ》と称していた。

「雄略記」には、雄略天皇は、大日下王《おおくさかのみこ》の妹、若日下部王《わかくさかべのおおきみ》への妻問いのために「日下《くさか》の直越《ただごえ》の道より河内《かふち》に幸行《い》でましき」と述べている。

その時、若日下部王は、天皇に「日《ひ》に背《そむ》きて幸行《い》でましし事《こと》、甚恐《いとかしこ》し」と申し上げたとあるが、日下は、日を背にする東の大和の地からすれば、日を受けて、光り輝く地であったから、あえて、日の下、日下の文字を用いたのであろう。日下は、「草香」とか「孔舎《くさか》」なども表記されるが、その美称が日下であろう。そのために、

日下江《くさかえ》の　入江《いりえ》の蓮《はちす》　花蓮《はなばちす》　身《み》の盛《さか》り人《びと》　羨《とも》しきろかも（「雄略記」）

という讃歌が贈られる。

おしてる　難波《なには》を過《す》ぎて　うちなびく　草香《くさか》の山《やま》を　夕暮《ゆふぐれ》に　我《わ》が越《こ》え来《く》れば　山《やま》も狭《せ》に　咲《さ》けるあしびの　悪《あ》しからぬ　君《きみ》をいつしか　行《ゆ》きてはや見《み》む（『万葉集』巻八―1428）

難波を過ぎて、草香の山を、夕暮にわたくしは越えてくると、山いっぱい咲いている馬酔木《あしび》が、美しく見られ、決して悪くないように思われる。わたくしが、いつも悪しからず想うあなたのところへ早く行って、お逢いしたいという意味である。

「雄略記」には、

日下部《くさかべ》の　此方《こち》の山《やま》と　畳薦《たたみこも》　平群《へぐり》の山《やま》の　此方此方《こちごち》の　山《やま》の峡《かひ》に　立《た》ち栄《ざか》ゆる　葉広熊白檮《はびろくまかし》……（「雄略記」）

として、熊白檮が群生していたと記している。

『万葉集』には、天平五（七三三）年に、日下の直越をした神社忌寸老麻呂《かみこそのいみきのおゆまろ》が、

直越《ただこ》えの　この道《みち》にてし　おしてるや　難波《なには》の海《うみ》と　名付《なづ》けけらしも（『万葉集』巻六―977）

と歌っている。

日下の直越の道から見たからこそ、「押照《おして》る難波の海」と、人々が名付けたのだろう、という意味である。

おそらく、日下の地も、生駒山から昇る太陽によって、光り輝く入江であったから、日の下《もと》で、美しく映える所であったのではないだろうか。

日下が入江であったことは、

草香江《くさかえ》の　入江《いりえ》にあさる　蘆鶴《あしたづ》の　あなたづたづし　友《とも》なしにして（『万葉集』巻四―575）

という大伴旅人の歌からも、窺《うかが》うことができるであろう。

くさまくら（草枕）

応神天皇「集古十種」

古代にあっては、今日とは違って宿場がほとんど設けられていなかったので、旅人は、野の草を束ねて枕として、野に伏していたようである。

もちろん、公の使が諸国に遣わされる時は、駅鈴を賜わり、駅家に宿泊することが認められていた（「公式令」および「関市令」）。

「笠朝臣金村《かさのあそみかなむら》の伊香山《いかごやま》にして作《つく》りし歌《うた》」として、

草枕《くさまくら》　旅行《たびゆ》く人《ひと》も　行《ゆ》き触《ふ》れば　にほひぬべくも　咲《さ》ける萩《はぎ》かも

（『万葉集』巻八―1532）

が『万葉集』に採録されている。草を枕にして旅行く人が、行きずりに触れたら、花の色に染められてしまうほどに咲いている萩だ、という意味である。

我《わ》が背子《せこ》が　白《しろ》たへ衣《ころも》　行《ゆ》き触《ふ》れば　にほひぬべくも　もみつ山《やま》かも

（『万葉集』巻十―2192）

は、その類歌である。

笠朝臣金村は、笠氏の一族であろうが、宮廷歌人として、各地への行幸に従って歌を残している。彼は、「笠朝臣金村歌集」という本をまとめていたようである（『万葉集』巻二―232の註）。

応神天皇が吉備国に巡幸され、加佐米山《かさめやま》に登られた時、旋風《つむじかぜ》が吹いて、天皇の御笠を吹き飛ばしてしまった。天皇は驚かれたが、鴨別命《かものわけのみこと》は、これは、狩猟が成功することを神が告げられたのだと申し上げた。その言葉通り、天皇は狩猟を堪能できたので、鴨別命に笠臣《かさのおみ》の姓を賜った、と伝えられている。

「応神紀」二十二年九月条には、応神天皇が吉備国に行幸され「波区芸県《はくぎのあがた》を以《も》て……鴨別《かものわけ》に封《ことよ》さす。是《これ》、笠臣《かさのおみ》の始祖《しそ》なり」と記されている。

おそらく、現在の岡山県笠岡市を本拠とした、吉備氏の分族であろう。

ひとり居《を》る　わが衣手《ころもで》に　朝夕《あさよひ》に　かへらひぬれば　ますらをと　思《おも》へる我《われ》も　草枕《くさまくら》　旅《たび》にしあれば　思《おも》ひ遣《や》る　たづきを知《し》らに……

（『万葉集』巻一―5）

この歌は、軍王《こにきしのおおきみ》が、讃岐国安益郡（阿野郡）の行幸に従っていた時の歌である。軍王は、「雄略紀」五年四月条に見える、百済系の軍君の一族であろう。

天皇の行幸に従うといえど、高官は別として、多くの人々は草で作った草屋で仮寝の場所としたものである。

それを、万葉びとは、

秋《あき》の野《の》の　み草《くさ》刈《か》り葺《ふ》き　宿《やど》れりし　宇治《うぢ》のみやこの　仮廬《かりいほ》し思《おも》ほゆ

（『万葉集』巻一―7）

と歌っている。

秋の野の草を刈り、屋根に葺いて宿にした、宇治の都の仮屋が想い出される、旅先では、衣服類も着たまま寝たようで、それを「旅の丸寝」と称していた。

我妹子《わぎもこ》し　我《あ》を偲《しの》ふらし　草枕《くさまくら》　旅《たび》の丸寝《まろね》に　下紐《したびも》解《と》けぬ

（『万葉集』巻十二―3145）

古代の人にとって、旅は、決して物見遊山ではなかったようである。

くしろつく（釧つく）

釧「日本考古写真集」

持統天皇は、持統六（六九二）年に、伊勢に行幸された。その時、中納言であった三輪朝臣高市麻呂《みわのあそみたけちまろ》は、「農事《なりはひのとき》を妨《さまた》げたまふ」を理由に、強硬に反対の意を天皇に伝えたという。

だが、高市麻呂の諫言《かんげん》は聞き入れられず、天皇は、旧暦三月に伊勢に赴かれたのである。

この伊勢行幸は、おそらく、壬申の乱の勝利は、伊勢神宮の御加護であるとお考えなられたことによるものと思われる。

しかし、この伊勢の行幸には、柿本人麻呂は留守組とされたのである。

『万葉集』に、「伊勢国《いせのくに》に幸《みゆき》したまひし時《とき》に、京《みやこ》に留《とど》まりし柿本朝臣人麻呂《かきのもとのあそみひとまろ》の作《つく》りし歌《うた》」と記され、

釧《くしろ》つく　答志《たふし》の崎《さき》に　今日《けふ》もかも　大宮人《おほみやひと》の　玉藻刈《たまもか》るらむ

（『万葉集』巻一―41）

と歌を詠じている。「答志の岬」は、現在の三重県鳥羽市答志町の崎である。

この「答志」の音は「手節《たぶし》」に通ずるところから、「釧つく」の枕詞を冠しているのであろうが、大宮人達、とくに女性の手には、釧が巻かれていたのであろうと想像される。

釧とは、もともとかなり古い時代からあった、手首や腕などにつける輪状のかざりである。貝や玉石や金属で作られていた。

それゆえ釧は、「手巻き」の意で、「太万伎《たまき》」とも称されていたのである。

そのような釧を身につけるような人は、おそらく、手足を動かして用いる労働する者ではなく、身分の高い人たちが、主であったと思われる。

『万葉集』にも、

我妹子《わぎもこ》は　釧《くしろ》にあらなむ　左手《ひだりて》の　我《あ》が奥《おく》の手《て》に　巻《ま》きて去《い》なましを

（『万葉集』巻九―1766）

という振田向宿禰《ふるのたむけのすくね》の相聞歌があり、釧を左手に巻く、と記している。

この歌から、古代の人々は、左手を奥の手、つまり神聖な手と考えていたことが知られるが、釧も、おそらく神聖視されていたのであろう。

玉釧《たまくしろ》　まき寝《ぬ》る妹《いも》も　あらばこそ　夜《よ》の長《なが》けくも　嬉《うれ》しかるべき

（『万葉集』巻十二―2865）

玉釧を、手枕として寝てくれる妹は、玉釧の効果で、夜の長いのを苦にすることなく、愉しく過ごすことができた、というのであろう。

釧は「クシロ」と称しているが、この「クシ」は「奇《く》しきもの」を意味するように、悪霊を鎮めて呪力を有していたと考えられていたのであろう。

それゆえ、釧をつけた女性の左腕を、手枕として寝る夜は、安らかな睡眠が保証されたのである。

古代にあって、今日、装身具と見なされている物、たとえば、櫛や釧などは、すべて呪力を備えていたと考えられていたのである。

くにみ（国見）

国見「西国三十三所名所図会」

大和《やまと》には　群山《むらやま》あれど　とりよろふ　天《あめ》の香具山《かぐやま》　登《のぼ》り立《た》ち　国見《くにみ》
をすれば　国原《くにはら》は　煙立《けぶりた》ち立《た》つ　海原《うなはら》は　かまめ（鷗）立《た》ち立《た》つ　うまし
国《くに》そ　あきづしま　大和《やまと》の国《くに》は
（『万葉集』巻一―2）

『万葉集』の二番目にあるこの歌は、「高市岡本宮《たけちのをかもとのみや》に、宇《あめのしたをさ》御めたまひし天皇《すめらみこと》」の御歌とされている。

ここでいう、高市岡本宮は、「舒明紀」二年十月条に「（舒明）天皇《すめらみこと》、飛鳥《あすかの》岡《をか》の傍《ほとり》に遷《うつ》りたまふ。是《これ》を岡本宮《をかもとのみや》と謂《い》ふ」と記されている。

舒明天皇は、天智天皇や天武天皇の父君であられたから、『万葉集』においても尊重され、御製が初めに掲げられているのであろう。

この御製は「天皇《てんわう》の、香具山《かぐやま》に登《のぼ》りて国《くに》を望《のぞ》みたまひし時《とき》の御製《ぎょせい》」と詞書にあるように、天の香具山で国見をされた時の御歌である。「国見」というのはもともと春先に、村落を一望できる高い丘や山に登り、予祝《よしゅく》する民間行事であった。

村人達は、こぞって目下にひろがる田畑を眺望して、まだ耕作もされていない田畑を、秋の大収穫がもたらされているかのように見立てて祝う儀礼である。いうなれば、大地に潜在する力を、あらかじめ誉め上げて、豊作を期待し祈願するものであった。

そのような民間儀礼は、国家が統一されるにつれて中央政府に収斂《しゅうれん》され、天皇家の大切な祭祀となったのである。

その国家の儀式が、舒明天皇の時代に、天の香具山で行われているのは、天の香具山が、大和三山の中心的位置を占めていたからである。

大和三山は、東の天の香具山をはじめとし、北の耳成《みみなし》（耳無）山、西の畝《うね》傍《び》山よりなる聖なる山々である。

これらの聖なる山のうちにおいても、香具山だけが「天」を冠して呼ばれていることに、注意していただきたい。

おそらく、香具山は、「かぐら山」つまり「神坐《かみくら》の山《やま》」の意であり、神の霊が天から降臨されて、ヤマト王権の主長が、それを斎《いつ》き祀る、もっとも大切な山であった。それゆえ、その神の血統をつがれる天皇が、直接この聖山に望まれて国見されたのである。

そして、国見の歌として、先の「国原《くにはら》は　煙立《けぶりた》ち立《た》つ　海原《うなはら》は　かまめ立《た》ち立《た》つ……」と、国を讃する歌を歌いあげられているのである。

「国原は　煙立ち立つ」というのは、民の竈《かまど》の煙が一斉に立ち昇る、豊作の賑わいを表現したものである。

それは、「仁徳記」に「国《くに》に煙満《けぶりみ》てり。故、人民《たみ》富《と》めりと為《おも》ほして」と記していることからも、豊穣の象徴的表現とみてよいであろう。

それに対し「海原は　かまめ立ち立つ」は、海の豊漁を歌いあげたものである。

この海は、一般には大和国にあった耳成池や、磐余《いわれ》の池などの淡水湖、つまり「淡海」を指すともいわれているが、天皇の国讃《くにほ》めであることを配慮すれば、大和は、また日本全体を指すように、気宇壮大《きうそうだい》に、日本をとりまく海そのものを指すと、わたくしは考えたいのである。

くもりよの（曇り夜の）

足柄山「日本名山図会」

足柄《あしがら》の　御坂《みさか》かしこみ　曇《くも》り夜《よ》の　我《あ》が下延《したば》へを　言出《こちで》つるかも
（『万葉集』巻十四―3371）

足柄の御坂の神が恐ろしいので、心に隠していたあなたへの思いを、ついに言葉に出してしまった、という意味である。

足柄の峠には、足柄明神が祀られ、人々から恐れられていたのである。「下延へ」は、表に出さずに、心の中に秘めて表に出さぬことである。

「曇り夜の」は、月が雲に隠されて、あまりはっきりとは見えないところから、「たどきも知らぬ」とか、「迷ふ」、あるいは「下延へ」に掛かる枕詞である。

曇《くも》り夜《よ》の　たどきも知《し》らぬ　山越《やまこ》えて　います君《きみ》をば　何時《いつ》とか待《ま》たむ
（『万葉集』巻十二―3186）

あなたが、少しも様子の判らない山道を越えて行かれるが、わたくしは、あなたのいつの帰りを待てばよいのか、という意味である。

この歌では「曇り夜」に、「陰夜《くもりよ》」の文字を当て、「たどきも知らぬ」には、あえて「田時《たどき》毛《も》不《しら》レ知《ぬ》」の文字を当てている。「たどき」は、一般には「方便」の意であるが、「田時」は、農事に当たるのにもっとも適当な時の意である。

立《た》ちて居《ゐ》て　すべのたどきも　今《いま》はなし　妹《いも》に逢《あ》はずて　月《つき》の経《へ》ゆけば
（『万葉集』巻十二―2881）

でも、「すべのたどきも」は、「為便乃田時毛《すべのたどきも》」と、「田時」で表している。

大船《おほぶね》の　頼《たの》める時《とき》に　泣《な》く我《われ》　目《め》かも迷《まと》へる　大殿《おほとの》を　振《ふ》りさけ見《み》れば　白《しろ》たへに　飾《かざ》り奉《まつ》りて　うちひさす　宮《みや》の舎人《とねり》も　たへのほの　麻衣《あさぎぬ》着《け》れば　夢《いめ》かも　うつつかもと　曇《くも》り夜《よ》の　迷《まと》へる間《あひだ》に　あさもよし　城上《きのへ》の道《みち》ゆ　つのさはふ　磐余《いはれ》を見《み》つつ　神葬《かむはぶ》り……
（『万葉集』巻十三―3324）

いままで、大船に乗るように、すっかり安心し頼みにしていたが、泣いているわたくしの目が、おかしくなってしまったのだろうか、大殿を振り仰いで見ていると、聖なる色の白い布で飾られた宮人達は、真っ白い麻の喪服で身を包んでいる。これは、果たして夢ではないかと惑っているが、それでも城上の道を通って、磐余を横に見ながら、神葬りしてきた、という意味である。

この歌では、「曇り夜の」には「雲入夜之《くもりよの》」の言葉を当てている。おそらく、月が雲に入って隠れることが、曇り夜と意識されていたからであろう。

ちなみに、「たへのほの」には「雪穂《たへのほの》」の字を用いている。栲《たえ》（布）の白さが著しいことをいう言葉である。「雪穂（秀）」は、おそらく、降りつもった雪の表面が、真っ白に映えることをイメージした語であろう。

「たへのほ」については、他にも、

さやかに見《み》れば　栲《たへ》のほに　夜《よる》の霧降《しもふ》り　岩床《いはとこ》と　川《かは》の氷凝《ひこご》り　寒《さむ》き夜《よ》を……
（『万葉集』巻一―79）

と歌われている。

くらはしやま（倉椅山）

倉椅山（多武峯に比定）「大和名所図会」

梯《はし》立《た》ての　倉椅山《くらはしやま》を　嶮《さが》しみと　岩《いは》かきかねて　我《わ》が手《て》取《と》らすも

梯《はし》立《た》ての　倉椅山《くらはしやま》は　嶮《さが》しけど　妹《いも》と登《のぼ》れば　嶮《さか》しくもあらず

（「仁徳記」）

『古事記』によれば、仁徳天皇の求婚を拒否した女鳥王《めとりのおおきみ》が、速総別王《はやぶさのわけのみこ》と、倉椅山へ逃避行した時の歌とされている。

倉椅山が、あまりにも険しいので、岩に取りすがることができず、わたくしの手にとりすがった、という意味である。

それに対し、後の歌は、倉椅山は険しい山であるけれど、恋人と一緒に登れば、決して険しくはない。むしろ、愉しくなるほどだという意味である。

おそらく、この悲劇的な事件は、史実というより、演劇的な場面であり、これらの歌垣的な歌謡は、『古事記』の物語として挿入されたものであろう。

倉椅山は、奈良県桜井市倉橋にある山である。ここの倉椅の地は、長谷部若雀天皇《わかさぎのすめらみこと》（崇峻天皇）が、倉椅の柴垣宮《しばがきのみや》を置かれた所とされるが、古代の中心地に近く、当時の人々には、親しい山であった。

『続日本紀』によれば、文武天皇も、慶雲二（七〇五）年三月に年「車駕《しゃが》、倉橋《くらはし》の離宮《りきゅう》に幸《みゆき》す」として、倉橋の離宮に行幸されている。

ちなみに、車駕は天皇の御乗物であるが、天皇の御名を憚《はばか》って、天皇ご自身を称する言葉でもある。

倉橋《くらはし》の　山《やま》を高《たか》みか　夜《よ》ごもりに　出《い》で来《く》る月《つき》の　光乏《ひかりとも》しき

（『万葉集』巻三―290）

この間人宿禰大浦《はしひとのすくねおおうら》の歌は、倉橋山は高いためか、夜が更けて出る月の光は、どうも乏しいように思われる、という意である。

梯立《はしたて》の　倉橋山《くらはしやま》に　立《た》てる白雲《しらくも》　見《み》まく欲《ほ》り　我《あ》がするなへに　立《た》てる白雲《しらくも》

（『万葉集』巻七―1282）

倉橋山に立っている白雲よ、わたくしが、ちょうど見たいと願っていた時、都合よく立ちのぼる白雲よ、という旋頭歌《せどうか》である。

旋頭歌の末尾が、ともに「立てる白雲」の句となっているところに、この歌の特徴がある。

『万葉集』では、この歌に続いて、

梯立《はしたて》の　倉橋川《くらはしがは》の　石《いし》の橋《はし》はも　男盛《をざか》りに　我《わ》が渡《わた》してし　石《いは》の橋《はし》はも

（『万葉集』巻七―1283）

の歌をかかげている。

この旋頭歌は、倉橋川の飛び石の橋よ、わたくしが、若い盛りの時に渡した飛び石の橋よ、まだ、こわれずに存在しているのか、という意味である。

石の橋は、今日のように、立派な石の架橋ではなく、川の浅瀬に点々と岩石をならべた飛び石の橋である。

梯立《はしたて》の　倉橋川《くらはしがは》の　川《かは》のしづ菅《すげ》　我《わ》が刈《か》りて　笠《かさ》にも編《あ》まぬ　川《かは》のしづ菅《すげ》

（『万葉集』巻七―1284）

倉橋川のしづ菅を刈ったのに、「菅笠」を編まなかったことを、悔やんでいるのであろうか。

けころもを

天武天皇鈴鹿川を渡る図「伊勢参宮名所図会」

『万葉集』には、狩の歌がいくつか含まれているが、その一つに、

けころもを　時《とき》かたまけて　出《い》でましし　宇陀《うだ》の大野《おほの》は　思《おも》ほえむかも

（『万葉集』巻二―191）

という歌が、収められている。

この歌は、春冬の狩の時節を迎えるようになると、いつも出かけられた宇陀の大野の狩のことを想い出されることであろう、という意味である。

大和国宇陀郡は、昔より、朝廷の狩猟地（禁野《しめの》）であった（『大和志』）。

「推古紀」十九年五月五日条には「菟田野《うだのの》に薬猟《くすりがり》す」と見え、天皇以下諸臣は、こぞって狩に赴いている。

薬猟は、主として鹿茸《ろくじょう》と呼ばれる鹿の若角（袋角《ふくろづの》）を獲るもので、強壮剤として用いられたといわれている。

宇陀の大野は、「天武紀」に、壬申の乱に際し、菟田郡の大野に至ったと記されているが、現在の奈良県宇陀市室生大野である。

有名な大野寺の石仏のあるあたりといった方が、お判りになるだろう。

ところで、冒頭の『万葉集』の歌であるが、「けころもを」という見なれぬ言葉で歌い出されている。

この「けころも」というのは、「褻衣《けころも》」の意である、と解かれている。「褻《け》」は日常のことをいい、つまり普段着のことである。そのような普段から着古した衣類は、ほどいて洗わなければならなかったから、「解く」に掛かる枕詞とされたというのである。

さらに、「解く」の連用形の「解き」と同音であるため、「時」にもかかる枕詞になった、と解かれている。

和泉式部の歌にも、

この衣《ころも》の　色白妙《いろしろたへ》に　なりぬとも　静心《しづこころ》ある　けころもにせよ

として褻衣が歌いこまれている。

だが、一説には、「褻衣」では、冒頭の歌から喚起されるイメージとは異なるゆえに、「毛皮」の意味にとるべき、とも解かれている。

確かに、

たまきはる　宇智《うち》の大野《おほの》に　馬並《うまな》めて　朝踏《あさふ》ますらむ　その草深野《くさぶかの》

（『万葉集』巻一―4）

のような歌から想起される狩の光景に、褻衣を身につける群臣達では、つり合わないようにも思われる。

だが、狩場では、多くの群臣達は、草枕をして夜を明かし、狩がはじまれば、山野を駆け回らなければならないから、着馴れた衣類を身につけることが、多かったのではあるまいか。

「褻衣」という文字からしても、当時の、人々の衣類が想像されてくるのである。

そのような日常不断の生活が、次第に生気を失っていく状態が、いわゆる「褻枯《けか》れ（穢《けが》れ）」であったのである。

こころぐき（心ぐき）

スミレ「草木図説」

大伴坂上郎女《おおとものさかのうえのいらつめ》の歌に、

心《こころ》ぐき　ものにそありける　春霞《はるかすみ》　たなびく時《とき》に　恋《こひ》の繁《しげ》きは

（『万葉集』巻八―1450）

と歌がある。心が晴れないものだ。春霞のたなびくような時に、恋の思いが、つぎつぎと募るので、の意である。

坂上郎女は、大伴旅人《たびと》の異母妹に当たる女性である。初めは、穂積親王《ほづみしんのう》に嫁したが、皇子が亡くなると、藤原麻呂《ふじわらのまろ》の恋人となり、さらには、異母兄の宿奈麻呂《すくなまろ》の妻となった恋の遍歴者である。まことに、恋繁き女性であったというべきであろう。

彼女の歌の冒頭に、「心ぐき」という言葉が置かれているが、これは「心苦し」の略である。この言葉は、心が晴れず、悩ましい状態をいうようである。

坂上郎女の娘である大伴坂上大嬢《さかのうえのおおいらつめ》が、恋人の大伴家持に贈った歌が、

春日山《かすがやま》　霞《かすみ》たなびき　心《こころ》ぐく　照《て》れる月夜《つくよ》に　ひとりかも寝《ね》む

（『万葉集』巻四―735）

である。その時の、坂上大嬢の「心ぐし」の内容は、

世《よ》の中《なか》し　苦《くる》しきものに　ありけらし　恋《こひ》にあへずて　死《し》ぬべき思《おも》へば

（『万葉集』巻四―738）

というものであろう。つまり、恋に堪えられず、死にそうな気持ちを歌っていたのである。

大伴氏の一族である大伴池主《いけぬし》は、また、歌人としても優れていたようである。彼は長歌の中で、

春《はる》の野《の》に　すみれを摘《つ》むと　白《しろ》たへの　袖《そで》折《を》り返《かへ》し　紅《くれなゐ》の　赤裳裾《あかもすそ》引《び》き　娘子《をとめ》らは　思《おも》ひ乱《みだ》れて　君待《きみま》つと　うら恋《ごひ》すなり　心《こころ》ぐし　いざ見《み》に行《ゆ》かな　ことはたなゆひ

（『万葉集』巻十七―3973）

と詠じている。

この歌は、春の野に菫《すみれ》を摘むと、白い袖を折り返し、紅の赤裳の裾を引きながら、乙女達はいろいろと思い乱れて、あなたの来るのをお待ちしている。心配だが、さあ見に行こう、という意味である。

この歌の「心ぐし」という言葉は、乙女たちが、後から来る男性が自分達の中の誰を選ぶだろうか、と心配していることを表している。もし、自分がその目にかなわなかったなら、

わが背子《せこ》に　恋《こ》ひすべながり　葦垣《あしかき》の　外《ほか》に嘆《なげ》かふ　我《あれ》し悲《かな》しも

（『万葉集』巻十七―3975）

と嘆くに違いない。

心《こころ》ぐく　思《おも》ほゆるかも　春霞《はるかすみ》　たなびく時《とき》に　言《こと》の通《かよ》へば

（『万葉集』巻四―789）

この大伴家持の歌では、「心ぐく」を「情八十一《こころぐく》」と表記している。もちろん「九九」の洒落《しゃれ》である。柿本人麻呂が、長皇子《ながのみこ》の狩に加わった時も、「鹿《しし》こそば　い這《は》ひ拝《をろが》め」（『万葉集』巻三―239）の歌において、鹿を「十六《しし》」と表記しているのである。万葉仮名をみていると、このような洒落た表記にまま出くわすことがある。そこがまた、万葉集の面白さの一つである。

こちたし（言痛し）

泊瀬山山中にある長谷寺「西国三十三所名所図会」

人言《ひとごと》を　繁《しげ》み言痛《こちた》み　己《おの》が世《よ》に　いまだ渡《わた》らぬ　朝川渡《あさかはわた》る

（『万葉集』巻二―116）

但馬皇女《たじまのひめみこ》は、高市皇子の妻であったが、密かに穂積親王《ほづみしんのう》と結ばれ、そのことが露顕した時の歌である。

但馬皇女は、天武天皇の皇女で、生母は、藤原鎌足の娘である氷上媛《ひかみのいらつめ》であったが、高市皇子や穂積皇子とは、異母妹に当たる。

天武天皇の時代は、皇親《こうしん》の勢力を固める意味から、皇親の間で、婚姻が積極的に進められていたのである。そのため、異母兄弟姉妹の結婚が、天皇の主導で推し進められていったのである。

とくに、高市皇子は、天武天皇の長男であったから、ぜひとも、皇女を妻としなければならなかったようである。

当時の結婚は、現在とは異なり、少女の段階で取りきめられたので、本当の愛情が生ずる以前の結婚が多かった。

そのため、妻となった女性は成人するに従い、自我に目覚めるようになる頃になると、夫として選ばれた男性よりも、他の男性に愛情を感ずることがあったのである。もちろん、身分上、狭い社交界で暮らしていたため、同じ皇族の中から、恋人を見出すことが少なくなかったのである。

但馬皇女の恋人が、異母兄弟の穂積親王であるのも、狭い社交界においては自然なことであった。

穂積親王は天武天皇と蘇我赤兄《そがのあかえ》の娘、大蕤娘《おおぬのいらつめ》の間に生まれた皇子であった。後には、知太政官事や右大臣までのぼりつめた、優能な官人として成長していくが、若い頃は美貌の青年として、女性にもてたようである。

もちろん、その不倫の恋は、たちまち宮廷内の噂にのぼることになったのである。そして、たちまち但馬皇女には、嫌がらせや中傷の噂が立てられることになったのである。

そのような人を傷つける噂話が、「言痛し」と表現されたのである。まさに、文字通り、言葉が痛いと感じたのであろう。

『常陸国風土記』新治郡条にも、

言痛《こちた》けば　をはつせ山《やま》の　石城《いはき》にも　率《ゐ》て籠《こも》らなむ　な恋《こ》ひそ我妹《わぎも》

という相聞歌が引かれているが、この類歌は、『万葉集』に、

事《こと》しあらば　小泊瀬山《をはつせやま》の　石城《いはき》にも　隠《こも》らば共《とも》に　な思《おも》ひ我《わ》が背《せ》

（『万葉集』巻十六―3806）

とあるが、「壮士《をとこ》、その親《おや》の呵嘖《かしゃく》を悚惕《しょうてき》し、稍《やうや》く猶予《いうよ》の意《こころ》有《あ》りき。これに因《よ》りて、娘子《をとめ》この歌《うた》を裁作《つく》りてその夫《をひと》に贈《おく》り与《あた》へき」と註されている。

このような「親の呵嘖」も、言痛きものの一つであったのである。

恋愛関係においては、昔から、男性より女性の方がしっかりしていたようである。女性の方は、男性より敢然と「言痛し」に対応しているのである。女性の方が、恋においては、むしろ強かったようである。

ことあげ（言挙げ）

藤原宇合「前賢故実」

藤原宇合《ふじわらのうまかい》は、藤原四兄弟の三番目に当たるが、政治家としても、また、文才からいっても、兄弟の中では、もっとも傑出した人物であった。若くして遣唐使の一員に選ばれ、帰国したが、当時にあって漢文をもっともよくする人物と見なされていた。国撰の漢詩集『懐風藻』に、もっとも多く採られている漢詩の作者は、宇合であった。

国政に関わっても、式部卿《しきぶのきょう》まですすみ、優能な官人のひとりであった。とくに、光明子の立后問題では、その先頭に立って活躍しているのである。

このように、身を粉にして働き詰めであったが、天平四（七三二）年、思いもかけず、西海道の節度使に任ぜられてしまった。

西海道は、現在の九州にあたり、それらの軍事を統率するのが、節度使であった。

『続日本紀』の天平四（七三二）年八月条には「正三位《しょうさんみ》、藤原朝臣房前《ふじわらのあそみふささき》を、東海《とうかい》、東山二道《とうさんにどう》の節度使《せつどし》とし、従三位多治比真人県守《じゅさんみたじひのまひとあがたのもり》を山陰道《さんいんどう》の節度使《せつどし》と為《な》し、従三位藤原朝臣宇合《じゅさんみふじわらのあそみうまかい》を西海道《さいかいどう》の節度使《せつどし》と為《な》す」と記されている。

その時の、宇合の偽らざる心境は、『懐風藻』に、「往歳《いにしとし》は東山《とうさん》の役《えだち》、今年《このとし》は西海《さいかい》の行《たび》。行人一生《かうじんいっしょう》の裏《うち》、幾度《いくたび》か辺兵《へんぺい》に倦《う》まむ」と記されている。

その旅人を慰め、励ましたのが、宇合の下僚である高橋虫麻呂《むしまろ》である。

千万《ちよろづ》の　軍《いくさ》なりとも　言挙《ことあ》げせず　取《と》りて来《き》ぬべき　士《をのこ》とそ思《おも》ふ

（『万葉集』巻六―972）

の歌は、まさに、宇合激励の歌である。

高橋虫麻呂が宇合に献じた別の長歌に、「賊守《あたまも》る　筑紫《つくし》に至《いた》り」（『万葉集』巻六―971）とあるが、

はろはろに　思《おも》ほゆるかも　白雲《しらくも》の　千《ち》重《へ》に隔《へだ》てる　筑紫《つくし》の国《くに》は

（『万葉集』巻五―866）

と歌われるように、筑紫は遥かな国であった。

高橋虫麻呂は、宇合の常陸守の時代頃から従っていたようであるが、やや気落ちしている宇合を励まさんと、前述の歌を呈したのであろう。

歌の中に、「言挙げせず」と見えているが、「ことあげ」とは、言葉に出して、言ったり、あるいは、相手をあげつらうことをいう。

『万葉集』には、

あきづ島《しま》　大和《やまと》の国《くに》は　神《かむ》からと　言挙《ことあ》げせぬ国《くに》　しかれども　我《あれ》は言挙《ことあ》げす……

（『万葉集』巻十三―3250）

という歌があるが、本来は、神の前では、言葉は心して慎まなければならぬ、という信仰があった。〝言〟は〝事〟として表れる、と考えられていたのであろう。

前述の虫麻呂の歌は、千万人の大軍であろうと、あなたはあれこれ理屈を述べたてず、打ち取る男だと思う、という意味である。

ことしあらば（事しあらば）

神功皇后の三韓征伐「西国三十三所名所図会」

昔、ひとりの女性が、父の同意を得ずに、密かに男に身をまかせてしまった。だが、男はそのことにより、女の親達から叱責《しっせき》されて、すっかり、しょげて、交際することをためらうようになっていた。

それを知った女は、男に元気を出すようにと、次の歌を贈ったというのである。

事《こと》しあらば　小泊瀬山《をはつせやま》の　石城《いはき》にも　隠《こも》らば共《とも》に　な思《おも》ひ我《わ》が背《せ》（『万葉集』巻十六―3806）

「事しあらば」は、万が一の出来事が起きたらということである。二人にとって、決定的な不幸な事態が発生したことをいうのであろう。

大《おほ》き海《うみ》を　さもらふ水門《みなと》　事《こと》しあらば　いづへゆ君《きみ》は　我《わ》を率《ゐ》しのがむ（『万葉集』巻七―1308）

の歌は、大海の状態を見守っている港で、何事かが起こったとしたら、あなたは、どちらの方へわたくしを連れて行くのだろうか、という意味である。

ちなみに「さもらひ」は、様子をうかがい、待機することの意である。

「水門」は「水《みず》（河）の入口」の本義であるが、古代においては、海岸に船着場を築くことは、きわめて困難であったから、停泊する船は、川を少し遡った所を船着き場としたのである。つまり、川の下流の地域が、船着き場であり、「水門《みなと》」つまり「港」と称されるようになったのである。

『肥前国風土記』神埼郡の船帆郷の条に、神功皇后の命令で各地の豪族が帆をあげて「三根川《みねがは》の津《つ》」に結集したと伝えられるが、そこは、現在の城原《じょうばる》川の下流の船着き場、つまり水門（港）だったのである。

ところで、冒頭の歌で、「小泊瀬山の　石城にも　隠らば」とあるが、小泊瀬山は、「こもりく《（隠来）》の　泊瀬《はつせ》の山《やま》」（『万葉集』巻十三―3331）などと呼ばれた泊瀬の山のことであろう。

「事しあらば」という言葉は、安倍女郎《あべのいらつめ》の次の歌にも見える。

わが背子《せこ》は　物《もの》な思《おも》ひそ　事《こと》しあらば　火《ひ》にも水《みづ》にも　我《わ》がなけなくに（『万葉集』巻四―506）

あなたは、決して物思いしないでほしい。何事か起きたら、火にも水にも、と思っているわたくしが付いているから、という意味である。

恋の世界では、かえって女性の方が、男性より決然たる態度を示すことが少なくない。とかく世間体を気にして逡巡する男性よりも、女性の方がむしろ一途であり、しっかりしているのかもしれない。世間の妨害に対して、ときには敢然と、死をもって抗議することもあったようである。この歌でも、いざとなれば、火の中、水の中へ身を投げることになったとしても悔やまない、と宣言しているのである。

安倍女郎は、「今更《いまさら》に　何《なに》をか思《おも》はむ」（『万葉集』巻四―505）とも詠んでいる。縁あって結ばれた以上、どんなことがあっても、あなたに従っていくと、男をせき立てているのである。

万葉の女性は、男性より、かえって毅然たる態度を持ちつづけていたように思われるのである。

ことだま（言霊）

柿本人麻呂「絵本江戸絵簾屏風」

磯城島《しきしま》の　大和《やまと》の国《くに》は　言霊《ことだま》の　助《たす》くる国《くに》ぞ　ま幸《さき》くありこそ
（『万葉集』巻十三―3254）

「柿本人麻呂歌集」にあるこの歌は、旅行く人を、見送った際のものである。大和の国と呼ばれた我が国は、言葉の霊が助ける国である。その文字通り、無事を祈っているという意味である。

『万葉集』には、独特の響きをもった言葉が、少なからず散見できる。その一つが「言霊」であるが、おそらく、古代の言葉には、一種の呪文の性格が、強く残されていたからであろう。神に祈って、神より告げられる御言葉には、霊力が込められ、人が願っている内容そのままに、実現すると考えられていたのである。つまり、言《こと》は事《こと》（現実）なり、という思想が存在していたのである。

『古事記』には、事代主神《ことしろぬしのかみ》が登場されるが、神が憑依《ひょうい》して、その神の言を人々に託宣することが、「事代」の原義であった。まさに、言が神言であったのである。

しばしば災害に見まわれたので、崇神天皇は自ら、浅茅原で、八十万神を会《つ》どえて、卜問《うらどい》をされたと伝えている（「崇神紀」）。

その時、倭迹迹日百襲姫《やまとととひももそひめ》に神が憑《かか》り、大物主神《おおものぬしのかみ》（三輪神社の祭神）の災いである、と託宣されたと伝えられている。この託宣の言葉が「神の語《こと》」であった。

倭迹迹日百襲姫は、最高位の巫女《みこ》であるが、「迹迹日」は「天空から飛来して神語を告げる聖鳥」の意であるといわれている。

その神言は、呪力に満ちていると見なされていたので、言霊という言葉が次第に生まれ出たのであろう。

山上憶良も、「好去好来歌《かうきよかうらいか》」の冒頭に、

神代《かみよ》より　言《い》ひ伝《つ》て来《く》らく　そらみつ　大和《やまと》の国《くに》は　皇神《すめかみ》の　厳《いつく》しき国《くに》　言霊《ことだま》の　幸《さき》はふ国《くに》と……
（『万葉集』巻五―894）

と歌っているのである。他には、

言霊《ことだま》の　八十《やそ》の衢《ちまた》に　夕占問《ゆふけと》ふ　占《うら》まさに告《の》る　妹《いも》は相寄《あひよ》らむ
（『万葉集』巻十一―2506）

という辻占《つじうら》の歌が見えるが、ここでは、人々の交差点である八十の衢に、「言霊」が呪力を発揮すると物語っているのである。

「衢《ちまた》」は道と道の交わる辻であるが、そこは、人々が各地から集まる場所であり、そこは道の神がおられる空間と見なされていたので、「霊《ち》また」とも呼ばれていたのである。人々は、そこを通過する人の無意識に語られる言葉を、そのまま神言とし、これで占ったのである。

ちなみに、「占《うらな》う」の「ウラ」は、「うらさびし」の「うら」と同じで、心の意である。つまり、占うとは、神意（神の御心）を顕示させることである。神言が、そのまま現実の現象や出来事に現れることから、「言《こと》」は「事《こと》」と観念されていたのである。

それを端的に示すのが、祝詞《のりと》である。「祝詞」の「告《の》る」は、本来、神言を告ることであったが、神主が、いわば事代主の役を担って、神の託宣を人々に伝えているのである。

こひ（孤悲・恋）

ツル「楳嶺百鳥画譜」

草枕《くさまくら》　旅《たび》にしばしば　かくのみや　君《きみ》を遣《や》りつつ　我《あ》が孤悲《こひ》をらむ
（『万葉集』巻十七―3936）

旅にしばしば、あなたを送り出しているために、わたくしは、こんなにも恋をし続けなければならないのでしょうか、という意味であろう。

この歌で、まず注目されるのは、「恋」に、「孤悲」という万葉仮名を当てていることである。まさに「ひとり悲しい」気持ちが、きわめて的確に表されているといってよいであろう。

明日香川《あすかがは》　川淀去《かはよどさ》らず　立《た》つ霧《きり》の　思《おも》ひ過《す》ぐべき　孤悲《こひ》にあらなくに
（『万葉集』巻三―325）

山部赤人のこの歌は、明日香川の川淀に、いつも立ち込める霧のように、すぐ消え去るような恋ではないのに、どうしてあなたは、わたくしの恋を信じてくれないのか、という意味である。

ここでも、相手に、自分の恋する真心を理解されないという、ひとり悲しい気持ちが、そのまま表されている。

旅《たび》にして　物恋《ものこひ》しきに　鶴《たづ》が音《ね》も　聞《き》こえざりせば　孤悲《こひ》て死《し》なまし
（『万葉集』巻一―67）

高安大島《たかやすのおおしま》のこの歌も、旅にあって、人恋しく思っている。もし、鶴の鳴き音すら聞こえてこなければ、寂しさに耐えかねて、恋い焦がれて死ぬことであろう、という意味だが、旅先の無聊《ぶりょう》をわずかに慰める鶴の鳴き声が聞こえなければ、寂しさと人恋しさに、死ぬような気がするというのであろう。孤独ゆえに、人恋しさが、いや増しに増すのである。

玉葛《たまかづら》　花《はな》のみ咲《さ》きて　成《な》らざるは　誰《た》が恋《こひ》ならめ　我《あ》は孤悲思《こひおも》ふを
（『万葉集』巻二―102）

この巨勢郎女《こせのいらつめ》の歌は、大伴安麻呂《おおともものやすまろ》の、次の歌に応えたものである。

玉葛《たまかづら》　実成《みな》らぬ木《き》には　ちはやぶる　神《かみ》そつくといふ　ならぬ木《き》ごとに
（『万葉集』巻二―101）

玉葛の「玉」は美称であるが、つる状の植物である葛は、古く巫女《みこ》などが、「天《あめ》の真拆《まさき》を縵《かづら》」（「神代記」）となすと見えるように、神祭りの髪飾りなどに用いられ、聖なる植物であったから、玉葛と呼ばれるようになったのである。だが、葛は、「花のみ咲き」「実ならぬ」木と見なされていたから、「実ならぬ」恋などに掛かる言葉ともされたのである。

大伴安麻呂の歌は、葛は実のならない木といわれているが、神を降霊させる巫女が用いる真拆の髪飾りのように、一般に、寄りつくとは考えられない木にも、憑依《ひょうい》せしめてしまう、と歌っているのだろう。

それに対し、花だけ咲いて、実のならないのは、誰の浮気の恋なのでしょうか。わたくしは真心から、あなたを愛していますよ、と答えている。

この巨勢郎女の歌は、「恋」を「孤悲」と表しており、「実のならぬ」恋とからかっている安麻呂に対し、恋の悲しさにめげず、愛しつづけていたのは、巨勢郎女の方であったことを、端的に示しているといってよいであろう。

こひぢから（恋力）

藤原不比等「集古十種」

このころの　我《あ》が恋力《こひぢから》　記《しる》し集《あつ》め　功《くう》に申《まを》さば　五位《ごゐ》の冠《かがふり》

（『万葉集』巻十六—3858）

この歌にある、「功に申さば　五位の冠」というのは、いわゆる勤務評定のことである。

宮中に仕える官人達は、その勤務の態度や内容を、一年間にわたって、上官から査定されていた。それを「考課《こうか》」というのである。「考課令」には「内外《ないぐわい》の文武官《ぶんぶかん》の初位以上《そゐいじやう》は、年毎《としごと》に当司《たうじ》の長官《ちやうくわん》、其《そ》の属官考《ぞくくわんかう》せよ。……其《そ》の優劣《いうれつ》を議《はか》りて、九等第定《きうとうだいさだ》めよ」と規定されている。

九等というのは、上上、上中、上下、中上、中中、中下、下上、下中、下下のランクである。

その頃は、五位以上は「通貴」と称し、三位以上は「貴」と呼ばれ、特権階級を形成していた。天皇の側近にはべる殿上人《てんじょうびと》は、このような五位以上の貴族により、構成されていたのである。

先の歌で「五位の冠」というのも、恋の勤務評定で抜群の功績を挙げて恋人に認めてもらうことを述べたものである。ただ、面白いのは、それを「恋力」という言葉を用いていることである。

このころの　我《あ》が恋力《こひぢから》　給《たま》はずは　京兆《みさとづかさ》に　出《い》でて訴《うた》へむ

（『万葉集』巻十六—3859）

この頃のわたくしが、一生懸命、心をくだいて示してきた恋力を評価されないならば、京に赴き、考課の査定を行う式部省に訴える、という歌である。中央官庁八省のうち、式部省は、「内外《ないがい》の文官《ぶんかん》の名帳《めいちょう》、考課《こうか》、選叙《せんじょ》、礼儀《れいぎ》、版位《はんい》、位記《いき》、勲績《くんせき》を校定《こうてい》し、功《こう》を論《ろん》じて封賞《ほうしょう》を掌《つかさど》る」（『職員令』）と規定されていたからである。

もちろん、考課は、役人の行政能力を査定するもので、恋の力を評価するものは、あくまで相手の恋人側であろう。恋人側には、母や兄弟姉妹などの縁者が、顔をそろえていたのであろう。彼らが、恋力の査定者となるといっているのである。

恋する人が、努めて、まず乗り越えなければならないものは、恋人の母親をはじめとする一族によるガードであろう。

たらちねの　母《はは》に障《さは》らば　いたづらに　汝《いまし》も我《あれ》も　事《こと》そなるべき

（『万葉集』巻十一—2517）

魂合《たまあ》へば　相寝《あひぬ》るものを　小山田《をやまだ》の　鹿猪田守《ししだも》るごと　母《はは》し守《も》らすも

（『万葉集』巻十二—3000）

それとともに、興味本位ではやしたてる、世間の噂話である。

この世《よ》には　人言繁《ひとごとしげ》し　来《こ》む世《よ》にも　逢《あ》はむわが背子《せこ》　今《いま》ならずとも

（『万葉集』巻四—541）

わが背子《せこ》し　遂《と》げむと言《い》はば　人言《ひとごと》は　繁《しげ》くありとも　出《い》でて逢《あ》はましを

（『万葉集』巻四—539）

この「人言は　繁く」は、好意的な噂でなく、むしろ中傷的な、からかい半分の陰険なものであろうが、それらを二人で乗り越え、必死にかばい合いながら、恋の成就に努めていかなければならなかったのである。それこそが、いわゆる〝恋力〟であったのだろう。

こまにしき（高麗錦）

牽牛と織女「大和耕作絵抄」

垣《かき》ほなす　人《ひと》は言《い》へども　高麗錦《こまにしき》　紐解《ひもと》き開《さ》けし　君《きみ》ならなくに

（『万葉集』巻十一―2405）

垣が取り巻くように、人々は、取り囲んでうるさく噂をするけれど、高麗錦製の紐を解き放って寝たあなたではないか、という意である。

この歌の場合、高麗の国でつくられた高価な紐と解すことも可能であるし、あるいは高麗錦を、「紐」に掛かる枕詞と見なすこともできるようである。

高麗錦《こまにしき》　紐解《ひもと》き交《か》はし　天人《あめひと》の　妻問《つまど》ふ夕《よひ》ぞ　我《われ》も偲《しの》はむ

（『万葉集』巻十―2090）

「天人の　妻問ふ夕ぞ」は、天なる人が妻問いする七夕の夜だ、という意味である。

七夕は、七月七日の夜に、牽牛星《けんぎゅうせい》が、鵲《かささぎ》が翼をならべて作った橋で天の川を渡り、織女星《おりひめぼし》の許《もと》に妻問いをするということにちなむ祭りである。その日に限り、腰に結んだ紐を解き放ち、ふたりは、一年に一度だけ結ばれるというのである。人々

そのことは、百人一首にある、

かささぎの　わたせる橋《はし》に　を《（お）》く霜《しも》の　白《しろ》きを見《み》れば　夜《よ》ぞふけにける

（『新古今和歌集』巻六・冬歌―620）

という大伴家持の歌から、御存知の方も少なくないだろう。

高麗錦《こまにしき》　紐解《ひもと》き開《さ》けて　夕《ゆふへ》だに　知《し》らざる命《いのち》　恋《こ》ひつつやあらむ

（『万葉集』巻十一―2406）

高麗錦の紐を、わたくし自身から解き放ち、夕べまでも、おぼつかない気持ちであなたを待っている、そのような恋を、わたくしはいつまで続けているのだろうか、という意味である。恋人の来訪を、心おどらせながら待つ、乙女の不安と期待が、交じり合う心境を歌ったものであろう。

高麗錦《こまにしき》　紐解《ひもと》き放《さ》けて　寝《ぬ》るが上《へ》に　あどせろとかも　あやにかなしき

（『万葉集』巻十四―3465）

高麗錦の紐を解き放って寝ているのに、どのように言ったらよいのか、わたくしは、無性にあなたのことをいとおしく思っている、という意である。

この歌は、男性が、身をまかせている女性に対して、切なる感情を伝えているのであろう。

ちなみに「あど」という言葉は、

わが背子《せこ》を　あどかも言《い》はむ　武蔵野《むざしの》の　うけらが花《はな》の　時《とき》なきものを

（『万葉集』巻十四―3379）

の用例のように、「どのように」の意である。あなたのことをどのように言ったらいいか判らないが、おけらの花の咲いているのが長いように、いつまでもあなたに対するわたくしの愛情は変わらないと述べているのである。

高麗錦《こまにしき》　紐《ひも》の片方《かたへ》ぞ　床《とこ》に落《お》ちにける　明日《あす》の夜《よ》し　来《き》なむと言《い》はば　取《と》り置《お》きて待《ま》たむ

（『万葉集』巻十一―2356）

高麗錦の紐の片方が、床に落ちていた。明日の夜に訪ねて来るならば、わたくしは、保存してお待ちしよう、という意味である。

それにしても、万葉の時代の人々は、よほど高麗錦の紐に執着していたようである。

こもりくの

長谷寺「西国三十三所名所図会」

大君《おほきみ》の　命《みこと》かしこみ　にきびにし　家《いへ》を置《お》き　こもりくの　泊瀬《はつせ》の
川《かは》に　舟《ふね》浮《う》けて　我《わ》が行《ゆ》く川《かは》の　川隈《かはくま》の……
（『万葉集』巻一―79）

大君の御命令を謹んで、馴れ親しんだ家を後にして、泊瀬川に船を浮かべて行く川の……という意味である。

「にきぶ」は、「柔和になる」とか、「くつろぎ安んずる」、あるいは「馴れ親しむ」の意である。

「こもりくの」は、泊瀬（長谷）に掛かる枕詞である。「こもりく」は、「隠国」の文字が当てられるように、両側の山が迫って、これに囲まれた所をいうのである。それより派生して、死者を葬る場所も、隠国というようである。

「允恭記」に見える木梨軽太子《きなしのかるのひつぎのみこ》と、軽大郎女《かるのおおいらつめ》の悲恋の物語にも、

隠《こも》り国《く》の　泊瀬《はつせ》の河《かは》の　上《かみ》つ瀬《つ》に　斎杙《いくひ》を打《う》ち　下《しも》つ瀬《せ》に　真杙《まくひ》を
打《う》ち　斎杙《いくひ》には　鏡《かがみ》を懸《か》け　真杙《まくひ》には　真玉《またま》を懸《か》け　真玉如《またまな》す　吾《あ》
が思《も》ふ妹《いも》　鏡如《かがみな》す　吾《あ》が思《も》ふ妻《つま》　ありと言はばこそに　家《いへ》にも行《ゆ》か
め　国《くに》をも偲《しの》はめ
（「允恭記」）

という長歌が収められている。

泊瀬川の上流に神聖な杙を立て、鏡を懸けて、下流には立派な杙を立て、玉を懸けて神祭りをするが、その鏡や玉のように大切に思っているわが妻が、健在であると信じているからこそ、家にも行こう、また故郷を偲ぼうという意味である。

泊瀬は、伊勢路の入口でもあるが、それはまた異郷の入口でもあった。そのため、この地において神祭りが行われ、旅行く人の安全が祈られたのである。

こもりくの　豊泊瀬道《とよはつせぢ》は　常滑《とこなめ》の　恐《かしこ》き道《みち》そ　恋《こ》ふらくはゆめ
（『万葉集』巻十一―2511）

泊瀬の道は、常滑の恐ろしい所だ、それゆえ、軽々しく恋することも慎め、という意味であろう。

常滑は、水蘚《みずごけ》が石などに付着して、滑りやすい所である。おそらく、慎重に行動せよといっているのであろう。

泊瀬は、先の歌でも知られるように、神祭りの聖域であった。

「天武紀」二年四月条には「大来皇女《おほくのひめみこ》を、天照太神宮《あまてらすおほみかみのみや》に遣侍《たてまだ》さむとして、泊瀬斎宮《はつせのいつきのみや》に居《はべ》らしむ」として、泊瀬斎宮が置かれていた。

天雲《あまくも》の　影《かげ》さへ見《み》ゆる　こもりくの　泊瀬《はつせ》の川《かは》は　浦《うら》なみか　船《ふね》の
寄《よ》り来《こ》ぬ　磯《いそ》なみか　海人《あま》の釣《つり》せぬ……
（『万葉集』巻十三―3225）

天雲の影まで見える泊瀬川は、浦がないためか、船が寄ってこない、また磯がないせいか、海人も釣りをしない、という意味である。

もちろん、泊瀬は、その名が示すように、大和川を遡上する船が停泊する所であった。

こもりぬの（隠り沼の）

沼沢「絵本常盤草」

隠《こも》り沼《ぬ》の　下《した》ゆ恋《こ》ひあまり　白波《しらなみ》の　いちしろく出《い》でぬ　人《ひと》の知《し》るべく　（『万葉集』巻十七―3935）

隠り沼の底のように、人に知られず恋しているが、白波が立つように、はっきりと人に気づかれるような恋になってしまった、という意味であろう。

隠り沼は堤などに囲まれて、水が流れ出ないような所である。このような場所は、とかく人目につかぬところに存在したから、外から、なかなか窺《うかが》われぬようなものに喩えられるのである。とくに、秘めた恋を象徴するものとして用いられていたようである。

この歌の類歌には、

隠《こも》り沼《ぬ》の　下《した》ゆは恋《こ》ひむ　いちしろく　人《ひと》の知《し》るべく　嘆《なげ》きせめやも　（『万葉集』巻十二―3021）

隠《こも》り沼《ぬ》の　下《した》ゆ恋《こ》ひ余《あま》り　白波《しらなみ》の　いちしろく出《い》でぬ　人《ひと》の知《し》るべく　（『万葉集』巻十二―3023）

がある。よほど、当時の人に愛唱された歌の一つなのであろう。

隠《こも》り沼《ぬ》の　下《した》ゆ恋《こ》ふれば　すべをなみ　妹《いも》が名告《なの》りつ　ゆゆしきものを　（『万葉集』巻十一―2441）

隠り沼のように、密かに心の中で恋していたが、どうしようもなく、ついに恋人の名を口に出してしまった。それは慎まなければならないことなのに、という意味である。

「隠り沼」は『万葉集』では、秘めたる恋に掛けられていることが多いようである。

隠《こも》り沼《ぬ》の　下《した》に恋《こ》ふれば　飽《あ》き足《だ》らず　人《ひと》に語《かた》りつ　忌《い》むべきものを　（『万葉集』巻十一―2719）

恋愛は、いつの世にあっても、二人の秘め事であるが、その秘め事を恋人としては、何かの機会に少しずつ、もらしていきたいものであったらしい。ふたりの恋を、少しでも他人から祝福してもらいたい気持ちがあるからである。また、恋を確実なものにするためにも、父母や親しい友人達に、少しずつほのめかしていかなければならなかったからである。

あぢの住《す》む　渚沙《すさ》の入江《いりえ》の　隠《こも》り沼《ぬ》の　あな息《いき》づかし　見《み》ず久《ひさ》にして　（『万葉集』巻十四―3547）

鶮《あじ》（トモエガモ）が住む渚沙の入江の隠り沼のように、本当に息が苦しい思いをしている。なぜなら、あなたと逢わずにいる日がずっと続いているから、という意味である。

「渚沙」というのは、なぎさに砂が置かれている所であろう。『出雲国風土記』飯石郡《いひしのこおり》須佐郷《すさのさと》の条に、「神須佐能袁命《かむすさのをのみこと》、詔《の》りたまひしく、此《こ》の国《くに》は小《ち》さき国《くに》なれども、国処《くにどころ》なり」とあり、須佐能袁命が好まれたことにより、その名をとって須佐の国と名付けたということが記されているが、もともとは神戸川の支流の波多川が流れ、「渚沙の地」が形成されていたのであろう。

ころもでの（衣手の）

筑波山女体峰「山水奇観」

百《もも》足《た》らず　山田《やまだ》の道《みち》を　波雲《なみくも》の　愛《うつく》し妻《づま》と　語《かた》らはず　別《わか》れし来《く》れば　早川《はやかは》の　行《ゆ》きも知《し》らず　衣手《ころもで》の　かへりも知《し》らず……

（『万葉集』巻十三—3276）

この歌は、数多く別れた山田の道を、愛しい妻と、ほとんど話し合うこともせずに、急いで別れて来てしまった。それを思うと、先に進むこともできず、さりとて帰ることもできぬ、という意味である。

「百足らず」は、百に足らない八十《やそ》の意である。

「仁徳紀」三十年九月条にも「百《もも》足《た》らず　八十葉《やそば》の木《き》は　大君《おほきみ》ろかも」と見えている。葉がいっぱい繁った樹は、あたかも全盛を誇る大君にそっくりだ、という意味である。

「波雲の　愛し妻」は、波のような姿をした雲のように美しく、愛らしい妻の意であるが、ここでは「波雲の」は「うつくし」に掛かる枕詞として用いられている。「衣手の」の衣手は、袖のことである。

『常陸国風土記』総記に、新しい泉を掘って、倭武《やまとたける》の天皇《すめらみこと》が、御手を洗われようとされた時、袖を水に濡らされたので、この国を衣袖漬《ころもでひたち》の国と名付けられたと記している。

衣手《ころもで》　常陸《ひたち》の国《くに》の　二並《ふたなら》ぶ　筑波《つくは》の山《やま》を　見《み》まく欲《ほ》り……

（『万葉集』巻九—1753）

という、検税使《けんぜいし》大伴卿の長歌に見える「衣手」は、「常陸国」に掛かる枕詞であるが、「常陸」の「ひたち」が「浸す」に通ずるからである。

しかし、冒頭の「百足らず……衣手のかへりも知らず」の衣手（袖）は、風にひるがえるから、「返る」「帰る」などの枕詞として用いられている。

さらには、「衣手」は、昔の衣の袖は長く作られていたので、「手長《たなが》」の意から、「た」に掛かる枕詞にも用いられていたようである。

舎人皇子《とねりのみこ》（天武天皇の皇子）の御歌には、

ぬばたまの　夜霧《よぎり》は立《た》ちぬ　衣手《ころもで》の　高屋《たかや》の上《うへ》に　たなびくまでに

（『万葉集』巻九—1706）

とあるが、この衣手は、「高屋」の「た」に掛かる枕詞である。

いはばしる　近江《あふみ》の国《くに》の　衣手《ころもで》の　田上山《たなかみやま》の……

（『万葉集』巻一—50）

は、藤原宮の役民の歌である。この歌では、明らかに「田上山」の「た」に掛けられている。

田上山は、「神武皇后紀」摂政元年三月条にある、

淡海《あふみ》の海《み》　瀬田《せた》の済《わたり》に　潜《かづ》く鳥《とり》　田上過《たなかみす》ぎて　菟道《うぢ》に捕《とら》へつ

という武内宿禰《たけのうちのすくね》の歌に見える田上の山であろう。現在の、滋賀県大津市の瀬田川の東岸に位置する山である。

衣手《ころもで》の　別《わか》る今夜《こよひ》ゆ　妹《いも》も我《あれ》も　いたく恋《こ》ひむな　逢《あ》ふよしをなみ

（『万葉集』巻四—508）

この三方沙弥《みかたのさみ》の歌の「衣手の」は、「別る」に掛かる枕詞である。

別れてしまう今夜から、あなたは、わたくしを激しく愛してくれることはないであろう。わたくしの方は、あなたのことを忘れることができないが、お逢いしたくてもどうしても、その手立てがない、という意である。

さきくさの（三枝の）

ヤマユリ「大植物図鑑」

春《はる》されば　まづ三枝《さきくさ》の　幸《さき》くあらば　後《のち》にも逢《あ》はむ　な恋《こ》ひそ我妹《わぎも》

（『万葉集』巻十―1895）

春になると、まず、「さきくさ」の花が咲く、その幸ではないが、後に幸運に恵まれて、お逢いすることもできるだろう。だから、そんなに恋をして苦しまないでおくれ、わたくしのいとしい人よ、という意味である。

「三枝」は、いかなる花か、必ずしも明らかでない。ここでは、山百合を三枝の花とするが、この山百合説のほかにも、三椏《みつまた》、沈丁花《じんちょうげ》、福寿草、三《みつ》葉芹《ばせり》などもその候補にあげられている。

ただ、奈良市の率川《いさかわ》神社で催される祭りでは、一本の茎から、三の枝に花をつけた山百合を酒樽に飾る三枝祭が行われていた（『神祇令』）。

この三枝の花は、「幸」の花とされていたから、先の歌でも、「幸」に掛けた枕詞として用いられている。

『新撰姓氏録』（左京神別下）に、「顕宗天皇《けんぞうてんわう》の御世《みよ》に、諸《もろもろ》の氏人等《うぢびとたち》を喚《よ》び集《あつ》めて、饗醼《きやうえん》を賜《たま》ふ。時《とき》に三茎《さんけい》の草《くさ》は宮廷《きゆうてい》に生《お》ひたり。採《とり》て以《も》って奉献《ほうけん》す。仍《より》て、姓《かばね》を三枝部造《さえぐさべのみやつこ》と負《お》ふ」とある。

「顕宗紀」三年四月条にも、「福草部《さきくさべ》を置《お》く」と記されている。

「三枝」が「福草」と表記されるように、三枝は「幸草《さきぐさ》」の意であるから、「幸」に掛かる枕詞となったのである。

それゆえ、子煩悩の山上憶良は、いとし子の古日《ふるひ》について、

父母《ちちはは》も　うへはなさがり　さきくさの　中《なか》にを寝《ね》むと　愛《うつく》しく　しが語《かた》らへば……

（『万葉集』巻五―904）

と歌っている。

「うへはなさがり」は、「上《うへ》はな下《さが》り」で、「父も母も離れないでね、わたくしは、真中に寝るから」とかわいらしく、このように、その子は言っている、の意味である。

この長歌の「さきくさ」は、「なか」に掛かる枕詞になっている。

おそらく「三栗《みつぐり》の」が、「なか」の枕詞となっていることと、関係があるのだろう。

『催馬楽《さいばら》』（三十七）には、

三枝《さきくさ》の　はれ　三枝《さきくさ》の　三《み》つば四《よ》つばの中《なか》に　殿《との》づくりせりや

と「三枝」を「三」に掛けている。いうまでもなく、三つの枝に分かれるからであろう。

いずれともあれ、山百合が、古代から愛されてきた花であったことは、確かである。

「神武記」には「佐韋河《さゐがは》と謂《い》ふ由《よし》は、其《そ》の河《かは》の辺《へ》に山由理草《やまゆりくさ》多《さは》に在《あ》りき。故《かれ》、其《そ》の山由理草《やまゆりくさ》の名《な》を取《と》りて、佐韋河《さゐがは》と号《なづ》けき。山由理草《やまゆりくさ》の本《もと》の名《な》は佐韋《さゐ》と云《い》ひき」とあり、神武天皇と、皇后の伊須気余理比売《いすけよりひめ》とは、山百合が群生する狭井《さい》河のほとりの家で結ばれたと伝えられているからである。

ささなみのしが

（楽浪の志賀）

志賀の唐崎「東海道名所図会」

楽浪《ささなみ》の　志賀《しが》の唐崎《からさき》　幸《さき》くあれど　大宮人《おほみやひと》の　船待《ふねま》ちかねつ

（『万葉集』巻一―30）

この柿本人麻呂の歌にある「楽浪の」は、「細波」が原義で、志賀《しが》や長等《ながら》や三井《みい》などの、近江の国に掛かる枕詞である。

いうまでもなく、「サザナミ」は、風が吹いて、細かい波が立つ様をいうが、「ササ」は「細」の意であるという。

『万葉集』では、「沙々那美《ささなみ》」「佐々浪《ささなみ》」「狭々浪《ささなみ》」などと、万葉仮名で表記されているが、漢字を当てれば、「漣《さざなみ》」であり、文字通り、波が連なる状態を示している。

ところで、「欽明紀」三十一年七月条に、高麗《こま》の使節を「難波津《なにはのつ》より発《た》ちて、船《ふね》を狭々波山《さきなみやま》に控《ひ》き引《こ》し」たと見えるが、この狭々波山は、現在の滋賀県大津市の逢坂山などに比定されている。

「仲哀記」によれば、応神天皇の即位に反対した香坂王《かごさかのおおきみ》と忍熊王《おしくまのおおきみ》の連合軍を、武内宿禰《たけのうちのすくね》ら朝廷側の軍隊は、逢坂に追いつめ、さらに沙々那美で滅ぼしたと記している。『日本書紀』では、「狭狭浪《ささなみ》の栗林《くるす》」（「神功皇后紀」摂政元年三月条）と述べているが、そこは現在の滋賀県大津市膳所《ぜぜ》の栗栖であるといわれている。

これらのことから推測すると、かつて、近江の都が置かれた滋賀郡の大津付近に、「狭狭波」という地名が存在したとも考えられる。そして、後に楽浪は、近江全体に掛かる枕詞になっていったのである。

琵琶湖は、昔より「近《ちか》つ淡海《あわうみ》」と呼ばれ、平時は、波細かな所であったのである。事実、

逢坂《あふさか》を　うち出《い》でて見《み》れば　近江《あふみ》の海《うみ》　白木綿花《しらゆふはな》に　波立《なみた》ちわたる

（『万葉集』巻十三―3238）

と歌われるように、琵琶湖の波は、白木綿《しらゆう》のように、細かい波が立っていたのである。あるいは、柿本人麻呂の歌の、

近江《あふみ》の海《うみ》　夕波千鳥《ゆふなみちどり》　汝《な》が鳴《な》けば　心《こころ》もしのに　古思《いにしへおも》ほゆ

（『万葉集』巻三―266）

のごとく、まさに、淡海の夕波は、千鳥の鳴き声とともに、人の心が萎えるばかりの思いをさせる所であった。

楽浪《ささなみ》の　志賀津《しがつ》の海人《あま》は　我《われ》なしに　潜《かづ》きはなせそ　波立《なみた》たずとも

（『万葉集』巻七―1253）

のごとく、『万葉集』には、志賀の海の波を歌ったものがいくつか見られるが、当時の人々にとって、志賀といえば、「ささなみ」がすぐに連想されたのであろう。

しかも、近江の都は、壬申の乱において戦火に見舞われたところであったから、ことさらに、淡海の「ささなみ」を、人々は鎮魂の音色として聞いていたのではないだろうか。そのため、柿本人麻呂は、

大殿《おほとの》は　ここと言《い》へども　春草《はるくさ》の　繁《しげ》く生《お》ひたる　霞立《かすみた》ち　春日《はるひ》の　霧《き》れる　ももしきの　大宮所《おほみやところ》　見《み》れば悲《かな》しも

（『万葉集』巻一―29）

と歌わざるを得なかったのである。万葉の淡海の「ささなみ」は、時には嘆き沈みながら、世の無情を訴える、リフレインなのである。

さすたけの（さす竹の）

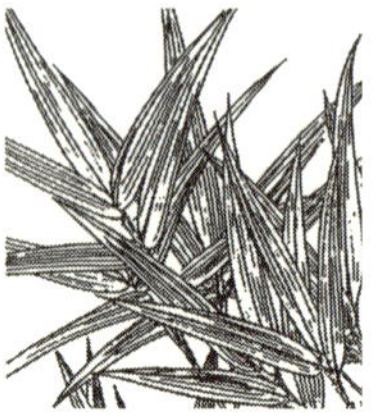
タケ「日本竹譜」

布当《ふたぎ》の原《はら》　あな貴《たふと》　大宮所《おほみやところ》　うべしこそ　我《わ》が大君《おほきみ》は　君《きみ》ながら
聞《き》かしたまひて　さす竹《たけ》の　大宮《おほみや》ここと　定《さだ》めけらしも
（『万葉集』巻六―1050）

この長歌は、天平十二（七四〇）年十二月に、聖武天皇が奈良の京より恭仁の京に移られ、都とされた時の讃歌の一節である（『続日本紀』）。恭仁の京は、現在の京都府木津川市加茂町の瓶原《みかのはら》付近にあったといわれているが、わずか四年で廃都となってしまった都である。

みかの原《はら》　わきてながるる　泉河《いづみがは》　いつみきとてか　恋《こひ》しかるらん
（『新古今和歌集』巻十一・恋歌一―996）

と、藤原兼輔の歌に詠まれた所といった方が、お判りになるだろう。

ところで、先の長歌で「さす竹の　大宮ここと」と歌われるように、「さす竹の」は「大宮」に掛かる枕詞として用いられている。

「さす竹」の意味は、必ずしも明らかではないが、「さす」は、勢いよく伸びる様で、竹の成長の早い姿が、勢いのある繁栄をもたらすものの意で、それより、「大宮」「君」「皇子」などに掛かる言葉となったともいわれている。

大宰《だざいのしように》小弐（次官）の石川朝臣足人《いしかわのあそみたるひと》の歌にも、

さす竹《たけ》の　大宮人《おほみやひと》の　家《いへ》と住《す》む　佐保《さほ》の山《やま》をば　思《おも》ふやも君《きみ》
（『万葉集』巻六―955）

とある。おそらく、大宰帥《だざいのそち》（長官）であった大伴旅人らの一族の邸宅が佐保の地にあり、都から遠く離れた筑紫の地に赴任していた旅人に、故郷を想うかと尋ねた歌であろう。

ちなみに佐保は、現在の奈良市法蓮佐保山付近一帯である。

「推古紀」二十一年十二月条には、聖徳太子が片岡（奈良県香芝市今泉）において、飢えた者を御覧になって、

さす竹《たけ》の　君《きみ》はや無《な》き　飯《いひ》に飢《ゑ》て　臥《こや》せる　その旅人《たひと》あはれ
（「推古紀」二十一年十二月条）

と歌われたというが、この「さす竹の」は「君」に掛かる枕詞であろう。

柿本人麻呂の挽歌の一節には、「さす竹《たけ》の　皇子《みこ》の宮人《みやひと》」（『万葉集』巻二―167）などと用いられているが、この「さす竹の」は「皇子」に掛かる枕詞であろう。

うちひさす　宮女《みやをみな》　さす竹《たけ》の　舎人壮士《とねりをとこ》も　忍《しの》ぶらひ……
（『万葉集』巻十六―3791）

の場合は、大宮に奉仕する「舎人」に、「さす竹」を掛けて用いている。

ただ『万葉集』には、

さす竹《たけ》の　よ隠《ごも》りてあれ　わが背子《せこ》が　我《わ》がりし来《こ》ずは　我恋《あれこ》ひめやも
（『万葉集』巻十一―2773）

として、「よ」に掛かる「さす竹」が見える。「よ」は、竹の節と節との間の、空洞の部分である。『竹取物語』にも、「節《ふし》を隔《へだ》てて、よごとに黄金《こがね》ある竹《たけ》」とあるが、その「よ」であろう。

竹の節間に籠もっていてほしい、あなたが、わたくしのもとに来さえしなければ、わたくしは恋をしたであろうか、という意味である。

さにつらふ

御所車「近江名所図会」

かつて、車持《くるまもち》を姓とする女性がいた。夫は長い間、通って来なくなったので、それを悲しみ、ついには寝込む有様であった。日に日に痩せ衰え、あげくの果ては、ほとんど死に瀕するほどに至ってしまった。

そこで、どうにか訪ねてくるようにと、夫に懇願したという。やっと夫が来ると、その娘はすすり泣きをしながら、次のような歌を口にすると、そのまま亡くなってしまったと伝えられている。

我《わ》が命《いのち》は　惜《を》しくもあらず　さにつらふ　君《きみ》によりてそ　長《なが》く欲《ほ》りせし
（『万葉集』巻十六―3813）

『新撰姓氏録』左京皇別下には、「車持公《くるまもちのきみ》　同《おな》じく豊城入彦命《とよきいりひこのみこと》の後《すゑ》なり」とあり、上野《こうずけ》の大豪族の毛野氏と同族であると記されている。ちなみに上野の国の群馬郡《くるまぐん》の地名の由来は、この車持にもとづいている。

雄略天皇の時代に、乗輿《じょうよ》を供進《ぐしん》したことにより、車持の姓を賜わったと記されている。

この話は、車持の娘の悲恋の物語であるが、長らく恋い慕っていた人に、やっと逢えたと思う間もなく、みまかってしまったという悲しい物語である。その彼女が「さにつらふ　君」といっているが、「さにつらふ」は赤く照り輝いて美しいものを形容する言葉とされている。

たとえば、『万葉集』には、

さにつらふ　妹《いも》を思《おも》ふと　霞立《かすみた》つ　春日《はるひ》もくれに　恋《こ》ひわたるかも
（『万葉集』巻十―1911）

とあるが、「さにつらふ」の言葉に、「左丹頬経《さにつらふ》」の万葉仮名を当てている。これより推量すれば、「紅顔の」という意を原義とするものであろう。

なゆ竹《たけ》の　とをよる皇子《みこ》　さにつらふ　わが大君《おほきみ》は……
（『万葉集』巻三―420）

と呼びかけられた大君は、石田王《いしだのおおきみ》であるが、この「さにつらふ」にも「狭《さ》丹《に》頬相《つらふ》」の文字が用いられている。

さにつらふ　色《いろ》には出《い》でず　少《すく》なくも　心《こころ》の中《うち》に　我《わ》が思《おも》はなくに
（『万葉集』巻十一―2523）

ここでの「さにつらふ」は、「散頬相《さにつらふ》」であり、やはり「頬」が意識された用語である。

ただ冒頭の車持の娘の歌の前には長歌（『万葉集』巻十六―3811）が置かれており、長歌に詠まれた「さにつらふ」の万葉仮名は、「左耳通良布《さにつらふ》」である。

この「さにつらふ」に類似する言葉は、「さにつかふ」である。

童《わらは》になしみ　さ丹《に》つかふ　色《いろ》なつかしき　紫《むらさき》の　大綾《おほあや》の衣《きぬ》……
（『万葉集』巻十六―3791）

これは、有名な竹取の翁の物語の長歌の一節であるが、髪の毛を櫛でといて、童髪《わらわがみ》としたが、赤みがかった色に心惹かれる、紫色の大きな模様の衣、という意味であろう。

この「さ丹つかふ（羅丹津蚊経）」の「つかふ」は、「付く」の未然形に「ふ」という反復の助動詞がついたものと説かれている。

さねかづら（さね葛）

クズ「毛詩品物図攷」

さね葛《かづら》　後《のち》も逢《あ》はむと　大船《おほぶね》の　思《おも》ひ頼《たの》みて　玉《たま》かぎる　磐垣淵《いはかきふち》の　隠《こも》りのみ　恋《こ》ひつつあるに……

（『万葉集』巻二―207）

の挽歌は、柿本人麻呂が、妻の死に際し「泣血哀慟《るいけつあいどう》」と題したものである。

後に逢えるだろうと、大船に乗ったように安心して、頼みにし、磐垣淵のように、人知れず恋い続けていたのに、という意味である。

磐垣淵は、石で囲われた川の淵で、底知れぬ深さの淵をいうのである。つまり、人には知れないように、心の奥で、密かに思うことの比喩である。

この長歌では、「さね葛」は「逢ふ」に掛かる枕詞とされている。

葛の枝は、長くどこまでも延びていき、先でやっと出会うという意味で、「後に逢ふ」に掛かる枕詞となったとも説かれている。

今《いま》さらに　君来《きみき》まさめや　さな葛《かづら》　後《のち》も逢《あ》はむと　大船《おほぶね》の　思《おも》ひ頼《たの》めど　現《うつつ》には　君《きみ》には逢《あ》はず……

（『万葉集』巻十三―3281）

は、寒い夜に待ちぼうけした女性の嘆きの歌である。

ここでも「さな葛」は、「後に逢ふ」に掛けられている。

木綿畳《ゆふたたみ》　田上山《たなかみやま》の　さな葛《かづら》　ありさりてしも　今《いま》ならずとも

（『万葉集』巻十二―3070）

の歌では、さな葛は、「あり」に掛けられている。

田上山のさな葛のように、長く続く恋をしよう。必ずしも今日という日でもなくても、という意である。

丹波道《たにはぢ》の　大江《おほえ》の山《やま》の　さね葛《かづら》　絶《た》えむの心《こころ》　我《わ》が思《おも》はなくに

（『万葉集』巻十二―3071）

この歌は、丹波道に位置する大江山のさね葛のように、絶えるような恋心を、わたくしはいだくようなことはない、という意であろう。

大江山は、京都府福知山市の北方にある山である。

『百人一首』にも、和泉式部の娘、小式部内侍《こしきぶのないし》の、

大江山《おほえやま》　いくの道《みち》の　遠《とほ》ければ　まだふみも見《み》ず　天《あま》の橋立《はしだて》

（『金葉和歌集』巻九・雑部上―550）

の歌にも見える大江山である。

『万葉集』の「さね葛」は、「絶へる」にも掛かる枕詞である。

さね葛は、長く延びる植物ではあるが、いつかは「絶える」という、あきらめの観念が、「絶える」に掛けられるようになっていったのであろう。

ただ、変わった例としては、藤原鎌足が鏡王女《かがみのおおきみ》に与えた歌がある。

玉《たま》くしげ　みもろの山《やま》の　さな葛《かづら》　さ寝《ね》ずは遂《つひ》に　ありかつましじ

（『万葉集』巻二―94）

この歌では、さな葛は、「さ寝ず」の「さ」の類音を導く序詞として用いられている。

みもろの山のさな葛のように、寝ずには、とても生きていられないだろう、という意味である。

さばへなす（五月蠅なす）

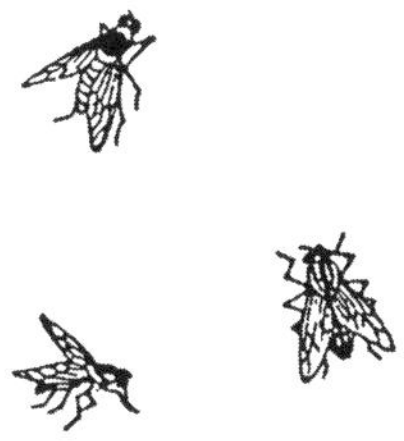
ハエ「訓蒙図彙」

『古事記』の天の石屋戸の段に、天照大神が岩戸に隠れられたため、高天《たかま》の原《はら》も、葦原《あしはら》の中国《なかつくに》も、一斉に暗くなり、万《よろず》の悪神たちは、「狭蠅《さばへ》」なし、万の妖《わざわい》が、ことごとく起こったと記されている。

「さばへなす」は、「神代紀」では「五月蠅なす」と表記されるように、陰暦の五月頃、急に蠅が発生し、耳ざわりな音を立てて飛び回る実感から生まれた言葉である。

それゆえ、この言葉は、「騒ぐ」とか「荒ぶ」に掛かる枕詞として、用いられる。

死《し》なな思《おも》へど　五月蠅《さばへ》なす　騒《さわ》く子《こ》どもを　打棄《うつ》てては　死《し》には知《し》らず　見《み》つつあれば　心《こころ》は燃《も》えぬ　かにかくに　思《おも》ひ煩《わづら》ひ　音《ね》のみし泣《な》かゆ

（『万葉集』巻五―897）

の長歌は、山上憶良が、何も知らずに騒いでいる子を残し、死んでも死にきれない、と歌っている。

長いこと病をわずらっているならば、いっそ死んだ方がましだと思うけれど、それも知らないで、無心に騒ぎ回る子供を打ち棄てて死ぬこともできない。見ていると、心は熱くなり、あれやこれやと思い悩み、ついには声を出して泣いてしまった、というのが大意であろう。

万代《よろづよ》に　かくしもがもと　頼《たの》めりし　皇子《みこ》の御門《みかど》の　五月蠅《さばへ》なす　騒《さわ》く舎人《とねり》は……

（『万葉集』巻三―478）

何代も先まで、このようにあってほしいと、頼みにしていた安積皇子《あさかのみこ》の宮殿で、ざわざわと騒いでいる舎人達は、という意味である。

舎人は、天皇や皇太子の側に仕え、警護や日常の奉仕に当たる役人である。もともとは、地方豪族が服属の証として、中央に差し出した子弟達であった。

「東宮職員令」によると、舎人監《とねりのつかさ》が置かれ、定員六百人の舎人が属していた。

この「さばへなす」という表現は、どうやら『古事記』や『日本書紀』の神代巻において用いられているのが、もっともその姿を生々しく描写しているようである。

「神代紀」の天孫降臨の段に、天照大神が瓊瓊杵尊《ににぎのみこと》を葦原の中国に遣わそうとされた時、葦原の中国は「彼《そ》の地《くに》に、多《さは》に蛍火《ほたるび》の光《かかや》く神《かみ》、及《およ》び蠅声《さばへな》す邪《あ》しき神《かみ》有《あ》り。復草木《またくさき》咸《ことごとく》に言語《ものいふこと》有《あ》り」という有様だと記されている。

夜には蛍火を光らせる神が跳梁《ちょうりょう》し、五月蠅なす悪しき神が跋扈《ばっこ》し、草木もざわめく世界を、古き時代の人たちは実感として体験していたからであろう。

枕詞は、おそらく、一般の人々の共感や体験の支えがあって、はじめて多くの人々に受け入れられ、流行していくものであろう。

そのため、枕詞は、単なる言葉遊びや修飾ではなく、当時の人々の生活感情に裏づけられているということを、もう一度よく考えてみる必要があるだろう。

さほ（佐保）

佐保川「大和名所図会」

佐保は、奈良の京の高級な住宅地であったようである。

一説によれば、「サホ」の「サ」は、美称であり、「ホ」は「秀」で、もっとも美しく優れた景勝地を示す言葉と解されている。

あるいは、「さほ」は、「あほ」（青）の変化した言葉とも説かれている。そのためか、佐保姫は、春を司る女神とされていくのである。五行説では、「青」は、春の色に配されているからである。ちなみに、佐保山は、奈良の東に位置しているのである。

この佐保の地は、現在の奈良市法蓮佐保山付近である。

「垂仁紀」二年二月条には「狭穂姫《さほひめ》を立《た》てて皇后《きさき》とす」と見えるが、『古事記』では「沙本毘売《さほひめ》」と表記している。

この「狭穂」は、文字通りに解すれば、「サ」は神稲で、「ホ」は稲穂であるので、おそらく神稲を祭る巫女の姫であったのであろう。

「武烈紀」即位前紀に、

春日《はるひ》　春日《かすが》を過《す》ぎ　妻隠《つまごも》る　小佐保《をさほ》を過《す》ぎ……　（「武烈紀」即位前紀）

と歌われているが、この小佐保は、奈良市の佐保の地であろう。

「妻隠る」は「小佐保」の枕詞である。「をさ」が、「筬《をさ》」（織機で緯糸《よこいと》を打ち込む用具）」に通じ、妻が、織小屋に籠もって織物をすることを連想させるからであろう。

ところで、佐保の地は、高級官僚の邸宅が、多く営まれていたようである。『懐風藻』によると、「作宝《さほ》」と称する長屋王《ながやのおおきみ》の別邸も置かれ、新羅の客を招いて宴が行われていた。「宝宅《はうたく》にして新羅《しらぎ》の客《きやく》を宴《うたげ》す」と題した左大臣従二位長屋王の詩は、宝宅、つまり、「作宝《さほ》」の邸で酒宴を催した時のものである。

『万葉集』には、長屋王の、

佐保《さほ》過《す》ぎて　奈良《なら》のたむけに　置《お》く幣《ぬさ》は　妹《いも》を目離《めか》れず　相見《あひみ》しめとそ　（『万葉集』巻三―300）

という歌が収められている。

佐保を過ぎて、奈良山の神に手向ける幣は、妻にいつも逢わせてほしいとの願いからである、という意味である。

長屋王の本邸は、平城京の左京三条二坊にあったが、長屋王の妻は、草壁皇子《くさかべのみこ》の皇女、吉備内親王《きびないしんのう》である。長屋王は、神亀六（七二九）年二月、藤原の四兄弟らの陰謀で、殺されてしまう悲劇の主人公である（『続日本紀』）。

また、佐保の地には、大伴旅人や家持らの邸宅も設けられていた。

大宰帥《だざいのそち》を終えて、奈良に帰る旅人に、大宰小弐《だざいのしょうに》（大宰府の次官）であった石川朝臣足人《いしかわのあそみたるひと》は、

さす竹《たけ》の　大宮人《おほみやひと》の　家《いへ》と住《す》む　佐保《さほ》の山《やま》をば　思《おも》ふやも君《きみ》　（『万葉集』巻六―955）

という歌を、贈っている。

しか（志賀）

塩づくり「日本山海名物図会」

博多湾を扼《やく》する島の志賀島《しかのしま》は、「漢委奴国王《かんのわのなのこくおう》」の金印が、発見されたことでも有名なところであろう。

志賀島は、海人の国であった。

志賀《しか》の海人《あま》の　磯《いそ》に刈《か》り乾《ほ》す　なのりその　名《な》は告《の》りてしを　なにか逢《あ》ひ難《がた》き

（『万葉集』巻十二―3177）

志賀島の漁師が、磯で刈り取り、乾す「なのりそ」の名告《なの》りではないが、わたくしは、自分の名前を告げたのに、どうして恋人に逢うことができないのか、という意味である。

この歌で、興味深い点は、「名は告りてしを」を、「名者告手師乎《なはのりてしを》」と「手師」と表記していることである。

「手師」は、もともと文字を巧みに書く人をいうのである。つまり、能筆《のうひつ》をいうが、丁寧に筆をとって恋文を綴っていることを示唆しているのであろう。それにもかかわらず、梨の礫《つぶて》だと嘆いているのであろう。

志賀《しか》の海人《あま》の　火気《ほけ》焼《や》き立《た》てて　焼《や》く塩《しほ》の　辛《から》き恋《こひ》をも　我《あれ》はするかも

（『万葉集』巻十一―2742）

志賀島は、藻塩を焼くことを生業とする人たちが多かったから、

志賀《しか》の白水郎《あま》の　塩焼《しほや》き衣《ころも》　なれぬれど　恋《こひ》といふものは　忘《わす》れかねつも

（『万葉集』巻十一―2622）

と歌われているのである。

「白水郎」の言葉は、「允恭紀」十四年九月条に、天皇が「白水郎《あま》を集《つど》へて、赤石《あかし》（明石）の海《うみ》の底《そこ》を探《かづ》かしむ」と見えている。

ちなみに、白水郎とは真珠採りのことである。阿波国の長邑《ながむら》（阿波国那賀郡）の白水郎は、海での潜りにすぐれていたが、真珠をいだく大蝮《おおまむし》を探し出して水上に浮かぶと、そのまま死んでしまったという。

この「白水郎」は、『和名抄』に「和名《わめい》は、阿万《あま》」と註されている。中国の白水という所の漁人が、原義である。

志賀《しか》の浦《うら》に　いざりする海人《あま》　家人《いへびと》の　待《ま》ち恋《こ》ふらむに　明《あ》かし釣《つ》る魚《うを》

（『万葉集』巻十五―3653）

家の妻が待ち焦がれているのに、志賀の浦で漁をしている海人は、夜を明かして魚を釣る、という意味である。

妻が、家で夫の帰りを思案しているので、「志賀」の箇所に、あえて「思《し》可《か》」の文字を当てている。

可之布江《かしふえ》に　鶴鳴《たづな》き渡《わた》る　志賀《しか》の浦《うら》に　沖《おき》つ白波《しらなみ》　立《た》ち来《く》らしも

（『万葉集』巻十五―3654）

「可之布江」は、あるいは、「香椎《かしひ》の江《え》」の誤りかもしれないが、可之布江に鶴が鳴きながら渡ってきた。おそらく、志賀の浦には、沖の白波が寄せてくるだろう、という意味である。一書には結句が「満《み》ちし来《き》ぬらし（満ちてきたらしい）」とあるようである。

しきしまのやまと

（磯城島の大和）

敷島や　高円山の雲間より　光さしそふ　弓はりの月（堀川院）
「大和名所図会」

磯城島《しきしま》の　大和《やまと》の国《くに》に　人二人《ひとふたり》　ありとし思《おも》はば　何《なに》か嘆《なげ》かむ

（『万葉集』巻十三―3249）

この相聞歌は、まさに絶唱の歌であるといってよい。

恋愛の真っ最中にあると、世界の中で、恋人だけしか目に入らないようである。この「人二人」は、いうまでもなく愛しあう男性と女性の、ただ二人を指すのである。

磯城島《しきしま》の　大和《やまと》の国《くに》に　人《ひと》さはに　満《み》ちてあれども……

（『万葉集』巻十三―3248）

という長歌も、このあと、わたくしの恋する人は、あなたただひとりである、と述べている。「磯城島」は、「大和の国」の国の枕詞であるが、磯城は本来、大和国磯上郡磯城県あたりを中心とした地域であったようである（「神武紀」即位前紀）。

『日本書紀』を繙《ひもと》くと、ヤマト王権が成立する時期には、代々の天皇は、磯城県主出身の女性を后《きさき》としているのである。

第二代の綏靖天皇は、磯城県主の娘である川派媛《かわまたひめ》を娶り、三代の安寧天皇も磯城県主の娘、川津媛を納《めしい》れているが、孝昭天皇、孝安天皇に至るまで、代々磯城県主と婚姻関係を結んでいる（『古事記』）。

もちろん、それらの伝承は、史料的に問題があるが、磯城地方は、考古学の調査で、ヤマト王権の発祥地であるといわれていることを考えれば、磯城の豪族とヤマト王権の結び付きは、無下に否定することはできないだろう。

文献史料から、その存在がほぼ確実視されている第十代の崇神天皇の都は、磯城の「瑞籬宮《みつかきのみや》」（「崇神紀」三年条）である。

磯城とは本来、聖なる石で敷きつめられた聖域を示すものであった。

古代の国家は、このような聖域を都と定め、地方を治めていたのである。その中心地は「磯城の瑞籬宮」、「師木玉垣宮《しきたまがきのみや》」などと見えるように「籬《かき》」で区切られた、聖なる一画であった。

このように、四方を区切られていたことから、磯城島（敷島）と称していたのである。島は、必ずしも海に囲まれた陸地だけを指すのではなく、川などによって区切られた場所も、島と呼ばれていた。つまり、磯城島は、もと初瀬川や粟原川などに挟まれた地域だったのである。このような地が、ヤマト王権が誕生した所であったから、ヤマトの国が成立しても、磯城島の大和のごとく称されていたのである。

ヤマト王権に仕えていた大伴氏は、奈良時代に入ると、次第に藤原氏におされ、伝承的な誇りだけが、大伴氏を支えるようになった。

それゆえ、大伴家持は、一族の者を諭す歌で、

磯城島《しきしま》の　大和《やまと》の国《くに》に　明《あき》らけき　名《な》に負《お》ふ伴《とも》の男《を》　心努《こころつと》めよ

（『万葉集』巻二十―4466）

と歌って、過去の栄光を誇っていた。つまり、大伴氏は、

君《きみ》の御代御代《みよみよ》　隠《かく》さはぬ　明《あか》き心《こころ》を　皇辺《すめらへ》に　極《きは》め尽《つ》くして　仕《つか》へ来《く》る　祖《おや》の職《つかさ》と　言立《ことだ》てて……

（『万葉集』巻二十―4465）

来たというのである。

しきたへの（敷妙の）

カジノキ「花彙」

しきたへの　家《いへ》をも造《つく》り　あらたまの　年《とし》の緒《を》長《なが》く　住《す》まひつつ　いましものを……（『万葉集』巻三―460）

この挽歌は、新羅の国より日本に渡ってきた、尼《あま》の理願《りがん》という人物が死去したのを、大伴坂上郎女《さかのうえのいらつめ》が悲嘆して作った長歌の一節である。

尼の理願は、奈良の佐保の山辺に家を造って住んでいたから、大伴氏の邸宅から近くに住まいしていたのであろう。

この歌に、「しきたへの家《いへ》をも造《つく》り」とあるが、この「布細《しきたへ》」とか「敷妙《しきたへ》」「敷栲《しきたへ》」などと表記される枕詞は、もともとは、寝床に敷かれる布の意である。

敷栲の「栲」は、梶の木や楮《こうぞ》などをいう。または、その皮を繊維として織った布も、同じく「栲」と呼ばれていた。

『豊後国風土記』速見郡柚富郷の条には、「此《こ》の郷《さと》の中《うち》に栲《たく》の樹《き》多《さは》に生《お》ひたり。常《つね》に栲《たく》の皮《かは》を取《と》りて、木綿《ゆふ》を造《つく》る。因《よ》りて柚富《ゆふ》の郷《さと》といふ」と記されている。

この柚富の郷は、温泉地として有名な、大分県の湯布院町である。

それはともかくとして、寝床が設けられる「家」の枕詞にもなっていったようである。

玉藻《たまも》なす　なびき我《わ》が寝《ね》し　しきたへの　妹《いも》が手本《たもと》を　露霜《つゆしも》の　置《お》きてし来《く》れば……（『万葉集』巻二―138）

この長歌は、玉藻のように、寄り添って寝た妻の腕を、そのままにして別れてきたので、という意味である。

ただ、この場合の「敷妙の」は、「妹」に掛かる枕詞である。寝床からの連想であろう。さらには、「敷妙の」は「黒髪」のイメージがまとわりつくので、黒髪の枕詞ともなっている。

置《お》きて行《ゆ》かば　妹恋《いもこ》ひむかも　しきたへの　黒髪《くろかみ》敷《し》きて　長《なが》きこの夜《よ》を（『万葉集』巻四―493）

古代の女性の美しさは、長い黒髪にあったから、その黒髪を長く敷きのべて、恋人を寝床に誘ったのである。

この歌は、田部忌寸櫟子《たべのいみきいちひ》が、大宰府勤務を命ぜられた時のものである。わたくしが、あなたをひとり残して大宰府へ赴いたら、黒髪を長々と敷いて、長い夜を孤独の想いで嘆いているのだろう、という意味である。

「敷妙の」は、また、「袖」に掛かる枕詞となって用いられている。

あらたまの　年《とし》は果《は》つれど　しきたへの　袖交《そでか》へし児《こ》を　忘《わす》れて思《おも》へや（『万葉集』巻十一―2410）

年は暮れてしまったが、袖を交わして寝たあの子のことを忘れられようか、という意味である。

しきたへの　袖返《そでかへ》しつつ　寝《ぬ》る夜落《よお》ちず　夢《いめ》には見《み》れど　現《うつつ》にし　直《ただ》にあらねば　恋《こひ》しけく　千重《ちへ》に積《つ》もりぬ……（『万葉集』巻十七―3978）

などと、「敷妙の」は、「袖」にかかる枕詞としても用いられてきたのである。

ししじもの（鹿じもの・猪じもの）

イノシシ（明治期挿絵）

『万葉集』を繙《ひもと》くと、時々、奇妙な言葉にでくわすことがある。

その一つが、「ししじもの」であるが、この「しし」は、肉を食料とするためにとる獣の意で、猪や鹿をいうようである。

日本では、縄文時代以来、猪や鹿の肉を盛んに狩猟で得ていたのである。「ししじもの」の「じもの」は、「……のような」の意であると解されている。その「しし」は、膝をかがめて身を伏す動作を見せるから、「い匍《は》ふ」とか、「膝折り伏す」に掛かる枕詞として用いられている。

古代の人々は、身近に猪や鹿の類を見てきていたから、実感にもとづく言葉だったようである。このように、多くの人の共感が得られることが、枕詞の成立にとって、欠かせぬ条件であったといってよい。

あかねさす　日《ひ》のことごと　鹿《しし》じもの　い這《は》ひ伏《ふ》しつつ　ぬばたまの　夕《ゆふへ》に至《いた》れば　大殿《おほとの》を　振《ふ》り放《さ》け見《み》つつ　鶉《うづら》なす　い這《は》ひもとほり　侍《さもら》へど……

（『万葉集』巻二―199）

この柿本人麻呂の長歌は、高市皇子（天武天皇の第一皇子）が、亡くなられた時の挽歌である。

昼は毎日、鹿のように這い伏し、夕方になると宮殿を振り仰ぎ、鶉《うずら》のように腹這いして、あちこちに動き回り、奉仕している、という意である。

高市皇子にお仕えする人々が、皇子の死去に狼狽して、何も手につかず、嘆き悲しんでいる様子を描いているのである。

この挽歌は、宮仕えの人たちは、高市皇子のお住まいになっていた大殿を伏し拝み、ただおろおろするばかりだ、と歌っているのだろう。

奥山《おくやま》の　賢木《さかき》の枝《えだ》に　しらか付《つ》つ　木綿《ゆふ》取《と》り付《つ》けて　斎瓮《いはひへ》を　斎《いは》ひほりすゑ　竹玉《たかたま》を　しじに貫《ぬ》き垂《た》れ　鹿《しし》じもの　膝《ひざ》折《を》り伏《ふ》して　たわやめの　おすひ取《と》りかけ　かくだにも　我《あれ》は祈《こ》ひなむ　君《きみ》に逢《あ》はじかも

（『万葉集』巻三―379）

は大伴坂上郎女《おおとものさかのうえのいらつめ》が、恋の成就を神に祈っている歌である。

奥山からもとめてきた賢木の枝に、木綿を取りつけ、土に穴を掘って斎瓮《いわいべ》（神聖な瓶《かめ》）を据える。そうして、竹玉をいっぱいに貫きたらし、鹿のごとく膝を折りまげた、たおやかな女が、襲《おすい》を身体にかけ、このように、一生懸命拝んでいる。それなのに、恋しい人にお逢いできないのだろうか、という意味である。

「ししじもの」の枕詞は、その他に「弓矢」にも掛けられることもあるようである。

石上《いそのかみ》　布留《ふる》の尊《みこと》は　たわやめの　惑《まと》ひに因《よ》りて　馬《うま》じもの　縄《なは》取《と》り付《つ》け　鹿猪《しし》じもの　弓矢《ゆみや》囲《かく》みて　大君《おほきみ》の　命恐《みことかしこ》み……

（『万葉集』巻六―1019）

詞書に「石上乙麻呂卿《いそのかみのおとまろきやう》の、土左国《とさのくに》に配《はい》せられし時の歌」とある。

石上乙麻呂は、藤原宇合《うまかい》の未亡人の久米連若売《くめのむらじわかめ》と私通した罪で、土佐に流されたのである。

馬のように縄を取り付け、鹿や猪のように弓矢で囲まれて、土佐の国に流された、というのである。

しながとり（しなが鳥）

カイツブリ「頭書増補訓蒙図彙大成」

しなが鳥《とり》　猪名野《ゐなの》を来《く》れば　有間山《ありまやま》　夕霧立《ゆふぎりた》ちぬ　宿《やど》りはなくて
（『万葉集』巻七—1140）

猪名野に来ると、有間山に夕霧が立ちこめている。それなのに、わたくしの泊る宿がない、という意味である。

猪名野は、「為奈野《いなの》」とも書かれるが、現在の兵庫県伊丹市稲野町付近の原野である。有間山は、有馬山と同じで、神戸市北区有馬町の山である。ところで、この歌には、「猪名野」に、「しなが鳥」という枕詞が冠せられている。

大《おほ》き海《うみ》に　あらしな吹《ふ》きそ　しなが鳥《とり》　猪名《ゐな》の湊《みなと》に　舟泊《ふねは》つるまで
（『万葉集』巻七—1189）

の歌においても、「しなが鳥」は、「猪名」に掛かる枕詞となっている。

しなが鳥は、鸊鷉《かいつぶり》の古名である。かいつぶりという水鳥は、いつも雌雄が居並んでいることが多いので、「居」とか「猪」に掛かる枕詞として用いられたともいわれている。

しなが鳥《とり》　猪名山《ゐなやま》とよに　行《ゆ》く水《みづ》の　名《な》のみ寄《よ》そりし　隠《こも》り妻《づま》はも
（『万葉集』巻十一—2708）

猪名山を響《とよ》み流れゆく川のように、名前だけはれっきとした妻であるが、実際は、隠り妻でしかあり得ない、という意味であろう。おそらく、この隠り妻は、かいつぶりのように、晴れていつも夫婦並んで、一緒に過ごしたいという願いを秘めて、歌っているのであろう。

しなが鳥《とり》　安房《あは》に継《つ》ぎたる　梓弓《あづさゆみ》　末《すゑ》の珠名《たまな》は　胸別《むなわけ》の　広《ひろ》き我妹《わぎも》　腰細《こしぼそ》の　すがる娘子《をとめ》の　その姿《かほ》の　きらきらしきに　花《はな》の如《ごと》　笑《ゑ》みて立《た》てれば　玉桙《たまほこ》の　道行《みちゆ》く人《ひと》は　己《おの》が行《ゆ》く　道《みち》は行《ゆ》かずて　呼《よ》ばなくに　門《かど》に至《いた》りぬ　さし並《なら》ぶ　隣《となり》の君《きみ》は　あらかじめ　己妻《おのづま》離《か》れて　乞《こ》はなくに　鍵《かぎ》さへ奉《まつ》る　人皆《ひとみな》の　かく迷《まと》へれば　かほよきに　寄《よ》りてそ妹《いも》は　たはれてありける
（『万葉集』巻九—1738）

この長歌は、上総《かずさ》国周淮郡《すえぐん》の珠名《たまな》の娘子の美貌を歌ったものである。彼女の妖婉《ようえん》さは、ひとびとを蠱惑《こわく》する、と歌っているのである。

万葉の時代頃の美人の条件は、「胸別の広き」ことと、「腰細」の「すがる（似我蜂《じがばち》）」のようなスタイルであった。

安房国と、地続きの上総国周淮郡の珠名には、胸幅が広く、腰の細い蜂のような姿をした乙女がいたが、その容姿は、非常に美しく、そのうえ、花のように微笑していつも立っている。その姿を目にした人は、たとえば道行く人も、自分が向かう道を行こうとしない。呼ばれもしないのに、自然に、乙女の家の方に引きつけられてしまうのである。隣家の主は、前もって、長年連れ添ってきた妻を離別してしまい、求められないにもかかわらず、自分の倉の鍵まで贈呈する始末である。このように人々は、珠名の娘子に惑わされているが、娘子の方は、その中で、容姿のすぐれた男と、平気で遊び戯れている、という意味である。

「しなが鳥」が、「安房」に掛かるのは、水鳥が起こす水泡からの連想であろう。

しなてるや

聖徳太子「集古十種」

しなてる　片岡山《かたをかやま》に　飯《いひ》に飢《ゑ》て　臥《こや》せる　その旅人《たびと》あはれ……

（「推古記」）

という歌は、聖徳太子が、片岡に遊ばれた時、飢に苦しむ乞食と出会い作られた御歌である。

片岡は、大和国葛下郡の片岡で、現在の、奈良県香芝市今泉や北葛城郡王寺町にかけての丘である。

この物語は、『日本霊異記』（上巻、四）や、『聖徳太子伝補闕記《でんほけつき》』、『聖徳太子伝暦《でんりやく》』などにも収録されている、有名な伝承である。

『拾遺和歌集』にも、

しなてるや　片岡山《かたをかやま》に　飯《いゐ》に飢《う（ゑ）》へて　臥《ふ》せる旅人《たびびと》　あはれ親《おや》なし

（『拾遺和歌集』巻二十・哀傷―1350）

の歌を、聖徳太子の御歌として載せている。

『日本書紀』によれば、この飢えた乞食は、「真人《ひじり》」であったと伝えている。「真人」は道教で悟りを開いた人物をいう。ちなみに、天武朝において、姓《かばね》に「真人《まひと》」を採用されたが、天武天皇が道教に傾倒されていたからだ、といわれている。

ところで、「しなてる」の意であるが、一般には、「しな（階、坂）照る」と解され、山の片方だけ断層状をなし、日が当たることだといわれている。

あるいは、坂は斜めで片方に傾いているからだ、と説かれている。

いずれともあれ、「片」に掛かる言葉である。

「しな」は、もともと『源氏物語』若菜上に「御階《みはし》の中《なか》のしなのほどに、居《ゐ》給《たま》ひぬ」とあるように、おそらく、段階を指す言葉ではあるまいか。『和名抄』三にも、「堦（階）」を「之奈《しな》」と訓《よ》んでいる。

つまり、「しなてる」は、階段状をなす山の片寄りの斜面を照らすことになるのではあるまいか。

『万葉集』の、「河内《かふち》の大橋《おほはし》を独《ひと》り去《ゆ》く娘子《をとめ》を見《み》し」と題する歌、

しなてる　片足羽川《かたしはがは》の　さ丹《に》塗《ぬ》りの　大橋《おほはし》の上《うへ》ゆ　紅《くれなゐ》の　赤裳裾《あかもすそ》引《び》き
山藍《やまあゐ》もち　摺《す》れる衣《きぬ》着《き》て　ただひとり　い渡《わた》らす児《こ》は　若草《わかくさ》の　夫《つま》
かあるらむ　橿《かし》の実《み》の　ひとりか寝《ぬ》らむ　問《と》はまくの　欲《ほ》しき我妹《わぎも》
が　家《いへ》の知《し》らなく

（『万葉集』巻九―1742）

では、「しなてる」は、「片足羽川」に掛けられた枕詞となっている。

この河内の片足羽川は、必ずしも明らかでないが、一説には、大和川を指すといわれている。

片足羽川の丹塗りの大橋の上を、紅染めの裳裾を引きながら、山藍で摺り染めた着物を着て、ただひとり渡っていく乙女子には、若い夫がいるのであろうか、それとも独り寝をする独身であろうか、わたくしは問いたいものだ、乙女の家はどこかわからないからだ、という意味である。

大橋といい、乙女の衣裳といい、赤系統の色で彩られていて、きわめて幻想的な場面といってよい。

赤は「明るい」の「あか」であり、まことに恋心を象徴し、明るい希望をもたらす色である。

この長歌は、まさに幻想的な夢見る世界を描いているようである。

しひかたり（強ひ語り）

持統天皇「聯珠百人一首」

持統女帝の宮廷に、昔話を誰とでもおしゃべりするのが得意な老女が仕えていた。時には、人々から煙たがられても、黙ることはできなかったおしゃべりな媼であった。そのため、宮中では、「しひがたり」するこの女性を、「志斐《しひ》の媼《おみな》」と呼んでいた。

ある時、持統女帝は、この媼に、次のような歌を贈られた。

否《いな》と言《い》へど　強《し》ふる志斐《しひ》のが　強《し》ひ語《かた》り　このころ聞《き》かずて　朕《あれ》恋《こ》ひにけり

（『万葉集』巻三―236）

いやだと言っても、無理強《むりじ》いしてしゃべり続ける志斐の媼の話も、近頃、とんと耳にしなくなったので、わたくしは、少々淋しい気がしている、という意味である。

おそらく、志斐の媼のおしゃべりは、多くの官女達を辟易《へきえき》させてしまったのだろう。そして、宮廷の片隅にションボリしているところを、天皇に見つけられてしまったのではないだろうか。

天皇は、しょげる老女に、近頃、話が聞けないのは残念だと、お告げになられて、先の御歌を賜ったのだろう。

志斐の媼は、急に元気になって、早速、次のような歌を天皇に献じたのである。

否《いな》と言《い》へど　語《かた》れ語《かた》れと　詔《の》らせこそ　志斐《しひ》いは奏《まを》せ　強《し》ひ語《かた》りと言《い》ふ

（『万葉集』巻三―237）

わたくしは、いやだと言っているのに、語れ語れと強いられるから、おしゃべりをしているのだ。それなのに、わたくしのことを、強い語りの媼と呼んでいる、と抗議しているのである。

もちろん、これらの歌は、半分からかい気分の歌であろうが、このように昔のことを、長く忘れず記憶している老女が、宮廷にはいたようである。

「顕宗紀」にも、昔、天皇の父である市辺押磐皇子《いちべのおしはのみこ》が、雄略天皇に射殺されて埋められた蚊屋野《かやの》（滋賀県東近江市、蒲生郡日野町付近）の地と、骨の特徴を鮮明に記憶していた老媼がいたという。その老女は置目《おきめ》と呼ばれ、宮の近くに屋敷を賜ったという（「顕宗紀」元年二月条）。

置目という名の由来は、「顕宗記」には、「失《うしな》はず見置《みお》きて　其《そ》の地《ところ》を知《し》り」にあるとされるが、女性の方が、雑事にかまける男性よりも、昔の事件や物語を、丹念に記憶していることが多かったようである。

アイヌの神話であるユーカラを覚えていたのも、女性であったことを御存知であろう。『古事記』の稗田阿礼《ひえだのあれ》の女性説が、当否は別として、根強く主張されるのも、そのためである。

律令体制が次第に確立していけば、公の記録は文官によって、漢文の文書に書きとどめられて、後世に受け継がれていくが、宮廷のプライベートな出来事や、日頃のやりとりなどの多くは忘れられていく。思いもかけぬ珍事や、馬鹿げた話は、年老いた女性の記憶にだけとどめられることになるのである。

また、宮廷では、時には道化的な役割として、このような老女をはべらせていたようである。

しぶたにの

（渋谿の）

荒磯「二十四輩順拝図会」

渋谿《しぶたに》の　荒磯《ありそ》の崎《さき》に　沖《おき》つ波《なみ》　寄《よ》せ来《く》る玉藻《たまも》　片搓《かたよ》りに　縵《かづら》に作《つく》り
妹《いも》がため　手《て》に巻《ま》き持《も》ちて　うらぐはし　布勢《ふせ》の水海《みづうみ》に……

（『万葉集』巻十七—3993）

渋谿の荒磯の崎に、沖の波が寄せてくる藻を、片縒りにして、縵を作り、妻のために手に巻いて持ち、美しい布勢の水海で、という意味である。

布勢の水海は、越中国射水郡布西郷、現在の富山県氷見市布施に面した海である。

「縵」は、「神代記」の天の石屋戸の段で、天宇受売命《あめのうずめのみこと》が、「天《あめ》の真析《まさき》を縵《かづら》と為《し》て」とあるように、頭に巻く飾りである。

この歌に詠まれた渋谷は、富山県高岡市の地名である。その山脚が、富山湾に突き出たところを、渋谷の崎と称している。

その海岸は、荒磯の海と呼ばれていた「ありそ」に掛かる枕詞となったようである。

もちろん、このような用法を盛んにひろめたのは、富山県高岡市にあった越中国府に勤めていた大伴家持らであろう。

家持は、この渋谿の荒磯の海をこよなく愛していたようで、しばしば、この光景を歌にしている。

渋谿《しぶたに》の　崎《さき》の荒磯《ありそ》に　寄《よ》する波《なみ》　いやしくしくに　古思《いにしへおも》ほゆ

（『万葉集』巻十七—3986）

「いやしくしくに」は、「いよいよ頻《しき》りに」の意である。

渋谿の崎の荒磯に寄せる波のように、いよいよ頻りに昔のことが偲ばれる、というのである。また、そのことを、より具体的に長歌に詠んでいる。

裾廻《すそみ》の山《やま》の　渋谿《しぶたに》の　崎《さき》の荒磯《ありそ》に　朝《あさ》なぎに　寄《よ》する白波《しらなみ》　夕《ゆふ》なぎに　満《み》ち来《く》る潮《しほ》の　いや増《ま》しに　絶《た》ゆることなく……

（『万葉集』巻十七—3985）

渋谿の崎の荒磯に、朝なぎに寄せる白波のように、夕なぎに満ち来る潮のように、ますます盛んに、絶えることなく、思い出されるのであろう。

また、家持は、

白波《しらなみ》の　荒磯《ありそ》に寄《よ》する　渋谿《しぶたに》の　崎《さき》たもとほり　松田江《まつだえ》の　長浜過《ながはます》ぎて　宇奈比川《うなひがは》　清《きよ》き瀬《せ》ごとに　鵜川立《うかはた》ち　か行《ゆ》きかく行《ゆ》き　見《み》つれども　そこも飽《あ》かにと　布勢《ふせ》の海《うみ》に　船浮《ふねう》け据《す》ゑて……

（『万葉集』巻十七—3991）

と、高岡の海岸をあちこちと散策している。

ちなみに、松田江の浜は、富山県高岡市の雨晴《あまはらし》海岸に比定されているようである。

宇奈比川は、現在、宇波《うなみ》川と呼ばれる川であるという。

「鵜川立ち」は、鵜使い達が鵜漁のために川に立ち並ぶことである。

家持は、その無聊《ぶりょう》を慰めるため、射水《いみず》の海岸をあちこちと散策し、歩き回っていたのであろう。特に、渋谿の付近を、しばしば訪れたようである。

そのため、『万葉集』に、その名をとどめることになったのである。

しましく（暫しく）

龍宮浦島伝説「伽婢子」

秋山《あきやま》に　落《お》つる黄葉《もみちば》　しましくは　な散《ち》りまがひそ　妹《いも》があたり見《み》む
（『万葉集』巻二—137）

秋山に散って落ちる黄葉よ、しばらくの間は散らないでくれ、妻の家のあたりを、黄葉とともに見たいから、という意味であろう。

昔は、紅葉も黄葉も同じく「もみぢ」と称しているが、「もみ」は、もと、紅花を揉んで、紅色を染めることをいうのである。また、「もみぢ」を、「もみち」と清音で呼んでいたといわれている。

先の歌には、「しましくは」に「須臾者《しましくは》」という万葉仮名が当てられているように「しばらくも」とか「少しの間」の意である。

吉野川《よしのがは》　行《ゆ》く瀬《せ》の早《はや》み　しましくも　淀《よど》むことなく　ありこせぬかも
（『万葉集』巻二—119）

吉野川の早瀬の流れのように、少しの間も淀むことなしに、逢ってもらえないものか、という意味である。

この弓削皇子《ゆげのみこ》の御歌も、「しましくも」は「須臾毛《しましくも》」という文字で表されている。「須臾《しゆゆ》」は、『中庸』という中国の古典に「道《みち》は須臾《しゆゆ》も離《はな》るべからず」などと用いられているが、『万葉集』では、漢文の素養のある人物が用いていた言葉であろう。

水江浦島子《みずのえのうらしまこ》を歌う長歌の中でも、「わだつみの神《かみ》の宮《みや》」を訪れた浦島子が、故郷を想い出し、

しましくは　家《いへ》に帰《かへ》りて　父母《ちちはは》に　事《こと》も語《かた》らひ　明日《あす》のごと　我《われ》は来《き》なむと……
（『万葉集』巻九—1740）

「少しの間、家に帰って、父母に事情を話して、明日にでも戻ってこよう」と語ったと伝えている。

この「しましくは」も、「須臾者」と書かれている。

浦島子の物語は、「雄略紀」二十二年七月条に「丹波国《たにはのくに》の余社郡《よざのこほり》の管川《つつかは》の人瑞江浦島子《ひとみづのえのうらしまのこ》、舟《ふね》に乗《の》りて釣《つり》す。遂《つひ》に大亀《かめ》を得《え》たり、便《たちまち》に女《をとめ》と化為《な》る、是《ここ》に、浦島子《うらしまのこ》、感《たけ》りて婦《め》にす。相逐《あひしたが》ひて海《うみ》に入《い》る。蓬莱山《とこよのくに》に到《いた》りて、仙衆《ひじり》を歴《めぐ》り観《み》る」と、きわめて神仙思想に彩られて記されている。

秋《あき》の夜《よ》の　月《つき》かも君《きみ》は　雲隠《くもがく》り　しましく見《み》ねば　ここだ恋《こひ》しき
（『万葉集』巻十—2299）

この歌は、あなたは秋の夜の月なのであろうか、雲に隠れて、しばらく見えない。わたくしは、こんなに恋しいと感じたことはない、という意味である。

思《おも》ふ故《ゑ》に　逢《あ》ふものならば　しましくも　妹《いも》が目離《めか》れて　我居《あれを》らめやも
（『万葉集』巻十五—3731）

この歌は、越前に流された中臣宅守《なかとみのやかもり》が、都に残した狭野弟上娘子《さののおとがみのおとめ》を偲んで歌ったものである。

想っていれば逢えるのなら、しばらくでも、あなたから離れていることができるだろうか、という意味である。

古代の恋人たちは、それこそ、心より「しましくも」逢瀬を願っていたのである。

しまつとり（島つ鳥）

鵜飼「紀伊国名所図会」

「神武記」によると、兄《え》師《し》木《き》、弟《おと》師《し》木《き》の兄弟を撃った時、天皇の軍勢は、非常に疲労困憊に達した。そこで、次のような歌を歌い、救助を求めたというのである。

楯並《たたな》めて　伊那佐《ななさ》の山《やま》の　樹《こ》の間《ま》よも　い行《ゆ》きまもらひ　戦《たたか》へば
吾《われ》はや飢《ゑ》ぬ　島《しま》つ鳥《とり》　鵜養《うかひ》が伴《とも》　今助《います》けに来《こ》ね
（「神武記」）

伊那佐山の木々の間より、じっと敵を見守りつづけて戦ってきたので、われわれはついに飢えてしまった。それゆえ、鵜飼達よ、今、すぐに食糧を持って助けに来てくれ、という意味である。

「まもらひ」は、じっと見つめる意である。

この歌謡の一説に、「島つ鳥　鵜養」とあるように、「島つ鳥」は、海鵜《うみう》のことである。

『和名抄』十八には、「鸕《ろ》……日本紀《にほんき》私記に志万豆止利《しまつとり》を云《い》う」と記されている。鸕は、鵜のことである。

鮎走《あゆはし》る　夏《なつ》の盛《さか》りと　島《しま》つ鳥《とり》　鵜飼《うかひ》が伴《とも》は　行《ゆ》く川《かは》の　清《きよ》き瀬《せ》ごと
に　篝《かがり》さし……
（『万葉集』巻十七―4011）

鮎が、川の流れを走る頃の、夏の盛りの時期が到来すると、鵜飼部の人たちは、流れ行く川の瀬毎に、篝火をさす、という意の大伴家持の歌である。

この歌からも、古くから夏の時季に、鵜飼の行事が行われていたことを知ることができるが、夏の夜に、舟の舳先に篝火をたいて、鮎などの川魚を引き寄せ、鵜飼が、鵜の頸につけた鵜縄を引いて漁をすることは、昔も今も、ほとんど変わっていないようである。

「雄略紀」三年四月条によると、廬城部《いおきべの》連《むらじ》武彦《たけひこ》が、栲幡《たくはたの》皇女《ひめみこ》を奸《けが》したという噂を聞いて、武彦の父、枳莒喩《きこゆ》が、鵜飼にかこつけて、息子の武彦を殺したという。

また、同じく、「雄略紀」十一年五月条には、近江国栗太郡《くるもとのこおり》から、白き鸕鷀《う》が谷上の浜に居るという報告を受け、その管理に特別に川瀬の舎人《とねり》を置いたことが記されている。

元正天皇の養老五（七二一）年七月条には、仏教的放生思想から、放鷹司《ほうようし》（主鷹司《しゅようし》）の鷹や犬、大膳職《だいぜんしき》にある「鸕鷀《う》」を、すべて開放せよ、との詔《みことのり》が出されている。

同様のことが、聖武天皇の天平十七（七四五）年九月にもあり、諸国の所有の鷹や鵜を放去せしめている（『続日本紀』）。

これらは、すべて、仏教思想の放生の行事の一貫であった。

だが、大伴家持は、任地の越中国において、

流《なが》る辟田《さきた》の　川《かは》の瀬《せ》に　鮎子《あゆこ》さ走《ばし》る　島《しま》つ鳥《とり》　鵜飼伴《うかひとも》な へ　篝《かがり》さし
……
（『万葉集』巻十九―4156）

として、辟田川で、鵜飼を催している。これは、天平勝宝二（七五〇）年の頃で、一時期、鵜飼は公認されていたのであろう。

しかし、淳仁天皇の天平宝字八（七六四）年十月には再び、諸国で飼う鷹、犬とともに、鵜はすべて禁止されている（『続日本紀』）。

しみにしこころ（染みにし心）

朝廷に服属しない辺境の民（笹間良彦画）

肥人《こまひと》の　額髪《ぬかがみ》結《ゆ》へる　染木綿《しめゆふ》の　染《し》みにし心《こころ》　我忘《われわす》れめや

（『万葉集』巻十一―2496）

肥人とは、『続日本紀』文武天皇四年六月条に、「肥人《こまひと》らを従《したが》へて、兵《へい》を持《も》ち、覓国使《くにをもとむるつかひ》の刑部真木《おさかべのまき》らを剽劫《ひうかく》す」と見える肥人のことであろう。『令集解』という令（古代法）の注釈書を収録した本の中の『賦役令』辺《へん》遠国条《おんこくじょう》に「古記《こき》曰《いは》く、夷人雑類《いじんぞうるい》は、毛人《もうじん》、肥人《ひじん》、阿麻弥人《あまみひと》の類《るい》を謂《い》う」と記されている。

ここに見える毛人は、東北地方の蝦夷《えぞ》であり、阿麻弥は奄美である。肥人《こまひと》は、高麗人ではなく、隼人《はやと》に類する肥後国の球磨人《くまびと》ないしは熊襲人《くまそひと》であろうと解かれている。

冒頭の歌は、肥人の前髪を結んでいる染木綿のように、染み込んでしまったあなたの心を、忘れることはできない、という意味である。

「染みし心」は、深く心に浸透してくる愛情という意味である。

それにしても、自分の愛情表現にも、わざわざ、肥人の額髪を結ぶ染木綿まで援用するのは、現代人では、とうてい考えられないだろう。

中央官庁に隼人司《はやとのつかさ》が置かれ、畿内《きない》には肥人らが住んでおり、おそらく古代人は、その異様な姿をとっさに取り上げて、自らの心の有様を表現したのであろう。

これは万葉歌人の特技といってよいが、このような特徴ある表現や言葉を、万葉びとの独特の心を知るよすがにすることもできるのである。

紅《くれなゐ》の　濃染《こぞ》めの衣《ころも》　色深《いろふか》く　染《し》みにしかばか　忘《わす》れかねつる

（『万葉集』巻十一―2624）

この歌も、紅色に濃く染められた衣のように、わたくしの心に深く、色濃く染み込んだせいであろうか。私は、忘れることもできずに、あなたのことをいつも想っている、という意味である。

ちなみに、紅を「くれない」と称するのは、「呉藍《くれあい》」が原義で、中国の呉の国からもたらされた藍の意である。

うぐひすの　声《こゑ》は過《す》ぎぬと　思《おも》へども　染《し》みにし心《こころ》　なほ恋《こ》ひにけり

（『万葉集』巻二十―4445）

この歌は、「即《すなは》ち鶯《うぐひす》の哢《な》くを聞《き》きて作《つく》りし歌《うた》」と題された、大伴家持のものである。「哢」は鳥が歌うとか、囀《さえず》る意味である。

もうすでに、鶯の囀る時期は過ぎたと思うけれど、鶯の美しい鳴声は心に染みついて、今でも恋しく思っている、という意味であろう。

鶯は家持だけでなく、多くの万葉歌人が、春を告げる鳥として愛好していた。

あしひきの　山谷越《やまたにこ》えて　野《の》づかさに　今《いま》は鳴《な》くらむ　うぐひすの声《こゑ》

（『万葉集』巻十七―3915）

「野づかさ」は、野の高い所の意である。山部赤人のこの歌は、『詩経』小雅の「幽谷《ゆうこく》より出《い》でて喬木《きょうぼく》に遷《うつ》る　嚶《おう》として鳴《な》く」をふまえたものといわれている。

しらくもの（白雲の）

雲「日本名山図会」

白雲《しらくも》の　たなびく山《やま》の　高々《たかたか》に　我《あ》が思《おも》ふ妹《いも》を　見《み》むよしもがも
（『万葉集』巻四—758）

白雲がたなびいている山が、高く高くのび上るような高揚した気持ちで、あなたに逢いたいと思っているが、あなたに逢う手立てはないものであろうか、という意味である。

「白雲の」は「立つ」に掛かる枕詞である。

白雲《しらくも》の　竜田《たつた》の山《やま》の　露霜《つゆしも》に　色付《いろづ》く時《とき》に　うち越《こ》えて　旅行《たびゆ》く君《きみ》は　五百重山《いほへやま》　い行《ゆ》きさくみ　賊守《あたまも》る　筑紫《つくし》に至《いた》り……
（『万葉集』巻六—971）

この長歌は、高橋虫麻呂《たかはしのむしまろ》が、西海道の節度使に遣わされた藤原宇合《ふじわらのうまかい》に献じたものである。

この長歌には、有名な虫麻呂の反歌がつけられている。

千万《ちよろづ》の　軍《いくさ》なりとも　言挙《ことあ》げせず　取《と》りて来《き》ぬべき　士《をのこ》とそ思《おも》ふ
（『万葉集』巻六—972）

藤原宇合は、『続日本紀』天平四（七三二）年八月条に「従三位、藤原朝臣《ふじわらのあそみ》宇合《うまかひ》を、西海道《さいかいどう》の節度使《せつどし》となす」と記されているように、九州の防衛の最高責任者として、任ぜられたのである。

ここにして　家《いへ》やもいづち　白雲《しらくも》の　たなびく山《やま》を　越《こ》えて来《き》にけり
（『万葉集』巻三—287）

この歌は、石上卿《いそのかみのまえつきみ》が、天皇の行幸に従って志賀に来た時、故郷の家を懐かしんで作った歌である。

志賀は、近江国滋賀郡で、かつて近江京の都が置かれた所である。いうまでもなく、志賀は、琵琶湖の西南部を占める地域である。

この歌では、「白雲の」は必ずしも枕詞として用いられているのではなく、白雲の遥か彼方、という実感を込めたものであろう。

この歌の面白い点は、「家やもいづち」に「家《いへ》八《や》方《も》何処《いづち》」の文字を当てているところである。家のありどころを求めて、四方八方あたりをめぐらす様が、この文字によって生かされている。

後《おく》れ居《ゐ》て　我《あ》が恋《こ》ひ居《を》れば　白雲《しらくも》の　たなびく山《やま》を　今日《けふ》か越《こ》ゆらむ
（『万葉集』巻九—1681）

この歌は、先の歌とは、まったく関係のないものであるが、考えようによっては、石上卿が、奈良の邸宅に残した妻の歌としても、通用しそうな歌である。

後に残っているわたくしが、恋しく思っていると、白雲のたなびく山をあなたは、今日越えていることだろう、という意味である。

ただ、白雲も遠くかなたで途切れることもあるので、「絶ゆ」に掛かることがあるようである。

白雲《しらくも》の　絶《た》えにし妹《いも》を　あぜせろと　心《こころ》に乗《の》りて　ここばかなしけ
（『万葉集』巻十四—3517）

縁の切れた恋人なのに、どうしても心にかかり、こんなにいとしいのだろうか、という意味である。

しろたへの（白妙の）

コウゾ「紙漉重宝記」

白《しろ》たへの　袖《そで》はまゆひぬ　我妹子《わぎもこ》が　家《いへ》のあたりを　止《や》まず振《ふ》りしに
（『万葉集』巻十一—2609）

わたくしの袖は、よれよれになってしまった。恋人の家の方向に向かって、絶えず袖を振っていたので、という意味である。「間乱《まゆひ》ぬ」は「乱《まよ》ひぬ」と同じ意味である。自らの袖を振ることは、古代にあっては、相手の魂を呼びもどす呪術であった。

それゆえ、

白《しろ》たへの　袖触《そでふ》れにしよ　我《わ》が背子《せこ》に　我《あ》が恋《こ》ふらくは　止《や》む時《とき》もなし
（『万葉集』巻十一—2612）

と歌っている。袖に触れるというのは、古代の観念からすれば、一種の感染呪術とみてもよいのである。

白《しろ》たへの　我《あ》が下衣《したごろも》　失《うしな》はず　持《も》てれわが背子《せこ》　直《ただ》に逢《あ》ふまでに
（『万葉集』巻十五—3751）

わたくしの白妙の下着を、失わずに持っていてください、あなた、直《じか》にお逢いする日まで、という意味である。

自らの下着を恋人に与えることには、いつも肌を合わせていたいという願いが込められているのであろうが、特に「白妙《しろたえ》」の文字を冠したのは、自らの純白な思いを伝えるためであろう。また、「直に逢ふ」に「多太尓安布《ただにあふ》」の文字を当てているが、これは、逢瀬を多く重ねたいという思いを込めているのかもしれない。恋人に与えた「白妙の下衣」を暗示するように、ことさらに「安布」という文字を用いているのである。

白《しろ》たへの　我《あ》が衣手《ころもで》を　取《と》り持《も》ちて　斎《いは》へわが背子《せこ》　直《ただ》に逢《あ》ふまでに
（『万葉集』巻十五—3778）

は先の歌の類歌であるが、白妙の衣を手に取り持ち、神の御前に捧げて、再会を祈ることを歌ったものであろう。この歌でも、「多太尓安布《ただにあふ》」の文字が用いられている。

ところで、白妙は、白栲《しろたえ》が原義である。栲《たく》（楮《こうぞ》の古名）の皮から作った植物繊維で織った白い布である。「雄略記」にも、

やすみしし　我《わ》が大君《おほきみ》の　猪鹿《しし》待《ま》つと　呉床《あぐら》に坐《いま》し　白栲《しろたへ》の　衣手《そて》著具《きそな》ふ……
（「雄略記」）

と見えている。

『万葉集』にも、「使《つか》はしし　御門《みかど》の人《ひと》も　白《しろ》たへの　麻衣《あさごろも》着《き》て……」（『万葉集』巻二—199）と、高市皇子《たけちのみこ》にお仕えしていた人々のことを、柿本人麻呂が歌っている。

「白妙の」は袖に掛かる枕詞であるが、時には「白」から連想して雲に掛けて用いられることもあった。

まそ鏡《かがみ》　照《て》るべき月《つき》を　白《しろ》たへの　雲《くも》か隠《かく》せる　天《あま》つ霧《きり》かも
（『万葉集』巻七—1079）

照る月を隠しているのは、白雲か、あるいは霧なのであろうか、といっている。

このように、万葉の人々は、次々と連想を繰り広げていくのである。そのようなところに、『万葉集』の面白さの一つがあるといってよいであろう。

すがのねの（菅の根の）

スゲ「毛詩品物図攷」

「すがの根」は菅の根のことであるが、菅の根は地下に長く延びるので、「菅の根の」は「長し」に掛かる枕詞として用いられている。

相思《あひおも》はぬ　妹《いも》をやもとな　菅《すが》の根《ね》の　長《なが》き春日《はるひ》を　思《おも》ひ暮《く》らさむ
（『万葉集』巻十―1934）

わたくしのことを想ってくれない彼女なのに、長い春の日を彼女を想いながら過ごさなければならないだろうか、という嘆きの歌である。

否《いな》と言《い》はば　強《し》ひめや我《わ》が背《せ》　菅《すが》の根《ね》の　思《おも》ひ乱《みだ》れて　恋《こ》ひつつもあらむ
（『万葉集』巻四―679）

どうしても嫌だというのなら、わたくしは、あなたに逢ってほしいと無理《むり》強《じ》いしたりはしない。わたくしは、ただ、思い乱れて恋い続けるであろうが、という意味である。ここでは、「菅の根の」は「思い乱れる」に掛かる枕詞となっている。

さらには「菅の根」の言葉を、万葉の人々は「ねもころ」の「ね」に結び付けて、

菅《すが》の根《ね》の　ねもころ妹《いも》に　恋《こ》ふるにし　ますらを心《ごころ》　思《おも》ほえぬかも
（『万葉集』巻十一―2758）

などと歌っている。

わたくしは、ねんごろに妹に恋しているので、男らしい、しっかりした心がどうも持てない、の意味である。

世の中では、『万葉集』は「ますらお振り」を表しているとよくいわれているが、実際は、『万葉集』にはそれとかなり異なる歌が多いのである。むしろ、恋々たる未練の歌が多い。まことに、恋する男は、我が心もままにならないのが偽らざる本音であろう。そこに恋の不条理があるが、いうにいわれぬ恋の不可思議さもあるのであろう。

菅《すが》の根《ね》の　ねもころ君《きみ》が　結《むす》びたる　わが紐《ひも》の緒《を》を　解《と》く人《ひと》はあらじ
（『万葉集』巻十一―2473）

「ねもころ」は、今日でいう「懇《ねんご》ろに」の意味である。しかし、この歌では、「ねもころ」に「惻隠《そくいん》」の文字を当てている。惻隠は孟子のいう「惻隠の情」のごとく、「惻」は傷みの切《せつ》なる様で、「隠」は心の深きことをいう。おそらく、『万葉集』では、その「心深く」の意をとりあげて、「懇ろ」に当てたのであろう。

菅《すが》の根《ね》の　ねもころごろに　照《て》る日《ひ》にも　乾《ひ》めや我《わ》が袖《そで》　妹《いも》に逢《あ》はずして
（『万葉集』巻十二―2857）

の「ねもころごろに」を万葉仮名では「惻隠惻隠《ねもころごろに》」と記している。この上もなく日が照りつけようとも、わたくしの涙の袖は乾かないだろう、妹に逢えなくては、の意である。

万葉の人々は、恋心の情の深さを「菅の根の　ねもころ」という言葉に託するのが好きであった。

浅葉野《あさはの》に　立《た》ち神《かむ》さぶる　菅《すが》の根《ね》の　ねもころ誰《た》がゆゑ　我《あ》が恋《こ》ひなくに
（『万葉集』巻十二―2863）

浅葉野に昔から立っている菅の根のように、わたくしは他の誰にもねんごろに恋はしていない、の意である。

すま（須磨）

在原行平「聯珠百人一首」

須磨の地は、平安文学では忘れ得ぬ土地として、人々から親しまれてきたが、万葉の時代では、もっぱら「須磨の海人《あま》」を歌ったものが多い。次の在原行平《ありわらのゆきひら》の歌も、海人という言葉は使っていないが、須磨の海人と、まるきり無縁なものではない。

わくらばに　問人《とふひと》あらば　須磨《すま》の浦《うら》に　もしほたれつつ　侘《わ》ぶとこたへよ
（『古今和歌集』巻十八・雑歌下―962）

この歌にある「もしほ」、つまり藻塩《もしお》を焼く仕事は、須磨の海人のなりわいであった。政治的な圧迫をうけて隠退した貴公子の在原行平は、一時須磨に隠棲し、藻塩焼きをして、世を過ごさざるを得なかったのである。

また、その行平を追慕する光源氏も、須磨に退居したことは、よく知られたことであろう。

一方、『万葉集』では大綱公人主《おおあみのきみひとぬし》が、

須磨《すま》の海人《あま》の　塩焼《しほや》き衣《きぬ》の　藤衣《ふぢころも》　間遠《まとほ》にしあれば　いまだ着《き》なれず
（『万葉集』巻三―413）

と歌っている。須磨の海人が、塩を焼くために着る衣である藤の衣は、織目が粗いので、いまだ着馴れない、という意味である。

この歌は、どうやら恋の歌であるようであるから、おそらく、いまだ恋人と肌を合わせていないことを暗示して歌っているのであろう。

『古今和歌集』には、

須磨《すま》のあまの　塩《しほ》やき衣《ころも》　お《(を)》さをあらみ　まどを《(ほ)》にあれや　きみが来《き》まさぬ
（『古今和歌集』巻十五・恋歌五―758）

という類歌がある。

「お《(を)》さをあらみ」は、衣を織る「筬《をさ》」の使い方が粗いので、織糸の間隔も、粗くなることをいっているのであろう。

藻塩を焼く作業衣は、とくに丈夫な藤の皮を紡いで作られたもので、宮人が着る上等の布にくらべれば、粗衣であったことは間違いない。この歌では、織目が粗く、緊密に糸と糸が織られていないように、自分達の間も、疎遠になるというのであろう。

須磨は、現在の神戸市須磨区の須磨浦辺付近であるから、わたくしたちの感覚からすれば、決して遠隔の地ではないが、当時の都びとにとっては、あくまで畿外《きがい》の地であった。

そのため、須磨の海人の着る衣が、間遠しいことの代名詞とされていったのであろう。

須磨人《すまひと》の　海辺常去《うみへつねさ》らず　焼《や》く塩《しほ》の　辛《から》き恋《こひ》をも　我《あれ》はするかも
（『万葉集』巻十七―3932）

須磨人の海人が、いつも海辺から離れないで焼く塩のように、つらい恋から、わたくしも離れることはできない、という意味である。

『万葉集』には、

志賀《しか》の海人《あま》の　一日《ひとひ》も落《お》ちず　焼《や》く塩《しほ》の　辛《から》き恋《こひ》をも　我《あれ》はするかも
（『万葉集』巻十五―3652）

という類歌が収められている。

すめろき（天皇）

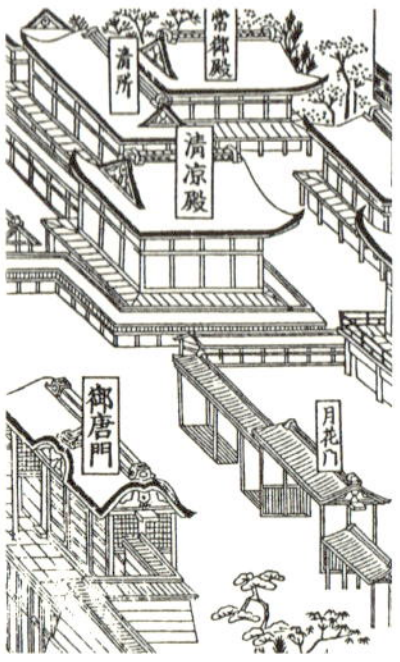

内裏「大和耕作絵抄」

天皇《すめろき》の　神《かみ》の御門《みかど》を　恐《かしこ》みと　さもらふ時《とき》に　逢《あ》へる君《きみ》かも
（『万葉集』巻十一—2508）

皇祖の神を祀る御門の前で、わたくしが、恐れ多くもお仕えしている時に、お逢いしたあなたを愛している、という意味であろう。

おそらく、この歌を詠んだ女性は、神に奉仕する巫女《みこ》か、高貴な婦人であろうが、それにもかかわらず俗人の男性を愛してしまって、自ら驚いているのであろう。

皇祖《すめろき》の　遠御代御代《とほみよみよ》は　い敷《し》き折《を》り　酒飲《きの》むといふぞ　このほほがしは
（『万葉集』巻十九—4205）

代々続く帝《みかど》の遠い御代においても、広げて折って酒を飲んだという、この朴柏《ほおがしわ》を、という意味である。

大伴家持によるこの歌には、柏などの葉を折りたたみ、それを酒の器にしたことが歌われている。「応神記」に、応神天皇が、大雀命《おおさざきのみこと》（後の仁徳天皇）の愛后となる髪長比売《かみながひめ》に「大御酒《おほみき》の柏《かしは》を握《と》らして」とあるのは、そのことを述べたものである。

それはともかくとして、これらの歌に用いられている「スメロキ」は「統《す》べる君」を意味している。

大分の君、佐賀の君などと用いられるごとく、もともとは、地方豪族を「君」と称していたが、それらの地方豪族を統率して日本の国を統一した君主を、「大君」とか、「統べる君」（すなわち、スメロキ）と呼んでいたのである。

律令体制が確立される時期には、「大君」は、「天皇」と名告《なの》ることと定められたのである。

『公式令《くしきりょう》』には「明神《あらみかみと》　御宇《あめのしたしろしめす》　日本天皇《やまとのすめらみこと》」と称すると規定されている。明神は、現実のこの世に出現される神の意味である。御宇は「天《あめ》の下《した》、治《しろ》しめす」と訓《よ》まれるように、天下を支配し、統治されることである。

出雲《いずも》の国《くに》の造《みやつこ》の神賀詞《かむよごと》という祝詞の一節に「挂《か》けまくも恐《かしこ》き明《あき》つ御神《みかみ》と、大八島国《おほやしまぐに》知《し》ろしめす天皇命《すめらみこと》」と述べているのは、律令の規定に準じた表現である。

天皇を、北極星になぞらえることもある。あらゆる星が季節ごとに移動するのに対し、北極星は一年中、変わらず真北の空に位置することから、すべての星を統《す》べる星と考えられていたからである。

藤原京以来、天皇の宮殿が都の最北の位置に置かれるのは、そのためである。

天皇の祖先に当たられる方々は、「皇御祖《すめみおや》」の命と称し、天皇の御子達を皇子と呼んでいる。子孫は「皇御孫《すめみま》」である。

天皇《すめろき》の　敷《し》きます国《くに》の　天《あめ》の下《した》　四方《よも》の道《みち》には　馬《うま》の爪《つめ》　い尽《つ》くす極《きは》み……
（『万葉集』巻十八—4122）

と歌われるように、天皇の統治は日本の隅々に及ぶことが理想とされていたのである。

「敷きます」は、むらなくいきわたる意味から、支配がすべての地に及ぶことを示す言葉である。

そでかへし（袖返し）

五節舞「大和耕作絵抄」

恋する人は、恋人と、夢の中でも逢いたいと願うものである。

妻問いの時代には、恋人の来訪を待ち続けるのは、常に女性であったが、男も、妻問いを邪魔されることが少なくなかったようである。それゆえ、恋人たちは、少しでも逢瀬の効果がある呪法を知らされれば、すぐに試さずにはいられなかった。

その一つが、「袖返し」という呪法であった。

我妹子《わぎもこ》に　恋《こ》ひてすべなみ　白《しろ》たへの　袖返《そでかへ》しは　夢《いめ》に見《み》えきや
（『万葉集』巻十一―2812）

わたくしは、恋人と逢いたいので、白細布《しろたえ》の袖を折り返して寝てみたが、噂通り、本当に夢に見えたのだろうか、という意味である。

この男の歌に答えて、恋人は、

わが背子《せこ》が　袖返《そでかへ》す夜《よ》の　夢《いめ》ならし　まことも君《きみ》に　逢《あ》ひたるごとし
（『万葉集』巻十一―2813）

と歌っているが、あなたが、わたくしに逢いたいと袖返しをされましたが、それは夢の中でのお話なのでしょうか、わたくしは、本当にあなたにお逢いしていたように思われます、と言っているのである。

春花《はるはな》の　うつろふまでに　相見《あひみ》ねば　いたもすべなみ　しきたへの
袖返《そでかへ》しつつ　寝《ぬ》る夜《よ》落《お》ちず　夢《いめ》には見《み》れど……
（『万葉集』巻十七―3978）

という大伴家持の歌からも、「袖返し」を行えば、必ず恋しい人を夢に見るに違いないと信じられていたことが読み取れる。

このような信仰が生まれるのは、もともと袖に、魂返《たまがえ》しの呪力があると信じられていたからであろう。それは額田王《ぬかたのおおきみ》の、

あかねさす　紫野《むらさきの》行《ゆ》き　標野《しめの》行《ゆ》き　野守《のもり》は見《み》ずや　君《きみ》が袖振《そでふ》る
（『万葉集』巻一―20）

を引くまでもなく、袖を振るのは、魂招《たままね》きの呪法であった。相手の魂を、自らに依《よ》り憑《つ》かせることであった。

あきづ羽《は》の　袖《そで》振る妹《いも》を　玉《たま》くしげ　奥《おく》に思《おも》ふを　見《み》たまへ我《あ》が君《きみ》
（『万葉集』巻三―376）

「秋津羽《あきづは》」は、蜻蛉《とんぼ》の羽根をいうのであろうが、その蜻蛉が、羽根を振るわせながら飛ぶように、彼女も盛んに袖を振っている。その彼女を、わたくしは心の奥まで愛しているのだ。その彼女の姿を、よく御覧になって下さい、わが君よ、という意味であろう。

この歌は、万葉歌人として有名な志貴皇子《しきのみこ》の息子である湯原王《ゆはらのおおきみ》の作とされている。おそらく、この歌は、天武天皇が吉野宮に行幸された時、夕暮れに琴を弾かれると、天女が舞い降り、

乙女《をとめ》ども　乙女《をとめ》さびすも　から玉《たま》を　袂《たもと》にまきて　乙女《をとめ》さびすも
（『本朝月令』）

と舞いながら、袖を五度翻《ひるがえ》したという故事を想起した歌であろう。湯原王の恋人は、この五節舞《ごせちのまい》の舞姫とイメージが重なり合って、より幻想的に描かれているのである。

このように古代にあって、袖は、恋の呪力を秘めるものであったから、袖を敷き交わしたり、袖を返したりしたのであろう。

そらみつ　やまと

（そらみつ　大和）

長沙馬王堆墓出土の帛に
描かれた太陽を象徴する烏

そらみつ　大和《やまと》の国《くに》　あをによし　奈良山越《ならやまこ》えて　山背《やましろ》の　管木《つつき》の
原《はら》　ちはやぶる　宇治《うぢ》の渡《わた》り　岡《をか》の屋《や》の　阿後尼《あごね》の原《はら》を……
（『万葉集』巻十三―3236）

という長歌は、道行《みちゆき》（旅）の歌である。

大和国を北に向かい、奈良山を越えると、山背（山城）国に至る。管木の原は、山城国の綴喜《つづき》郡の原である。

ここはかつて、継体天皇の筒城宮《つつきのみや》が営まれた所と伝えられる地である。この山本駅より西に向かえば、河内国に至るが、田原道を進めば、近江国に至るという、古代からの交通の要衝であった。管木の地から出発して宇治川を渡って「岡の屋の　阿後尼の原」に至るのである。

岡の屋は山城国宇治郡岡屋郷である。そこは、現在の京都府宇治市の岡屋に当たるが、その地の阿後尼の原に至ったというのである。阿後尼は、旧三室戸村に属する地域である（『万葉集略解』）。

それはともかくとして、冒頭の歌は「そらみつ　大和の国」と歌い出されているが、「そらみつ」は、「大和」に掛かる枕詞である。

それはおそらく、大和を讃美する言葉であろう。一説には、物部氏の祖とされる饒速日命《にぎはやひのみこと》は、瑞宝《みづのたから》十種を携えて、天《あま》の磐舟《いわふね》に乗り、大和国の鳥見《とみ》の白庭山《しらにわのやま》に天降《あまくだ》ったと伝えられるが、大虚《おおぞら》を翔行《かけゆ》きながら、眼下の郷を見て、「虚空《そら》見つ」と称したことに由来すると説かれている（『旧事本紀』天孫本紀）。

しかし、わたくしは、むしろ、天空に日の光が満ちあふれるように、祝福された国の意味ではないかと考えている。

天武天皇の「朱鳥《しゅちょう》」という元号は、太陽を象徴する朱鳥が、明日香の村の上空に飛来して祝福する、ということだと考えるからである。そのため、「明日香」にあえて「飛鳥」の文字を当てたのではないだろうか。

天武天皇六（六七八）年十一月には、筑紫大宰《つくしのおおみこともち》が、天皇に赤烏《あかがらす》を献じているが（『日本書紀』）、『延喜式』治部省条に祥瑞《しょうずい》として、「赤烏《せきう》。日之精也《ひのせいなり》」と説明されている。その赤烏は、太陽のシンボルと見なされていた。

天武天皇は壬申《じんしん》の乱において、天照大神に加護を祈られた（「天武紀」天武天皇元年六月条）。その戦いに勝利され、即位されてすぐの天武天皇二（六七四）年四月に、大来皇女《おおくのひめみこ》を斎宮に任じている。

このように、太陽神である天照大神より祝福される飛鳥の浄御原《きよみはら》の朝廷においては、朱鳥が、天より飛来して被護する信仰が考えられていて、やがて「飛鳥」という名称が生まれてきたのであろう。

そのような天空の状態が永遠に続くことを祈って、大和に掛かる言葉として、「そらみつ」が、次第に定着していったのであろうと考える。

『万葉集』には、

神代《かみよ》より　言《い》ひ伝《つ》て来《く》らく　そらみつ　大和《やまと》の国《くに》は　皇神《すめかみ》の　厳《いつく》し
き国《くに》　言霊《ことだま》の　幸《さき》はふ国《くに》と　語《かた》り継《つ》ぎ……　大和《やまと》の　大国御魂《おほくにみたま》　ひ
さかたの　天《あま》のみ空《そら》ゆ　天翔《あまかけ》り　見渡《みわた》したまひ……
（『万葉集』巻五―894）

とある。これこそまさに「そらみつ」なのである。

たかてらす（高照らす）

天武天皇「集古十種」

「高照らす」は、天上高く照らす太陽の意味から、「日」に掛かる枕詞となったという。

ただし、『万葉集』では、特に「日の皇子《みこ》」に掛けられているようである。

たとえば、柿本人麻呂は、次のように歌っている。

やすみしし　わが大君《おほきみ》　高照《たかて》らす　日《ひ》の皇子《みこ》　神《かむ》ながら　神《かむ》さびせすと……

（『万葉集』巻一―45）

我が大君として仕える日の神の御子は、神の御心のままに、神々しく振舞われる、という意味である。

この「日の皇子」は、持統天皇の十一（六九七）年八月に、皇位につかれた軽皇子《かるのみこ》をいうのである。「日の皇子」とお呼びしているのは、文武天皇として、皇位の継承をされたからである。皇位継承は、「日嗣《ひつぎ》」と称するように、日の神である天照大神の血統の直系を継承されることである。

『公式令《くしきりょう》』には「明神《あらみかみ》御宇《あめのしたしろしめす》日本《やまとの》天皇《すめらみこと》」と名のられている。つまり、天照大神の皇統を受けて、現御神《あらみかみ》として君臨されるのである。

明日香《あすか》の　清御原《きよみ》の宮《みや》に　天《あめ》の下《した》　知《し》らしめしし　やすみしし　我《わ》が大君《おほきみ》　高照《たかて》らす　日《ひ》の皇子《みこ》……

（『万葉集』巻二―162）

の歌は、飛鳥の浄御原宮《きよみはらのみや》で政治をとられた天武天皇が、朱鳥元（六八六）年九月に崩ぜられた（『日本書紀』）時の挽歌である。

その時、群臣達は、こぞって誄《しのびこと》を奉っているから、その時、献ぜられた挽歌の一つであろう。

天武天皇は、壬申《じんしん》の乱で勝利を収められると、天武元（六七三）年に岡本の宮の南に飛鳥の浄御原の宮を設けられた（『日本書紀』）。

また、冒頭の歌を詠んだ柿本人麻呂は、

天照《あまで》らす　日女《ひるめ》の命《みこと》　天《あめ》をば　知《し》らしめすと　葦原《あしはら》の　瑞穂《みづほ》の国《くに》を　天地《あめつち》の　寄《よ》り合《あ》ひの極《きは》み　知《し》らしめす　神《かみ》の命《みこと》と　天雲《あまくも》の　八重《やへ》かけ分《わ》けて　神下《かむくだ》し　いませまつりし　高照《たかて》らす　日《ひ》の皇子《みこ》は　飛《と》ぶ鳥《とり》の　清御原《きよみ》の宮《みや》に　神《かむ》ながら　太敷《ふとし》きまして　天皇《すめろき》の……

（『万葉集』巻二―167）

とも歌っている。

このように「高照らす　日の皇子」と讃仰されるのは、壬申の乱を自らの武力で平定され、しかも、新しい律令国家の基礎を築かれた天武天皇だからである。

それはまた、天孫瓊瓊杵尊《てんそんににぎのみこと》の直系という意識が、この天武朝に頂点に達したことを如実に示している。

この観念から、天皇の称号とともに、「日の皇子」の尊称が盛んに用いられていったのである。

天武天皇の皇后であられた持統女帝にも、

やすみしし　わが大君《おほきみ》　高照《たかて》らす　日《ひ》の皇子《みこ》　藤原《ふぢはら》が上《うへ》に　食《を》す国《くに》を……

（『万葉集』巻一―50）

のように、同じ尊称が用いられている。

たかまとやま（高円山）

ムササビ（葛飾北斎画）

高円山は、奈良市白毫寺町《びゃくごうじ》の東方にある山である。そのため、白毫寺山とも呼ばれることもあるが、三笠山の南として、人々から親しまれてきた。

梓弓《あづさゆみ》　手《て》に取《と》り持《も》ちて　ますらをの　さつ矢《や》手挾《たばさ》み　立《た》ち向《む》かふ
高円山《たかまとやま》に　春野《はるの》焼《や》く　野火《のび》と見《み》るまで……　（『万葉集』巻二―230）

この長歌は、霊亀元（七一五）年九月に、志貴皇子《しきのみこ》が薨《こう》ぜられた時の挽歌である。

梓弓を手に持って、勇ましい男が、猟のために矢を指に挟み、立ち向かう的《まと》、その「まと」の音を含んでいる高円山に、春野を焼く野火を見まちがうほどに、という意味である。

現在でも、若草山の春の野焼きは有名であるが、高円山でも、古代では同じような野焼きが行われていたのであろう。

「景行記」に見える弟橘比売《おとたちばなひめ》の、

さねさし　相武《さがむ》の小野《をの》に　燃《も》ゆる火《ひ》の　火中《ほなか》に立《た》ちて　問《と》ひし君《きみ》はも　（「景行記」）

という歌は、焼津の国造達による騙し討ちの火攻めを回想したものとも解されるが、おそらく、民間行事として行われた野焼きにおける相聞歌であろう。第一に、焼津は、古代の駿河国益頭《ましず》郡に属し、相武（相模と武蔵）ではないからである。

野焼きはともかくとして、高円山は、また絶好の猟場でもあった。『万葉集』巻六―1028の詞書には、「（天平）十一年己卯《きぼう》、天皇《てんわう》の高円野《たかまとの》に遊猟《いうれふ》したまひし時《とき》」と記されている。

その時、むささびが都の中まで逃げ込んだが、偶然、勇士のために捕獲されて天皇に献ぜられた。それを記念して、大伴坂上郎女《おおとものさかのうえのいらつめ》は、

ますらをの　高円山《たかまとやま》に　迫《せ》めたれば　里《さと》に下《お》り来《け》る　むざさびそこれ　（『万葉集』巻六―1028）

という歌を献じている。

その坂上郎女の娘である大伴坂上大嬢《さかのうえのおおいらつめ》に贈った大伴家持の歌にも、

うつせみの　人《ひと》なる我《あれ》や　なにすとか　一日《ひとひ》一夜《ひとよ》も　離《さか》り居《ゐ》て　嘆《なげ》き恋ふらむ　ここ思《おも》へば　胸《むね》こそ痛《いた》き　そこ故《ゆゑ》に　心《こころ》なぐやと　高《たか》円《まと》の　山《やま》にも野《の》にも　うち行《ゆ》きて　遊《あそ》びあるけど……　（『万葉集』巻八―1629）

と、高円山が登場する。心の憂さを慰めるために、高円山に登ったというのである。

そして家持は、

高円《たかまと》の　野辺《のへ》のかほ花《ばな》　面影《おもかげ》に　見《み》えつつ妹《いも》は　忘《わす》れかねつも　（『万葉集』巻八―1630）

と詠じている。

高円山の野辺に咲いている「かほ花」の、その美しい面影がずっと見えてきて、あなたのことをついに忘れることができなかった、という意味である。顔花《かおばな》は昼顔などともいわれているが、おそらく、美しい人を想わせる花の意であろう。

たくづのの（栲綱の）

中大兄皇子と中臣鎌足に討たれる蘇我入鹿「西国三十三所名所図会」

たくづのの　新羅《しらき》の国《くに》ゆ　人言《ひとごと》を　良《よ》しと聞《き》かして　問《と》ひ放《さ》くる
親族兄弟《うがらはらがら》　なき国《くに》に　渡《わた》り来《き》まして……
（『万葉集』巻三―460）

朝鮮半島の新羅の国から、人の噂に、日本の国は仏教の布教に向いているとお聞きになり、親身になって相談すべき親族や兄弟もいないのに、この国に渡ってきた、という意味である。

この長歌は、大伴坂上郎女《おおとものさかのうえのいらつめ》が、新羅の尼僧、理願《りがん》の死を悼んで作った歌の一節である。

この長歌の冒頭は、万葉仮名で「栲角《たくづの》の　新羅《しらぎ》」とあるが、「栲角」は「栲綱」とも表記されているから、栲《たく》（楮《こうぞ》の古名）などの繊維で作った綱の意で、その色が白いところから「シラ」に掛かるといわれている。

『古事記』に、八千矛神《やちほこのかみ》（大国主神《おおくにぬしのかみ》）が高志《こし》（越）の沼河比売《ぬなかわひめ》を妻問いしたときの歌謡の一節にも、

栲綱《たくづの》の　白《しろ》き腕《ただむき》　沫雪《あわゆき》の　若《わか》やる胸《むね》を　素手抱《そだた》き　手抱《ただ》き抜《まな》がり
……

と歌われている。

白い腕を、若々しい胸を抱《いだ》き、抱き交じり、という意味である。

ははそ葉《ば》の　母《はは》の命《みこと》は　み裳《も》の裾《すそ》　捻《つ》み上《あ》げ掻《か》き撫《な》で　ちちの実《み》の
父《ちち》の命《みこと》は　たくづのの　白《しら》ひげの上《うへ》ゆ　涙垂《なみだた》り　嘆《なげ》きのたばく……
（『万葉集』巻二十―4408）

この長歌は、防人《さきもり》に徴発された時の、父母との離別の悲しみを大伴家持が歌ったものの一節である。

母上は、お召しになっている着物の裾をつまんで、わたくしを撫でてくださった。父上は、白髭の上に涙を流され、嘆いていたの意である。

防人は、「サキモリ」と訓《よ》まれるように、大陸に面する北九州などの海岸の崎《みさき》に配され、防衛に当たった兵士である。

『万葉集』巻二十に記されている防人の出身地を見れば判るように、遠江《とおとうみ》以東の東国より、防人は徴発されていた。

東国の兵が徴されたのは、一つに東国の兵が、とりわけ強いと見なされていたからであろう。たとえば蘇我入鹿《そがのいるか》は、自ら警備に健人《ちからひと》と称する東の儐従《しと》者《べ》五十人を備えていたという（「皇極紀」三年十一月条）。

『続日本紀』神護景雲三年十月条にも、詔の中に「是《こ》れ、東人《あづまびと》は常《つね》に曰《いは》く、額《ひたい》には箭《や》は立《た》つとも、背《せ》は箭《や》は立《た》たじ」と述べている。大伴家持も、

鶏《とり》が鳴《な》く　東男《あづまをのこ》は　出《い》で向《む》かひ　顧《かへり》みせずて　勇《いさ》みたる　猛《たけ》き軍士《いくさ》と
……
（『万葉集』巻二十―4331）

と、その勇猛さを称えている。

もっとも、距離的に近い九州の兵を用いなかったのは、この地の豪族は筑《つく》紫君磐井《しきみのいわい》のごとく、朝鮮半島の諸国と交渉があり、朝鮮半島と利害をともにする豪族が、少なくなかったからであろう。

たくひれの（栲領巾の）

背山「西国三十三所名所図会」

丹比真人笠麻呂《たじひのまひとかさまろ》が、紀伊の国を旅をして勢の山と呼ばれる山を越えた時、恋しき妹（恋人）を想い出して、次のような歌を作ったという。

栲領巾《たくひれ》の　かけまく欲《ほ》しき　妹《いも》の名《な》を　この勢能山《せのやま》に　かけばいかにあらむ
（『万葉集』巻三―285）

栲領巾は、栲布《たくぬの》で作られた領巾《ひれ》である。領巾とは、古代の女性が肩にかけた飾りの布で、楮《こうぞ》などの繊維で織った領巾を栲領巾と呼んでいた。

栲領巾は、肩にかけられるから、「たくひれの」は「かけ」に掛かる枕詞となったのである。

丹比真人笠麻呂の歌は、いとしい妹が、常に肩にかけている栲領巾ではないが、勢能山（背の山）にかけて、この山に妹の名をつけたらどうか、と戯れているのである。

それに対し、春日蔵首老《かすがのくらのおびとおゆ》という人物が、

宜《よろ》しなへ　わが背《せ》の君《きみ》が　負《お》ひ来《き》にし　この勢能山《せのやま》を　妹《いも》とは呼《よ》ばじ
（『万葉集』巻三―286）

と答えている。春日蔵首老は、いとしい男性を意味する「背」の山を、「妹」の山とは決して言えませんよ、と反論しているのである。

無論、これらの歌は、一種の戯歌《ざれうた》で、とりとめて真剣に考えるには及ばない歌であるが、「栲領巾の」の枕詞の用例として注目されるのである。

たくひれの　白浜波《しらはまなみ》の　寄《よ》りもあへず　荒《あら》ぶる妹《いも》に　恋《こ》ひつつそ居《を》る
（『万葉集』巻十一―2822）

白い浜辺の波のように、寄りつくこともできず、心もすさんだあなたを、わたくしは恋し続けている、という意味である。

たくひれの　鷺坂山《さぎさかやま》の　白《しら》つつじ　我《われ》ににほはね　妹《いも》に示《しめ》さむ
（『万葉集』巻九―1694）

鷺坂山の白つつじよ、わたくしの衣に染みついておくれ、家に帰ったら妻に見せたいものだ、という意味である。ここで「にほはね」は、白い明るい色が湧き出ることを願うことである。

この二つの歌では、「たくひれの」は、「白」に掛かる枕詞として使われている。これは、栲領巾が白い領巾であったからであろう。「たくひれの　鷺坂山」と歌うのは、羽毛の白い「鷺」がイメージされているからである。

鷺坂山は、山城国久世郡久世郷の山と考えられる。吉田東伍『大日本地名辞書』には、「富野《との》寺田の方より望めば、一段の高丘なり。又、道傍に、一大古墳あり」と記されている。久世《くぜ》郷は、現在の京都府城陽市久世である。『京都府地誌』には、日本武尊が薨《こう》じて白鳥に化し、この地の小篠原にしばらくとどまったので、白鷺坂《しらさぎさか》の山《やま》と名付けたという話が載っている。このように、白鳥伝承が「たくひれ」に結びつけられている。

また、栲領巾は、「魂鎮《たましず》め」の呪法にも結びつけられていたのであろう。自分から離れゆくものを、我が身の許《もと》にとどめんとする呪力が領巾にあると考えられていたのである。

このように考えてくると、「栲領巾のかけまく欲しき妹」は、常に、背の君を、我が身の許に呼び返す力を持った妹であるから、背の山と妹の山は合体の山と考えられ、人々から、妹背《いもせ》の山と呼ばれるようになったのであろう。

たたなづく（畳なづく）

倭建命「日本開闢由来記」

「たたなづく」という言葉を耳にされるならば、多くの方は、

倭《やまと》は　国《くに》のまほろば　たたなづく　青垣《あをかき》　山隠《やまごも》れる　倭《やまと》しうるはし
（「景行記」）

という倭 建 命《やまとたけるのみこと》（日本武尊）の御歌を想起されるだろう。

「まほろば」の「マ」は接頭語と説かれているが、「まことに」の意を含んでいるのであろう。「まほろば」の「ホ」は、一番、トップの状態にあることを示す言葉である。稲の「穂」、「炎」の「ホ」、「矛」の「ホ」は、すべて先端部分を指している。

山上憶良も「聞《き》こし食《を》す　国《くに》のまほらぞ……」（『万葉集』巻五―800）と歌っている。

ところで、「畳なづく」は、「畳《たた》ね付《つ》つ」の転音で、畳み重ねたようにくっついている様を表す言葉である。

君《きみ》が行《ゆ》く　道《みち》の長手《ながて》を　繰《く》り畳《たた》ね　焼《や》き滅《ほろ》ぼさむ　天《あめ》の火《ひ》もがも
（『万葉集』巻十五―3724）

という狭野弟上娘子《さののおとがみのおとめ》の絶唱にも、「繰《く》り畳《たた》ね」とあるが、次々と重ね合わせるような状態を述べたものであろう。

やすみしし　わご大君《おほきみ》の　高知《たかし》らす　吉野《よしの》の宮《みや》は　たたなづく　青《あを》垣《かき》ごもり……
（『万葉集』巻六―923）

この長歌は、山部赤人が吉野離宮を讃美したものであるが、ここでも、「たたなづく　青垣ごもり」と歌われている。

「青垣ごもる」とは緑の山に囲まれる意で、そのような盆地に都を造営することは、一つは軍事上の要請であろうが、「籠もる」ということは、古代からの「更生の信仰」にもとづいているようである。

「身籠《みご》もり」（妊娠）、「月隠《つごもり》」のごとく、神聖なものに囲われ、籠もることによって、甦《よみがえ》ると考えられていた。

柿本人麻呂も、

高殿《たかどの》を　高知《たかし》りまして　登《のぼ》り立《た》ち　国見《くにみ》をせせば　たたなはる　青《あを》垣山《かきやま》……
（『万葉集』巻一―38）

と詠じているが、「畳なはる」は「畳む」の意である。

夫《つま》の命《みこと》の　たたなづく　柔膚《にきはだ》すらを　剣太刀《つるぎたち》　身《み》に添《そ》へ寝《ね》ねば　ぬばたまの　夜床《よとこ》も荒《あ》るらむ……
（『万葉集』巻二―194）

この長歌は、人麻呂が、泊瀬部皇女《はつせべのひめみこ》と忍坂部皇子《おしさかべのみこ》に献じた歌である。

泊瀬部皇女は、天武天皇と宍人臣大麻呂《ししひとのおみおおまろ》の娘、檝媛娘《かぢひめのいらつめ》との間に生まれた皇女である。忍坂部皇子（忍壁皇子）は、泊瀬部皇女の同母兄である（「天武紀」二年二月条）。

夫の命が、柔肌《にきはだ》さえも身に添えて寝ることもできないので、夜の床も荒れているであろう、という意味である。

泊瀬部皇女は、川島皇子の妃であったが、この挽歌は、川島皇子が崩ぜられ、大和国高市郡越智に殯宮《もがりのみや》が営まれていた時に献じられたものである。

たたみこも（畳薦）

シバクサ「大植物図鑑」

たたみこもは、「畳薦《たたみこも》」と表記されるが、これは、薦というイネ科の植物を編んで作られた敷物である。畳薦は、薦の敷物を幾重にも重ねて畳むことから、「重」に掛かる枕詞となったと説かれている。

『古事記』にも、倭建命《やまとたけるのみこと》が故郷を偲び、

命《いのち》の　全《また》けむ人《ひと》は　畳薦《たたみこも》　平群《へぐり》の山《やま》の　熊白檮《くまかし》が葉《は》を　髻華《うず》に挿《さ》せ
その子《こ》

と歌っている。

無事に帰還した人は、平群の山の熊白檮を髪に挿し、長寿を願うように、という意味である。

この歌は、『古事記』では、倭建命が部下の兵士に呼びかけた歌とされているが、もともとは、平群地方の長老達が、平群で育った若者を寿《ことほ》ぐ歌ではなかったかとも考えられている。

それはともかくとして、「畳薦」は、平群に掛かる枕詞としても用いられている。

「雄略記」にも、「日下部《くさかべ》の　此方《こち》の山《やま》と　畳薦《たたみこも》　平群《へぐり》の山《やま》の……」と歌われている。日下部は「草香《くさか》」「孔舎衛《くさか》」などと表記されるが、河内国河内郡の日下で、現在の大阪府東大阪市日下町付近である。

平群は、大和国平群郡平群郷を中心とする地域である。現在の奈良県生駒郡平群町を中心とした所である。

『万葉集』の次の歌では、

畳薦《たたみこも》　隔《へだ》て編《あ》む数《かず》　通《かよ》はさば　道《みち》の芝草《しばくさ》　生《お》ひざらましを
（『万葉集』巻十一—2777）

として、「隔つ」の「へ」に掛かる枕詞になっている。

この歌は、畳を作るために薦の間を詰めて編むように、間断なく通って行けば、道の芝草も踏まれて少しも生えないだろう、という意味である。

『万葉集』を読んでいて面白いのは、このような生活の実感が、そのまま歌われていることにある。

逢《あ》ふよしの　出《い》で来《く》るまでは　畳薦《たたみこも》　隔《へだ》て編《あ》む数《かず》　夢《いめ》にし見《み》えむ
（『万葉集』巻十二—2995）

の「隔て編む」は、「重編《へだてあむ》」と表記されているように、本義は重ね合せて織りこむことである。

2777番の歌の「畳薦　隔て編む」は「畳薦　隔編」とあるので、これに準じて「重編」も「へだて編む」と訓《よ》んでいるのである。本来「隔つ」は、間を置く意であるが、『万葉集』には、大伴家持の歌の、

一重山《ひとへやま》　隔《へな》れるものを　月夜良《つくよよ》み　門《かど》に出《い》で立《た》ち　妹《いも》か待《ま》つらむ
（『万葉集』巻四—765）

の原文のように「隔れるもの」を「重成物《へなれるもの》」と表記する例が存在している。山ひとつ隔てているのに、月が美しいという口実をもうけて、家の門に立ってわたくしを待っているのだろう、という意味である。

たつきりの（立つ霧の）

立山「二十四輩順拝図会」

片貝川《かたかひがは》の　清《きよ》き瀬《せ》に　朝夕《あさよひ》ごとに　立《た》つ霧《きり》の　思《おも》ひ過《す》ぎめや　あり通《がよ》ひ……

（『万葉集』巻十七—4000）

この大伴家持の歌は、越中の片貝川の清い川瀬に、朝夕ごとに立つ霧のように、あなたへの思いが消えることはあるまい。今後とも変わらずに、あなたの所へ通い続けて行きたい、という意味である。

この「立つ霧」は、実景を描写したものなのか、あるいは、「思い過ぎ」に掛かる枕詞とするかは、必ずしも明らかではないが、立つ霧を、鬱積した感情の象徴と見るならば、「思い過ぎ」に掛かるものと考えてもよいであろう。立山を歌う長歌にも、

雲居《くもゐ》なす　心《こころ》もしのに　立《た》つ霧《きり》の　思《おも》ひ過《す》ぐさず　行《ゆ》く水《みづ》の　音《おと》もさやけく　万代《よろづよ》に　言《い》ひ継《つ》ぎ行《ゆ》かむ　川《かは》し絶《た》えずは

（『万葉集』巻十七—4003）

と歌われている。

「雲居なす　心もしのに」は、雲が頭上をおさえこむように棚引《たなび》き、心も萎えさせるほど、圧倒的な気分にさせるという意味であろう。

「立つ霧の　思ひ過ぐさず」は、立つ霧のように永く続いて、その気分が絶えないと解すべきであろう。

明日香川《あすかがは》　川淀去《かはよどさ》らず　立《た》つ霧《きり》の　思《おも》ひ過《す》ぐべき　孤悲《こひ》にあらなくに

（『万葉集』巻三—325）

この山部赤人の歌は、明日香川（飛鳥川）の川淀に立ちこめる霧のように、思いが消えてしまうような恋ではない、という意味である。

この歌でも、飛鳥川の流れが変わりやすいことが歌われていて、この伝統は、平安朝にまで及んでいくのである。

また「思ひ過ぐべき　恋にあらなくに」と詠む歌には、

万代《よろづよ》に　携《たづさ》はり居《ゐ》て　相見《あひみ》とも　思《おも》ひ過《す》ぐべき　恋《こひ》にあらなくに

（『万葉集』巻十—2024）

もある。

この歌は、万年という長い月日が過ぎ去るような、それこそ、永久に手を取り合って相見《あいみ》ていたとしても、決して、恋する思いが過ぎ去るような恋ではないという、やや大袈裟な歌である。

玉《たま》の緒《を》の　惜《を》しき盛《さか》りに　立《た》つ霧《きり》の　失《う》せゆくごとく　置《お》く露《つゆ》の　消《き》えゆくがごと　玉藻《たまも》なす　なびき臥《こ》い伏《ふ》し　行《ゆ》く水《みづ》の　留《とど》めもえぬと　狂言《たはこと》か……

（『万葉集』巻十九—4214）

惜しまれる年令であるのに、立つ霧が消え去るように、置く露が消え去るように、あなたは亡くなった。人々は、あなたのことを玉藻のように病床に臥せ、行く河の水をとどめることもできない、などとふざけたことを言って、という意味であろう。

立つ霧は消え去り、河の流れもとどめかねるという、無常感を言い表しているのであろう。しかし、この霧は、消え去るものであるとともに、最後まで心にかかる霧でもあったのではなかろうか。

たてやま（立山）

立山「二十四輩順拝図会」

大伴家持が、天平十八（七四六）年六月に、「従五位下、大伴宿禰家持《おほとものすくねやかもち》を越中守とす」（『続日本紀』）として、越中の国へ赴いたために、越中の風景が、よく歌として残されたのである。

その家持の歌の一つが、越中の名峰、立山である。

天離《あまざか》る　鄙《ひな》に名《な》かかす　越《こし》の中《なか》　国内《くぬち》ことごと　山《やま》はしも　しじにあれども　川《かは》はしも　さはに行《ゆ》けども　統《す》め神《かみ》の　領《うしは》きいます　新《にひ》川《かは》の　その立山《たちやま》に　常夏《とこなつ》に　雪降《ゆきふ》り敷《し》きて　帯《お》ばせる　片貝川《かたかひがは》の　清《きよ》き瀬《せ》に　朝夕《あさよひ》ごとに　立《た》つ霧《きり》の　思《おも》ひ過《す》ぎめや　あり通《がよ》ひ　いや年《とし》のはに　よそのみも　振《ふ》り放《さ》け見《み》つつ　万代《よろづよ》の　語《かた》らひぐさと　いまだ見《み》ぬ　人《ひと》にも告《つ》げむ　音《おと》のみも　名《な》のみも聞《き》きて　ともしぶるがね

（『万葉集』巻十七―4000）

鄙の国に、名高い越中の国内の山々は多くあり、川も、また多く流れている。けれど、この国を統《す》べる神が支配し、領有されている新川郡の立山は、真夏でも雪が降り続いている。帯のようにめぐる片貝川の清い瀬に、朝夕ごとに立つ霧のように、思いは消えることはあるまい。わたくしは毎年通い続けて、遠くの方から仰ぎ見ている。万世までも語り草として、まだ見ぬ人に告げよう。噂だけで、名前を聞いただけで、人々は羨ましいと思うであろう、という意味である。

立山の領《うしは》く神は、『延喜式』に見える越中国新川郡の雄山《おやま》神社であろう。立山権現とも称せられる神社である（栗田寛『神祇志料』下巻）。

家持の歌に対し、大伴池主《おおとものいけぬし》も、

朝日《あさひ》さし　そがひに見《み》ゆる　神《かむ》ながら　御名《みな》に帯《お》ばせる　白雲《しらくも》の　千重《ちへ》を押《お》し分《わ》け　天《あま》そそり　高《たか》き立山《たちやま》……

（『万葉集』巻十七―4003）

として、立山讃歌を綴っている。

朝日がさす山の背に見える神としての御名を持たれ、白雲を、幾重にも押しのけて、天高くそそり立つ立山、という意味である。「そがひ」は、背後である。

筑波嶺《つくはね》に　そがひに見《み》ゆる　葦穂山《あしほやま》　悪《あ》しかる咎《とが》も　さね見《み》えなくに

（『万葉集』巻十四―3391）

にも、「そがひみ見ゆる」と歌われているが、この歌は、筑波山の背後に見える葦穂山、その名に「悪し」とあるが、わたくしには、そんな欠点が見えない、という意味である。

『常陸国風土記』新治郡条に、葦穂山に、山賊の油置売命《あぶらおきめのみこと》が石室に住み、

言痛《こちた》けば　をはつせ山《やま》の　石城《いはき》にも　率《ゐ》て籠《こも》らなむ　な恋《こ》ひそ我妹《わぎも》

（『常陸国風土記』）

という歌を残したと記されている。

この歌は、おそらく、人の噂に苦しめられた恋人が、一緒に死のうという相聞歌である。

その前の『万葉集』巻十四の歌は、そのような葦穂山のロマンスを想いながら眺めたが、あいにく見られなかったというのである。

たまかぎる
（玉かぎる）

鈴虫を聞く「以呂波引月耕漫画」

うつせみと　思《おも》ひし妹《いも》が　玉《たま》かぎる　ほのかにだにも　見《み》えなく思《おも》へば　（『万葉集』巻二―210）

この柿本人麻呂の歌は、この世の人だと、わたくしが思っていた妻は、今やぼんやりとしか見えないことを思うと、本当に悲しい、という意味である。

「玉かぎる」の本義は、宝石が輝くの意であるが、玉の光は、ほのかな光を発することから、「ほのか」に掛かる枕詞となったと説かれている。

玉《たま》かぎる　ほのかに見《み》えて　別《わか》れなば　もとなや恋《こ》ひむ　逢《あ》ふ時《とき》までは　（『万葉集』巻八―1526）

この歌は、天平二（七三〇）年七月八日の日に、大宰帥《だざいのそち》であった大伴旅人《たびと》の家で、別離の宴が開催された時のものである。

わたくしどもが、大宰帥のお姿をほのかに見ただけで、お別れするならば、その後、非常に恋しく思われるであろう。もう一度、あなたにお逢いするまでは、という意味である。

この歌の「玉かぎる」は万葉仮名で「玉蜻蜓《たまかぎる》」と表記されているが、「うすばかげろう」のような、去りゆく人の、ほのかな様を言い表しているのであろう。

坂鳥《さかどり》の　朝越《あさこ》えまして　玉《たま》かぎる　夕《ゆふ》さり来《く》れば　み雪降《ゆきふ》る　安騎《あき》の大野《おほの》に　はたすすき　小竹《しの》を押《お》しなべ　草枕《くさまくら》……

（『万葉集』巻一―45）

この柿本人麻呂の長歌では、「玉かぎる」は「夕」に掛けられている。夕べになれば、日の光がほのかになるからであろう。

朝早く越えてきたが、夕方になると、人々は、雪の降る安騎の野に、風になびいている薄や、小竹を押し伏せて、草枕をして、一夜を過ごす、という意味である。

玉《たま》かぎる　夕《ゆふ》さり来《く》れば　猟人《さつひと》の　弓月《ゆつき》が岳《たけ》に　霞《かすみ》たなびく　（『万葉集』巻十―1816）

の歌でも、「玉かぎる」は「夕」に掛けられている。

ちなみに、弓月の岳は、

痛足川《あなしがは》　川波立《かはなみた》ちぬ　巻向《まきむく》の　弓月《ゆつき》が岳《たけ》に　雲居立《くもゐた》つらし　（『万葉集』巻七―1087）

とも詠まれているが、巻向の山に接する山である。

玉《たま》かぎる　昨日《きのふ》の夕《ゆふへ》　見《み》しものを　今日《けふ》の朝《あした》に　恋《こ》ふべきものか　（『万葉集』巻十一―2391）

昨日の夕べにお逢いしたばかりなのに、今朝は、もう恋しい思いをするものだろうか、という意である。ちなみに、古代では、夜明けが昨日と今日とを分かつ境であった。

だが、次の歌の「玉かぎる」は、「ただ一目」に掛かるようである。

はだすすき　穂《ほ》には咲《さ》き出《で》ぬ　恋《こひ》を我《あ》がする　玉《たま》かぎる　ただ一目《ひとめ》のみ　見《み》し人《ひと》ゆゑに　（『万葉集』巻十―2311）

顔色には少しも表さない恋を、わたくしはしている。それは、たった一目だけほのかに見た人ゆえに、の意である。この「玉かぎる」も、万葉仮名で「玉蜻《たまかぎる》」と表記され、ほのかな様を言い表している。

たまかづら（玉葛）

クズ「大植物図鑑」

壬申《じんしん》の乱で活躍し、一躍大伴氏の家名を挙げた人物に、大伴安麻呂《やすまろ》という武人がいた。佐保《さほ》の大納言と称された安麻呂は、大伴旅人《たびと》や大伴坂上郎女《さかのうえのいらつめ》の父でもあった。

その安麻呂が、巨勢郎女《こせのいらつめ》と娉《よば》いした時の歌が、『万葉集』に収められている。

娉いとは、「呼び合い」が原義であり、今日でいう「夜這い」とは異なる言葉である。「娉い」を、当時「相聞」といっていることをお考えになれば、お判りになるだろう。

安麻呂は、その「相聞歌」として、

玉葛《たまかづら》　実成《みな》らぬ木《き》には　ちはやぶる　神《かみ》そつくといふ　ならぬ木《き》ごとに

（『万葉集』巻二―101）

という歌を贈っている。それに対し、巨勢郎女は、

玉葛《たまかづら》　花《はな》のみ咲《さ》きて　成《な》らざるは　誰《た》が恋《こひ》ならめ　我《あ》は孤悲思《こひおも》ふを

（『万葉集』巻二―102）

と返している。

これらの相聞歌にいう「玉葛」は、葛の美称であるが、「花」や、「実ならぬ」に掛かる枕詞とされている。

それゆえ、巨勢郎女は「玉葛　花のみ咲きて　成らざるは」と歌っているのである。

安麻呂が巨勢郎女に、「実のならない木には、神がとりつくと言います。実のならない木の一本一本に」という歌を贈ると、巨勢郎女はすかさず、「玉葛のように花は咲いても、実のならないような不誠実な恋は、誰の恋でしょうか。わたくしはあなたに心から恋をしていますのに」と答えているのである。

この二人の結婚には多少、政治的な困難が存在していたようである。

「近江朝《あふみのみかど》の大納言《だいなごん》巨勢人《こせのひとの》卿《まへつきみ》の女《むすめ》なり」（『万葉集』巻二―102）と註されるように、巨勢郎女の父は近江朝の高官であった。

それに対し、大伴安麻呂は、壬申の乱の際には、大海人皇子《おおあまのおうじ》（後の天武天皇）方の勇将として戦った人物である。

「天武紀」には、巨勢郎女の父である大納言巨勢臣人《こせのおみひと》は、壬申の乱の敗戦により、子孫と共に配流されたとある（「天武紀」元年八月条）。

巨勢郎女が、後に許されたとしても、壬申の乱の勝利者である大伴安麻呂に嫁すことは、かなりの抵抗と困難をともなっていたのではないだろうか。そのことが、「玉葛　実成らぬ木」と、歌うことになったとも考えられるのである。

そしておそらく、その木に憑《つ》くという、「ちはやぶる神」というのは、いかなる困難にもめげずに、安麻呂に恋する巨勢郎女を指すのであろう。

だが、巨勢郎女は、安麻呂に嫁し、旅人、田主《たぬし》、宿奈麻呂《すくなまろ》らの母となっているから、決して、実の成らぬ玉葛ではなかったのである。それはむしろ、

谷狭《たにせば》み　峰《みね》に延《は》ひたる　玉《たま》かづら　絶《た》えむの心《こころ》　我《わ》が思《おも》はなくに

（『万葉集』巻十四―3507）

のように絶えぬ延びゆく玉葛だというべきであろう。

たまきはる

藤原鎌足「西国三十三所名所図会」

たまきはる　宇智《うち》の大野《おほの》に　馬並《うまな》めて　朝踏《あさふ》ますらむ　その草深野《くさぶかの》

（『万葉集』巻一―4）

この歌は、舒明天皇が宇智野で狩りをなされた時、中皇命《なかつすめらみこと》が天皇に献じた御歌である。宇智野は、現在の奈良県五条市大野付近であるというが、かつては朝廷の御猟地が置かれていたところである。この歌は、早朝、馬に騎してまさに猟に赴く人々の、はりつめたような緊張感が切々と伝わる名歌であるといってよい。

この歌の冒頭には「たまきはる宇智の」と詠まれているが、「たまきはる」は「ウチ」に掛かる枕詞であるといわれている。たとえば「仁徳記」にも、仁徳天皇が、摂津国西成《にしなり》郡の日女《ひめ》島に行幸され、雁《かり》の卵を生む様を御覧になって、建内宿禰《たけのうちのすくね》に「たまきはる　内《うち》の朝臣《あそ》　汝《な》こそは　世《よ》の長人《ながひと》」と呼びかけられているが、ここでも「たまきはる」は「ウチ（内）」に掛けられているのである。だが、

かくのみし　恋《こひ》ひし渡《わた》れば　たまきはる　命《いのち》も我《あれ》は　惜《を》しけくもなし

（『万葉集』巻九―1769）

という抜気大首《ぬきけのおおびと》の相聞歌のように、「霊剋《たまきはる》」は「命《いのち》」に掛かる枕詞として詠まれているものもある。このほか、大伴池主の「敬《つつし》みて立山《たちやま》の賦《ふ》に和《わ》せし一首」、

朝日《あさひ》さし　そがひに見《み》ゆる……　こごしかも　岩《いは》の神《かむ》さび　たまきはる　幾代経《いくよへ》にけむ……

（『万葉集』巻十七―4003）

のように「代《よ》」に掛かる「たまきはる」が用いられている歌もある。

これらの「たまきはる」の原義については、いろいろと諸説が述べられているが、わたくしは、「たま」は「魂」であり、「きはる」は「極《きは》まる」に由来するのであるまいかと考えている。言葉をかえていうならば、「たまきはる」は、魂が最高潮に達し、抑えきれないほどに高まる状態をいうのではないかと思っている。心の内に秘めていた感情が外の刺激をうけて、一挙に高揚し充実することを言い表したものである。

以上のように、心の内が注視されるところから、次第に「内」に掛かる枕詞となっていったのであろう。

その場合、「内の朝臣」の用例のように、天皇のもっとも忠実な腹心として帷幄《いあく》（本陣）に参じた人物が、内臣《うちのおみ》と呼ばれたことも想起すべきである。そのことは、大化改新の中臣鎌足《なかとみのかまたり》（藤原鎌足）と中大兄皇子《なかのおおえのおうじ》（後の天智天皇）とのまことをかけた結びつきからも、お判りいただけるであろう（「孝徳紀」即位前紀）。天皇の厚遇に対し、真心をもってお仕えする忠実な臣こそ、内臣であったのである。

さらに「たまきはる」が「代」に掛かる用例であるが、一つの生命、つまりは一生を一つの代（世）と見なすところから、「たまきはる」が「代・世」の枕詞にも用いられるようになったものであろう。わたくしたちの生命は、全盛期を迎え、それを頂点としてやがて次第に衰退し、死を迎えるのである。これが一つの「代」であり「世」であったから、「たまきはる」という枕詞が、「代」「世」という言葉にも援用されるようになったのであろう。

それにしても「たまきはる」は、あくまで心の内の情念の高まりが、根源的な原義であると考えるべきであろうと思う。

たまくしげ（玉櫛笥）

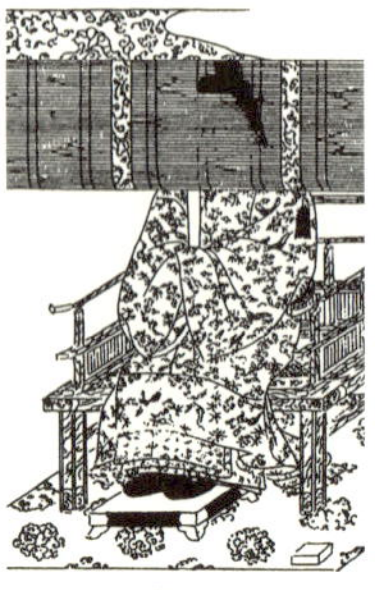

天智天皇「聯珠百人一首」

玉《たま》くしげ　覆《おほ》ふをやすみ　明《あ》けていなば　君《きみ》が名《な》はあれど　わが名《な》し惜《を》しも

（『万葉集』巻二—93）

藤原鎌足《かまたり》が、「鏡女王《かがみのおほきみ》を娉《よば》ひし時《とき》に、鏡女王《かがみのおほきみ》の内大臣《うちのおほおみ》（鎌足）に贈《おく》りし歌《うた》」と記された歌である。

この歌は、枕もとに置かれている櫛笥《くしげ》（櫛を入れておく箱）の蓋《ふた》をして隠すことはたやすいけれど、夜が明けて、お帰りになったあなたの御名はともかくとして、櫛笥の蓋を開けたように、わたくしの噂が、人々にもれてしまうのは、大変残念だ、という意味であろう。このように歌う鏡女王には、完全に鎌足に身をまかせ切れぬ、未練の気持ちが残されていたからであろう。

鏡女王は、かつて天智天皇の恋人であった。

秋山《あきやま》の　木《こ》の下隠《したがく》り　行《ゆ》く水《みづ》の　我《われ》こそ益《ま》さめ　思《おも》ほすよりは

（『万葉集』巻二—92）

の歌は、天智天皇を切々と御慕いした歌である。だが、次第に天智天皇の御寵愛は、他の女性に移っていったようである。

風《かぜ》をだに　恋《こ》ふるはともし　風《かぜ》をだに　来《こ》むとし待《ま》たば　何《なに》か嘆《なげ》かむ

（『万葉集』巻四—489）

という鏡女王の歌は、

君待《きみま》つと　我《あ》が恋《こ》ひをれば　我《わ》がやどの　簾動《すだれうご》かし　秋《あき》の風《かぜ》吹《ふ》く

（『万葉集』巻四—488）

という、天智天皇の訪れを待つ額田王《ぬかたのおおきみ》の歌に応えて詠んだものである。

そしてついに、鏡女王は、天智天皇から、その寵臣である鎌足に下賜《かし》された。天智天皇は、かつて愛した女性を、幾人か鎌足に与えているのである。

『大鏡』巻五には、「鎌足のおとどを、此《この》天智天皇いとかしこくときめかしおぼして、我女御《わがにょうご》一人《いちにん》をこのおとどにゆづらしめ給《たまひ》つ」と記されている。

『帝王編年記』斉明天皇条では、その女御は車持公《くるまもちのきみ》の娘で、既に妊娠六か月であったが、鎌足に与えられ、藤原不比等《ふひと》を生んだと伝えられている。『尊卑分脈』でも、定恵《じょうえ》と不比等の生母を、車持君与志古娘《くるまもちのきみよしこのいらつめ》と記している。

それはともかくとして、鏡女王も鎌足に与えられた女性のひとりであったから、先のような、天皇に未練を残す歌が伝えられたのであろう。その歌には「玉櫛笥」の言葉が見られるが、女性の大切な櫛を収納する箱を、玉櫛笥と称していたのである。

櫛は、もともと古代にあっては、神聖な道具として考えられていた。櫛が「奇《く》し」を原義とするように、神聖なるものと意識されていたようである。

「神代記」には、須佐之男命が、櫛名田比売《くしなだひめ》を八俣《やまた》の遠呂智《おろち》から救う場面があるが、須佐之男命は、櫛名田比売を湯津爪櫛《ゆつつまぐし》に化して角髪《みずら》に挿したと記している。櫛は聖なるものと見なされていたが、本来は、神が聖女を選定するために髪に挿し、そのしるしとしたものである。

斎宮が伊勢に赴く際も、天皇が自ら、斎宮に選ばれた女性の髪に、櫛を挿されたというが、これも、櫛が、いわば神の白羽の矢のごとく、神に選ばれたものを刺（挿）す、聖なる挿《さ》し櫛《ぐし》であったからである。それゆえ、櫛には「玉」つまり神霊という文字が、冠せられたのである。

たましける（玉敷ける）

女性のもとに通う古代の恋
「大和名所図会」

思《おも》ふ人《ひと》　来《こ》むと知《し》りせば　八重《やへ》むぐら　覆《おほ》へる庭《には》に　玉敷《たまし》かましを（『万葉集』巻十一—2824）

玉敷《たまし》ける　家《いへ》も何《なに》せむ　八重《やへ》むぐら　覆《おほ》へる小屋《をや》も　妹《いも》と居《を》りてば（『万葉集』巻十一—2825）

この歌は、わたくしの恋しく思う人が、我が家を訪ねてくることを前もって知っていたならば、幾重にもおい茂る雑草で覆われた庭に、美しい玉を敷きつめてお迎えしたいものだ、と歌っているのである。そのように、女が気をつかっているのに対し、男の方は、玉を敷く家に入りたいわけではない。たとえ八重むぐらが覆っているような粗末な家でも、あなたと一緒になれるなら、本当に嬉しい、と歌っているのである。

『万葉集』には、

玉敷《たまし》きて　待《ま》たましよりは　たけそかに　来《き》たる今夜《こよひ》し　楽《たの》しく思《おも》ほゆ（『万葉集』巻六—1015）

の榎井王《えのいのおほきみ》の歌が載せられている。

「たけそかに」の意は、必ずしも明確ではないが、おそらく「不意に」とか、「突然に」の意ではないかと考えられる。

榎井王の歌は、立派に家を飾り立てて待っているよりも、あなたが不意に訪ねてくれた今夜は、本当に愉しかった、という意味であろう。

おそらく古代から、貴人を家に迎える時は、鄭重に迎える意志を表すために、家を美しくしてもてなしたのである。

神話であるが、火照命《ほでりのみこと》（海佐知毘古《うみさちひこ》＝海幸彦）が失った針を求めて海神を訪れたとき、海神は「美智《みち》の皮《かは》の畳《たたみ》八重《やへ》を敷《し》き、亦絁畳《またきぬだたみ》八重《やへ》を其《そ》の上《うへ》に敷《し》き」海幸彦を迎えている（「神代記」）。

「玉敷く」ということは、必ずしも美しい玉を敷きつめる、という意味ではなく、相手を歓迎するために、貴重なもので迎えることをいうのであろうか。古代にあっても、「玉」は、家の調度品の玉簾のごとく、美しいものを誉める言葉であった。

「神武紀」三十一年四月条には、「昔《むかし》、伊奘諾尊《いざなきのみこと》、此《こ》の国《くに》を目《なづ》けて曰《のたま》はく、『日本《やまと》は浦安《うらやす》の国《くに》、細戈《くはしほこ》の千足《ちだ》る国《くに》、磯輪上《しわかみ》の秀真国《ほつまくに》』とのたまひき。復大《またおほ》己貴大神《あなむちのおほかみ》、目《なづ》けて曰《のたま》はく、『玉牆《たまがき》の内《うち》つ国《くに》』とのたまひき」と見えるが、その「玉牆の内つ国」のように、美しく垣のような山々にかこまれた空間が、「玉敷く」といわれたものの原型であろう。

堀江《ほりえ》には　玉敷《たまし》かましを　大君《おほきみ》を　御船漕《みふねこ》がむと　かねて知《し》りせば（『万葉集』巻十八—4056）

という歌は、元正上皇が難波宮におられた時に、左大臣橘諸兄《たちばなのもろえ》が、堀江に玉を敷いておけばよかった、上皇が御船を漕がれるならば、と詠んだものである。上皇は、それに応えられて、

玉敷《たまし》かず　君《きみ》が悔《く》いて言《い》ふ　堀江《ほりえ》には　玉敷《たまし》き満《み》てて　継《つ》ぎて通《かよ》はむ（『万葉集』巻十八—4057）

と歌われている。玉を敷かなかったとあなたが悔やんでいる堀江に、玉を敷きつめて通い続けましょう、という意味である。

たまだすき（玉襷）

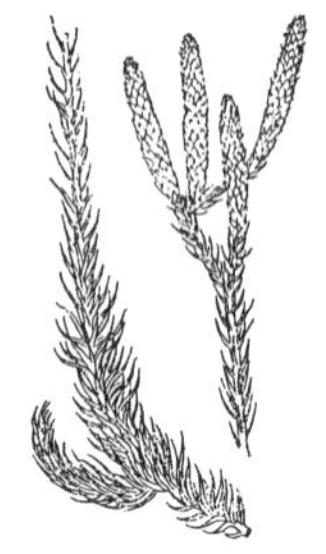
ヒカゲノカズラ「大植物図鑑」

玉《たま》だすき　畝傍《うねび》の山《やま》の　橿原《かしはら》の　ひじりの御代《みよ》ゆ　生《あ》れましし……

（『万葉集』巻一―29）

柿本人麻呂の「近江《あふみ》の荒都《くわうと》」を偲ぶこの歌の冒頭は、神武天皇が橿原宮《かしはらのみや》に初めて都を定められたことから述べられているが、面白いことに、それは「玉《たま》だすき　畝傍《うねび》の山《やま》」と歌い出されているのである。

襷《たすき》は、『日本書紀』などでは「手繦《たすき》」と表記されているが（「景行紀」五十三年十月条等）、おそらく着物の袖をたくし上げるために、肩から脇にかけて結んだ紐を、「タスキ」と称したのであろう。

特に、巫女《みこ》が、神祭りにおいて、手に手草を持って、激しい祈禱の踊りを演ずる際は、必ず襷をかけていたのである。

天の岩戸の祭りの際も、天宇受売命《あめのうずめのみこと》は「天《あめ》の日影《ひかげ》を手次《たすき》に繋《か》けて」（「神代記」）踊ったと伝えられている。「日影」は日陰蔓《ひかげのかずら》のことである。

「允恭紀」四年九月条にも、神判の一種とされる盟神探湯《くがたち》にのぞむ場合も、「諸人《もろひと》、各《おのおの》木綿《ゆふ》手繦《たすき》を著《し》て」いたと記されている。

ここに見える木綿《ゆう》は、楮《こうぞ》の皮の繊維で作られた白い布をいう。文字は同じでも、近世の木綿《もめん》とは、まったく別のものである。

埴輪の中にも、巫女の埴輪と呼ばれるものが存在するが、その巫女は必ず肩に襷をかけた姿で作られている。

それゆえ、神聖な巫女達が用いる襷は、玉襷と呼ばれているが、それは、神が憑依《ひょうい》することから、巫女が玉依姫《たまよりひめ》と呼ばれていたからである。

このように「玉」の原義は「魂」であり、神霊そのものであった。

玉襷は、巫女の頸《うなじ》にかけられたから、「ウネビ」という言葉の枕詞となっていった。

神亀元（七二四）年十月に聖武天皇が紀伊に行幸された際に、笠朝臣金村《かさのあそみかなむら》が、娘子に誘われて作った歌の中にも、

天飛《あまと》ぶや　軽《かる》の道《みち》より　玉《たま》だすき　畝傍《うねび》を見《み》つつ　あさもよし
紀《き》伊路《ぢ》に入《い》り立《た》ち……

（『万葉集』巻四―543）

と歌われている。

この笠朝臣金村の長歌は、すべての地名に枕詞を一つ一つつけて、独特のリズムを醸し出している。

ちなみに、「あさもよし」は、「麻裳《あさも》よし」の意である。紀の国が、古代より麻の産地であったことと、「紀」が「着る」に通ずることから、「紀」の枕詞となっていったものであろう。

それはともかくとして『万葉集』には、

思《おも》ひ余《あま》り　いたもすべなみ　玉《たま》だすき　畝傍《うねび》の山《やま》に　我標結《われしめゆ》ひつ

（『万葉集』巻七―1335）

という恋の歌が載せられている。

「玉だすき　畝傍の山」に、思いすぎてどうしようもない恋のために懸命に祈る若者の歌であるが、そこに、「玉襷」の言葉が、生々しく感ぜられるのである。

たまぬくたちばな

（玉貫く橘）

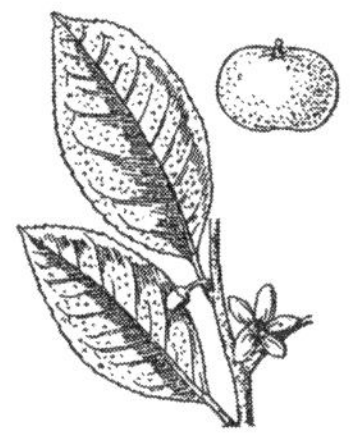

タチバナ「大植物図鑑」

ほととぎすは、一般には立夏の頃にきて鳴く鳥と見なされていた。

だが、大伴家持が越中守として赴任した国は、寒さのゆえに、橙《だいだい》や橘は、京より遅れて実るといわれていた。そのためか、立夏四月に入って、日はすでに過ぎてゆくのに、待望していたほととぎすが鳴く声を、家持は、ついに耳にすることができなかった。その恨みから、家持は、次のような歌を作ったというのである。

玉《たま》に貫《ぬ》く　花橘《はなたちばな》を　乏《とも》しみし　この我《わ》が里《さと》に　来鳴《きな》かずあるらし

（『万葉集』巻十七―3984）

飾りにする橘の花が少ないと思って、わたくしの里には来て鳴かないようである、という意味であろう。

「玉に貫く　花橘」というのは、橘の花に糸を通して、身につけることをいうようである。

橘は、もともと常世の国よりもたらされた「非時《ときじく》の香菓《かくのみ》」と呼ばれた聖木であった。

垂仁天皇の時代に田道間《たじま》（但馬）守《もり》が、常世《とこよ》の国に赴いて持ち帰ったものである（「垂仁紀」）。

『延喜式』神名に見える但馬国出石郡の伊豆志坐神社《いづしいますじんじゃ》は、田道間守の縁《ゆかり》の神社とされている。

橘は、このような「非時の香菓」であったから、宮中の紫宸殿《ししんでん》の南階の下の西方に植えられ、右近《うこん》の橘と称されたのである。

『万葉集』にも、大伴家持が、

天皇《すめろき》の　神《かみ》の大御代《おほみよ》に　田道間守《たぢまもり》　常世《とこよ》に渡《わた》り　八矛《やほこ》持ち　参《ま》ゐ出《で》来《こ》し時《とき》　時《とき》じくの　香久《かく》の菓子《このみ》を　恐《かしこ》くも　残《のこ》したまへれ……

（『万葉集』巻十八―4111）

と歌い、

橘《たちばな》は　花《はな》にも実《み》にも　見《み》つれども　いや時《とき》じくに　なほし見《み》が欲《ほ》し

（『万葉集』巻十八―4112）

と橘を讃歌している。

『続日本紀』天平八（七三六）年十一月条には、葛城王（光明皇后の異父兄）は、聖武天皇から橘の姓を賜ったが、その時、天皇の勅には「橘《たちばな》は、果子《かくのみ》の長上《ちょうじょう》にして、人《ひと》の好《この》む所《ところ》なり、柯《えだ》は霜雪《そうせつ》を凌《しの》ぎて繁茂《はんも》し、葉《は》は寒暑《かんしょ》を経《へ》て彫《しぼ》まず。珠玉《しゅぎょく》と共《とも》に光《ひかり》を競《きそ》ひ、金銀《きんぎん》に交《まじ》わりて、以《もっ》て愈《いよいよ》美《び》なり」と述べられている。

このように、日本人は、橘をきわめて神聖な木と見なしてきたので、その花を糸に通し、首にかけたのである。

玉に糸を通して身につけるのと同じように、その常世の生命力を憑依《ひょうい》せしめることを願ったのであろう。

ほととぎす　何《なに》の心《こころ》そ　橘《たちばな》の　玉貫《たまぬ》く月《つき》し　来鳴《きな》きとよむる

（『万葉集』巻十七―3912）

これも家持の歌であるが、ここでも「橘の　玉貫く」と詠じている。この歌は、霍公鳥《ほととぎす》よ、何を思ってか、橘を貫く月にだけ来て、鳴くのであろうか、という意味である。

たまのを（玉の緒）

式子内親王「聯珠百人一首」

『万葉集』の巻十一に目を通すと、「玉の緒の」という言葉から歌い出されているものが、いくつか列挙されている。

玉《たま》の緒《を》の　絶《た》えたる恋《こひ》の　乱《みだ》れなば　死《し》なまくのみそ　またも逢《あ》はずして　（『万葉集』巻十一―2789）

「玉の緒の」は、玉の緒が切れる意から、「絶《た》ゆ」に掛かる枕詞とされている。

新世《あらたよ》に　ともにあらむと　玉《たま》の緒《を》の　絶《た》えじい妹《いも》と　結《むす》びてしことは果《は》たさず……　（『万葉集』巻三―481）

この長歌は、高橋朝臣《たかはしのあそみ》が、「死《し》にし妻《つま》を悲傷《ひしゃう》し」た挽歌の一節である。二人の仲は決して絶えることはないと固く約束したことを、わたくしは充分果たすことができなかった、という意味である。

わたくしたち日本人は、古代から、「魂《たま》」と「玉」を同一視してきたが、それはおそらく、「魂」は、「玉」に宿ると考えてきたからであろう。

後になると、霊魂が我が身から離れないように、つなぎとめる紐を「玉の緒」と称するようになる。

式子内親王《しょくしないしんのう》の名歌とされる、

玉《たま》の緒《を》よ　絶《た》えなばたえね　ながらへば　しのぶることの　よは《（わ）》りもぞする　（『新古今和歌集』巻十一・恋歌一―1034）

の「玉の緒」も、霊魂を我が身に結びつける紐の意味なのであろう。

『万葉集』の、

初春《はつはる》の　初子《はつね》の今日《けふ》の　玉箒《たまばはき》　手《て》に取《と》るからに　ゆらく玉《たま》の緒《を》　（『万葉集』巻二十―4493）

にも、「玉の緒」が歌い込まれている。

この初子《はつね》の日の祝いの歌は、天平宝字二（七五八）年の春正月三日（丙子）に、諸臣が内裏の東屋の垣の内に集められた際に、玉箒を賜る宴に臨んだ大伴家持の歌である。

年の初めの子の日には、天皇は辛鋤《からすき》を手にされ、皇后は養蚕用の箒《ほうき》を持たれて、農業や養蚕の事始めとされた。それらの農業用の機具は、美しく飾られていたが、特に箒には玉飾りがとりつけられていた。たとえば、正倉院南倉に収められた箒には、枝にガラス製の玉飾りが施されている。

その玉箒を賜り、手にすると、玉がゆらゆらとゆらぎ、家持はあたかも「魂ゆら」の呪法であると感じたのであろう。

新しい年には、必ず「魂」を再生せしめるために「鎮魂《たまふり》」の儀礼が行われたことと関係があったのである。

そのもっとも有名な宗教的行事は、物部氏による生玉《いくたま》、死反玉《まかるかえしのたま》、道反《ちがえしの》玉《たま》など十種宝を、数を数えながらゆらゆらと振れば、死人も生き返るという呪法であった。

これらの宝石は、魂を宿すものと意識されていたから、これに魂を憑依《ひょうい》させ、振ったのである。魂を玉に憑依させることが神降りであり、その魂を振動させて覚醒させることが「魂（玉）振り」であった。

その魂を玉に結びつけるものこそが、「玉の緒」だったのである。

たまほこの（玉桙の）

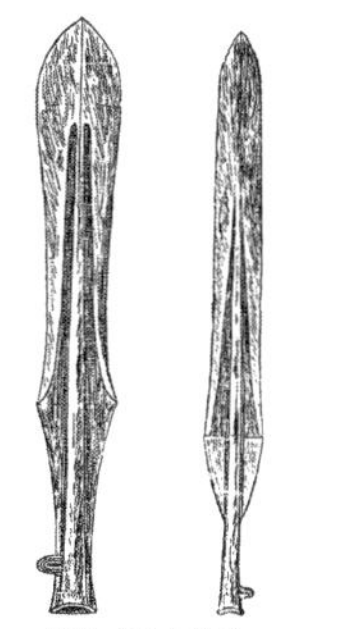

銅鉾「考古精説」

玉桙《たまほこ》の　道《みち》に出《い》で立《た》ち　別《わか》れ来《こ》し　日《ひ》より思《おも》ふに　忘《わす》る時《とき》なし

（『万葉集』巻十二―3139）

旅に出て別れた日から、何を思うにつけても、あなたのことを忘れた時はない、という意味である。

この歌のように、「道」に掛かる枕詞に、「玉桙の」という言葉が、『万葉集』では数多く用いられている。

玉桙は桙の美称であるが、古代では桙に神霊が宿るという観念があったようである。

弥生時代から、銅桙は祭器の一つとされているが、「鉾」の「ホ」は「秀」であり、国の「まほろば」の「ホ」と同じ意味を含んでいる。

このような「ホ」こそ、神の降臨するところと見なされていた。

「神代記」に、伊邪那岐命《いざなぎのみこと》が、漂える国を修め造ったという天《あま》の沼矛《ぬぼこ》の穂先から、淤能碁呂島《おのごろしま》が成るというのも、神聖な茅の穂先に、霊力が宿っていたと考えられていたからである。

「垂仁紀」三年三月条には、新羅の王子、天日槍《あめのひほこ》が持ってきた神宝には、玉や鏡とともに「出石《いづし》の小刀《かたな》」「出石《いづし》の桙《ほこ》」が含まれていたとあるが、桙は鎮魂の神宝であった。

「神功《じんぐう》皇后紀」摂政前紀には、新羅の王が降服すると、「皇后《きさき》の所杖《つ》ける矛《みほこ》を以《も》て、新羅《しらぎ》の王《こきし》の門《かど》に樹《た》て、後葉《のちのよ》の印《しるし》としたまふ」と記されている。

ここでも聖なる矛は降服した者の「鎮魂《たましずめ》」の役割を果している。

鎮魂は、「タマフリ」とも訓《よ》まれるが、矛の穂先に降霊、つまり魂を降下させたのである。そしてこの神威で邪霊を鎮圧することが「タマシズメ」であった。

このように玉桙の先に「霊《ち》」が宿ることから、「道」に掛かる枕詞となったのである。道の分かれる巷《ちまた》に霊が集うと考えられていたことも、想起すべきであろう。

三香《みか》の原《は》　旅《たび》の宿《やど》りに　玉桙《たまほこ》の　道《みち》の行《ゆ》き逢《あ》ひに　天雲《あまくも》の　外《よそ》のみ見《み》つつ　言問《ことと》はむ　よしのなければ　心《こころ》のみ　むせつつあるに……

（『万葉集』巻四―546）

は、笠朝臣金村《かさのあそみかなむら》の長歌の一節である。

三香の原は、山城国相楽郡の甕原《みかのはら》である。

みかの原《はら》　わきてながるる　泉河《いづみがは》　いつみきとてか　恋《こひ》しかるらん

（『新古今和歌集』巻十一・恋歌一―996）

という中納言藤原兼輔《かねすけ》の歌で有名な甕原といった方がお判りになられるだろう。

『続日本紀』には、元明天皇が「甕原《みかのはら》の離宮《りきゅう》に行幸《ぎょうこう》される」（和銅六年六月条）と見え、甕原は離宮が置かれた景勝の地であった。

笠朝臣金村が、かつて、この甕原の離宮の行幸に従った折に、偶然、女性とめぐり会ったというのである。言葉もかけられなかったが、幸運にもふたたび女性にめぐり会ったというよろこびの歌が、先の長歌である。道は、恋する人の魂がまさに出会う「玉桙」そのものであったのである。

たまもなす（玉藻なす）

志摩海辺「和朝名勝画図」

玉藻は、海草の美称であるが、「なす」は「玉藻のように」の「ように」に当たる。

玉藻は、海に漂い、浮かぶことから、「浮かぶ」に掛かる枕詞として用いられている。

**もののふの　八十宇治川《やそうぢかは》に　玉藻《たまも》なす　浮《う》かべ流《なが》せれ　そを取《と》ると
騒《さわ》く御民《みたみ》も　家忘《いへわす》れ　身《み》もたな知《し》らず　鴨《かも》じもの　水《みづ》に浮《う》き居《ゐ》て
我《わ》が作《つく》る　日《ひ》の御門《みかど》に……**
（『万葉集』巻一―50）

宇治川に、檜《ひのき》の角材を浮かべて流しているが、それを取ろうと、騒ぎながら忙しく働いている役民《えきみん》たちは、自分の家を忘れ、また自分自身のことも忘れて、水に浮かびながら、一生懸命作る日の御門、という意味である。

この長歌は、持統朝の藤原宮の建設にかり出された、諸国の役民を歌ったものである。「八十宇治川に　玉藻なす　浮かべ流せれ」と歌うように、「浮かぶ」に掛かる枕詞として、「玉藻なす」が用いられている。

**柔田津《にきたつ》の　荒磯《ありそ》の上《うへ》に　か青《あを》く生《お》ふる　玉藻沖《たまもおき》つ藻《も》　明《あ》け来《く》れば
波《なみ》こそ来寄《きよ》れ　夕《ゆふ》されば　風《かぜ》こそ来寄《きよ》れ　波《なみ》のむた　か寄《よ》りかく寄《よ》
る　玉藻《たまも》なす　なびき我《わ》が寝《ね》し　しきたへの　妹《いも》が手本《たもと》を　露霜《つゆしも》の
置《お》きてし来《く》れば……**
（『万葉集』巻二―138）

柔田津の荒磯の上に、青い玉藻や沖藻が、朝方には波で打ち寄せられる。夕辺には、風で吹き寄せられる。波のまにまに、あちらこちらに寄せられる玉藻のように、寄り添って寝た妻の手枕を置いてきた、という意味である。

当地の風景が描写されているかと思うと、それが、いつの間にか心理的な描写に変わり、その間に枕詞が挿入された、一見、複雑な歌である。

ここでは、「玉藻なす」は「なびき」に掛けられている。玉藻は波になびき寄せられたのであろう。

しきたへの　衣手離《ころもでか》れて　玉藻《たまも》なす　なびきか寝《ぬ》らむ　我《わ》を待《ま》ちがてに
（『万葉集』巻十一―2483）

あなたはわたくしに想いを寄せながら、袖も交わさずに、ひとりで寝ているのだろうか。わたくしの来るのを待ちながら、という意味であろう。「玉藻なす　なびきか寝らむ」に、心をなびかすことで、想いをなびき寄せるのである。

**立《た》つ霧《きり》の　失《う》せゆくごとく　置《お》く露《つゆ》の　消《き》えゆくがごと　玉藻《たまも》なす
なびき臥《こ》い伏《ふ》し　行《ゆ》く水《みづ》の　留《とど》めもえぬと　狂言《たはこと》か……**
（『万葉集』巻十八―4214）

立つ霧が失せるように、置く露が消えるように、玉藻のように臥してしまい、行く水をとどめることもできずに亡くなったということは、狂言であろう、という挽歌である。

玉藻《たまも》なす　寄《よ》り寝《ね》し妹《いも》を　露霜《つゆしも》の　置《お》きてし来《く》れば……
（『万葉集』巻二―131）

という柿本人麻呂の歌では、「玉藻なす」は「寄る」に掛けられている。

たむけ（手向け）

手向山を望む「大和名所図会」

周防《すは》にある　磐国山《いはくにやま》を　越《こ》えむ日《ひ》は　手向《たむ》けよくせよ　荒《あら》しその道《みち》
（『万葉集』巻四―567）

この山口忌寸若麻呂《やまぐちのいみきのわかまろ》の歌は、大宰の長官であった大伴旅人《たびと》が、脚《あし》に瘡《かさ》を病んだ時、大伴宿禰稲公《いなきみ》と大伴宿禰胡麻呂《こまろ》の両人が、都から大宰府に見舞いに馳せ参じた時のものである。つまり、旅人の病は数旬を経ずして回復したので、二人が帰京する時、夷守《ひなもり》の駅まで見送った大宰府の官人達が、贈った歌である。

周防の磐国山は、周防国玖珂郡石国郷にあった山を指す。現在の山口県岩国市岩国である。山口県の東に位置し、広島県に接するところが岩国市である。

古代の山陽道は、関ヶ浜より岩国山（磐国山）を経て、石国駅に達したといわれている。

古代の旅する人は、山を越えたり、異郷の地に入る時、必ずその地の神に供え物をした。これが手向けである。

『万葉集』には、

百足《もも た》らず　八十隈坂《やそくまさか》に　手向《たむ》けせば　過《す》ぎにし人《ひと》に　けだし逢《あ》はむかも
（『万葉集』巻三―427）

という歌が収められているが、この歌は、田口広麻呂《たぐちのひろまろ》という人物が死亡した時、刑部垂麻呂《おさかべのたりまろ》が歌った挽歌である。

田口広麻呂が葬られた八十隈坂といわれるほどの角の多い坂で、一つ一つの角ごとに丁寧に神々に手向けをすれば、必ず田口広麻呂に逢う事が許されるだろう、と歌っているのであろう。

後になると、手向けは旅の際の儀礼から、死者の冥福を祈る魂祭《たままつり》の一種となっていくのであるが、刑部垂麻呂の歌も、このような意味を含んでいたとも考えられている。

恐《かしこ》みと　告《の》らずありしを　み越路《こしぢ》の　手向《たむけ》に立《た》ちて　妹《いも》が名告《なの》りつ
（『万葉集』巻十五―3730）

恐ろしさに、言わずにこれまで過ごして来たのに、越路の入口の神に手向けをしたら、つい、いとしいあなたの名を口にしてしまった、という意味であろう。

ここでいう「み越路の　手向」した神は、越路に入る関門である愛発《あらち》の関を守る神であろう。愛発の関は、福井県敦賀市疋田に存在した三関の一つである。

これより越路に入るかと思うと、自分の旅の安全を祈るだけでなく、残してきた恋人の無事も、手向けの神に祈らずにはいられなかったのであろう。

後世になると、旅行く人を国境で見送って別れたので、旅ゆく人への餞別を「たむけ」と称するようになっていくのである。

また、国境をなす峠が、「トウゲ」と称されるのも、そこが「タムケ」の場であったからである。

たもとほる（徘徊る）

古代の子供「前賢故実」

見渡《みわた》せば　近《ちか》き渡《わた》りを　たもとほり　今《いま》か来《き》ますと　恋《こ》ひつつそ居《を》る

（『万葉集』巻十一―2379）

見渡せば近い渡り場があるのに、あなたは行ったり来たりしてなかなか来ないので、わたくしは今か今かと、恋い続けている、というのがこの歌の大意である。

おそらく、この恋人の家は川向こうにあるため、いつもその川を渡って来なければならなかったようである。その最短距離を結ぶ渡し場があるのに、なかなか予期した通りの時間になっても現れない。来るのをためらいながら、あるいは遠回りの道を来るのであろうか。それにしても、早くお逢いしたいと、恋い焦がれていると述べているのであろう。

この相聞の歌に、「たもとほる」という言葉が用いられているが「徘徊」の意で、同じ道を行ったり来たりして歩き回ることである。

『万葉集』にも、

みどり子《こ》の　這《は》ひたもとほり　朝夕《あさよひ》に　音《ね》のみそ我《あ》が泣《な》く　君《きみ》なしにして

（『万葉集』巻三―458）

として、緑児《みどりご》の這い回ることも、「たもとほり」という言葉で表現している。

ちなみに、緑児は、三歳以下の子供であるが、養老五（七二一）年の『下《しも》総国《うさのくに》葛飾郡《かつしかぐん》大島郷《おおしまのさとの》戸籍《こせき》』（『大日本古文書』一巻）にも、三歳以下の幼児を、「緑児」とか、「緑女」と記している。これは、『大宝令』の規定によったものであろう。

『養老律令』の規定では「凡《おほよ》そ、男女三歳以下《だんじょさんさいいか》を、黄《こう》と為《な》せ」とあらためられている。

『令釈《りょうしゃく》』では、「三歳以下《さんさいいか》、其《そ》の色《いろ》は黄《こう》なり」と註している。これは『唐令』の規定にもとづくものである。

面白いことに、現在のわたくしたちは、「赤児《あかご》」と称しているが、おそらく、日本人は、「緑」は物事の始めにふさわしい色と意識していたのであろう。太陽の昇る「東」が、五行説では青（緑）を配しているからである。それは青葉、若葉の緑色である。

中国では、五行説の中央に位置する「黄」は、物事の発生するところと考えられていたからであろう。

それに対し、赤児は血色の良さを示すとともに、赤は「霊色《ちのいろ》」であり、明るさ（赤るさ）を象徴するものであった。

緑児の解説で、あれやこれやと、それこそ「たもとほり」したが、「た」は接頭語であり、「たもとほる」と「もとほる」は同じ言葉である。

「もとほる」とは、『古事記』にも、

神風《かむかぜ》の　伊勢《いせ》の海《うみ》の　大石《おひし》に　這《は》ひ廻《もとほ》ろふ　細螺《しただみ》の　い這《は》ひ廻《もとほ》り　撃《う》ちてし止《や》まむ

（「神武記」）

と見える「廻《もとほ》る」である。

『万葉集』を見ても、柿本人麻呂が長皇子《ながのみこ》の狩地の池で詠じた長歌の一節に、「鶉《うづら》こそ　い這《は》ひもとほれ」（巻三―239）とある。

「たもとほる」も「もとほる」も同じく徘徊することであり、動作の一直線に進まないことを表す言葉といってよいであろう。

たらちねの（垂乳根の）

子に乳を与える女「絵本常盤草」

たらちねの　母《はは》に知《し》らえず　我《あ》が持《も》てる　心《こころ》はよしゑ　君《きみ》がまにまに
（『万葉集』巻十一―2537）

母に知られずに、わたくしの心が抱いている心は、あなたの御心のままです、という歌である。

「よしゑ」は、大変微妙な言葉だが、自分で完全には満足していないけれど、ともかく一応決めることをいうようである。現在の言葉で表せば、「まあいいさ」くらいに当たるであろう。

恋人から求婚の申込みがあったけれど、母には相談していないうちに、性急に男から決断を迫られて答えた歌といってよい。半分不安を感じながら、相手の強い要求に身をまかしていく女心が、非常にうまく歌われている。次の歌は、その類歌であろう。

たらちねの　母《はは》にも告《の》らず　包《つつ》めりし　心《こころ》はよしゑ　君《きみ》がまにまに
（『万葉集』巻十三―3285）

この歌の相手は、それこそ一途な恋で、「斎瓮《いはひへ》を　斎《いは》ひ掘《ほ》りする　竹玉《たかたま》を　間《ま》なく貫《ぬ》き垂《た》れ　天地《あめつち》の」（『万葉集』巻十三―3284）神に祈るという有様であったという。

そのような相手の気持ちにおされて、母にも相談できずに、承諾してしまったのであろう。

それはともかくとして、娘の結婚の決定権を握る母には、「たらちねの」という枕詞が冠せられている。「たらちね」は、「垂乳根」と表記され、文字通り、赤子に乳を与える女性を示している、といわれている。

一説には、「たる」を「日足《ひた》らす」の意味に解しているようである。「日足る」というのは、日々が過ぎてどんどんたまる状態から、次第に成熟するとか、成長する意に用いられたものであろう。

『万葉集』での用例を挙げるとすれば、次の歌がある。

いつしかも　日足《ひた》らしまして　望月《もちづき》の　たたはしけむと　我《あ》が思《おも》ふ　皇子《みこ》の命《みこと》は……
（『万葉集』巻十三―3324）

一日も早く御成長なされ、あたかも満月のように、御立派になられるようにと、かねてからわたくしが願っていた皇子よ、という意味である。

ちなみに、この「皇子の命」は、高市皇子であろうと推測されている。

ただ『万葉集』を見ても、「たらちねの母」とする歌が、圧倒的に用いられているから、「たらちねの」は母に掛かる枕詞と見なしてよいであろう。

門出《かどで》をすれば　たらちねの　母《はは》かき撫《な》で　若草《わかくさ》の　妻《つま》取《と》り付《つ》き……
（『万葉集』巻二十―4398）

の防人《さきもり》の歌でも、母には「たらちねの」と冠されるのに対し、妻には「若草の」と呼びかけられているのである。

中国の漢字の「母」という文字も、女という文字に乳房を表わす「、、」を付したものと説かれているが、これも中国流の「たらちね」であろう。

万葉の時代を見ても、たらちねの母は、息子を溺愛するが、娘の結婚問題に対しては、次の歌のように意外に厳しかったようである。

たらちねの　母《はは》に障《さは》らば　いたづらに　汝《いまし》も我《あれ》も　事《こと》そなるべき
（『万葉集』巻十一―2517）

たわやめ（手弱女）

古代の女性「美人尽」

ますらをも　かく恋《こ》ひけるを　たわやめの　恋《こ》ふる心《こころ》に　たぐひあらめやも
（『万葉集』巻四―582）

万葉仮名では「ますらを」は「大夫」であるが、「たわやめ」は「幼婦」の文字が用いられている。

この歌は、「ますらを」と呼ばれているあなたは、このように心をこめて恋しているのであろうが、「たわやめ」といわれているわたくしの恋心に、比べようがないほど、わたくしは身を尽くしてあなたを愛している、という意味である。

この歌は、大伴家持に、恋人の大伴坂上大嬢《さかのうえのおおいらつめ》が贈ったものである。手弱女《たわやめ》と呼ばれるかよわい女性でも、恋する気持ちは、男性よりもはるかに真剣であり、それこそ身を尽くしての恋だ、と強調しているのである。

しかし、時には、恋心の乱れに、

ますらをの　心《こころ》はなしに　たわやめの　思《おも》ひたわみて　たもとほり　我《あれ》はそ恋《こ》ふる　船梶《ふねかぢ》をなみ
（『万葉集』巻六―935）

と歌わなければならなかったのである。

「大夫《ますらお》」の、雄々しい心も持っていないので、「手弱女」のわたくしの思いは、あれやこれやと思い悩み続けている。そのため心が停滞し、おろおろして恋い慕っているが、それは、あたかも船梶を失った船頭のようなものだという意味であろう。

逢《あ》はむ日《ひ》の　形見《かたみ》にせよと　たわやめの　思《おも》ひ乱《みだ》れて　縫《ぬ》へる衣《ころも》そ
（『万葉集』巻十五―3753）

次に逢う日までの形見にしてくださいと思って、か弱い女が思い乱れながら縫った衣ですよ、という意味である。

恋する女性は、男性の身につける衣類を与えることが少なくなかったようである。一種の女性の接触願望で、自分の縫った衣類が、自分に代わって、直接、男性の皮膚に触れることへの願いなのであろう。

白《しろ》たへの　我《あ》が下衣《したごろも》　失《うしな》はず　持《も》てれわが背子《せこ》　直《ただ》に逢《あ》ふまでに
（『万葉集』巻十五―3751）

わたくしの下着を持っていてください、あなた。直接逢える日まで、という意味の歌であるが、これも同じような願いであろう。

恋は、しょせん独占の願望である。ただひとりのものにしたいと思う心であるといってよい。

天地《あめつち》の　底《そこ》ひの裏《うら》に　我《あ》がごとく　君《きみ》に恋《こ》ふらむ　人《ひと》はさねあらじ
（『万葉集』巻十五―3750）

天と地の果ての、その裏側にも、わたくしのようにあなたを恋しく思っている人など、絶対にいませんよ、という意味の歌である。

この歌のように、腕力や肉体的な力では、あくまで「手弱女」だけれども、恋する心においては、「大夫」と呼ばれて世間的に威張っている男性よりも、時には命をかけた真剣の恋に生きていたのは、むしろ手弱女であった。

恋の世界の主役は、常に「手弱女」であった。男性が「大夫」と呼ばれるのは、戦闘や政争の場だけであったに過ぎないのである。

ちちのみの（ちちの実の）

イヌビワ「質問本草」

ちちの実《み》の　父《ちち》の命《みこと》　ははそ葉《ば》の　母《はは》の命《みこと》　おほろかに　心尽《こころつ》くして　思《おも》ふらむ　その子《こ》なれやも　ますらをや　空《むな》しくあるべき　梓《あづさ》弓《ゆみ》　末振《すゑふ》り起《お》こし　投矢《なげや》持《も》ち　千尋《ちひろ》射渡《いわた》し　剣大刀《つるぎたち》　腰《こし》に取《と》り佩《は》き　あしひきの　八《や》つ峰《を》踏《ふ》み越《こ》え　さしまくる　心障《こころさや》らず　後《のち》の世《よ》の　語《かた》り継《つ》ぐべく　名《な》を立《た》つべしも
（『万葉集』巻十九―4164）

「勇士《ゆうし》の名《な》を振《ふ》るふことを慕《ねが》ひし歌《うた》」と題されたこの長歌は、大伴家持が山上憶良の次の歌に追和したものである。

士《をのこ》やも　空《むな》しくあるべき　万代《よろづよ》に　語《かた》り継《つ》ぐべき　名《な》は立《た》てずして
（『万葉集』巻六―978）

冒頭の長歌は、父君や母上が、いいかげんな心で思う子供はいるものか。大夫《ますらお》と呼ばれる男は、少しも功績を上げられないような人物で満足しているのか、そうではあるまい。大夫と呼ばれるからには、梓弓の弓末を振り起し、投矢を手にして、千尋の遠くまで射通し、剣大刀を腰につけて、多くの山の峰を踏み越えて、任命なさった心にそむかず、後の人々に世々語り継がれるような、立派な勇士としての名を挙げるべきではないか、という意味である。

ところで、この長歌では「ちちの実の　父の命　ははそ葉の　母の命」と、「ちちの実」を父の、「ははそ葉」を母の語に冠して、リズム的に独自の調子を与えている。

「ちちの実」は、イチョウを「ちちの木」と称することから銀杏《ぎんなん》であるとか、あるいは、乳状の白汁を出す犬枇杷《いぬびわ》の実であるなどといわれている。

一方の「ははそ葉」は、「柞葉」と書き、楢《なら》や櫟《くぬぎ》の類の総称である。

大君《おほきみ》の　任《ま》けのまにまに　島守《しまもり》に　我《わ》が立《た》ち来《く》れば　ははそ葉《ば》の　母《はは》の命《みこと》は　み裳《も》の裾《すそ》　捻《つ》み上《あ》げ掻《か》き撫《な》で　ちちの実《み》の　父《ちち》の命《みこと》は　たくづのの　白《しら》ひげの上《うへ》ゆ　涙垂《なみだた》り　嘆《なげ》きのたばく……
（『万葉集』巻二十―4408）

大君の御命令に従って、わたくしが島守として出発しようとすると、母上はお召しの着物の裾をつまんで、わたくしを撫でてくれた。父君は白髪の上に涙を流しながら、嘆いて申された、という意味であろう。

この歌は、防人《さきもり》の気持ちになぞらえて、大伴家持が詠じたもので、必ずしも防人の本当の気持ちを伝えるものではないであろう。

防人であれば、丈部稲麻呂《はせつかべのいなまろ》の、

父母《ちちはは》が　頭《かしら》かき撫《な》で　幸《さ》くあれて　言《い》ひし　言葉《けとば》ぜ　忘《わす》れかねつる
（『万葉集』巻二十―4346）

とか、あるいは物部乎刀良《おとら》の、

わが母《はは》の　袖《そで》もち撫《な》でて　我《わ》が故《から》に　泣《な》きし心《こころ》を　忘《わす》らえぬかも
（『万葉集』巻二十―4356）

の歌のように詠むであろう。

やはり、防人のまことの想いには、家持の力をもってしても、歌い及ばなかったというべきであろう。

ちはやぶる　かみ
（千早振る　神）

春日大社「大和名所図会」

ちはやぶる　神《かみ》の社《やしろ》し　なかりせば　春日《かすが》の野辺《のへ》に　粟蒔《あはま》かましを
（『万葉集』巻三―404）

ある娘女《おとめ》が佐伯宿禰赤麻呂《さえきのすくねあかまろ》から贈られた歌に答えたものである。

神の社さえなかったら、春日の野辺に、粟を蒔きたいものだ、という意であるが、おそらく、赤麻呂に妻がいなければ、お逢いしたいという意味を含んでいる歌であろう。「粟」は「逢ふ」を連想させるもので、『万葉集』にも、

波《なみ》の間《ま》ゆ　雲居《くもゐ》に見《み》ゆる　粟島《あはしま》の　逢《あ》はぬものゆゑ　我《わ》に寄《よ》そる児《こ》ら
（『万葉集』巻十二―3167）

という用例がある。

春日の地には、春日大社などの神社があり、東大寺領の春日荘なども置かれていたから、春日の地を実際に開墾し、一個人が勝手に粟を蒔く余地は、ほとんど見当らなかったはずである。

ところで『万葉集』には、この歌をはじめ、「ちはやぶる」を神に掛ける枕詞とする用例が極めて多いのである。

ちはやぶる　神《かみ》の社《やしろ》に　わが掛《か》けし　幣《ぬさ》は賜《たば》らむ　妹《いも》に逢《あ》はなくに
（『万葉集』巻四―558）

この歌は、わたくしは恋人にどうしても逢いたいので、神威の即効の力を期待し、心をこめて祈り、幣《ぬさ》まで捧げたが、一向に恋人に逢うことすらできない。私の気持ちに充分応えられなければ、幣をわたくしにお返し下さい、という神への恨みを示した内容となっている。この歌の「ちはやぶる」には、「千磐破《ちはやぶる》」という万葉仮名が当てられている。強い神威への期待が裏切られたことから激情的な文字を用いているのではないだろうか。

だが、『万葉集』の他の多くは、次の歌のごとく、「千早振《ちはやぶる》」の万葉仮名を用いている。

ちはやぶる　神《かみ》の持《も》たせる　命《いのち》をば　誰《た》がためにかも　長《なが》く欲《ほ》りせむ
（『万葉集』巻巻十一―2416）

神が保持しているわたくしの命は、誰のために長くあってほしいと願うのか、という意味である。あなたゆえ、長久を願っているのだと述べているのであろう。これは、恋の永続を神に祈願した、切ない気持ちの歌とみてよいであろう。

一般には「千早振る」というのは、神威が、たちどころに及ぶことを示している。千早は非常に早く、つまり、たちどころに神の力が及ぶことである。それに対し、「振る」は、単純にいえば振動の意であるが、休止し、眠っている状態のものを揺り動かし、生気を呼び起こすことでもあった。

また、「応神記」の、

ちはやぶる　宇治《うぢ》の渡《わたり》に　棹執《さをと》りに　速《はや》けむ人《ひと》し　我《わ》が許《もこ》に来《こ》む
（「応神記」）

の歌のごとく、「宇治」に掛かる「ちはやぶる」も見られるのである。

これも、ちはやぶる「氏」人から連想して、「宇治」に掛かる枕詞となっていったと解かれている。

つがのきの （栂の木の）

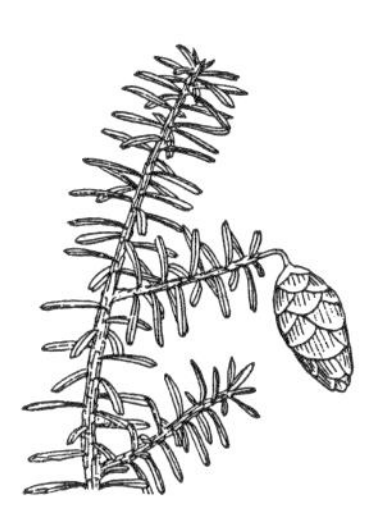
ツガ「大植物図鑑」

栂《つが》の木は、松科の常緑の高木である。関西では地名の「栂尾《とがのお》」のごとく、「トガ」と呼ばれている木である。

この「栂の木の」は、その類音から「つぎつぎ」に掛かる枕詞となっている。

つがの木《き》の　いやつぎつぎに　天《あめ》の下《した》　知《し》らしめししを……

（『万葉集』巻一―29）

この柿本人麻呂の歌は、天皇が次々と続いて、皇位に即《つ》かれて天の下を統治された、という意味である。

確かに、栂が「つぎつぎ」の言葉を導き出しているが、栂の木が、長さ二十数メートルに伸びる喬木《きょうぼく》であることも、永く続くイメージを与えていたのではないだろうか。

みもろの　神奈備山《かむなびやま》に　五百枝《いほえ》さし　しじに生《お》ひたる　栂《つが》の木《き》の
いや継《つ》ぎ継《つ》ぎに　玉葛《たまかづら》　絶《た》ゆることなく……

（『万葉集』巻三―324）

この歌は、山部赤人が、飛鳥の神奈備山に登り立って歌ったものである。

御諸の神奈備山に、たくさんの枝がびっしり茂る栂の木のように、次々に絶えることがなく、都は永続する、という意である。

神奈備山は、神が隠れ住む神聖な山をいう。「なび」は「隠《な》び」の意である。「御諸」とは、神が降臨して憑依《ひょうい》する場所をいう。神坐《かみくら》をもうけ、鏡や榊をならべて、神を呼びおろす所である。

あしひきの　八《や》つ峰《を》の上《うへ》の　つがの木《き》の　いや継《つ》ぎ継《つ》ぎに　松《まつ》が根《ね》の　絶《た》ゆることなく　あをによし　奈良《なら》の都《みやこ》に　万代《よろづよ》に　国知《くにし》らさむ　やすみしし　わが大君《おほきみ》の……

（『万葉集』巻十九―4266）

数多くの峰の上に、栂の木が、次々と続いているように、松の根が大地にしっかりと根を張っているように、絶えることもなく、奈良の都で、永遠に国を統治されている我が大君よ、という意味である。

この長歌は、「豊《とよ》の宴《あかり》」の詔《みことのり》に応えたものである。

豊の宴は、大嘗祭《だいじょうさい》や新嘗祭《にいなめさい》の翌日の、辰の日に、豊楽殿《ぶらくでん》でとり行われる宴会である。

大嘗祭は、新嘗祭の中で最大の祭りであり、もっとも尊ばれる祭りである。天皇の一生一代の即位式が、新嘗の日に行われ、これを一般の新嘗祭と区別して、大嘗祭と称したのである。

新嘗祭は、神田から収穫された新穀を、米庫に堆《うずたか》く積み上げて、穀霊を招いて祀り、旧《ふる》い穀霊に代わり、新生の穀霊を迎える儀式である。

この新しい穀霊神が、神話で瓊瓊杵尊《ににぎのみこと》として語られているが、ニニギは熟々《にぎにぎ》しいとか、あるいは、丹《に》の神の意で、赤く熟した稲穀を神格化したものである。

この祭りは、冬至、つまり太陽の再生する日に行われ、一般的には旧暦十一月の卯《う》の日とされていた。太陽の死と甦生の重要な祭りの日であった。

ちなみに、天皇は「日嗣《ひつぎ》の御子《みこ》」と呼ばれていた。それゆえ、冬至の日が即位の日であったのである。

つきくさの（月草の）

ツユクサ「備荒草木図」

「月草」は、夏に咲く、今日の「露草《つゆくさ》」のことである。露草の藍色の花を用いて染色しても、色が褪《あ》せやすいことから、移ろいやすいものに掛かる枕詞となっていったといわれている。

月草《つきくさ》の　移《うつ》ろひやすく　思《おも》へかも　我《あ》が思《も》ふ人《ひと》の　言《こと》も告《つ》げ来《こ》ぬ

（『万葉集』巻四―583）

露草の染色が、すぐ褪せるように、あなたは、わたくしのことを想っているのだろうか。なぜなら、わたくしが待っていても、あなたからの言伝《ことづ》てはいつまでもない、という意味である。

この歌の作者である大伴坂上大嬢《さかのうえのおおいらつめ》は、大伴宿奈麻呂の娘であり、家持の妻となった女性である。家持への愛情溢れる歌である。

うちひさす　宮《みや》にはあれど　月草《つきくさ》の　うつろふ心《こころ》　我《わ》が思《おも》はなくに

（『万葉集』巻十二―3058）

この歌は、宮廷に仕える女官が、恋人に宛てた相聞歌であるが、上句と下句の始めの言葉が、「うち」と「うつ」とで、音をとりそろえている歌である。

華やかな宮廷でお仕えしているが、移し心は、わたくしは持たないという意味であろう。

宮廷には、うら若い官女なども多く、貴公子との噂が絶えず流れていたのではあるまいか。それだからこそ、宮仕えの女性は、恋人に対し、心変わりはないことを誓う歌を贈らなければならなかったのだろう。

朝《あした》咲《さ》き　夕《ゆふへ》は消《け》ぬる　月草《つきくさ》の　消《け》ぬべき恋《こひ》も　我《あれ》はするかも

（『万葉集』巻十―2291）

の「月草」は、「消ぬる」に掛かる枕詞であろう。

ここでの月草は原文で「鴨頭草《つきくさ》」と表記されている。鴨頭草は「鴨跖草」とも書かれ、露草のことである。蛍草《ほたるくさ》とも呼ばれていたという。

月草《つきくさ》の　借《か》れる命《いのち》に　ある人《ひと》を　いかに知《し》りてか　後《のち》も逢《あ》はむと言《い》ふ

（『万葉集』巻十一―2756）

仮の命といわれている、人の身なのに、そのことをどのように知った上で、後で逢うと言うのだろうか、という意である。

仮の命は、おそらく仏教的な諦観にもとづく言葉であろうが、恋は若い時に限られるから、若い今、恋に命をかけなければならないといっているのであろう。

朝露《あさつゆ》に　咲《さ》きすさびたる　月草《つきくさ》の　日《ひ》くたつなへに　消《け》ぬべく思《おも》ほゆ

（『万葉集』巻十―2281）

朝露に咲き誇っている露草でも、日が傾くと同時に、命が消えていくように、恋の命は、はかないものだとわたくしは思っている、という意味である。

ちなみに、「すさぶ」は、ものごとの進行していく様をいう言葉である。

また、「日くたつ」は、原文では「日斜」と表記されており、日が傾いて夕べとなることを表す言葉である。

月草（露草）は、まことに色褪せやすく、はかない恋や命の象徴であった。

つぎねふ

山並み「山水奇観〈五畿奇勝〉」

「仁徳記」によると、皇后の石之比売《いわのひめ》は、仁徳天皇と別れて、ひとり山背（山代）に向かわれた。

その時、

つぎねふや　山代河《やましろがは》を　河上《かはのぼ》り　我《わ》が上《のぼ》れば　河《かは》の辺《べ》に　生《お》ひ立《だ》てる
烏草樹《さしぶ》を……　（「仁徳記」）

と歌われたという。

烏草樹は、「しゃしゃんぼ」という植物の古名である。『新撰字鏡』で「烏草樹」を「佐之夫乃岐《さしぶのき》」と訓《よ》ませている。

「つぎねふ」は、ここでは山背に掛かる枕詞として用いられているが、次々と山が続き、それを越える意で、「次嶺経《つぎねふ》」の意と考えてよいと思う。

つぎねふ　山背道《やましろぢ》を　他夫《ひとづま》の　馬《うま》より行《ゆ》くに　己夫《おのづま》し　徒歩《かち》より行《ゆ》
けば　見《み》るごとに　音《ね》のみし泣《な》かゆ　そこ思《おも》ふに　心《こころ》し痛《いた》し……　（『万葉集』巻十三—3314）

山背路を、よその夫は馬に乗って行くが、わたくしの夫は、てくてくと徒歩で行く。それを見るごとに、声をあげて泣けてくるし、それを思うと、心が痛むという意味である。

この歌の後に、妻はすぐに自分の鏡に、「蜻蛉領巾《あきづひれ》」を添えて、夫に、ぜひ馬を買ってほしいと頼んだ、という詩句が続いている。

蜻蛉領巾は、とんぼの羽のように薄く作られた上品な領巾であろう。妻が母の形見として大切に持っていた品物を、馬の費用のために提供したのである。

妻は、その後で、

まそ鏡《かがみ》　持《も》てれど我《われ》は　験《しるし》なし　君《きみ》が徒歩《かち》より　なづみ行《ゆ》く見《み》れば　（『万葉集』巻十三—3316）

と歌っている。徒歩で難渋しながら旅する夫の姿を見るに見かねて、母の形見を夫に与えた愛情が、滲み出るような歌である。

『万葉集』が、今もって人々の共感を呼ぶのは、このような名も無き民のうるわしい人情味であろう。

夫の方も、それに対し、

馬買《うまか》はば　妹《いも》徒歩《かち》ならむ　よしゑやし　石《いし》は踏《ふ》むとも　我《わ》は二人《ふたり》行《ゆ》
かむ　（『万葉集』巻十三—3317）

と歌っている。

わたくしが馬を買うようにすすめる気持ちはありがたいが、そうしたら、あなたは馬に乗れず、依然として徒歩で歩かなければならないだろう。そんなことなら、わたくしたちはともに、石を踏みしめながら、嶮しい道を二人並んで歩こうと答えている。

つぎねふ　山背河《やましろがは》を　宮泝《みやのぼ》り　我《わ》が泝《のぼ》れば　青丹《あをに》よし　那羅《なら》を過《す》ぎ
小楯《をだて》　倭《やまと》を過《す》ぎ　我《わ》が見《み》が欲《ほ》し国《くに》は　葛城高宮《かづらきたかみや》　我家《わぎへ》のあたり　（「仁徳紀」三十年九月条）

「山背河」は、淀川のことである。この歌は、石之比売が本当に見たいと願っていたのは、自分の生まれ故郷である葛城高宮だという意である。

つきひとをとこ（月人をとこ）

牽牛「大和耕作絵抄」

夕星《ゆふつづ》も　通《かよ》ふ天道《あまぢ》を　何時《いつ》までか　仰《あふ》ぎて待《ま》たむ　月人《つきひと》をとこ

（『万葉集』巻十―2010）

「月人をとこ」は、月を擬人化した呼び名であろう。月は太陽に対して「太陰」と呼ばれるように、女性的なイメージが強いが、日本では太陽神である天照大神は女神であり、月読神《つくよみのかみ》は男神として、記紀の神話に登場する。それゆえ、「月人をとこ」と呼ばれたのではあるまいか。

夕星は、おそらく七夕の牽牛星と織女星のことであろうが、天の河にかかる道をいつ渡るかと、今か今かと仰ぎ見ているのか、という意味であろう。この歌は、いうまでもなく、七夕の恋の逢瀬を仰ぎ見ている男の気持ちを歌ったものであろう。

天《あめ》の海《うみ》に　月《つき》の舟《ふね》浮《う》け　桂梶《かつらかぢ》　かけて漕《こ》ぐ見《み》ゆ　月人《つきひと》をとこ

（『万葉集』巻十―2223）

天の海に、月の舟を浮かべ、桂の櫂を取りつけて、漕いで行く「月人をとこ」よ、の意である。おそらく、三日月を船にたとえて歌っているのであろう。中国の伝承では、月に月桂樹が生えていたとされるから、その柱で梶を作って漕ぐ姿がイメージされたのであろう。

『懐風藻』と呼ばれる日本最初の漢詩集には、文武天皇が「月を詠む」と題されて、「月舟《げっしゅう》霧渚《むしょ》に移《うつ》り、楓楫《ふうしふ》霞浜《かひん》に泛《う》かぶ」と詠じられている。

秋風《あきかぜ》の　清《きよ》き夕《ゆふへ》に　天《あま》の川《がは》　舟漕《ふねこ》ぎ渡《わた》る　月人《つきひと》をとこ

（『万葉集』巻十―2043）

旧暦七月は、古代では秋の季節に含まれている。つまり、一月、二月、三月は春の季節、四月、五月、六月は夏の季節であり、七月からは秋の季節と呼ばれていたのである。

この「月人をとこ」は、牽牛星をいうのであろう。七月七日の夜に、天の河を渡り、一年に一度の逢瀬を楽しむ彦星を、「月人をとこ」と称したのである。月人が、三日月の船に乗り、織女星に逢うロマンスを心に描いているのであろう。

大船《おほぶね》に　ま梶《かぢ》しじ貫《ぬ》き　海原《うなはら》を　漕《こ》ぎ出《で》て渡《わた》る　月人《つきひと》をとこ

（『万葉集』巻十五―3611）

は、「七夕の歌」と題されているから、これも「月人をとこ」は彦星と見なしてよいであろう。

ちなみに、七月七日を棚機《たなばた》と称するのは、日本的な呼び名である。中国の織女星が、神御衣《かんみそ》を棚機で織る日本の巫女《みこ》と、イメージが重なっていったものである。

『古事記』では天照大神も、忌服屋《いみはたや》に籠もられて神御衣を織られたと記され、『日本書紀』の「神代紀」にも、「秀起《さきた》つる浪穂《なみほ》の上《うへ》に、八尋殿《やひろどの》を起《た》てて、手玉《ただま》も玲瓏《もゆら》に、織経《はたを》る小女《をとめ》」と記されているが、古代では、巫女が水の流れるほとりで、神が召される神御衣を織って、神の降臨を待つという信仰があり、それが織女星の物語に習合されたのである。

つくし（筑紫）

生の松原「山水奇観〈西海奇勝〉」

『古事記』の国生みの段に「筑紫島《つくしのしま》を生《う》みき。此《こ》の島《しま》も亦《また》、身一《みひと》つにして面四《おもよ》つ有《あ》り。面毎《おもごと》に名《な》有《あ》り。故《かれ》、筑紫国《つくしのくに》は白日別《しらひわけ》と謂《い》ひ、豊国《とよくに》は豊日別《とよひわけ》と謂《い》ひ、肥国《ひのくに》は建日向日豊久士比泥別《たけひむかひとよくじひねわけ》と謂《い》ひ、熊曾国《くまそのくに》は建日別《たけひわけ》と謂《い》ふ」と記されている。

筑紫という地名は、九州全域を指す場合と、筑前、筑後の国だけを指す場合がある。筑前国に大宰府《だざいふ》が置かれ、全域を統轄したことから、筑紫が九州全域を示すようになったのであろう。常陸国の防人《さきもり》、倭文部可良麻呂《しとりべのからまろ》の、

馬《むま》の爪《つめ》　筑紫《つくし》の崎《さき》に　留《ち》まり居《ゐ》て　我《あれ》は斎《いは》はむ　諸《もろもろ》は　幸《さけ》くと申《まを》す

帰《かへ》り来《く》までに（『万葉集』巻二十―4372）

の歌では、「馬の爪　筑紫」と呼ばれている。

馬の爪が、あまり遠くまで走るので、すっかり磨り減ってしまったといっているのであろう。つまり、「尽《つく》し」が「筑紫」の意だといっているのである。東国の常陸国久慈郡静織《しどり》《しづり》の里（茨城県那珂市静）から赴く防人には、確かに、筑紫はそれこそ西の国の果てと考えられていたのであろう。

しかし、筑紫の国は、弥生時代以来、大陸文化の移入地として、栄えていた所である。

大化以後も、筑紫の都督府《おおみこともちのつかさ》（「天智紀」六年十一月条）が置かれ、ついで筑紫大宰府が設けられていく。

この大宰府には、律令時代には、従三位が相当官である大宰帥《だざいのそち》が、都から派遣されており、「遠《とお》の朝廷《みかど》」として重要視されていたことを物語っている。『万葉集』を見ても、大伴旅人や山上憶良が、いわゆる九州歌壇を結成して、多くの優れた歌をとどめている。いわば、都に次ぐ文化の中心地だったのである。

天平二（七三〇）年正月十三日に、大宰帥である大伴旅人の邸に官人達が集まって、宴会を催し、趣にまかせて、歌を詠み交わしている。

梅《うめ》の花《はな》　今盛《いまさか》りなり　思《おも》ふどち　かざしにしてな　今盛《いまさか》りなり（『万葉集』巻五―820）

この歌の作者は、筑後守葛井大夫《ちくごのかみふじいだいぶ》とある。筑紫に派遣されるのは、大宰府の官人とは限らなかった。筑紫には、東国出身の防人が、多く徴発されて赴いていたのである。

「天智紀」三（六六四）年、是歳の条には「是歳《ことし》、対馬島《つしま》、壱岐島《いきのしま》、筑紫国《つくしのくにら》等に、防《さきもり》と烽《すすみ》とを置《お》く。又筑紫《またつくし》に、大堤《おほつつみ》を築《つ》きて水《みづ》を貯《たくは》へしむ。名《なづ》けて水城《みづき》と曰《い》ふ」として、防人を配置している。

『万葉集』の防人歌によれば、防人は遠江国より東の国から徴《ちょう》されている。上総国長柄郡上丁若麻続部羊《わかおみべのひつじ》の、

筑紫辺《つくしへ》に　舳向《へむ》かる船《ふね》の　いつしかも　仕《つか》へ奉《まつ》りて　国《くに》に舳向《へむ》かも（『万葉集』巻二十―4359）

の歌は、筑紫国に向かっている船は、いつになったなら、任務を終えて、国の方へ向かうのであろうか、という意味である。

防人は、四年間が任務の期間とされていたようであるが、現在の千葉県の中央部にあたる上総国に、本当にいつ帰れるのかと、彼らは故郷恋しさに悩まされていたのである。

つくよみの（月読の）

月宮殿「以呂波引月耕漫画」

月読《つくよみ》の　光《ひかり》に来《き》ませ　あしひきの　山《やま》き隔《へな》りて　遠《とほ》からなくに

（『万葉集』巻四―670）

この歌は、湯原王《ゆはらのおおきみ》の作である。湯原王は、万葉歌人として有名な志貴皇子《しきのみこ》の第二皇子であり、光仁天皇の弟に当たる御方である。

おそらく、恋人に誘いの歌を贈ったものであろう。今夜のように月の光が照り映えている時に、ぜひお出で下さい。山も、二人を押し隔てるほどではないからですから、という意味であろう。

その湯原王の誘いに対し、相手方は、

月読《つくよみ》の　光《ひかり》は清《きよ》く　照《て》らせれど　惑《まと》へる心《こころ》　思《おも》ひあへなくに

（『万葉集』巻四―671）

と答えているが、あなたは月が澄んでいると言われるが、わたくしは、どうしようかと迷って、行く決心がつきかねている、と返事しているのである。

文字通りに解すれば、確かに、相手は一応躊躇《ちゅうちょ》の気持ちを示しているが、いわばこれは、相手の気をそそる恋の駆引きや媚態の一種の表現であろう。

『播磨国風土記』には、大帯日子命《おおたらしひこのみこと》（景行天皇）が、印南別嬢《いなみのわきいらつめ》に妻問いされるが、彼女は南毗都麻島《なびつましま》と呼ばれる島に、身を隠していた。それを天皇は、苦労の末にやっと見つけ出して結ばれたというが、古代においては、初めての誘いには、必ず一度は断るということが嗜《たしな》みと考えられていたからである。この「ナビツマ」は「隠《な》び妻《つま》」の意である。

ところで「月読」であるが、古代の暦において、月の満ち欠けを見て、日を数えたことから起こった、月を表す言葉である。

月の始まりは新月《しんげつ》で、月はほとんど姿を見せないが、月が運行を始めるという意味で、月立《つきたち》と呼ばれた。「一日《ついたち》」は、この「ツキタチ（月立ち）」に由来し、月の行動の始まりを言い表している。月はそれから次第に姿を現し、三日月などを経て、満月に至る。満月は、「望月《もちづき》」と称する。中国で満月の日を「望《ぼう》」と呼んでいることに由来するものである。ちなみに、中国では月の第一日を「朔《さく》」と呼称し、月の終わりの日は「晦《かい》」と呼ぶ。日本では月の終わりを「月隠《つごもり》」と称している。日本では、衰える生命は、聖なるものに籠もることで更生すると考えた。月も、隠れることで新月として甦《よみがえ》ることになるのである。

一方、太陽がもっとも衰弱し、また再生する日を、冬至《とうじ》というが、この日に、太陽を永遠の象徴である岩戸に隠して、甦生させる儀式が行われていたのである。その宗教的祭礼から、天照大神という日神を天の岩屋戸に封じ込め、やがて、引き出すという神話が生まれることになった。

日の昇る東の位置の推移によって、日の変化を読み、数えることが「日読《かよみ》」、つまり暦《こよみ》である。

日本神話では、月読神《つくよみのかみ》は太陽神の天照大神の弟とされているが、保食神《うけもちのかみ》（食物の神）を殺したため、姉神の天照大神にともに並んで出現することを拒否され、「一《ひと》日《ひ》一《ひと》夜《よ》、隔《へだ》て離《はな》れて住《す》みたまふ」ことになったと伝えられている（「神代紀」）。しかし王朝時代には、日本人は月を愛《め》で、月を見て感傷的気分に浸り、物思いにふける風習が、次第に広まっていったのである。

つくよみの　をちみづ

（月読の　をち水）

西王后（漢代の画像磚）

天橋《あまはし》も　長《なが》くもがも　高山《たかやま》も　高《たか》くもがも　月読《つくよみ》の　持《も》てるをち水《みづ》い取《と》り来《き》て　君《きみ》に奉《まつ》りて　をち得《え》てしかも

（『万葉集』巻十三—3245）

天まで届く橋が、長くあってほしい。高い山もさらに高ければ結構である。月の神が持っていると伝えられている若返りの水を月から取ってきて、君に奉りたいのだ。そうすれば君は、いつでも若返ることが可能だから、の意であろう。

このように、月に若返りの仙薬があるという話は、おそらく中国から伝来したものであろう。「をち水」は、「復水」とも書き、「をち」とは若返ること、復することである。

恒娥《こうが》が西王母《せいおうぼ》の不老不死の仙薬を盗みに、月の世界に赴いたという伝承が、その話の元とされていたのだろう（『淮南子』覧冥訓）。それに対し、日本では、天上の神々より授けられた「天の水」の信仰が、中臣《なかとみ》氏によって伝えられてきたのである。

『中臣の寿詞《よごと》』と称される祝詞には、天忍雲根命《あめのおしくもねのみこと》が、天の浮雲に乗り、天の二上山に至り、神々から「天《あま》の八井《やゐ》」を授かったと記されている。

この聖水は、天皇の「天《あま》つ御膳《みけ》の長御膳《ながみけ》の遠御膳《とほみけ》と千秋《ちあき》の五百秋《いほあき》に、瑞穂《みづほ》を平《たひ》らけく安《やす》く」するものとされていた。

あるいは、『続日本紀』養老元（七一七）年十一月条には、元正天皇が美濃国の不破行宮《ふわのあんぐう》に行幸され、当者（多芸）郡の多度山の美泉をご覧になられたという。その美泉で、手や顔を洗うと、「皮膚《ひふ》は滑《なめらか》なる如《ごと》く、亦《また》、痛《いた》き処《ところ》を洗《あら》うと、除愈《じょゆ》せずということなし」とされ、この美泉を浴びると、「白髪《しらが》は黒《くろ》に変《か》わり、闇目《あんもく》は明《めい》なる如《ごと》し」と伝えられていた。

この聖泉の発見により、元号を霊亀《れいき》から養老《ようろう》に改元されたのである（『続日本紀』養老元（七一七）年十一月条）。

『万葉集』巻四にも、「をち水」が登場する。

わが手本《たもと》　まかむと思《おも》はむ　ますらをは　をち水《みづ》求《もと》め　白髪生《しらかお》ひにたり

（『万葉集』巻四—627）

この歌は、ある娘子が、佐伯赤麻呂《さえきのあかまろ》と恋の戯歌《ざれうた》を交わした時のものである。わたくしの手枕をしようと思うような立派な男なら、若返りの水を探しなさい。白髪が生えていますから、の意味である。佐伯赤麻呂も、それに負けず、

白髪生《しらかお》ふる　ことは思《おも》はず　をち水《みづ》は　かにもかくにも　求《もと》めて行《ゆ》かむ

（『万葉集』巻四—628）

として、白髪が生えていることは気にしていませんが、若返りの水は探し求めて持っていきましょう、と答えている。

この二首の原文では、「をち水」に「変水」の万葉仮名が当てられている。ところで、冒頭の歌は「月読の　持てるをち水」と詠じているが、月を「月読の神」と称するのは、日本の考え方で、すでに『古事記』に見られる。月読は、もともとは日読《かよみ》（暦《こよみ》）に対し、陰暦で月の日々変わる姿を見て、日の移り変わりを知るということからの語である。

つつみなく（恙無く）

瀬戸内を望む「和朝名勝画図」

大伴《おほとも》の　御津《みつ》の浜《はま》びに　直泊《ただは》てに　み船《ふね》は泊《は》てむ　つつみなく　幸《さき》くいまして　はや帰《かへ》りませ

（『万葉集』巻五―894）

この長歌は、天平五（七三三）年閏四月、遣唐使に任ぜられた多治比真人広成《たじひのまひとひろなり》に、発事の帰還を祈って贈った山上憶良の歌の一節である。

大伴の御津の浜辺に向かって一直線に、あなたの乗られる船が恙《つつが》なく幸運にめぐまれて、早く帰ってきてほしい、という意味であろう。

大伴の御津は、大阪市住吉区あるいは中央区の三津寺付近にあったかつての港である。遣唐使の大任を無事に果たしたら、九州の値嘉島《ちかしま》の港から、瀬戸内の海を渡り、すぐに大伴の御津の舟着き場に、帰って来い、と言っているのである。

その反歌に、憶良は、

大伴《おほとも》の　御津《みつ》の松原《まつばら》　かき掃《は》きて　我立《われた》ち待《ま》たむ　はや帰《かへ》りませ

（『万葉集』巻五―895）

と歌っている。

ところで、冒頭の長歌に、「つつみなく」という言葉が見えるが、これは今日でいう「恙なく」に当たる。「つつみ」は「恙《つつが》」とか「障《つつ》み」の意で、差し障りとか病気を意味する言葉である。「恙」は、もともと「つつが虫」の意であり、中国の古代では、この虫の害を蒙《こうむ》ることが多かったようである。

そのため、お互いに「恙無しや」と挨拶を交わしたといわれている（『戦国策』、『文明本節用集』）。

石上乙麻呂《いそのかみのおとまろ》が土佐の国に配流になった時も、

住吉《すみのえ》の　現人神《あらひとがみ》　船舳《ふなのへ》に　うしはきたまひ　着《つ》きたまはむ　島《しま》の崎々《さきざき》　寄《よ》りたまはむ　磯《いそ》の崎々《さきざき》　荒《あら》き波《なみ》　風《かぜ》にあはせず　つつみなく　病《やまひ》あらせず　速《すむや》けく　帰《かへ》したまはね　本《もと》の国辺《くにへ》に

（『万葉集』巻六―1020・1021）

と、住吉の神のご加護で、無事に帰してほしいと歌っている。

乙麻呂は天平十一（七三九）年三月に、藤原宇合《うまかい》の未亡人であった久米連若売《くめのむらじわかめ》と通じたという罪で、土佐の国に流されたのである。

ただ、後に許されて、天平勝宝二（七五〇）年九月に、従三位中納言で薨《こう》じている（『続日本紀』）。

葦原《あしはら》の　瑞穂《みづほ》の国《くに》は　神《かむ》ながら　言挙《ことあ》げせぬ国《くに》　しかれども　言挙《ことあ》げぞ我《あ》がする　事幸《ことさき》く　ま幸《さき》くませと　つつみなく　幸《さき》くいまさば　荒磯波《ありそなみ》　ありても見《み》むと　百重波《ももへなみ》　千重波《ちへなみ》しきに　言挙《ことあ》げす我《あれ》は

（『万葉集』巻十三―3253）

葦原の瑞穂の国は、神の御心のままに従い、わたくしたち人間は、とやかく言うこともなく過ごしてきたが、それでも、わたくしは申し上げたい。何事も順調で、幸運に恵まれ、御無事で、恙なくあられたら、年月を経て、お目にかかりたいと、何度も重ねて申し上げたい、という意味であろう。「柿本人麻呂歌集」の歌である。

万葉の時代では、旅行く人に向かって、「つつみなく」という言葉を、あたかも呪文のように用いているようである。

つのさはふ　いはれ

（つのさはふ　磐余）

磐余宮「西国三十三所名所図会」

『万葉集』の三巻を繙《ひもと》くと、

つのさはふ　磐余《いはれ》も過《す》ぎず　泊瀬山《はつせやま》　何時《いつ》かも越《こ》えむ　夜《よ》はふけにつつ

（『万葉集』巻三―282）

という春日蔵 首老《かすがのくらのおびとおゆ》の歌が載せられている。

この歌は、急いで旅をしているが、いまだ磐余《いわれ》を過ぎていない。泊瀬山はいつ越えられるだろうか。すでに夜は更けていっているのに、という意味である。

磐余道というのは、磐余の池の傍を通る道で、「阿倍の山田の前《さき》の道」（『日本霊異記』上巻二）に当たると考えられている。

磐余の池は、残念ながら現存しないが、かつては橿原市東池尻町から桜井市池ノ内のあたりまで広がっていた池である。

泊瀬山は、長谷山や初瀬山とも表記されるが、桜井市の東部にあり、巻向《まきむく》山《やま》の東に連なる山である。この山麓にあるのが、有名な長谷寺である。

春日蔵首老の歌には、「磐余」の枕詞で「つのさはふ」という言葉がつけられている。

「つのさはふ」は、このように「磐《いわ》」に掛かるものであるが、「つのさはふ」がいかなる意味かは必ずしも詳《つまび》らかでない。

一説には、「つのさはふ」は「角障経《つのさはふ》」と万葉仮名で表記されているから、「つの」、つまり植物の伸びる芽を妨げる（障る）ものである、岩や石ころに掛かる枕詞となったと考えられている。

『万葉集』の長歌にも「つのさはふ　石見《いはみ》の海《うみ》の」（『万葉集』巻二―135）とあって、ここでも「角障経」と表記されている。

「仁徳紀」三十年十一月条にも、

つのさはふ　磐《いは》之《の》媛《ひめ》が　おほろかに　聞《きこ》さぬ　末桑《うらぐは》の木《き》　寄《よ》るましじき　河《かは》の隈隈《くまぐま》　寄《よ》ろほひ行《ゆ》くかも　末桑《うらぐは》の木《き》

（「仁徳紀」）

という仁徳天皇の御歌を収めている。

皇后の磐姫《いわのひめ》が八田皇女《やたのひめみこ》を納《めしい》れたことを、なかなか許してくれない。わたくしの恋心の木、つまり末桑の木が、河のあちこちに流れて取りよせることができない、という嘆きの御歌である。

「末桑」は植物を表すとともに、「心麗《うらぐわ》し」や「心細《うらくは》し」を表し、心に染みるように美しいという意味である。

「仁徳記」では「石《いわ》之《の》比《ひ》売《め》」は、「甚多《いとまね》く嫉妬《ねた》みたまひき。……言立《ことだ》てば、足母《あしも》阿《あ》賀《が》迦《か》邇《に》嫉《ね》妬《た》みたまひき」と、気性の激しく、嫉妬深い女性として描かれている。

そのような女性に「角障経」という枕詞が冠せられると、その言葉の意味が、まさに首肯できるような気がするのである。

「角障経」は、一説には岩角のごつごつした様をいうと考えられているが、夫に裏切られた女性の心は、まさに岩のように、硬く心を閉ざしているのであろうか。

それにしても、「角障経」は難解な言葉である。

つばいち（海石榴市）

筑波山女体権現「二十四輩順拝図会」

「武烈紀」即位前紀には、武烈天皇（小泊瀬稚鷦鷯皇子《おはつせのわかさざぎのみこ》）が、権臣平群真鳥《へぐりのまとり》の息子、平群鮪《しび》と、海柘榴市《つばきち》の巷《ちまた》で歌垣において、影媛《かげひめ》を争った話が伝えられている。

海柘榴市は、現在の奈良県桜井市の椿井や、金屋のあたりといわれているが、衢《ちまた》（巷）は、もっと南の長谷路と山の辺が交差するあたりに考えるべきであろう。

衢は、道と道が交わる所であるから、この地には多くの人が行き交い、時には物々交換をしたり、時には歌垣の会が催された。

海石榴市《つばきち》の　八十《やそ》の衢《ちまた》に　立《た》ち平《なら》し　結《むす》びし紐《ひも》を　解《と》かまく惜《を》しも

（『万葉集』巻十二―2951）

「海石榴市の八十の衢」と歌われるように、多く道が四方に分かれる所が、海石榴市であった。

歌垣が行われる場所は、古代にあっては、山の神の支配される聖域であったようである。この海石榴市が三輪山の山麓に位置し、三輪の神の領域にあったように、筑波山の歌垣も筑波の神が領《うしは》く地域で行われていた。

肥前国杵島《きしま》郡の杵島岳の歌垣も、比古神《ひこかみ》、比売神《ひめかみ》、御子神《みこがみ》の山で行われたものである（『肥前国風土記』逸文、杵島山）。

歌垣は、若い男の群れと、処女の群れがお互いに向き合い、歌を掛け合うことから、「歌垣（歌掛け）」と呼ばれるようになったといわれている。

それに加えて、男の列と女の列が、あたかも垣のごとく並ぶ姿も、歌垣の名に作用しているのであろう。

歌垣は、いわば春の予祝《よしゅく》行事であり、男女の交合によって、大地の豊穣力を強めると考えられていたようである。そのため、この春先の行事は、公認され、むしろ奨励すらされていた。

紫《むらさき》は　灰《はひ》さすものそ　海石榴市《つばきち》の　八十《やそ》の衢《ちまた》に　逢《あ》へる児《こ》や誰《たれ》

（『万葉集』巻十二―3101）

紫染めをするには、媒染《ばいせん》に椿の灰を用いるが、その海石榴《つばき》の名がついた海石榴市の巷でお逢いした方は、どなたか、という意味である。

それに応えて、問われた処女は、

たらちねの　母《はは》が呼《よ》ぶ名《な》を　申《まを》さめど　道行《みちゆ》き人《びと》を　誰《たれ》と知《し》りてか

（『万葉集』巻十二―3102）

と答えている。

母が普段呼んでいる通り名はお知らせしてもよいが、通りすがりに偶然逢った方はどなたか知れないので、わたくしの本名は明かすことはできない、という意味である。

万葉の時代には、プロポーズされた時、自分の本名を告げるということは、相手に我が身をゆだねることを意味した。

古語の「知る」は、支配の意であったことを想起していただければお判りになるであろう。そのため、日常的には通り名を用いており、実名は常に伏せられていたのである。

つまごひに（妻恋ひに）

キジ「景年画譜」

この歌には「長皇子《ながのみこ》と志貴皇子《しきのみこ》と、佐紀宮《さきのみや》に倶《とも》に宴《えん》せし歌」という題がつけられている。

秋《あき》さらば　今《いま》も見《み》るごと　妻恋《つまご》ひに　鹿《か》鳴《な》かむ山《やま》そ　高野原《たかのはら》の上《うへ》（『万葉集』巻一―84）

長皇子は、天武天皇の第四皇子であり、志貴皇子は第七皇子である。このお二人の皇子が、佐紀宮で酒宴を催された時に詠じられたものである。

佐紀の宮は、現在の奈良市の北部の佐紀町あたりにあった長皇子の邸宅であろう。

ちなみに、歌に見える高野原は、奈良市山陵町《みささぎちょう》付近であるといわれている。

秋になると、今も御覧になられるように、妻を恋しがって鳴く鹿が必ずいる山だ。この高野原は、という意味であろう。

この歌にあるように、万葉の人々は、妻恋いという言葉に魅せられていたようである。

春《はる》の野《の》に　あさる雉《きぎし》の　妻恋《つまごひ》に　己《おの》があたりを　人《ひと》に知《し》れつつ（『万葉集』巻八―1446）

この大伴家持の歌は、春の野に餌をあさっている雉が、妻を恋いて鳴くために、かえって自分の存在を人に知られてしまう、という意味である。

おそらくこの歌は、雉の妻恋いに託されてはいるが、家持自らの妻恋いの感情が、いつも人に知られてしまう、と歌っているのであろう。

家持はまた、

山彦《やまびこ》の　相《あひ》とよむまで　妻恋《つまごひ》に　鹿《か》鳴《な》く山辺《やまへ》に　ひとりのみして（『万葉集』巻八―1602）

と鹿の妻恋いも歌っている。

古代の人は、鹿の妻を呼ぶ声を、ことさらに愛好していたようである。仁徳天皇は、八田皇后《やたのひめみこ》とともに、菟餓野《とがの》に鳴く牡鹿の「寥亮《さやか》にして悲《かな》し」い声を、いつもたのしみにされていたと伝えている（「仁徳紀」三十八年七月条）。

ちなみに、この菟餓野は、摂津国八田部郡雄伴郷（兵庫県神戸市兵庫区夢野町）であろう。

秋萩《あきはぎ》の　散《ち》り行《ゆ》く見《み》れば　おほほしみ　妻恋《つまごひ》すらし　さ雄鹿《をしか》鳴《な》くも（『万葉集』巻十―2150）

秋の萩が散っていくのを見ていると、心が鬱陶《うっとう》しくなってくる。妻が恋しいためなのであろうか、雄鹿が悲しく鳴いているのを聞いている、の意である。

これは、恋人のいない男の嘆きの歌であろう。

彦星《ひこほし》の　かざしの玉《たま》し　妻恋《つまごひ》に　乱《みだ》れにけらし　この川《かは》の瀬《せ》に（『万葉集』巻九―1686）

七夕の彦星の挿頭《かざし》の玉が、妻恋いのために散り乱れたのであろうか。この川瀬に、という意味である。

天《あま》の川《がは》　い向《む》かひ居《を》りて　一年《ひととせ》に　二度《ふたたび》逢《あ》はぬ　妻恋《つまごひ》に　物思《ものおも》ふ人《ひと》（『万葉集』巻十―2089）

……

として、ここでも天の川の彦星の「妻恋い」を詠じている。

つまごもる（妻隠る）

古代の女性「前賢故実」

妹《いも》が袖《そで》　さやにも見《み》えず　妻《つま》ごもる　屋上《やかみ》の山《やま》の　雲間《くもま》より　渡《わた》らふ月《つき》の　惜《を》しけども……

（『万葉集』巻二―135）

妻が、別れゆくわたくしに振る袖は、はっきり見えないが、屋上の山の雲間から、空を渡っていく月のように、名残惜しくてならない、という意味である。

この歌は、石見の国から京に帰る柿本人麻呂が石見の国の妻と別れを惜しむ歌の一場面である。

ちなみに、屋上山は、島根県江津市浅利町の高仙山であろうといわれている。

この長歌では「妻ごもる　屋上《やかみ》の山《やま》」とあるが、「妻隠《つまごも》る」が「屋」に掛かる枕詞として用いられている例の一つであろう。

「妻隠る」と聞けば、わたくしたちは『古事記』に見える、

八雲立《やくもた》つ　出雲八重垣《いづもやへがき》　妻籠《つまご》みに　八重垣作《やへがきつく》る　その八重垣《やへがき》を

（「神代記」）

を思い出す。

「武烈紀」の、

春日《はるひ》　春日《かすが》を過《す》ぎ　妻隠《つまごも》る　小佐保《をさほ》を過《す》ぎ……

（「武烈紀」即位前紀）

という物部麁鹿火《あらかひ》の娘、影媛《かげひめ》の道行の歌にも、「小佐保」の「を」に掛かる枕詞として「妻隠る」が用いられている。

『万葉集』においても、

妻隠《つまごも》る　矢野《やの》の神山《かみやま》　露霜《つゆしも》に　にほひそめたり　散《ち》らまく惜《を》しも

（『万葉集』巻十―2178）

として、「妻隠る」が、「矢野」の「や」に掛かる言葉として歌われている。

このように、「妻隠る」が「屋《や》」などに掛かるというのは、妻が家を守ることや、祭祀の時には女性が家の中に隠り、男性らは外に出されることに由来するのであろう。

この歌は、矢野の神山が、露霜《つゆしも》を受けて色づきはじめた。散るのはまことに惜しい、という意味である。

矢野の地名は、播磨国赤穂郡八野（矢野郷）、備後国甲奴郡矢野郷、出雲国神門郡八野（矢野）郷をはじめ、各地に見られるので、いずれの地であるか必ずしも詳《つまび》らかではない。

神山は固有名詞とも考えられるが、単に普通名詞として、神が祀られている山と解することも可能かと思われる。

この歌の題詞には「黄葉《もみち》を詠《よ》みき」とあり、矢野の神山の黄葉を歌ったものである。あえて「黄葉」と記されていることから、秋になると葉を黄に変える木なのであろう。

神山を黄葉が覆いつくした後の、落葉する頃を思い、惜しいと歌っているのであろう。

つゆしもの（露霜の）

朝露を置く粟津野
「和朝名勝画図」

難波《なには》の国《くに》に　あらたまの　年経《としふ》るまでに　白《しろ》たへの　衣《ころも》も干《ほ》さず
朝夕《あさよひ》に　ありつる君《きみ》は　いかさまに　思《おも》ひいませか　うつせみの
惜《を》しきこの世《よ》を　露霜《つゆしも》の　置《お》きて去《い》にけむ　時《とき》にあらずして

（『万葉集』巻三—443）

難波に出張し、着る物を洗い干すひまもなく、朝夕、懸命に奉仕されていた君は、一体、どのように思われてか、惜しいこの世を後にして、去ってしまったのか。まだ死ぬ年を迎えていないのに、という意味である。

この挽歌は、天平元（七二九）年に、摂津国の班田使《はんでんし》として遣わされた史生《ししょう》の丈部竜麻呂《はせつかべのたつまろ》が自殺したのを、その上司であった大伴三中《みなか》が、悼んで詠んだ歌である。

この歌では、「露霜の」は「置く」に掛けられた枕詞であるが、同時に、露霜のような、はかなく散った命を象徴する言葉としても用いられているようである。

玉藻《たまも》なす　なびき我《わ》が寝《ね》し　しきたへの　妹《いも》が手本《たもと》を　露霜《つゆしも》の　置《お》きてし来《く》れば……

（『万葉集』巻二—138）

の歌でも、「露霜の」は、「置く」に掛けられている。

かぎろひの　春《はる》にしなれば　春日山《かすがやま》　三笠《みかさ》の野辺《のへ》に　桜花《さくらばな》　木《こ》の暗《くれ》
隠《がく》り　かほ鳥《とり》は　間《ま》なくしば鳴《な》き　露霜《つゆしも》の　秋《あき》さり来《く》れば……

（『万葉集』巻六—1047）

の長歌では、「露霜の」は「秋」に掛かる枕詞となっている。

おそらく、露霜の降りる秋という意味から、露霜は「秋」の枕詞として用いられたのであろう。

露霜《つゆしも》の　秋《あき》に至《いた》れば　野《の》もさはに　鳥《とり》すだけりと　ますらをの　伴《とも》
誘《いざな》ひて……

（『万葉集』巻十七—4011）

大伴家持の歌である。秋になると、野原には多くの鳥が集まってくるから出かけようと、役所の仲間を誘い、という意味である。

この歌でも「露霜の」は「秋」に掛けられている。

引《ひ》き放《はな》つ　矢《や》のしげけく　大雪《おほゆき》の　乱《みだ》れて来《き》たれ　まつろはず　立《た》ち
向《む》かひしも　露霜《つゆしも》の　消《け》なば消《け》ぬべく　行《ゆ》く鳥《とり》の　争《あらそ》ふはしに……

（『万葉集』巻二—199）

引き放つ矢は間断なく射られるが、大雪のように絶え間なく飛んでくるので敵は露霜のように消えてしまえと、朝廷の軍は先を争って戦っている、という意味である。

この長歌は、高市皇子《たけちのみこ》の殯宮《もがりのみや》で、壬申《じんしん》の乱で先頭に立って奮戦された皇子の様子を柿本人麻呂が歌ったものである。

秋《あき》さらば　妹《いも》に見《み》せむと　植《う》ゑし萩《はぎ》　露霜負《つゆしもお》ひて　散《ち》りにけるかも

（『万葉集』巻十—2127）

にも、露霜の言葉が用いられているが、これは枕詞ではないであろう。

秋になったら妻に見せようと思って、植えた萩は、露や霜のために散ってしまった、という意味である。

この歌は、露霜を受け、美しい黄葉を枯らしていく初冬の季節ならではの感慨といってよいであろう。

つるぎたち（剣大刀）

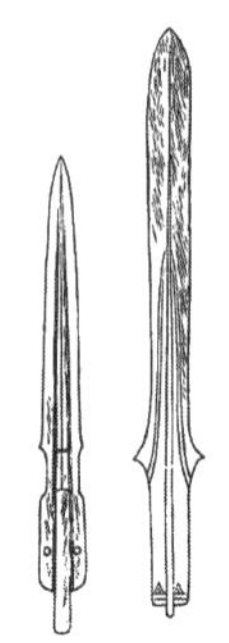

銅剣「考古便覧」

石枕《いしまくら》　苔《こけ》むすまでに　新《あら》た夜《よ》の　幸《さき》く通《かよ》はむ　事計《ことはか》り　夢《いめ》に見《み》せこそ　剣大刀《つるぎたち》　斎《いは》ひ祭《まつ》れる　神《かみ》にしませば
（『万葉集』巻十三—3227）

石の枕に苔が生える時まで、夜ごと夜ごと、無事に通い続けることが叶う手段を、夢に見せてほしい。大切に祀っている神であるならば、という意味である。この神は、神奈備の三諸《みもろ》の山、つまり三輪山の神である。

この歌では、「剣大刀　斎ひ祭れる　神」として、「剣大刀」は「斎ふ」に掛けられている。「斎ふ」は「神を斎《いつ》き祀る」ことである。朝廷の神事を司る「忌部《いんべ》」が「斎部《いんべ》」と改めたのも、この一族が朝廷の祭る神を斎き祀っていたからである。

刀剣は、我が身を護る武器ではあるが、古代の人々は、この剣大刀の剣先に、つねに自らの守護神を憑依《ひょうい》せしめていたようである。普段はこれを祭殿に置き、斎き祀っていたのである。

そのことから、「斎ふ」に掛かる枕詞として、「剣大刀」が用いられたのであろう。

舎人《とねり》の子《こ》らは　行《ゆ》く鳥《とり》の　群《む》れて侍《さもら》ひ　あり待《ま》てど　召《め》したまはねば　剣大刀《つるぎたち》　磨《と》ぎし心《こころ》を　天雲《あまくも》に　思《おも》ひはぶらし　臥《こ》いまろび　ひづち泣《な》けども　飽《あ》き足《だ》らぬかも
（『万葉集』巻十三—3326）

宮仕えをしている舎人達は、群れてお仕えしていたが、いくら待ってもお召しがないので、一生懸命お仕えするために、日頃から磨き上げてきた心も、いつしか離れ去っていく天雲のようだ。ころげまわって、泥にまみれて泣いているが、わたくしたちはそれでも飽き足らない、という意味である。

この挽歌では、「剣大刀」は「磨く」に掛けられている。

だが、次の『万葉集』の、

常世辺《とこよへ》に　住《す》むべきものを　剣大刀《つるぎたち》　己《な》が心《こころ》から　おそやこの君《きみ》
（『万葉集』巻九—1741）

では、「己《な》」に掛けられている。

この歌は、浦島子《うらしまこ》を批判した歌である。常世の国に赴いて住んでいるべきなのに、故郷恋しの一念で、自ら故郷に帰ってくるなんて、おろかだなあ、この人は、という意味である。

「剣大刀」が「な」に掛かるのは、片刃《かたな》（大刀）に由来するといわれている。だが、わたくしはむしろ、剣大刀を持つ「武人《もののふ》」は、「名」を惜しむからではないかと思っている。

剣《つるぎ》　大刀《たち》　名《な》の惜《を》しけくも　我《われ》はなし　君《きみ》に逢《あ》はずて　年《とし》の経《へ》ぬれば
（『万葉集』巻四—616）

の歌は、「名を惜しむ」に「剣大刀」が掛けられている。

また剣大刀は、身につけるものであるから、「身に添ふ」に掛かる枕詞としても用いられている。

うち鼻《はな》ひ　鼻《はな》をそひつる　剣大刀《つるぎたち》　身《み》に添《そ》ふ妹《いも》し　思《おも》ひけらしも
（『万葉集』巻十一—2637）

鼻がむずむずしてきて、くしゃみが出た。いつも身に添う恋人がわたくしを思ったのだろう、という意味である。どうも鼻もちならぬ歌である。

つれもなく

ヤマブキ「備荒草木図」

つれもなく　離《か》れにしものと　人《ひと》は言《い》へど　逢《あ》はぬ日《ひ》まねみ　思《おも》ひそ我《あ》がする
（『万葉集』巻十九―4198）

この歌は、大伴家持の妹の作である。「つれもなく」は、人の気持ちを汲もうともしないでとか、人の気持ちにもかまわずに、の意である。

山吹《やまぶき》の　花《はな》とり持《も》ちて　つれもなく　離《か》れにし妹《いも》を　偲《しの》ひつるかも
（『万葉集』巻十九―4184）

の歌にも、「つれもなく」の言葉が見えるが、この歌も、同じく大伴家持の妹のものとされている。

だが、「つれもなし」は、『万葉集』でも多義的に用いられていたようである。例えば、

つれもなき　佐田《さだ》の岡辺《をかへ》に　帰《かへ》り居《ゐ》ば　島《しま》の御橋《みはし》に　誰《たれ》か住《す》まはむ
（『万葉集』巻二―187）

の歌の「つれもなき」は、「縁もゆかりも無い」の意である。万葉仮名では「所由無」を「つれもなき」と訓《よ》ませている。

大伴坂上郎女《さかのうえのいらつめ》が、新羅より帰化した尼の理願《りがん》の死を傷み、

いかさまに　思《おも》ひけめかも　つれもなき　佐保《さほ》の山辺《やまへ》に　泣《な》く子《こ》なす　慕《した》ひ来《き》まして　しきたへの　家《いへ》をも造《つく》り……
（『万葉集』巻三―460）

と歌っている。この「つれもなき」も「縁もない」の意味にとるべきであろう。

しかし、

つれもなく　あるらむ人《ひと》を　片思《かたも》ひに　我《われ》は思《おも》へば　苦《くる》しくもあるか
（『万葉集』巻四―717）

の「つれもなく」は、わたくしに一向関心を向けぬ人、の意である。

この場合の「つれもなし」は「面《つら》も無《な》し」であろう。「つれなし」を『節用集』では「強顔」とか「強面」を「つれなし」と訓《よ》んでいる。

ただ、笠朝臣金村《かさのあそみかなむら》の「難波京《なにはのみや》に幸《みゆき》したまひし時」の歌に、

おしてる　難波《なには》の国《くに》は　葦垣《あしかき》の　古《ふ》りにし里《さと》と　人皆《ひとみな》の　思《おも》ひやすみて　つれもなく　ありし間《あひだ》に……
（『万葉集』巻六―928）

の「つれもなき」は、無関心の意であろう。

難波の国は、葦垣の古びた里だと、人々が思いを寄せることもなく、心にもかけなくなっていった間に、というのが大意であろう。

「つれ」は「連れ」の意で、関係や関わり合いを示す言葉である。

そこから「つれもなし」は「無関係」の意味となったのであろう。

家人《いへびと》の　待《ま》つらむものを　つれもなき　荒磯《ありそ》をまきて　臥《ふ》せる君《きみ》かも
（『万葉集』巻十三―3341）

家の人が、いつ帰るかと心待ちにしているのに、あなたはゆかりもない荒磯を枕にして寝ている。つまり、他郷で死んでしまったという意味である。いうまでもなく、荒磯に臥すとは、海辺に打ち上げられた死体のことである。海難にあって、不慮の死を遂げた人を悼む歌である。

てにまきもちて

（手に巻き持ちて）

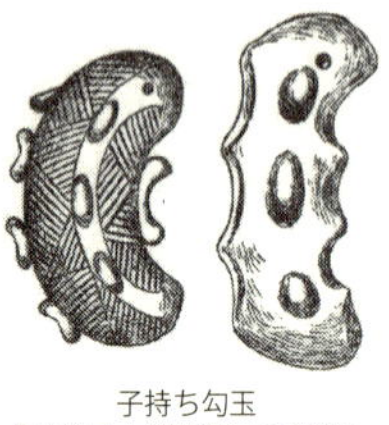

子持ち勾玉
「古代日本遺物遺跡の研究」

我《あ》が恋《こ》ふる君《きみ》　玉《たま》ならば　手《て》に巻《ま》き持《も》ちて　衣《きぬ》ならば　脱《ぬ》く時《とき》もなく　我《あ》が恋《こ》ふる　君《きみ》そ昨夜《きぞのよ》　夢《いめ》に見《み》えつる

（『万葉集』巻二—150）

この長歌は天智天皇が崩じられた時、ある婦人が詠んだ歌である。「天智紀」十年十二月条に「天皇《すめらみこと》、近江宮《あふみのみや》に崩《かむあが》りましぬ」と記されている。わたくしが恋い慕う大君、玉であったらいつも手に巻きつけて持ち、衣類だったら、決して身につけたままにして解く時もない。いつも、わたしの心のなかから離れずに、恋い慕っている大君よ。そのためか、昨日の夜に夢に見えた、という慕情を述べた歌である。

この歌に、「玉ならば　手に巻き持ちて」と歌われているが、肌身離さず常に身につけておくことをいうのであろう。

人言《ひとごと》の　繁《しげ》きこのころ　玉《たま》ならば　手《て》に巻《ま》き持《も》ちて　恋《こ》ひざらましを

（『万葉集』巻三—436）

の恋の歌にも、「玉ならば　手に巻き持ちて」と歌っている。

玉を手に巻くというのは、玉を連ねて輪にして、手首にはめていることをいうのであろう。

「神代記」にも、高天《たかま》の原に、荒振る神の須佐之男命を迎えられた天照大神が「左右《ひだりみぎ》の御手《みて》にも、各《おのおの》八尺《やさか》の勾璁《まがたま》の五百津《いほつ》の美須麻流《みすまる》の珠《たま》を纏《ま》き持《も》ちて」と記されている。

玉を手に巻くというのは、決して神話だけの話ではなく、古代の女性は、装飾用としてではなく、玉（魂）の呪力を信じて身につけていた。

玉をつけることは、恋する人の魂を、わが身に付着させると考えていたようである。

海人娘子《あまをとめ》らが　うなげる　領巾《ひれ》も照《て》るがに　手《て》に巻《ま》ける　玉《たま》もゆららに　白《しろ》たへの　袖振《そでふ》る見《み》えつ　相思《あひおも》ふらしも

（『万葉集』巻十三—3243）

この歌は、阿胡《あご》の海の荒磯に、浜菜を採む海人の娘子を歌ったものである。阿胡の海は、摂津の住吉の海の一部であろう。『万葉集』にも、

時《とき》つ風《かぜ》　吹《ふ》かまく知《し》らず　阿胡《あご》の海《うみ》の　朝明《あさけ》の潮《しほ》に　玉藻《たまも》刈りてな

（『万葉集』巻七—1157）

と歌われている。

先の長歌は、海人の乙女たちが、首にかけている領巾も照り映えている。手に巻いた玉もゆらゆら揺れて、衣の袖を振っているのが見える。それは、わたくしのことを思っているのだろうか、という意味である。

これら、領巾を振り、玉もゆらゆらさせて、袖を振ることは、古代にあって、すべて魂呼《たまよ》びの呪法であった。

それゆえに、それを目にした男は、

阿胡《あご》の海《うみ》の　荒磯《ありそ》の上《うへ》の　さざれ波《なみ》　我《あ》が恋《こ》ふらくは　止《や》む時《とき》もなし

（『万葉集』巻十三—3244）

と歌うのである。

とききぬの（解き衣の）

古代の女性「絵本常盤草」

あらたまの　月重《つきかさ》なりて　妹《いも》に逢《あ》ふ　時《とき》さもらふと　立《た》ち待《ま》つに
我《わ》が衣手《ころもで》に　秋風《あきかぜ》の　吹《ふ》き反《かへ》らへば　立《た》ちて居《ゐ》て　たどきを知《し》らに
むら肝《きも》の　心《こころ》いさよひ　解《と》き衣《きぬ》の　思《おも》ひ乱《みだ》れて　いつしかと　我《あ》が
待《ま》つ今夜《こよひ》　この川《かは》の　流《なが》れの長《なが》く　ありこせぬかも

（『万葉集』巻十―2092）

月が重なり、妻に逢う時が来るのを立って待っていると、わたくしの衣の袖が秋風に吹き返されている。わたくしは立ったり座ったりして、どうしてよいか判らない。心はやたらに迷い、思い乱れているのだ。わたしがあなたを待っている今宵は、夜明けが来ずに、この川の流れのように夜の間がずっと長くあってほしいのだ、という意味である。

というのも、妻問いの時間は、夜明け前に終わるからである。

この長歌に、「解き衣の　思ひ乱れて」という句が挿入されているが、「解き衣」は、縫糸を解きほぐした衣（着物）で、各部分がばらばらに置かれるところから、「乱れる」に掛かるといわれている。しかし、「解き衣」の「解く」は、『古事記』の八千矛神《やちほこのかみ》（大国主命《おおくにぬしのみこと》）の妻問いの歌に「大刀《たち》が緒《を》もいまだ解《と》かずて」とあるように「解く」は、身からはずすことである。つまり端的にいえば「解き衣」は、身につけている衣を解いて、恋人を迎えることではないだろうか。

それゆえに、その決断に「思い乱る」ことから、「恋ひ乱る」などに掛かる枕詞となったのではあるまいか。

「天智紀」十年十二月条にも、童謡《わざうた》として、

臣《おみ》の子《こ》の　八重《やへ》の紐解《ひもと》く　一重《ひとへ》だに　いまだ解《と》かねは　御子《みこ》の紐解《ひもと》く

……

（「天智紀」）

と歌われている。また、『万葉集』にも、

我妹子《わぎもこ》が　下《した》にも着《き》よと　贈《おく》りたる　衣《ころも》の紐《ひも》を　我解《あれと》かめやも

（『万葉集』巻十五―3585）

の歌が見える。

つまり、解き衣は、衣の紐を解くことで、身を相手にゆだねる行為であったから、乙女は思い乱れ、逡巡するのであろう。

解《と》き衣《きぬ》の　思《おも》ひ乱《みだ》れて　恋《こ》ふれども　なぞ汝《な》がゆゑと　問《と》ふ人《ひと》もなき

（『万葉集』巻十一―2620）

わたくしは、思い乱れて恋しているのに、どうして人々は「恋しい人のせいではないか」と尋ねないのだろうか、という意味である。

恋は秘めごとであるが、その反面、自分の恋心を誰かに知ってもらいたいという欲求が、どうもわきおこるようである。噂になりたいわけでもないが、その反面、いつまでも心の奥に秘めていることも苦しい。それで、せめて身近な人には理解してもらい、時には慰めの言葉をかけてほしいのである。それが本当の乙女心であろう。

『万葉集』には、このように現代の人々と少しも変わらぬ恋愛感情が歌い込まれている。このことも今もって『万葉集』が読まれている所以であろう。

ときじき（時じき）

フジ「花卉画譜」

み吉野《よしの》の　耳我《みみが》の山《やま》に　時《とき》じくそ　雪《ゆき》は降《ふ》るといふ　間《ま》なくそ　雨《あめ》は降《ふ》るといふ　その雪《ゆき》の　時《とき》じきがごと　その雨《あめ》の　間《ま》なきがごとく　隈《くま》もおちず　思《おも》ひつつぞ来《こ》し　その山道《やまみち》を

（『万葉集』巻一―26）

吉野の耳我の山に、絶え間なく雪は降るという。間断なく雨は降るという。その雪が絶え間のないように、あるいは、雨が切れ間なく降るように、道の曲り角ごとに物思いしてきた、その山道を、という意味である。

おそらく、その前に載せられた歌から、天武天皇の御歌と考えてよいであろう。

天智天皇十（六七一）年十月に、天智天皇が皇子の大友皇子に皇位を譲られる御意志のあることを察して、皇太弟の大海人皇子《おおあまのみこ》（後の天武天皇）は、頭の髪を剃って、逃げるように吉野に脱出したのである。

大海人皇子は、肉親の兄からも疎まれ、雨や雪降る山道を辿って吉野に逃れたのである。

その苦しい想い出が、吉野をふたたび訪問された時によみがえり、歌われた御製が先の御歌であろう。

その苦しさを伝えるかのように、

み吉野《えしの》の　吉野《えしの》の鮎《あゆ》　鮎《あゆ》こそは　島傍《しまへ》も良《え》き　え苦《くる》しゑ　水葱《なぎ》の下《もと》　芹《せり》の下《もと》　吾《あ》は苦《くる》しゑ

（「天智紀」十年十二月条）

という歌も伝えられている。

冒頭の御製には「時じく」「時じき」という言葉が、繰り返し用いられているが、多遅摩毛理《たぢまもり》（田道間守）が常世《とこよ》の国から、「非時《ときじく》の香菓《かくのみ》」（「垂仁記」、「垂仁紀」九十年条）をもたらしたとあるように、非時、つまり時を定めず、という意味である。

「履中紀」三年十一月条にも、冬の季節にもかかわらず桜の花が天皇の盃の中に落ちたので、「非時《ときじく》にして来《きた》れり」と述べられたと伝えている。

間《ま》なくそ　人《ひと》は汲《く》むといふ　時《とき》じくそ　人《ひと》は飲《の》むといふ　汲《く》む人《ひと》の　間《ま》なきがごとく　飲《の》む人《ひと》の　時《とき》じきがごと　我妹子《わぎもこ》に　我《あ》が恋《こ》ふらくは　止《や》む時もなし

（『万葉集』巻十三―3260）

この水は、「小治田《をはりだ》の年魚道《あゆぢ》の水《みづ》」である。

奈良県明日香村の小治田の水を歌ったものであるが、多武峯の北限、鮎谷に至る道にわき出《いず》る水であるといわれている。

我《わ》がやどの　時《とき》じき藤《ふぢ》の　めづらしく　今《いま》も見《み》てしか　妹《いも》が笑《ゑ》まひを

（『万葉集』巻八―1627）

この歌は、大伴家持が妻の大伴坂上大嬢《おおいらつめ》に、非時《ひじ》の藤の花と芽子《はぎ》（萩）の黄葉を贈ったときの歌である。

我が家の庭に咲いている、季節はずれの藤の花がめずらしく咲くように、あなたの笑顔を時には見せに来てほしい、という意味であろう。この「時じき」は、思わざる時、訪問することを意味するのであろう。

ときつかぜ（時つ風）

狭岑島「金毘羅参詣名所図会」

船《ふね》浮《う》けて　我《わ》が漕《こ》ぎ来《く》れば　時《とき》つ風《かぜ》　雲居《くもゐ》に吹《ふ》くに　沖見《おきみ》れば　とゐ波立《なみた》ち　辺見《へみ》れば　白波《しらなみ》さわく……

（『万葉集』巻二―220）

この歌は、柿本人麻呂が讃岐の狭岑島《さみねじま》で死体を見つけた時の歌である。

狭岑島は、香川県坂出市沙弥島であるが、現在では、海が埋立てられて、陸続きとなっている。

讃岐の那珂の港から、舟を浮かべて、わたくしが漕いで来ると、時を定めて吹く風が雲間のかなたから吹きつけてくる。そのため、沖を見ると盛り上る波が立ち、岸辺を見ると白波がざわめいている、という意味であろう。

この歌に見える「時つ風」は、時にかなった風の意で、潮が満ちてくる時、それに合わせるかのように吹いてくる風である。

時《とき》つ風《かぜ》　吹《ふ》くべくなりぬ　香椎潟《かしひがた》　潮干《しほひ》の浦《うら》に　玉藻刈《たまもか》りてな

（『万葉集』巻六―958）

この歌は、大宰小弐《だざいのしょうに》であった小野老《おゆ》が、香椎潟の景色を歌ったものである。時を定めて吹く風が、まさに吹く時期となった。香椎の潟で玉藻を刈ろう、という意味である。

香椎は『和名抄』で「加須比《かすひ》」と訓《よ》ませているから、古代は「カスヒ」とも称していたようである。

「仲哀紀」八年条には、「橿日《かしひ》」と記されているが、現在の福岡市東区香椎の地である。

潟は、遠浅の海で、干満によって陸地が現れたり、海になったりする所である。

古代では、この潟が、船着き場として利用されたという。

時《とき》つ風《かぜ》　吹《ふ》かまく知《し》らず　阿胡《あご》の海《うみ》の　朝明《あさけ》の潮《しほ》に　玉藻刈《たまもか》りてな

（『万葉集』巻七―1157）

決まった時間には、吹く風が吹いてくるかも判らない。だから、阿胡の海で、夜明けに潮がひいたら、玉藻を刈ろう、という意味である。

この歌は、住吉の阿胡の海の玉藻刈りの歌である。

玉藻は美しい藻の意味であるが、「玉藻刈る」は、そのような行為が行われている海辺に掛かる枕詞としても用いられているようである。

玉藻刈《たまもか》る　辛荷《からに》の島《しま》に　島廻《しまみ》する　鵜《う》にしもあれや　家思《いへおも》はざらむ

（『万葉集』巻六―943）

この山部赤人の歌は、玉藻を刈る辛荷の島で、島めぐりをしながら魚を捕っている鵜であろうか、わたくしは、家を思わずにはいられない、という意味である。

辛荷の島は、『播磨国風土記』揖保郡韓荷島に「韓人《からひと》、船《ふね》を破《やぶ》りて漂《ただよ》へる物《もの》、此《こ》の島《しま》に漂《ただよ》ひ就《つ》きき。故《かれ》、韓荷島《からにしま》と号《なづ》く」と見える。

現在の、兵庫県たつの市御津町の室津港の沖の小島であるという。

ときはなす（常磐なす）

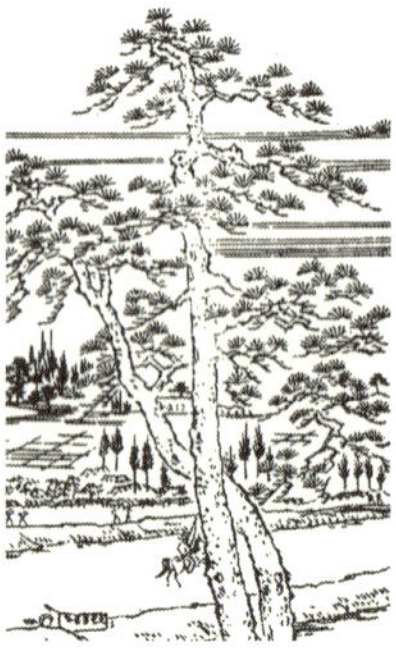

マツ「江戸名所図会」

常磐《ときは》なす　岩屋《いはや》は今《いま》もありけれど　住《す》みける人《ひと》そ　常《つね》なかりける

（『万葉集』巻三―308）

永遠に変わることない岩屋は、今も変わらずにあるけれど、住んでいる人は、永遠に変わらないことはない、という意味だろう。岩屋に籠もるというのは、おそらく、僧侶などの修行者のことについて述べているのであろう。

俗世を絶って、山奥の岩屋に籠もる僧侶も、結局は無常のさだめから免れられず、いつかは亡くなり、住む僧侶も時代とともに変わっていくという、仏教的な諦観の歌であろう。

嵯峨天皇が尊敬される玄賓僧都《げんぴんそうず》に贈られた漢詩の一節にも、「苦行《くぎょう》して独《ひと》り老《を》ゆ　山中《さんちゅう》の室《むろ》」（『凌雲集』）と詠じられている。

常磐《ときわ》は、常磐《とこいわ》で、時代を超えて不変なる岩の意である。日本においては、昔より、岩は不変という信仰があったようである。

「神代記」には、天孫瓊瓊芸能命《てんそんににぎのみこと》に、大山津見神《おおやまつみのかみ》は、石長比売《いわながひめ》を献じたが、その時、「雪零《ゆきふ》り、風吹《かぜふ》くとも、恒《つね》に石《いは》の如《ごと》くに、常《とき》はに堅《かき》はに動《うご》かず坐《ま》さむ」（「神代記」）として、永遠の生命を保証したと伝えている。

それゆえ、『祝詞《のりと》』には、しばしば常磐なる寿詞《よごと》が見られるのである。祈年祭《としごいのまつり》の祝詞にも、「皇御孫《すめみま》の命《みこと》の御世《みよ》を、手長《てなが》の御世《みよ》と、堅磐《かきは》に常磐《ときは》に斎《いは》ひまつり」とある。

『万葉集』にも、

吉野川《よしのがは》　石《いは》と柏《かしは》と　常磐《ときは》なす　我《われ》は通《かよ》はむ　万代《よろづよ》までに

（『万葉集』巻七―1134）

と歌われている。

八千種《やちくさ》の　花《はな》は移《うつ》ろふ　常磐《ときは》なる　松《まつ》のさ枝《えだ》を　我《われ》は結《むす》ばな

（『万葉集』巻二十―4501）

数多くの花は、いつかは移ろい枯れていく。それゆえ、永遠に変わらぬ松の枝を結ぼう、という大伴家持の歌である。

常磐の松は、神の降臨を「待つ」木と見なされたから、この松の枝を結ぶというのは、その結び目に、自らの魂を結びつけ、袖の保護を祈る呪術であった。

岩代《いはしろ》の　浜松《はままつ》が枝《え》を　引《ひ》き結《むす》び　ま幸《さき》くあらば　またかへりみむ

（『万葉集』巻二―141）

この歌は、無実の罪で紀の湯に護送される途中で、有間皇子《ありまのみこ》が詠じた歌である。常磐なる神木の松に、自分の魂を結びつけ、生命の無事を祈ったものである。

しかし常磐の信仰も、しだいに揺らいでいき、

常磐《ときは》なす　かくしもがもと　思《おも》へども　世《よ》の事《こと》なれば　留《とど》みかねつも

（『万葉集』巻五―805）

という、山上憶良の嘆息の声を、耳にしなければならなくなるのである。

とこみや（常宮）

山部赤人「聯珠百人一首」

御食向《みけむ》かふ　城上《きのへ》の宮《みや》を　常宮《とこみや》と　定《さだ》めたまひて　あぢさはふ　目《め》言《こと》も絶《た》えぬ……

（『万葉集』巻二―196）

城上の宮を永遠の宮殿とお定めになられ、目で見ることも、言葉を交わすことも絶ってしまった、という意味である。

この柿本人麻呂の長歌の一節は、明日香皇女《あすかのひめみこ》が薨《こう》じ、遺骸が木瓱《きのへ》の殯宮《あらきのみや》に置かれた時の挽歌である。

『続日本紀』文武天皇四（七〇〇）年四月条に「明日香皇女薨《あすかのひめみここう》ず。……天智《てんじ》天皇《てんのう》の皇女《ひめみこ》なり」と記されている。

明日香皇女の嬪宮は、城上に設けられたのである。城上は、大和国広瀬郡城戸郷であり、現在の奈良県北葛城郡河合町である。

この長歌で、死者を安置する殯宮を常宮《とこみや》と称しているのは、不思議であるが、もう一度、甦生してほしいという願望が込められているのであろう。

柿本人麻呂は、高市皇子《たけちのみこ》（天武天皇の第一皇子）の殯宮も、

神葬《かむはぶ》り　葬《はぶ》りいませて　あさもよし　城上《きのへ》の宮《みや》を　常宮《とこみや》と　高《たか》くまつりて　神《かむ》ながら　しづまりましぬ……

（『万葉集』巻二―199）

と詠んでいる。

『魏志倭人伝』に、すでに記されているように、古代の人々は、死者をただちに墓に埋めずに、「殯《もがり》」と称する「魂呼《たまよ》び」の時期を設けていた。人間は死んだ後、その魂は、一定期間、身のまわりに浮遊すると考えられていたからである。

いわば、殯の場所は、甦生を試みるところであったから、ことさらに「常宮」という名を与えていたのであろう。

やすみしし　わご大君《おほきみ》の　常宮《とこみや》と　仕《つか》へ奉《まつ》れる　雑賀野《さひかの》ゆ　そがひに見《み》ゆる　沖《おき》つ島《しま》……

（『万葉集』巻六―917）

この山部赤人の長歌は、神亀元（七二四）年十月に、聖武天皇が、紀伊の国へ行幸された時のものである。

雑賀野は、現在の和歌山市の雑賀《さいか》町付近にあった野であろう。

『万葉集』には、

紀伊《き》の国《くに》の　雑賀《さひか》の浦《うら》に　出《い》で見《み》れば　海人《あま》の灯火《ともしび》　波《なみ》の間《ま》ゆ見《み》ゆ

（『万葉集』巻七―1194）

として、雑賀の浦の夜景が歌われている。

山部赤人の長歌の中でも、紀伊の行宮《あんぐう》を「常宮」とたたえている。行宮は、いわば旅先で設けられる一時的な仮宮《かりのみや》であるが、ここでも、天皇の万世《よろずよ》であることを祈って常宮と称したのであろう。

「常宮」の「常」は、お仕えする方々の、永遠なることを祈願する言葉と解すべきであろう。

『祝詞』の一節にも「御寿《おほみいのち》を手長《てなが》の御寿《おほみいのち》と、ゆつ磐《いは》むらの如《ごと》く、常磐《ときは》に堅《かき》磐《は》に茂《も》し、御世《みよ》に幸《さき》はへたまへ」と述べられていることを想起していただければ、お判りになるだろう。

としのはに（年のはに）

鵜飼の篝火「紀伊国名所図会」

年《とし》のはに　春《はる》の来《き》たらば　かくしこそ　梅《うめ》をかざして　楽《たの》しく飲《の》まめ
（『万葉集』巻五―833）

年ごとに春が来たならば、このようにして、梅を髪に挿して、楽しく飲もうよ、という意味である。

梅を髪に挿すことは、春一番に咲く、梅の呪力を身につける宗教的な行為であったようである。

この野氏宿奈麻呂《やじのすくなまろ》の歌の冒頭の「年のは」は年の初めの意味ではなく、「年のはごと」、つまり「毎年」のことである。

年《とし》のはに　かくも見《み》てしか　み吉野《よしの》の　清《きよ》き河内《かふち》の　激《たぎ》つ白波《しらなみ》
（『万葉集』巻六―908）

この歌の「年のは」には万葉仮名で「毎年《としのは》」と書かれている。

『万葉集』の、

年《とし》のはに　来鳴《きな》くものゆゑ　ほととぎす　聞《き》けば偲《しの》はく　逢《あ》はぬ日《ひ》を多《おほ》み
（『万葉集』巻十九―4168）

の註に、「毎年、これを『等之乃波《としのは》』と謂《い》ふ」と明記されている。

この歌は、毎年、来て鳴く霍公鳥《ほととぎす》の声を聞けば、偲ばれるよ。久しくほとぎすに逢わなかったから、という意味である。

年《とし》のはに　鮎《あゆ》し走《はし》らば　辟田川《さきたがは》　鵜八《うや》つ潜《かづ》けて　川瀬《かはせ》尋《たづ》ねむ
（『万葉集』巻十九―4158）

毎年、鮎が川を走りのぼるならば、辟田川に鵜を八羽潜《もぐ》らせて、川瀬をたどって行こう、という意味である。

この歌は鵜飼の歌であろうが、鵜飼のことは、「神武紀」即位前紀戊午年十一月条に「戦《たたか》へば　我《われ》はや飢《ゑ》ぬ　島《しま》つ鳥《とり》　鵜飼《うかひ》が徒《とも》　今助《います》けに来《こ》ね」という歌謡に見える。あるいは同じく「神武紀」即位前紀戊午年八月条にも、「阿太《あだ》の養鸕部《うかひら》」のことが記されている。「阿太」は、大和国宇智郡阿陀郷（奈良県五条市や吉野郡大淀町付近）である。

鵜飼は、照葉樹林文化圏の風習であり、華南の地から、早く日本に伝えられたようである。

先の歌に見える辟田川は、越中国（富山県）の川である。ただ、その比定については諸説があり、現在の泉川、加古川および子撫《こなで》川などが、その候補にあげられているが、その長歌には、

流《なが》る辟田《さきた》の　川《かは》の瀬《せ》に　鮎子《あゆこ》さ走《ばし》る　島《しま》つ鳥《とり》　鵜飼伴《うかひともな》へ　篝《かがり》さし……
（『万葉集』巻十九―4156）

とあり、ほとんど現在の鵜飼と変わらぬ方法で行われていたようである。

山部赤人の歌の中にも、

阿倍《あへ》の島《しま》　鵜《う》の住《す》む磯《いそ》に　寄《よ》する波《なみ》　間《ま》なくこのころ　大和《やまと》し思《おも》ほゆ
（『万葉集』巻三―359）

とあり、阿部の島には、鵜が住んでいたと詠んでいる。この阿部野は、現在の大阪市の阿倍野である。

としのをながく
（年の緒長く）

古代の服装「国史教科書高等女学校用」

相思《あひおも》はぬ　人《ひと》の故《ゆゑ》にか　あらたまの　年《とし》の緒《を》長《なが》く　我《あ》が恋《こ》ひ居《を》らむ
（『万葉集』巻十一―2534）

わたくしのことを想ってくれない人のせいであろうか、年月《としつき》長く、恋い焦がれている、という歌である。

この歌に「年の緒」という言葉が用いられているが、「年の緒」は、年が長く続くことを、緒にたとえる表現である。

『続日本紀』には、天平元（七二九）年八月に、藤原光明子《こうみょうし》を皇后に冊立《さくりつ》された時の詔《みことのり》にも「天《あま》の下《した》の君坐《きみまし》まして、年《とし》の緒《を》長《なが》く、皇后《おほきさき》いまさざる事《こと》……」と見える。

聖武天皇だけがいらっしゃって、「斯理幣《しりへ》の政《まつりごと》」を司る皇后が、長い間、欠けていたという意味である。ちなみに、「斯理幣の政」は、後宮において天皇の政治を、ともに助けることである。

しきたへの　家《いへ》をも造《つく》り　あらたまの　年《とし》の緒《を》長《なが》く　住《す》まひつつ……
（『万葉集』巻三―460）

これは、新羅《しらぎ》から日本に移ってきた尼の理願《りがん》が、佐保の地に家を構えて、長く住んでいたことを大伴坂上郎女《さかのうえのいらつめ》が歌ったものである。

「しきたへの」は、先述のごとく「敷栲の」「敷妙の」などと表記されるように、敷物にする栲《たく》（楮《こうぞ》の古名）の織物が原義であるが、「床」や「枕」や「家屋」に掛かる枕詞として用いられている。

あらたまの　年《とし》の緒《を》長《なが》く　何時《いつ》までか　我《あ》が恋《こ》ひ居《を》らむ　命《いのち》知らずて
（『万葉集』巻十二―2935）

長い年月を、わたくしはいつまで恋い続けたらよいのであろうか。命が、いつまでも続くか判らないので、という意味である。

この歌の万葉仮名は「璞之《あらたまの》　年緒永《としのをながく》　何時左右鹿《いつまでか》」と、興味深い表記がなされている。「璞」は、もともとはいまだ琢《みが》かざる素玉《あらたま》の意である。「左右」を「まで」と訓《よ》むのは、左右が完全に揃うという意味の「全手《まで》」と解されている。『万葉集』の万葉仮名では、「まで」に、「真手」「左右手」「二手」「諸手」などの文字を当てている。

『万葉集』の面白さの一つは、このように万葉仮名を、どのように書いているかということにある。

あらたまの　年《とし》の緒《を》長《なが》く　かく恋《こ》ひば　まことわが命《いのち》　全《また》からめやも
（『万葉集』巻十二―2891）

この歌の「あらたまの」の万葉仮名は「荒玉の」であるが「全からめやも」は「全有目八面《またからめやも》」と、まことに面妖な文字を玩《もてあそ》んでいる。

あらたまの　年《とし》の緒《を》長《なが》く　相見《あひみ》てし　その心引《こころび》き　忘《わす》らえめやも
（『万葉集』巻十九―4248）

この歌は、大伴家持が少納言に任ぜられ、朝集使《ちょうしゅうし》の久米朝臣広縄《くめのあそみひろつな》の館に贈った歌とされている。朝集使は地方の行政の報告書をたずさえて宮廷の朝集殿に出仕する役人である。

越中守を六年間務め、少納言に任ぜられた家持が、帰京する時の歌である。つまり、その六年の間、京に帰ることを待ち望んでいた気持ちが、そのまま「年の緒長く」に表されているのであろう。

とのぐもり（との曇り）

布留滝「大和名所図会」

との曇《ぐも》り　雨布留川《あめふるかは》の　さざれ波《なみ》　間《ま》なくも君《きみ》は　思《おも》ほゆるかも
（『万葉集』巻十二―3012）

空がどんより曇って雨が降ってくる。その「降る」ではないが、布留川のさざ波が絶え間ないように、あなたのことをいつも想っている、という意味である。

いうまでもなく、「降る」と「布留川」の「フル」が掛けられているが、川の流れに、自分の気持ちをなぞらえて歌っている。

「との曇り」は、空一面に曇っていることを示す言葉である。一説には「トノ」は「棚《たな》」の転音であろうといわれている。

ちなみに、この歌の類歌が、『拾遺和歌集』に

かき曇《くも》り　雨《あめ》ふる河《かは》の　さざら浪《なみ》　間《ま》なくも人の　恋《こ》ひらるる哉《かな》
（『拾遺和歌集』巻十五・恋五―956）

として収められている。

それはともかく、「との曇り」は「雨」に掛かる枕詞として用いられている。

三諸《みもろ》の　神奈備山《かむなびやま》ゆ　との曇《ぐも》り　雨《あめ》は降《ふ》り来《き》ぬ　天霧《あまぎ》らひ　風《かぜ》さへ吹《ふ》きぬ　大口《おほくち》の　真神《まかみ》の原《はら》ゆ　思《おも》ひつつ　帰《かへ》りにし人《ひと》　家《いへ》に至《いた》りきや
（『万葉集』巻十三―3268）

三諸の神奈備山から、空一面が曇って雨が降ってきた。天には霧がたちこめているし、風さえ吹いてきた。真神の原を抜けながら、物思いにふけって帰っていた人は、無事に家にたどりつけただろうか、という意味である。

この真神原は、現在の奈良県明日香村の甘樫《あまかし》の丘の西方の所にある。

『大和国風土記』の逸文では、「むかし明日香《あすか》の地《ち》に老狼《おいおほかみ》在《あり》て、おほく人《ひと》を食ふ。土民《どみん》畏《おそ》れて大口《おほくち》の神《かみ》といふ。その住《す》める処《ところ》を名《な》づけて、大口《おほくち》の真神《まがむが》原《はら》」というと述べている。

この見《み》ゆる　雲《くも》ほびこりて　との曇《ぐも》り　雨《あめ》も降《ふ》らぬか　心足《こころだ》らひに
（『万葉集』巻十八―4123）

今見えている雲が広がって、かき曇り、雨が降ってくれないか。充分満足するまで、の意である。この歌を詠んだ大伴家持は、長歌の中でも、

その生業《なりはひ》を　雨降《あめふ》らず　日《ひ》の重《かさ》なれば　植《う》ゑし田《た》も　蒔《ま》きし畑《はたけ》も　朝《あさ》ごとに　凋《しぼ》み枯《か》れ行《ゆ》く……
（『万葉集』巻十八―4122）

と、旱魃《かんばつ》の有様を伝えている。そして国守の家持は「みどり子の　乳乞《ちこ》ふがごとく　天《あま》つ水《みづ》　仰《あふ》ぎてそ待《ま》つ」と述べている。

雨降《あめふ》らず　との曇《ぐも》る夜《よ》の　しめじめと　恋《こ》ひつつ居《を》りき　君待《きみま》ちがてり
（『万葉集』巻三―370）

雨の降らない、どんよりと曇った夜はむしむしするが、まさにそのように、わたくしの心は一向に晴れずに、鬱陶《うっとう》しい気持ちで、あなたを恋しく想いながらお待ちしている、という意味である。

この歌を詠んだ阿倍広庭《あべのひろにわ》は、阿倍御主人《みうし》の子で、霊亀元（七一五）年に宮内卿を務め、神亀四（七二七）年に従三位中納言で薨《こう》じている。

とぶさたて（鳥総〈朶〉立て）

スギ「広益国産考」

『万葉集』巻三の譬喩歌《ひゆか》のなかに、

とぶさ立《た》て　足柄山《あしがらやま》に　船木伐《ふなぎき》り　木《き》に伐《き》り行《ゆ》きつ　あたら船木《ふなぎ》を

（『万葉集』巻三―391）

という歌がある。

この歌は、造筑紫観世音寺《ぞうつくしかんぜおんじ》の別当《べっとう》、沙弥満誓《しゃみまんぜい》の歌であるが、鳥総《とぶさ》を立て、足柄山で船にするのに良い木を伐ったが、それを単なる材木として伐って行った。本当に惜しいことだ、という意味である。

昔、木を切り倒した時は、かならずその枝を切り、倒した木の株や地上に挿して、山の神や木の霊に奉る宗教的儀礼が行われていた。それを「朶立《とぶさた》て」と称しているのである。

同じく『万葉集』に、

とぶさ立《た》て　船木伐《ふなぎき》るといふ　能登《のと》の島山《しまやま》　今日《けふ》見《み》れば　木立繁《こだちしげ》しも　幾代神《いくよかむ》びそ

（『万葉集』巻十七―4026）

ともあり、「とぶさ立て」は「船木」に掛かる枕詞であったことが判る。

鳥総を立てて、船の材料にする木を伐るという能登の島山だが、今日見ると木々が繁茂している。幾代も経て神々しくなったのであろう、という意味の大伴家持の歌である。

題詞には「能登郡《のとのこほり》にして、香島《かしま》の津より船《ふね》を発《おこ》して、熊木村《くまきのむら》を射《さ》して往《ゆ》きし時に作りし歌」とある。

ただ後には、足柄山が船木の有名な産地であったため、「足柄」の枕詞として「鳥総立て」が用いられていったようである。

『和名抄』を調べてみると、「船木郷」が少なからず含まれているが、それらのいくつかは、船材の木に関わる地名であったようである。

「神代紀」には、素戔嗚尊《すさのおのみこと》は「杉及《すぎおよ》び櫲樟《くす》、此《こ》の両《ふたつ》の樹《き》は、以《も》て浮宝《うくたから》とすべし」と託宣されたと伝えられるが、浮宝、つまり船の材料に、杉や楠《くすのき》が、好んで用いられていたようである。

『准后親房記《じゅごうちかふさ》』に引かれる『伊豆国風土記』逸文には、応神天皇の時代に、伊豆国に課せて船を造らせたが、その船は軽きこと葉のごとくして馳せたとある。この船の木は、日金《ひかね》山の麓の奥野の楠であったという。

奥野は、現在の静岡県伊東市鎌田の奥野に擬されている。

古代にあっては、船は単なる木製品とは考えられず、畏敬的なものと見なされていたようである。

「応神紀」によれば、伊豆の国に科《おほ》せて造らせた船は、海に浮かべても「疾《と》く行《ゆ》くこと馳《はし》るが如《ごと》し」といわれ、軽野（枯野）と名付けられた。後に払い下げられ、塩を焼く薪とされたが、燃え残りの木で琴を作ると、鏗鏘《さやか》に響いたと伝えられている（「応神紀」五年十月条、三十一年八月条）。

このように、船木に選ばれる木は、もともと聖なる木と見なされていたのである。古代の船材の多くは「楠」であったが、その木は「奇《く》すしき木《き》」と見なされていたのである。

それゆえ、このような船木の伐採には、必ず「鳥総立て」の神事が行われていたのであろう。木の霊の鎮魂儀礼そのものが、「鳥総（朶）立て」であったのである。

とぶとりの　あすか

（飛ぶ鳥の　明日香）

トビ（明治期挿絵）

和銅三（七一〇）年に藤原宮より寧楽《なら》の宮《みやこ》に遷都されたとき、元明女帝が詠まれたとされる次のような歌が伝えられている。

飛ぶ鳥《とり》の　明日香《あすか》の里《さと》を　置《お》きて去《い》なば　君《きみ》があたりは　見《み》えずかもあらむ

（『万葉集』巻一—78）

題詞には「古郷《こきやう》を廻望《くわいばう》して」とあり、故郷に残して来た人々への愛惜の念を歌いあげている。

元明女帝は、天智天皇の皇女で阿部《あべの》皇女と呼ばれたが、草壁皇子《くさかべのみこ》に嫁して、文武天皇や元正天皇の御生母となっている。

だが、文武天皇が慶雲四（七〇七）年に崩御されると、中継の天皇として皇位を継承されたのである。

藤原不比等《ふひと》の強い意向によって藤原の宮より寧楽の宮に遷《うつ》られることになったのである。元明天皇は、夫君の草壁皇子や愛息の文武天皇などの想い出と深く結びついた故郷を離れなければならなかったのである。

この愛惜の念が「君《きみ》があたりは　見《み》えずかもあらむ」という言葉に込められているのであろう。

この御製では、藤原京も広く明日香の里に包含しているのが注目されるが、その明日香を「飛ぶ鳥の　明日香」と詠んでいるのである。

飛鳥浄御原《あすかきよみはら》の宮《みや》に都を置かれていた天武天皇の末年に「朱鳥《あかみどり》」という元号が称された。

天武天皇は五行説を尊重されて、自らの時代を象徴する色として赤（朱）を選ばれていたようである。壬申《じんしん》の乱にも「赤色《あかいろ》を以《も》て衣《ころも》の上《うへ》に着《つ》く」（「天武紀」元年七月条）とあり、『古事記』序文にも「絳旗《かうき》兵《つはもの》を耀《かがや》かして」と記され、「朱《あか》」をシンボルカラーとして採用されていたことが歌われている。ちなみに「絳」は濃い赤色の意である。

朱鳥は、朱《あか》き鳥で、おそらく天より飛来する鳥を意識していたものであろう。このような霊鳥は、神々の御言《みこと》を奉持して、人々に伝えると考えられて来た。

たとえば、長髄彦《ながすねひこ》と激戦中に神武天皇の弓の弭《はず》に金色《こんじき》の霊鵄《れいし》が飛来したというのも、鵄《とび》は神言を告げる霊鳥と考えられていたからである（「神武紀」即位前紀戊午年十二月条）。

鵄が神言を伝える霊鳥であったから、神言を聞く古代の巫女は「鵄尾《しび》の琴《こと》」を用いていたのである。

朱き鳥も、太陽を象徴する鳥で、その鳥が明日香の上宮に飛来して、ここに都を置く人々を祝福していたのであろう。

そして、それを象徴するように、明日香を祝う言葉として「飛ぶ鳥の」という言葉をつけて、「飛ぶ鳥の　明日香」と詠んだのである。そして次第に明日香の文字にもっぱら「飛鳥《あすか》」の文字を用いるようになったのであろう。

飛鳥については、『万葉集』の作者不詳の歌に、

みどり子《こ》の　若子髪《わきごがみ》には……　彼方《をちかた》の　二綾裏沓《ふたあやしたぐつ》　飛《と》ぶ鳥《とり》の　明日《あす》香壮士《かをとこ》が　長雨忌《ながめい》み　縫《ぬ》ひし黒沓《くろぐつ》　刺《さ》し履《は》きて……

（『万葉集』巻十六—3791）

がある。

とほつかみ（遠つ神）

住吉浜の松原「住吉名勝図会」

玉《たま》だすき　かけのよろしく　遠《とほ》つ神《かみ》　わが大君《おほきみ》の　行幸《いでまし》の……

（『万葉集』巻一―5）

この長歌の一部は、軍王《こにきしのおおきみ》が、讃岐国安益郡《あやのこおり》の行幸に従った時のものである。

讃岐国安益郡の「安益」は、「綾」、「阿耶」、「阿夜」などと書かれることがあるが、『和名抄』では阿野郡と表記されている。

讃岐のほぼ中央部を占める地域であるが、『延喜式』主計寮上によれば、いろいろな種類の綾を中央に差し出しているように、綾の名産地であった。

おそらく、その産地の中心の郡が「綾の郡」と称されたのであろう。

ちなみに、「景行記」には、倭建命《やまとたけるのみこと》の御子である建貝児王《たけかいこのおおきみ》が、讃岐の綾君の祖であると記している。

先の長歌は、言葉だけでも嬉しいが、我が大君が行幸された、という意味である。

この歌に「遠つ神　わが大君」と歌われているのは、遠い昔の神、つまり先祖の神をいうようである。

『出雲国風土記』意宇郡の屋代の郷の条にも「天乃夫比命《あめのふひのみこと》の御伴《みとも》に天降《あまくだ》り来《き》ましし伊支等《いきら》が遠《とほ》つ神《かみ》、天津子命《あまつこのみこと》」と記されている。

枕詞として用いられる際は、むしろ、遠い神代より連綿と続いてこられた「天皇」や氏の祖先の神に掛けられているといってよいであろう。

住吉《すみのえ》の　野木《のき》の松原《まつばら》　遠《とほ》つ神《かみ》　わが大君《おほきみ》の　幸行処《いでましところ》

（『万葉集』巻三―295）

住吉の野木の松原は、遠い天つ神の系統を継がれる天皇が、行幸されるのにうってつけの所だ、という意味である。

大伴《おほとも》の　遠《とほ》つ神祖《かむおや》の　奥《おく》つ城《き》は　著《しる》く標立《しめた》て　人《ひと》の知《し》るべく

（『万葉集』巻十八―4096）

大伴家持の歌である。家持はさらに長歌で、

大伴《おほとも》の　遠《とほ》つ神祖《かむおや》の　その名《な》をば　大久米主《おほくめぬし》と　負《お》ひ持《も》ちて……

（『万葉集』巻十八―4094）

と詠んでいる。

『古事記』や『日本書紀』には、大久米主の名は現れない。

ただし、「神武紀」即位前紀戊午年六月の条には「大伴氏《おほとものうぢ》の遠祖日臣命《とほつおやひのおみのみこと》、大来目《おほくめ》を帥《ひき》ゐて」と記されている。

『新撰姓氏録』左京神別中では、大伴氏の祖先は「天押日命《あめのおしひのみこと》」とし、大来《おおく》目部《めべ》を御前に立てて天降ったと伝えている。

それはともかくとして、先の4096番の歌は、大伴の遠い祖先の神の奥つ城は、人がよく認識するように、聖域を示す印を立てよ、という意味であろう。

古代にあっては、出自《しゅつじ》が大切であったから、自らの直系の祖先の墓（奥つ城）を、大切に守っていたのである。

遠つ神は、古代の豪族にとって、いわば身分の保証でもあったのである。

とほつひと（遠つ人）

ガン「毛詩品物図攷」

遠《とほ》つ人《ひと》　松浦《まつら》の川《かは》に　若鮎《わかゆ》釣《つ》る　妹《いも》が手本《たもと》を　我《われ》こそまかめ
（『万葉集』巻五—857）

松浦の川で、若鮎を釣っているいとしい彼女の腕《かいな》を、わたくしは手枕にしよう、という意味である。

この歌は大伴旅人の歌であるが、『古事記』の大国主命の段の妻問いの歌にも、「真玉手《またまで》　玉手《たまで》さし枕《ま》き」と歌われているように、恋人の腕を枕として寝ることを歌っている。

ところで、「遠つ人　松浦」という言葉が用いられているように、「遠つ人」を、松浦にかかる枕詞として用いている。

この言葉は、遠くに行った人の帰りを千秋の思いで「待つ」ことから、「松」に掛かる枕詞として用いられるようになったとされている。

我《あ》が思《おも》ふ　皇子《みこ》の命《みこと》は　春《はる》されば　植槻《うゑつき》が上《うへ》の　遠《とほ》つ人《ひと》　松《まつ》の下道《したぢ》ゆ　登《のぼ》らして　国見遊《くにみあそ》ばし……
（『万葉集』巻十三—3324）

の「遠つ人」は、「松」に掛けられた枕詞である。

わたくしが思い出す皇子の命は、春になると松の下道より岡に登られ、国見をなされていた、という意味である。

「皇子の命」が誰であるかは不明であるが、柿本人麻呂が高市皇子《たけちのみこ》に捧げた挽歌に類似する箇所が多いとする説もある。

この挽歌では、「松」に「遠つ人」を掛けているが、おそらく作者の心底には、黄泉《よみ》の国にいかれた皇子を、文字通り「遠つ人」と呼びたいと思う感情があり、あえて、「遠つ人　松の下道ゆ」と歌っているのであろう。

今朝《けさ》の朝明《あさけ》　秋風寒《あきかぜさむ》し　遠《とほ》つ人《ひと》　雁《かり》が来鳴《きな》かむ　時近《ときちか》みかも
（『万葉集』巻十七—3947）

今朝の夜明けは、秋風が寒かった。おそらく、雁が来て鳴く時が近いからであろうか、という意味である。

この歌では、「雁」に「遠つ人」を掛けている。

雁は、冬になると、遠い北国から飛来するので、擬人的に「遠つ人」と呼んだといわれている。

おそらく、中国の蘇武の故事の影響もあったのであろう。

遠《とほ》つ人《ひと》　猟路《かりぢ》の池《いけ》に　住《す》む鳥《とり》の　立《た》ちても居《ゐ》ても　君《きみ》をしそ思《おも》ふ
（『万葉集』巻十二—3089）

猟路の池に住む鳥が、立ったり座ったりするように、落ち着かずに、あなたのことをいらいらしながら思っている、という意味である。

ここでは、「猟」が「雁」と同音であるところから「遠つ人」が枕詞として掛かっているが、思うように逢えない恋人こそが、「遠つ人」であったのではないかと想像している。

要するに「遠つ人」は、心から今も待ちつづけている憧れの対象である。冒頭の歌にある松浦の乙女も、旅人によって幻想された遊仙窟的な仙女であったと考えてもよい。

「今朝の朝明……」の歌の雁も「雁の使い」の言葉のごとく、切なる気持ちで待ちつづける遠い国にいる人からの便りなのであろう。

とほのみかど（遠の朝廷）

菅原道真
「西国三十三所名所図会」

大君《おほきみ》の　遠《とほ》の朝廷《みかど》と　しらぬひ　筑紫《つくし》の国《くに》に……

（『万葉集』巻五―794）

山上憶良のこの歌は、大君が支配される、「遠の朝廷」と称せられる筑紫の国、という意味であるが、都から遥か遠くに置かれた陸奥の鎮守府や、筑紫の大宰府なども指している。

大宰府の大宰は、数国を統括し、軍事的防衛や外交をとりしまる官人のことである。大宰府は、「オホミコトモチノツカサ」と称されたが、これは、大きなミコトモチ（国司）をつかさどる役所の意である。「ミコトモチ」は天皇の命令を奉持して、地方を治める国司のことである。

大宰府は、西海道諸国の九国二島を統括していたのである。

大宰府が置かれたのは、天智天皇の時代に白村江《はくすきのえ》の戦で大敗したために、急遽、大陸に面した海岸地域であるもとの那《な》の屯倉《みやけ》の地に、その防衛の最前線の軍隊を配する必要があったからである。そのため西海道（九州）を統《す》べる特権を与えられた大納言級の高官が、大宰帥《だざいのそち》として、中央から派遣された。

だが、それとともに、その筑紫の国は「馬《むま》の爪《つめ》　都久志《つくし》」と呼ばれるように、馬の爪がすりつきるほど都から遥か遠くにあると意識された。

大君《おほきみ》の　遠《とほ》の朝廷《みかど》と　思《おも》へれど　日長《けなが》くしあれば　恋《こ》ひにけるかも

（『万葉集』巻十五―3668）

この歌は、天平八（七三六）年二月に、従五位下の阿倍朝臣継麻呂《あべのあそみつぎまろ》が、遣新羅大使に任ぜられて、筑前国志麻郡の韓泊《からのとまり》に到った時のものである（『続日本紀』）。韓泊は、福岡県の糸島半島の尖端にある港である。

この歌でも、奈良の都から、はるばる来たという感情が、端的に表現されているといってよいであろう。題詞に、「旅《たび》の情《こころ》　悽噎《せいえつ》す」と記されているが、「悽」は、いたみ悲しむ意であり、「噎」は「むせぶ」の意である。

大君《おほきみ》の　遠《とほ》の朝廷《みかど》と　あり通《がよ》ふ　島門《しまと》を見《み》れば　神代《かみよ》し思《おも》ほゆ

（『万葉集』巻三―304）

この歌は、柿本人麻呂が筑紫に下った時、海路で歌ったもので、大君の遠く離れた筑紫の大宰府へ通い続ける海峡を見ていると、神代のことが想い出される、という意味である。

「神代し思ほゆ」とは、神武東征などの故事を想起しているのかも知れない。

原文で「あり通ふ」が「蟻通《ありがよふ》」と表記されているのは、人々がひっきりなしに通うことを意識したものであろう。

翼《つばさ》なす　あり通《がよ》ひつつ　見《み》らめども　人《ひと》こそ知《し》らね　松《まつ》は知《し》るらむ

（『万葉集』巻二―145）

と、山上憶良の歌にも「あり通ふ」の言葉が用いられている。

翼をもつ鳥のように、魂は空を行き来しながらご覧になっているのだろうが、人には判らず、松の木は知っているのだろう、という意味である。

天平のはじめ、藤原氏の政治的策動で、大伴旅人は、大宰帥として九州に追いやられた。大宰帥は、その後も中央から高官を追いやる職として利用されることが少なくなかった。菅原道真《すがわらのみちざね》や源《みなもとの》高明《たかあきら》が大宰権帥《だざいのごんのそち》として、九州に流されるように、追いやられたのである。

とみ（跡見）

古代の女性「国史教科書高等女学校用」

跡見は、現在の奈良県桜井市外山付近といわれている。

「天武紀」八年八月条には、「群卿《まへつきみたち》の儲《まう》けたる細馬《よきうま》を、跡見駅家《とみのうまや》の道《みち》の頭《ほとり》に看《みそなは》して、皆《みな》馳《は》走せしめたまふ」とあり、ここに駅馬が置かれていたことを物語っている。

交通に便利な地であったから、ここには大伴氏の跡見の庄が置かれていた。

『万葉集』に、「大伴坂上郎女《おほとものさかのうへのいらつめ》の、跡見《とみ》の庄《しやう》より宅《いへ》に留《とど》まれる女子《むすめ》大嬢《だいぢやう》に賜《たま》ひし歌《うた》」（巻四―723）と記されるように、跡見に庄を所有していた。

妹《いも》が目《め》を　はつみの崎《さき》の　秋萩《あきはぎ》は　この月《つき》ごろは　散《ち》りこすなゆめ
（『万葉集』巻八―1560）

の歌は、大伴家持が「大伴坂上郎女《おほとものさかのうへのいらつめ》の跡見《とみ》の田庄《でんしゃう》にして作《つく》りし歌《うた》」と題詞に記されている。

このことより、跡見の田庄は、田畑を周辺にもつ庄園であるように思われる。

また、この庄は、母の坂上郎女より譲られた、その娘の大伴坂上大嬢《おおいらつめ》の所有地であった。

『戸令』の規定によれば「妻家《さいけ》の所得《しょとく》は、分《わか》つ限《かぎ》りに在《あ》らず」とあり、夫たりといえども、これを勝手に処分することは認められていなかったのである。妻家の所得とは、『古記』に、妻の父母の家よりもたらされたものと註している（『戸令集解』）。

つまり、跡見の庄は、坂上郎女より、娘の坂上大嬢に与えられた所領であって、家持のものではないのである。

うかねらふ　跡見山雪《とみやまゆき》の　いちしろく　恋《こ》ひば妹《いも》が名《な》　人知《ひとし》らむかも
（『万葉集』巻十―2346）

跡見の山の雪のごとく、目立った恋をすれば、恋人の名はたちまち人に知られてしまうだろう、という意味である。

「うかねらふ」と歌い出されているが、原文では跡見の地名にふさわしく「窺良布《うかねらふ》」の文字が用いられている。また「いちしろく」には「灼然」の字が当てられ、はっきりとしている様が文字に表れている。

ただ『万葉集』には、次の山部赤人の歌のように、地名の跡見ではなく、普通名詞の「跡見」を詠んだものもある。

やすみしし　わご大君《おほきみ》は　み吉野《よしの》の　秋津《あきづ》の小野《をの》の　野《の》の上《うへ》には
跡見《とみ》する置《お》きて　み山《やま》には　射目《いめ》立《た》て渡《わた》し……
（『万葉集』巻六―926）

我が大君は、吉野の秋津の小野の、野の上に跡見を置き、山には射目を立て並べて、の意であるが、この「跡見」とは、狩の対象である動物の足跡を追う役目の人である。

ともし

舞子の浜より望む淡路島「播磨名所巡覧図会」

風《かぜ》をだに　恋《こ》ふるはともし　風《かぜ》をだに　来《こ》むとし待《ま》たば　何《なに》か嘆《なげ》かむ

（『万葉集』巻四―489）

近江天皇《おうみのすめらみこと》（天智天皇）の訪れを待っていた鏡女王《かがみのおおきみ》が、額田王《ぬかたのおおきみ》と交わした相聞歌である。

鏡女王と額田王は、ともに天智天皇の愛妃であったが、鏡女王は、愛の主座を額田王に奪われつつあった。額田王が、

君待《きみま》つと　我《あ》が恋《こ》ひをれば　我《わ》がやどの　簾動《すだれうご》かし　秋《あき》の風吹《かぜふ》く

（『万葉集』巻四―488）

と天智天皇の妻問いの予兆のように、秋風の簾を動かす様を歌っているのに対し、すでに天皇の寵愛を失いつつあった鏡女王は、額田王を、まことに「ともし」と述べているのである。

恋の極まるところはあくまで愛情の独占であるとすれば、その座を追われつつある者が恋の勝利者に感ずるものは、強烈な嫉妬心であろう。

たとえば、仁徳天皇に妾が出現すると、仁徳天皇の妻、磐姫《いわのひめ》は「足《あし》母《も》阿《あ》賀迦邇《がかに》嫉妬《ねた》みたまひき」（「仁徳記」）と伝えられている。

「足《あし》も阿賀迦《あがか》に」とは、駄々っ子のように足をバタバタさせることである。まさに、全身をもって、原始的な激情を表現している。

だが、時代も変わり、律合体制の儀礼の制度が備えられてくると、自分の感情をあからさまに表現することは、きわめて〝はしたない〟こととされるようになったのである。

生《なま》の心を、できるだけ理性で濾過《ろか》して表現することが、人々に求められてきた。これが、いわば雅《みやび》（宮《みや》び）の心といわれるものであった。

わたくしは、「ねたみ」に対する「ともし」も、一つの「雅」の表現であろうと思っている。

「ともし」は、もともと「乏《とぼ》しい」に由来する言葉であるが、満たされない状態をいうようになり、次第に「羨《うらや》ましい」の意味になったのである。

ちなみに、「羨《うらや》む」は、「心病《うらや》む」を原義とする。

だが『古今和歌集』の仮名序に、「花《はな》を賞《め》で、鳥《とり》を羨《うらや》み、霞《かすみ》を哀《あは》れび、露《つゆ》を悲《かな》しぶ心《こころ》」と記されているごとく、この「羨み」の語には、憧れの感情が含まれているといってよいであろう。

島隠《しまがく》り　我《わ》が漕《こ》ぎ来《く》れば　ともしかも　大和《やまと》へ上《のぼ》る　ま熊野《くまの》の船《ふね》

（『万葉集』巻六―944）

という山部赤人の歌は、島に隠れながら、わたくしが漕いでくると、うらやましくも大和の方へ漕いでゆく熊野の船だ、という意味である。

赤人は、この歌の前に、「淡路《あはぢ》の　野島《のしま》も過《す》ぎ　印南《いなみ》つま　辛荷《からに》の島《しま》の島《しま》の間《ま》ゆ」（巻六―942）と歌っているように、瀬戸内を西に向かって旅をしていたのである。

その時、大和に向かう颯爽たる熊野の船を見て、羨ましく感じたのであろう。

とよのしるしのゆき

（豊のしるしの雪）

雪景色「北斎画式」

新《あら》しき　年《とし》の初《はじ》めに　豊《とよ》の稔《とし》　しるすとならし　雪《ゆき》の降《ふ》れるは

（『万葉集』巻十七―3925）

この新年の雪の讃歌は、葛井連諸会《ふじいのむらじもろあい》の歌である。

「豊稔《ほうねん》」は、『後漢書』独行列伝の周嘉に「時《とき》に応《おう》じて雨《あめ》を澍《そそ》ぎ、歳乃《としすなは》ち豊《ほう》稔《ねん》なり」にもとづく用例であるという。

「稔」は、一般に「みのり」と訓《よ》むが、米穀の実りの意味であり、「トシ」とも訓ませている。「年」は、もともと米穀のことであり、穀物の実りは一年を周期とすることから、「稔」を「トシ」と訓むようになったのである。年の古字は、「秊」で、「禾《のぎ》」偏《へん》の文字に属する。

それはともかく、新年早々降る雪は、豊稔の予兆と考えられていたようである。

『本朝文粋《ほんちょうもんずい》』にある紀長谷雄《きのはせお》の「春雪賦」にも、「既《すで》にし、地毛《ちもう》肥《こ》え、土《ど》膏《こう》施《ほどこ》す、豊《ほう》畝《ほ》普《あまね》く液《うるほ》ひ、泉脈《せんみゃく》遠《とほ》くに被《およ》ふ。還《さら》に知《しり》ぬ、豊年《ほうねん》の瑞《ずい》を致《いた》すことを」と述べている（『本朝文粋』巻一賦天象）。

天平勝宝三（七五一）年、大伴家持は、年頭の挨拶に来る人々に対し、

新《あら》しき　年《とし》の初《はじ》めは　いや年《とし》に　雪踏《ゆきふ》み平《なら》し　常《つね》かくにもが

（『万葉集』巻十九―4229）

と詠じている。

「いや年」は「弥年」と書き、「毎年」「つぎつぎの年」の意と解されているが、弥栄《いやさか》の意も含むべきではないかと、わたくしは考えている。

また、家持は天平宝字三（七五九）年正月一日に、因幡の国庁に、国郡の役人を集めた宴において、

新《あら》しき　年《とし》の初《はじ》めの　初春《はつはる》の　今日《けふ》降《ふ》る雪《ゆき》の　いやしけ吉事《よごと》

（『万葉集』巻二十―4516）

の歌を作り、新春の雪を寿《ことほ》いでいる。

『儀制令《ぎせいりょう》』という律令の規定には、「凡《おほよ》そ、元日《がんじつ》には、国司《こくし》皆《みな》、僚属《りょうぞく》、郡司《ぐんし》らを率《ひき》いて、庁《ちょう》に向《むか》ひて、朝拝《ちょうはい》せしめよ」とあり、「訖《おわ》りて長官《ちょうかん》、賀《が》を受《う》けよ」「宴《えん》を設《まうけ》んことは聴也《するなり》」と規定してあるが、この条文にしたがって、国の長官（守）は、国府に仕える官人や郡司達を国庁に集めて、朝廷を拝する儀式を行ったのである。

家持の歌の「いやしけ」は、「弥頻《いやしけ》」の意であり、たび重なることである。正月の元旦がめでたい上に、初雪の祥瑞《しょうずい》がそれに加わり、一層「吉事《よごと》」といっているのであろう。そのように吉《よ》きことが、次々と起こってくれと願望しているのである。

ちなみに、吉事（善事）は、悪事《まがこと》に対するものである（「雄略記」）。

『万葉集』は、この家持の歌で閉じられている。

契沖《けいちゅう》がいうように、願いを込めた祝言的なこの歌で『万葉集』を完結したと見るべきであろう。

とりがなく（鶏が鳴く）

ニワトリ「毛詩品物図攷」

鶏《とり》が鳴《な》く　東《あづま》の国《くに》に　高山《たかやま》は　さはにあれども　二神《ふたがみ》の　貴《たふと》き山《やま》の
並《な》み立《た》ちの　見《み》がほし山《やま》と　神代《かみよ》より　人《ひと》の言《い》ひ継《つ》ぎ　国見《くにみ》する
筑波《つくは》の山《やま》を……
（『万葉集』巻三—382）

この長歌は、丹比国人《たじひのくにひと》が、常陸国の筑波山に登った時の讃歌である。「鶏が鳴く　東の国に」と歌い出されているが、「鶏が鳴く」は「東《あづま》」に掛かる枕詞である。一説には、東国の方言が都の人には通じず、あたかも、鶏が鳴いているように思えたからだ、とも解されている。

確かに、東歌には、訛りの言葉が少なからず含まれているが、わたくしは、むしろ、東方から夜明けがはじまり、その夜明けを告げる鳥が、鶏であることに関わっていると思っている。

鶏《とり》が鳴《な》く　東《あづま》の国《くに》に　古《いにしへ》に　ありけることと　今《いま》までに　絶《た》えず言《い》ひける　葛飾《かつしか》の　真間《まま》の手児名《てごな》が……
（『万葉集』巻九—1807）

この長歌も同じように歌い出され、葛飾の真間の手児名の伝承を回顧している。

息《いき》の緒《を》に　我《あ》が思《おも》ふ君《きみ》は　鶏《とり》が鳴《な》く　東《あづま》の坂《さか》を　今日《けふ》か越《こ》ゆらむ
（『万葉集』巻十二—3194）

私が命をかけて思っているあなたは、鶏が鳴く、遥か遠い東国の坂道を越えているのだろうか、という意味である。

この歌では、わざと「東の坂」に「東方重坂」の文字を当てて、幾重にもかさなる山の坂道を、苦労して登り下りする恋人の姿を言い表そうと試みている。

「息《いき》の緒《を》に」は、命をかけての意である。

玉《たま》だすき　かけぬ時《とき》なく　息《いき》の緒《を》に　我《あ》が思《おも》ふ君《きみ》は……
（『万葉集』巻八—1453）

の笠朝臣金村の歌は、心にかけない時などない。わたくしが命をかけて思う君は、という意味である。

鶏《とり》が鳴《な》く　東《あづま》の国《くに》の　陸奥《みちのく》の　小田《をだ》なる山《やま》に　金《くがね》ありと　申《まう》したまへれ……
（『万葉集』巻十八—4094）

この長歌は、奈良大仏に塗る金の不足が伝えられた際に、東国より、金が大量に献ぜられたことを寿《ことほ》ぐ歌である。

天平二十一（七四九）年四月の詔《みことのり》には「東《ひむがし》の方《かた》、陸奥《みちのく》の国守《くにのかみ》、従五位上《じゆごゐのじやう》の百済王《くだらのこにきし》、敬福《きょうふく》、部内《くにつうち》の小田《をだ》の郡《こほり》に黄金《くがね》出《い》で在《あ》りと奏《まをし》て献《たて》まつる……」と述べられている。

家持は、この朗報を耳にすると、越中の館から、

天皇《すめろき》の　御代栄《みよさか》えむと　東《あづま》なる　陸奥山《みちのくやま》に　金花咲《くがねはなさ》く
（『万葉集』巻十八—4097）

という歌を献じている。

ちなみに、東国を「あづまの国」と称するのは、『古事記』で倭建命《やまとたけるのみこと》が、自らの身代わりとなって入水された愛妻の弟橘比売《おとたちばなひめ》を偲んで、「阿豆麻波夜《あづまはや》」と叫ばれたことによるといわれている。

『常陸国風土記』総記には、「古老《ふるおきな》の答《こた》へていへらく、古《いにしへ》は、相摸《さがむ》の国足柄《くにあしがら》の岳坂《やまさか》より東《ひむがし》の諸《もろもろ》の県《あがた》は、惣《す》べて我姫《あづま》の国《くに》に称《い》ひき」と記している。

とりじもの（鳥じもの）

カモ猟「日本山海名産図会」

白《しろ》たへの　天領巾隠《あまひれがく》り　鳥《とり》じもの　朝立《あさだ》ちいまして　入日《いりひ》なす　隠《かく》りにしかば　我妹子《わぎもこ》が　形見《かたみ》に置《お》ける　みどり子《こ》の……

（『万葉集』巻二—210）

柿本人麻呂のこの長歌は、真白な天人の領巾《ひれ》のような雲に隠れ、鳥でもないのに、朝早くに旅立ってしまったので、わたくしの愛する妻が形見に残した緑児が、という意味である。

領巾は、古代の女性が肩にかけるスカーフ状のものである。ただ、古代では、この領巾を振ることは、一種の魂呼《たまよ》びの呪力があると認められていた。そのことから察すると、天雲が領巾と化し、妻の魂を天上に招き寄せてしまった、という意味が含まれているのであろう。

この長歌には、「鳥じもの」という言葉が用いられている。万葉仮名では、「鳥自物《とりじもの》」と表記されているが、「じもの」は「あたかもそのような」の意であり、つまり「鳥のごとき」の意で用いられている。

岩《いは》の間《ま》を　い行《ゆ》きもとほり　稲日《いなび》つま　浦廻《うらみ》を過《す》ぎて　鳥《とり》じもの　なづさひ行《ゆ》けば　家《いへ》の島《しま》……

（『万葉集』巻四—509）

この歌は、丹比真人笠麻呂《たじひのまひとかさまろ》が、筑紫に下った際の長歌の一節である。

わたくしは、岩の間を行きめぐり、稲日つまの浦辺を過ぎたが、鳥のように難渋しながら行くと、家島が見える、という意味であろう。

家の島（家島）は、播磨国揖保《いぼ》郡に属する島である。『播磨国風土記』揖保郡の条には「家島《いへしま》　人民《ひとびと》、家《いへ》を作《つく》りて居《を》り。故《かれ》、家《いへ》島《しま》と号《なづ》く」と記されている。

『延喜式』左右馬寮の条には「凡《おほよ》そ、播磨国《はりまのくに》の家島《いへしま》に放《はな》つ御馬《みこま》」と記され、馬の牧が置かれていた所である。

鳥《とり》じもの　海《うみ》に浮《う》き居《ゐ》て　沖《おき》つ波《なみ》　騒《さわ》くを聞《き》けば　あまた悲《かな》しも

（『万葉集』巻七—1184）

海鳥のように、海に舟を出して浮かんでいて、沖波が騒ぐのを聞いていると、わたくしは非常に悲しい、という意味である。

ちなみに、この歌の「騒ぐ」の言葉には、「驂《さん》」という漢字を当てている。「驂」は、騑馬《そえうま》（添え馬）の意である。

また「驂御《さんぎょ》」は、馭者《ぎょしゃ》を意味するが、馬を制する声が、やかましく聞えることから、「驂」の字を用いたのであろうか。

『万葉集』でも、

山《やま》の端《は》に　あぢ群《むら》さわき　行《ゆ》くなれど　我《われ》はさぶしゑ　君《きみ》にしあらねば

（『万葉集』巻四—486）

の「あぢ群さわき」に「味村驂《あじむらさわき》」の文字を当てている。

この歌は、山の端に、鶴鴨《あじがも》の群れが騒いで飛んでいくが、それを見ていると、わたくしは淋しい、あなたがいないので、という意味である。

なくこなす（泣く子なす）

古代の母子「前賢故実」

大君《おほきみ》の　遠《とほ》の朝廷《みかど》と　しらぬひ　筑紫《つくし》の国《くに》に　泣《な》く子《こ》なす　慕《した》ひ来《き》まして　息《いき》だにも　いまだ休《やす》めず　年月《としつき》も　いまだあらねば　心《こころ》ゆも　思《おも》はぬ間《あひだ》に……

（『万葉集』巻五―794）

大君が支配されている「遠の朝廷」と呼ばれている筑紫の国へ、慕って来られたが、まだ息を整えるひまもなく、ほとんど年月を経ていないので思いがけなく、という意味である。

山上憶良のこの歌では、「泣く子なす」と詠まれているが、泣く子が父母の許《もと》にすり寄るように「慕ひ来る」ことから、生じた枕詞であろう。この言葉を、子煩悩の憶良が用いると、まことに実感が伝わるようである。

つれもなき　佐保《さほ》の山辺《やまへ》に　泣《な》く子《こ》なす　慕《した》ひ来《き》まして　しきたへの　家《いへ》をも造《つく》り……

（『万葉集』巻三―460）

この歌は、新羅国《しらぎのくに》から来朝した尼の理願《りがん》が、奈良の京の佐保の山辺に家を作り住んだことを大伴坂上郎女《さかのうえのいらつめ》が歌ったものである。

日本の国へ帰化した尼を、「泣く子なす　慕ひ来まして」と詠んでいるが、その尼が、ただひとりで亡くなってしまうのである。

それを考えると、「泣く子なす」という言葉が、単なる枕詞的な修飾ではないようにも思えてくる。

家問《いへと》へば　家《いへ》をも告《の》らず　名《な》を問《と》へど　名《な》だにも告《の》らず　泣《な》く子《こ》なす　言《こと》だに問《と》はず　思《おも》へども　悲《かな》しきものは　世《よ》の中《なか》にそある

（『万葉集』巻十三―3336）

家はどこかと問うけれど、家の場所も言わない。名を問うても、その名も明かそうとしない。まるで泣く子のように、一言も口をきかない。本当に悲しいものは、この世の中だ、という意味である。

この歌は、海辺で死んだ人への挽歌である。他郷の地で、亡くなった人を見て、つくづくこの世の無常感に打たれたのであろう。

「泣く子なす」は、この歌では、「言だに問はず」に掛けられている。泣きじゃくる子供に、いくら話しかけても、ただ泣くだけで、ろくに口をきくこともできないことから、生まれた表現であろう。

玉《たま》の浦《うら》に　船《ふね》をとどめて　浜《はま》びより　浦磯《うらいそ》を見《み》つつ　泣《な》く子《こ》なす　音《ね》のみし泣《な》かゆ……

（『万葉集』巻十五―3627）

玉の浦に船を留めて、浜辺より浦や磯の方を見ていると、声をあげて泣けてくる、という意である。

玉の浦は、和歌山県東牟婁郡那智勝浦町粉白の玉の浦付近の浦である。

泣《な》く子《こ》なす　靫取《ゆきと》り探《さぐ》り　梓弓《あづさゆみ》　弓腹振《ゆばらふ》り起《お》こし　しのぎ羽《は》を　二《ふた》つ手挟《たばさ》み　放《はな》ちけむ　人《ひと》し悔《くや》しも　恋《こ》ふらく思《おも》へば

（『万葉集』巻十三―3302）

矢を入れる靫を手で探って、梓弓の弓の腹を振り立てて、しのぎ羽を二つ手に挟んで射放つように、わたくしたち二人を離した人が、腹立たしい。なぜならば、離されたあの人のことが、恋しくてたまらないからだ、という意味である。

「泣く子なす」は、手さぐりで母を探し求めることから、「探《さぐ》る」にも掛かる枕詞となったのであろう。

なぐはし（名細し）

吉野山長峰薬師堂
「西国三十三所名所図会」

名《な》ぐはしき　吉野《よしの》の山《やま》は　影面《かげとも》の　大《おほ》き御門《みかど》ゆ　雲居《くもゐ》にそ　遠《とほ》くありける　高知《たかし》るや　天《あめ》の御陰《みかげ》　天知《あめし》るや　日《ひ》の御陰《みかげ》の　水《みづ》こそば　常《つね》にあらめ　御井《みゐ》の清水《すみみづ》

（『万葉集』巻一―52）

この長歌は、「藤原宮《ふじはらのみや》の御井《みゐ》の歌《うた》」の後半部である。

その名も美しい吉野山は、南の御門から、雲のはるか遠い所にある。天にそびえる宮殿、日の御子の宮殿の水こそは、永遠に、豊かに湧き続けてほしい、御井の清水よ、という意味であろう。

この歌に「影面の」という見慣れぬ言葉があるが、「成務紀」五年の条には「東西《ひむがしにし》を日縦《ひのたたし》とし、南北《みなみきた》を日横《ひのよこし》とす。山《やま》の陽《みなみ》を影面《かげとも》と曰《い》ふ。山《やま》の陰《きた》を背《そと》面《も》と曰《い》ふ」と記されている。

山の南を陽とし、北を陰とするのは中国の思想であるが、山の南を「影面」と呼ぶのは、日の当たるという意である。北を「背面」と呼ぶのは、大和が都にあった時、その北の山のかなたの国を、かつて「山背《やましろ》」と称したことを想起していただきたい。

ちなみに「山背」が「山城」と改められたのは、ここに平安京が置かれてからである。

ところで、この長歌の初めには、「名細《なぐはしき》」という万葉仮名が用いられている。「名細し」は、「名《な》が細《くは》し」の意で、名が麗しいとか、よい名であると解される言葉である。

『万葉集』には、

忍坂《おさか》の山《やま》は　走《はし》り出《で》の　宜《よろ》しき山《やま》の　出《い》で立《た》ちの　くはしき山《やま》ぞ　あたらしき　山《やま》の　荒《あ》れまく惜《を》しも

（『万葉集』巻十三―3331）

として、「妙山《くはしきやま》」という表現も見られる。「くはし」は精妙、つまり、こまやかな美しさを表わす言葉である。

名《な》ぐはしき　印南《いなみ》の海《うみ》の　沖《おき》つ波《なみ》　千重《ちへ》に隠《かく》りぬ　大和島根《やまとしまね》は

（『万葉集』巻三―303）

その名も麗しい印南の海の沖波、その幾重にも重なる波のかなたに、わたくしの故郷である大和の国は、隠れてしまった、という意味である。

柿本人麻呂のこの歌でも、「名ぐはしき」は、「名細」と表記されている。印南は、『播磨国風土記』によれば、隠妻《なびづま》の伝承を持っているから、「千重《ちへ》に隠《かく》りぬ」が生きてくるのであろう。

また、柿本人麻呂は、次の歌でも「名ぐはし」を用いている。

をちこちの　島《しま》は多《おほ》けど　名《な》ぐはし　狭岑《さみね》の島《しま》の……

（『万葉集』巻二―220）

あちらこちらに島は多いけれど、その中にあって、名も麗しい狭岑の島の、という意味である。

この「狭岑《さみね》」は、おそらく「淋しく寝る」と解することができ、この島で水死した人を人麻呂が偲んで歌ったものであろう。

この歌により、狭岑の島は、歌枕として次第に定着していったようである。

なつくさの（夏草の）

衣通姫「前賢故実」

かへりみすれど　いや遠《とほ》に　里《さと》は離《さか》りぬ　いや高《たか》に　山《やま》も越《こ》え来《き》ぬ
夏草《なつくさ》の　思《おも》ひ萎《しな》えて　偲《しの》ふらむ　妹《いも》が門見《かどみ》む　なびけこの山《やま》
（『万葉集』巻二—131）

この歌は、柿本人麻呂が、妻と別れて石見《いわみ》の国から京に帰る時の、別離の歌である。

いく度も、振り返って見るけれど、いよいよ遠くになってきてしまった。山を越えて来ると、残してきた妻に対する想いに萎《な》えてくる。わたくしのこと思っている妻の家の門口《かどぐち》を見たいものだ、山は、平たくなってくれという意味である。

この歌に、「夏草の　思ひ萎えて」とあるように、夏草は、夏の強い日差しを受けて萎えることから、「夏草の」は「萎える」に掛かる枕詞として用いられている。

この言葉は、柿本人麻呂が好んだとみえて、

朝鳥《あさとり》の　通《かよ》はす君《きみ》が　夏草《なつくさ》の　思《おも》ひ萎《しな》えて　夕星《ゆふつづ》の　か行《ゆ》きかく行《ゆ》き……
（『万葉集』巻二—196）

とも歌っている。

通って来られた皇子は、思いが萎えて、という意である。

この歌は、薨《こう》ぜられた明日香皇女《あすかのひめみこ》（天智天皇の皇女）の夫君である、忍壁皇子《おさかべのみこ》の悲しみを歌った部分である。

『古事記』では衣通姫《そとおりひめ》が、

夏草《なつくさ》の　あひねの浜《はま》の　蠣貝《かきがひ》に　足踏《あしふ》ますな　あかしてとほれ
（「允恭記」）

と歌われたとあるが、この「夏草の」は、「あひね」の「ね」に掛かるといわれている。一説には、「萎える」の「な」に掛かるとも解かれている。

玉藻《たまも》刈《か》る　処女《をとめ》を過《す》ぎて　夏草《なつくさ》の　野島《のしま》が崎《さき》に　廬《いほ》りす我《われ》は
（『万葉集』巻十五—3606）

の歌では、「夏草の」は「野」に掛かる枕詞となっている。

これは、夏草が群生している野のイメージから、「野」に対する枕詞として、「夏草の」が用いられたのであろう。

玉藻《たまも》刈《か》る　敏馬《みぬめ》を過《す》ぎて　夏草《なつくさ》の　野島《のしま》の崎《さき》に　舟近付《ふねちかづ》きぬ
（『万葉集』巻三—250）

敏馬は、摂津国菟原《うばら》郡に属するが、現在の神戸市中央区から灘区にかけての海浜にあった所である。

『摂津国風土記』の逸文にも「美奴売《みぬめ》の松原《まつばら》。今《いま》、美奴売《みぬめ》と称《い》ふは、神《かみ》の名《な》なり」とあり、能勢郡の美奴売山にいた神であると記されている。この山は、現在の大阪府豊能郡の三草山であるという。

夏草は、当然ながら「繁き」にも掛かる言葉としても用いられている。

うちなびく　春見《はるみ》ましゆは　夏草《なつくさ》の　繁《しげ》きはあれど　今日《けふ》の楽《たの》しさ
（『万葉集』巻九—1753）

筑波山に登った大伴卿の歌である。春に見たより、夏草は生い茂っているが、それでも、今日の遊びは愉しかった、という意味である。

言葉の連想が次々と、枕詞の多様性となっていくのであろう。

なづさひわたる
（なづさひ渡る）

小倉山の麓「和朝名勝画図」

にほへる君《きみ》が　にほ鳥《どり》の　なづさひ来《こ》むと　立《た》ちて居《ゐ》て　待《ま》ちけむ人《ひと》は……
（『万葉集』巻三―443）

魅力あふれる君が、わたくしが、海の上をただよいながら帰ってくるかと、立ったり座ったりして待っていた人よ、という意味であろう。

この大伴宿禰三中《みなか》の歌では、「なづさひ」を「名津匝《なづさひ》」という難しい万葉仮名で表しているが、おそらく、「匝《そう》」の音を、大変無理して用いているのであろう。

「なづさひわたる」は、水に濡れ、漂いながら渡るの意である。

暇《いとま》あらば　なづさひ渡《わた》り　向《むか》つ峰《を》の　桜《さくら》の花《はな》も　折《を》らましものを
（『万葉集』巻九―1750）

この歌は、暇があったら、川を難渋しながら渡って、向こう岸の桜の花を折りたいものだ、という意味である。ここでは、「なづさひわたる」に「魚《な》津柴比渡《づさひわたる》」の万葉仮名を用いている。

明日香川《あすかがは》は　なづさひ渡《わた》り　来《こ》しものを　まこと今夜《こよひ》は　明《あ》けずも行《い》かぬか
（『万葉集』巻十二―2859）

明日香川を、わたくしは流されそうになりながら渡ってきたのだから、妻問いした今夜は、本当に明けないでほしいという意味である。

船人《ふなびと》も　水手《かこ》も声呼《こゑよ》び　にほ鳥《どり》の　なづさひ行《ゆ》けば　家島《いへしま》は　雲居《くもゐ》に見《み》えぬ……
（『万葉集』巻十五―3627）

船人も漕ぎ手も、声を掛けあい、海の上を、鳰鳥《におどり》のように進んでいくと、家島が遠くに見えてきた、という意味であろう。

鳰鳥は、「かいつぶり」のことである。おそらく、船が波間に沈んだり、浮いたりする姿を、鳰鳥にたとえているのであろう。

鵜飼《うかひ》が伴《とも》は　行《ゆ》く川《かは》の　清《きよ》き瀬《せ》ごとに　篝《かがり》さし　なづさひ上《のぼ》る……
（『万葉集』巻十七―4011）

鵜匠たちが、川の清い瀬ごとに篝火《かがりび》を燃やし、流れに苦労しながら上っている、という意味である。

ますらをを　伴《ともな》へ立《た》てて　叔羅川《しくらがは》　なづさひ上《のぼ》り　平瀬《ひらせ》には　小網《さで》さし渡《わた》し　速《はや》き瀬《せ》に　鵜《う》を潜《かづ》けつつ　月《つき》に日《ひ》に　然《しか》し遊《あそ》ばね　愛《は》しき我《わ》が背子《せこ》
（『万葉集』巻十九―4189）

この歌は、大伴家持が、大伴池主《いけぬし》に水鳥を贈った時の、長歌の末尾である。元気のよい人を伴にして、叔羅川の流れに逆らいながら苦労して上っていくと、なだらかな川瀬では、小網を渡したりしている。流れの急な川瀬には、鵜を水にくぐらせ、月ごと日ごとに、そのようにして遊んでほしい、いとしき君よ、という意味であろう。

叔羅川は、福井県武生市に流れる、現在の日野川であるという。古くは、「しくらがは」、ないし「しらきがは」と呼ばれていたという。

武生市には、古代の越前国府が置れていた。そのため越前の官人にとってこの叔羅川は、なじみの川であった。

なつそびく（夏麻引く）

アサ「有毒草木図説」

夏麻《なつそ》引《び》く　海上潟《うなかみがた》の　沖《おき》つ洲《す》に　鳥《とり》はすだけど　君《きみ》は音《おと》もせず

（『万葉集』巻七—1176）

海上潟の沖の洲に、鳥はたくさん集まって鳴くが、それにもかかわらず、あなたから一向に何の音沙汰もない、という意味であろう。

海上《うなかみ》は、上総国と下総国に、それぞれ海上郡に存在するが、この場合は、下総国の海上郡であるといわれている。

「うなかみ」の地名の由来は、「項髪」で、海上につき出た地形が馬のたて髪に似ていることから付けられたようである。

この歌は、「夏麻引く」という言葉から歌い出されているが、これは夏の時期に麻を根引いて、「績《う》む」ことからして、「ウ」の音に掛かる枕詞であるという。「績む」とは、麻などを細く裂き、合わせて縒《よ》ることである。麻は、植物繊維をとる代表的な植物であり、茎の皮をはいで繊維をとって、布を織る原料とされたが、夏が過ぎた頃、皮がはぎやすくなるので、「夏麻引く」という表現が生まれたのである。

同じ海上潟を歌った東歌が、『万葉集』巻十四、東歌の一番最初に収められている。

夏麻《なつそ》引《び》く　海上潟《うなかみがた》の　沖《おき》つ洲《す》に　船《ふね》は留《とど》めむ　さ夜《よ》ふけにけり

（『万葉集』巻十四—3348）

「夏麻引く」は、万葉仮名では「奈津素妣久《なつそびく》」と表記されているから、「夏麻ひく」ではなく、「夏麻びく」と訓《よ》まれていたようである。

古《いにしへ》ゆ　言《い》ひ継《つ》ぎけらく　恋《こひ》すれば　苦《くる》しきものと　玉《たま》の緒《を》の　継《つ》ぎては言《い》へど　娘子《をとめ》らが　心《こころ》を知《し》らに　そを知《し》らむ　よしのなければ　夏麻《なつそ》引《び》く　命《いのち》かたまけ　刈《か》り薦《こも》の　心《こころ》もしのに　人知《ひとし》れず　もとなそ恋《こ》ふる　息《いき》の緒《を》にして

（『万葉集』巻十三—3255）

昔から言い伝えられているが、恋すれば苦しいものであり、言い伝えられていても、乙女らの気持ちがわからず、また、それを知るすべもない。それゆえ、ただ命を傾け、心を萎《しお》らせながらも、人知れず恋い焦がれている、命がけで、という意味である。

この歌では「夏麻引く」が「命かたまけ」に掛けられている。これは、一説には、麻を紡《つむ》いで「糸」にするので、「い」に掛かると説明されているが、麻を傾けて刈ることから、「かたまけ」に掛かるともいわれている。

いずれともあれ、麻から糸を作る作業を熟知した人ならではの枕詞といってよい。

それに「刈り薦の　心もしのに」にいう言葉にも、刈りとった薦は、すぐにぐったりと萎れてしまいやすいことを、古代の人々は誰でも知っていたから、生き生きと聞こえたのであろう。

夏麻《なつそ》引《び》く　宇奈比《うなひ》をさして　飛《と》ぶ鳥《とり》の　至《いた》らむとぞよ　我《あ》が下延《したは》へし

（『万葉集』巻十四—3381）

宇奈比という土地を目指して飛ぶ鳥のように、わたくしは、あなたの所に飛んでいこう、心密かにあなたのことを思っていたからだ、という意味である。この歌では「夏麻引く」が「宇奈比」に掛けられている。

なには（難波）

難波江「和朝名勝画図」

神武東征の段には、「方《まさ》に難波碕《なにはのみさき》に到《いた》るときに、奔《はや》き潮《なみ》有《あ》りて太《はなは》だ急《はや》きに会《あ》ひぬ。因《よ》りて、名《なづ》けて浪速国《なみはやのくに》とす。亦浪花《またなみはな》と曰《い》ふ。今《いま》、難波《なには》と謂《い》ふは訛《よこなま》れるなり」として、難波の地名の由来を説いている（「神武紀」即位前紀）。「仁徳紀」元年正月条には「難波《なには》に都《みやこ》つくる。是《これ》を高津宮《たかつのみや》と謂《まう》す」とあり、難波の高津宮の事が記されている。

この宮は、現在の大阪城周辺にあったと推定されている。いわゆる倭の五王の讃《さん》に比定される仁徳天皇が、瀬戸内の入口に都を定めることは、けだし当然のことであったのであろう。

同様に大化改新の詔《みことのり》を出された孝徳天皇が、大化元（六四五）年十二月に、難波の長柄豊碕《ながらのとよさき》に都を置かれるのも、対外交渉を意識したものであろう。

その後、都は大和の盆地に帰ったが、聖武天皇の天平十六（七四四）年に、一時、難波に都が移されている。

橘 諸兄《たちばなのもろえ》の領導する恭仁京《くに》を離れて、難波に都を設けたのは、藤原氏らの策謀などともいわれているが、大唐国との交渉に最も便利な地であることが考えられたのであろう。

それにしても、都が数年もせずに変わっていくことには、宮人達の戸惑いも少なくなかったようであった。

おしてる　難波《なには》の国《くに》は　葦垣《あしかき》の　古《ふ》りにし里《さと》と　人皆《ひとみな》の　思《おも》ひやすみて　つれもなく……

（『万葉集』巻六―928）

これは笠朝臣金村の歌である。孝徳天皇の都も廃され、長い間を経て、すでに難波の宮跡は荒れていたのであろう。

それが「人皆の　思ひやすみて　つれもなく」の言葉に、端的に表現されている。

それに対し、

昔《むかし》こそ　難波《なには》ゐなかと　言《い》はれけめ　今都《いまみやこ》引《ひ》き　都《みやこ》びにけり

（『万葉集』巻三―312）

と弁護する歌も現れる。

この歌は、天平四（七三二）年三月に、藤原宇合《ふじわらのうまかい》が知造難波宮事《ちぞうなにはのみやのこと》という官職にあった頃に詠んだ歌である。

聖武天皇は、神亀三（七二六）年十月には、式部卿の宇合にこの職を任命されているから、早くから難波のことはお考えになられていたようである。

やはり、唐国との結びつきを重視されていたのであろう。

また防人達《さきもり》も、この地で結集し、船で瀬戸内を下り、筑紫に赴いた。大伴家持が、

大君《おほきみ》の　命恐《みことかしこ》み　妻別《つまわか》れ　悲《かな》しくはあれど　ますらをの　心振《こころふ》り起《お》こし　……国《くに》を来離《きはな》れ　いや高《たか》に　山《やま》を越《こ》え過《す》ぎ　葦《あし》が散《ち》る　難波《なには》に来居《きゐ》て　夕潮《ゆふしほ》に　船《ふね》を浮《う》けする　朝《あさ》なぎに　舳向《へむ》け漕《こ》がむと……

（『万葉集』巻二十―4398）

と歌う、この瀬戸内へ船を乗り出すところこそ、難波の津であった。

なのりその

ホンダワラ「大植物図鑑」

みさご居《ゐ》る　磯廻《いそみ》に生《お》ふる　なのりその　名《な》は告《の》らしてよ　親《おや》は知《し》るとも
（『万葉集』巻三―362）

「みさご」は「鶚」とか「雎鳩」と表記されるが、日本の海岸で見かける、タカ科の鳥である。「みさご」がいる荒磯に生えている海草「なのりそ」のように、両親から「名告《なの》りそ」（名を教えるな）と言われても、どうかわたくしにだけは名を教えておくれ、たとえあなたの両親が知って、あなたのことを咎《とが》めることがあっても、という意味である。

「なのりそ」はホンダワラの古名であるという。

「允恭紀」によれば、允恭天皇は、皇后の忍坂大中姫《おしさかのおおなかつひめ》の妹、衣通姫《そとおりひめ》をこよなく愛されたが、忍坂大中姫の嫉妬心に悩まされ、茅渟《ちぬ》（大阪府泉佐野市上之郷）に衣通姫を隠されていたという。天皇は、皇后の目を盗んで、この茅渟の宮に訪ねてこられたが、衣通姫は、

とこしへに　君《きみ》も会《あ》へやも　いさな取《と》り　海《うみ》の浜藻《はまも》の　寄《よ》る時時《ときとき》を
（「允恭紀」）

と歌ったのである。

このままずっと、あなたとお逢いすることができないのだろうか。わたくしは、海藻が、波の加減で岸辺に寄りつくように、ほんの稀《まれ》にしかお逢いできない、という嘆きを天皇に訴えた歌である。

だが、天皇は、必ず皇后の耳に入るから、名前を口に出してはいけない。つまり「奈能利曾《なのりそ》」といわれたのである。それにより、茅渟の宮の海岸に打ち寄せる海藻を、「奈能利曾毛《なのりそも》」と名付けたと記している。

『万葉集』にも、「柿本人麻呂歌集」に、

海《わた》の底《そこ》　沖《おき》つ玉藻《たまも》の　名告藻《なのりそ》の花《はな》　妹《いも》と吾《あれ》と　ここにありと　莫《な》告藻《のりそ》の花《はな》
（『万葉集』巻七―1290）

の旋頭歌が載せられている。

住吉《すみのえ》の　敷津《しきつ》の浦《うら》の　なのりその　名《な》は告《の》りてしを　逢《あ》はなくも怪《あや》し
（『万葉集』巻十二―3076）

住吉の敷津《しきつ》の浦の、なのりそではないが、親から口止めされていた名前を打ち明けたのに、あなたと逢わないのは不可解なことだ、という意味である。敷津は、現在の大阪市浪速区敷津東、敷津西付近であろうが、かつては浜辺であった所である。

志賀《しか》の海人《あま》の　磯《いそ》に刈《か》り乾《ほ》す　なのりその　名《な》は告《の》りてしを　なにか逢《あ》ひ難《がた》き
（『万葉集』巻十二―3177）

は、志賀の海人が磯で刈って干《ほ》す、なのりそではないが、親からきつく禁止されていることであるのに、自分に名前を知らせたけれど、どうして逢えないのだろうか、という意味である。

日本の古代にあっては、名を知られることは結婚の同意を意味していた。そのため、実名の他に、通り名を持っていたのである。

なのをしけくも
（名の惜しけくも）

剣を持つ古代人「前賢故実」

剣《つるぎ》大刀《たち》　名《な》の惜《を》しけくも　我《われ》はなし　君《きみ》に逢《あ》はずて　年《とし》の経《へ》ぬれば
（『万葉集』巻四―616）

わたくしの名など惜しくはない。あなたに逢わないまま年が過ぎてしまったので、恥も外聞もなく、無性にお逢いしたい、という意味である。

「剣大刀」は、身に副《そ》うものであるから、「身」に掛かり、「剣大刀」の大刀は、「刀《かたな》」の類であるから、「な」にも掛かると説かれている。「かたな」は、「片刃《かたな》」が本義である。

名を惜しむとは、自分の属する一族の名の誇りや、名声を傷つけないようにすることである。特に、恋愛において浮名の立つことを嫌うことである。

磯《いそ》の上《うへ》に　生《お》ふる小松《こまつ》の　名を惜《を》しみ　人《ひと》には知《し》れず　恋《こ》ひわたるかも
（『万葉集』巻十二―2861）

などと、『万葉集』では、我が名が、噂にのぼることを警戒する歌が、少なくない。それは、

人言《ひとごと》を　繁《しげ》み言痛《こちた》み　我妹子《わぎもこ》に　去《い》にし月《つき》より　いまだ逢《あ》はぬかも
（『万葉集』巻十二―2895）

という苦い経験があったからである。

我妹子《わぎもこ》に　恋《こひ》しわたれば　剣大刀《つるぎたち》　名《な》の惜《を》しけくも　思《おも》ひかねつも
（『万葉集』巻十一―2499）

この歌は、わたくしのいとしい恋人を恋し続けているが、わたくしたちは、名をあげて中傷されることなど、心にも掛けない、という意味である。

おそらく、その前に置かれた、

剣《つるぎ》大刀《たち》　諸刃《もろは》の利《と》きに　足踏《あしふ》みて　死《し》なば死《し》なむよ　君《きみ》によりては
（『万葉集』巻十一―2498）

という心境なのであろう。

み空行《そらゆ》く　名《な》の惜《を》しけくも　我《われ》はなし　逢《あ》はぬ日《ひ》まねく　年《とし》の経《へ》ぬれば
（『万葉集』巻十二―2879）

大空に広がっていくような浮名は、わたくしにはどうでもよい。それよりも、あなたとお逢いできない日が多く、年が過ぎてしまった方が、残念でならない、という意味であろう。

剣《つるぎ》大刀《たち》　名《な》の惜《を》しけくも　我《あれ》はなし　このころの間《ま》の　恋《こひ》の繁《しげ》きに
（『万葉集』巻十二―2984）

「恋の繁き」は、お互いが、頻繁に出逢って恋を重ねることをいうのである。

その気持ちは、『古事記』において木梨軽太子《きなしのかるのひつぎのみこ》が歌う、

率寝《ゐね》てむ後《のち》は　人《ひと》は離《か》ゆとも　愛《うるは》しと　さ寝《ね》しさ寝《ね》てば……

という心境と一致するといってよいであろう。男としても、

いかにして　忘《わす》るるものそ　我妹子《わぎもこ》に　恋《こひ》はまされど　忘《わす》らえなくに
（『万葉集』巻十一―2597）

と歌わざるを得なくなり、我が名を惜しむ気持ちなど、ふっ飛んでしまうのである。女性の方でも、次の歌のように告白を止めることができなくなる。

白《しろ》たへの　袖触《そでふ》れにしよ　我《わ》が背子《せこ》に　我《あ》が恋《こ》ふらくは　止《や》む時《とき》もなし
（『万葉集』巻十一―2612）

それは、恋が、思案の外《ほか》というものだからだろう。

なめし

大伴旅人「前賢故実」

大伴旅人は、大宰府の帥《そち》を務めていたが、天平二（七三〇）年十月に大納言に任ぜられて帰京することとなった。

多くの大宰官人達は、連れだって水城《みずき》のあたりまで見送ってくれたが、そこにまぎれ込んでいた、遊女《あそびめ》の児島《こじま》と呼ばれる女性は、次のような別れの歌を旅人に贈っている。

大和道《やまとぢ》は　雲隠《くもがく》りたり　然《しか》れども　我《わ》が振《ふ》る袖《そで》を　なめしと思《も》ふな

（『万葉集』巻六―966）

児島は、「この別《わか》るることの易《やす》きを傷《いた》み、かの会《あ》ふことの難《かた》きを嘆《なげ》き、涕《なみだ》を拭《ぬぐ》ひて」袖を振りながら詠じたと伝えられている。

「振る袖を　なめしと思ふな」と歌われているが、「なめしと思ふ」は相手を侮《あなど》ること、つまり「無礼」の意である。児島の歌は、大和へ行く道は雲に隠れておりますから、あなたにはお見えにならないでしょうが、こらえきれずにわたくしが振る袖を、どうか無礼だとはお思いにならないでください、という意味であろう。

「継体紀」にも、任那《みまな》に遣わされた近江臣毛野《おうみのおみけの》が、百済王と新羅王との和解をはかり、これらの王を召したが参集せず、代わりによこされた使いの者に、毛野が「軽《なめ》く使《つかひ》を遣《まだ》せる」と怒ったと記されている。

ここでは、「軽く」を「なめく」と訓《よ》んでいるが、相手を見下し、軽んずることであろう。

『続日本紀』の天平宝字八（七六四）年十月の宣明にも、「無礼《いやなく》して従《したが》はず、奈米《なめ》く在《あら》む人《ひと》をば」（『続日本紀』）とあるが、この「奈米く」と同じ意味である。また『色葉字類抄』では、「无節《むせつ》」、「疎体《そたい》」を「なめし」と訓《よ》んでいる。『名義抄』の「慢《まん》」に当たる言葉、つまり人を見下す意であろう。

妹《いも》と言《い》はば　なめし恐《かしこ》し　しかすがに　かけまく欲《ほ》しき　言《こと》にあるかも

（『万葉集』巻十二―2915）

この歌の原文では「なめし」に「無礼」の文字を当てている。

「妹《いも》よ」と言ったら、無礼で畏れ多いと思うが、それでも口に出して言いたい言葉である、という意味である。

おそらく、相手は絶世の美女であり、憧れの女性に対する男の気持ちを述べたものであろう。

競争相手も多く、身分も違う女性であるため、密かに「いとしい人」と呼び、自らを慰めているのではないだろうか。

原文では万葉仮名で、「しかすがに」は「然為蟹《しかすがに》」と表記し、「言《こと》にあるかも」は「言尓有鴨《ことにあるかも》」として、蟹《かに》とか鴨《かも》の文字を当てている。どうも、半分自嘲気味の歌なのかも知れない。

たとえ無礼であっても、人に知られないところで、憧れの女性に声を出して呼びかけたいのであろう。

ならやま（奈良山）

三輪山「山水奇観〈五畿奇勝〉」

額田王《ぬかたのおおきみ》は、飛鳥の都より大津京に移らざるを得なかった時、

味酒《うまさけ》　三輪《みわ》の山《やま》　あをによし　奈良《なら》の山《やま》の　山《やま》のまに　い隠《かく》るまで　道《みち》の隈《くま》　い積《つ》もるまでに　つばらにも　見《み》つつ行《ゆ》かむを……

（『万葉集』巻一—17）

と歌っているが、その奈良山は、大和と山背《やましろ》の国の境をなす丘陵であった。

この奈良山を越えてしまえば、故郷の大和とは、完全に別れなければならなかった。

長い間、大和の盆地は、ヤマト王権の王城の地であった。

その大和の北の国境が、奈良山であったから、柿本人麻呂も、

天《そら》にみつ　大和《やまと》を置《お》きて　あをによし　奈良山《ならやま》を越《こ》え　いかさまに　思《おも》ほしめせか……

（『万葉集』巻一—29）

と歌わざるを得なかったのであろう。

だが、ふたたび都が奈良に移されると、都びとにとって奈良山は、恰好の遊楽の地や恋の場となっていったのである。

奈良山《ならやま》の　小松《こまつ》が末《うれ》の　うれむぞは　我《あ》が思《おも》ふ妹《いも》に　逢《あ》はず止《や》みなむ

（『万葉集』巻十一—2487）

「奈良山の　小松が末の」は「うれむぞ」を導く言葉であり、「うれむぞ」は、「どうして」という意味である。どうしてわたくしは、恋人に逢わずにいられようか、という歌である。

君《きみ》に恋《こ》ひ　いたもすべなみ　奈良山《ならやま》の　小松《こまつ》が下《もと》に　立《た》ち嘆《なげ》くかも

（『万葉集』巻四—593）

笠女郎《かさのいらつめ》のこの歌は、あなたが恋しくて、どうしようもないので、わたくしは奈良山の小松の下に来て、立って嘆いている、という意味である。

あをによし　奈良山過《ならやます》ぎて　もののふの　宇治川渡《うぢかはわた》り　娘子《をとめ》らに　逢坂山《あふさかやま》に　手向《たむ》けくさ　幣取《ぬさと》り置《お》きて……

（『万葉集』巻十三—3237）

奈良山を過ぎ、宇治川を渡り、逢坂山に手向けの幣を置いて、という意味である。

原文では「奈良山」を「平山」と表記しているが、なだらかな台地状の奈良山を言い表したものであろう。

この歌では、「あをによし　奈良」、「もののふの　宇治川」と、それぞれの地名に、一つ一つ枕詞をつけて歌っている。

「娘子らに」も、「未通女《をとめ》」らに「逢う」意味から、「逢坂」に掛かる枕詞である。

奈良山《ならやま》の　峰《みね》なほ霧《き》らふ　うべしこそ　まがきのもとの　雪《ゆき》は消《け》ずけれ

（『万葉集』巻十—2316）

奈良山の峰に、まだ霧がたちこめている。そうだからこそ、わたくしの家の籬《かきね》の下の雪が消えないのだ、という意味である。

「うべし」は合点することである。「道理で」雪が消えない、と言っているのである。

なるかみの（鳴る神の）

雷神「以呂波引月耕漫画」

うまこり　あやにともしく　鳴《な》る神《かみ》の　音《おと》のみ聞《き》きし　み吉野《よしの》の
真木立《まきた》つ山《やま》ゆ……
（『万葉集』巻六―913）

かねてより言葉にならぬほどこの目にしたいと思い、評判だけは聞いていた吉野の槇の木がそそり立つ山、という意味であろう。

この讃歌は、車持朝臣千年《くるまもちのあそみちとせ》の作である。

車持の一族は、上毛野朝臣《かみつけのあそみ》の一族で、雄略天皇の時代に、乗輿《じょうよ》を天皇に供進して車持の姓を賜ったといわれている（『新撰姓氏録』左京神別下）。上野国の群馬郡は「久留末《くるま》」と訓《よ》まれるように、車持公の本拠地であった。

「鳴る神の」は「音」に掛かる枕詞となっている。

『古事記』には、大雀命《おおさざぎのみこと》（仁徳天皇）が日向の諸県《もろがた》の君の娘、髪長比売《かみながひめ》の美貌の噂を聞いて、

道《みち》の後《しり》　古波陀嬢子《こはだをとめ》を　かみの如《ごと》　聞《きこ》えしかども　相枕《あひまくら》枕《ま》く

と歌われたが、この「かみの如」は「神のごとく」の意ではなく、「雷のごとく」と解されている。雷が遠く鳴っているように、はるか遠くの日向の地から髪長比売の美貌の噂が聞こえてきた、といっているのである。

鳴《な》る神《かみ》の　音《おと》のみ聞《き》きし　巻向《まきむく》の　檜原《ひばら》の山《やま》を　今日見《けふみ》つるかも
（『万葉集』巻七―1092）

遠くからの噂ばかり聞いていたが、わたくしは、今日はじめて巻向《まきむく》の檜原の山を見ることができた、という意味である。

巻向は纏向《まきむく》とも書かれ、大和国城上郡に属する。現在は、奈良県桜井市の三輪山の北東方に巻向山がある。また、三輪山の北西には檜原神社がある。景行天皇は、纏向《まきむく》の「日代宮《ひしろのみや》」（『景行紀』十二年十一月条）に皇居を設けられた、と伝えられている。

鳴《な》る神《かみ》の　しましとよもし　さし曇《くも》り　雨《あめ》も降《ふ》らぬか　君《きみ》を留《とど》めむ
（『万葉集』巻十一―2513）

鳴《な》る神《かみ》の　しましとよもし　降《ふ》らずとも　我《わ》は留《とど》まらむ　妹《いも》し留《とど》めば
（『万葉集』巻十一―2514）

これらの歌は、雷が鳴るのを口実に、訪ねてきた恋人を引き留めようとした時の歌である。

「しましとよもす」とは、少しだけ雷の音が轟《とどろ》くことである。

『古事記』には、須佐之男命が天上界に天照大神を訪問された時も、「山川《やまかは》悉《ことごと》に動《とよ》み、国土皆震《くにつちみなゆ》りき」と記されている。

雷が少しだけ空を轟かして、かき曇ってきた。どうぞ、雨を降らしてほしい。そうしたら、恋人を帰さずに留めておけるから、と女性は歌っているのであろう。

それに対し、男の方も、雨が降らなくても留まろうと歌っている。

また、

天雲《あまくも》の　八重雲隠《やへくもがく》り　鳴《な》る神《かみ》の　音《おと》のみにやも　聞《き》きわたりなむ
（『万葉集』巻十一―2658）

という歌は、八重の雲に隠れて鳴る雷のように、音ばかり聞き続けるという意味だが、これは、相手に対する不信感を訴えているものであろう。

にはたづみ（行潦）

勝間田池「和朝名勝画図」

み立《た》たしの　島《しま》を見《み》る時《とき》　にはたづみ　流《なが》るる涙《なみた》　止《と》めそかねつる

（『万葉集』巻二―178）

草壁皇子《くさかべのみこ》が、かつてお立ちになられていた島宮を拝見しているわたくしは、雨水のように溢れる涙を止めかねている、という意である。

この場合「島」を見るというのは、具体的には「島の宮」で、当時、皇太子草壁皇子の邸宅であった所である。その屋敷の庭には、小島を築いた池があり、島の宮と称されていたようである。

この挽歌には、「にはたづみ　流るる」という言葉が見られるが、『和名抄』には、「潦」を「和名」で「尓波太豆美《にはたづみ》」と訓《よ》ませ、「雨水なり」と述べている。

つまり、「にはたづみ」は、庭に雨水が溢れ流れることである。

玉桙《たまほこ》の　道行《みちゆ》き人《びと》は　あしひきの　山行《やまゆ》き野行《のゆ》き　にはたづみ　川《かは》　行《ゆ》き渡《わた》り……

（『万葉集』巻十三―3335）

この長歌は、一つ一つの言葉に荘重な枕詞をつけているが、道行く人は、山を行き、野を行き、川を渡る、という意味である。

この歌では、「にはたづみ」は「川」に掛かる枕詞として用いられている。「にはたづみ」は庭に溢れ流れる雨水の意であるから、「流れる」「行く」、または「川」に掛かる枕詞となったのである。

「にはたづみ」の万葉仮名表記は色々あるが、この歌の場合は、「直海」と書き、無理をして「にはたづみ」と訓んでいる。

ちなみに、この長歌は、備後国の神島の浜で亡くなった調使首《つきのおみのおびと》のことを歌ったものである。

神島がいずれの場所であったかは、必ずしも詳《つまび》らかではないが、『万葉代匠記』以来、備中国小田郡の神島ではないかといわれている。備中国小田郡は、備中国の最西部に属し、備後の国と接している地域である。

『万葉集』にも、

月読《つくよみ》の　光《ひかり》を清《きよ》み　神島《かみしま》の　磯廻《いそみ》の浦《うら》ゆ　船出《ふなで》す我《われ》は

（『万葉集』巻十五―3599）

と神島が歌われている。

『万葉集』の「世間の無常を悲しみし歌」の一節にも、

紅《くれなゐ》の　色《いろ》もうつろひ　ぬばたまの　黒髪変《くろかみか》はり　朝《あさ》の笑《ゑ》み　夕変《ゆふへか》はらひ　吹《ふ》く風《かぜ》の　見《み》えぬがごとく　行《ゆ》く水《みづ》の　止《と》まらぬごとく　常《つね》もなく　うつろふ見《み》れば　にはたづみ　流《なが》るる涙《なみだ》　留《とど》めかねつも

（『万葉集』巻十九―4160）

と「にはたづみ」が詠み込まれている。

『万葉集』巻十九の挽歌の終章にも、同様の言葉が見られる。

狂言《たはこと》か　人《ひと》の言《い》ひつる　逆言《およづれ》か　人《ひと》の告《つ》げつる　梓弓《あづさゆみ》　爪引《つまび》く夜音《よおと》の　遠音《とほおと》にも　聞《き》けば悲《かな》しみ　にはたづみ　流《なが》るる涙《なみだ》　留《とど》めかねつも

（『万葉集』巻十九―4214）

この長歌は、ふざけたことを人が言うのか、あるいは、でまかせを人が告げるのか、夜、梓弓を爪で鳴らす音のように、遠くからの噂を聞いて、悲しくて流れる涙を止められない、という意味である。

にほどりの（鳰鳥の）

カイツブリ「景年画譜」

にほ鳥《どり》の　潜《かづ》く池水《いけみづ》　心《こころ》あらば　君《きみ》に我《あ》が恋《こ》ふる　心示《こころしめ》さね
（『万葉集』巻四―725）

「鳰鳥《にほどり》」はカイツブリという水鳥の古名である。

カイツブリが潜る池の水よ、心があるならば、わが君を恋い慕うわたくしの深い心を、はっきり示してくれ、という意味であろう。

大伴坂上郎女《さかのうえのいらつめ》が聖武天皇に献じた歌である。

この歌では、「にほ鳥の」が、「潜《かづ》く」に掛かる枕詞として用いられているが、それはまた、実景を歌ったものと考えてもよいであろう。

「鳰鳥の」が「潜く」の「かづ」に掛かる枕詞として用いられていることは、次の歌からもお判りになられるだろう。

にほ鳥《どり》の　葛飾早稲《かづしかわせ》を　贄《にへ》すとも　そのかなしきを　外《と》に立《た》てめやも
（『万葉集』巻十四―3386）

鳰鳥は、よく夫婦のように、二羽並んで水に浮かんでいることから、「ならびゐ」に掛かる枕詞としても用いられている。

家《いへ》ならば　かたちはあらむを　恨《うら》めしき　妹《いも》の命《みこと》の　我《あれ》をばも　いかにせよとか　にほ鳥《どり》の　二人並《ふたりなら》び居《ゐ》　語《かた》らひし　心《こころ》そむきて　家《いへ》離《ざか》りいます
（『万葉集』巻五―794）

この挽歌は、家にいたならば、姿かたちは崩れることはないだろう。本当に恨めしいわが妻よ、ただひとり残されたわたくしに、どうしろというのか、カイツブリのように二人並んで語りあい、いつまでも一緒にという約束に背いて、あなたはこの家を去ってしまった、という嘆きの歌である。

この歌は、山上憶良が、大宰府の地で愛妻を失った大伴旅人の悲しみを訴えたものであるが、この歌に詠まれた「妹」については、山上憶良の妻との説もあるようである。

思《おも》ひにし　余《あま》りにしかば　にほ鳥《どり》の　なづさひ来《こ》しを　人見《ひとみ》けむかも
（『万葉集』巻十一―2492）

思い余って鳰鳥のように足を濡らしながら、あなたの所に来たわたくしを、他人が見てしまったのだろうか、という意味である。

「なづさひ」は、水に浮かび漂うとか、水につかるの意である。おそらく、この言葉は、「なづむ（行きなやむ）」の意が含まれるから、苦労しながら川を渡ることを示しているのであろう。

船人《ふなびと》も　水手《かこ》も声呼《こゑよ》び　にほ鳥《どり》の　なづさひ行《ゆ》けば……
（『万葉集』巻十五―3627）

という歌も、船人らが苦労しながら海を行くことを歌っているのであろう。

にほ鳥《どり》の　息長川《おきながかは》は　絶《た》えぬとも　君《きみ》に語《かた》らむ　言尽《ことつ》きめやも
（『万葉集』巻二十―4458）

息長川の水は、たとえ絶えることがあっても、あなたに語るわたくしの愛の言葉は、尽きることはあり得ない、の意である。馬史国人《うまのふひとくにひと》のこの歌では、「にほ鳥の」は、水に潜る鳰鳥が息が長いことから、「息長」に掛かる枕詞となっている。

ちなみに、息長川は、現在の滋賀県米原市を流れる川である。

ぬえどりの（鵼鳥の）

ツグミ「景年画譜」

ひさかたの　天《あま》の川原《かはら》に　ぬえ鳥《どり》の　うら泣《な》きましつ　すべなきまでに
（『万葉集』巻十―1997）

天の川原で、心の中に秘めて泣いておられた。どうしようもないほどに、という意味である。

鵼鳥《ぬえどり》は、虎鶫《とらつぐみ》のことである。その鳴き声が、非常に悲しげに聞こえることから、「心泣《うら》く」に掛かる枕詞となったようである。

よしゑやし　直《ただ》ならずとも　ぬえ鳥《どり》の　うら泣《な》き居《を》りと　告《つ》げむ子《こ》もがも
（『万葉集』巻十―2031）

でも、同じく「うら泣き」に掛かる枕詞として用いられている。この歌は、まあ、いいだろう、直接、自分の気持ちを話すことができなくとも、心の中で泣いていると、あの人に告げてくれる人が欲しい、という意味である。この歌の万葉仮名は、わざと「奴延鳥《ぬえどりの》　浦嘆居《うらなきをりと》　告子鴨《つげむこもがも》」と書かれている。

あをによし　奈良《なら》の我家《わぎへ》に　ぬえ鳥《どり》の　うら泣《な》けしつつ　下恋《したごひ》に　思《おも》ひうらぶれ　門《かど》に立《た》ち　夕占問《ゆふけと》ひつつ　我《あ》を待《ま》つと　寝《な》すらむ妹《いも》を　逢《あ》ひてはや見《み》む
（『万葉集』巻十七―3978）

は、「恋緒《れんしょ》を述《の》べし歌《うた》」と題する大伴家持の長歌の末尾の一節である。

奈良の我が家で、心の中で泣きながら、密かに恋い焦がれ、家の門に立って夕占をしては、わたくしの帰りを待ちながら、もう寝ているだろう妻に、わたくしは、一刻も早く帰って逢いたい、という意味であろう。

この歌でも、「ぬえ鳥の」は、「うら泣く」に掛けられている。

注意すべきは、「下恋」に、わざと「思多恋《したごひ》」の文字を当てていることである。

あやに哀《かな》しみ　ぬえ鳥《どり》の　片恋《かたこひ》づま　朝鳥《あさとり》の　通《かよ》はす君《きみ》が……
（『万葉集』巻二―196）

の場合は「片恋づま」に掛けられている。

これは鵼鳥の雄鳥と雌鳥がお互いに相手を呼ぶ鳴き声を、片恋に見立てたのであろう。

また、

甑《こしき》には　蜘蛛《くも》の巣《す》かきて　飯炊《いひかし》く　ことも忘《わす》れて　ぬえ鳥《どり》の　のどよひ居《を》るに……
（『万葉集』巻五―892）

は、「貧窮問答歌《ひんきゅうもんどうか》」の一節であるが、甑には蜘蛛の巣がかかり、飯を炊くのも忘れ、鵼鳥のように、細々とした力ない声で呻吟している、という意味である。

「能杼与比《のどよひ》」は、細々とした声を出す意である。これは、一見「咽喉呼《のどよ》ぶ」の意とも思われるが、「呼ぶ」の「ヨ」は、上代音で甲類に属し、万葉仮名の「比《ひ》」は、乙類に属するので否定されているようである。

『古事記』にも、八千矛神《やちほこのかみ》（大国主神《おおくにぬしのかみ》）が、高志《こし》の沼河比売《ぬなかわひめ》を婚《よばい》した時の歌に、

青山《あをやま》に　鵼《ぬえ》は鳴《な》きぬ　さ野《の》つ鳥《とり》　雉《きぎし》はとよむ……
（神代記）

と鵼鳥の鳴き声が登場して、心痛《こころいた》くも鳴く鳥として描かれている。

ぬさまつり（幣奉り）

幣を奉る「住吉名勝図会」

八十氏人《やそうじひと》の　手向《たむけ》する　恐《かしこ》の坂《さか》に　幣奉《ぬさまつ》り　我《われ》はぞ追《お》へる　遠《とほ》き土《と》左道《さぢ》を
（『万葉集』巻六―1022）

石上乙麻呂《いそのかみのおとまろ》の歌である。多く氏人たちが手向けする恐坂《かしこざか》に、幣をお供えして、わたくしは遠い土佐道へと追われて行く、という意であろう。

幣は、神に供《そな》える際に、捧げるものであるが、麻や木綿をとりつけたものである。後世になると紙を切って織りたたんだものを御神体に結びつけたものをいう。「ヌサ」は「祈総《ねぎふさ》」の意であるとも解されている。ちなみに、「総」は麻を指す語であることは、『古語拾遺』に記されている。

言《こと》に出《い》でて　言《い》はばゆゆしみ　礪波山《となみやま》　手向《たむけ》の神《かみ》に　幣奉《ぬさまつ》り　我《あ》が乞《こ》ひ禱《の》まく……
（『万葉集』巻十七―4008）

言葉に出して申すのは恐れ多いことなので、礪波山の手向けの神に、幣を奉《たてまつ》り、わたくしが乞い祈るのは、という意味であろう。

「ゆゆしみ」は「忌々」と書くように、触れると重大なことが起きるので、触れてはならないことをいうのである。神聖なので、憚《はばか》り多いという意である。

手向けは、神に幣を供え物とすることである。左右の手で、うやうやしく供える意とも解されているが、一説には、「旅向《たむけ》」ともいわれている。

多くは他境に入る時、山の峠で手向けして旅の安全祈願を行ったようである。

『常陸国風土記』信太郡の榎《え》の浦《うら》の津の条には「初《はじ》めて国《くに》に臨《い》らむには、先《ま》づ口《くち》と手《て》とを洗《あら》ひ、東《ひむがし》に面《む》きて香島《かしま》の大神《おほかみ》を拝《をろが》みて、然《しか》して後《のち》に入《い》ることを得《う》るなり」と記されており、下総国から初めて常陸の国に入るには、常陸の大神である鹿島の神に、手向けしてから入ることが許されたのである。

手向けは、異郷と境をなしている山の峠で祀ることが多かった。それゆえ、手向けの場であった「峠」は「手向け」の転じた語なのである。

国々《くにぐに》の　社《やしろ》の神《かみ》に　幣奉《ぬさまつ》り　我《あ》が恋《こひ》すなむ　妹《いも》がかなしさ
（『万葉集』巻二十―4391）

国々の社の神に幣を奉り、祈るたびに、せつない恋をしている恋人がいとおしく思われる、の意であろう。

「社」は「屋代《やしろ》」で、神が依代《よりしろ》として下られる場所である。古代の観念からすれば、神は天や神奈備山《かむなびやま》におられるが、お参りする人が鈴を鳴らしたり、拍手を打つと、神は御社《おやしろ》に下降されると考えられていたのである。

ちはやふる　神《かみ》の御坂《みさか》に　幣奉《ぬさまつ》り　斎《いは》ふ命《いのち》は　母父《おもちち》がため
（『万葉集』巻二十―4402）

神の御坂に幣を奉り、命の無事を祈るのは、防人《さきもり》として出て行くわたくしのためではなく、わたくしが帰るのを待っている残された母や父のためである、という意味である。これは信濃国埴科郡《はにしなのこおり》の神人部《みわひとべの》忍男《おしお》の歌である。

神の御坂は一般には足柄峠を指すが、ここでは信濃から美濃に向かう吉蘇《きそ》路《じ》の峠であろう。

ぬばたまのよる
（ぬばたまの夜）

ヒオウギ「草木図説」

ぬばたまの　その夜《よ》の月夜《つくよ》　今日《けふ》までに　われは忘《わす》れず　間《ま》なくし思《おも》へば
（『万葉集』巻四―702）

河内百枝娘《かわちのももえのおとめ》が大伴家持に贈った恋歌（相聞歌）である。この歌は、あの夜の月を、今日までわたくしは忘れていません。あなたのことをずっと思いつづけているので、の意である。

興味深いことに、「間なくし思へば」を、万葉仮名では「無間苦思念者《まなくしおもへば》」と綴っているのである。絶え間なく、苦しい思いで恋い続けていると言っているようである。

『万葉集』を万葉仮名で読んでいくと、時々、このような洒落のきいた表記に遭遇し、感心させられることがある。

ところで、先の歌には、「ぬばたまの」という枕詞が見られるが、「ぬばたま」は「射干玉」（檜扇《ひおうぎ》の種子）のことである。

檜扇は野生する植物で、本来、漢方薬の一種であるが、黒い玉のような種子が生《な》る。そのため、「野真玉《ぬまたま》」と呼ばれたというが、葉が羽状を呈していたから、「野羽玉《ぬばたま》」と称されたという説もある。

それが次第に「寝《ぬ》る魂《たま》」と解されて、夜に掛かる枕詞となったと解かれている。

また、黒い玉であったから、黒髪や髪に掛かる枕詞ともなっていったようである。

山部赤人の吉野の宮の讃歌である、

ぬばたまの　夜《よ》のふけゆけば　久木生《ひさぎお》ふる　清《きよ》き川原《かはら》に　千鳥《ちどり》しば鳴《な》く
（『万葉集』巻六―925）

という優れた叙情歌にも、「夜」に掛かる「ぬばたまの」が、歌い込められている。

ちなみに、久木は「きささげ」（木豇豆）、ないしは「あかめがしわ」（赤芽柏）を指すといわれている。これらの木は、「久しきに堪える木」であったから、吉野の宮の永遠のシンボルとして、歌われたのである。

「久木」は「楸」と書くが、椿《つばき》、榎《えのき》、柊《ひいらぎ》とならんで、神がこの世に出現する際に、春、夏、秋、冬それぞれの季節に、手にする聖なる植物であったといわれている。

ぬばたまの　黒髪《くろかみ》敷《し》きて　長《なが》き夜《よ》を　手枕《たまくら》の上《うへ》に　妹《いも》待《ま》つらむか
（『万葉集』巻十一―2631）

日本の古代の女性は、長い黒髪を愛し、それがまた、美貌の女性に欠かすことのできないものであっただけに、黒髪を歌う歌が少なくないのである。

特に、衾《ふすま》に黒髪を長々と敷き連ねて、恋人を迎え入れることを望んでいたのである。

あるいは、また、

ぬばたまの　黒髪濡《くろかみぬ》れて　沫雪《あわゆき》の　降《ふ》るにや来《き》ます　ここだ恋《こ》ふれば
（『万葉集』巻十六―3805）

のごとく、黒く照りはえる黒髪に、一片《ひとひら》の沫雪が降りかかるのも、こよなく美しく、男の心をそそったことであろう。

ねぐ

筑前箱崎「山水奇観〈西海奇勝〉」

かき撫《な》でそ　ねぎたまふ　うち撫《な》でそ　ねぎたまふ……

（『万葉集』巻六—973）

この御製は、元正上皇が節度使の派遣に当たって、慰労された時の御歌とされている。

『続日本紀』の天平四（七三二）年八月に「正三位《しょうさんみ》、藤原朝臣房前《ふぢはらのあそみふささき》を、東海《とうかい》東山《とうさん》の二道《にどう》の節度使《せつどし》と為《な》し、従三位《じゅさんみ》多治比真人県守《たぢひのまひとかたもり》を、山陰道《さんいんどう》の節度使《せつどし》と為《な》し、従三位《じゅさんみ》藤原朝臣宇合《ふぢはらのあそみうまかひ》を西海道《さいかいどう》の節度使《せつどし》と為《な》す」と記されている。節度使は、道ごとの軍備の点検や、整備を監督する重要な役であった。

藤原宇合が西海道の節度使に遣わされた際に、その下僚であった高橋虫麻呂《むしまろ》は宇合に激励の歌を贈っている。その長歌の一節に、

賊守《あたまも》る　筑紫《つくし》に至《いた》り　山《やま》のそき　野《の》のそき見《み》よと　伴《とも》の部《へ》を　班《あか》ち
遣《つか》はし　山彦《やまびこ》の　応《こた》へむ極《きは》み　たにぐくの　さ渡《わた》る極《きは》み　国状《くにかた》を
見《め》したまひて……

（『万葉集』巻六—971）

とある。

宇合は西海道の節度使に任ぜられた時、『懐風藻』に収める詩に「往歳《いにしとし》は東山《とうざん》の役《えだち》、今年《このとし》は西海《さいかい》の行《たび》。行人一生《かうじんいつしやう》の裏《うち》、幾度《いくたび》か辺兵《へんぺい》に倦《う》まむ」と詠じて、度重なる遠征に、心身ともに疲労したことを訴えていたのである。

そのことを知った高橋虫麻呂は、

千万《ちよろづ》の　軍《いくさ》なりとも　言挙《ことあ》げせず　取《と》りて来《き》ぬべき　士《をのこ》とそ思《おも》ふ

（『万葉集』巻六—972）

と歌って彼を励ましている。

重大な任務を担わされている節度使だからこそ、元正上皇は、冒頭の歌にあるように節度使の髪を撫でるがごとく、労をねぎらわれたのである。

「ねぐ」は「ねぎらう」ことである。相手の労苦に対し、慰めたり、感謝の念を表すことである。

「景行記」に、景行天皇が、小碓命《おうすのみこと》（日本武尊《やまとたけるのみこと》）に、顔を見せぬ大碓命《おおうすのみこと》を「泥疑教へ覚せ《ねぎおしさと》」と言われたが、小碓命は大碓命の腕を掴み、捩《ね》じりつぶして、投げ棄てたという話が伝えられている。これは、「ねぎ」を「捩じる」と勘違いしたものである。

ところで、冒頭の御製の歌の「ねぎ」には、「禰宜」の文字が当てられているが、神社の神官の禰宜《ねぎ》は、「神を祈《ね》ぐ」意から起こったことを示すものであろう。

『万葉集』には、「防人《さきもり》の悲別《ひべつ》の心《こころ》を追《お》ひ痛《いた》みて作《つく》りし歌《うた》」が載せられている。「勇《いさ》みたる　猛《たけ》き軍士《いくさ》と　ねぎたまひ」（『万葉集』巻二十—4331）と歌われているが、その兵士は、「たらちねの　母《はは》が目離《めか》れて　若草《わかくさ》の　妻《つま》をもまかず」出征してしまったから、「別《わか》れを惜《を》しみ　嘆《なげ》きけむ」（『万葉集』巻二十—4332）と妻は嘆き悲しんだのである。

その妻は、

斎瓮《いはひへ》を　床辺《とこへ》にすゑて　白《しろ》たへの　袖折《そでを》り返《かへ》し　ぬばたまの　黒髪《くろかみ》
敷《し》きて　長《なが》き日《け》を　待《ま》ちかも恋《こ》ひむ　愛《は》しき妻《つま》らは

（『万葉集』巻二十—4331）

と歌われているのである。

ねのみしなかゆ
（音のみし泣かゆ）

シカ「頭書増補訓蒙図彙大成」

聞《き》けば　音《ね》のみし泣《な》かゆ　語《かた》れば　心《こころ》そ痛《いた》き　天皇《すめろき》の　神《かみ》の皇子《みこ》の　出《い》でましの　手火《たひ》の光《ひかり》そ　ここだ照《て》りたる
（『万葉集』巻二―230）

「笠朝臣金村歌集」に見られる歌である。その話を聞けば、ひたすらに声を立てて泣くだろう、語るならば、心が痛んでくる。先帝の天智天皇の皇子、志貴皇子《しきのみこ》の葬儀に、手にした松明の火が送り火のように、たくさん照っているのを見ている、という意味であろう。

「音のみ泣く」は、声を上げて、泣きに泣く意で、非常な悲しみを表わす言葉である。

朝鳥《あさとり》の　音《ね》のみ泣《な》きつつ　恋《こ》ふれども　験《しるし》をなみと　言問《ことと》はぬ　ものにはあれど　我妹子《わぎもこ》が　入《い》りにし山《やま》を　よすかとぞ思《おも》ふ
（『万葉集』巻三―481）

朝鳥のように、声を出して泣きながら、死んだ妻を恋い慕っても、何の甲斐もない。ものいわぬ人になってしまったが、わたくしは妻の棺を埋葬した山を、妻の想い出のよすがとしたいと思っている、という意味であろう。

この歌では「よすかとぞ思ふ」にあえて「因鹿跡叙思《よすかとぞおもふ》」の文字を当てているが、鹿の足跡をたどって山に入ることを暗示しているようである。「山」に続く万葉仮名として、大変興味深い当て字であると思っている。

慰《なぐさ》むる　心《こころ》はなしに　雲隠《くもがく》り　鳴《な》き行《ゆ》く鳥《とり》の　音《ね》のみし泣《な》かゆ
（『万葉集』巻五―898）

心を慰めることもなく、雲に隠れて鳴きながら飛んでゆく鳥のように、わたくしはただひたすらに、声を上げて泣くばかりだ、という意味である。

遠音《とほおと》にも　君《きみ》が嘆《なげ》くと　聞《き》きつれば　音《ね》のみし泣《な》かゆ　相思《あひおも》ふ我《われ》は
（『万葉集』巻十九―4215）

遠くからの噂にも、あなたが嘆き悲しんでいるのを耳にしたので、わたくしは声を出して泣いてしまう。あなたを思って、という意味である。

この歌は、大伴家持が、聟《むこ》である藤原南家の右大臣が母を亡くしたことを聞き、弔いとして詠んだものである。

あかねさす　昼《ひる》は物思《ものも》ひ　ぬばたまの　夜《よる》はすがらに　音《ね》のみし泣《な》かゆ
（『万葉集』巻十五―3732）

昼は物思いにふけり、夜は夜通し声に出して泣いてしまう、という意味である。

つぎねふ　山背道《やましろぢ》を　他夫《ひとづま》の　馬《うま》より行《ゆ》くに　己夫《おのづま》し　徒歩《かち》より行《ゆ》けば　見《み》るごとに　音《ね》のみし泣《な》かゆ　そこ思《おも》ふに　心《こころ》し痛《いた》し……
（『万葉集』巻十三―3314）

山背の国へ向かう路を、他人の夫は馬に乗って行くのに、わたくしの夫は徒歩で行く。それを見るたびに、わたくしは声を上げて泣いている、それを思うと、心が痛むという、妻の嘆きの歌である。

ちなみに、山背国は、桓武天皇が都を京都に移される前は、奈良の都が置かれた大和国からは奈良山を越えた山の背《うしろ》に位置していたので、山背国《やましろ》と称されていた。平安時代には都城が置かれたので、山城国とされたのである（『日本紀略』延暦十三年十一月条）。

ねもころに（懇に）

カサスゲ「大植物図鑑」

思《おも》ふらむ　人《ひと》にあらなくに　ねもころに　心尽《こころつ》くして　恋《こ》ふる我《あれ》かも

（『万葉集』巻四―682）

わたくしのことを真剣に愛してくれる相手でもないのに、わたくしの方は、真心を尽くして恋をしている、という意味である。

「ねもころ」は、現在の「ねんごろ（懇ろ）」の古形である。右の歌の原文では「懃《ねもころに》」と書かれている。

言《こと》のみを　のちも逢《あ》はむと　ねもころに　我《われ》を頼《たの》めて　逢《あ》はざらむかも

（『万葉集』巻四―740）

あなたは言葉だけで、後でお逢いしようと言って、わたくしを深く信頼させようとしているが、本当は逢ってくれないのだろう、という意味である。口先だけの相手に対する、不信の念を歌ったものであろう。

あしひきの　山菅《やますが》の根《ね》の　ねもころに　我《あれ》はそ恋《こ》ふる　君《きみ》が姿《すがた》に

（『万葉集』巻十二―3051）

山菅の根の、その「ネ」ではないが、ねんごろに、あなたのお姿に、恋い焦がれている、という意である。

「山菅の根」は、この場合、「ねもころ」の序詞的な役割を果たしている。山菅は山に自生する菅であるが、万葉の人々には親しい植物だとみえて、

あしひきの　名《な》に負《お》ふ山菅《やますげ》　押《お》し伏《ふ》せて　君《きみ》し結《むす》ばば　逢《あ》はざらめやも

（『万葉集』巻十一―2477）

のように、山菅を歌ったものも少なくない。

ねもころに　思《おも》ふ我妹《わぎも》を　人言《ひとごと》の　繁《しげ》きによりて　淀《よど》むころかも

（『万葉集』巻十二―3109）

心から深く愛している恋人であるが、人の口が非常にうるさいので、あなたの所へ通うのをためらっているこの頃だ、という意味である。「淀む」とは停滞することで、日頃、通いつめていたが、行きかねていることである。

この歌の「ねもころ」に、「慇懃」という万葉仮名が用いられている。『漢書』の「司馬相如伝《しばそうじょでん》」に「慇懃《いんぎん》を通《つう》ず」とあり、男女間の、思慕の情を通ずることと解している。

豊国《とよくに》の　企救《きく》の浜松《はままつ》　ねもころに　なにしか妹《いも》に　相言《あひい》ひそめけむ

（『万葉集』巻十二―3130）

豊国の企救の浜松のごとく、ねんごろに、どうして恋人に語らい始めたのだろうか、という意味である。

企救は、豊前国の企救郡である。北は関門海峡、東は周防灘に面する。

伊香保《いかほ》ろの　そひの榛原《はりはら》　ねもころに　奥《おく》をな兼《か》ねそ　まさかし良《よ》かば

（『万葉集』巻十四―3410）

伊香保の山沿いの榛原のように、深く行く末を気にかけないでほしい。現在さえよかったら、いいではないか、という意味である。

伊香保は、上野国吾妻郡や群馬郡に属する山である。その山麓には良く知られる群馬県の伊香保温泉がある。

伊香保《いかほ》ろの　そひの榛原《はりはら》　我《わ》が衣《きぬ》に　着《つ》き宜《よら》しもよ　ひたへと思《おも》へば

（『万葉集』巻十四―3435）

として、伊香保の榛原は東歌に登場している。

のちのよの（後の世の）

銅鏡「集古十種」

古《いにしへ》の　賢《さか》しき人《ひと》も　後《のち》の世《よ》の　鑑《かがみ》にせむと……

（『万葉集』巻十六―3791）

昔の賢人も、後の世の手本にしよう、という意味である。

この長歌の一節は、竹取の翁《おきな》が、かぐや姫を見出した時の話を語る場面の末尾に当たる。

「鑑」には、模範とか手本の意味があることはいうまでもないが、鏡に自分の姿を写して姿を直すことから、他人の立派な行為を見て、自らも反省し、それを手本として、自らを磨く意が派生したのであろう。

さらに、そのような人の行為や人柄を多く伝える歴史の書も「鏡（鑑）」と呼ばれるようになった。

中国の司馬光《しばこう》の『資治通鑑《しじつがん》』などがそれであり、日本では『大鏡』『水鏡』、あるいは『吾妻鏡』などの鏡ものがそれである。

日本においては、「鏡」は弥生時代以来、神の宿る聖具と見なされ、太陽の光を発する聖器と見なされていた。現在の俗信でも、鏡が割れることを忌む慣習があるのは、そのためである。

鑑が、手本とか模範の意に用いられるのは、『万葉集』の、

子孫《うみのこ》の　いや継《つ》ぎ継《つ》ぎに　見《み》る人《ひと》の　語《かた》り次《つぎ》てて　聞《き》く人《ひと》の　鑑《かがみ》にせむを……

（『万葉集』巻二十―4465）

という大伴家持の「族《やから》を諭《さと》し歌《うた》」の一節からも窺《うかが》うことができるだろう。

この歌でさらに注意すべきことは、「鑑」を万葉仮名で、あえて「可我見《かがみ》」と表記していることである。

鑑は、「我を見る可《べ》き」ものであり、それによって姿を正し、反省するものだからである。

鑑が、後の世に語り継がれるべき物語を伝えるものであるとすれば、『万葉集』もまた、後の世に語り継ぐべきものとされるであろう。

剣《つるぎ》大刀《たち》　腰《こし》に取《と》り佩《は》き　あしひきの　八《や》つ峰《を》踏《ふ》み越《こ》え　さしまくる　心障《こころさや》らず　後《のち》の世《よ》の　語《かた》り継《つ》ぐべく　名《な》を立《た》つべしも

（『万葉集』巻十九―4164）

この長歌は、「勇士《ゆうし》の名《な》を振《ふ》るふことを慕《ねが》ひし歌《うた》」と題されている。

剣大刀を腰に取りつけて、多くの山の峰を踏破して、官命をうけてその志を押し通し、後世の人々が、語り継ぐような立派な名を立てるであろう、という意味である。

「さしまく」は「指《さ》し任《ま》く」、つまり、任命するの意であろうといわれている。

後《のち》の世《よ》の　聞《き》き継《つ》ぐ人《ひと》も　いや遠《とほ》に　偲《しの》ひにせよと……

（『万葉集』巻十九―4211）

後の世に聞き継ぐ人は、はるかに遠い昔の悲恋の話を偲んでくれ、という意味であろう。

「後の世に聞き継ぐ」物語が、『万葉集』には少なからず、伝えられている。

はしき（愛しき）

吉野滝辺の松「和朝名勝画図」

み吉野《よしの》の　玉松《たままつ》が枝《え》は　愛《は》しきかも　君《きみ》がみ言《こと》を　持《も》ちて通《かよ》はく

（『万葉集』巻二―113）

この歌には「吉野《よしの》より蘿生《こけお》ひたる松《まつ》の柯《えだ》を折《を》り取《と》りて遣《つか》はせし時《とき》に、額田《ぬかたの》王《おほきみ》の奉《たてまつ》り入《い》れし歌《うた》」と題が付されている。

吉野から額田王に松の枝を贈ったのは、弓削皇子《ゆげのみこ》である。弓削皇子は、天武天皇の第六皇子であるが、亡き天武天皇を弓削皇子は父親として偲び、額田王もまた、かつて愛人としてお慕いしていたから、ともに天皇の想い出を共有していたのである。その天武天皇がもっとも激動の時期を過ごされた吉野から、弓削皇子は額田王へ古びた松の枝を送ったのである。

古《いにしへ》に　恋《こ》ふる鳥《とり》かも　ゆづるはの　御井《みゐ》の上《うへ》より　鳴《な》き渡《わた》り行《ゆ》く

（『万葉集』巻二―111）

は、弓削皇子の御歌である。

あえて「ゆづるは」と歌われるのは、天武帝の血筋が、御子である弓削皇子にも脈々と伝えられていることを暗示しているのであろう。

また、苔むした松の枝を額田王に贈るのも、松の枝には、天武天皇と額田王の昔の想い出が結ばれていることを示唆しているのであろう。

それゆえ、額田王の冒頭の歌は、吉野の美しい松の枝は、大変いとおしい、君のお言葉を持ち運んでくるから、という意味であるが、「君がみ言」には、弓削皇子の御言葉とともに、昔、額田王と天武天皇が言い交わした睦言《むつごと》が、松の枝に封じ込まれていることも含まれているのであろう。

額田王の御歌に「愛しき」という言葉が見えるが、「愛《は》し」はいとおしい、慕わしい、なつかしいの意である。

亡き妻を偲ぶ大伴家持の、

昔《むかし》こそ　外《よそ》にも見《み》しか　我妹子《わぎもこ》が　奥《おく》つ城《き》と今《いま》　愛《は》しき佐保山《さほやま》

（『万葉集』巻三―474）

の歌の「愛しき」も、いとおしいの意であろう。

「景行紀」十七年三月条には、景行天皇が、日向の地で京都《みやこ》を偲ばれて、「愛《は》しきよし　我家《わぎへ》の方《かた》ゆ　雲居《くもゐ》立《た》ち来《く》も」と詠じられたとあるが、この「愛し」は、愛慕の意であろう。

愛《は》しきかも　皇子《みこ》の命《みこと》の　あり通《がよ》ひ　見《め》しし活道《いくぢ》の　道《みち》は荒《あ》れにけり

（『万葉集』巻三―479）

この歌は、聖武天皇のただひとりの皇子、安積皇子《あさかのみこ》が薨《こう》ぜられた時の、大伴家持の悲しみの歌である。

ああ、追慕の思いに耐えない安積皇子が、常にお通いになられた活道山への道は、荒れてしまった、という意味である。

『万葉集』には「活道《いくぢ》の岡《をか》に登《のぼ》りて」（『万葉集』巻六―1042）と題する歌も伝えられているが、京都府相良郡和束町付近にある山であろうといわれている。

雪《ゆき》の上《うへ》に　照《て》れる月夜《つくよ》に　梅《うめ》の花《はな》　折《を》りて送《おく》らむ　愛《は》しき児《こ》もがも

（『万葉集』巻十八―4134）

「雪月花《せつげつか》の時《とき》　最《もつと》も君《きみ》を憶《おも》う」という中唐の詩人、白居易の詩を、ただちに想起させる歌といってよいだろう。

はしきやし（愛しきやし）

倭建命「前賢故実」

はしきやし　誰《た》が障《さ》ふれかも　玉桙《たまほこ》の　道見忘《みちみわす》れて　君《きみ》が来《き》まさぬ

（『万葉集』巻十一―2380）

「はしきやし」という言葉が用いられているが、詠嘆の語と見なされている。前項で述べたごとく、「はしきやし」の「はし」は、「愛《は》し」であり、いとおしいとか慕わしいなどの意である。「やし」は、間投助詞「や」と副助詞「し」が繋がり、詠嘆を表すという。「ああ」とか「ああ、いとおしいのに」といった意味であろう。

冒頭の歌は、ああ、誰が邪魔をしているのであろうか。あなたはわたくしの家に来る道を忘れてしまったのか、そのために、わたくしの許《もと》にはいらっしゃらないのか、という意味である。

古代の結婚においては、まずは、お互いの親達の同意が必要であった（『戸令』嫁女条）。また、たとえ、二人が密かに愛し合っていたとしても、世間の噂がうるさかったようである。つまり、「人言繁《ひとことしげ》し」という状態が、二人の逢瀬《おうせ》を邪魔をしていたのである。その切ない感情が、「よしゑやし　来《き》まさぬ君《きみ》を」（『万葉集』巻十一―2378）などと女性を嘆かせたのであろう。

『万葉集』には、

はしきやし　然《しか》ある恋《こひ》にも　ありしかも　君《きみ》に後《おく》れて　恋《こひ》しき思《おも》へば

（『万葉集』巻十二―3140）

という歌もある。ああ、こんなにしっかりした恋の気持ちがあったのだ。行ってしまうあなたに残されて、これほど恋しく思うとは、という意味である。

天地《あめつち》と　共《とも》にもがもと　思《おも》ひつつ　ありけむものを　はしけやし　家《いへ》を離《はな》れて……

（『万葉集』巻十五―3691）

天地と共に長くありたいと想い続けてきたが、心から愛する家を離れて、という意味である。

この長歌は、葛井連子老《ふじいのむらじこおゆ》が詠んだ挽歌である。葛井氏は、『新撰姓氏録』右京諸藩下によれば百済系の氏族であり、河内国志紀郡の葛井（藤井）寺を建て、ここを本拠地としていた。

この長歌につけられた反歌でも、

はしけやし　妻《つま》も子《こ》どもも　高々《たかたか》に　待《ま》つらむ君《きみ》や　山隠《やまがく》れぬる

（『万葉集』巻十五―3692）

と歌われている。

ああ、本当に切ない。妻も子どもも、首を長くして待っている君が、山に隠れてしまった、という意味である。

注意すべきは、原文では「はしけやし」に「波之家也思《はしけやし》」の文字を当てていることである。「波のように繰り返し家を思う」気持ちを言いたかったのであろう。

また『古事記』にも倭建命《やまとたけるのみこと》が死に臨み、故郷の国を偲んだ歌が伝えられている。それは、有名な「倭《やまと》は　国《くに》のまほろば」の歌に続くものであるが、「愛《は》しけやし　吾家《わぎへ》の方《かた》よ　雲居起《くもゐた》ち来《く》も」と歌われたと記されている。

この「はしけやし」は、心からの愛惜の情を示す言葉である。「愛《は》しけやし」の「やし」は、先に述べたように、間投助詞といわれているが、むしろ、「愛しきよし」と通ずる言葉と解すべきだとわたくしは考えている。

はしきよし（愛しきよし）

大中臣清麻呂「前賢故実」

はしきよし　かくのみからに　慕《した》ひ来《こ》し　妹《いも》が心《こころ》の　すべもすべなさ
（『万葉集』巻五―796）

大伴旅人が大宰帥《だざいのそち》として筑紫に赴《おもむ》いた際に、同行した妻は病のために旅人をひとり残して死んでしまった。この歌は、旅人の悲しみと後悔の思いを山上憶良が詠んだものである。

旅人は愛妻を大宰府に一緒に連れてきたが、こんな悲しい結果になってしまった。わたくしの身を案じて、無理に大宰府に下ってきた妻が先立ってしまい、妻の気持ちを察すると、わたくしはどうにもやり切れない、という意味であろう。

この歌の冒頭に、「はしきよし」という見なれぬ言葉が見えるが、この「はしきよし」という言葉は、「はしきやし」と同じ言葉である。「いとしい」とか「愛すべき」という意味であると解されている。

「景行紀」十七年三月条には、景行天皇が日向の子湯県《こゆのあがた》に幸《みゆき》して、「愛《は》しきよし　我家《わぎへ》の方《かた》ゆ　雲居《くもゐ》立《た》ち来《く》も」と京を偲《しの》ぶ歌を詠じられたという。

ここに見える「ハシ」は、「愛し」で、「いとおしい」の意である。

また、大伴家持の歌に、

昔《むかし》こそ　外《よそ》にも見《み》しか　我妹子《わぎもこ》が　奥《おく》つ城《き》と今《いま》　愛《は》しき佐保山《さほやま》
（『万葉集』巻三―474）

という亡き妻を想う歌がある。この家持の妻の葬所であった「愛しき佐保山」は、現在の奈良市佐保山町の丘陵地帯を指しているが、この地は古代から火葬地が置かれていた所であったようである。

さらに『万葉集』には、

はしきよし　今日《けふ》の主人《あろじ》は　磯松《いそまつ》の　常《つね》にいまさね　今《いま》も見《み》るごと
（『万葉集』巻二十―4498）

という家持の歌がある。

この歌は、式部大輔《しきぶのたゆう》大中臣《おおなかとみの》朝臣《あそみ》清麻呂《きよまろ》の家で開かれた、宴の席で歌われたものである。磯松のようにいつまでも変わらずにいてください、という意である。

大中臣朝臣清麻呂は意美麻呂《おみまろ》の子で、神護景雲二（七六八）年に、中納言に任ぜられ、翌三年六月に大中臣朝臣を賜姓されている。さらに宝亀元（七七〇）年に大納言、正三位にすすみ、同三年には従二位右大臣の高官となった人物である。大中臣の賜姓からも窺《うかが》えるように、神祇の奉祭に尽くしたが、清慎な性格であったという。

彼は数朝に歴事し、国の旧老と尊敬されたと伝えられている（『続日本紀』延暦七年七月癸酉〔二十八日〕条）。

清麻呂は、家持の寿《ことほぎ》の歌に答えて、

わが背子《せこ》し　かくし聞《き》こさば　天地《あめつち》の　神《かみ》を乞《こ》ひ禱《の》み　長《なが》くとそ思《おも》ふ
（『万葉集』巻二十―4499）

という歌を返している。

神祇の祭司にかかわってきただけに、神の御加護を歌い込んでいる。

事実、彼は、「年《とし》、老《お》ゆると雖《いへど》も、精勤《せいきん》にして怠《おこた》るにあらず」と、正史に記載されているのである。

はしたての（梯立の）

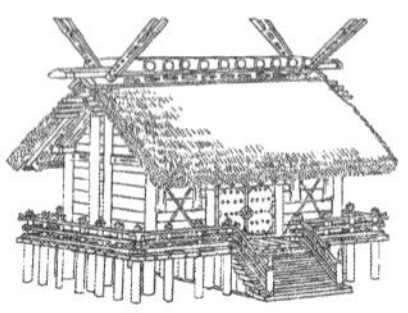

古代の宮殿「中等国史教科書」

梯立《はしたて》の　倉橋山《くらはしやま》に　立《た》てる白雲《しらくも》　見《み》まく欲《ほ》り　我《あ》がするなへに　立《た》てる白雲《しらくも》（『万葉集』巻七―1282）

倉橋山に立つ白雲よ、わたくしが見たいと思っているちょうどその時、白雲が見えてきた、という意味であろう。「なへに」は、同時進行を示す接続助詞である。

倉橋は、現在の奈良県桜井市倉橋であるが、崇俊《すしゅん》天皇の「倉橋《くらはし》の柴垣《しばがきの》宮《みや》」が置かれ、慶雲二（七〇五）年には、文武天皇の「倉橋離宮」への行幸が見られるなど、当時の宮廷人には、親しみのある地であったらしい（『続日本紀』慶雲二年三月条）。

「仁徳記」には、

梯立《はした》ての　倉椅山《くらはしやま》を　嶮《さが》しみと　岩《いは》かきかねて　我《わ》が手取《てと》らすも（「仁徳記」）

という歌を載せている。

『万葉集』には、冒頭の歌に続いて、

梯立《はしたて》の　倉橋川《くらはしがは》の　石《いし》の橋《はし》はも　男盛《をざか》りに　我《わ》が渡《わた》してし　石《いは》の橋《はし》はも（『万葉集』巻七―1283）

梯立《はしたて》の　倉橋川《くらはしがは》の　川《かは》のしづ菅《すげ》　我《わ》が刈《か》りて　笠《かさ》にも編《あ》まぬ　川《かは》のしづ菅《すげ》（『万葉集』巻七―1284）

という旋頭歌を並べている。

「石の橋」の歌は、倉橋川の中に岩を並べた橋は、若くて男盛りだったわたくしが置き並べて作った石橋だぞ、という意味であろう。

後の歌は、倉橋川の菅は、わたくしが刈って菅笠に編まなかった菅だ、という意味である。「しづ菅」は、おそらく、ひっそりと生えている菅の意であろう。

これらの歌において「梯立の」が枕詞として用いられているが、「梯《はし》」は、高い所に行くための「梯子《はしご》」の意である。『丹後国風土記』逸文には、伊射《いざ》奈芸命《なぎのみこと》は、天に通うため、「椅《はし》」を立てられたが、これを「天《あま》の椅立《はしだて》」と言うと記されている。

さて「梯立の」であるが、弥生時代以来、米倉を高く作り、そこへの昇り降りには「椅立」という梯子状のものが設けられていた。そのため、「倉」に対して、「梯立の」が枕詞となったようである。

また、梯立は、ほぼ直立に近い状態に掛けられていたから、険しいもの、つまり「険《さが》し」に掛かる枕詞ともなっていったのである。

また、「梯立の」は「くま」にも掛けて用いられている。「梯立《はしたて》の　熊木《くまき》のやらに　新羅斧《しらきをの》……」（『万葉集』巻十六―3878）などもあるが、この関連は、必ずしも明らかではない。しかし「熊」は「熊樫」のように大きいことを表す言葉であることを考える必要があろう。

あるいは、「山の隈《くま》」などからの連想が、次第に「熊」、ないしは「熊木」に結びつけられていったのではあるまいか。

倉からの連想とすれば、神稲を収めた倉の「供米《くまい》」の「くま」とするのも一考に値しよう。

はだすすき（はだ薄）

ススキ「大植物図鑑」

はだすすき　久米《くめ》の若子《わくご》が　いましける　三穂《みほ》の岩屋《いはや》は　見《み》れど飽《あ》かぬかも

（『万葉集』巻三—307）

この歌は、博通《はくつう》法師という人物が、紀伊国に赴いた際、三穂の岩屋を見て詠んだ歌である。

三穂は、現在の和歌山県日高郡美浜町三尾である。

『紀伊国名所図会』には、三尾に巌穴があると説明しているが、和田浦の御崎大明神社の北西の山中にある洞窟としている。

久米の若子がいかなる人物であるかは不明であるが、『万葉集』には、

みつみつし　久米《くめ》の若子《わくご》が　い触《ふ》れけむ　磯《いそ》の草根《くさね》の　枯《か》れまく惜《を》しも

（『万葉集』巻三—435）

と歌われているので、うら若き修験者のひとりであろう。

ところで、冒頭の歌は「はだすすき」という枕詞から歌い出されているが、「はだすすき」は、長く伸びた薄《すすき》の穂が、秋風に吹かれて靡《なび》いているさまを表す言葉である。

そのことにより、「穂」とか「秀《ほ》」に掛かる枕詞となったようである。

『出雲国風土記』意宇《おう》郡の条の国引の段には「はたすすき穂振《ほふ》り別《わ》けて、三身《みつみ》の綱《つな》うち挂《か》けて……」と記されている。

我妹子《わぎもこ》に　相坂山《あふさかやま》の　はだすすき　穂《ほ》には咲《さ》き出《い》でず　恋《こ》ひわたるかも

（『万葉集』巻十—2283）

相坂山のはだすすきのように、人目につかないように、恋い続けるだろう、という意味である。

新室《にひむろ》の　こどきに至《いた》れば　はだすすき　穂《ほ》に出《で》し君《きみ》が　見《み》えぬこのころ

（『万葉集』巻十四—3506）

この歌の「こどき」は、「蚕を飼う時」の意である。

新しく設けられた蚕を飼う室に、養蚕の時期になったのでやってきたが、わたくしに好意を見せてくれたあなたの姿が見えない今日この頃である、の意味であろう。

かの児《こ》ろと　寝《ね》ずやなりなむ　はだすすき　宇良野《うらの》の山《やま》に　月片寄《つくかたよ》るも

（『万葉集』巻十四—3565）

あの子と、今夜は一緒に寝ずに終わるのであろうか、宇良野の山に、月が傾いてきたなあ、という意味であろう。

宇良野の山は、裏の山とも解されるが、信濃国の小県郡に属する子檀岳《こまゆみだけ》や、御鷹山などに比定されている。

この歌の場合の「はだすすき」は、薄の「うれ（先端）」から「宇良野」に掛かる枕詞として用いられているようである。

はだすすき　尾花逆葺《をばなさかふ》き　黒木《くろき》もち　造《つく》れる室《むろ》は　万代《よろづよ》までに

（『万葉集』巻八—1637）

この「黒木」は、践祚《せんそ》の神座殿であり、萱の逆葺で作るといわれている（『貞観儀式』践祚大嘗祭儀条）。

はつはつに

ウマ「毛詩品物図攷」

はつはつに　人《ひと》を相見《あひみ》て　いかにあらむ　いづれの日《ひ》にか　また外《よそ》に見《み》む

（『万葉集』巻四―701）

この歌は、河内百枝娘子《かわちのももえのおとめ》が大伴家持に贈った歌である。

「はつはつに」は、「小端」とか「端々」の文字が当てられているように、「ほんのちょっと」とか、「ちらりと現れる」などの意であるという。

あなたのお姿をほんのちらっと拝見しただけであるが、本当はどのようなお方であろうか、また、いつか他の場所でお目にかかることができるのであろうか、という意味である。

その河内百枝娘子は、

ぬばたまの　その夜《よ》の月夜《つくよ》　今日《けふ》までに　われは忘《わす》れず　間《ま》なくし思《おも》へば

（『万葉集』巻四―702）

という歌も家持に贈っている。

山《やま》の端《は》を　追《お》ふ三日月《みかづき》の　はつはつに　妹《いも》をそ見《み》つる　恋《こひ》しきまでに

（『万葉集』巻十一―2461）

西の山の端を追う三日月のように、ほんの少しだけ恋人を見たが、わたくしは恋しくなるほど見ていた、という意味である。

ここでは、「はつはつ」に「端々」の文字が当てられている。

柵越《くへご》しに　麦食《むぎは》む子馬《こうま》の　はつはつに　相見《あひみ》し児《こ》らし　あやにかなしも

（『万葉集』巻十四―3537）

柵《さく》越しに麦を食べている子馬のように、ほんの少しだけ見たあの子が、何ともいとおしい、という意味である。

この歌は、註記によれば、或る本には、

馬柵越《うませご》し　麦食《むぎは》む駒《こま》の　はつはつに　新肌触《にひはだふ》れし　児《こ》ろしかなしも

と記されていたとされている。

おそらく、若馬の新鮮な肌の感触が、乙女のはち切れそうな、みずみずしい肌を想起させるのであろう。

この山《やま》の　黄葉《もみち》の下《した》の　花《はな》を我《あれ》　はつはつに見《み》て　なほ恋《こ》ひにけり

（『万葉集』巻七―1306）

この山の黄葉の陰に咲く花を、ほんのちらりと見ただけで、かえって恋しくなってしまった、という意味である。もちろん、恋人とのはじめての出会いの場面が重なって、一層、この山が好きになったといっているのであろう。

この歌では、「はつはつに」は万葉仮名で「小端《はつはつに》」と書かれている。

このように「はつはつ」は、「はつか（わずか）」と同義であると考えられている。

『伊勢物語』三十段に「むかし、お《(を)》とこ、はつかなりける女《をんな》のもとに、逢《あ》ふことは　たまのを許《ばかり》　おもほへて　つらき心《こころ》の　長《なが》く見《み》ゆらん」とある。

昔、ある男がたまにしか逢わなくなった女に、お逢いすることは玉の緒のように短いのに、つれないあなたの心だけがずっと長く思われるという歌を送った、という意味である。

はつをばな（初尾花）

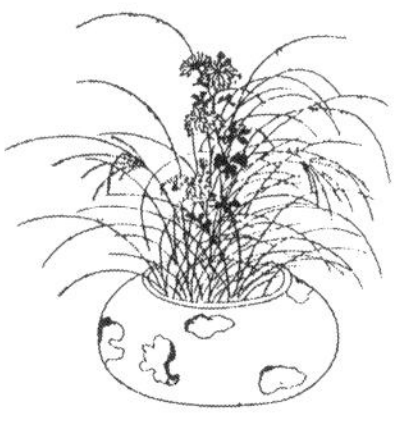
ススキとキク
「当流茶之湯評林大成」

さ雄鹿《をしか》の　入野《いりの》のすすき　初尾花《はつをばな》　いつしか妹《いも》が　手《て》を枕《まくら》かむ
（『万葉集』巻十―2277）

入野の薄《すすき》の初めて出た穂の「初」ではないが、いつか初めていとしい彼女の手を枕として寝ることができるであろうか、という意味である。

雄鹿と薄が一緒に歌われているが、この風景は、後々一種の日本的な定番となっていくのである。

薄の群れに妻を呼ぶ雄鹿の姿は、妻恋うる男の、いわば象徴として描かれていく。

「仁徳紀」三十八年七月条には、仁徳天皇と皇后の八田皇女《やたのひめみこ》が、菟餓野《とがの》に鳴く雄鹿を愛されていた話が伝えられているが、これも妻恋うる鹿が、そのまま、人の恋心と重なり合う情景を示しているのであろう。

入野は、入りこんだ地形の野という意味にとれるが、具体的な地名とすれば、これもまた各地に見出されて、必ずしも明らかではない。山城国乙訓郡などにも、入野の地名があると伝えられている。

世《よ》の中《なか》の　人《ひと》の嘆《なげ》きは　相思《あひおも》はぬ　君《きみ》にあれやも　秋萩《あきはぎ》の　散《ち》らへる野辺《のへ》の　初尾花《はつをばな》　仮廬《かりほ》に葺《ふ》きて　雲離《くもばな》れ　遠《とほ》き国辺《くにへ》の　露霜《つゆしも》の　寒《さむ》き山辺《やまへ》に　宿《やど》りせるらむ
（『万葉集』巻十五―3691）

葛井連子老《ふじいのむらじこおゆ》のこの長歌は、あなたは、人の嘆きなどお考えにならないのだろうか、秋萩の散っている野辺に穂が出はじめた薄を、仮の庵に葺いて、遠く離れた国の、露霜の置くような寒い山辺に宿をとっているのだろうか、という意味である。

これは挽歌であるから、遠くへ旅立ったまま死んでしまった人への、哀悼の歌であるといってよい。

いつか、いつかと、帰りを待つ家人の期待を裏切るように、亡くなった人への挽歌である。

それゆえ、葛井連子老は、

もみち葉《ば》の　散《ち》りなむ山《やま》に　宿《やど》りぬる　君《きみ》を待《ま》つらむ　人《ひと》しかなしも
（『万葉集』巻十五―3693）

という歌も作っている。

初尾花《はつをばな》　花《はな》に見《み》むとし　天《あま》の川《がは》　隔《へな》りにけらし　年《とし》の緒長《をなが》く
（『万葉集』巻二十―4308）

初尾花を花として見ていると、尾花が長くのびているのが、あたかも天の川のように見える。その天の川を隔てて、織女星と牽牛星が隔てられているようだ、わたくしとあなたが長い年月お逢いできないように、という意味であろう。

今でも、七夕の日には初尾花を飾るが、初尾花は、時には天の川に見立てられたり、あるいは、恋人を招く袖や手に擬せられていた。

旧暦七月は文月《ふみつき》とも称されるように、恋人どうしが織女星と牽牛星に擬して、恋の文を交わす時期でもあったのである。そして、その頃の初尾花は、恋を招く花として、人々から愛されていたのであろう。

はなぐはし（花ぐはし）

衣通姫「絵本小倉錦」

花《はな》ぐはし　桜《さくら》の愛《め》で　同愛《ことめ》でば　早《はや》くは愛《め》でず　我《わ》が愛《め》づる子《こ》ら（「允恭紀」）

この愛の歌は、「允恭紀」八年二月条に見える允恭天皇の御製である。「妙《くは》し」は、霊妙とか、繊細な美しさを表す言葉である。

こまやかな美しさの桜の花はみごとであるが、同じ愛するならば、もっと早く愛すべきであった。わたくしの愛する衣通姫《そとおりひめ》よ、という意味である。

允恭天皇は、皇后の忍坂大中姫《おしさかのおおなかつひめ》の妹、衣通姫を愛しておられたが、皇后に憚《はばか》り、口に出すことすらできなかった。

しかし、新室の寿《ことほぎ》の席で、やっと衣通姫を手に入れることができたのである。

だが、皇后の嫉妬心はおさまらず、そのため天皇は藤原宮に衣通姫をかくまわれたのである。

さらには、衣通姫を河内の茅渟《ちぬ》に密かに移され、皇后の目から遠ざけられていた。

その宮の井の傍《かたわ》らに桜の花がみごとに咲いており、それを御覧になられた允恭天皇が衣通姫のことを歌ったのが、冒頭の歌である。

衣通姫の名は、「容姿《かほ》絶妙《すぐ》れて比無《ならびな》し。其《そ》の艶《うるは》しき色《いろ》、衣《そ》より徹《とほ》りて晃《て》れり」（「允恭紀」七年十二月条）によるものである。

ちなみに、衣通姫と称される女性は、もうひとり、軽大娘皇女《かるのおおいらつめのひめみこ》がいる。不思議なことに、ともに美人薄命であった。

花細《はなぐは》し　葦垣越《あしかきご》しに　ただ一目《ひとめ》　相見《あひみ》し児《こ》ゆゑ　千度嘆《ちたびなげ》きつ（『万葉集』巻十一―2565）

葦垣越しに、ただ一目見ただけなのに、花のようにいとおしい子のために、わたくしは千度も嘆きを繰り返している、という意味であろう。

この場合の「花細し」は、「相見し児」に掛かるのではないだろうか。

「細《くは》し」は「名ぐはし」などとも用いられるが、例えば、

神《かむ》さび立《た》てり　名《な》ぐはしき　吉野《よしの》の山《やま》は……（『万葉集』巻一―52）

と歌われているし、

青柳《あをやぎ》の　糸《いと》の細《くは》しさ　春風《はるかぜ》に　乱《みだ》れぬい間《ま》に　見《み》せむ児《こ》もがも（『万葉集』巻十―1851）

のようにも歌われている。

青柳の細くて美しい枝が春風に乱れぬ間に、つまり、春の終わらないうちに、人に見せたい恋人ができたらいいなあ、という意味である。

この「くはしさ」は、「細紗《くはしさ》」と表記されている。細やかに繊細に織られた紗こそ、「妙《くは》し」の象徴と考えられていたのであろう。

「花細し」と称された衣通姫も、あまりにも繊細で、はかなく散る桜の花のようである。

また、それがゆえに、後の世までも、その薄幸の物語が伝えられ、同情を呼ぶのである。

はなたちばな（花橘）

カラタチバナ「大植物図鑑」

ほととぎす　鳴《な》く五月《さつき》には　あやめぐさ　花橘《はなたちばな》を　玉《たま》に貫《ぬ》き　かづらにせむと……　（『万葉集』巻三―423）

ほととぎすの鳴く五月の頃には、あやめ草や花橘を玉として、緒に通して鬘に挿そうと、という意味である。花橘は、花が咲いている橘を愛《め》でた言葉である。

「応神記」にも、

香《か》ぐはし　花橘《はなたちばな》は　上枝《ほつえ》は　鳥居枯《とりゐが》らし　下枝《しづえ》は　人取《ひとと》り枯《が》らし　三《み》つ栗《ぐり》の　中《なか》つ枝《え》の　ほつもり　赤《あか》ら嬢子《をとめ》を　いざささば　良《よ》らしな　（「応神記」）

という歌謡が載せられている。

花橘は、

ほととぎす　鳴《な》く五月《さつき》には　初花《はつはな》を　枝《えだ》に手折《たを》りて……　（『万葉集』巻十八―4111）

と歌われるように、旧暦五月頃より咲きはじめる。

ほととぎす　花橘《はなたちばな》の　枝《えだ》に居《ゐ》て　鳴《な》きとよもせば　花《はな》は散《ち》りつつ　（『万葉集』巻十―1950）

の歌のように、花橘は、ほととぎすとともに歌い込まれることが少なくないのである。

ここでも、ほととぎすが枝に止まって鳴くと、橘の花がはらはらと散る、と歌っている。

『万葉集』巻十では、花橘がいろいろに歌われているが、

ほととぎす　来居《きゐ》も鳴《な》かぬか　我《わ》がやどの　花橘《はなたちばな》の　地《つち》に落《お》ちむ見《み》む　（『万葉集』巻十―1954）

ほととぎす　来鳴《きな》きとよもす　橘《たちばな》の　花散《はなち》る庭《には》を　見《み》む人《ひと》や誰《たれ》　（『万葉集』巻十―1968）

と、ともに花橘とほととぎすとの取り合わせである。

我《わ》がやどの　花橘《はなたちばな》を　花《はな》ごめに　玉《たま》にそ我《あ》が貫《ぬ》く　待《ま》たば苦《くる》しみ　（『万葉集』巻十七―3998）

この歌は、石川朝臣水通《いしかわのあそみみみち》の歌とされている。わたくしの家に咲く花橘を、花のまま、緒に貫き通します。待っているのは大変つらいので、という意味である。

おそらく、花橘を貫いて、挿頭《かざし》として贈る恋人はまだいないが、さりとて、美しい庭の花をみすみす枯らすのも惜しい、といっているのであろう。

古《いにしへ》ゆ　語《かた》り継《つ》ぎつる　うぐひすの　現《うつ》し真子《まこ》かも　あやめ草《ぐさ》　花《はな》橘《たちばな》を　をとめらが　玉貫《たまぬ》くまでに……　（『万葉集』巻十九―4166）

昔から語り継がれてきた鶯の本当の子だろうか、あやめ草や花橘を玉として女たちが緒に貫くまで、という意味である。

橘の花は、現在も愛好され、文化勲章は橘の花をかたどっている。

はにやす（埴安）

埴瓮「古代日本遺物遺跡の研究」

「神武紀」己未年二月条に「天皇《すめらみこと》、前年《さきのとし》の秋九月《あきながづき》を以《も》て、潜《ひそか》に天香山《あまのかぐやま》の埴《はに》土《つち》を取《と》りて、八十《やそ》の平瓮《ひらか》を造《つく》りて、躬自《みづか》ら斎戒《ものいみ》して、諸 神《もろもろのかみたち》を祭《まつ》りたまふ。遂《つひ》に区宇《あめのした》を安定《しづ》むること得《え》たまふ。故《かれ》、土《はにつち》を取《と》りし処《ところ》を号《なづ》けて、埴安《はにやす》と曰《い》ふ」と、埴安の地名由来伝説を記している。

この伝承によれば、埴安は、神々を祀る祭具を作るための埴土《はにつち》の産地だというのである。

「崇神紀」十年九月条にも、崇神天皇に叛《そむ》いた武埴安彦《たけはにやすびこ》の妻の吾田媛《あたひめ》が密かに香具山の土を取り、これを「倭国《やまとのくに》の物実《ものしろ》」と称したと記されている。

「倭国の物実」とは、倭国（大和）の土地の領有を宣言するための呪術的な代物の意であろう。

神の山とされる天の香具山の土を密かに持ち出すことで、天の香具山が支配している地を、支配できると考えられていたのであろう。

「神武紀」即位前紀戊午年九月条には、兄磯城《えしき》の軍を滅亡させるために、天神の教えに従い、「天香山《あまのかぐやま》の社《やしろ》の中《なか》の土《はに》を取《と》りて、天平瓮八十枚《あまのひらかやそち》を造《つく》り、幷《あは》せて厳瓮《いつへ》を作《つく》りて、天神地祇《あまつやしろくにつやしろ》」を祀ったと記されている。

つまり、大和の国の「物実」と見なされる埴土の産地は「埴安」の地だといっているのである。

埴安は、天の香具山の周辺の、奈良県橿原市南浦町付近に比定されている。

藤原京をつくられた持統女帝は、

やすみしし　わご大君《おほきみ》　高照《たかて》らす　日《ひ》の皇子《みこ》　あらたへの　藤井《ふぢゐ》が
原《はら》に　大御門《おほみかど》　始《はじ》めたまひて　埴安《はにやす》の　堤《つつみ》の上《うへ》に　あり立《た》たし……

（『万葉集』巻一—52）

と歌われている。

「埴安の堤」とあるように、ここには、埴安の池が存在していた。

埴安《はにやす》の　池《いけ》の堤《つつみ》の　隠《こも》り沼《ぬ》の　行《ゆ》くへを知《し》らに　舎人《とねり》は惑《まと》ふ

（『万葉集』巻二—201）

柿本人麻呂のこの挽歌は、高市皇子《たけちのみこ》の薨去《こうきょ》の際のものである。

埴安の池の堤にかこまれた隠沼のように、将来のことは、どうなるか判らないので、主人の高市皇子を失った舎人達は、心配で当惑している、という意味である。

長歌の一節にも、

使《つか》はしし　御門《みかど》の人《ひと》も　白《しろ》たへの　麻衣《あさごろも》着《き》て　埴安《はにやす》の　御門《みかど》の原《はら》
に　あかねさす　日《ひ》のことごと　鹿《しし》じもの　い這《は》ひ伏《ふ》しつつ　ぬば
たまの　夕《ゆふへ》に至《いた》れば　大殿《おほとの》を　振《ふ》り放《さ》け見《み》つつ　鶉《うづら》なす　い這《は》ひも
とほり……

（『万葉集』巻二—199）

とあり、舎人の最後の奉仕の様子を伝えている。

「持統紀」十（六九六）年七月条に「後皇子尊《のちのみこのみこと》薨《みう》せましぬ」として、高市皇子の薨《こう》ぜられたことを伝えている。

「後皇子尊」というのは、先に薨ぜられた草壁皇子《くさかべのみこ》に対し、後から皇太子となられた高市皇子を称したものである。

はねかづら（葉根縵）

テイカカズラ「大植物図鑑」

大伴家持が、ある童女《どうじょ》に贈った、

はねかづら　今《いま》する妹《いも》を　夢《いめ》に見《み》て　心《こころ》の内《うち》に　恋《こ》ひわたるかも

（『万葉集』巻四―705）

という歌が、『万葉集』に収められている。そしてさらに、右の歌に続き、童女が家持に応える歌も記されている。

はねかづら　今《いま》する妹《いも》は　なかりしを　いづれの妹《いも》そ　そこば恋《こ》ひたる

（『万葉集』巻四―706）

この外にも『万葉集』には、

はね縵《かづら》　今《いま》する妹《いも》を　うら若《わか》み　いざ率川《いざかは》の　音《おと》のさやけさ

（『万葉集』巻七―1112）

はね縵《かづら》　今《いま》する妹《いも》が　うら若《わか》み　笑《ゑ》みみ怒《いか》りみ　付《つ》けし紐《ひも》解《と》く

（『万葉集』巻十一―2627）

などが見出される。

「はねかづら」には、「今する妹」の言葉が続く。

おそらく「はねかづら」は、結婚が正式に認められる年頃になった少女がつけた髪飾りをいうのであろう。特に「今する」とあるところを見ると、まさに結婚を許された乙女が、公認の印としてつけたもので、「よばい」の年令に達したことを示すものであろう。

ちなみに、古代の「よばい」は求婚を意味する「呼び合う」を語源とするもので、「夜這《よば》い」ではない。

そもそも縵《かづら》は、いろいろな聖なる植物を髪に巻きつけたり、挿したりするものをいうが、古代の人にとっては、植物の生命力を身体に移す願いから生まれたことのようである。

『古事記』の天の岩屋戸の段に、天宇受売命《あめのうずめのみこと》が天香山の天の日影《ひかげ》を手次《たすき》に繋《か》けて、天の真拆《まさき》を縵にして舞った、と記されているが、真拆は、今日の定《てい》家葛《かかずら》のことである。定家葛はきわめて長く枝を伸ばして成長することから、その旺盛な成長力や生命力にあやかり、わが身もと期待したのであろう。

このように葛は、長く伸びる様から永生を保証する聖木と考えられていたのである。

冒頭の家持の歌は、童女に「葉根縵を挿す年齢に達した乙女を夢に見て、心ひそかに恋い続けている」と言っているが、童女の方は「葉根縵を挿す年齢になった乙女なんかいないのに、どこの乙女に、あなたは恋しているのだろうか」と揶揄《やゆ》しているのである。

もちろん、これらは戯歌《ざれうた》の一種であろうが、童女も、家持のからかう気持ちを知っていたから「いづれの妹そ　そこば恋ひたる」と反論しているのである。

これらの歌をめぐる一連の話は、当時の社交界の雰囲気を伝える一つのエピソードとして、わたくしたちは受け入れるべきであろう。

はねずいろの（はねず色の）

クヌギ（椽）「大植物図鑑」

思《おも》はじと　言《い》ひてしものを　はねず色《いろ》の　移《うつ》ろひやすき　我《あ》が心《こころ》かも

（『万葉集』巻四―657）

もうあなたのことを想うのは止めようと言ったのに、想うことを止められない、なんと変わりやすいわたくしの心よ、という意味である。

この歌では、「はねず色の」が、「移ろひやすき」に掛かる枕詞として用いられている。

「天武紀」十四年七月条には、朝服を定めた際に、「浄位《じやうゐ》より已上《かみつかた》は、並《ならび》に朱花《はねず》を着《き》る」と記されている。唐棣花《はねず》のように朱《あか》い色であるが、白味を帯びるといわれている。またその色は、きわめて変わりやすいので、移ろいやすいものにたとえられていた。

唐棣花については、「庭梅」などの説が出されているが、必ずしも明らかではない。

山吹《やまぶき》の　にほへる妹《いも》が　はねず色《いろ》の　赤裳《あかも》の姿《すがた》　夢《いめ》に見《み》えつつ

（『万葉集』巻十一―2786）

山吹の花のように美しい恋人が、はねず色の朱い裳をつけた夢を、わたくしは見ている、という意味である。赤裳の衣装を身につけられるのは、かなり身分の高い女性であろう。

これらの歌では、「はねず色」を万葉仮名で「翼酢色《はねずいろ》」と表記しているが、もちろん当て字で、「唐棣花」が正式の字であろう。

はねず色《いろ》の　うつろひ易《やす》き　心《こころ》あれば　年《とし》をそ来経《きふ》る　言《こと》は絶《た》えずて

（『万葉集』巻十二―3074）

変わりやすい心があるので、無為に年を経てしまったが、言葉だけは、絶えず交わしてきた、という意味であろう。

この歌では、はねず色に「唐棣花」の字を当てている。

ところで、万葉の時代においても、移ろいやすい心を歌うことは少なくないが、「紅色」は一般に移ろいやすいものと見なされていたようである。大伴家持の、

紅《くれなゐ》は　移《うつ》ろふものそ　橡《つるはみ》の　なれにし衣《きぬ》に　なほ及《し》かめやも

（『万葉集』巻十八―4109）

は、紅色は、色褪せていくものだ、橡で染めた普段着には、やはり及ばない、という意である。

この歌はいうまでもなく、遊行女婦《ゆうこうじょふ》（遊女）に心を奪われることなく、糟《そう》糠《こう》の妻を愛せよ、と戒めている歌である。

橡の衣が、日常着であることは、

橡《つるはみ》の　解《と》き洗《あら》ひ衣《きぬ》の　怪《あや》しくも　ことに着欲《きほ》しき　この夕《ゆふへ》かも

（『万葉集』巻七―1314）

などの歌から知ることができるだろう。

ちなみに、橡は「どんぐり」の梂《かさ》を煮た汁で染めた濃いねずみ色のことである。

『衣服令』衣服制服条には、「橡《つるばみ》、櫟《くぬぎ》の木《き》の実《み》なり。橡《つるばみ》を以《もっ》て、繒《かとりきぬ》を染《そ》む、俗《ぞく》に橡衣《つるばみのころも》と曰《い》う」と記している。

はふくずの（延ふ葛の）

クズ「絵本和歌浦」

延《は》ふ葛《くず》の　いや遠長《とほなが》く　万代《よろづよ》に　絶《た》えじと思《おも》ひて　通《かよ》ひけむ……
（『万葉集』巻三―423）

葛が長く這いつたうように、いよいよ遠く長く続くように、永遠にふたりの仲は絶えないと思って通って来た、という意味である。
石田王《いしだのおおきみ》が卒《しゅっ》した時、山前王《やまさきのおおきみ》が嘆き悲しんだことを柿本人麻呂が歌ったものである。
友情は永遠に変わらぬものと思っていたが、親友は自分ひとり残して亡くなってしまった、と歌っているのである。
その永遠を象徴するものとして、万葉の人々は、「延ふ葛」をあげている。

大崎《おほさき》の　荒磯《ありそ》の渡《わた》り　延《は》ふ葛《くず》の　行《ゆ》くへもなくや　恋《こ》ひわたりなむ
（『万葉集』巻十二―3072）

大崎の荒磯の渡り場に延びる葛のように、進むべき方向も判らず、わたくしは恋をし続けることであろう、という意味である。ここでは、「延ふ葛」は「行方も知らぬ」ものと扱われている。

藤波《ふぢなみ》の　咲《さ》く春《はる》の野《の》に　延《は》ふ葛《くず》の　下《した》よし恋《こ》ひば　久《ひさ》しくもあらむ
（『万葉集』巻十―1901）

藤が咲く春の野に這っている葛のように、心中密かに恋をしていたならば、長い時間が経っていくであろう、という、いわゆる下恋《したごい》の歌である。

足柄《あしがら》の　箱根《はこね》の山《やま》に　粟蒔《あはま》きて　実《み》とはなれるを　逢《あ》はなくも怪《あや》し
（『万葉集』巻十四―3364）

この歌は、足柄の箱根の山に粟を蒔いて、実となったのに、その粟ではないが一向にあなたと逢わないということは、まことに変だ、という意味である。だが註記には、ある本では「粟蒔きて」以下が「延《は》ふ葛《くず》の　引《ひ》かば寄《よ》り来《こ》ね　したなほなほに」となっていたと記されている。これは「延ふ葛」のように引いたなら、わたくしの所に寄ってきておくれ、心素直に、という意味である。「なほなほ」は「直々」で、素直に、の意である。

延《は》ふ葛《くず》の　絶《た》えず偲《しの》はむ　大君《おほきみ》の　見《め》しし野辺《のへ》には　標結《しめゆ》ふべしも
（『万葉集』巻二十―4509）

大伴家持のこの歌は、わたくしは絶えることなく永遠に、大君が御覧になられた野辺を見て偲びたい。その想い出をいつまでも残すために標を結ぶべきだと思う、という意味である。
「標《しめ》」は「占《し》む（領有する）」ことを示すために、はりめぐらされた縄や植えられた木をいう。今日でいう「注連縄《しめなわ》」は、もともと神の占有される聖域を示す標であった。

かからむと　かねて知《し》りせば　大御船《おほみふね》　泊《は》てし泊《とま》りに　標結《しめゆ》はましを
（『万葉集』巻二―151）

この歌は、天智天皇が、天智天皇十（六七一）年十二月に崩ぜられた時の額田王《ぬかたのおおきみ》の挽歌であるが、天皇の柩《ひつぎ》を大殯《おおあらき》に移される時のものである。
こうなるであろうことをあらかじめ知っていたならば、大君が船出されないように、港に注連縄をめぐらしておけばよかったのに、という意である。

はやひとの（隼人の）

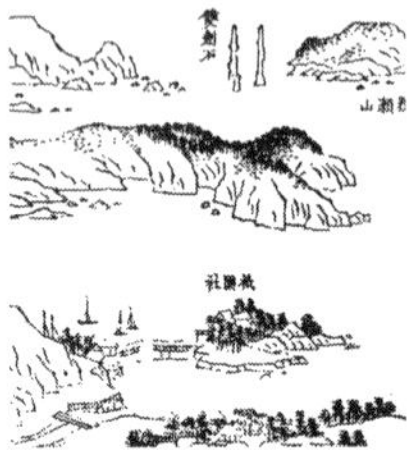
薩摩坊津「山水奇観〈西海奇勝〉」

隼人は、現在の鹿児島県や宮崎県、古《いにしえ》の日向、大隅、薩摩などに住んでいた化外《けがい》の民であった。彼らは、奈良朝に至るまで完全には朝廷に服さず、反抗を繰り返していた。

隼人は、大隅隼人、薩摩隼人などと、その居住地によって区別されていたが、最後までなかなか従わなかったのは薩摩隼人であった。

そのため、朝廷は、隼人の分断支配を試み、一部の隼人を畿内に移住させて、朝廷に奉仕させていたのである。これがいわゆる、畿内隼人《きだいはやと》と呼ばれる人たちであった。

彼らが、隼人と呼ばれる由来は、隼《はやぶさ》のごとく急に襲いかかるからとか、隼人舞のテンポが速いためなどと言われているが、必ずしも明らかではない。

長田王の、

隼人《はやひと》の　薩摩《さつま》の瀬戸《せと》を　雲居《くもゐ》なす　遠《とほ》くもわれは　今日見《けふみ》つるかも
（『万葉集』巻三―248）

は、隼人の国の薩摩の瀬戸を、雲のように遠い所で、わたくしは今日見たことだ、という意味である。

薩摩の瀬戸は、鹿児島県阿久根市と長島町との間の海峡である。

『万葉集』にも、

隼人《はやひと》の　瀬戸《せと》の巌《いはほ》も　鮎走《あゆはし》る　吉野《よしの》の滝《たき》に　なほしかずけり
（『万葉集』巻六―960）

という歌が収められている。隼人の瀬戸にある大きな岩も、鮎が流れに走る吉野の滝には及ばない、という意味である。

大伴旅人は大宰帥《だざいのそち》として筑紫の地に赴任した後も、かつて吉野の離宮の行幸に従ったことを忘れられず、このような歌を残しているのであろう。

「神代紀」によれば、彦火火出見尊《ひこほほでみのみこと》の兄、火酢芹命《ほのすせりのみこと》の苗裔《びょうえい》が隼人となり、「今《いま》に至《いた》るまでに天皇《すめらみこと》の宮牆《みかき》の傍《もと》を離《はな》れずして、代《よよ》に吠《ほ》ゆる狗《いぬ》して奉事《つかへまつ》る者《もの》」になったと伝えている。

もちろん、これは伝承に過ぎないが、隼人が天皇の守護に当たったり、吠《はい》声《せい》を発して朝廷に仕えていたことは事実である。

『延喜式』兵部省隼人司の条には、元日や即位の式の行われる日には、隼人が応天門の外に立って守衛に当たり、今来《いまき》の隼人は吠声を発したと記されている。

また、天皇が巡行される際にも、国境を越える際や、道路の曲りでは、同じく今来の隼人が吠声をなしたと伝えている。

吠声は犬が吠《ほ》えるような声を出すことであるが、これは、一種の悪霊鎮圧の呪法であったと考えられている。

隼人《はやひと》の　名《な》に負《お》ふ夜声《よごゑ》　いちしろく　わが名《な》は告《の》りつ　妻《つま》と頼《たの》ませ
（『万葉集』巻十一―2497）

隼人の有名な夜の吠声がはっきりと聞えるように、わたくしも、名前をあなたに告げた。だから、わたくしを妻として信頼してほしい、という意味である。

畿内隼人の吠声は、都の近辺に住む人たちにとって、しばしば耳にしていたから、「いちしろき」もののたとえとして、歌われていたのであろう。

はるがすみ（春霞）

春日山「日本名山図会」

心《こころ》ぐく　思《おも》ほゆるかも　春霞《はるかすみ》　たなびく時《とき》に　言《こと》の通《かよ》へば
（『万葉集』巻四—789）

大伴家持の歌である。心が晴れない思いがしている、なぜなら春霞がたなびいている時に、あなたの便りが来るからだ、という意味であろう。

心に霞がたなびいているような状態が、「心ぐく」である。

春日山《かすがやま》　霞《かすみ》たなびき　心《こころ》ぐく　照《て》れる月夜《つくよ》に　ひとりかも寝《ね》む
（『万葉集』巻四—735）

という大伴坂上大嬢《おおとものさかのうえのおおいらつめ》の歌が、『万葉集』に収められている。

「心ぐく」は、心が晴れずに、悩ましい状態をいうようである。「心苦し《こころぐるし》」や、「心奇し《こころくし》」などが原義であると解かれている。

霞は、空中の微細な水気がたちこめ、空や遠方がぼんやりと霞むことであろうが、『常陸国風土記』行方郡の香澄《かすみ》の里の条に、景行天皇が下総の印南《いなみ》の鳥見《とみ》の丘から遥か遠くを望まれて、「海《うみ》は即《すなは》ち青波浩行《あをなみただよ》ひ、陸《くが》は是丹霞《これにのかすみ》空朦《たなび》けり」と述べられ、霞の郷と名付けられたと記されている。

ここが、常陸国行方郡香澄郷で、現在の茨城県行方市麻生や潮来市牛堀付近である。

春霞《はるかすみ》　春日《かすが》の里《さと》の　植《う》ゑ小水葱《こなぎ》　苗《なへ》なりと言《い》ひし　柄《え》はさしにけむ
（『万葉集』巻三—407）

この歌は、大伴駿河麻呂《するがまろ》の求婚の歌である。

坂上氏の二番目の娘に対するものであるというが、この歌は、春日の里に植えられた小水葱《こなぎ》は、まだ苗の状態だと聞いたけれど、もう葉柄は伸びたであろう、という意味である。

おそらく、求婚した時は、娘はまだ結婚適齢期には至っていないと断られたが、それでもあきらめ切れず、もう婚期に及んだのではないかと催促しているのであろう。

この歌の場合の「春霞」は、「春日」に掛かる枕詞として用いられている。

昨日《きのふ》こそ　年《とし》は果《は》てしか　春霞《はるかすみ》　春日《かすが》の山《やま》に　はや立《た》ちにけり
（『万葉集』巻十—1843）

昨日、年が暮れたばかりなのに、春霞が春日山に早くも立ちこめている、という意味である。

この歌の場合は、「春霞」は必ずしも枕詞としてだけの言葉ではなく、実景そのものであるが、やはり、当時の人々にとって、春日山の春霞は一番見慣れた光景であったのであろう。

後《おく》れ居《ゐ》て　我《あれ》はや恋《こ》ひむ　春霞《はるかすみ》　たなびく山《やま》を　君《きみ》が越《こ》え去《い》なば
（『万葉集』巻九—1771）

「春霞たなびく」と歌われる歌も少なくない。大伴家持は、

春霞《はるかすみ》　たなびく山《やま》の　隔《へな》れれば　妹《いも》に逢《あ》はずて　月《つき》そ経《へ》にける
（『万葉集』巻八—1464）

と歌っている。また、

春霞《はるかすみ》　たなびく田居《たゐ》に　廬《いほ》つきて　秋田《あきた》刈《か》るまで　思《おも》はしむらく
（『万葉集』巻十—2250）

の歌もある。

はるさめの（春雨の）

春雨「絵本江戸爵」

春雨《はるさめ》の　しくしく降《ふ》るに　高円《たかまと》の　山《やま》の桜《さくら》は　いかにかあるらむ

（『万葉集』巻八―1440）

春雨がしとしと降っているが、高円山の桜はどうしているだろうかという、桜を気遣う河辺朝臣東人《かわへのあそみあづまひと》の歌である。「しくしく」は「頻く頻く」の畳語《じょうご》である。高円山は、奈良市白毫町の東方の山で、白毫寺山とも称されていた。

『万葉集』でも次のように歌われている。

猟高《かりたか》の　高円山《たかまとやま》を　高《たか》みかも　出《い》で来《く》る月《つき》の　遅《おそ》く照《て》るらむ

（『万葉集』巻六―981）

高円山が高いので、月も遅れて照るのだろう、という意味である。

春雨《はるさめ》の　継《つ》ぎてし降《ふ》れば　ほつ枝《え》は　散《ち》り過《す》ぎにけり　下枝《しづえ》に　残《のこ》れる花《はな》は　しましくは　散《ち》りなまがひそ　草枕《くさまくら》　旅行《たびゆ》く君《きみ》が　帰《かへ》り来《く》るまで

（『万葉集』巻九―1747）

この長歌は、旧暦の三月に、京から難波に下る諸卿大夫らを歌ったものである。

春雨がしきりに降っているので、竜田山の木の枝の上の方では花がすでに散ってしまった、せめて、下枝に残っている花はしばらくの間、散らないでほしい、旅行く君がお帰りになるまで、という意味である。

やはり古代にあっても、春雨は、しとしと長く降り続いたようである。

衣手《ころもで》の　名木《なき》の川辺《かはへ》を　春雨《はるさめ》に　我立《われた》ち濡《ぬ》ると　家思《いへおも》ふらむか

（『万葉集』巻九―1696）

名木川の川辺で、春雨にわたくしが立ち濡れているのだろうかと、家の者たちは心配しているだろうか、という意味である。

名木川は、現在の京都府宇治市から久世郡久御山町を流れる川であったが、昔は今はなき巨椋池《おぐらのいけ》に流入していたようである。

我《わ》が背子《せこ》に　恋《こ》ひてすべなみ　春雨《はるさめ》の　降《ふ》る別《わ》き知《し》らず　出《い》でて来《こ》しかも

（『万葉集』巻十―1915）

いとしいあなたが恋しくて、あまりの苦しさをどうすることもできずに、春雨が降っているかいないかもわきまえず、つい出てきてしまった、という女心を歌ったものである。

春雨《はるさめ》に　衣《ころも》はいたく　通《とほ》らめや　七日《なぬか》し降《ふ》らば　七日来《なぬかこ》じとや

（『万葉集』巻十―1917）

春雨であなたの衣はひどく濡れるだろうか、七日雨が降ったら、七日も通って来ないというのであろうか、という意味である。

雨のせいにする、男の不誠実を問い詰めている歌であろう。

春雨《はるさめ》の　止《や》まず降《ふ》る降《ふ》る　我《あ》が恋《こ》ふる　人《ひと》の目《め》すらを　相見《あひみ》せなくに

（『万葉集』巻十―1932）

春雨が降り続いているので、わたくしの恋しい人は顔さえ見せてくれない、という意である。だが、男の方も、

我妹子《わぎもこ》に　恋《こ》ひつつ居《を》れば　春雨《はるさめ》の　それも知《し》るごと　止《や》まず降《ふ》りつつ

（『万葉集』巻十―1933）

と弁解するであろう。

はるはなの（春花の）

サクラ「花卉画譜」

住吉《すみのえ》の　里行《さとゆ》きしかば　春花《はるはな》の　いやめづらしき　君《きみ》に逢《あ》へるかも
（『万葉集』巻十―1886）

住吉の里に通っていたら、春の花のように、心ひかれるあなたにお逢いできた、という偶然の再会を喜ぶ歌である。

おそらく、春の花を「愛《め》ずる」ことから、「珍し」に掛けられることになったのであろう。

奈良《なら》の都《みやこ》を　新《あら》た世《よ》の　事《こと》にしあれば　大君《おほきみ》の　引《ひ》きのまにまに　春花《はるはな》の　移《うつ》ろひ変《か》はり　群鳥《むらとり》の　朝立《あさだ》ち行《ゆ》けば　さす竹《たけ》の　大宮人《おほみやひと》の　踏《ふ》みならし　通《かよ》ひし道《みち》は　馬《うま》も行《ゆ》かず　人《ひと》も行《ゆ》かねば　荒《あ》れにけるかも
（『万葉集』巻六―1047）

聖武天皇が、天平十二（七四〇）年の藤原広嗣《ふじわらのひろつぐ》の乱に衝撃を受けられ、奈良の都を去られた時の歌である。

さしも栄えた奈良の都が人の住まぬ廃墟と化したことを、心から嘆いているのである。

大君の御引率のままに移り変わってしまった。官人達は一斉に、天皇の御命令で朝早く出ていってしまった。そのため、今まで大宮人が宮仕えのため踏みならしていた奈良の都への道は、もう馬も通らず、まして、人も通わないので、荒れ果ててしまった、という意味である。

この歌では、「春花の」は「移ろひ変はり」に掛ける枕詞である。華やかに咲いた春の花も移ろいやすいので、「春花」を「移ろい」の象徴に見立てたのであろう。

大伴家持の、

春花《はるはな》の　にほえ栄《さか》えて　秋《あき》の葉《は》の　にほひに照《て》れる　あたらしき　身《み》の盛《さか》りすら　ますらをの　言《こと》いたはしみ　父母《ちちはは》に　申《まを》し別《わか》れて　家離《いへざか》り……
（『万葉集』巻十九―4211）

は、春の花のように、におうような美しさがあり、また、秋の葉のように照り映えるような容姿であったが、千沼壮士《ちぬおとこ》と菟原壮士《うないおとこ》たちに申し訳なく思い、父母とも別れて、家を離れて、という意味である。

この歌では、「春花の」は「にほえ栄えて」に掛けられている。

我《わ》が大君《おほきみ》　皇子《みこ》の尊《みこと》の　天《あめ》の下《した》　知《し》らしめしせば　春花《はるはな》の　貴《たふと》からむと　望月《もちづき》の　たたはしけむと……
（『万葉集』巻二―167）

わが大君の草壁皇子《くさかべのみこ》が、天下を治めになる御世は、春の花のように新鮮で貴くあられ、望月のように満ち足りている、という意味である。

この歌では、「春花の」は「貴し」に掛かる枕詞であるが、寒い冬を耐え忍び、春の花が咲くことに、人々は喜びとともに生命の貴さを感知するからであろう。

春花は、年の始めを祝う花であり、生命の喜びを知らせる花でもあった。

春花《はるはな》の　盛《さか》りもあらむと　待《ま》たしけむ　時《とき》の盛《さか》りそ……
（『万葉集』巻十八―4106）

と大伴家持は歌ったが、若さの象徴が春の花であり、若さの盛りでもあったのである。

ひぐらしの

ヒグラシ「和漢三才図会」

黙《もだ》もあらむ　時《とき》も鳴《な》かなむ　ひぐらしの　物思《ものおも》ふ時《とき》に　鳴《な》きつつもとな
（『万葉集』巻十―1964）

わたくしが物思いに沈んでいない時だけに鳴いてほしい。それなのに一日中、わたくしが物思いに悩んでいる時に、蜩《ひぐらし》がやたらと鳴いてわたくしを困らせる、という意味である。

いうまでもなく、蜩と「日暮し」が掛けられている。

ひぐらしは　時《とき》と鳴《な》けども　恋《こ》ふらくに　たわやめ我《あれ》は　定《さだ》まらず泣《な》く
（『万葉集』巻十―1982）

蜩は、日中定められたように鳴いているが、恋をしているためか、手弱女《たわやめ》と呼ばれるわたくしは時を定めず泣いている、という意味である。

恋繁《こひしげ》み　慰《なぐさ》めかねて　ひぐらしの　鳴《な》く島陰《しまかげ》に　廬《いほ》りするかも
（『万葉集』巻十五―3620）

恋の想いが胸にいっぱいになって、自分の心を慰めることができない。蜩が鳴く島陰に仮屋を立てて、人に逢わずにいよう、という意味である。

萩《はぎ》の花《はな》　咲《さ》きたる野辺《のへ》に　ひぐらしの　鳴《な》くなるなへに　秋《あき》の風《かぜ》吹《ふ》く
（『万葉集』巻十―2231）

萩の花が咲いている野辺に、蜩が鳴くとともに、秋の風が吹いてくる、という意味である。

蜩は、「茅蜩」と書かれることもあるが、秋が近づく頃、カナカナと鳴く、小形の日本固有のセミである。

『和名抄』八に、「茅蜩……比久良之《ひくらし》」と註しているが、易林本の『節用集』にも、「蟬晩、ヒグラシ」と記されている。『源氏物語』若菜下の一節にも、「ひぐらしの、はなやかに鳴《な》くに」と述べられているから、蜩の鳴き声は、はなやかに聞こえていたようである。

今《いま》よりは　秋《あき》づきぬらし　あしひきの　山松陰《やままつかげ》に　ひぐらし鳴《な》きぬ
（『万葉集』巻十五―3655）

今から秋づいてくるのだろうか、山の松蔭に蜩が鳴いている、という意味である。蜩は夏の終わりを告げ、秋の到来を知らせる虫と見なされていたのであろう。

夕《ゆふ》されば　ひぐらし来鳴《きな》く　生駒山《いこまやま》　越《こ》えてそ我《あ》が来《く》る　妹《いも》が目《め》を欲《ほ》り
（『万葉集』巻十五―3589）

秦間満《はたのまろ》のこの歌は、わたくしは夕方に、蜩が来て鳴くという生駒山を越えてきた。妻に一目逢いたい一心で、という意味であろう。

これと同じような歌が、続けて『万葉集』に載せられている。

妹《いも》に逢《あ》はず　あらばすべなみ　岩根踏《いはねふ》む　生駒《いこま》の山《やま》を　越《こ》えてそ我《あ》が来《く》る
（『万葉集』巻十五―3590）

この歌は、天平八（七三六）年六月に新羅に遣わされた人々が、難波に上陸して生駒山を越え、故郷の大和に帰ってきた時の歌である。ちなみに、大使阿倍継麻呂《あべのつぐまろ》などが天然痘にかかって、相次いで亡くなってしまったのである。それゆえ、無事で帰った人の想いには、切なるものがあったはずである。

ひこほしの（彦星の）

七夕の歌文「大和耕作絵抄」

彦星《ひこほし》の　思《おも》ひますらむ　心《こころ》より　見《み》る我苦《われくる》し　夜《よ》のふけ行《ゆ》けば
（『万葉集』巻八―1544）

湯原王《ゆはらのおおきみ》は、万葉歌人として有名な志貴皇子《しきのみこ》の第二皇子である。

この歌では、「彦星」に万葉仮名で「牽牛」と当てているが、その牽牛星が、七夕の日に、織女星を迎えて思いのたけを心から訴えている。その情景を下から見上げているわたくしの心は、まことに切なくなってくる、わたくしはたったひとりで夜を過ごしているが、容赦なく、夜は更けていくばかりだ、という意であろう。

牽牛星は、鷲座のアルファ星アルタイルを指すが、日本では彦星と呼んでいる。織女星は、日本の棚機姫《たなばたひめ》の信仰と習合されていく。「忌服屋《いみはたや》に坐《ま》して、神御衣《かむみそ》織《お》らしめたまひし」（「神代記」）天照大御神《あまてらすおおみかみ》や、「秀起《さきた》つる浪穂《なみほ》の上《うへ》に、八尋殿《やひろどの》を起《た》てて、手玉《ただま》も玲瓏《もゆら》に、織経《はたを》る少女《をとめ》」（「神代紀」）といわれた木花開耶姫《このはなのさくやびめ》など、機織る乙女達が、棚機姫のモデルであった。

彦星《ひこほし》と　織女《たなばたつめ》と　今夜逢《こよひあ》ふ　天《あま》の川門《かはと》に　波立《なみた》つなゆめ
（『万葉集』巻十―2040）

この歌から見ても、万葉の人々は、彦星が舟を漕いで天の川を渡ると考えていたようである。なぜならば、

しばしばも　相見《あひみ》ぬ君《きみ》を　天《あま》の川《がは》　舟出《ふなで》はやせよ　夜《よ》のふけぬ間《ま》に
（『万葉集』巻十―2042）

などと歌われているからである。

人《ひと》さへや　見継《みつ》がずあらむ　彦星《ひこほし》の　妻呼《つまよ》ぶ舟《ふね》の　近《ちか》づき行《ゆ》くを
（『万葉集』巻十―2075）

人々も見守り続けていくのであろうか、彦星の妻問いの舟が近付いていくのを、の意である。

当時の人々にとって、一夜かぎりの妻問いの切なさは、それこそ身に憶えがあることだったから、七夕の物語は他人事ではなかったはずであろう。

恋《こ》ふる日《ひ》は　日長《けなが》きものを　今夜《こよひ》だに　ともしむべしや　逢《あ》ふべきものを
（『万葉集』巻十―2079）

この歌は、恋い慕う日はまことに長い日々であるのに、今夜もわたくしに物足らない思いをさせるのか、やっと一日の逢瀬なのに、という意味であるが、このような気持ちを抱く人々は、決して少なくなかったのであろう。身分の差が邪魔をしたり、母をはじめとする家族の反対があったり、さらには、人の噂が恋のじゃまをしていたのである。

彦星《ひこほし》の　妻呼《つまよ》ぶ舟《ふね》の　引《ひ》き綱《づな》の　絶《た》えむと君《きみ》を　我《わ》が思《おも》はなくに
（『万葉集』巻十―2086）

彦星が、妻問いする舟の引き綱を、絶つなどというような気持ちを、わたくしはあなたに対して決して思ってはいない、という意味である。

牽牛星（彦星）と織女星の一年に一度の逢瀬の成否は、それこそ、身につまされることだけに、人々は、

彦星《ひこほし》の　川瀬《かはせ》を渡《わた》る　さ小舟《をぶね》の　え行《ゆ》きて泊《は》てむ　川津《かはづ》し思《おも》ほゆ
（『万葉集』巻十―2091）

として、その妻問いの行方を心配していた。

ひさかたの

カササギ「景年画譜」

やすみしし　我《わ》が大君《おほきみ》　高光《たかひか》る　日《ひ》の皇子《みこ》　ひさかたの　天《あま》つ宮《みや》に
神《かむ》ながら　神《かみ》といませば　そこをしも　あやに恐《かしこ》み　昼《ひる》はも　日《ひ》の
ことごと　夜《よる》はも　夜《よ》のことごと　臥《ふ》し居嘆《ゐなげ》けど　飽《あ》き足《だ》らぬかも
（『万葉集』巻二―204）

置始東人《おきそめのあずまひと》のこの挽歌は、弓削皇子《ゆげのみこ》が薨《こう》じた時の歌である。『続日本紀』の文武天皇三（六九九）年七月条に「浄広弐《じやうくわうに》、弓削皇子《ゆげのみこ》薨《こう》ず、……皇子《みこ》は天《てん》武天皇《むてんわう》の第六《だいろく》の皇子《みこ》なり」と記されている。

弓削皇子の御生母は天智天皇の皇女である大江皇女《おおえのひめみこ》で、兄には長皇子《ながのみこ》がおられた（「天武紀」二年二月条）。

「浄広弐」という位は親王や王に与えられる位の一つで、「明位《みやうゐ》二階《ふたしな》、浄《じやう》位《ゐ》四階《よしな》、階毎《しなごと》に大広《おほきひろき》有《あ》り。并《あは》せて十二階《とをあまりふたしな》。以前《これ》は諸王《もろもろのおほきみたち》より已上《かみつかた》の位《くらゐ》なり」（「天武紀」十四年正月条）とあり、諸臣の位の従四位下相当とされている。

冒頭の挽歌は、我が大君、日の皇子の弓削皇子が天の宮に神の御心のままに神としておられる。これはまことに畏れ多いことなので、昼は日中、夜は夜通し、平伏して嘆いているが、いくら悲しんでも悲しみ足りない、という意味であろう。

この歌の中に、万葉仮名で「久堅乃《ひさかたの》　天宮尓《あまつみやに》」とあるが、「ひさかた（久堅）」は、永遠で変わらぬものの意である。「久堅」の「カタ」は、堅牢などの意であろう。

それゆえ、「ひさかたの」は、まず「天」に掛かる枕詞として用いられる。

「景行記」にも「ひさかたの　天《あめ》の香具山《かぐやま》」と歌われている。

ひさかたの　天照《あまて》る月《つき》は　神代《かみよ》にか　出《い》でかへるらむ　年《とし》は経《へ》につつ
（『万葉集』巻七―1080）

空に照る月は、神代の時代に戻り、もう一度出直してくるのであろうか。年は過ぎ行きながら、という意味である。

永劫回帰の神話のような歌である。日本では、隠《こもり》によって甦生する神話が古くから伝えられ、信じられてきたが、それを示す歌謡の一つと見てよいであろう。月は、月立《つきた》ちから出発して月隠《つごも》りに至り、そこで、新月として、再び誕生すると考えられていた。

ひさかたの　天《あま》の川《がは》に　上《かみ》つ瀬《せ》に　玉橋渡《たまはしわた》し　下《しも》つ瀬《せ》に　船浮《ふねう》けす
ゑ　雨降《あめふ》りて　風吹《かぜふ》かずとも　風吹《かぜふ》きて　雨降《あめふ》らずとも　裳濡《もぬ》らさ
ず　止《や》まず来《き》ませと　玉橋渡《たまはしわた》す
（『万葉集』巻九―1764）

七夕の日には、天の川の上つ瀬に美しく飾った橋をかけ、下つ瀬には船を繋留しておこう。たとえ、雨が降って、風は吹かなくても、あるいはまた、風が吹いて、雨が降らなくても、織女星の裳を濡らすことなく、足をとどめずにきておくれ、そのために、玉橋を架けておいたのだから、という意味である。

「玉橋」は、日本神話でいえば、伊邪那岐神《いざなぎのかみ》の「天の浮橋」であり、七夕伝承でいう「鵲《かささぎ》の渡せる橋」であろう。

ひとことをしげみ
（人言を繁み）

川「絵本小倉錦」

昔から恋の秘め事は隠そうとすればするほど、人の噂にのぼったようである。嫉妬から中傷的な話をされることが少なくなかったのである。

そのことを、万葉時代の人々は、端的に「人言《ひとごと》を繁《しげ》み」と表現していた。

人言《ひとごと》を　繁《しげ》み言痛《こちた》み　我妹子《わぎもこ》に　去《い》にし月《つき》より　いまだ逢《あ》はぬかも

（『万葉集』巻十二—2895）

人の噂がひどくうるさいので、いとしいあなたに先月から逢えていない、という意味である。

人言《ひとごと》は　まこと言痛《こちた》く　なりぬとも　そこに障《さは》らむ　我《われ》にあらなくに

（『万葉集』巻十二—2886）

この歌は、人の噂は本当にうるさくなってきたけれど、そんなことで、わたくしの恋する心は少しも変わることがない、という意味である。

人言《ひとごと》の　讒《よこ》しを聞《き》きて　玉桙《たまほこ》の　道《みち》にも逢《あ》はじと　言《い》へりし我妹《わぎも》

（『万葉集』巻十二—2871）

他人が面白半分にわたくしを中傷する言葉を耳にして、道でさえ逢うことを避けるようになったわが恋人よ、という嘆きの歌である。

この歌に見える「玉桙の」は、「道」に掛かる枕詞である。

人言《ひとごと》を　繁《しげ》み言痛《こちた》み　己《おの》が世《よ》に　いまだ渡《わた》らぬ　朝川渡《あさかはわた》る

（『万葉集』巻二—116）

は、但馬皇女《たじまのひめみこ》が、不倫の相手である穂積皇子《ほづみのみこ》の許《もと》に、密かに朝川を渡って逢いに赴いた時の歌である。

但馬皇女は、天武天皇の皇女である。『万葉集』に収録された歌から類推すると、皇統の家柄を高めるため、天皇の御命令で、異母兄に当たる高市皇子《たけちのみこ》の許に嫁していたが、天皇が定めた夫よりも、次第に穂積皇子を愛するようになっていったのである。

そしてついに、高市皇子の宮を密かに脱出し、朝川を渡った。

歌は、人の噂があれこれとうるさいので、わたくしの人生で今まで渡ったことのない朝川を渡ります、という意味である。但馬皇女は、一大決心をして穂積皇子の許に走ったのである。

もちろん、このスキャンダルは宮廷をゆるがしたに違いない。

このような高貴な人々の恋の噂は、たちまち人々の口にのぼったはずである。むしろ、天上の人の噂ゆえに、かえって興味を引いたであろう。

おそらく、但馬皇女と高市皇子との結婚は、天武・持統両帝の皇親を固めるという方針に則《のっと》って定められただけに、それを打ち破るということは容易ではなかったはずである。それをあえて破って穂積皇子の許に走ったのは、身の破滅さえ考えなければならぬ事態であったかもしれない。

但馬皇女の「人言を繁み」は、一般の人々とは比べものにならぬ、身に危険の及ぶ重大で中傷的な噂話であったはずである。

『万葉集』の世界は、確かにわたくしたちにロマンに満ちた世界を伝えているが、時には、このような嘆きや悲しみも歌われているのである。

ひとめおほみ（人目多み）

大伴家持「小倉百人一首」

人目《ひとめ》多《おほ》み　逢《あ》はなくのみそ　心《こころ》さへ　妹《いも》を忘《わす》れて　我《わ》が思《おも》はなくに
（『万葉集』巻四—770）

この歌は、大伴家持が久邇《くに》京より大伴坂上大嬢《さかのうえのおおいらつめ》に贈った歌である。久邇京は、恭仁《くに》京とも書かれる。人目が多いから逢わないだけのことだ。わたくしは心の中でまであなたのことを忘れてはいないのに、という意味である。

若いふたりの恋をめぐり、多くの人々は、好奇心や、ねたみの目を向けたのであろう。

若き貴公子であった家持は、叔母の大伴坂上郎女《いらつめ》の娘である坂上大嬢と結婚することが決められていたが、家持には、何人かの、心を寄せる女性がいたようである。そのような立場にあった家持は、いわば許嫁《いいなずけ》の坂上大嬢にこのような恋の歌を贈り、他意がないことを伝えなければならなかったのであろう。

今知《いまし》らす　久邇《くに》の都《みやこ》に　妹《いも》に逢《あ》はず　久《ひさ》しくなりぬ　行《ゆ》きてはや見《み》な
（『万葉集』巻四—768）

の歌も、家持が恭仁京から坂上大嬢に当てた歌である。

天皇が新しくお治めになられた久邇の都に、わたくしは奉仕していて、あなたに逢わないまま時が過ぎてしまった。早く帰ってあなたにお逢いしたい、という意味である。

『万葉集』には、「人言繁《ひとことしげ》し（噂が多い）」、「言痛《こちた》し（噂がうるさい）」などという言葉とともに、「人目多し」の言葉も少なからず散見される。

人目《ひとめ》多《おほ》み　常《つね》かくのみし　候《さもら》はば　いづれの時《とき》か　我《あ》が恋《こ》ひざらむ
（『万葉集』巻十一—2606）

人目が多いので、常に気にしてこうしていたら、いつになったらわたくしはあなたを恋しく思わずにいられるようになるだろう、という意味である。

この歌にめずらしく「候《さもら》ふ」という言葉が用いられている。「候ふ」は「さぶらう」とか「はんべる」と同様、本来は、貴人の近くで仕《つか》え侍《はべ》る意である。

大《おほ》き海《うみ》を　さもらふ水門《みなと》　事《こと》しあらば　いづへゆ君《きみ》は　我《わ》を率《ゐ》しのがむ
（『万葉集』巻七—1308）

の歌にも「候ふ水門《みなと》」の言葉が見える。

大海を見守っている港で、何事かが起こったら、あなたは私をどちらへ連れていくのか、という意味である。この場合の「さもらふ」は注意深く見守るの意になると見てよいであろう。

心《こころ》には　千重《ちへ》に百重《ももへ》に　思《おも》へれど　人目《ひとめ》を多《おほ》み　妹《いも》に逢《あ》はぬかも
（『万葉集』巻十二—2910）

の歌でも、人目が多いので、久しく妹に逢えない、と述べている。

梓弓《あづさゆみ》　末《すゑ》は寄《よ》り寝《ね》む　まさかこそ　人目《ひとめ》を多《おほ》み　汝《な》をはしに置《お》けれ
（『万葉集』巻十四—3490）

将来はきっと寄り添って寝よう。ただ今は人目が多いので、あなたを粗略にあつかっている、という意味である。

ちなみに、右の歌の「まさか」は、「今」の意である。「はしに置く」は、

かはづ鳴《な》く　吉野《よしの》の川《かは》の　滝《たき》の上《うへ》の　あしびの花《はな》そ　はしに置《お》くな　ゆめ
（『万葉集』巻十—1868）

とあるように、「粗末にあつかう」意である。

ひにけに（日に異に）

ハギ「大植物図鑑」

秋風《あきかぜ》は　日《ひ》に異《け》に吹《ふ》きぬ　高円《たかまと》の　野辺《のへ》の秋萩《あきはぎ》　散《ち》らまく惜《を》しも

（『万葉集』巻十―2121）

秋風は日増しに吹いてくる、高円の野辺の秋萩が散るのが惜しい、という意味である。

ただこの歌には、「日《ひ》に異《け》に」という、見なれぬ言葉が用いられている。

あしひきの　山辺《やまへ》に居《を》りて　秋風《あきかぜ》の　日《ひ》に異《け》に吹《ふ》けば　妹《いも》をしそ思《おも》ふ

（『万葉集』巻八―1632）

という大伴家持の歌にも見られるように、「日に異に」は、「日増しに」とか「日ごとに」という意で、「日が変わるごとに」が原義であろう。

秋風《あきかぜ》の　日《ひ》に異《け》に吹《ふ》けば　露《つゆ》を重《おも》み　萩《はぎ》の下葉《したば》は　色《いろ》づきにけり

（『万葉集』巻十―2204）

秋風《あきかぜ》の　日《ひ》に異《け》に吹《ふ》けば　水茎《みづくき》の　岡《をか》の木《こ》の葉《は》も　色《いろ》づきにけり

（『万葉集』巻十―2193）

などの歌でも、「秋風の　日に異に吹けば」のように、「秋風」という言葉に結びつけて、「日に異に」の言葉が用いられている。

いずれの歌も、「日に異に」は万葉仮名で「日異」と表記されている。

秋風《あきかぜ》は　日《ひ》に異《け》に吹《ふ》きぬ　我妹子《わぎもこ》は　何時《いつ》とか我《われ》を　斎《いは》ひ待《ま》つらむ

（『万葉集』巻十五―3659）

この歌は、天平八（七三六）年二月に、阿倍継麻呂《あべのつぐまろ》が遣新羅使《けんしらぎし》に任ぜられた際、彼の次男もこれに従い、新羅に赴いた時の歌であろう。継麻呂の次男は継人《つぐひと》であろうと考えられている。

秋風は日ごとに吹いている。わたくしがいつ帰るかと航海安全を祈り、待っているのだろう、という意味である。

君《きみ》に恋《こ》ふれば　天地《あめつち》に　満《み》ち足《た》らはして　恋《こ》ふれかも　胸《むね》の病《や》みたる　思《おも》へかも　心《こころ》の痛《いた》き　我《あ》が恋《こひ》ぞ　日《ひ》に異《け》に増《ま》さる……

（『万葉集』巻十三―3329）

この相聞歌の一節は、わたくしはあなたに恋をしている。天地を満《みた》すほどの恋をしていて胸が痛いようである。わが恋は日増しに募るばかりだ、という意味である。

「胸の病みたる」、「心の痛き」は、まさに、恋慕が最高潮に達した状態であるが、それが、「日に異に増さる」思いがするのであろう。

そのため、「朝《あした》には　出《い》で居《ゐ》て嘆《なげ》き　夕《ゆふへ》には　入《い》り居《ゐ》恋ひつつ……」日々が過ぎてゆくのである。

世《よ》の中《なか》の　常《つね》しなければ　うちなびき　床《とこ》に臥《こ》い伏《ふ》し　痛《いた》けくの　日《ひ》に異《け》に増《ま》せば　悲《かな》しけく　ここに思《おも》ひ出《で》……

（『万葉集』巻十七―3969）

これは大伴家持の歌である。世の中は無常であるから、病に倒れ、床に臥していて、その痛みが日ごとに増してくる。そのため、悲しいことを想い出してしまう、という意味であろう。特に、越中の国に下っての病であるから、故郷の奈良の想い出も、かえって家持を悩ましていたのであろう。恋人の娘子らが春菜摘みに紅《くれない》の赤裳《あかも》の裾をひく光景が脳裏をめぐったようである。

ひもとかず（紐解かず）

古代の男性「美人絵尽」

大和《やまと》の国《くに》の　石上《いそのかみ》　布留《ふる》の里《さと》に　紐解《ひもと》かず　丸寝《まろね》をすれば　我《あ》が着《き》たる　衣《ころも》はなれぬ　見《み》るごとに　恋《こひ》はまされど　色《いろ》に出《い》でば　人知《ひとし》りぬべみ……

（『万葉集』巻九—1787）

この歌は、天平元（七二九）年十一月に石上の布留の班田使《はんでんし》に命ぜられた者が、赴任する際の歌である。

『続日本紀』天平元年十一月条に、「京及《きやうおよ》び畿内《きだい》の班田司《はんでんし》を任《にん》ず」として記されている。これは、京や畿内といった地域に、高位高官に与えられる田が多く、農民の班田地を圧迫していく現状をおさえるための遺使であったようである。

この地域は、かつての物部氏の本拠で、その祭神である石上布留《いそのかみのふる》の神（石上神宮）が祀られている所である。布留は、現在の奈良県天理市布留町である。『万葉集』にも、次のように歌われている。

石上《いそのかみ》　布留《ふる》の神杉《かむすぎ》　神《かむ》さぶる　恋《こひ》をも我《あれ》は　更《さら》にするかも

（『万葉集』巻十一—2417）

冒頭の歌は、奈良の都から石上布留の里に赴いて、紐も解かずに丸寝をしていると、着ている衣も汚れてきた。これを見るごとにあなたのことが恋しくなるが、顔に出すならば、他人に知られてしまうだろう、という意味である。旅先なので着替えの衣もほとんどなく、同じ衣を身につけていれば汚れが目立ってくる。そばに妻がいて世話を焼いてくれればと思うだけに、よけいに妻が恋しくなる。だが、そのことを顔色に見せただけでも、他人にからかわれてしまう、といっているのであろう。

この長歌に「紐解かず」という言葉が見られるが、これは、単に下紐を解くと考えられるが、万葉の時代では、恋人同士で、愛の証しのため、下紐を結び合っていたようである。つまり、「紐解く」ことは、貞操を破ることを意味していたのである。

しぐれ降《ふ》る　暁月夜《あかときづくよ》　紐解《ひもと》かず　恋《こ》ふらむ君《きみ》と　居《を》らましものを

（『万葉集』巻十—2306）

時雨降る夜明けに、時折、雨の間に月が見られたが、それと同じようにあなたのお顔をたまにしか見られない。あなたも紐を解かずに、わたくしのことを恋しがっているであろう。それを思うと、無理にでもあなたと一緒にいたい、という意味であろう。

足柄《あしがり》の　箱根《はこね》の嶺《ね》ろの　にこ草《ぐさ》の　花《はな》つ妻《つま》なれや　紐解《ひもと》かず寝《ね》む

（『万葉集』巻十四—3370）

この東歌は、足柄の箱根の嶺に生える、柔らかな草の花のような花妻《はなづま》なので、わたくしは下紐を解かずに寝るのであろうか、という意味である。花妻は、新婚の妻や婚前の妻をいう言葉である。

我《あ》が待《ま》ちし　秋《あき》は来《き》たりぬ　妹《いも》と我《あれ》と　何事《なにごと》あれそ　紐解《ひもと》かずあらむ

（『万葉集』巻十—2036）

「我が待ちし秋」は、米作が一段落した時期に、正式に結婚が許されたのであろうか、それを待ち遠しい思いでいた男の真情が、そのまま歌われていると解してもよいかも知れない。

ひるめのみこと
（日女の命）

天照大神「伊勢参宮名所図会」

天地《あめつち》の　初《はじ》めの時《とき》の　ひさかたの　天《あま》の河原《かはら》に　八百万《やほよろづ》　千万神《ちよろづかみ》の　神集《かむつど》ひ　集《つど》ひいまして　神《かむ》はかり　はかりし時《とき》に　天照《あまで》らす　日女《ひるめ》の命《みこと》……

（『万葉集』巻二―167）

日並皇子《ひなみしのみこ》（草壁皇子《くさかべのみこ》）が亡くなられた時の柿本人麻呂の挽歌の冒頭である。

天武・持統朝の時代は、皇位は直系の嫡子が代々継承するという決意が出された時である。

そのために、天照大神の御子、天忍穂耳尊《あめのおしほみみのみこと》の御子、つまり皇孫の瓊瓊杵《ににぎの》尊《みこと》が葦原中国《あしはらのなかつくに》を支配されることを命ぜられたという天孫降臨の神話を援用し、天武天皇と持統天皇（女帝）の御子、草壁皇子の遺子（文武天皇）を天皇として即位させることの正当性を鮮明にうち出したのであろう。

それはともかくとして、この長歌には「日女の命」という言葉が見られるが、「日女」は「日孁《ひるめ》」とか「日霊《ひるめ》」などとも記され、天照大神のことである。

太陽神は、その「陽」が示すように、一般には男神であるが、日本の神話では女神として登場している。これは世界の神話において稀有なことと言わなければならない。

日本では、太陽は農作物なども生育する根元の神と考えていたが、縄文時代以来の地母神と習合されて、次第に太陽神を祀る巫女《みこ》が、祀る者から祀られる者に昇化したのではあるまいか。

「神代紀」には、天照大神が新嘗《にいなめ》の時に、斎服殿《いみはたどの》で神御衣《かんみそ》を織られたとあるが、一書に「稚日女尊《わかひるめのみこと》」が織られたと記されている。

実は、「神御衣」を織り上げる女性は神に仕える巫女であった。

『延喜式』伊勢大神宮の条には、四月、九月の神御衣祭《まつり》で和妙衣《にぎたえ》を担当するのは服部氏で、荒妙衣《あらたえ》を織るのは麻績《おみ》氏であるが、彼らは服織女《はとりめ》を率いて奉仕したと記されている。

さらに古い時代には、「浪穂《なみほ》の上《うへ》に、八尋殿《やひろどの》を起《た》てて、手玉《ただま》も玲瓏《もゆら》に、織《はた》経《を》る少女《をとめ》」（「神代紀」）と歌われるように、神御衣を織るのは、天孫の瓊瓊杵尊を迎える木花開耶姫《このはなさくやびめ》という巫女であった。

『魏志倭人伝』に登場する耶馬台国の女王は「卑弥呼」であるが、この表記は、中華思想による卑語の文字を用いたためであり、おそらく「日《ひ》の巫女《みこ》」であったのであろう。

この「日の巫女」が「日女」の原義であったと考えられているのである。

「神代紀」では日神を大日孁と記しているが、日女（日の巫女）が、日神に昇化していることを物語っている。

「日女の命」は、日女の神が最高神であることを示すと言ってよい。

なぜならば「命《みこと》」は「御言《みこと》」でもあり、最高位にある人物が命令を出すことを意味している。

また、そのことにより、その御言を発する者が、「命《みこと》」と呼ばれるようになる。天皇を「すめらみこと」と呼ぶのは、そのような命《みこと》らを統《す》べるという意味だからである。

ふかみるの（深海松の）

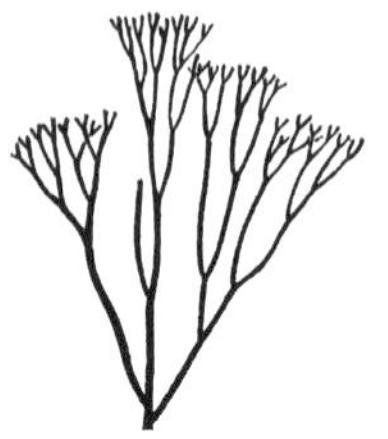
ミル「本草図譜」

つのさはふ　石見《いはみ》の海《うみ》の　言《こと》さへく　辛《から》の崎《さき》なる　いくりにそ　深《ふか》海松《みる》生《お》ふる　荒磯《ありそ》にそ　玉藻《たまも》は生《お》ふる　玉藻《たまも》なす　なびき寝《ね》し児《こ》を　深海松《ふかみる》の　深《ふか》めて思《おも》へど　さ寝《ね》し夜《よ》は　いくだもあらず……

（『万葉集』巻二—135）

石見の海の辛の崎の、深海松《ふかみる》が海中深く生えている荒磯《ありそ》には、玉藻が生えている。その玉藻のごとく、寄り添って寝た妻を、わたくしは、深海松のように深く思うけれど、共寝をしたことは、残念ながら少ない、という意味である。

おそらく、柿本人麻呂が、現地妻との別れを述べた歌であろう。

海松は緑藻類の海藻で、水深一メートルから二十メートルの海中の岩に生える。昔から、食用や、あるいは虫下しとして用いられたようである。

水中深く生える海松が深海松であるが、『延喜式』宮内省条には「諸国例《しょこくれい》貢御贄《こうのみにゑ》」として、「志摩深海松」と記されている。

御食《みけ》向《む》かふ　淡路《あはぢ》の島《しま》に　直《ただ》向《む》かふ　敏馬《みぬめ》の浦《うら》の　沖辺《おきへ》には　深海松《ふかみる》採《と》り　浦廻《うらみ》には　なのりそ刈《か》る　深海松《ふかみる》の　見《み》まく欲《ほ》しけど　なのりその　己《おの》が名《な》惜《を》しみ　間使《まつか》ひも　遣《や》らずて我《われ》は　生《い》けりともなし

（『万葉集』巻六—946）

わたくしは、淡路島の真向いにある敏馬の沖の辺りで、深海松を採っている。浦のあたりでは、なのりそを刈っている。その深海松ではないが、あなたを心の奥から見たいと思うが、「なのりそ」の名前のように、あなたのことを人に伝えることを躊躇している。あなたの所に使を遣わすことができないので、わたくしは生きている思いがしない、という意味である。山部赤人のこの歌の場合は、「海松」と同音の「見る」に掛かる枕詞となっている。

神風《かむかぜ》の　伊勢《いせ》の海《うみ》の　朝《あさ》なぎに　来寄《きよ》る深海松《ふかみる》　夕《ゆふ》なぎに　来寄《きよ》る俣海松《またみる》　深海松《ふかみる》の　深《ふか》めし我《われ》を　俣海松《またみる》の　また行《ゆ》き帰《かへ》り　妻《つま》と言《い》はじとかも　思《おも》ほせる君《きみ》

（『万葉集』巻十三—3301）

伊勢の海の、朝凪《あさなぎ》に寄って来る深海松、夕凪《ゆうなぎ》に寄り来る俣海松、その深海松の「深」ではないが、あなたのことを深く思っているわたくしを、俣海松の「また」ではないが、またもや置いて帰ってしまい、わたくしのことを妻とは言うまいと思っているのだろうか、あなたは、という意味である。

紀伊《き》の国《くに》の　室《むろ》の江《え》の辺《へ》に　千年《ちとせ》に　障《さは》ることなく　万代《よろづよ》に　かくしもあらむと　大船《おほぶね》の　思《おも》ひ頼《たの》みて　出立《いでたち》の　清《きよ》き渚《なぎさ》に　朝《あさ》なぎに　来寄《きよ》る深海松《ふかみる》　夕《ゆふ》なぎに　来寄《きよ》る縄《なは》のり　深海松《ふかみる》の　深《ふか》めし児《こ》らを　縄《なは》のりの　引《ひ》けば絶《た》ゆとや……

（『万葉集』巻十三—3302）

紀伊国の牟婁《むろ》（紀伊半島の南端部）の入江のほとりで、千年も妨げられることもなく、万代もこのようにありたいと思っていた。恋人との間は、それこそ大船に乗ったように、確かなものと思っていたが、わたくしが、出発した清らかな渚に、朝凪には深海松が、夕凪には縄のりが寄り来る。その深海松の深くではないが、心の底から、深く思いつめた娘子を、縄で引いたら切れてしまうのか、という意味である。

ちなみに、縄のりは、海素麵《うみそうめん》という細長い海藻であるという。

ふさたをり（ふさ手折り）

ナデシコ「大植物図鑑」

射目《いめ》立《た》てて　跡見《とみ》の岡辺《をかへ》の　なでしこが花《はな》　ふさ手折《たを》り　我《わ》は持《も》ちて行《ゆ》く　奈良人《ならひと》のため（『万葉集』巻八―1549）

紀朝臣鹿人《きのあそみかひと》のこの歌は、跡見の丘のあたりに生えている撫子《なでしこ》の花を、束にするほど手で折って、奈良の恋人のために、持っていこう、という意味である。

「射目立てて」は、跡見《とみ》に掛かる枕詞であるが、跡見は、現在の奈良県桜井市外山《とび》から、榛原町の西峠にかけての地域である。大伴氏の跡見田荘が置かれたところである。詞書に紀朝臣鹿人が、大伴稲公《いなきみ》の「跡目庄」に来《きた》りて歌ったとあるのも、この大伴氏の跡目田荘に招かれた時のものであろう。稲公は、万葉歌人として有名な坂上郎女《さかのうえのいらつめ》の弟である。

ところで、この歌に、撫子の花を「ふさ手折る」とあるが、万葉仮名で「総手折」と書かれているように、いっぱい花を摘むことである。

撫子はいうまでもなく、秋の七草であり、『万葉集』にも「なでしこは秋《あき》咲《さ》くものを」（巻十九―4231）と歌われているので、先の歌は、秋の時期に歌われたものであろう。

撫子花を恋人に贈るのは、文字通り、いとしくて、撫でるように愛するという気持ちをこめていたのである。

妹《いも》が手《て》を　取《と》りて引《ひ》き攀《よ》ぢ　ふさ手折《たを》り　我《わ》がかざすべく　花咲《はなさ》けるかも（『万葉集』巻九―1683）

恋人の手を取って、花をいっぱい手折り、それで、わたくしの挿頭《かざし》にできるほど、花が咲いているという意味であるが、この歌を詠んでいると、『古事記』の、

梯立《はした》ての　倉椅山《くらはしやま》を　嶮《さが》しみと　岩《いは》かきかねて　我《わ》が手《て》取らすも（『仁徳記』）

という、速総別王《はやぶさわけのおおきみ》の詠歌を想起する。

この歌は、仁徳天皇に追われて逃げる逃避行の歌というより、歌垣の歌と見なすべきであろう。

ふさ手折《たを》り　多武《たむ》の山霧《やまぎり》　繁《しげ》みかも　細川《ほそかは》の瀬《せ》に　波《なみ》の騒《さわ》ける（『万葉集』巻九―1704）

多武峰の山霧が深いからであろうか、細川の瀬に、波が騒いでいるのが聞こえてくる、という意味である。

この歌の「ふさ手折り」は、手折って撓《たわ》めることから、「多武《たむ》」に掛かる枕詞となっている。

多武峰は「斎明紀」二年是歳条に「田身嶺《たむのみね》……田身《たむ》は山《やま》の名《な》なり。此《これ》をば大務《たむ》と云《い》ふ」と記されている。奈良県桜井市の南辺の山であるが、藤原氏ゆかりの多武峰神社が祀られた山として、有名である。

秋《あき》のもみち葉《ば》　まき持《も》てる　小鈴《こすず》もゆらに　たわやめに　我《われ》はあれども　引《ひ》き攀《よ》ぢて　枝《えだ》もとををに　ふさ手折《たを》り　我《われ》は持《も》ちて行《い》く　君《きみ》がかざしに（『万葉集』巻十三―3223）

手に巻いている小鈴を鳴らしながら、わたくしは力の弱い乙女であるが、梢を引き寄せて枝も撓むほど引いて秋の紅葉をたくさん手折り、持っていく、あなたの挿頭にするために、という意味である。

ふすまぢを（衾道を）

長岳寺「大和名所図会」

衾《ふすま》道《ぢ》を　引手《ひきで》の山《やま》に　妹《いも》を置《お》きて　山道《やまぢ》を行《ゆ》けば　生《い》けりともなし
（『万葉集』巻二―212）

引手の山に、たったひとり死んでしまった妻を置いてきて、わたくしは山道を引き返してくるが、それこそ生きていられないような感情がわいてくる、という意味である。

引手の山は、大和国山辺郡大和郷の釜口山の一峰であろうといわれている。その南には、纏向弓月岳《まきむくゆつきがたけ》が連なるという（吉田東伍『大日本地名辞書』二八〇頁）。

衾道は、大和国山辺郡に属すが、石上《いそのかみ》神社から、長岳寺の北にかけての山辺《やまのべ》の道である。「衾の道」の「衾」は、もともと神事に用いられた白い布である。

この衣を地に敷きつめるのは神聖な神の道を示すものであったが、後には埋葬の道に用いられていったようである。

先の歌は、柿本人麻呂が、愛妻を引手の山に葬ってきた帰りの歌である。引手の山は実在の山であろうが、それとともに、後髪《うしろがみ》を引く手の意味にも用いているのであろう。

「生けりともなし」の語は、万葉びとの絶望感や厭世感を示すものとして用いられる言葉である。人麻呂は、また長歌において、

嘆《なげ》けども　せむすべ知《し》らに　恋《こ》ふれども　逢《あ》ふよしをなみ　大鳥《おほとり》の　羽易《はがひ》の山《やま》に　汝《な》が恋《こ》ふる　妹《いも》はいますと　人《ひと》の言《い》へば　岩根《いはね》さくみて　なづみ来《こ》し　良《よ》けくもぞなき　うつそみと　思《おも》ひし妹《いも》が　灰《はひ》にていませば
（『万葉集』巻二―213）

として嘆きの歌を残している。

嘆いているけど、どうしようもなく、恋い慕っているが、逢うすべもない。羽易の山に、わたくしの恋する妻がいると人が言うので、岩根を踏み分けるように苦労して、ここまで来たが、少しも報われることはなかった。この世に、また生きていてほしいと思った妻は、もう、すでに灰に帰しているからだ、という意味であろう。

「灰にていませば」は、火葬を示すものと一般には解釈されているが、一説には、土葬としてもいずれ死体は土灰《どばい》になるといわれるので、土葬とも考えられるといわれている。

ちなみに、日本における正式の火葬は、道昭《どうしょう》（照）和尚が、文武天皇四（七〇〇）年三月に物故した時である。「弟子《でし》ら、遺教《いきょう》を奉《うけ》て栗原《くりはら》に火葬《かそう》す。天下《あめのした》の火葬《かそう》は、此《こ》れより始《はじ》めて也《なり》」（『続日本紀』）と記されている。

もちろん、これは公認の火葬の始めであるが、民間の僧侶達などでは、それより以前に火葬が行われていたといわれていた。

羽易の山は、先の引出の山と同一であるかは明らかではないが、羽易は、「羽交わし」と解すれば、左右の翼が打ち合うところとして、夫婦の愛情を示唆する名であろう。

衾《ふすま》道《ぢ》を　引出《ひきで》の山《やま》に　妹《いも》を置《お》きて　山道《やまぢ》思《おも》ふに　生《い》けるともなし
（『万葉集』巻二―215）

先の歌を若干、修正したような歌であるが「山道思ふに」は、妻の墓に赴く山道を思う、の意であろう。この山道から家に帰れば、永遠に妻と別れたという実感が、ひしひしと感ぜられてくる、といっているのであろう。

ふたがみやま（二上山）

二上山「西国三十三所名所図会」

二上山という名の山が、大和国と越中国とにあった。

大和国の二上山は、奈良県葛城市當麻と大阪府の境の山である。山頂が雄岳と雌岳に分かれるので、二上山と呼ばれていた。現在では二上山《にじょうさん》と称することもある。

この二上山は、大和の盆地の東の三輪山に相対するように、西の青垣にそびえている。ということは、東の三輪山が、太陽の昇る山に対し、西の二上山は、日の没する山、ということである。

二上山の周辺一帯は、天皇家の墓が多く設けられ、二上山の山頂には、大《おお》津皇子《つのみこ》の墓が存在している。

「持統紀」称制前紀によれば、朱鳥元（六八六）年十月に、大津皇子は謀反を理由に捕えられ、訳語田《おさだ》の宮で、死を賜っている。『万葉集』には「大津《おほつの》皇子《みこ》の屍《かばね》を葛城《かづらき》の二上山《ふたがみやま》に移《うつ》し葬《はぶ》りし時に、大来皇女《おほくのひめみこ》の哀傷《あいしゃう》して御作《つく》りたまひし歌《うた》」として、

うつそみの　人《ひと》なる我《われ》や　明日《あす》よりは　二上山《ふたがみやま》を　弟《いろせ》と我《あ》が見《み》む

（『万葉集』巻二―165）

という、痛切きわまりない御歌が残されている。現世の人であるわたくしは、明日からは、二上山を弟として眺めるほかはない、という意味である。

さて、越中国射水郡の二上山であるが、大伴家持が越中の国司として赴任していたことから、歌にしばしば登場している。

射水川《いみづかは》　い行《ゆ》き巡《めぐ》れる　玉《たま》くしげ　二上山《ふたがみやま》は　春花《はるはな》の　咲《さ》ける盛《さか》りに　秋《あき》の葉《は》の　にほへる時《とき》に　出《い》で立《た》ちて　振《ふ》り放《さ》け見《み》れば　神《かむ》からや　そこば貴《たふと》き　山《やま》からや　見《み》が欲《ほ》しからむ……

（『万葉集』巻十七―3985）

これは「二上山《ふたがみやま》の賦《ふ》」の題詞がある、大伴家持の長歌である。

射水川が山の裾をめぐって流れる二上山は、春の花が咲く盛りや、秋の木の葉が色付く時期に、出かけて振り仰いで見ると、神の品格のせいなのか、たいへん尊い山の風格のせいなのか、それで見ていたくなるのだろう、という意味である。

おそらく家持は、越中守としての長い任を解かれるまでのあいだ、大和の二上山と同じ名をもつ越中の山を見て、いつも心を慰めていたのであろう。

この長歌の反歌の一つは、

玉《たま》くしげ　二上山《ふたがみやま》に　鳴《な》く鳥《とり》の　声《こゑ》の恋《こひ》しき　時《とき》は来《き》にけり

（『万葉集』巻十七―3987）

というものであった。

二上山に鳴く鳥の声が恋しい時期がやってきた、という意味である。

二上山は、家持にとって、無聊《ぶりょう》を慰める山でもあったのである。

ふぢなみの（藤波の）

フジ「大植物図鑑」

藤波《ふぢなみ》の　散《ち》らまく惜《を》しみ　ほととぎす　今城《いまき》の岡《をか》を　鳴《な》きて越《こ》ゆなり

（『万葉集』巻十―1944）

藤波が散っていくのを惜しんで、ほととぎすが、今城の岡を鳴きながら越えていく、という意味である。

今城は、「今木」などとも表記されるが、「今来《いまき》」が原義である。今来とは六世紀の頃、日本に新しく渡ってきた漢人《あやひと》を指す言葉である。その今来の居住地が、今来の地と呼ばれたのである。

現在の、奈良県の明日香村から御所市古瀬あたりにおよぶ地域である。

「皇極紀」是歳条に、「尽《ふつく》に国挙《くにこぞ》る 民《おほみたから》、并《あはせ》て 百 八十部《ももあまりやそのかきのたみ》 曲を発《おこ》して、預《あらかじ》め双墓《ならびのはか》を今来《いまき》に造《つく》る」と記されている。

『大和志』では、今来を「葛上郡《かつらかみぐん》今来《いまき》 双 墓《ならびがをか》、古瀬《こせ》水泥邑《みどろむら》と吉野郡《よしのぐん》今木村《いまきむら》と隣《とな》りに在《あ》り」と註している。これによれば、現在の奈良県御所市の東南の古瀬と、吉野郡大淀町今木の境にあったことになる。

藤波は、いうまでもなく藤の花房が垂れさがり、風が吹くと、あたかも波が打ち寄せるようになびく様をいうのである。

藤波《ふぢなみ》の　咲《さ》く春《はる》の野《の》に　延《は》ふ葛《くず》の　下《した》よし恋《こ》ひば　久《ひさ》しくもあらむ

（『万葉集』巻十―1901）

藤波の咲く春の野に這っている葛のように、心密かに恋をしているが、あなたにわたくしの心がお判りなるには、長い時間がかかるだろう、という意味である。

藤波のように人目を引くものとは対照的に、地下を人知れず這い延びてゆく葛を例に出して、なかなか恋人から認めてもらえぬ、恋の悩みを歌っている。

この歌の万葉仮名の「咲春野尓《さくはるのの に》」を「佐紀の春野に」と訓《よ》む説もあるが、その場合は、現在の奈良市佐紀町のあたりに咲いていた藤波の意となる。

かくしてそ　人《ひと》の死《し》ぬといふ　藤波《ふぢなみ》の　ただ一目《ひとめ》のみ　見《み》し人《ひと》ゆゑに

（『万葉集』巻十二―3075）

このようにして、人は必ず死ぬと言う。藤波のような美貌の人を、一目、見たせいで、という意味である。

『源氏物語』でも、

世《よ》の常《つね》の　色《いろ》とも見《み》えず　雲居《くもゐ》まで　立《た》ちのぼりたる　藤《ふぢ》なみの花《はな》

（『源氏物語』宿木）

と、藤波の美しさをほめたたえている。

藤波《ふぢなみ》の　影《かげ》なす海《わた》の　底清《そこきよ》み　沈《しづ》く石《いし》をも　玉《たま》とそ我《あ》が見《み》る

（『万葉集』巻十九―4199）

この歌は、大伴家持が布勢の海を遊覧して、多祜《たこ》の湾の藤の花を見て歌ったものである。

布勢は、越中国射水郡布西郷で、現在の富山県氷見市布施あたりであろう。多祜は、田子《たこ》で、布勢湖からだいぶ離れているが、昔は、湖水がこの地まで及んでいたといわれている。

ふふめるは（含めるは）

サクラ「絵本和歌浦」

桜《さくら》の花《はな》は　咲《さ》きたるは　散《ち》り過《す》ぎにけり　含《ふふ》めるは　咲《さ》き継《つ》ぎぬべし　こちごちの　花《はな》の盛《さか》りに　見《め》さずとも　かにもかくにも　君《きみ》が　み行《ゆ》きは　今《いま》にしあるべし

（『万葉集』巻九—1749）

桜の花は、咲いていたが散ってしまった。しかし、蕾のままの花は、続けて咲くであろう。あなたは、桜の盛りを御覧になれなくとも、何はともあれ、あなたのお出ましは、今がまさによい、という意味であろう。

この歌の反歌は、

暇《いとま》あらば　なづさひ渡《わた》り　向《むか》つ峰《を》の　桜《さくら》の花《はな》も　折《を》らましものを

（『万葉集』巻九—1750）

であるが、お暇があるならば、苦労しながら向こうの峰に渡って、桜の花を手折ってほしい。それほど、竜田の桜は見事だから、という意味であろう。

冒頭の長歌に、「含める」という言葉が見られるが、「含《ふふ》む」は、花や葉がふくらんできて、いまだ開く前の、蕾の状態にあることをいう。

この蕾が、やがてふくらんできて、咲くことになるが、「咲く」というのは、「割《さ》く」と同義で、蕾が割れて開花することである。

我妹子《わぎもこ》が　何《なに》とも我《われ》を　思《おも》はねば　含《ふふ》める花《はな》の　ほに咲《さ》きぬべし

（『万葉集』巻十一—2783）

わたくしの恋する人は、わたくしのことを何とも想ってくれない。わたくしはじっと耐えていたが、ふくらんだ蕾がおさえ切れず、自然に咲くように、ついに顔に出て、人目につきそうである、という意味であろう。

「穂に咲く」とか「穂に出《い》づ」という言葉は、外に現れるとか、人目につくという意味である。穂は穂先で、一番目立つ先端に出現することである。「ホ」は「秀《ほ》」の意で、「穂《ほ》」「炎《ほのほ》」「矛《ほこ》」の「ホ」である。

石上《いそのかみ》　布留《ふる》の早稲田《わさだ》の　穂《ほ》には出《い》でず　心《こころ》の中《うち》に　恋《こ》ふるこのころ

（『万葉集』巻九—1768）

石上布留の早稲田の穂のように人目につかぬように、心密かにあなたに恋をしている、という意味である。

万葉びとの、一種の比喩的表現であるが、もっとも見慣れたものや、日常茶飯事のものを巧みに用いて、その心情を表しているのである。

むしろ、それゆえに、人々の共感が支えとなって、次第に慣習的に枕詞として用いられていったのであろう。

茨田王《まむだのおおきみ》の、

梅《うめ》の花《はな》　咲《さ》けるが中《なか》に　含《ふふ》めるは　恋《こ》ひや隠《こも》れる　雪《ゆき》を待《ま》つとか

（『万葉集』巻十九—4283）

は、梅の花が美しく咲いている中で、蕾のままで、いまだ咲かないものがあるが、あたかも恋をあらわさないように、じっと耐えてひき籠もっているように見える。雪の降るのを待ちかねているのだろうか、という意味である。

梅の花は、沫雪にあって咲くと期待があったことは、次の歌からも想像できるだろう。

含《ふふ》めりと　言《い》ひし梅《うめ》が枝《え》　今朝《けさ》降《ふ》りし　沫雪《あわゆき》にあひて　咲《さ》きぬらむかも

（『万葉集』巻八—1436）

ふゆごもり（冬籠り）

冬景色「和朝名勝画図」

冬《ふゆ》ごもり　春《はる》さり来《く》れば　鳴《な》かざりし　鳥《とり》も来鳴《きな》きぬ　咲《さ》かざりし　花《はな》も咲《さ》けれど……
（『万葉集』巻一―16）

この長歌は、額田王《ぬかたのおおきみ》が、春と秋の優劣を歌ったものの一節であるが、冬籠りの時期が過ぎて、春の季節を迎えるようになると、いままで鳴かなかった鳥も、里に降りてきて、鳴き出すようになる。冬の寒さに耐えていた花も、春を待つかのように咲いてくれるけれど、という意味である。

この額田王の歌では、むしろ秋を好むと結論づけているが、日本人の伝統的な季節感の趣好が、秋に傾いていたことを、早くから伝えていることに、わたくしは注目したい。

ところで「冬籠り」は、冬の寒い期間じっと春を待って家に籠もっていることであるが、後には、「春を待つ」ことの意味から、「春」に掛かる枕詞として用いられるようになったのである。

冬《ふゆ》ごもり　春《はる》の大野《おほの》を　焼《や》く人《ひと》は　焼《や》き足《た》らねかも　我《あ》が心焼《こころや》く
（『万葉集』巻七―1336）

この歌は、いわゆる春の野焼きを歌っている。春になったので、村人たちは、大野の野焼きをするが、どうも焼き足らないように思っているらしい。なぜなら、わたくしの恋心までも火をともし燃え上がらせたからだ、という意味である。

冬《ふゆ》ごもり　春《はる》へを恋《こ》ひて　植《う》ゑし木《き》の　実《み》になる時《とき》を　片待《かたま》つ我《われ》ぞ
（『万葉集』巻九―1705）

冬籠りをしながら、春の到来を待ち焦がれて植えた木が、実を結ぶ時を、わたくしはひたすら待っている、という意味である。

「実を結ぶ」とは、果して恋の成就であるのか、身の出世であるのかは判らないが、期待感をにじませた歌であることは、間違いないであろう。

冬《ふゆ》ごもり　春《はる》さり来《く》れば　あしひきの　山《やま》にも野《の》にも　うぐひす鳴《な》くも
（『万葉集』巻十―1824）

鶯が山から里へ下りて来るのを待つ人の歌である。これは、昔も今も少しも変わらない感情といってよいであろう。

冬《ふゆ》ごもり　春咲《はるさ》く花《はな》を　手折《たを》り持《も》ち　千度《ちたび》の限《かぎ》り　恋《こ》ひわたるかも
（『万葉集』巻十―1891）

わたくしは、春咲く花を手に折って、千度までも、あなたの許しを得るまで、いつまでも、あなたを恋い続けるであろう、という意味である。

「千度の限り」という、『万葉集』では目新しい表現に、やや異和感をおぼえるが、激しい恋の決意を感じさせる歌である。

冬《ふゆ》ごもり　春《はる》さり来《く》れば　朝《あした》には　白露置《しらつゆお》き　夕《ゆふへ》には　霞《かすみ》たなびく　汗瑞能振　木末《こぬれ》が下《した》に　うぐひす鳴《な》くも
（『万葉集』巻十三―3221）

この歌は、巻十三の巻頭にかかげられた歌であるが、「汗瑞能振」の訓《よ》みが、古来より現在に至るまで、解明されていないのである。

「あめのふる」「かぜのふく」、あるいは「うち羽ふき」などと試みの案があるが、未定といってよいであろう。それこそ「冬籠り」の有様である。

へにもおきにも
（辺にも沖にも）

中国船「西国三十三所名所図会」

海原《うなはら》の　辺《へ》にも沖《おき》にも　神留《かむづ》まり　うしはきいます　諸《もろもろ》の　大御神《おほみかみ》たち　船舳《ふなのへ》に　導《みちび》きまをし　天地《あめつち》の　大御神《おほみかみ》たち　大和《やまと》の　大国御《おほくにみ》魂《たま》　ひさかたの　天《あま》のみ空《そら》ゆ　天翔《あまかけ》り　見渡《みわた》したまひ……

（『万葉集』巻五―894）

この長歌は、天平五（七三三）年に遣唐使として派遣された多治比真人広成《たじひのまひとひろなり》に、山上憶良が「好去好来《かうきょかうらい》」の歌と題して贈った長歌の一節である。

『続日本紀』によれば、入唐大使従四位上多治比真人広成は、天平五（七三三）年四月に、難波津から進発したが、翌年の十一月には、多禰島《たねのしま》に来着している。

この功により、多治比真人広成は、正四位上として二階級特進をとげている（『続日本紀』天平七年四月条）。

苦労は多かったが、結果的には、山上憶良のいうように「好去好来」といってよいであろう。

先の長歌は、海原の浜辺にも沖にも、神として留まられて支配されているもろもろの大御神たちは、船の舳先に立って先導されている。とりわけ大和の国の大国御魂《おおくにのみたま》の神は、天の大空に天翔けて、見守っておられる、という意味であろう。

つまり、あなたは、日本のあらゆる神々に見守られ保護されており、特に、あなたの故郷の守り神である大和の大国御魂の神によって、天から庇護されているから、どうぞ無事任務を果たしてお帰り下さい、と述べているのである。

この歌に見える大和御魂の神は、大和国山辺郡の大和坐大国魂神社《やまとにいますおおくにたま》であろう。「崇神紀」七年八月条に「市磯長尾市《いちしのながをち》を以《も》て、倭大国魂神《やまとのおほくにたまのかみ》を祭《いは》ふ主《かむぬし》とせば」と記されているが、市磯長尾市は「垂仁紀」三年三月条に「倭直《やまとのあたひ》の祖長尾市《おやながをち》」とあるから、倭直一族が中心となって祀っていた大和の国魂の神のことであろう。

ところで、この長歌には「辺にも沖にも」とあるが、これはいうまでもなく、「海辺にも沖においても」の意で、海上のこと、すべてを意味する言葉であろう。

我《あ》が心《こころ》　ゆたにたゆたに　浮《う》き蓴《ぬなは》　辺《へ》にも沖《おき》にも　寄《よ》りかつましじ

（『万葉集』巻七―1352）

わたくしの心は、ゆらゆらと漂う蓴菜《じゅんさい》のようだ。岸にも、岸から離れたあたりにも、とどまることはできないであろう。それほど、わたくしの心は、ゆれ動いている、という意であろう。この歌で興味深いのは、「ゆたにたゆたに」という言葉を、万葉仮名では「湯谷絶谷《ゆたにたゆたに》」と表している点である。そして、末尾の「寄りかつましじ」に「依勝益士《よりかつましじ》」と、非常に優れためぐまれた男とも解釈できる言葉を、反語的に用いているのである。

旅《たび》にありて　物《もの》をそ思《おも》ふ　白波《しらなみ》の　辺《へ》にも沖《おき》にも　寄《よ》るとはなしに

（『万葉集』巻十二―3158）

『万葉集』にあっては、「沖」は、多く「奥」の字で表記されているが、沖は「海の奥」が原義であるからであろう。

ほしききみかも
（欲しき君かも）

カシの実「大植物図鑑」

一昨日《をとつひ》も　昨日《きのふ》も今日《けふ》も　見《み》つれども　明日《あす》さへ見《み》まく　欲《ほ》しき君《きみ》かも
（『万葉集』巻六―1014）

この歌を詠んだ橘《たちばなの》文成《あやなり》は、橘《たちばなの》少卿《しょうきょう》、つまり佐為王《さいのおおきみ》の子である。つまり、文成は、橘諸兄《もろえ》の甥に当たる人物である。

一昨日も、昨日も今日も、毎日あなたとお逢いしているけれど、すぐに明日もまたお目にかかりたくなる、という意味である。

この歌の末尾の「君かも」の万葉仮名は、あえて「君香聞《きみかも》」となっており、恋する女性の、うるわしい香りが感ぜられるようである。日本では、古くから「香を聞く」という表現が用いられていたことを示す資料といってよいであろう。

相見《あひみ》ては　面隠《おもかく》さるる　ものからに　継《つ》ぎて見《み》まくの　欲《ほ》しき君《きみ》かも
（『万葉集』巻十一―2554）

あなたとお逢いすると、恥ずかしくて、わたくしはすぐに顔を隠してしまうのに、それでも、あなたのお顔をずっと見ていたい、という意味である。おそらく、純情な、うら若い乙女の羞《はじら》いの恋心を歌ったものであろう。あまりの恥ずかしさに、袖で顔を隠しても、相手の美青年にひかれる心を、おさえかねている乙女の気持ちが、歌われているといってよいであろう。

玉《たま》だすき　懸《か》けねば苦《くる》し　懸《か》けたれば　継《つ》ぎて見《み》まくの　欲《ほ》しき君《きみ》かも
（『万葉集』巻十二―2992）

あなたのことを心に懸けないと、わたくしは、あなたが恋しくて、苦しい思いがするが、それでも気にかかり、絶えずあなたに逢いたいと思うばかりだ、という意味である。おそらく、たまたま逢った男性のことが忘れられず、どうしてもまた逢いたい、と悩んでいる女性の歌であろう。

「玉だすき」は、「懸《か》く」に掛かる枕詞であるが、実際に玉襷をかけて、恋の成就を神に祈っている女性の姿が、目に浮かんでくるようである。

あしひきの　山《やま》に生《お》ひたる　菅《すが》の根《ね》の　ねもころ見《み》まく　欲《ほ》しき君《きみ》かも
（『万葉集』巻四―580）

山に生えている菅の根の「ね」ではないが、ねんごろに、よくよくあなたのことを見たい、という意味である。「菅の根」の「ね」が、「ねもころ」を導き出す序詞となっている。この歌では「ねもころ」は、万葉仮名で「懃」の文字が用いられているように、「懃々《きんきん》」「懃懇《きんこん》」の言葉のごとく、「ねんごろに」の意味である。「心を尽くして丁寧に」といってもよいであろう。

思《おも》ふらむ　人《ひと》にあらなくに　ねもころに　心尽《こころつ》くして　恋《こ》ふる我《あれ》かも
（『万葉集』巻四―682）

この歌の「ねもころに」にも「懃」の字が当てられている。

若草《わかくさ》の　夫《つま》かあるらむ　橿《かし》の実《み》の　ひとりか寝《ぬ》らむ　問《と》はまくの　欲《ほ》しき我妹《わぎも》が　家《いへ》の知《し》らなく
（『万葉集』巻九―1742）

この歌では、「欲しき我妹」と歌われているが、面白い点は、「橿の実」が、「ひとり」に掛かる枕詞となっていることである。橿は苞《ほう》に一つずつどんぐりが入っていることから、「ひとり」に掛かるといわれている。これも、日常の観察から用いられた枕詞の一つであろう。

ほりえ（堀江）

仁徳天皇「日本歴史図解」

「仁徳紀」十一年十月条に「宮《みや》の北《きた》の郊原《の》を掘《ほ》りて、南《みなみ》の水《かは》を引《ひ》きて西《にし》の海《うみ》に入《い》る。因《よ》りて其《そ》の水《みづ》を号《なづ》けて堀江《ほりえ》と曰《い》ふ」と記している。

古代の大阪湾は、長柄《ながら》の豊碕《とよさき》と呼ばれる、細長い岬で囲まれていたようである。仁徳天皇の難波宮も、孝徳天皇の長柄の豊碕宮も、この岬の上に置かれていた。

大阪湾には、淀川や大和川が流入していたので、長柄の豊碕の一箇所を掘り、外に流そうとされた。それが難波の堀江と呼ばれるものであった。

「欽明紀」十三年十月条に、排仏派の物部尾輿《もののべのおこし》たちは、崇仏派の尊崇する仏像を奪って、難波の堀江に棄てたとある。

「敏達紀」十四年三月条にも、同じく物部守屋《もりや》たちが、ことごとくの仏像を難波の堀江に放棄したとあるが、難波の堀江は、まさに、仏教迫害の象徴的な場所であった。難波の堀江が、畿内と瀬戸内の境と意識されていたからであろう。つまり、堀江は瀬戸内へ抜ける水路であったのである。

防人《さきもり》の　堀江《ほりえ》漕《こ》ぎ出《づ》る　伊豆手舟《いづてぶね》　梶取《かぢと》る間《ま》なく　恋《こひ》は繁《しげ》けむ
（『万葉集』巻二十―4336）

大伴家持は兵部《ひょうぶ》少輔《しょうゆう》として防人《さきもり》を司り、防人の歌の採集に努めていたので、相聞歌にも、防人のことが引かれている。

筑紫に赴くため、防人達が、難波の堀江から、瀬戸内に漕ぎ出していく伊豆手舟の梶が絶えないように、わたしくの恋も絶え間なく続くのだろう、という意味である。

伊豆手舟は、伊豆地方で作られた舟であろう。『万葉集』には、「熊野船《くまのぶね》」（巻十二―3172）、「足柄小舟《あしがらをぶね》」（巻十四―3367）、「松浦船《まつらぶね》」（巻七―1143）などと、製造地の名を冠する舟が登場している。

「応神紀」五年十月条には、伊豆の国に命じて、船を造らせたが、「軽《かろ》く泛《うか》びて疾《と》く行《ゆ》くこと馳《はし》るが如《ごと》し。故《かれ》、其《そ》の船《ふね》を名《なづ》けて枯野《からの》と曰《い》ふ。……若《も》しは軽野《かるの》と謂《い》へるを、後人《のちのひと》訛《よこなば》れるか」とあるように、伊豆は古くから造船の地であった。

家持といえば、『万葉集』に、

敷《し》きませる　難波《なには》の宮《みや》は　聞《き》こしをす　四方《よも》の国《くに》より　奉《たてまつ》る　御調《みつき》の船《ふね》は　堀江《ほりえ》より　水脈《みを》引《び》きしつつ　朝《あさ》なぎに　梶《かぢ》引《ひ》き上《のぼ》り　夕潮《ゆふしほ》に　棹《さを》さし下《くだ》り……
（『万葉集』巻二十―4360）

と、難波の堀江を、全国からの貢ぎ物が運ばれてくる、賑わうところとして描いている。

堀江《ほりえ》より　水脈《みを》泝《さかのぼ》る　梶《かぢ》の音《おと》の　間《ま》なくそ奈良《なら》は　恋《こひ》しかりける
（『万葉集』巻二十―4461）

天平十六（七四四）年、難波に遷都の宣言がなされたが、多くの官人達は、やはり、奈良の都が恋しかったのである。

早くもその翌年の天平十七年五月には、諸司の官人達は、こぞって平城（奈良）を都とすべしと具申《ぐしん》している。

まかなしみ（真愛しみ）

古代の武人「前賢故実」

まかなしみ　寝《ぬ》れば言《こと》に出《づ》　さ寝《ね》なへば　心《こころ》の緒《を》ろに　乗《の》りてかなしも　（『万葉集』巻十四―3466）

この歌は東歌の一つであるので、方言が混ざっている。心からいとしくて、共寝をすれば、人の噂になる。共寝をしなければ、心に引っかかって切ない、という意味である。

「まかなしみ」は原文で「麻可奈思美」と表記されているが、『万葉集』巻四―532では「真悲見」と記されているから、真実、心からいとしい、という意味であるのがお判りになるであろう。

「かなしい」は、現在では、もっぱら「悲しい」とか「悲痛」の意に用いられるが「かなし」は、感情が痛切にゆさぶられることを表し、「悲しい」のほかに、「いとおしくてたまらない」意に用いられる。たとえば、大伴家持の、

父母《ちちはは》を　見《み》れば尊《たふと》く　妻子見《めこみ》れば　かなしくめぐし……　（『万葉集』巻十八―4106）

であるが、「かなしめぐし」は、「切なく、いとおしい」の意である。「まかなし」は、「本当に切ないほど、いとおしい」と最上級に表現するものであろう。

まかなしみ　寝《ぬ》らくしけらく　さ鳴《な》らくは　伊豆《いづ》の高嶺《たかね》の　鳴沢《なるさは》なすよ　（『万葉集』巻十四―3358）

あなたが、いとおしくて、共寝をすることは、しばしばあるが、耳障りな噂が聞えてくるのは、まことに伊豆の高嶺の鳴沢のようにうるさい、という意味である。「しけらす」は、「繁けらす」と解してよいであろう。

まかなしみ　さ寝《ね》に我《わ》は行《ゆ》く　鎌倉《かまくら》の　水無瀬川《みなのせがは》に　潮満《しほみ》つなむか　（『万葉集』巻十四―3366）

心からいとおしいので、わたくしは共寝するために、恋人の許《もと》に行こうと思う。だが、鎌倉の水無瀬川に海水が遡って、いっぱいにあふれ、わたくしの行手の妨げとならないかと心配している、という意味である。

水無瀬川は、鎌倉市の稲瀬川の古名であるという（吉田東伍『大日本地名辞書』）。

大橋《おほはし》の　頭《つめ》に家《いへ》あらば　ま悲《かな》しく　ひとり行《ゆ》く児《こ》に　宿貸《やどか》さましを　（『万葉集』巻九―1743）

大橋のたもとに、わたくしの家があったなら、本当によい。なぜなら、ひとりで橋を渡っているいとおしい少女に、わたくしは宿を貸すことができるから、という意味であろう。とぼとぼと、遠くの家に帰るため、ただひとりで橋を渡っていくいとおしい少女を、ひそかに眺める男の心情であろう。

枕《まくら》　大刀《たし》　腰《こし》に取《と》り佩《は》き　まかなしき　背《せ》ろがめき来《こ》む　月《つく》の知《し》らなく　（『万葉集』巻二十―4413）

大伴部《おおともべの》真足女《またりめ》の歌である。いつも、枕もとに大切に置く大刀を腰に着けて、いとおしい夫が帰ってくる月日が判らない、の意である。防人《さきもり》に召された夫の帰還を、いつかいつかと待つ妻の、悲しさを表現した歌である。

「めき来む」は「目利き来む」の意で、帰り来る日を見分けることではないかと、わたくしは考えている。

まくずはふ（真葛延ふ）

帯刀する古代の官人「前賢故実」

ま葛延《くずは》ふ　春日《かすが》の山《やま》は　うちなびく　春《はる》さり行《ゆ》くと　山峡《やまがひ》に　霞《かすみ》たなびき　高円《たかまと》に　うぐひす鳴《な》きぬ……

（『万葉集』巻六―948）

春日の山に春が来たので、山の間に霞がたなびき、高円山には、鶯が鳴きはじめた、という意である。

のんびりとした春を思わせるような歌振りであるが、その詞書《ことばがき》には、神亀四（七二七）年に、諸王や諸臣の子弟が授刀寮《じゅとうりょう》に散禁された時の歌であると記されている。

「散禁」については、『令義解《りょうのぎげ》』禁囚条に見えるが、刑具をつけず、軟禁されることをいうようである。ただし、禁所にとどめ置かれ、外出の自由を奪われている状態をいうのである。

なぜ授刀寮に諸王諸臣の子弟が散禁されたのかは、必ずしも明らかではないが、神亀四（七二七）年二月の勅《みことのり》には、「比者《ちかごろ》、咎徴《きゅちょう》しきりに至《いた》り、災気《さいき》止《や》まず、如聞《きくならく》、時政違乖《じせいいかい》して、民情《みんじょう》愁怨《しゅうえん》し天地《てんち》、譴《せめ》を告《つ》げ、鬼神《きしん》、異《い》を見《あらは》す」（『続日本紀』）と記されている。

授刀寮については、元明天皇の慶雲四（七〇七）年七月に「始《はじ》めて、授刀《たちはき》舎人《とねり》の寮《りょう》を置《お》く」（『続日本紀』）と見える。

ついで、和銅元（七〇八）年三月には、従五位下の小野朝臣馬養《おののあそみうまかい》が、帯剣《たちはき》寮《りょう》の長官に任ぜられている。帯剣をして天皇を守衛する役所であった。

後には、称徳天皇の天平神護元（七六五）年二月、「授刀衛《じゅとうえ》を改《あらた》めて、近衛《このえ》府《ふ》と為《な》す」（『続日本紀』）として、近衛府と改められている。

ところで、この歌の冒頭に、「ま葛延ふ」という言葉が見えるが、「ま葛」の「ま」は接頭語である。「ま葛延ふ」はどこまでも続くものに掛かる枕詞である。

ま葛延《くずは》ふ　夏野《なつの》の繁《しげ》く　かく恋《こ》ひば　まこと我《わ》が命《いのち》　常《つね》ならめやも

（『万葉集』巻十―1985）

葛がどこまでも延びて繁る夏野のように絶え間なく、このように恋を続けていくとしたならば、わたくしの命は、いつまで保つであろうか、という意味である。

ま葛延《くずは》ふ　小野《をの》の浅茅《あさぢ》を　心《こころ》ゆも　人引《ひとひ》かめやも　我《わ》がなけなくに

（『万葉集』巻十一―2835）

葛が延びている小野の浅茅を、心の底から、本気で人が引いたりするだろうか。わたくしが引かないわけではないのに、という意味である。

いうまでもなく、浅茅を引くことと、わたくしの心を引くこととを掛けた恋の歌である。

「心ゆも」は、

心《こころ》ゆも　我《あ》は思《おも》はずき　山川《やまかは》も　隔《へだ》たらなくに　かく恋《こ》ひむとは

（『万葉集』巻四―601）

などと用いられるように、「心から真剣に」という意味である。

まったく思いもかけなかった。山川も隔てるわけでもないのに、こんなに恋しいと思うなんて、という相聞歌である。

まぐはし（目細し）

ナラ「大植物図鑑」

かけまくも　あやに恐《かしこ》き　山辺《やまのへ》の　五十師《いし》の原《はら》に　うちひさす　大《おほ》宮仕《みやつか》へ　朝日《あさひ》なす　まぐはしも　夕日《ゆふひ》なす　うらぐはしも　春山《はるやま》のしなひ栄《さか》えて　秋山《あきやま》の　色《いろ》なつかしき　ももしきの　大宮人《おほみやひと》は　天《あめ》地《つち》　日月《ひつき》と共《とも》に　万代《よろづよ》にもが

（『万葉集』巻十三―3234）

これは、伊勢国の五十師の宮を頌《たた》えた長歌の一節である。

五十師は、『倭姫命世記《やまとひめのみことせいき》』に「市師《いちし》」とあるが、その「壹志頓宮《いちしのかりのみや》」（『江家次第』『太神宮雑事記』）などに相当するのではなかろうか。

口に出すのも畏れ多いことだが、山辺の壱志の宮に仕えている人は、朝日のように麗しく、夕日のように心にしみる。春の山のように若々しく、秋の山のように心惹かれる大宮人は、天地日月とともに、永遠に変わらないでほしい、という意味である。

おそらく、伊勢神宮に奉仕する巫女を歌っているのであろう。

この長歌に、「まぐはし」という言葉が用いられているが、万葉仮名で「目細《まぐはし》」と表記されるように、「見て美しい」とか「麗しい」の意である。それこそ、目を細めて美しさに見惚《みと》れる様をいうのであろう。

下野《しもつけ》の　三毳《みかも》の山《やま》の　小楢《こなら》のす　目《ま》ぐはし児《こ》ろは　誰《た》が笥《け》か持《も》たむ

（『万葉集』巻十四―3424）

下野国の三毳山の小楢の木のように、非常に可愛いらしいあの子は、誰の食事入れを持つのだろうか、という意味である。

「誰が笥か持たむ」は、誰のために食事を用意するかということで、誰の恋人や妻となって世話を焼くのだろう、という意味であろう。

三毳山は、栃木県の佐野市、栃木市藤岡町、下都賀郡岩舟町の境に位置する高さ二百二十九メートルの山である。

それにしても、「小楢の木」を、乙女の麗しさにたとえるのは、まさに東歌ならではの表現であろう。いかにも健康そうで野性的な美人なのであろう。

上野《かみつけ》の　まぐはしまとに　朝日《あさひ》さし　まきらはしもな　ありつつ見《み》れば

（『万葉集』巻十四―3407）

上野国の真桑島門《まぐわしまと》に、朝日が射し込んでいる。その名のように、麗しいあなたを、ずっとながめていたい、という意味であろう。

この歌の「まぐはしまと」については、必ずしも、その意味が明らかではない。「まぐはし窓」と解するか、上野の「真桑島門」という実際の地名と見るかで、当然、解釈は異なるが、ここでは一応後者の説に従っておこう。群馬県前橋市千代田町の利根川の小島であるといわれている。

そうすると、「まぐはしま」の名が「まぐはしき」を想起させるとして、この歌において、掛詞的に歌われていたことになる。

まくらづく（枕づく）

鷹狩「前賢故実」

我妹子《わぎもこ》と　二人《ふたり》我《わ》が寝《ね》し　枕《まくら》づく　つま屋《や》のうちに　昼《ひる》は も　うらさび暮《く》らし　夜《よる》はも　息《いき》づき明《あ》かし　嘆《なげ》けども……

（『万葉集』巻二―210）

柿本人麻呂が、愛妻の死に際し、「泣血哀慟《きゅうけつあいどう》」した長歌の一節である。愛する妻と二人で寝た寝屋の中で、昼間はただ心淋しく暮らしている。夜はため息をつきながら、一夜を明かし、わたくしは嘆いているけれど、という意味である。

この歌には「枕付《まくらづく》　嬬屋《つまや》」の万葉仮名が用いられているが、「枕付く」は、枕を並べて寝ることから、夫婦が共寝をする「嬬屋（妻屋）」に掛かる枕詞となったようである。

古代では、「ツマ」は配偶者をさす言葉である。つまり、夫と妻か、あるいは恋人間で、相手を呼ぶ時、「ツマ」と呼び合っていたようである。

「神代記」で、大国主神《おおくにぬしのかみ》の妻である須勢理毘売《すせりひめ》は、「吾《あ》はもよ　女《め》にしあれば　汝《な》を除《き》て　男《を》は無《な》し　汝《な》を除《き》て　夫《つま》は無《な》し」と呼びかけているが、「夫」を「都麻《つま》」と訓《よ》んでいる。

もちろん、妻を「ツマ」と称するのは昔からのことで、大国主神が、須勢理毘売に向かって「若草《わかくさ》の　妻《つま》の命《みこと》」と呼びかけていることからも窺《うかが》うことができるであろう。

これらのことから、嬬屋は妻の部屋でなく、夫婦共寝のための部屋であることがお判りになるであろう。

憤《いきどほ》る　心《こころ》の内《うち》を　思《おも》ひ延《の》べ　嬉《うれ》しびながら　枕《まくら》づく　妻屋《つまや》のうちに　とぐら結《ゆ》ひ　するてそ我《あ》が飼《か》ふ　真白斑《ましらふ》の鷹《たか》

（『万葉集』巻十九―4154）

大伴家持が、妻と別れて越中守として単身赴任していたとき、わずかに狩りなどをして、そのやるせない気分を晴らしていたことを詠んだものである。

「憤る心」とは、「大君《おほきみ》の敷《し》きます国《くに》」の大和の地より、遠く、越の国に国守として追いやられたことに対する心がふさぐような気持ちであろう。大伴氏は大化前代より、大君を身近く守護するという伝統的な職掌を持っていたが、律令体制に入ると、新興貴族の藤原一門のために、次第に地方へと追いやられてしまうのである。

そのやるせない不満を、家持は大鷹を飼うことで、わずかに慰めていたのである。

プライベートな場所として用いられる妻屋に、大鷹の止り木を置いて、真っ白い鷹を飼っていたようである。

矢形尾《やかたを》の　真白《ましろ》の鷹《たか》を　やどにする　掻《か》き撫《な》で見《み》つつ　飼《か》はくし良《よ》しも

（『万葉集』巻十九―4155）

矢形尾の鷹のことは、『万葉集』巻十七―4011にも、「矢形尾《やかたを》の　我《あ》が大黒《おほぐろ》に」と見える。

鷹の尾羽が、矢のように見えることをいうのであろう。ちなみに、家持は、大黒という蒼鷹《おおたか》《そうよう》を失い、真っ白い鷹を飼うに至ったのである。

まけながく（真日長く）

織女「大和耕作絵抄」

ま日《け》長《なが》く　恋《こ》ふる心《こころ》ゆ　秋風《あきかぜ》に　妹《いも》が音聞《おとき》こゆ　紐解《ひもと》き行《ゆ》かな
（『万葉集』巻十―2016）

本当に長い間、恋してきた心のゆえに、秋風にのって、恋人の声が聞えてくるようだ。紐を解いて、恋人のもとに行こう、という意味である。

「ま日長く」は万葉仮名では「真気長《まけながく》」と表記されているが、嘘偽りなく長いことを言い表しているのであろう。

もちろん、「ま日長く」の「ま」は、単なる接頭語であろうが、わざわざ「真気長」と書いたのは、単に長いという気分ではなく、心底長いという思いなのだろう。

ま日《け》長《なが》く　川《かは》に向《む》き立《た》ち　ありし袖《そで》　今夜《こよひ》まかむと　思《おも》はくの良《よ》さ
（『万葉集』巻十―2073）

この歌は七夕の歌である。まことに長く、一年間もわたくしに恋をして、天の川をはさんで向き立っていた妻（織女星）の袖を、今夜は枕にしようと思う、心から嬉しい、という意味であろう。ここでも「ま日長く」は「真気《まけ》長《ながく》」と書かれている。

ま日《け》長《なが》く　夢《いめ》にも見《み》えず　絶《た》えぬとも　我《あ》が片恋《かたこひ》は　止《や》む時《とき》もあらじ
（『万葉集』巻十一―2815）

本当に長い月日の間、あなたの面影を、夢にさえ見ることもできず、絶えてしまったが、わたくしの、あなたを一方的に恋する気持ちは、少しも止むことはない、という意味である。

おそらく、自分の気持ちを知らない人か、あるいは気付いていても、ほとんど見向きもしない人に対する恋、つまり片恋の歌であろう。

それとも、なかなか恋する気持ちを、じかに相手にぶつけることのできない、純情な若者の歌であるかもしれないと、わたくしは想像している。

我《あ》が恋《こひ》は　慰《なぐさ》めかねつ　ま日《け》長《なが》く　夢《いめ》に見《み》えずて　年《とし》の経《へ》ぬれば
（『万葉集』巻十一―2814）

わたくしの恋は、自分でも慰めることすらできない。なぜなら、本当に長い間、あなたの姿が夢に出てこない年月が続いているから、という意味である。

これら、すべての歌は万葉仮名で「真気長（永）」と表記されているから、気持ちの上では、本当に長い月日の意に解されるべきであろう。

ところで、冒頭にあげた「ま日《け》長《なが》く　恋《こ》ふる心《こころ》ゆ　秋風《あきかぜ》に」という歌の「秋風」には、「白風《あきかぜ》」の文字を当てている。

これは、五行説によるものである。五行説では、春、夏、土用、秋、冬に青、赤（朱）、黄、白、黒（玄）の五色を配し、白は秋の色である。また、木、火、土、金、水としているが、秋には金が配されている。

天地《あめつち》と　別《わか》れし時《とき》ゆ　己《おの》が妻《つま》　かくぞ年《とし》にある　秋待《あきま》つ我《われ》は
（『万葉集』巻十―2005）

の「秋待つ我は」は「金待吾者《あきまつわれは》」と万葉仮名で表記されている。

ちなみにこの歌は、天と地が分かれてからずっと長い間、わたくしの妻と、このようにして一年に一度しか逢えないことになっている。それゆえ、秋を待つわたくしは、待ち遠しくてたまらない、という意味である。

まけのまにまに
（任けのまにまに）

古代の官人「前賢故実」

もののふの　臣《おみ》の壮士《をとこ》は　大君《おほきみ》の　任《ま》けのまにまに　聞《き》くといふものそ
（『万葉集』巻三―369）

この歌は、石上乙麻呂《いそのかみのおとまろ》が、越前国の国守として赴任する時、友人が贈った歌である。

石上乙麻呂が、

大船《おほぶね》に　真梶《まかぢ》しじ貫《ぬ》き　大君《おほきみ》の　命恐《みことかしこ》み　磯廻《いそみ》するかも
（『万葉集』巻三―368）

と歌ったのに対して、朝廷に奉仕する臣は、天皇の御命令の通り、心から従うものだ、と答えている。

石上氏は、かつての物部氏の直系を引く高官であったから、「物部《もののふ》の臣《おみ》の壮士《をとこ》」と呼びかけているのであろう。もちろん、一般の武人も「もののふ」と呼んでいるが、それも物部氏が大化前代から、天皇家に従い、経津《ふつ》の霊剣を奉持して、まつろわぬ人々を平定してきた武人《もののふ》であったからである。

大君《おほきみ》の　任《ま》けのまにまに　鄙離《ひなざか》る　国治《くにをさ》めにと　群鳥《むらとり》の　朝立《あさだ》ち去《い》なば　後《おく》れたる　我《あれ》か恋《こ》ひむな……
（『万葉集』巻十三―3291）

天皇の御命令を謹み承り、遠い辺境の国を治めに、あなたが朝早く出発されたら、あとに残されたわたくしは、あなたのことを恋しく思うだろう、という意味である。「任けのまにまに」は、万葉仮名で「遣之万己《まけのまにまに》」と表記されている。

この歌に「群鳥の　朝立ち去なば」とあるが、同様の用例が『万葉集』に、

大君《おほきみ》の　命恐《みことかしこ》み　食《を》す国《くに》の　事取《ことと》り持《も》ちて　若草《わかくさ》の　足結《あゆひ》たづくり　群鳥《むらとり》の　朝立《あさだ》ち去《い》なば……
（『万葉集』巻十七―4008）

と歌われている。

朝早く、鳥たちが巣から飛び去っていく姿が、朝立ちの官人たちが、あわただしく出発する光景と似ていたからであろう。灯火にめぐまれない古代においては、夜明けとともに旅に出て、完全に日の暮れないうちに宿をとるのが一般であったからである。

大君《おほきみ》の　任《ま》けのまにまに　ますらをの　心振《こころふ》り起《お》こし　あしひきの　山坂越《やまさかこ》えて　天離《あまざか》る　鄙《ひな》に下《くだ》り来《き》……
（『万葉集』巻十七―3962）

天皇の御命令のままに仰せをうけて、大夫の心を振り起こして、どうやら山坂を越えて、都遠く離れた鄙の国に下ってきた、という意味である。

律令時代は、全国にわたる国々を支配するために、中央から国司を派遣したり、あるいは九州防衛のために、防人《さきもり》を多く徴発しなければならなかったのである。しかし、時には、当時の権力者から、地方官へ追いやられる人物も、少なからずいたに違いない。

その左遷者は、「大君の任けのまにまに」と称しても、地方の数年間は、それこそ耐え難き苦痛を受けずにはおかなかったのである。また、

猛《たけ》き軍士《いくさ》と　ねぎたまひ　任《ま》けのまにまに　たらちねの　母《はは》が目離《めか》れて　若草《わかくさ》の　妻《つま》をもまかず……
（『万葉集』巻二十―4331）

と大伴家持が詠じたように、天皇の御命令で、東国の兵士が防人として愛する母や妻を置いて召されたのである。

まさきくあらば
（真幸くあらば）

鞆の浦「中国名所図会」

わが命《いのち》し　ま幸《さき》くあらば　またも見《み》む　志賀《しが》の大津《おほつ》に　寄《よ》する白波《しらなみ》

（『万葉集』巻三—288）

わたくしの命が無事であったら、再び、志賀の大津に寄せる白波を見るであろう、という意味の穂積朝臣老《ほづみのあそみおゆ》の歌である。

『続日本紀』の養老六（七二二）年正月条に、正五位上穂積朝臣老は、乗輿《じょうよ》を指斥《ししゃく》した罪で、本来ならば、斬刑に処せられるところ、死一等を減じて、佐渡島に流罪に処せられたと記されている。

『職制律《しきせいりつ》』の指斥乗輿《ししゃくじょうよ》条には「凡《おほよ》そ乗輿《じょうよ》を指斥《ししゃく》すること、情理《じやうり》切害《せつがい》あらば斬《ざん》。政事《せいじ》の乖失《けいしつ》を言議《げんぎ》して、乗輿《じょうよ》に渉《わた》らば上請《じやうしやう》せよ。切害《せつがい》に非《あら》ざれば徒《づ》二《に》年《ねん》。詔使《せうし》に対《むか》ひ捍《こば》みて人臣《じんしん》の礼《れい》無《な》くは、絞《けう》」と規定されている。

指斥は、名指しで非難することである。乗輿の意は、天皇の乗る御輿であるが、間接的に天皇を指す言葉である。

つまり、穂積朝臣老は、正四位上多治比真人三宅麻呂《たじひのまひとみやけまろ》らと、元正天皇の政治を批判した罪で、死一等を減じて配流されたのである。

十八年後の天平十二（七四〇）年六月に、穂積朝臣老らは、特別の恩赦で帰京することが許されている（『続日本紀』）。

ま幸《さき》くて　またかへり見《み》む　ますらをの　手《て》に巻《ま》き持《も》てる　鞆《とも》の浦《うら》廻《み》を

（『万葉集』巻七—1183）

わたくしが、無事に帰って来られたら、もう一度見たいものだ。ますらの壮士《おとこ》が手に巻いている鞆という名をつけた、鞆の浦のあたりを、壮士のわたしは見たいものだ、という意味であろう。

「ま幸くて」は、「好去而《まさきくて》」の万葉仮名で表記しているが、「好去好来《こうきょこうらい》」を意識した言葉であろう。

磯城島《しきしま》の　大和《やまと》の国《くに》は　言霊《ことだま》の　助《たす》くる国《くに》ぞ　ま幸《さき》くありこそ

（『万葉集』巻十三—3254）

「柿本人麻呂歌集」にあるこの歌は、大和の国は、言霊が恵みを授ける国だといわれているが、その言葉通り、無事であってほしいという意味である。

神に幸いを祈る言葉は、神の加護をうけ、そのものに霊力があると信じられていたようである。この場合の「ま幸くあり」は「真福在《まさきくあり》」と表記されている。

真幸《まさき》くて　妹《いも》が斎《いは》はば　沖《おき》つ波《なみ》　千重《ちへ》に立《た》つとも　障《さは》りあらめやも

（『万葉集』巻十五—3583）

あなたが、わたくしの無事を祈って神に潔斎して祈ってくれたから、どんなに沖の波が荒れて、千重に立ったとしても、わたくしの船旅には、何の障りがあるだろうかという意味である。

この歌では、「真幸《まさきく》」と表記されている。

夫の旅行の無事を祈るのは、必ず妻であったようである。

若草《わかくさ》の　妻取《つまと》り付《つ》き　平《たひ》らけく　我《われ》は斎《いは》はむ　ま幸《さき》くて　早帰《はやかへ》り来《こ》と……

（『万葉集』巻二十—4398）

と歌われているからである。

ますらを

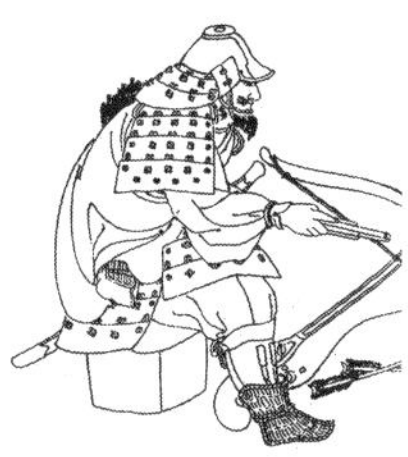
古代の武人「前賢故実」

ますらをの　心振《こころふ》り起《お》こし　剣大刀《つるぎたち》　腰《こし》に取《と》り佩《は》き　梓弓《あづさゆみ》　靫取《ゆきと》り負《お》ひて……（『万葉集』巻三―478）

大伴家持のこの歌は、大夫の心を奮い起こし、剣大刀を腰に帯び、手には梓弓を持ち、弓矢を入れる靫を背に負い、という意味であろう。

「ますらを」は、古代における男性の理想像をいうようである。この「ますらを」の原義として、「優男」、「益荒男」、「真勝男」などがあげられているが、いずれも、男のあるべき姿を述べているようである。一般には、宮廷に仕えて、立派に職務を果たし得る男性を指している。

先の長歌は、武人としてのますらお像を描いているのであろう。それは、「心振り起こし」とあるように、常に自覚と反省が伴うものであったといってよい。それゆえ、

大伴《おほとも》の　名《な》に負《お》ふ靫帯《ゆきお》びて　万代《よろづよ》に　頼《たの》みし心《こころ》　いづくか寄《よ》せむ（『万葉集』巻三―480）

として、「大伴の　名に負ふ」と歌っているのであろう。

ちなみに、「靫《ゆぎ》」は、弓矢を入れて腰や背に負うものである。靫を負った軍団を、当時、靫負《ゆげい》軍と称していた。それが後に、衛門府《えもんふ》となっていくのである。

ますらをの　行《ゆ》くといふ道《みち》ぞ　おほろかに　思《おも》ひて行《ゆ》くな　ますらをの伴《とも》（『万葉集』巻六―974）

これは、元正上皇が節度使に贈った御製である。だが、「ますらを」も、ひとたび恋に陥《おちい》ると、

ますらをの　思《おも》ひわびつつ　度《たび》まねく　嘆《なげ》く嘆《なげ》きを　負《お》はぬものかも（『万葉集』巻四―646）

と歌わざるを得なくなるのである。

この歌は、ますらおといわれているわたくしが、恋い焦がれて、遣《や》る瀬《せ》ない思いを、幾度も幾度も重ねている。まことに不甲斐ないこの嘆きが、あなたにも及び、負担をかけないだろうか、という意味であろう。

ますらをの　心《こころ》はなくて　秋萩《あきはぎ》の　恋《こひ》のみにやも　なづみてありなむ（『万葉集』巻十―2122）

ますらおの心もなくて、秋萩を恋することに執着することは、本当に許されることであろうか、という意味である。この歌は、自然の美しさを愛する気持ちを忘れぬことは、逆説的に、ますらおの道に反することではなかったことを、主張しているのではないだろうか。

ますらをの　出《い》で立《た》ち向《む》かふ　故郷《ふるさと》の　神奈備山《かむなびやま》に　明《あ》け来《く》れば　柘《つみ》のさ枝《えだ》に　夕《ゆふ》されば　小松《こまつ》が末《うれ》に　里人《さとびと》の　聞《き》き恋《こ》ふるまで　山彦《やまびこ》の　相《あひ》とよむまで　ほととぎす　妻恋《つまごひ》すらし　さ夜中《よなか》に鳴《な》く（『万葉集』巻十―1937）

ますらおであるわたくしが、外に出てみると、故郷の神奈備山に、朝がめぐってくると柘の枝に、夕方になると小松の梢で、里人が聞きほれてしまうほど、また、山彦も応じるほどにほととぎすが、妻を求めて鳴いている、という意味であろう。

まそかがみ（真澄鏡）

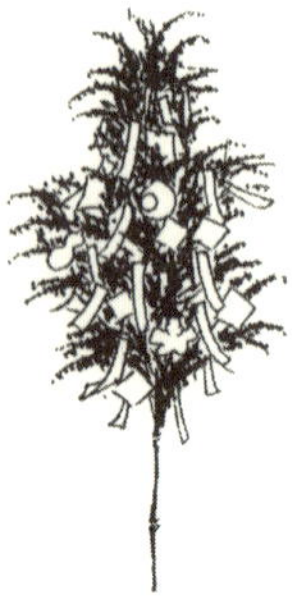
七夕の笹「守貞謾稿」

織女《たなばた》し　船乗《ふなの》りすらし　まそ鏡《かがみ》　清《きよ》き月夜《つくよ》に　雲《くも》立《た》ち渡《わた》る
（『万葉集』巻十七―3900）

大伴家持のこの歌には、天平十（七三八）年の七月七日に「独《ひと》り天漢《あまのがは》を仰《あふ》ぎて聊《いささ》かに懐《おもひ》を述《の》べし一首《いっしゅ》」という詞書《ことばがき》がある。

七夕の日に、織女星が、舟に乗って天の河を渡っていくようだ。なぜならば、清らかに澄んだ月夜に、雲が立ち渡っているからだ、という意味である。

中国の華北では、早くから、旧暦七月七日に、織女星が、一列に並んだ鵲《かささぎ》が広げた翼の橋を渡って、牽牛星と相会うという伝承が伝えられていた。

そのことは、百人一首にも収められている家持の、

かささぎの　わたせる橋《はし》に　おく霜《しも》の　白《しろ》きを見《み》れば　夜《よ》ぞふけにける
（『新古今和歌集』巻六・冬歌―620）

の歌からも知ることができるだろう。

だが、織女星が、天の河を舟で渡るという話も、日本では、古くから伝えられていたようである。柿本人麻呂歌集に、

天《あま》の川《がは》　梶《かぢ》の音《おと》聞《き》こゆ　彦星《ひこほし》と　織女《たなばたつめ》と　今夜《こよひ》逢《あ》ふらしも
（『万葉集』巻十―2029）

という歌が見えるが、この民間伝承に、宮廷の節会《せちえ》として行われていた中国の習俗「乞巧奠《きこうでん》」が結びつけられ、芸ごとや手芸の上達を願う民間の祭りとなっていったといわれている。その七夕の行事が日本にもたらされると、神に供える神御衣《かんみそ》を織る乙女と織女星が融合して、棚機《たなばた》姫の信仰が生まれてきたのである。このロマンチックな物語が、万葉の人々にことさらに愛されたのは、やはり逢瀬の切なさを語った恋愛譚だからであろう。

それゆえ、『万葉集』には、七夕の夜の、一年に一度の切ない逢瀬を詠んだ歌が少なくないのである。山上憶良は、

川《かは》に向《む》き立《た》ち　思《おも》ふそら　安《やす》けなくに　嘆《なげ》くそら　安《やす》けなくに　青波《あをなみ》に　望《のぞ》みは絶《た》えぬ　白雲《しらくも》に　涙《なみた》は尽《つ》きぬ……
（『万葉集』巻八―1520）

と歌い、

玉《たま》かぎる　ほのかに見《み》えて　別《わか》れなば　もとなや恋《こ》ひむ　逢《あ》ふ時《とき》までは
（『万葉集』巻八―1526）

と結ばなければならなかったのである。

ところで、冒頭の家持の歌に「まそ鏡」という言葉があるが、これは、「真澄鏡」、つまり、一点のくもりもない、清らかに澄んだ月を形容している。『万葉集』では、曇りなき月に掛かる枕詞として用いられることが多い。

まそ鏡《かがみ》　清《きよ》き月夜《つくよ》の　ゆつりなば　思《おも》ひは止《や》まず　恋《こひ》こそ増《ま》さめ
（『万葉集』巻十一―2670）

この歌の「ゆつりなば」は、「移りなば」の意味である。真澄鏡は、その他、鏡の美称として用いられたり、鏡に映る影の意から、「面影」に掛かる枕詞としても用いられている。

里遠《さとどほ》み　恋《こ》ひわびにけり　まそ鏡《かがみ》　面影《おもかげ》去《さ》らず　夢《いめ》に見《み》えこそ
（『万葉集』巻十一―2634）

古代の人々は、鏡は人の影を映すことから、人の魂を宿すものとの信仰を持ち続けていたのである。

まそでもち（真袖もち）

古代の女性「前賢故実」

大刀《たち》の尻《しり》　鞘《さや》に入野《いりの》に　葛《くず》引《ひ》く我妹《わぎも》　ま袖《そで》もち　着《き》せてむとかも
夏草《なつくさ》刈《か》るも

（『万葉集』巻七―1272）

「大刀の尻　鞘に」という大袈裟な表現は、「入野」を導く序詞であるが、おそらく、武人の歌であろう。

この旋頭歌は、入野で葛を引き集めているわが妻よ、わたくしに着せようとして、その材料となる夏草の葛を両手で集めているのであろうか、という意味であろう。

入野は山城国乙訓《おとくに》郡の式内社、入野神社が祀られている入野付近であろうかといわれている（『冠辞考』）。

この旋頭歌には、「ま袖もち」という言葉が用いられている。これは「両手の揃った袖」が原義であるが、「両手で」という意味に派生していったようである。

真袖《まそで》もち　床打《とこう》ち払《はら》ひ　君待《きみま》つと　居《を》りし間《あひだ》に　月《つき》かたぶきぬ

（『万葉集』巻十一―2667）

両袖で床の塵を打ち払い、あなたがいつ来るかとお待ちしているうちに、すでに月が傾いてしまった、という意味であろう。

これと同じ表現が、

ま袖《そで》もち　床打《とこう》ち払《はら》ひ　現《うつつ》には　君《きみ》には逢《あ》はず……

にも見られるが、「両袖で床を打ち払う」というのは、新しい客を迎え入れる一種の呪法であったようである。

（『万葉集』巻十三―3280）

ま幸《さき》くて　早帰《はやかへ》り来《こ》と　ま袖《そで》もち　涙《なみだ》を拭《のご》ひ　むせひつつ……

（『万葉集』巻二十―4398）

どうか御無事で、早くお帰りになってほしいと、両袖で涙を拭《ぬぐ》い、むせびながら、という意味である。

この場合は、両手でも、両袖でも、意は通じるようである。

この「ま袖もち」は、「真袖以《まそでもち》」（巻七―1272）とか、「真袖持《まそでもち》」（巻十一―2667）、「二袖持《まそでもち》」（巻十三―3280）、「麻蘇涅毛知《まそでもち》」（巻二十―4398）などと表記されている。

ただ「二袖持」（巻十三―3280）の場合は、もとは「三袖持」と書かれていたようである。

文字通りに解釈すれば、「御袖持《みそでもち》」とも考えられるが、自分の涙を拭うのに、敬語を用いるのは不自然であるとして、「三」は「二」の誤記であろうと考えられている。「二袖」は、「両袖」の意であるからである。

それにしても、両袖を「両手」と同じと解するのも、『万葉集』ならではであろう。

両袖で床を掃き清めるということは、単に床の塵を払うというわけでなく、両手で拭うことによって、「魂呼《たまよ》び」の呪法が試みられたのではないだろうか。

それは、一種の祓いの呪法ではないかと考えている。恋する乙女は、いろいろな俗信仰を信じて、恋人の到来を待ち望んでいたのである。

またまなす（真玉なす）

神功皇后「名家画譜」

「允恭記」は、木《き》梨軽太子《なしのかるのひつぎのみこ》の御歌として、次のような歌謡を載せている。

真玉如《またまな》す　吾《あ》が思《も》ふ妹《いも》　鏡如《かがみな》す　吾《あ》が思《も》ふ妻《つま》　ありと言はばこそに
家《いへ》にも行《ゆ》かめ　国《くに》をも偲《しの》はめ
（「允恭記」）

美しい玉のように、いとしく思う恋人よ、鏡のように光り輝く、わたくしの妻よ、無事で健在と思えばこそ、そなたのいる家に訪ねて行こう。あなたの故郷も偲びたいと思っている、という意味である。

これは泊瀬の川で、斎杙《いぐい》に鏡を懸け、真杙《まぐい》には真玉を懸けて神祭りしたことにより、「真玉如す　吾が思ふ妹　鏡如す　吾が思ふ妻」と歌っているのである。この歌では、「真玉如す」は「吾が思ふ妹」に掛かる枕詞となっている。

「玉」は、古代では、「魂」と意識されて、大切にされてきたから、人々は玉に緒《を》をつけて保持していた。そのため、次の歌の「ま玉つく」のように、「を」に冠する枕詞としても、盛んに用いられていたようである。

ま玉《たま》つく　越《をち》の菅原《すがはら》　我刈《われか》らず　人《ひと》の刈《か》らまく　惜《を》しき菅原《すがはら》
（『万葉集』巻七―1341）

越の菅原、わたくしが刈らないで、他人の人が刈ることは、まことに惜しい菅原だ、という意味である。

越は、大和国高市郡の越智の地である。おそらく、柿本人麻呂の歌に、「越《を》智《ち》の大野《おほの》」（巻二―194）と詠まれている所と同じであろう。

山上憶良の、

斎《いは》ひたまひし　ま玉《たま》なす　二《ふた》つの石《いし》を　世《よ》の人《ひと》に　示《しめ》したまひて
万代《よろづよ》に　言《い》ひ継《つ》ぐがねと　海《わた》の底《そこ》　沖《おき》つ深江《ふかえ》の　うなかみの　子《こ》
負《ふ》の原《はら》に　み手《て》づから　置《お》かしたまひて　神《かむ》ながら　神《かむ》さびいます
奇《く》しみ魂《たま》　今《いま》の現《をつつ》に　尊《たふと》きろかむ
（『万葉集』巻五―813）

の歌は、お祈りをした玉のような二つの石を、世の中の人々にお示しになされようとして、万世までも語り継ぐようにと、沖つ深江のうなかみの子負の原に、御自身の手によって置かれた時から、神として霊妙な御魂は、今日、目の当たりにしてもまことに尊い、という意味である。

神功《じんぐう》皇后の鎮懐石《ちんかいせき》の伝承である。

「仲哀記」に、神功皇后が新羅《しらぎ》に赴かれんとされた時「其《そ》の懐妊《はら》みたまふが産《あ》れまさむとしき。即《すなは》ち御腹《みはら》を鎮《しづ》めたまはむと為《し》て、石《いし》を取《と》りて御裳《みも》の腰《こし》に纏《ま》かして、筑紫国《ちくしのくに》に渡《わた》りまして」とあり、その石は、筑紫国の伊斗村《いとのむら》にあると伝えている。

『筑前国風土記』逸文にも、「逸都《いと》の県《あがた》。子饗《こふ》の原《はら》。石両顆《いしふたつ》あり」、また、「時《とき》の人《ひと》、其《そ》の石《いし》を号《なづ》けて皇子産《みこうみ》の石《いし》と曰《い》ひき。今《いま》、訛《よこなま》りて児饗《こふ》の石《いし》と謂《い》ふ」と述べている。

「神功皇后紀」摂政前紀には「今伊覩県《いまいとのあがた》の道《みち》の辺《ほとり》に在《あ》り」と伝えるが、現在の、福岡県糸島郡二丈町に祀られている霊石である。

まだら（斑）

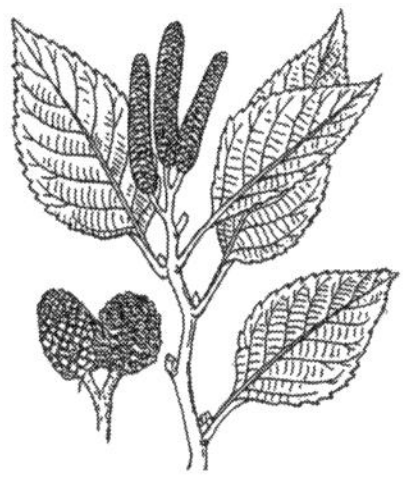
ハンノキ「大植物図鑑」

今作《いまつく》る　斑《まだら》の衣《ころも》　面影《おもかげ》に　我《われ》に思《おも》ほゆ　いまだ着《き》ねども
（『万葉集』巻七―1296）

この歌は、譬喩歌《ひゆか》に含まれるものである。

今、新しく作っている斑の衣の姿が目に浮かんでいる。わたくしは、まだ身につけてはいないけれど、という意味である。

「斑の衣」は、文字通りに解すれば　まだらに染められた衣であろうが、地方では、美服や晴着を指している。

「まだらかす」という言葉は、色鮮やかに取り合せるとか、飾り彩るという意味があるから、斑の衣は、美しく彩られた衣と考えてよいであろう。

時《とき》ならぬ　斑《まだら》の衣《ころも》　着欲《きほ》しきか　島《しま》の榛原《はりはら》　時《とき》にあらねども
（『万葉集』巻七―1260）

時節はずれであるが、斑の衣を着てみたい。まだ島の榛原が黄葉する時期ではないが、という意味であろう。

この歌の「島」を、飛鳥《あすか》の「島《しま》の庄《しょう》」とするか、一般の「島」と見るかで、解釈は異なってくるが、また「榛原」を、特定の地名とするか否かでも変わってくる。

「榛」は、今日の「はんの木」である。「雄略記」には、怒る猪を恐れて雄略天皇が榛の木に登られた時、

やすみしし　我《わ》が大君《おほきみ》の　遊《あそ》ばしし　猪《しし》の病猪《やみしし》の　唸《うた》き畏《かしこ》み　我《わ》が逃《に》げ登《のぼ》りし　在丘《ありを》の　榛《はり》の木《き》の枝《えだ》
（「雄略記」）

と歌われたと伝えている。

『万葉集』には、長忌寸奥麻呂《ながのいみきおきまろ》の、

引馬野《ひくまの》に　にほふ榛原《はりはら》　入《い》り乱《みだ》れ　衣《ころも》にほはせ　旅《たび》のしるしに
（『万葉集』巻一―57）

という歌が収められているが、黄葉した榛の葉が、衣を染めると詠んでいる。

また、同じく『万葉集』には、

伊香保《いかほ》ろの　そひの榛原《はりはら》　我《わ》が衣《きぬ》に　着《つ》き宜《よら》しもよ　ひたへと思《おも》へば
（『万葉集』巻十四―3435）

という歌が収められている。

この歌は、伊香保の山沿いの榛原が、わたくしの衣を染めて、色づき具合をよくした「純栲《ひたえ》」のように思える、という意味であろう。「純栲」は、楮《こうぞ》のみを用いた布の意である。

おそらく、斑の衣は、榛原の黄葉のように、斑に染められた衣という意味ではないだろうか。

春《はる》は萌《も》え　夏《なつ》は緑《みどり》に　紅《くれなゐ》の　まだらに見《み》ゆる　秋《あき》の山《やま》かも
（『万葉集』巻十―2177）

という歌にも「まだらに見ゆる」とあるが、この「まだら」には、「綵色《まだら》」という万葉仮名を当てている。

「綵」は、色どり鮮やかな意であるが、おそらく、濃淡に色がまざり、美しく映えることが、斑の意味ではないだろうか。つまり変化を見せながら、美しいものをいうのであろう。

まつかひも（間使ひも）

敏馬の浦「摂津名所図会」

**なのりその　己《おの》が名《な》惜《を》しみ　間使《まつか》ひも　遣《や》らずて我《われ》は　生《い》けりとも
なし**

（『万葉集』巻六―946）

この長歌の一節は、山部赤人が、淡路島の真向かいの敏馬《みぬめ》の浦に旅して、都に残してきた妻を恋しく思っている歌である。

敏馬は、摂津国菟原郡に含まれるが、現在の神戸市中央区から灘区にかけての海浜に面する所である。

山部赤人が、あえてこの地で都に残した妻を偲ぶ歌を作ったのは、「敏馬」、つまり、「見ぬ妻」を示唆する地名であったからであろう。

「なのりそ」という海藻の名のように、名前をはっきりと口にしてはいけないといわれているから、わたくしは自分の名が傷つくのを恐れ、あなたに便りを届ける使いを出していない。そのため、わたくしは、本当に生きた気がしないのだ、という意味であろう。

「間使ひ」は、文字通り、お互いの間の消息を取り持つ使いのことであろう。

梅《うめ》の花《はな》　それとも見《み》えず　降《ふ》る雪《ゆき》の　いちしろけむな　間使《まつか》ひ遣《や》らば

（『万葉集』巻十―2344）

梅の白い花が見えないほどに降る真っ白い雪のように、はっきりするであろう。間使いを遣わしたから、という意味である。

梅の白い花がほころびかけるひと枝に、わずかにかかる白雪をのせて、間使いが、恋人のもとに消息をもたらす姿が、目に浮かぶような歌である。それは、純なる恋心を象徴するものであろう。

**立《た》ちて居《ゐ》て　たどきも知《し》らず　思《おも》へども　妹《いも》に告《つ》げねば　間使《まつか》ひも
来《こ》ず**

（『万葉集』巻十一―2388）

立っていても、座っていても、どうしたらよいか判らないほど、あなたに恋しているが、そのことをあなたに告げていないので、間使いもこない、という意味である。恋い焦がれていても相手の気持ちがなかなかつかめない、うぶな男性の歌であろう。

**玉桙《たまほこ》の　道《みち》の遠《とほ》けば　間使《まつか》ひも　遣《や》るよしもなみ　思《おも》ほしき　言《こと》も
通《かよ》はず　たまきはる　命《いのち》惜《を》しけど　せむすべの　たどきを知《し》らに
隠《こも》りゐて　思《おも》ひ嘆《なげ》かひ……**

（『万葉集』巻十七―3969）

大伴家持のこの歌は、赴任先の越中国から都までの道は、遥かに遠いので、間使いを遣わす手段もない。そのため、わたくしの想いを伝える言葉を交わすこともできない。そのため、苦しい想いで、命を縮めるようであるが、どうすることもできない。わたくしは、ただ家に隠って嘆くばかりだ、という意味であろう。

おそらく、家持は、一刻も早く任地の越中から都に帰りたいという気持ちに、常にさいなまされていたのであろう。

あぶり干《ほ》す　人《ひと》もあれやも　家人《いへびと》の　春雨《はるさめ》すらを　間使《まつか》ひにする

（『万葉集』巻九―1698）

濡れた衣服を、火にあてて乾かしてくれる人がいるわけではないのに、家の妻が、春雨にかこつけて、様子をさぐるために使いをよこしてくる、という意味であろう。

まつら（松浦）

鮎「日本産物志」（上）、鯰「潜龍堂画譜」（下）

松浦《まつら》なる　玉島川《たましまがは》に　鮎《あゆ》釣《つ》ると　立《た》たせる児《こ》らが　家路《いへぢ》知《し》らずも

（『万葉集』巻五―856）

玉島川に鮎釣る乙女が歌われているが、作者の脳裏には、唐代の小説『遊《ゆう》仙窟《せんくつ》』があったようである。

なぜならば、作者は、それら乙女達を見て、「疑《うたが》ふらくに、神仙《しんせん》の者《もの》ならむか」と述べているからである。

同時に、「神功《じんぐう》皇后紀」摂政前紀に、神功皇后が火前国《ひのみちのくに》（肥前）の松浦《まつら》の県《あがた》に至り、玉島里《たましまのさと》の小河のほとりで針をまげて鉤《ち》をつくられて、飯粒を餌にして裳の糸をぬき取り、鮎を釣る祈《うけ》いを行われた話が、伝えられているのである。

同様の物語は、『肥前国風土記』松浦郡の条にも見られるが、祈いの通り、鮎が得られ、「甚《あな》、希見《めづら》しき物《もの》」と皇后が言われたので、希見《めずら》の国の名が与えられたというのである。その希見が訛って、松浦の地名が起こったと伝えられている。

ちなみに、「鮎」の字は、祈いのための占いの魚の意味である。また、「鮎《でん》《ねん》」の字は、もともと魚の「あゆ」を指す字ではなかったようである。「鮎」の字は、辞書を引かれるとお判りになると思うが、もとは「なまず」である。

日本では、神功皇后の伝承にもとづいて、「あゆ」に「鮎」の字を当てて用いている。

ちなみに、日本では、「椿《ちん》」を「つばき」（海石榴）の字に当てているが、中国では全く異なる、常緑の喬木《きょうぼく》の一種であるという。日本では「春の木」の意味で春の女神の採物《とりもの》とされていて、信仰の対象とされてきたのである。漢字を日本に導入した際には、このような信仰によって、独自の訓《よ》みを与えることも、ままあったようである。

若鮎《わかゆ》釣《つ》る　松浦《まつら》の川《かは》の　川波《かはなみ》の　なみにし思《も》はば　我恋《われこ》ひめやも

（『万葉集』巻五―858）

この歌は、「松浦の川の　川波の　なみにし思はば」と、「川」は「川波」を導き、「川波」は「なみにし思はば」の「なみ」を導き、流れるようなリズムを醸し出している。

松浦川《まつらがは》　川《かは》の瀬《せ》光《ひか》り　鮎《あゆ》釣《つ》ると　立《た》たせる妹《いも》が　裳《も》の裾《すそ》濡《ぬ》れぬ

（『万葉集』巻五―855）

松浦川《まつらがは》　川《かは》の瀬《せ》速《はや》み　紅《くれなゐ》の　裳《も》の裾《すそ》濡《ぬ》れて　鮎《あゆ》か釣《つ》るらむ

（『万葉集』巻五―861）

の二首は、『遊仙窟』的な幻想というよりも、神功皇后のお姿を投影しているようである。

松浦川《まつらがは》　玉島《たましま》の浦《うら》に　若鮎《わかゆ》釣《つ》る　妹《いも》らを見《み》らむ　人《ひと》のともしさ

（『万葉集』巻五―863）

この歌に見られる情景は、「神功皇后紀」に「其《そ》の国《くに》の女人《をみな》、四月《うづき》の上旬《かみのとをか》に当《いた》る毎《ごと》に、鉤《ち》を以《も》て河中《かはなか》に投《な》げて、年魚《あゆ》を捕《と》ること、今《いま》に絶《た》えず」とあることにもとづくものであろう。

まつろふ（服ふ・順ふ）

奈良の大仏「南都名所集」

食国《をすくに》を　定《さだ》めたまふと　鶏《とり》が鳴《な》く　東《あづま》の国《くに》の　御軍士《みいくさ》を　召《め》したまひて　ちはやぶる　人《ひと》を和《やは》せと　まつろはぬ　国《くに》を治《をさ》めと……

（『万葉集』巻二―199）

天皇が支配する国を安定させるために、東国の兵士をお召しになって、荒振る人々を、和順させよ、従わない国を治めよ、と御命令になられた、という意味である。

この柿本人麻呂の長歌の一節に、「まつろはぬ」という言葉が登場するが、「まつろふ」は、「まつる」という動詞に、継続を表す助動詞の「ふ」が付いた「まつらふ」が変化して成った動詞である。詔《みことのり》に慎んで従う意味で、服従することをいうのである。

食《を》す国《くに》は　栄《さか》えむものと　神《かむ》ながら　思《おも》ほしめして　もののふの　八十伴《やそとも》の男《を》を　まつろへの　向《む》けのまにまに……

（『万葉集』巻十八―4094）

お治めになられる国は栄えるであろうと、神の御心のままお思いになられて、多くの官人達を奉仕させるままに、という意味であろう。

これは、奈良の大仏のための黄金が、陸奥国から貢納されたことを祝う大伴家持の長歌の一節である。

『続日本紀』天平二十一（七四九）年四月条には、陸奥国小田郡から、黄金が奉献され、聖武天皇は「驚《おどろ》き悦《よろこ》び、貴《たふと》び念《おもは》さんは、盧舎那仏《るしゃなぶつ》の慈賜《めぐみたま》ひ福《さき》はひ賜《たま》ふ物《もの》」と歓喜の詔を出されたことが記されている。

天地《あめつち》の　初《はじ》めの時《とき》ゆ　うつそみの　八十伴《やそとも》の男《を》は　大君《おほきみ》に　まつろふものと　定《さだ》まれる　官《つかさ》にしあれば……

（『万葉集』巻十九―4214）

この大伴家持の歌は、天地の始まる以前から、この世の多くの男達は、大君に奉仕するものと定まっている役人であるから、という意味である。

大伴氏にあっては、「神代紀」の瓊瓊杵尊《ににぎのみこと》の天孫降臨の神話に、「大伴連《おほとものむらじ》の遠祖《とほつおや》天忍日命《あまのおしひのみこと》……天孫《あめみま》の前《みさき》に立《た》ちて」とあるように、天孫降臨時代から、天皇家の守護に当たる氏として奉仕してきたことを、誇りとして言い伝えてきたのである。

物部氏の遠祖の邇芸速日命《にぎはやひのみこと》も、「天《あま》つ神《かみ》の御子《みこ》天降《あまくだ》り坐《ま》しつと」聞いて参《まい》降《くだ》り、その協力で、神武天皇は「荒夫琉神等《あらぶるかみども》を言向《ことむ》け平和《やは》し、伏《まつろ》はぬ人等《ひとども》を退《そ》け撥《はら》ひて、畝火《うねび》の白檮原宮《かしはらのみや》に坐《ま》しまして」と「神武記」に記されている。

ちなみに、『古事記』では、小碓命《おうすのみこと》（倭建命《やまとたけるのみこと》）について「東西《ひむがしにし》の荒《あら》ぶる神《かみ》、及伏《またまつろ》はぬ人等《ひとども》を平《ことむ》けたまひき」と記している。

ここでは「伏はぬ人等」は「不レ伏人等」と漢文で書かれているが、朝命に服従せぬ人をいうのである。

倭建命の物語では、東国の蝦夷《えみし》、西国の熊襲《くまそ》が、その「まつろはぬ」人たちの代表であった。

まなくしばなく（間なくしば鳴く）

春日山の裾野「日本名山図会」

三笠《みかさ》の山《やま》に　朝去《あささ》らず　雲居《くもゐ》たなびき　容鳥《かほとり》の　間《ま》なくしば鳴《な》く
雲居《くもゐ》なす　心《こころ》いさよひ　その鳥《とり》の　片恋《かたこひ》のみに　昼《ひる》はも　日《ひ》のこと
ごと　夜《よる》はも　夜《よ》のことごと　立《た》ちて居《ゐ》て　思《おも》ひそ我《あ》がする　逢《あ》は
ぬ児《こ》ゆゑに

（『万葉集』巻三―372）

山部赤人のこの歌は、三笠山に、朝ごとに、雲はたなびいている。容鳥が、絶えることなく鳴き続けている。その鳥のように片想いに泣き、わたくしは、昼は昼、夜は夜、心さだまらず立ったり、座ったりして物思いにふけっているのだ。わたくしの心を察してくれず、少しも逢ってくれぬ、つれない人のために、という意味であろう。

この長歌の中に、「間なくしば鳴く」とあるが、これは文字通り、間断なく鳴き続けるという意味である。

「間なくしば鳴く」は、容鳥だけでなく、つれない恋人を思い悩み、いつまでも泣く悲しみをもち続ける男の比喩でもある。

ちなみに、容鳥は、必ずしも明らかではないが、容姿の美しい鳥をいうようである。

『万葉集』では、大伴池主《いけぬし》も、

山《やま》びには　桜花散《さくらばなち》り　かほ鳥《とり》の　間《ま》なくしば鳴《な》く……

（『万葉集』巻十七―3973）

と歌っている。

かほ鳥《とり》の　間《ま》なくしば鳴《な》く　春《はる》の野《の》の　草根《くさね》の繁《しげ》き　恋《こひ》もするかも

（『万葉集』巻十―1898）

この歌は、容鳥が絶え間なく鳴く春の野の草のように、わたくしも盛んに恋をしている、という意味である。

奈良《なら》の都《みやこ》は　かぎろひの　春《はる》にしなれば　春日山《かすがやま》　三笠《みかさ》の野辺《のへ》に
桜花《さくらばな》　木《こ》の暗隠《くれがく》り　かほ鳥《とり》は　間《ま》なくしば鳴《な》き……

（『万葉集』巻六―1047）

奈良の都は、春になれば、春日山や三笠の野辺では、桜の花の木陰に隠れ、容鳥が絶え間なく鳴いていて、という意味である。

「田辺福麻呂《さきまろ》歌集」に収められた長歌の一節であるが、奈良の都を懐かしむ想いが詠まれている。

天平十三（七四一）年閏三月の詔《みことのり》に「五位《ごゐ》以上《いじゃう》、意《こころ》の任《まま》に、平城《へいぜい》に住《す》むことを得《え》ざれ。如事故有《もしじこあ》らば、応《まさ》に退帰《たいき》すべし」（『続日本紀』）とあり、五位以上の高官は、新都とされた甕原宮《みかのはらのみや》に、強制的に移住させられたのである。「平《へい》城《ぜい》に現《げん》に在《あ》る者《もの》は、今日《けふ》の内《うち》を限《かぎ》り、悉《ことごと》く皆《みな》、催《もよほ》し発《たた》せよ」として、ことごとく、平城京から退居させられた。そのため、栄華を誇った奈良の都は荒れ果てた。

だが、恭仁《くに》京とも称した甕原宮もわずか四年で廃都となったのである。

三香原《みかのはら》　久邇《くに》の都《みやこ》は　荒《あ》れにけり　大宮人《おほみやひと》の　うつろひぬれば

（『万葉集』巻六―1060）

は、その時の歌である。

まなご（真砂）

和歌の浦「紀伊国名所図会」

八百日行《やほかゆ》く　浜《はま》の沙《まなご》も　我《あ》が恋《こひ》に　あにまさらじか　沖《おき》つ島守《しまもり》
（『万葉集』巻四―596）

八百日という、長い期間をかけて歩き続けるほどの長い浜にある真砂も、わたくしの恋の悩みの数には、とうてい及ばない、沖の島守さんよ、という意味であろう。

ちなみに、この歌は『古今和歌六帖』に、

なぬか行《ゆ》く　浜《はま》のまさごと　我《わ》が恋《こひ》と　いづれまされり　沖《おき》つ白浪《しらなみ》
（『古今和歌六帖』四）

と、改められて収められている。

数の多さの比喩に、「浜の真砂」という言葉が用いられているが、『古今和歌集』の「仮名序」にも、「この度《たび》、集《あつ》め選《えら》ばれて、山下水《やましたみづ》の、絶《た》えず、浜《はま》の真砂《まさご》の、数多《かずおほ》く積《つも》りぬれば」とある。

相模道《さがむぢ》の　余呂伎《よろぎ》の浜《はま》の　真砂《まなご》なす　児《こ》らはかなしく　思《おも》はるるかも
（『万葉集』巻十四―3372）

相模国の余呂伎の浜の真砂ではないが、愛子《まなご》がいとおしく思われる、という意味である。

これは、「真砂」から、同音異義の「愛子」を引き出す歌となっている。

相模の余呂伎は、相模国余綾《よろぎ》郡余綾郷であろう。余呂伎の浜は、現在の神奈川小田原市国府津から、東の中郡二宮町にかけての海浜である。平安朝以後は「こゆるぎの浜」と呼ばれた浜である。

潮満《しほみ》てば　水沫《みなわ》に浮《う》かぶ　砂《まなご》にも　我《わ》はなりてしか　恋《こ》ひは死《し》なずて
（『万葉集』巻十一―2734）

潮が満ちてくると、水泡に浮かぶ細かい砂に、わたくしはなりたいと思う、苦しい恋のために死んでしまうよりも、という意味である。

波にもてあそばれても、無心の砂になれば、死ぬような恋の苦しさも経験せずにすむ、といっているのであろう。

衣手《ころもで》の　真若《まわか》の浦《うら》の　まなご地《つち》　間《ま》なく時《とき》なし　我《あ》が恋《こ》ふらくは
（『万葉集』巻十二―3168）

真若の浦の真砂のように、それこそ間なく、あなたを想わない時はない、わたくしが恋しく思うのは、の意である。

真若の浦は、一説には、和歌山市の和歌の浦とするが、必ずしも明らかではない。

真砂は、細かい砂のことで、「まさご」とも呼ばれるものである。

『和名抄』にも、真砂は繊砂のことで、和名は「以佐古《いさこ》」、「一《いつ》に云《い》ふ『須奈古《すなこ》』」とも呼んでいると記されている。

『万葉集』では、もっぱら「万奈古《まなこ》」と詠まれているが、この言葉が、万葉の人々から愛されたのは、おそらく、「愛子」と同音であったためであろう。

先の「余呂伎の浜」の歌（『万葉集』巻十四―3372）も、まさに「マナゴ」を、「真砂」と「愛子」にかけている歌である。

まひはせむ（賂はせむ）

ホトトギス「北斎叢画花鳥画譜」

若《わか》ければ　道行《みちゆ》き知《し》らじ　賂《まひ》はせむ　下《した》への使《つか》ひ　負《お》ひて通《とほ》らせ
（『万葉集』巻五―905）

山上憶良のこの歌は、幼くして亡くなった古日《ふるひ》と呼ばれる愛子《まなご》が、冥土の道をたどるのを悲しんで歌ったものである。その愛子の古日は、作者にとっては、

世《よ》の人《ひと》の　貴《たふと》び願《ねが》ふ　七種《ななくさ》の　宝《たから》も我《われ》は　何《なに》せむに　我《わ》が中《なか》の　生《う》まれ出《い》でたる　白玉《しらたま》の……
（『万葉集』巻五―904）

と述べられているように、いわば掌中の玉であった。そのいとしい子が、急に亡くなってしまうのである。

冒頭の歌は、あまりに幼いので、あの世に旅立つ道も判らないだろう。冥土のことを司る役人に賄賂《わいろ》を送り、地下へ赴く冥路を背負って通してやっておくれ、という意味である。

「まひなひ」（賄賂）は、金品などを贈って、便利をうることである。

「継体紀」二十一年六月条には、新羅《しらぎ》の国が筑紫君磐井《つくしのきみいわい》に「密《ひそか》に貨賂《まひなひ》を……行《おく》りて」と記されている。

しかし、神に捧げものをする場合も、「まひなひ」と称していたようである。「仲哀紀」八年九月条に、新羅遠征の無事を祈る時、神功《じんぐう》皇后に神より「天皇《すめらみこと》の御船《みふね》、及《およ》び穴門直践立《あなとのあたひほむたち》の献《たてまつ》れる水田《こなた》、名《なづ》けて大田《おほた》といふ、是等《これら》の物《もの》を以《も》て幣《まひな》ひたまへ」と託宣があったと記されている。

天《あめ》にます　月読《つくよみ》をとこ　賂《まひ》はせむ　今夜《こよひ》の長《なが》さ　五百夜継《いほよつ》ぎこそ
（『万葉集』巻六―985）

湯原王のこの歌は、天におられる月読命よ、特別に贈り物を差しあげよう。今夜は特別の日だから、五百日の夜が続くような長さにしてほしい、の意である。

「月読をとこ」は、神話にあられる月読命であろうが、月は、太陰と称されるように、本来は女性神である。しかし、太陽神が天照大神という女神であるため、月読命はそれに対して、男性神とされていったようである。また「月読」の名は、月の姿の変化で、日を数えることより起こる言葉である。それに対し、太陽の移り変わりで日を数えるのが日読《かよみ》、つまり暦《こよみ》である。

橘《たちばな》の　花《はな》を居散《ゐち》らし　ひねもすに　鳴《な》けど聞《き》きよし　賂《まひ》はせむ　遠《とほ》くな行《ゆ》きそ　我《わ》がやどの　花橘《はなたちばな》に　住《す》み渡《わた》れ鳥《とり》
（『万葉集』巻九―1755）

橘の花の木に止まっては、花を散らしたりして一日中鳴いているが、その鳴き声は、決して悪くはない。贈り物をするから遠くに行かないでほしい。わたくしの家の花橘に住みついておくれ、霍公鳥《ほととぎす》よ、という意味である。

万葉の人々は、ほととぎすを、異常と思われるほど、愛好したようである。

我《わ》がやどに　咲《さ》けるなでしこ　賂《まひ》はせむ　ゆめ花散《はなち》るな　いやをちに咲《さ》け
（『万葉集』巻二十―4446）

わたくしの家に咲いている撫子の花よ、贈り物をしよう。だから、決して散るなよ。むしろ、一層若返って咲いてくれ、という意味である。

この歌を詠んだ丹比国人《たじひのくにひと》は、左大臣の橘《たちばなの》諸兄《もろえ》に、撫子の花を献ずる時、撫子の花に、こう呼びかけていたのである。

まよごもり（繭隠り）

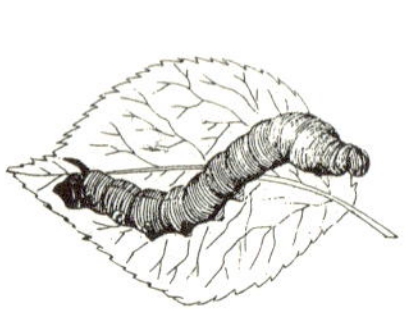

カイコ「博物全志」

たらつねの　母《はは》が飼《か》ふ蚕《こ》の　繭隠《まよごも》り　隠《こも》れる妹《いも》を　見《み》むよしもがも

（『万葉集』巻十一―2495）

母が飼っている蚕の繭ごもりのように、家にじっと籠もっている恋人を、どうにか見る手立てがないものか、という意味である。

蚕は「コ」と訓《よ》まれるが、「かいこ」と称するのは、「飼い蚕」の意であり、昔より、人の手によって飼われてきたからである。

律令時代の「賦役令《ふやくりょう》」という民衆の負担を定めた法令の中にも、まず最初に「調《ちょう》の絹《きぬ》、絁《かとり》」をあげている。

そこには、「細《ほそ》きを絹《きぬ》となし、麁《ふとき》を　絁《あらききぬ》《あらきあしぎぬ》となす」と記されている。蚕の繭を、そのまま糸に紡いだものが絹である。それに対し、繭を喰い破って蛾が出たあとの繭をつなぎ合せた糸で織った、ややごつごつとした表面をした絹織物が「絁」である。

「田令《でんりょう》」では、蚕のための桑を植えることが規定され、上戸は桑三百根、中戸は桑二百根、下戸は百根植えることが課せられていた。

たらちねの　母《はは》が飼《か》ふ蚕《こ》の　繭隠《まよごも》り　息《いき》づき渡《わた》り　我《あ》が恋《こ》ふる　心《こころ》のうちを　人《ひと》に言《い》ふ……

（『万葉集』巻十三―3258）

の歌にも同じような「たらちねの　母が飼ふ蚕の　繭隠り」という文句が用いられている。この歌は、心の中に密かに抱く恋心を、蚕の繭隠りのように、なかなか外へ表すことのできない、鬱積した気持ちを述べたものであろう。

たらちねの　母《はは》が飼《か》ふ蚕《こ》の　繭隠《まよごも》り　いぶせくもあるか　妹《いも》に逢《あ》はずして

（『万葉集』巻十二―2991）

この歌で、特に興味を引くのは、「いぶせくもあるか」という言葉である。「いぶせし」は、うっとうしいとか、気が晴れぬとか、気づまりなどの意に用いられるが、この歌では、万葉仮名で「馬声《い》蜂音《ぶ》石花《せ》蜘蟵荒鹿《くもあるか》」と記している。馬の嘶《いな》きの声を「イ」とし、蜂の羽音を「ブ」とする擬音で表記しているのである。

次に「石花」であるが、貝類、特に牡蠣《かき》のことで（文明本『節用集』）、この「石花」を「セ」の音に当てている。どうも念のいった表記である。

『万葉集』においても、「不尽山《ふじさん》を詠《よ》みし歌《うた》」に、

くすしくも　います神《かみ》かも　石花《せ》の海《うみ》と　名付《なづ》けてあるも……

（『万葉集』巻三―319）

として「石花」を「せ」と訓《よ》んでいる。ここでいう「石花の海」は、現在の精進湖と西湖にわたる古名である。「石花」は、甲殻類の「セ（カメノテの古称）」が、海中の岩石に花のように付着することにもとづく表記であると説かれている。

さらに、「くもあるか」に、「蜘蟵荒鹿《くもあるか》」の文字を当てているが、これも蜘蛛が、糸をやたらに張って、人をうっとうしくさせることを意識した表現であろう。

「神代記」でも、「万《よろづ》の神《かみ》の声《こゑ》は、狭蠅那須満ち《さばえなすみ》」と表現しているが、すべて身の回りの現象を、比喩的にとらえて、端的に表現しているところに、古代の人々のユーモアのセンスが窺《うかが》えるのである。

まよねかく（眉根掻く）

藤原麻呂（後）「前賢故実」

大宰府の大監《だいげん》、大伴宿禰百代《ももよ》の恋歌に、次のようなものがある。

暇《いとま》なく　人《ひと》の眉根《まよね》を　いたづらに　掻《か》かしめつつも　逢《あ》はぬ妹《いも》かも

（『万葉集』巻四―562）

わたくしの眉毛をかゆがらせ、ひっきりなしに掻かせているのに、その予兆に反して、一向に恋人には逢うことができない、という意味である。

万葉の時代、恋の予兆とされるものは少なくないが、眉がかゆいというのもその一つであった。

月立《つきた》ちて　ただ三日月《みかづき》の眉根《まよね》掻《か》き　日長《けなが》く恋《こ》ひし　君《きみ》に逢《あ》へるかも

（『万葉集』巻六―993）

という相聞歌は、大伴坂上郎女《さかのうえのいらつめ》が、初月（三日月）を眺めながら、恋人に逢える感慨を歌ったものである。

夜空には、三日月が望まれるが、わたくしは、その三日月と同じように描かれた三日月眉をしきりに掻き、長い間、恋い焦がれているあなたに逢えたのだなあ、という意味である。

坂上郎女は、大伴旅人の異母妹に当たるが、穂積皇子《ほづみのみこ》や藤原麻呂《まろ》などにも愛され、大伴宿奈麻呂《すくなまろ》に嫁した、恋多き女性であったといわれている。

犬養孝氏は、彼女の傑作の歌として、

夏《なつ》の野《の》の　繁《しげ》みに咲《さ》ける　姫百合《ひめゆり》の　知《し》らえぬ恋《こひ》は　苦《くる》しきものそ

（『万葉集』巻八―1500）

を挙げている。

眉根《まよね》掻《か》き　鼻《はな》ひ紐《ひも》解《と》け　待《ま》つらむか　いつかも見《み》むと　思《おも》へるわれを

（『万葉集』巻十一―2408）

「眉根掻き」、「鼻ひ（くしゃみ）」、「（下）紐解け」は、すべて当時、恋の予兆として信じられていたものである。それら全部を体験しているが、一体、いつ恋人と逢えるのだろうか、いつも恋しく思っているわたくしは、という意味の歌である。

眉根《まよね》掻《か》き　下《した》いふかしみ　思《おも》へるに　古人《いにしへびと》を　相見《あひみ》つるかも

（『万葉集』巻十一―2614）

眉を掻いていて、心の中でおかしいなと思っていたら、昔のなつかしい友に逢うことができた、という意味である。

この歌には、「或る本に曰く」として、

眉根《まよね》掻《か》き　誰《たれ》をか見《み》むと　思《おも》ひつつ　日長《けなが》く恋《こ》ひし　妹《いも》に逢《あ》へるかも

眉根《まよね》掻《か》き　下《した》いふかしみ　思《おも》へりし　妹《いも》がすがたを　今日《けふ》見《み》つるかも

と註されている。

眉を掻くと、想う人に会えるというのは、あくまで俗信に過ぎないが、当時にあっても、恋の成就は決して容易なものでなかったから、恋人達はせめてもの望みを、予兆にかけていたのであろう。それゆえ、眉がかゆくなり、眉を掻くと、恋人に逢えると強く信じられてきたのである。

みかさやま（三笠山）

三笠山「南都名所集」

三笠山は、奈良の春日大社の背後の山として有名である。

この山容が、笠を伏せたような形であることから、御笠山《みかさやま》と呼ばれたのである。「御笠」と敬語で称するのは、天皇の高御座《たかみくら》にかけられる天蓋《てんがい》の意味を表すことによる。そのため、「高座の」が、三笠山の枕詞として用いられてきたのである。

山部赤人の、

春日《はるひ》を　春日《かすが》の山《やま》の　高座《たかくら》の　三笠《みかさ》の山《やま》に　朝去《あささ》らず　雲居《くもゐ》たなびき……

（『万葉集』巻三―372）

の歌は、春日の山の三笠山に、朝ごとに、雲はたなびいている、という意味である。

春日山は、三笠山の東に連なる山であるが、これらの山は、春日大社の境内にある山となっている。三笠山の山頂には、春日大社の本宮神社が祀られ、神山として、古来より尊崇されてきた。

この長歌に添えられた反歌は、

高座《たかくら》の　三笠《みかさ》の山《やま》に　鳴《な》く鳥《とり》の　やめば継《つ》がるる　恋《こひ》もするかも

（『万葉集』巻三―373）

という恋の歌である。

三笠山に鳴く鳥が、鳴き止んだかと思うと、また鳴き出すように、わたくしも、同じような恋をしている、という意味である。

つまり、切れたかと思うと、またふたたび恋をする、というのであろう。

君《きみ》が着《き》る　三笠《みかさ》の山《やま》に　居《ゐ》る雲《くも》の　立《た》てば継《つ》がるる　恋《こひ》もするかも

（『万葉集』巻十一―2675）

あなたが、いつも頭にかぶる御笠ではないが、三笠の山に、あとからあとからわいて立ち昇る雲のように、絶え間ない恋を、わたくしはしている、という意味であろう。

妹待《いもま》つと　三笠《みかさ》の山《やま》の　山菅《やますげ》の　止《や》まずや恋《こ》ひむ　命《いのち》死なずは

（『万葉集』巻十二―3066）

あなたを待っているが、三笠山の山菅の「やま」ではないが、止まずに、あなたを恋い慕うであろう、命が続く限り、という意味である。

春日《かすが》なる　三笠《みかさ》の山《やま》に　居《ゐ》る雲《くも》を　出《い》で見《み》るごとに　君《きみ》をしそ思《おも》ふ

（『万葉集』巻十二―3209）

どうも、三笠山は、雲と関係が深かったようである。それも、雨笠が常に連想されていたのであろう。

しぐれの雨《あめ》　間《ま》なくし降《ふ》れば　三笠山《みかさやま》　木末《こぬれ》あまねく　色《いろ》づきにけり

（『万葉集』巻八―1553）

は大伴稲公の歌である。安倍虫麻呂の、

雨隠《あまごも》る　三笠《みかさ》の山《やま》を　高《たか》みかも　月《つき》の出《い》で来《こ》ぬ　夜《よ》はふけにつつ

（『万葉集』巻六―980）

という歌の「雨隠る」は、「笠」に掛かる枕詞である。

だが、三笠山といえば誰もが思い出すのが、安倍仲麿の次の歌であろう。

あまの原《はら》　ふりさけ見《み》れば　春日《かすが》なる　三笠《みかさ》の山《やま》に　いでし月《つき》かも

（『古今和歌集』巻九・羈旅歌―406）

みけつくに（御食つ国）

大鮑の真珠を採る図「播磨名所順覧図会」

わご大君《おほきみ》　国知《くにし》らすらし　御食《みけ》つ国《くに》　日《ひ》の御調《みつき》と　淡路《あはぢ》の　野島《のしま》の
海人《あま》の　海《わた》の底《そこ》　沖《おき》ついくりに　鮑玉《あはびたま》　さはに潜《かづ》き出《で》　船並《ふねな》めて
仕《つか》へ奉《まつ》るが　尊《たふと》き見《み》れば

（『万葉集』巻六―933）

わが大君が、お治めになる、貢ぎ物を捧げる淡路の国の野島の海人が、海底にもぐって、鮑玉を多く取り出している。彼等が船を並べて、天皇に奉仕している姿も、尊いことだとわたくしは拝見している、という意味である。

この淡路の野島は、現在の淡路島の北淡町野島蟇浦《ひきのうら》である。野島の海人であるが、これは、早くから史料に現れている。

たとえば、「履中紀」即位前紀に、阿曇連浜子《あずみのむらじはまこ》の命令で、野島の海人が、皇太子（後の履中天皇）の暗殺を試みて、捕えられた話が伝えられている。おそらく、阿曇氏の配下にあった海人集団であったが、これを契機に、朝廷に奉仕する海部《あまべ》となったことを伝える物語であろう。

ところで、「御食つ国」であるが、「御食」は、天皇の召し上がる食料であり、「御食つ国」は、天皇に食物を献ずる国として、定められていたところである。「御食《みけ》」は「御禾《みか》」である。禾《か》は、稲科の類の植物であるが、この禾（ka）が、早くから訛《なま》って毛（ke）と呼ばれていたのである。

それゆえ、「御食つ国」を「御毛津国」と表記することも少なくない。豊前国の上毛郡《かみつけぐん》、下毛郡《しもつけぐん》は三毛郡《みけぐん》が、二つに分割されたところである。上毛郡を『筑後国風土記』逸文では、上膳郡と記していることから、三毛は御食であり、神や天皇に食膳を献する意であることが、お判りになるだろう。

御食《みけ》つ国《くに》　志摩《しま》の海人《あま》ならし　ま熊野《くまの》の　小船《をぶね》に乗《の》りて　沖辺《おきへ》漕ぐ
見《み》ゆ

（『万葉集』巻六―1033）

御食の国である、志摩の海人であるらしい。熊野の小船に乗って、沖辺を漕いでいるのが見える、という意味である。

志摩の国は、伊勢神宮に御食を献ずる国であった。

『古事記』の猿田毘古神《さるたひこのかみ》の条に「島《しま》の速贄《はやにへ》献《たてまつ》る」とあるが、これは、志摩の速贄をいうようである。速贄は初物の献上品のことである。

『三代実録』元慶六（八八二）年十月条に、「志摩国《しまのくに》の年貢《ねんぐ》の御贄《みにへ》四百《しひゃく》卅《さんじふ》一荷《いっか》、近江《あふみ》、伊賀《いが》、伊勢《いせ》らの国《くに》をして、駅伝《えきでん》して貢進《こうしん》せよ」と記されている。

ちなみに、伊勢国度会郡《わたらい》には、「御食《みけ》の社《やしろ》」が祀られているし、『延喜式』主税上には、「志摩国《しまのくに》の御贄《みにへ》を供《きょう》する潜女《かつきめ》卅人《さんじふにん》」などと見える。

やすみしし　わご大君《おほきみ》　高照《たかて》らす　日《ひ》の皇子《みこ》の　聞《き》こし食《を》す　御食《みけ》
つ国《くに》　神風《かむかぜ》の　伊勢《いせ》の国《くに》は……

（『万葉集』巻十三―3234）

天下を治めるわが大君、輝く日の皇子が治め給う、御食を献ずる国の伊勢の国は、という意味である。

漁を職とする部民「磯部《いそべ》」を「伊勢部《いせべ》」と表記することからも判るように、伊勢は磯に面した国であり、早くから、伊勢の海の産物を、伊勢神宮の御食として献じていた。

みけむかふ　(御食向かふ)

神前への供物「百人女郎品定」

御食向《みけむ》かふ　城上《きのへ》の宮《みや》を　常宮《とこみや》と　定《さだ》めたまひて……

(『万葉集』巻二―196)

この長歌の一節は、柿本人麻呂が、明日香皇女《あすかのひめみこ》の木瓱《きのへ》(城上)の殯宮《あらきのみや》で詠んだ挽歌である。

城上の宮を、永久の宮殿と御定めになって、という意味である。

明日香皇女は、天智天皇の皇女で、忍壁皇子《おさかべのみこ》の妃となられた方である。

『続日本紀』文武天皇四(七〇〇)年四月条に「明日香皇女薨《あすかのひめみここう》ず。……天智天皇の皇女《ひめみこ》なり」と記している。

この挽歌の中には、「御食向かふ」という言葉が見られる。文字通りに解すれば、神や天皇に供する食事を、向かい合ってならべることであるが、そこに供される食物の名と、同じ音の枕詞としても用いられたのである。

この歌では、「葱《き》」と同じ音の、「城上《きのへ》」に掛けられている。

城上は、「武烈紀」三年十一月条に、「大伴室屋大連《おほとものむろやのおほむらじ》に詔《みことのり》して、『信濃国《しなののくに》の男丁《よほろ》を発《おこ》して、城《き》の像《かたち》を水派邑《みまたのむら》に作《つく》れ』とのたまふ。仍《よ》りて城上《きのへ》と曰《い》ふ」とあるが、おそらく、大和国広瀬郡城戸郷であろう。現在の奈良県北葛城郡広陵町である。

見《み》る人《ひと》の　語《かた》りにすれば　聞《き》く人《ひと》の　見《み》まく欲《ほ》りする　御食向《みけむ》かふ
味経《あぢふ》の宮《みや》は　見《み》れど飽《あ》かぬかも

(『万葉集』巻六―1062)

見る人が語り種《ぐさ》にすれば、それを聞いた人は必ず見たくなるものだ。その話題になっている味経《あぢふ》の宮は、何度見ても見飽きることはない、という意味である。

この長歌は「難波宮《なにはのみや》にして作《つく》りし歌《うた》」と題されるように、難波宮で詠まれた讃歌の一節である。

味経(味原)の宮は、摂津国東生郡味原郷に営まれた宮殿である。

「孝徳紀」白雉《はくち》《しらきぎす》元(六五〇)年正月条に、「車駕《すめらみこと》、味経宮《あぢふのみや》に幸《いでま》して」とあるが、味経を「阿《あ》膩《ぢ》賦《ふ》」と訓《よ》むと註されている。難波の長柄宮《ながらのみや》に近い海辺に置かれた宮である。

神亀二(七二五)年十月に、聖武天皇は難波の宮に行幸されたが(『続日本紀』)、『万葉集』の笠朝臣金村《かさのあそみかなむら》の歌にも「冬十月《ふゆかみなづき》、難波宮《なにはのみや》に幸《みゆき》したまひし時《とき》」とあり、

味経《あぢふ》の原《はら》に　もののふの　八十伴《やそとも》の男《を》は　廬《いほ》りして、都《みやこ》なしたり
旅《たび》にはあれども

(『万葉集』巻六―928)

と歌っている。

御食向《みけむ》かふ　南淵山《みなぶちやま》の　巌《いはほ》には　降《ふ》りしはだれか　消《き》え残《のこ》りたる

(『万葉集』巻九―1709)

南淵山の巌に降った薄雪は、まだ消え残っているだろうか、の意である。

この「御食向ふ」は、御食に用いられる貝の蜷《みな》に掛かる枕詞であるという。ちなみに、先の「味経の宮」の場合は、鳥の「鶴《あぢ》」と同音であることによって、「御食向かふ」が枕詞として冠せられたのである。

みごもりに　（水隠りに）

藤原朝忠「聯珠百人一首」

水隠《みごも》りに　息《いき》づき余《あま》り　速川《はやかは》の　瀬《せ》には立《た》つとも　人《ひと》に言《い》はめやも　（『万葉集』巻七―1384）

たとえ、水の中に入って身を隠し、苦しくなって息を吐いたり、あるいは、危険な流れの速い川瀬に立つことがあっても、あなたとのことを、決して人には言わない、という恋の誓いの歌であろう。

真薦《まこも》刈《か》る　大野川原《おほのがはら》の　水隠《みごも》りに　恋《こ》ひ来《こ》し妹《いも》が　紐解《ひもと》く我《あれ》は　（『万葉集』巻十一―2703）

真薦を刈る大野川の川原が、水びたしで見えないように、人に隠れて恋してきたが、わたくしの恋人は、ついに紐を解いてくれる、という恋の成就を喜ぶ歌である。

ここに見える大野川は、いずれの川であるかは詳《つまび》らかではないが、島根県の松江市上大野町から、南に流れて入海に入る川ともいわれている。あるいは、信濃国の梓川の源流の大野川ともいう。

だが、この『万葉集』の歌の前後は、ほぼ大和の歌であるから、奈良県の斑鳩《いかるが》町の大野を流れる川であろう。

『延喜式』諸陵墓の条に「大野墓」と見える。これは、光仁天皇の妃、高《たか》野新笠《ののにいがさ》の墓である（『続日本紀』延暦八年十二月条）。現在でも、斑鳩町高安に、御《み》墓《はか》という字名が残されている。

これらのことから、富雄川の下流域が、大野川ではないかと考えられている。

青山《あをやま》の　磐垣沼《いはかきぬま》の　水隠《みごも》りに　恋《こ》ひやわたらむ　逢《あ》ふよしをなみ　（『万葉集』巻十一―2707）

青山の岩に囲まれた沼の水が、深く人目につかないように、わたくしは、忍んで恋し続けなければならないのだろうか、という意味である。

「磐垣沼」と同じような、「磐垣淵」は、『万葉集』に、

玉《たま》かぎる　磐垣淵《いはかきふち》の　隠《こも》りには　伏《ふ》して死《し》ぬとも　汝《な》が名《な》は告《の》らじ　（『万葉集』巻十一―2700）

とある。

岩垣淵のように、人に知られず、わたくしが、たとえ心の痛手をうけて倒れ伏すことがあっても、決して、あなたの名を人には告げない、という意味であろう。

今まで見てきたように、『万葉集』には、「水隠る」という言葉が好んで用いられてきたが、実際に、水の中に身を沈めるということではなく、人に知られずとか、心に秘める意に用いられているようである。言葉をかえていうならば、自分の胸に秘めた、人に知られぬ恋心のことである。

平安朝に入っても、この慣用句は好まれ、天徳内裏《てんとくだいり》の歌会でも、藤原朝忠《あさただ》が、

人《ひと》づてに　知《し》らせてしかな　隠《かく》れ沼《ぬ》の　みごもりにのみ　恋《こ》ひやわたらん　（『新古今和歌集』巻十一・恋歌一―1001）

という歌を詠んでいる。藤原朝忠は、右大臣定方《さだかた》の息子で、土御門中納言《つちみかどのちゅうなごん》と称された、三十六歌仙のひとりである。

みそぎ（禊ぎ）

伊勢神宮五十鈴川「西国三十三名所図会」

八代女王の、

君《きみ》により　言《こと》の繁《しげ》きを　故郷《ふるさと》の　明日香《あすか》の川《かは》に　みそぎしに行《ゆ》く

（『万葉集』巻四—626）

という歌は、あなたのせいで、人の噂がひどいので、故郷の明日香川に禊《みそぎ》をしに行く、という意味である。

八代女王《やしろのおおきみ》は、『続日本紀』天平九（七三七）年二月条に、「无位《むゐ》矢代王《やしろのおほきみ》に正五位下を授《さづ》く」とあるが、淳仁天皇の天平宝字二（七五八）年十二月には、「従四位下《じゅしいのげ》矢代女王《やしろのおほきみ》の位記《いき》を毀《やぶ》る。先帝《せんてい》に幸《こう》せらるを以《も》って、志《こころざし》を改《あらた》むるを以《も》ってなり」と記されている。

これらの矢代女王は、八代女王と同一人物といわれている。だが、「先帝に幸せらる」とあるが、それはいかなるものか、『続日本紀』の記事だけでは必ずしも明らかではない。先帝は孝謙天皇（女帝）や聖武天皇であろうが、具体的に、それがどの天皇であったかは判らないのである。

しかし、八代女王の先の歌には「天皇《てんわう》に献《たてまつ》りし歌」という詞書《ことばがき》があるが、この天皇は聖武天皇であろう。

天皇との間に、あらぬ噂が立ったので、奈良の都から故郷の明日香の京に、禊をしに帰ったのである。

「禊」は、日本に古来より伝わる宗教的行事で、神聖な海や川の水で、穢《けが》れを除き、新しい命に甦生し、身の潔白を示すことであった。

『古事記』の「神代記」に、黄泉《よみ》の国より帰った伊邪那伎神《いざなぎのかみ》は、「穢《きたな》き国《くに》に到《いた》りて在《あ》り祁理《けり》。故《かれ》、吾《あ》は御身《みみ》の禊為《みそぎせ》む」といわれ、筑紫《つくし》の日向《ひむか》の橘《たちばな》の小門《おど》にて、禊《みそ》ぎ、祓《はら》われたと記されている。

その際に、「上《かみ》つ瀬《せ》は瀬速《せはや》し。下《しも》つ瀬《せ》は瀬弱《せよわ》し」と申され、中瀬で身を滌《すす》がれたとある。

この禊の話は、神話に過ぎないと思われるかもしれないが、禊の本質を実によく伝えていると、わたくしは考えている。

第一に、禊の場所は、「日向の橘の小門」とされていることである。禊は、甦生を願うものであったから、日向の地が、最適な場所であったのである。日向は、「東《ひむか》」の地で、太陽が甦生して昇るところであると考えられていたからである。

また、「橘」は、常世《とこよ》の国からもたらされた「非時《ときじく》の香菓《かくのみ》」（『垂仁紀』）を意味するのである。

常世の国より流れてくる聖水の中に、身を沈めて、ふたたび現れることが、禊の理性《りしょう》の姿であった、と意識されていたのである。

八代女王が、自らの故郷の明日香川で禊されたのも、この地が、天より霊鳥が飛来して、祝福を与える地と考えられていたからであろう。

飛鳥浄御原宮《きよみがはらのみや》におられた天武天皇が晩年に「朱鳥《あかみとり》《しゅちょう》」という元号を採用されたのは、祥瑞《しょうずい》の霊鳥と見るよりは、太陽神が遣わした、聖なる鳥が明日香の地を祝福し、永遠をもたらすとお考えになったから、と考えるべきではないだろうか。

八代女王が、ことさらに、故郷の明日香の川での禊を決意したのは、人目を避けること以上に、もっとも禊に適した所を求めたからではないだろうか。

みそのふ（御園生）

ケイトウ「大植物図鑑」

後《おく》れゐて　長恋《ながこひ》せずは　み園生《そのふ》の　梅《うめ》の花《はな》にも　ならましものを　（『万葉集』巻五―864）

その宴に間に合わず、ひとりでいつまでもあなたを恋い慕っているくらいならば、いっそ、あなたの家のお庭の梅の花になりたい。そうすれば、いつも愛されるだろうから、という意味である。

この園生《そのう》は、具体的には大伴旅人《おおとものたびと》の家の庭である。

「御園生」は、いうまでもなく、植物を栽培するための庭園を、尊敬を込めて呼ぶ言葉である。

梅は、春まだ浅き時期に、もろもろの花に先がけて咲く花として、中国の文人達に愛されていたが、日本の律令官人達も、梅をこよなく愛していたようである。

大伴旅人が、

我妹子《わぎもこ》が　植《う》ゑし梅《うめ》の木《き》　見《み》るごとに　心《こころ》むせつつ　涙《なみた》し流《なが》る　（『万葉集』巻三―453）

と歌うように、彼の園生には、愛妻の植えた梅の木が、存在していたのである。旅人はまた、

わが園《その》に　梅《うめ》の花散《はなち》る　ひさかたの　天《あめ》より雪《ゆき》の　流《なが》れ来《く》るかも　（『万葉集』巻五―822）

と「わが園の梅の花」を歌題として、梅の花をしばしば詠んでいる。もちろん、御園生には、梅の木だけが植えられたわけではない。

隠《こも》りには　恋ひて死《し》ぬとも　み園生《そのふ》の　韓藍《からあゐ》の花《はな》の　色《いろ》に出《い》でめやも　（『万葉集』巻十一―2784）

人に知られずに、恋い死にすることがあっても、わたくしは、きっと、あなたのお庭に咲く韓藍の花のように、色に出たりするだろうか、という意味である。この類歌として、

恋《こ》ふる日《ひ》の　日長《けなが》くしあれば　我《わ》が園《その》の　韓藍《からあゐ》の花《はな》の　色《いろ》に出《い》でにけり　（『万葉集』巻十―2278）

があるが、こちらの歌は、ついには色に出た、と歌っているのである。

この韓藍の花は、鶏頭《けいとう》（鶏冠草）のことであるという。

山部赤人《やまべのあかひと》も「我《わ》がやどに　韓藍蒔《からあゐま》き生《お》ほし」（『万葉集』巻三―384）と詠じているが、「韓藍」は、もともと、韓（加羅《から》）の地から、日本に輸入された、外来の華麗な花のことで、紅色の花汁をうつし染めに用いたようである。

み園生《そのふ》の　百木《ももき》の梅《うめ》の　散《ち》る花《はな》し　天《あめ》に飛《と》び上《あ》がり　雪《ゆき》と降《ふ》りけむ　（『万葉集』巻十七―3906）

この歌は、天平十二（七四〇）年十二月の大伴書持《かきもち》の作である。

庭園に植えられている数多くの梅の花が散ったが、その花が、天まで飛び上がって、雪となって降ってきた、という意味である。

書持は、大伴家持の弟であるが、どうやら歌の才は、兄より劣るようである。ただ、この歌のように、梅の花が「天に飛び上がり」という奇妙な表現を用いていることは、注目される。

みちのく（陸奥の）

安積山「東国名勝志」

陸奥《みちのく》の　真野《まの》の草原《かやはら》　遠《とほ》けども　面影《おもかげ》にして　見《み》ゆといふものを（『万葉集』巻三―396）

陸奥の真野の草原は本当に遠いけれど、その面影は見えるというのに、あなたの面影は、浮かんでこない、という意味である。

笠女郎《かさのいらつめ》が、恋する大伴家持《おおとものやかもち》に贈った歌である。家持が、なかなか自分の恋心に応えてくれないため、思い切ってこの歌を伝えたのである。

この歌に見える陸奥国の真野の草原は、古くは、宮城県石巻市真野の地に比定されていたが、近年では、福島県南相馬市鹿島区を、その候補地とする考えが出されてきた。

いずれともあれ、都びとにとっては、陸奥は道の奥で、都から大変遠くにあり、そこには葦や萱が一面群生しているというイメージが、一般的であったようである。

『常陸国風土記』多珂郡の条に、「久慈《くじ》の堺《さかひ》の助河《すけかは》を以《も》ちて道前《みちのくち》と為《な》し、陸《みちの》奥《おく》の国石城《くにいはき》の郡《こほり》の苦麻《くま》の村《むら》を道後《みちのしり》と為《な》しき」と記されており、陸奥の境界が、このあたりと認識されていたことが知られるのである。

「道後」は、福島県双葉郡大熊町熊あたりである。

そうすると、真野の地とされる地域は、大熊町の北に位置することになる。

そこは都の人にとっては未知の世界であり、ながく荒振《あらぶ》る蝦夷《えみし》が蟠踞《ばんきょ》していたところと考えられていたのである（「景行紀」四十年七月条）。

『万葉集』に登場する東北の地域は、安積郡の「安積山《あさかやま》」（『万葉集』巻十六―3807）とか安達郡の「安達太良《あだたら》」（『万葉集』巻十四―3437）などに限られている。

安積山は、福島県郡山市日和田町の東方の山であり、安達太良山は、福島県の二本松市、郡山市、猪苗代町にまたがる山である。

都びとに認識されつつあったのは、陸奥の国の入口の地域に限られていたようである。

会津嶺《あひづね》の　国《くに》をさ遠《どほ》み　逢《あ》はなはば　偲《しの》ひにせもと　紐結《ひもむす》ばさね（『万葉集』巻十四―3426）

の歌でも、陸奥の国の会津国は、遠い辺境の地と見なされていたことが知られるのである。

ただ、東北地方の征圧過程で、安達太良地方で産する真弓が有名となり、それが歌題として歌われるようになってくるのである。

陸奥《みちのく》の　安達太良真弓《あだたらまゆみ》　弦著《つらは》けて　引《ひ》かばか人《ひと》の　我《わ》を言《こと》なさむ（『万葉集』巻七―1329）

のごとく安達太良真弓が、都びとの話題にのぼるようになる。

この歌は、弓を引くことを、相手の気を引くことに掛けた恋歌であり、安達太良真弓は、単に恋歌に援用されたに過ぎない。

奈良の大仏に使うための黄金が陸奥の小田から産出すると、喜びをもって迎えられるが（『万葉集』巻十八―4094）、それは、きわめて特殊なことであった。

みちのくま（道の隈）

逢坂山「東海道名所図会」

後《おく》れ居《ゐ》て　恋《こ》ひつつあらずは　追《お》ひ及《し》かむ　道《みち》の隈廻《くまみ》に　標結《しめゆ》へわが背《せ》

（『万葉集』巻二―115）

後に残されて、あなたのことを恋しく思っているくらいならば、あなたの行かれた道を、追いかけて行きたい。だから、道の曲がり角ごとに、必ず印を付けてほしい、わが愛する方よ、という意味である。

この歌は、朝命で近江の志賀の山寺へ派遣された恋人の穂積皇子《ほづみのみこ》を想い、但馬皇女《たじまのひめみこ》が詠んだ歌である。

志賀の山寺は、天智天皇七（六六八）年に建てられた崇福寺であるという。但馬皇女は、高市皇子《たけちのみこ》の皇妃であったが、いつしか穂積皇子に引かれて、恋愛関係に入っていった。

もちろん、このようなことは許されず、朝廷から、しばしば離間の策がなされたようである。穂積皇子が近江に派遣されたのも、そのためであったと考えられている。

「道の隈廻」は、道の曲がり角である。隈は、もともと、奥まった所をいうが、道や川の折れ曲がった所もいうようである。

「玉桙《たまほこ》の　道《みち》の隈廻《くまみ》に　草手折《くさたを》り」（『万葉集』巻五―886）と歌われるように、目標《めじるし》のために、草などを手折って置いたり、あるいは、枝にものを結びつけたりしたようである。

わたくしたちが、現在、本などにはさむ栞《しおり》も、もともとは、この「枝折《しお》り」に由来する。つまり、道の曲がり角に植物の枝を折って置き、あとから来る人の目標としたものが原義である。

近江道《あふみぢ》の　逢坂山《あふさかやま》に　手向《たむ》けして　我《わ》が越《こ》え行《ゆ》けば　楽浪《ささなみ》の　志賀《しが》の唐崎《からさき》　幸《さき》くあらば　またかへり見《み》む　道《みち》の隈《くま》　八十隈《やそくま》ごとに……

（『万葉集』巻十三―3240）

近江道の境である逢坂山に手向けをして越えて行くと、楽浪の唐崎に至った。もし幸い無事に帰ってこられるならば、ふたたびお目にかかれるであろう。そのために、わたくしは、道の曲がり角ごとに、標を置く、という意味である。

おおげさな歌のように思われるかもしれないが、実は、養老六（七二二）年、穂積朝臣老《ほづみのあそみおゆ》が、佐渡に流罪で赴く時の歌なのである。彼は十八年後、天平十二（七四〇）年に、恩赦で、やっと都に帰ることが許されたのである。

奈良《なら》の山《やま》の　山《やま》のまに　い隠《かく》るまで　道《みち》の隈《くま》　い積《つ》もるまでに　つばらにも　見《み》つつ行《ゆ》かむを……

（『万葉集』巻一―17）

は、有名な額田王《ぬかたのおおきみ》が、近江の大津宮に遷都により、故郷の大和国を去る時の別離の歌である。

奈良の山が、向こうの方に隠れるまで、道の曲がり角が、幾重にも重なるところまで、心ゆくばかり充分に見続けたい、という歌である。

まさに道の隈は、旅行く人の心を残す所であった。

みちのながてを
（道の長手を）

古代の官人「前賢故実」

飫宇《おう》の海《うみ》の　潮干《しほひ》の潟《かた》の　片思《かたもひ》に　思《おも》ひや行《ゆ》かむ　道《みち》の長手《ながて》を

（『万葉集』巻四―536）

この歌は、門部王《かどべのおおきみ》が出雲守の時代に、その地の娘子を娶《めと》り、間もなくお互いの往来もなくなってしまったが、やがて後悔して、自らの愛する心を彼女に贈った時のものである。

飫宇の海の潮が引いて、出現した潟の「カタ」ではないが、片思いであろうが、あなたの所へ、長い道をたどって、わたくしは行くだろう、という意味である。

飫宇の海は、出雲国意宇郡に面した海で、中海《なかうみ》のことであり、特に、意宇《おう》川が注ぎ込む、島根県八束郡東出雲町のあたりであろうと考えられている。

この歌で注目されるのは、「潮干《しほひ》の潟《かた》」の「カタ」が「片思」の「カタ」を導く言葉とされており、また、その「片思」の「思」が「思ひや行かむ」に続く言葉となっている点である。さらにいえば「飫宇の海」の「う」を連続させるなど、歌のしらべを巧みに操作して歌っていることである。

ところで、この歌の末尾に「道の長手」という言葉が用いられているが、これは、長い手を遠くまで延ばすように、道が延々と続くことを言い表したものである。

ぬばたまの　昨夜《きぞ》は返《かへ》しつ　今夜《こよひ》さへ　われをかへすな　道《みち》の長手《ながて》を

（『万葉集』巻四―781）

昨夜は、あなたはわたくしを、夜の明ける前に帰らせてしまった。今夜は、わたくしを、決して帰らせるようなことをしないでおくれ。わたくしは、長い道を歩いて来たのだから、という意味である。

万葉の時代は、今と異なり、真っ暗な道を、独りで歩き、恋人の許《もと》にかよっていったのである。それなのに、夜明けとともに、恋人の家を出て、ふたたび我が家に戻らなければならぬ男の身にとっては、今夜だけは帰してくれるな、という哀願には、切実なものがあったのであろう。

な行《ゆ》きそと　帰《かへ》りも来《く》やと　顧《かへり》みに　行《ゆ》けど帰《かへ》らず　道《みち》の長手《ながて》を

（『万葉集』巻十二―3132）

行かないで、帰ってきて、と言われたので、振り返りながら行くけれど、引き返しては来ない。これから行く長い道のりを、という意味である。

妻がしきりに引き止めようとしたけれど、夫は長旅に出るという歌である。もちろん夫としても、妻を置いて旅に出るのはたいへんつらく、妻が孤閨《こけい》のさびしさを味わわなければならないことは判っていた。おそらく、

旅《たび》にして　妹《いも》を思《おも》ひ出《い》で　いちしろく　人《ひと》の知《し》るべく　歎《なげ》きせむかも

（『万葉集』巻十二―3133）

というのが、夫の旅先での想いであったであろう。旅では家の妻を想い出し、他人にもはっきりとわかるほどの歎き方をするだろう、という意味である。

おそらく古代の旅は、今日と異なり、ほとんどが官命の旅であったから、夫としても朝廷の命令には逆らえず、やむなく旅立ったのであろう。

それを承知しながらも、妻は夫の行く先を心配して、夫をどうしても家にとどめたいという気持ちをおさえかねていた。

古代の旅はすべて「道の長手」の旅であった。

みづかきの（瑞垣の）

松浦佐用姫「絵本名紋尽」

娘子《をとめ》らが　袖布留山《そでふるやま》の　瑞垣《みづかき》の　久《ひさ》しき時《とき》ゆ　思《おも》ひきわれは

（『万葉集』巻四―501）

乙女《おとめ》達が、袖を振るという布留の山の石上《いそのかみ》神社の瑞垣のように、はるか昔から、あなたのことを想っていたという柿本人麻呂の相聞歌である。この歌とほとんど同じものが『万葉集』巻十一―2415にある。巻十一では「奇物陳《きぶっちん》思《し》」の歌、つまり、物に寄せて思いを陳べる歌として、再録されたのであろう。

「をとめ」は原文で「未通女」と書かれているように、未婚の女性を指している。

石上神社は、大和国山辺郡石上郷の布留に祀られていた、物部《もののべ》氏の斎《いつ》く神社である。

地名の「布留」は「古る」の意に解され、「久しき時」を導く言葉として用いられたのであろう。

そしてもちろん、乙女たちが袖を「振る」の意も含まれている。

乙女が「袖振る」というのは、一種の魂呼《たまよ》びの呪法で、恋人の心を自分の許《もと》にひきつけることであった。

『肥前国風土記』松浦郡の褶振《ひれふり》の峰の条には、任那《みまな》に赴く大伴狭手彦《さでひこ》を、弟日姫子《おとひひめこ》が、褶振の山に登り、「褶《ひれ》を用《も》ちて振《ふ》り招《を》きき」と記されている。

褶《ひれ》（領巾）は、首から肩に掛けるものであるが、このように身につけるもので「振り招く」ことにより、相手の魂を、わが身に寄びもどすことができると信じられていた。

ところで、冒頭の歌では神社の「瑞垣」が歌われているが、神霊の宿る聖なる場所を囲む垣の意で、「たまがき」と呼ばれることもある。

「崇神紀」によれば、崇神天皇三年九月に、「都《みやこ》を磯城《しき》に遷《うつ》す。是《これ》を瑞籬《みつかきの》宮《みや》と謂《い》ふ」とあるが、磯城はもともと、神域を石で敷きつめた場所をいう。

このような聖域に置かれた宮殿であったので、ことさらに、瑞籬宮と呼ばれたのであろう。ここには、天照大神と倭大国魂神《やまとのおおくにのみたまのかみ》が祀られていた（「崇神紀」六年条）。

瑞垣《みづかき》の　久《ひさ》しき時《とき》ゆ　恋《こひ》すれば　我《あ》が帯緩《おびゆる》ふ　朝夕《あさよひ》ごとに

（『万葉集』巻十三―3262）

久しい間、あなたに恋しているが、わたくしは次第に痩せて、朝夕ごとに帯が緩くなってくる、という意味である。

「衣帯が日に緩ふ」という表現は、『文選』の古詩などにも見えるようであるが、この歌は恋わずらいで身が痩せることであろう。

ところで、この「瑞垣の」という言葉は、『万葉集』を見る限り、必ず「久しき時ゆ」に掛かる枕詞として用いられている。

それは、神社の瑞垣（玉垣）が、永く久しく続くことから、「久し」にかかると説かれている。

『伊勢物語』にも、昔、帝が住吉に行幸された時、住吉の神が現れて、

むつましと　君《きみ》は白浪《しらなみ》　瑞垣《みづがき》の　久《ひさ》しき世《よ》より　いはひそめてき

（『伊勢物語』百十七段）

と歌われたとある。

みづくきの（水茎の）

楓林春をつつむ「和朝名勝画図」

ますらをと　思《おも》へる我《われ》や　水茎《みづくき》の　水城《みづき》の上《うへ》に　涙拭《なみたのご》はむ

（『万葉集』巻六―968）

この歌は、天平二（七三〇）年、大伴旅人《おおとものたびと》が、やっとのことで大宰帥《だざいのそち》の任を離れて、京に帰還するために、水城に至り、ここで見送りの人達と別れた時の歌である。

立派な男だと自負しているこのわたくしが、別れを惜しんで、水城の上で、涙を拭うのであろうか、という意味である。

大納言という顕職で、都に復活できるのは、本当にうれしいことであるが、旅人は大宰帥の時、九州まで一緒に連れてきた愛妻を、大宰府で亡くしている。そのため、旅人はかなり複雑な想いにかられていたのであろう。大宰府の境をなす水城を越えれば、亡妻の想い出の地を離れることになるからである。

それとともに、長い間、自分に忠実に仕え、時には酒を飲み交わし、歌のやりとりをした人達との別離もつらいのである。そのため、立派な男の目にも涙が浮かび、衣の袖で拭わざるを得なかったのであろう。

この歌の「水茎の」は、「水城」に掛かる枕詞として用いられている。

天霧《あまぎ》らひ　日方吹《ひかたふ》くらし　水茎《みづくき》の　岡《をか》の水門《みなと》に　波立《なみた》ち渡《わた》る

（『万葉集』巻七―1231）

空いっぱいに霧が立ちこめている。日方の風（日のある方から吹く風）が吹いているのであろうか。岡の港に波が一面に立っている、という意味である。

この歌では、「水茎の」は、「岡」に掛かる枕詞となっている。

「水門」は、舟着き場の意味であるが、古代にあっては、海に堤防を設けたり、舟着き場を築いたりすることは、きわめて困難であったので、川を少し遡った所に、船着き場を設けていたようである。そこが水門の場所であった。

秋風《あきかぜ》の　日《ひ》に異《け》に吹《ふ》けば　水茎《みづくき》の　岡《をか》の木《こ》の葉《は》も　色《いろ》づきにけり

（『万葉集』巻十―2193）

秋風が日増しに吹きつけるので、岡の木の葉も、すっかり黄葉してきたという意味であろう。

この歌の場合も、「水茎の」は「岡」に掛かる枕詞として用いられている。これは、水茎を瑞茎《みづき》の意に解して、みずみずしい茎の生える岡という意味から、枕詞になったとも考えられる。

「日に異に」という言葉は、

恋《こひ》にもそ　人《ひと》は死《し》にする　水無瀬川《みなせがは》　下《した》ゆ我痩《あれや》す　月《つき》に日《ひ》に異《け》に

（『万葉集』巻四―598）

などにも見られるが、日ごとに変わること、つまり、移り変わる意であろう。

水茎《みづくき》の　岡《をか》の葛葉《くずは》を　吹《ふ》き返《かへ》し　面知《おもし》る児《こ》らが　見《み》えぬころかも

（『万葉集』巻十二―3068）

岡の葛の葉が、風によって吹き返されるように、いつも顔をはっきり見せた娘が、この頃は見られない、という意味である。

みづほのくに（瑞穂の国）

イネ「大植物図鑑」

葦原《あしはら》の　瑞穂《みづほ》の国《くに》を　天地《あめつち》の　寄《よ》り合《あ》ひの極《きは》み　知《し》らしめす　神《かみ》の命《みこと》と　天雲《あまくも》の　八重《やへ》かき分《わ》けて　神下《かむくだ》し　いませまつりし　高照《たかて》らす　日《ひ》の皇子《みこ》は……

（『万葉集』巻二―167）

柿本人麻呂のこの長歌は、一種の叙事的な言葉で綴られているのが特徴である。

この挽歌《ばんか》は、草壁皇子《くさかべのみこ》が、皇太子でありながら、薨《こう》ぜられた時のものであるが、天孫降臨の物語から語りはじめている。

葦原《あしはら》の瑞穂《みづほ》の国を、天と地とが寄り合うような遠くの果てまでも、お治めになる神の御子として、天雲の八重をかき分けて、この地上に降りられた瓊《に》瓊杵尊《ぎのみこと》の直系の子孫である日の皇子《ひみこ》は、という意味であろう。

この長歌は、「神代紀」に、天照大神が、皇孫の瓊瓊杵尊に「葦原《あしはら》の千五百秋《ちいほあき》の瑞穂《みつほ》の国《くに》は、是《これ》、吾《あ》が子孫《うみのこ》の王《きみ》たるべき地《くに》なり」と仰せになり、天孫降臨を命ぜられたことと、同じ表現である。

「葦原の瑞穂の国」は、文字通りに解すれば、葦原を切り開いた水田に、みずみずしい稲穂が、たわわに実る国という意味であろう。

このように、皇統を称える歌として、大伴家持も、

葦原《あしはら》の　瑞穂《みづほ》の国《くに》を　天降《あまくだ》り　知《し》らしめしける　皇祖《すめろき》の　神《かみ》の命《みこと》の　御代重《みよかさ》ね……

（『万葉集』巻十八―4094）

と歌っている。

「中臣《なかとみ》の寿詞《よごと》」の一節にも、「皇孫《すめみま》の尊《みこと》は、高天《たかあま》の原《はら》に事始《ことはじ》めて、豊葦原《とよあしはら》の瑞穂《みづほ》の国《くに》を安国《やすくに》と平《たい》らけく知《し》ろしめして」と述べられている。

葦原《あしはら》の　瑞穂《みづほ》の国《くに》に　手向《たむ》けすと　天降《あも》りましけむ　五百万《いほよろづ》　千万《ちよろづ》神《かみ》の　神代《かみよ》より　言《い》ひ継《つ》ぎ来《き》たる　神奈備《かむなび》の　三諸《みもろ》の山《やま》は……

（『万葉集』巻十三―3227）

葦原の瑞穂の国に、手向けするために、天降られた、五百万、千万の神々の神代の昔から、人々が語り伝えてきた、神奈備山である三諸の山は、という意味である。

「神代紀」によれば、天照大神は、瓊瓊杵尊が天下られる際に、中臣の上《とほつ》祖天児屋命《おやあめのこやねのみこと》、忌部《いみべ》の上祖太玉命《ふとたまのみこと》、猿女《さるめ》の上祖天鈿女命《あめのうずめのみこと》、鏡作《かがみつくり》の上祖石《いし》凝姥命《こりどめのみこと》、玉作《たますり》の上祖玉屋命《たまのやのみこと》の五部の神を添えて、下らせたとある。

もちろん、この「五部の神」達は、すべて朝廷の祭祀関係の民族であるが、やはり天皇家は、神祭りをもっとも重視されていたことを示唆している。

それは、千五百秋の瑞穂の国は、穀霊神（瓊瓊杵尊）の子孫が、代々継承されると意識されていたからであろう。

ちなみに、「ニニギノミコト」の本義は、赤く熟した穀霊そのもので、高く積まれた稲穀の山（高千穂）に降り、新しい穀霊に甦生され、翌年の豊作を約束する神であったようである。

みなのわた（蜷の腸）

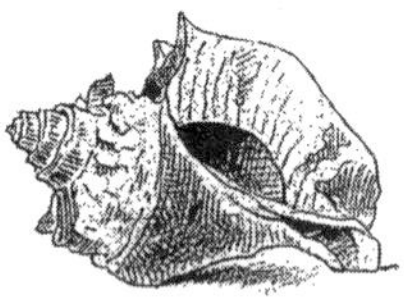

蜷（マキガイ）（明治期挿絵）

山上憶良のこの長歌は、「世間《せけん》の住《とど》まり難《がた》きを哀《かな》しみし歌《うた》」と題するように、いつの間にか年をとり、黒髪も白髪に変わっていくことを嘆く歌である。

時《とき》の盛《さか》りを　留《とど》みかね　過《す》ぐしやりつれ　蜷《みな》の腸《わた》　か黒《ぐろ》き髪《かみ》に　何《い》時《つ》の間《ま》か　霜《しも》の降《ふ》りけむ……　（『万葉集』巻五―804）

その反歌には、

常磐《ときは》なす　かくしもがもと　思《おも》へども　世《よ》の事《こと》なれば　留《とど》みかねつも　（『万葉集』巻五―805）

と、山上憶良は世の無常を歌っている。

それにしても「蜷の腸」という奇妙な表現が用いられている。

「蜷《みな》」は「蜷《にな》」つまり田螺《たにし》のことである。田螺の腸《はらわた》の色が青黒いので、「黒」に掛かる枕詞として用いられた。

あるいは、「蜷」の腸を焼くと、黒くなるからともいわれているが、当時の人々にとっては、よく知られたことであったのであろう。古代の人々の、ユーモアのある表現といってよいであろう。

天《あめ》なる　日売菅原《ひめすがはら》の　草《くさ》な刈《か》りそね　蜷《みな》の腸《わた》　か黒《ぐろ》き髪《かみ》に　あくたし付《つ》くも　（『万葉集』巻七―1277）

日売菅原の草を刈ることは止めてくれ。わたくしの真っ黒な髪にごみが付くからという意味である。ただ、この日売菅原が、具体的にいずれの地を指すかは詳《つまび》らかではないが、おそらく、日売（姫）は、黒髪のイメージを誘い出す言葉として、ことさらに出されたのであろう。

うべなうべな　母《はは》は知《し》らじ　うべなうべな　父《ちち》は知《し》らじ　蜷《みな》の腸《わた》　か黒《ぐろ》き髪《かみ》に　ま木綿《ゆふ》もち　あざさ結《ゆ》ひ垂《た》れ　大和《やまと》の　黄楊《つげ》の小櫛《をぐし》を　押《おさ》へ刺《さ》す　うらぐはし児《こ》　それぞ我《わ》が妻《つま》　（『万葉集』巻十三―3295）

もっともである、母は知らないであろう。もっともである、父も御存知ではないだろう。真っ黒な髪に、木綿《ゆう》で、あざさ（アサザの古名）の花を結んで垂らし、大和の黄楊の小櫛を挿している本当に愛らしい娘、その娘こそ、わたくしの妻である、という意味である。

この歌の返歌、

父母《ちちはは》に　知《し》らせぬ児《こ》ゆゑ　三宅道《みやけぢ》の　夏野《なつの》の草《くさ》を　なづみ来《く》るかも　（『万葉集』巻十三―3296）

として「三宅道」が見られるので、大和国城下郡三宅郷（奈良県磯城郡田原本町宮古）に通じる、いわゆる中《なか》つ道《みち》でのことであろう、といわれている。

鴨《かも》じもの　浮《う》き寝《ね》をすれば　蜷《みな》の腸《わた》　か黒《ぐろ》き髪《かみ》に　露《つゆ》そ置《お》きにける　（『万葉集』巻十五―3649）

浮き寝をしていると、わたくしの真っ黒な髪に、露がたまっていたという意味である。

「鴨じもの」は「鴨自物《かもじもの》」（『万葉集』巻一―50）と書かれるように、鴨のように、の意味である。

「浮き寝」は、舟の上で一夜、寝て過ごすことであろう。うがっていえば、夫婦でない男女が、一夜をともにすることも含むのではないかと思っている。

みまくほり（見まく欲り）

新嘗祭に奉仕する斎宮「伊勢参宮名所図会」

見《み》まく欲《ほ》り　我《あ》がする君《きみ》も　あらなくに　なにしか来《き》けむ　馬疲《うまつか》るるに

（『万葉集』巻二―164）

どうしても会いたいと、わたくしが思う人もいないのに、一体、何のためにここへ来たのだろうか。馬が疲れるだけなのに、という意味である。

この歌は、愛する弟、大津皇子《おおつのみこ》の突然の死を知って、伊勢斎宮から馬を飛ばして逢いに来た大来皇女《おおくのひめみこ》の、悲しみと失望感にうちのめされた時の歌である。

この姉弟の皇女と皇子は、早くから母の大田皇女《おおたのひめみこ》を失っていたので、深い愛情で結びついていた。だが、その大切ないとしい弟、大津皇子は、叔母にあたる持統女帝に捕えられ、死を賜ったのである。

大来皇女は、葛城の二上山の山頂に葬られた大津皇子に対し、

うつそみの　人《ひと》なる我《われ》や　明日《あす》よりは　二上山《ふたがみやま》を　弟《いろせ》と我《あ》が見《み》む

（『万葉集』巻二―165）

という、痛切極まりない歌を残している。

梯立《はしたて》の　倉橋山《くらはしやま》に　立《た》てる白雲《しらくも》　見《み》まく欲《ほ》り　我《あ》がするなへに　立《た》てる白雲《しらくも》

（『万葉集』巻七―1282）

この旋頭歌は、倉橋山に立つ白雲よ、わたくしがちょうど見たいと思っている時に合わせるように、立ち昇ってくる白雲よ、という意味である。

「なへに」という言葉は、事態が同時並行していく様を表す接続助詞である。

見《み》まく欲《ほ》り　来《こ》しくも著《しる》く　吉野川《よしのがは》　音《おと》のさやけさ　見《み》るにともしく

（『万葉集』巻九―1724）

見たい見たいとかねてから願っていたが、来た甲斐があったよ。吉野川の川音が、さわやかに聞こえている。そのすばらしい光景は、見れば見るほど、ますます見たくなる、という意味である。

底清《そこきよ》み　沈《しづ》ける玉《たま》を　見《み》まく欲《ほ》り　千度《ちたび》そ告《の》りし　潜《かづ》きする海人《あま》は

（『万葉集』巻七―1318）

海の底が実に清いが、その海の底に沈んでいる白玉（真珠）を、ぜひ見たいと思って、何度も何度も唱え言をした。水に潜る海人は、という意味であろう。古代にあっては、現在のように、真珠貝を養殖する技術はなかったので、真珠はもっぱら、海人が必死の覚悟で海底に潜り、やっとの思いで採ってきた、貴重な宝であった。

「宣化紀」元年五月条に、黄金と白玉が非常に高貴なものにたとえられている。

見《み》まく欲《ほ》り　思《おも》ひしなへに　縵《かづら》かげ　かぐはし君《きみ》を　相見《あひみ》つるかも

（『万葉集』巻十八―4120）

越中守の任務が終わり、都へ帰る大伴家持が、美人に贈った歌である。お逢いしたいと、かねてから思っていたが、縵飾《かずらかざ》りをした美しいあなたにやっとお目にかかったという意味であろう。

饗宴の時とあるので、別れの宴会の席に、かねてから噂の美人が出席して、家持を喜ばせたのであろう。

みもろ（三諸・御諸）

大宮「南都名所集」

山部赤人《やまべのあかひと》の「神岳《かみをか》に登《のぼ》りて」と題する長歌には、

みもろの　神奈備山《かむなびやま》に　五百枝《いほえ》さし……

（『万葉集』巻三―324）

と歌われている。

神岳は雷 丘《いかずちのおか》であろうといわれている。「三諸《みもろ》」は、神が降臨されて依《よ》りつく場所のことで、神坐《かみくら》や、その依代《よりしろ》である聖木を中心とした神社を指す。「三《み》」（御）は、敬語の「御《み》」であり、「もろ」は、神籬《ひもろぎ》の「モロ」に当たる。「崇神紀」崇神天皇六年条にも、「天照大神《あまてらすおほみかみ》を以《も》ては、豊鍬入姫命《とよすきいりびめのみこと》に託《つ》けまつりて、倭《やまと》の笠縫邑《かさぬひのむら》に祭《まつ》る。仍《よ》りて磯堅城《しかたき》の神籬《ひもろき》を立《た》つ」とある。

神籬の「ヒ」は「霊」であり、「モロ」は、「モリ（降り）」の意であるが、「ギ（キ）」は「聖域」を表す語であろうと考えている。

そう考えていくと、三諸は、「御モリ（御降霊）」を示す言葉と解してよいであろう。「雄略記」には、「御諸《みもろ》の　厳白檮《いつかし》がもと」とか、「御諸《みもろ》に　つくや玉垣《たまかき》」などと見えている。

『万葉集』では、

わがやどに　みもろを立《た》てて　枕辺《まくらへ》に　斎瓮《いはひへ》をする……

（『万葉集』巻三―420）

とあるが、これは、丹生王《にうのおおきみ》が、死去した石田王《いしだのおおきみ》を神に祈った場面を歌った一節である。

『古事記』には、大国主命《おおくにぬしのみこと》が、国土経営に悩んでおられた時、海より来た神が「吾《あれ》をば倭《やまと》の青垣《あをがき》の東《ひがし》の山《やま》の上《へ》に伊都岐奉《いつきまつ》れ」と託宣したと記している。この神は「御諸山《みもろのやま》の上《へ》に坐《ま》す神《かみ》なり」と書かれていることから、大和の国の三輪山の大物主神《おおものぬしのかみ》とみてよいであろう。

三諸《みもろ》の　神《かみ》の帯《お》ばせる　泊瀬川《はつせがは》　みをし絶《た》えずは　我忘《あれわす》れめや

（『万葉集』巻九―1770）

この歌は、大神大夫《おおみわだいふ》が長門守となって赴任するときの宴会で、披露されたものである。

三諸の神（三輪の神）の山に、帯のように流れる泊瀬川（長谷川）の流れが絶えない限り、あなたのことを、決して忘れないだろう、という意味である。

この歌でも、三諸（御諸）の神といえば、ただちに大和の三輪山を指すように、次第に、御諸の代表的な聖山は、三輪山であると考えられるようになっていったのである。

三諸《みもろ》つく　三輪山《みわやま》見《み》れば　こもりくの　泊瀬《はつせ》の檜原《ひばら》　思《おも》ほゆるかも

（『万葉集』巻七―1095）

の「三諸つく三輪山」は、まさに、そのことを示す典型的な例とみてよいであろう。

神奈備《かむなび》の　三諸《みもろ》の山《やま》に　斎《いは》ふ杉《すぎ》　思《おも》ひ過《す》ぎめや　苔《こけ》むすまでに

（『万葉集』巻十三―3228）

この「斎ふ杉」は、神の依代の杉である。それは、

あさみどり　かすみにけりな　石上《いそのかみ》　ふる野《の》に見《み》えし　三輪《みわ》の神杉《かむすぎ》

（『続古今和歌集』春上―39）

と歌われた、三輪の神杉である。

みやばしら（宮柱）

伊勢神宮内宮「西国三十三所名所図会」

吉野《よしの》の国《くに》の　花散《はなち》らふ　秋津《あきづ》の野辺《のへ》に　宮柱《みやばしら》　太敷《ふとし》きませば……

（『万葉集』巻一―36）

吉野の国の、秋津の野辺に、宮柱を太くして宮殿を建てられたので、という柿本人麻呂の吉野讃歌の一節である。

宮柱は文字通り、神社や天皇の宮殿の柱である。その宮柱は、立派な建物には欠かせなかったから、必ず宮柱を太く立てることが、要求されたのである。

大国主命《おおくにぬしのみこと》も、国譲りの条件として「底津石根《そこついはね》に宮柱《みやばしら》布斗斯理《ふとしり》」と、地の底にある岩に太い柱を立てた宮殿を要求している（「神代記」）。

大伴家持も、

あきづ島《しま》　大和《やまと》の国《くに》の　橿原《かしはら》の　畝傍《うねび》の宮《みや》に　宮柱《みやばしら》　太知《ふとし》り立《た》てて
天《あめ》の下《した》　知《し》らしめしける　皇祖《すめろき》の　天《あま》の日継《ひつぎ》と……

（『万葉集』巻二十―4465）

と詠んでいる。

『祝詞《のりと》』の「春日《かすが》の祭」にも、「春日《かすが》の三笠《みかさ》の山《やま》の下《した》つ石《いは》ねに宮柱広知《みやばしらひろし》り立《た》て」と述べられているし、同じく「出雲《いづも》の国の造《みやつこ》の神賀詞《かむよごと》」にも「出雲《いづも》の国《くに》の青垣山《あをがきやま》の内《うち》に、下《しも》つ石《いは》ねに宮柱太知《みやばしらふとし》り立《た》て」と、常套句のように記されている。

古代の観念にあっては、家の中心となる柱は、単に家を支える柱であるとともに、家の守護神の依代《よりしろ》であったようである。

それは、伊勢神宮の「心の御柱」などからも窺《うかが》うことができるであろう。

現在でも、「家の大黒柱」の語に、その面影を伝えている。

大地の岩根の上に、しっかりと太い宮柱を立てるのは、家の安定ということにとどまらず、神を鎮座させる意識が、むしろ重視されたようである。

山背《やましろ》の　鹿背山《かせやま》のまに　宮柱《みやばしら》　太敷《ふとし》き奉《まつ》り　高知《たかし》らす　布当《ふたぎ》の宮《みや》は
……

（『万葉集』巻六―1050）

と歌われているが、鹿背山は、京都府木津川市鹿背山にある。

『続日本紀』天平十三（七四一）年九月条では「賀世山《かせのやま》の西《にし》の道《みち》より以東《いとう》を左京《さきょう》と為《な》し、西《にし》を右京《うきょう》と為《な》す」として、恭仁《くに》京における重要な目標《めじるし》の山となっている。

布当は、「三香原《みかのはら》　布当《ふたぎ》の野辺《のへ》を」（『万葉集』巻六―1051）とあり、京都府の南の木津川市加茂町の一部である。

ただ、唐の影響を受けた藤原宮や平城京以前の宮殿は、飛鳥の板蓋《いたふき》の新宮《にいみや》（「皇極紀」二年四月条）などと称された、伝統的な和風の建物であった。

掘立柱の上に建てられた建物であり、奈良時代の紫宸殿《ししんでん》や東大寺のような壮大な建物ではなかった。

それでも、権威を示すため、宮柱を太く立てることに努力してきたのである。それは権力の象徴でもあったが、氏の神の依代でもあったためである。

みやびを

みやびをと　我《われ》は聞《き》けるを　やど貸《か》さず　我《われ》を帰《かへ》せり　おそのみやびを

（『万葉集』巻二―126）

この歌は、石川女郎《いしかわのいらつめ》が大伴田主《おおとものたぬし》を揶揄《やゆ》して贈った、いわば戯歌《ざれうた》の一つである。

大伴田主は、佐保の大納言と称された大伴安麻呂《やすまろ》の第二子であった。彼の兄弟姉妹には、万葉歌人として有名な大伴旅人《たびと》や大伴坂上郎女《さかのうえのいらつめ》らがいた。

大伴田主の伝記は詳《つまび》らかではないが、『万葉集』の詞書《ことばがき》には、「容姿《ようし》佳艶《かえん》、風流秀絶《ふうりうしゅうぜつ》、見《み》る人《ひと》、聞《き》く者《ひと》、歎息《たんそく》せずといふことなし」と、美貌ぶりを伝えている。

その田主に、「双棲《そうせい》の感《かん》」を抱く女性のひとりに、石川女郎がいたのである。だが、なかなか自分の気持ちを打ち明けられず、ついに、賤しき嫗《おうな》に化けて、ある晩、手鍋をさげて、田主の寝所に訪れたのである。

そして東隣に住む者だが、火を貸していただきたいと頼むと、田主は石川女郎が変装した老婆とは気づかず、火を与えてそのまま帰したのである。

石川女郎は、「自媒《じばい》の愧《はじ》」を後悔したが、それでも気がおさまらないので、女性が訪ねていったのに、なすことなしに追い返したことに対し、田主を「おそのみやびを」と決めつけたのである。「おそのみやびを」は、「鈍感な風流士」という意味である。

美女を垣間見る「絵本江戸絵簾屏風」

「みやび」は、今日「雅」と書かれるが、「みやび」の「みや」は、「都《みやこ》」であり、「みやび」は、本来、宮廷風の優雅で洗練された振る舞いをいうのである。

この「みやび」に対する言葉は「鄙《ひな》び」で、地方風のことである。

そして、「みやび」は、特に恋の情趣を解する意味に用いられることが、少なくないのである。

たとえば『伊勢物語』の初段にも、昔、男が平城《なら》の都に赴き、「いとなまめいたる女《をんな》」をかいま見て、狩衣《かりぎぬ》の裾に、

かすが野《の》の　若紫《わかむらさき》のすり衣《ごろも》　しのぶのみだれ　限《かぎ》り知《し》られず

（『伊勢物語』初段）

という歌を書いて贈った話があるが、その挿話について「昔人《むかしひと》は、かくいちはやきみやびをなんしける」と結んでいる。

もちろん、かかる優雅な恋事をなしうるのは、すぐれた風采《ふうさい》の人物でなければならなかったのである。

「仁徳紀」の原文では、仁徳天皇を「風姿岐嶷」と表現しているが、これを「みやびすがた（風姿）、いこよか（岐嶷）」と訓《よ》ませている。「風姿」は、「姿かたち」をいうが、多くは立派な振る舞いをいうようである。

それはともかくとして、田主は石川女郎に、

みやびをに　我《われ》はありけり　やど貸《か》さず　帰《かへ》しし我《われ》そ　みやびをにはある

（『万葉集』巻二―127）

宿をお貸ししないで帰したわたくしこそが風流人ですよ、と答えているのである。

みわ（三輪）

三輪山・三輪社「南都名所集」

三輪は、奈良県桜井市三輪であり、大物主神《おおものぬしのかみ》を祀る大神《おおみわ》（大三輪）神社が祀られているところである。

「神代記」によれば、大国主神《おおくにぬしのかみ》が国土経営の苦難に遭遇されて悩んでおられた時、「海《うみ》を光《てら》して依《よ》り来《く》る神《かみ》」が、「吾《あれ》をば倭《やまと》の青垣《あをがき》の東《ひがし》の山《やま》の上《へ》に伊都《いつ》岐奉《きまつ》れ」と託宣された話が伝えられている。

この神こそ、大和の東の山、三輪山に鎮座される大物主神である。この神は、「出雲《いづも》の国《くに》の造《みやつこ》の神賀詞《かむよごと》」という祝詞では「己命《おのれみこと》の和魂《にぎみたま》を八咫《やた》の鏡《かがみ》に取《と》り託《つ》けて、倭《やまと》の大物主《おほものぬし》くしみかたまの命《みこと》と名《みな》を称《たた》へて、大御和《おほみわ》の神《かむ》なびに坐《ま》せ」として、出雲の大国主命の和魂が、大和の三輪の神、大物主命だと主張している。

このように、出雲の神と三輪の山の神は習合させられるが、もちろん、もともとは別の神であったのである。

三輪山は、大和の盆地の東の青垣山のうちにあるが、磯城《しき》地方や飛鳥地域に都を置いていた人々にとっては、太陽の昇る山として、絶大な信仰を寄せる聖なる山であった。

この三輪山に対し、西の青垣山にある二上山《ふたかみやま》は、日の沈する山であった。そのため二上山の山麓は死者の国と見なされ、大津皇子《おおつのみこ》の墓や、聖徳太子の御廟も、この地に設けられたのである。

ヤマト王権が大和盆地だけでなく次第に勢力をのばしていくと、太陽神は、近畿地方の日向の地である伊勢の地に祀られるのである。

三輪山を基点に真東にのばしていくと、伊勢の斎宮が置かれた三重県多気郡明和町に至る。

三輪の神が、初期のヤマト王権に対して、絶大な神威をもっていたことは、「崇神紀」が伝えている。

絶大な神威といえば、『万葉集』にも、

味酒《うまさけ》を　三輪《みわ》の祝《はふり》が　斎《いは》ふ杉《すぎ》　手触《てふ》れし罪《つみ》か　君《きみ》に逢《あ》ひがたき

（『万葉集』巻四―712）

という歌が見られる。

「斎ふ杉」は御神木であり、神の降臨される聖木であるから、一般の人が手を触れることは、絶対に許されぬことであった。そのことは、

御諸《みもろ》の　厳白檮《いつかし》がもと　白檮《かし》がもと　ゆゆしきかも　白檮原童女《かしはらをとめ》

（「雄略記」）

の歌からも窺《うかが》うことができるだろう。

御神木は手を触れることが許されなかったが、この神域の木は、挿頭《かざし》とし、人々に好まれたようである。

古《いにしへ》に　ありけむ人《ひと》も　我《わ》がごとか　三輪《みわ》の檜原《ひばら》に　かざし折《を》りけむ

（『万葉集』巻七―1118）

若々しい生命力のある植物の枝を、髪に挿して、その生命力を身につけるのである。

あるいは、神域に入る際に、このような挿頭をする慣習も見られたのであろう。

むざしの（武蔵野）

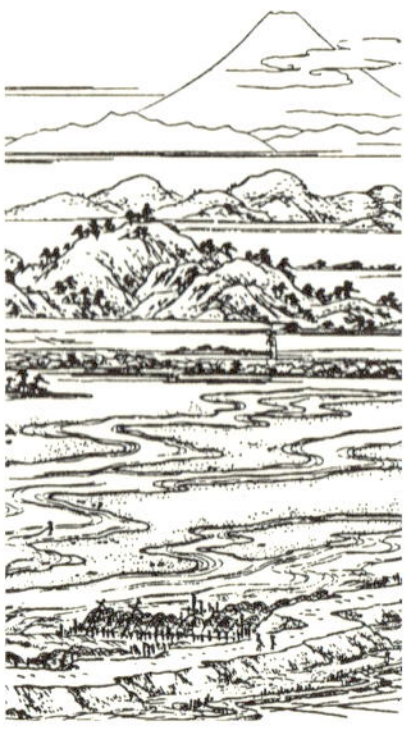
多摩川「江戸名所図会」

武蔵野《むざしの》に　占《うら》へ象焼《かたや》き　まさでにも　告《の》らぬ君《きみ》が名《な》　占《うら》に出《で》にけり

（『万葉集』巻十四―3374）

武蔵野で、鹿の肩甲骨《けんこうこつ》を焼いて占ったならば、まざまざと、わたくしが、絶対秘密にして隠していたあなたの名が、表に出てしまった、という意味である。

「神代記」の天の岩屋戸の段には、中臣氏の祖先神である天児屋命《あめのこやねのみこと》が、「天《あめ》の香山《かぐやま》の真男鹿《まをしか》の肩《かた》を内抜《うつぬ》きに抜《ぬ》きて」占いをされたと記されている。

朝廷に仕えて、このような占いを司ったのが、卜《うら》（占）部《べ》であったが、その卜部が、卜部と中臣にわかれ、中臣から後に藤原氏が独立していくのである。

卜部の本拠地は、鹿島、伊豆、壱岐、対馬に置かれていたが、このことからも判るように、後には鹿占《しかうら》から亀占《かめうら》に移っていく。

この亀は、海亀で、その腹の甲で占うものであった。鹿島などの地が、すべて海に面していることからも窺《うかが》えるように、次第に、鹿占より中国風の亀占が重んぜられるようになる。

もちろん、これは朝廷の占いで、一般庶民は、伝統的に鹿占を好んだようである。

武蔵野は、現代では、日本の中心部を占めるところであるが、往時は『更級日記』にもあるように、「蘆《あし(を)》おぎのみ高《たか》く生《お(ひ)》いて、馬《むま》に乗《の》りて弓《ゆみ》もたる末《すゑ》見《み》えぬまで、高《たか》く生《お(ひ)》い茂《しげ》」る茫漠たる原野であった。

しかも、荒川の乱流が流れ込み、旅行く人の妨げをなしていたのである。

それゆえ、相模から武蔵野に入ると、すぐに多摩川に沿って上野《こうずけ》に至る道が、メインルートとなっていた。

そのため、武蔵野国は、初めは、東山道に属していたが、奈良末期の宝亀二（七七一）年十月に至って、やっと東海道に編入されたのである（『続日本紀』）。

武蔵野《むざしの》の　をぐきが雉《きざし》　立《た》ち別《わか》れ　去《い》にし夕《よひ》より　背《せ》ろに逢《あ》はなふよ

（『万葉集』巻十四―3375）

武蔵野の窪地にすむ雉が、立ち別れて去って行ったように、あの晩より、恋人に逢っていない、という相聞歌である。

「をぐき」は「小岫《をぐき》」の意で、山の窪んで入り込んだ所である。

恋《こひ》しけば　袖《そで》も振《ふ》らむを　武蔵野《むざしの》の　うけらが花《はな》の　色《いろ》に出《づ》なゆめ

（『万葉集』巻十四―3376）

恋しかったあなたに、わたくしは、袖を振りたいけれど、決して武蔵野に咲くおけらの花のように、顔色に出さないでほしい。人に知られると困るから、という意味であろう。

うけらは、キク科の多年草のおけら（朮）のことである。

わが背子《せこ》を　あどかも言《い》はむ　武蔵野《むざしの》の　うけらが花《はな》の　時《とき》なきものを

（『万葉集』巻十四―3379）

あなたのことを、何と言ったらよいのであろうか。わたくしの想いは、いつも見える武蔵野のおけら花のように、いつでも続いている、という意味である。

むすびまつ（結び松）

藤白の御坂「紀伊国名所図会」

岩代《いはしろ》の　野中《のなか》に立《た》てる　結《むす》び松《まつ》　心《こころ》も解《と》けず　古《いにしへ》思《おも》ほゆ

（『万葉集』巻二―144）

この挽歌は、長忌寸意吉麻呂《ながのいみきおきまろ》が、かつて、有間皇子《ありまのみこ》が謀叛の嫌疑で、紀の湯に連行され、その途中の藤白の坂で、無事に帰れるように、松の枝を結んだという故事を、偲んで歌ったものである。

有間皇子は、孝徳天皇の皇子であったが、蘇我赤兄《あかえ》に謀《たばか》られて逮捕され、紀の温泉の湯治に赴いた、斎明天皇（女帝）と中大兄皇子《なかのおおえのおうじ》の許《もと》に連行されたのである（「斉明紀」四年十一月条）。有間皇子は、その尋問にも「天《あめ》と赤兄《あかえ》と知《し》らむ。吾全《おのれもは》ら解《し》らず」と答えたが、ついに藤白坂で絞死させられてしまったのである。

藤白坂は、現在の和歌山県海南市藤白であるが、この悲劇に後の人々は強い同情の念を抱き、有間皇子をあわれみ、心を痛める者も少なくなかったのである。

長忌寸意吉麻呂の歌に、山上憶良がさらに、

翼《つばさ》なす　あり通《がよ》ひつつ　見《み》らめども　人《ひと》こそ知《し》らね　松《まつ》は知《し》るらむ

（『万葉集』巻二―145）

と歌を寄せている。

これらの歌にも、有間皇子が、

岩代《いはしろ》の　浜松《はままつ》が枝《え》を　引《ひ》き結《むす》び　ま幸《さき》くあらば　またかへりみむ

（『万葉集』巻二―141）

と歌った「松が枝を引き結ぶ」悲痛な願いに深い関心が込められている。

松のような御神木を結ぶということは、その結び目に、己の魂を封じ込め、その加護を祈る行為であった。「松」は、神の降霊を「待《ま》つ木《き》」であったからである。

今日でも、「おみくじ」を、神社の松や榊の枝に結びつける風習があるが、これも、「魂結《たまむす》び」の一種と見なしてよい。

『伊勢物語』には、「みそかに通《かよ》ふ女《をんな》」のもとより、今宵、あなたの夢を見ましたと告げて来たので、男は、

思《おも》ひあまり　出《い》でにし魂《たま》の　あるならん　夜《よ》ふかく見《み》えば　魂《たま》むすびせよ

（『伊勢物語』百十段）

という歌を返したと記されている。

ここでいう、魂結びの呪術が、具体的にいかなるものかは明らかではないが、少なくとも、恋人の魂を自分に結びつける、呪術的な行為が行われていたのであろう。

現在でも、赤い糸で結ばれるという信仰が伝えられているが、これも、魂結びの系統に属するといってよいであろう。

結び目にお互いの魂をしっかりと封じ込めると、神の加護によって確実に守られると考えられていたから、特に、神の依代《よりしろ》である、松や榊などの御神木が選ばれたのである。能舞台に松が欠かせないのは、まず神霊をここに招き降ろし、悪霊を鎮めるためである。

それにしても、有間皇子の結び松は、多くの人々の同情を、いつまでも結びつけていたのである。

むなことも（空事も・虚言も）

オシドリ「聚鳥画譜」

浅茅原《あさぢはら》　刈り標《かりしめ》さして　空言《むなこと》も　寄《よ》そりし君《きみ》が　言《こと》をし待《ま》たむ
（『万葉集』巻十一―2755）

浅茅原に刈り標を挿して置いてもまことに空しいように、空しい言葉でも、わたくしは、あなたの言葉をお待ちしている、という意味である。

この歌の類歌をなすものが、『万葉集』に収められている。

浅茅原《あさぢはら》　小野《をの》に標結《しめゆ》ひ　空言《むなこと》も　逢《あ》はむと聞《き》こせ　恋《こひ》のなぐさに
（『万葉集』巻十二―3063）

この歌は、浅茅原の小野に標を結ぶように、空言でもいいから、わたくしと逢うと言ってほしい、少しでも恋の慰めとなるから、という意味である。

これらの歌からすると、浅茅原に標を結ぶことは、空しいことを表す慣用句であるように思われる。

おそらく、村落の共有地である原野に、個人の占有地を示す標を、勝手に結んでも許されないように、すべてが空事に帰してしまうことから、「空事」や「空言」を引き出す言葉とされたのであろう。

この「空言」は、「虚言」などと表記されるが、本当でない言葉、嘘言《おそごと》の意である。『万葉集』では、実のない言葉、という点に重点が置かれていたようである。

ところで、先の歌で「言をし待たむ」という箇所には、万葉仮名で「辞鴛《ことを》鴦将レ待《しまたむ》」の文字を当てている。

鴛鴦《おしどり》は、「鴛鴦《えんおう》の契《ちぎ》り」という言葉に象徴されるごとく、雌雄が常に相離れず、相親しむ鳥の代表と見なされていた。

とすると、「君が言をし待たむ」ということには、鴛鴦のような仲をつくりたいという願望が込められているのであろう。

浅茅原《あさぢはら》　小野《をの》に標結《しめゆ》ひ　空言《むなこと》を　いかなりと言《い》ひて　君《きみ》をし待《ま》たむ
（『万葉集』巻十一―2466）

空言だと人はとやかく言うけれど、わたくしはあなたを信じてお待ちしよう、という意味である。

この歌では、「君をし待たむ」に「公待《きみをしまたむ》」という万葉仮名が当てられている。これは、おそらく、ふたりの仲が公に認められることを信じているという気持ちを示しているのであろう。

あたらしき　清《きよ》きその名《な》そ　おぼろかに　心思《こころおも》ひて　空言《むなこと》も　祖《おや》の名《な》絶《た》つな　大伴《おほとも》の　氏《うぢ》と名《な》に負《お》へる　ますらをの伴《とも》
（『万葉集』巻二十―4465）

この長歌は、大伴家持が一族の人たちに激励の言葉を伝えたものである。その内容は、もったいないほど高潔な名であるぞ、おろそかに思って、かりそめにも、先祖伝来の名を絶つな、大伴氏という名を負っている大夫《ますらお》たちよ、という意味である。

「あたらしき」は、惜しいとか、もったいないの意味である。

この歌の「空言」は、「嘘にでも」とか、「でたらめにも」という意味であろう。

むらきもの（むら肝の）

古代の男性「国史教科書高等女学校用」

霞《かすみ》立《た》つ　長《なが》き春日《はるひ》の　暮《く》れにける　たづきも知《し》らず　むらきもの
心《こころ》を痛《いた》み　ぬえこ鳥《とり》　うらなけ居《を》れば……

（『万葉集』巻一―5）

これは、軍王《こにきしのおおきみ》が、天皇の讃岐国安益《あや》（阿野《あや》）郡行幸に随行した際の、「山《やま》を見《み》て作《つく》りし歌」と詞書《ことばがき》に記されている長歌の一節である。

霞立つ長い春の一日が、暮れようとしている。いつ暮れたのか判らないが、そこにいると、どうしたことか、心が苦しくなったので、胸の奥で泣いている、という意味である。

詞書には舒明天皇が行幸された時の歌とあるが、歌の後に、『日本書紀』にその記載はないと註記されている。

軍王は、「琨支君《こにきし》」という百済系の一族であり、「雄略紀」五年四月条には、百済の加須利君《かすりのきみ》（蓋鹵王《かふろおう》）の弟が、軍君（昆支《こにき》）であり、軍君は兄に命ぜられて、天皇に仕えるようになったと記されている。

「武烈紀」四年是歳条には、百済の武寧王《ぶねいおう》は、琨支（軍王）王子の子だと記されている。

これらの史料からすれば、舒明天皇の行幸ではなく、雄略天皇の行幸と考えるべきではないか、と思っている。

時あたかも新羅《しらぎ》が高句麗《こうくり》に攻められ、日本もその援軍を送るなど、朝鮮半島に暗雲が立ち込めていた時である。

それらを案じて、軍王が涙を流したのではあるまいか。もちろん、それとともに、「家《いへ》なる妹《いも》を　かけて偲《しの》ひつ」（『万葉集』巻一―6）とあるように、都に残した妻への思慕の念も、「むらきもの　心を痛み」に含まれていたのであろう。また、「むらきも」は、群がりついている肝《きも》、つまり五臓六腑が原義であるが、古代の人は、心は、内臓の働きとつながっていると考えていたようである。

そのことから、「むらきもの」は「心」に掛かる枕詞となっていった。

むらきもの　心摧《こころくだ》けて　かくばかり　我《あ》が恋《こ》ふらくを　知《し》らずかあるらむ

（『万葉集』巻四―720）

わたくしが、心も砕けるばかりに、これほど恋をしているのに、あなたは、少しも知らずにいるのかしら、という意味である。

上句の「心摧けて」は、『遊仙窟』の「心肝恰《しんかんあたか》も摧《くだ》けんと欲《ほっ》す」にならったものであろう。下句の「我が恋ふらくを」は「恋良苦《こふらく》」という万葉仮名で表されており、ことさらに「苦」の字を用いて、恋の苦しさを強調しているのであろう。

いちしろく　身《み》にしみ通《とほ》り　むら肝《きも》の　心砕《こころくだ》けて　死《し》なむ命《いのち》　にはかになりぬ……

（『万葉集』巻十六―3811）

ひどい苦しみが身に染みこんで、本当に、心は砕けようとしている。死ぬべき時もにわかに迫ってきた、という意味である。

この歌は、夫の許《もと》から、なかなか言伝《ことづ》てさえも来ないのを、思い悩む女性の嘆きの一節である。

そのために、この女性は、占部の八十《やそ》の衢《ちまた》の占問《うらとい》をして、夫のたよりを一日千秋の思いで待っていたのである。

むらとりの（群鳥の）

藤原広嗣「前賢故実」

奈良《なら》の都《みやこ》を　新《あら》た世《よ》の　事《こと》にしあれば　大君《おほきみ》の　引《ひ》きのまにまに　春花《はるはな》の　移《うつ》ろひ変《か》はり　群鳥《むらとり》の　朝立《あさだ》ち行《ゆ》けば　さす竹《たけ》の　大宮人《おほみやひと》の　踏《ふ》みならし　通《かよ》ひし道《みち》は　馬《うま》も行《い》かず　人《ひと》も行《ゆ》かねば　荒《あ》れにけるかも

（『万葉集』巻六―1047）

天平十二（七四〇）年の藤原広嗣《ひろつぐ》の乱を契機に、都が恭仁《くに》に移され、急速に奈良の都が荒れていくことを嘆いている歌である。

奈良の都を、つい最近のことであるが、広嗣の乱という非常事態を迎える時がきたので、大君の導かれるままに、朝早く出て、恭仁の京に移らなくてはならなかった。そのために、奈良の旧京は、かつて大宮人達が、踏みならしながら通った道は、今はもう馬も通らず、人もほとんど通らないから、自然と荒れてしまった、という意味である。

この歌では、「奈良の京」に、あえて「名良乃京《ならのみやこ》」と字を当てているが、長らく住みつき、宮仕えしていた人々には、「奈良」は、こよなく良き名に聞こえていたのであろう。

その奈良を詞書《ことばがき》では、「寧楽《なら》」と表記している。『万葉集』には、「和銅三《わどうさん》（七一〇）年庚戌《ねんかうじゆつ》の春二月《はるきさらぎ》、藤原宮《ふぢはらのみや》より寧楽宮《ならのみや》に遷《うつ》りし時《とき》」（『万葉集』巻一―78）など、奈良を、寧楽と記している場合が多い。「寧」は安寧で、「楽」は平安楽土の意であろう。

そのような都から、天皇の御命令で、一斉に恭仁の京へ旅立って行かなければならなかった。まさに、群鳥が朝早く、巣より飛び立つようにである。それゆえ、「群鳥の」という言葉は、「朝立ち」に掛かる枕詞として用いられてきたのである。

大君《おほきみ》の　任《ま》けのまにまに　鄙離《ひなざか》る　国治《くにをさ》めにと　群鳥《むらとり》の　朝立《あさだ》ち去《い》なば　後《おく》れたる　我《あれ》か恋《こ》ひむな……

（『万葉集』巻十三―3291）

天皇の御命令を承って、鄙《ひな》の国を治めるために、朝早く出立していったら、あとに残されたわたくしは、あなたのことを恋しく思うだろう、という意味である。

この歌でも、「群鳥」は、「朝立ち」に掛かる枕詞となっている。それもまた、あわただしい朝立ち、という意味も含んでいるようである。

群鳥《むらとり》の　出《い》で立《た》ちかてに　滞《とどこほ》り　顧《かへり》みしつつ　いや遠《とほ》に　国《くに》を来離《きはな》れ……

（『万葉集』巻二十―4398）

この大伴家持の長歌の一節は、防人《さきもり》が、家人との別れを惜しみ、身を切られるような思いで、やっと出発した様を歌ったものである。

群鳥は、一斉に巣から飛び立つが、わたくしは、情愛に引かれて、ぐずぐずしながら出発してしまった。そして、何度も後を振り向きながら、どうにか遠い国までやってきた、という意味である。

群鳥《むらとり》の　朝立《あさだ》ち去《い》にし　君《きみ》が上《うへ》は　さやかに聞《き》きつ　思《おも》ひしごとく

（『万葉集』巻二十―4474）

この歌は、出雲守として赴く山背王《やましろのおおきみ》に贈る、大伴家持の歌である。

もだもあらむ
（黙もあらむ）

曲水の宴「絵本藻塩草」

咲《さ》けりとも　知《し》らずしあらば　黙《もだ》もあらむ　この秋萩《あきはぎ》を　見《み》せつつもとな
（『万葉集』巻十—2293）

咲いているのも知らずにいたならば、黙っていることもあろうが、この秋萩を、無理にわたくしに見せつけるとは、という意味である。「見せつつもとな」の「もとな」は、「もともと理由なく」、あるいは、「もともと根拠のない」意である。たとえば、

かくゆゑに　見《み》じと言《い》ふものを　楽浪《さざなみ》の　旧《ふる》き都《みやこ》を　見《み》せつつもとな
（『万葉集』巻三—305）

という高市連黒人《たけちのむらじくろひと》の歌では、「見せつつもとな」と記されている。

ところで、「黙もあらむ」は、「黙っていることもあるだろう」とか、「一言もしゃべらないこともあろう」の意であろう。

なかなかに　黙《もだ》もあらましを　何《なに》すとか　相見《あひみ》そめけむ　遂《と》げざらまくに
（『万葉集』巻四—612）

いっそのこと、黙っていればよかったのに。どうして逢って、見染めてしまったのだろう。最後まで、愛を遂げることはないだろうに、という意味である。この歌は、大伴家持が、せつない恋の思いを詠んだものである。

黙《もだ》もあらむ　時《とき》も鳴《な》かなむ　ひぐらしの　物思《ものおも》ふ時《とき》に　鳴《な》きつつもとな
（『万葉集』巻十—1964）

何も物思いにふけっていない時にこそ、蜩《ひぐらし》に鳴いてもらいたいが、一日中、わたくしが物思いにふけっている時、蜩がしきりに鳴いて、うるさがらせる、という意味である。

何が何でも、鳴けばいいというのではない。鳴くには、それなりの時と場合がある、といっているのだろう。

咲《さ》けりとも　知《し》らずしあらば　黙《もだ》もあらむ　この山吹《やまぶき》を　見《み》せつつもとな
（『万葉集』巻十七—3976）

咲いたことも知らずにいたならば、黙っていよう。それなのに、この山吹を、わたくしに見せつけるなんて、本当にしようがないな、という意味である。

実はこの歌は、友人達が楽しげに曲水の宴を開催している時、病床にあった家持が詠んだ歌である。

曲水の宴は、三月上巳《じょうし》の日に催されたから、旧暦三月は、その宴会の庭に、山吹が咲いていたのであろう。その山吹の枝を手折って、家持の病気見舞にもたらしたことに対する返答であろうか。

『続日本紀』天平二（七三〇）年三月三日（丁亥）条には、「天皇《てんのう》、松林宮《しょうりんぐう》に御《ぎょ》して、五位《ごゐ》已上《いじやう》を宴《えん》す、文章 生《もんじやうしやう》等《ら》を引《ひき》ゐつ、曲水《きょくすい》を賦《ふ》せしめ、絁《あしぎぬ》布《ぬの》を賜《たま》ふ。差《しな》有《あ》り」と記されている。

また、淳仁天皇の天平宝字六（七六二）年三月三日（壬午）条にも、「宮《みや》の西《せい》南《なん》に於《お》いて、新《あらた》に池亭《ちてい》を造《つく》りて、曲水《きょくすい》の宴《えん》を設《もう》け、五位《ごゐ》已上《いじやう》に禄《ろく》を賜《たま》ふ。差《しな》有《あ》り」（『続日本紀』）などと記されている。

曲水の宴は、曲がりくねった流れに酒杯を浮かべ、それが通りすぎる前に、詩を詠ずる遊びである。

もちぐたち（望ぐたち）

チドリ「和漢三才図会」

大伴家持が、恋人の大伴坂上大嬢《さかのうえのおおいらつめ》に贈った歌に、

望《もち》ぐたち　清《きよ》き月夜《つくよ》に　我妹子《わぎもこ》に　見《み》せむと思《おも》ひし　やどの橘《たちばな》

（『万葉集』巻八―1508）

という相聞歌がある。

望月が、やや西に傾いた頃の清らかな月夜に、あなたに見せたいと思ったものは、わが家の橘である、という意味である。

中国では、一日《ついたち》を「朔《さく》」と称し、十五夜を「望《ぼう》」と呼び、月の終わりを「晦《かい》」と名づけているが、わたくしたち日本では、古くは、一日は「月立《つきた》ち」と称し、十五夜の月を「望月《もちづき》」と呼び、月末を「月隠《つごもり》」といっていた。

「望ぐたち」は満月が、ややその最盛期を過ぎた状態をいうようで、「ぐたち」は「降」や「斜」の漢字で表記される。

「武烈紀」即位前紀には、武烈天皇が皇太子であられた時、「法令分明《のりわきわき》し。日晏《ひくた》つまで坐朝《まつりごときこ》しめし」と記されている。

ここでは、「日晏つ」を「ひくたつ」と訓《よ》んでいるが、「晏」は、「晏起《あんき》」や「晏出《あんしゅつ》」の「晏」で、遅れる意が含まれている。

もちろん、「晏」には、「晏如《あんにょ》」とか「晏息《あんそく》」のごとく、「やすらか」の意もあるが、先の「日晏つ」は、太陽の光が、やがて影を見せはじめる頃をいうのである。

『万葉集』の、

わが盛《さか》り　いたくくたちぬ　雲《くも》に飛《と》ぶ　薬食《くすりは》むとも　またをちめやも

（『万葉集』巻五―847）

という歌にも「くたちぬ」の語が見える。

わたくしの年令は、もう盛りを過ぎ、下降期に差し掛かっている。たとえ、雲の上を飛ぶことができる仙薬を飲んでも、再び若返ることはないであろう、という意味である。

『延喜式』に載る「六月《みなづき》の晦《つごもり》の大祓《おほはらへ》」の祝詞の終わり部分には、「今年《ことし》の六月《みなづき》の晦《つごもり》の日《ひ》の、夕日《ゆふひ》の降《くだ》ちの大祓《おほはらへ》」とある。ここでは「降」を「くだち」と訓《よ》んでいる。

『万葉集』では、「夜裏《やり》に千鳥《ちどり》の喧《な》くを聞《き》きし歌」として、

夜《よ》ぐたちに　寝覚《ねさ》めてをれば　川瀬《かはせ》尋《と》め　心《こころ》もしのに　鳴《な》く千鳥《ちどり》かも

（『万葉集』巻十九―4146）

という歌が伝えられている。「夜ぐたち」は、「夜更け」である。つまり、夜中が、やがて過ぎようとする時刻といってよい。「心もしのに」は、心がしなうほどに、しおれる様をいうようである。

柿本人麻呂の名歌の一つに、

近江《あふみ》の海《うみ》　夕波千鳥《ゆふなみちどり》　汝《な》が鳴《な》けば　心《こころ》もしのに　古《いにしへ》思《おも》ほゆ

（『万葉集』巻三―266）

があるが、この「心もしのに」は、心の底からしみじみと思うことであろう。

もののふの

網代「絵本藻塩草」

もののふの　八十宇治川《やそうぢかは》の　網代木《あじろき》に　いさよふ波《なみ》の　行《ゆ》くへ知《し》らずも

（『万葉集』巻三—264）

この歌は、柿本人麻呂が、近江国より、宇治川にさしかかった時に詠んだものである。

この無常感をたたえた歌は、近江の荒れ果てた古都をながめて帰って来た、人麻呂の偽りなき感性を示すものであろう。

鴨長明も『方丈記』の冒頭に「ゆく河《かは》の流《なが》れは絶《た》えずして、しかも、もとの水《みづ》にあらず。淀《よど》みに浮《うか》ぶうたかたは、かつ消《き》えかつ結《むす》びて、久《ひさ》しくとどまりたる例《ためし》なし」と記しているが、人麻呂も「いさよふ波の　行くへ知らずも」と詠んでいるのである。

数多くの杭を川に打ちこんで、そこに網を結び、魚を簗《やな》に追い込む仕掛けを網代といい、「網代木」はその杭のことである。

宇治川では、秋の終り頃から冬にかけて、氷魚《ひお》を捕るために設けられた。『延喜式』内膳司には、「山城国《やましろのくに》、近江国《あふみのくに》、氷魚《ひを》、網代《あじろ》各《おのおの》一処《ひとところ》。其《そ》の氷《ひ》魚《を》、九月《ながつき》より始《はじ》めて、十二月卅日迄《しはすみそかまで》、之《これ》を貢《みつぎ》す」と記されている。

平安時代には、「氷魚《ひお》の使《つかい》」が存在し、山城の宇治、近江の田上から、宮中に氷魚を貢《みつ》いでいた（『西宮記』五）。

ところで、この歌は万葉仮名で「物乃部能《もののふの》　八十氏河乃《やそうぢかはの》」と歌い出されているが、「物部の（もののふの）」は「ヤソ」「ヤソウヂカハ」などに掛かる枕詞である。

物部氏の配下には非常に多くの氏が属しており、一族は八十物部《やそもののべ》と呼ばれていたのである。

『新撰姓氏録』（左京神別上）には、石上朝臣《いそのかみあそみ》、穂積朝臣《ほづみのあそみ》、阿刀宿禰《あとすくね》、若湯坐宿禰《わかゆえの》、小治田宿禰《おわりだの》、矢田部連《やたべのむらじ》、弓削宿禰《ゆげの》などが列挙されている。その他、弓削部、矢作部などと物部氏の配下は、きわめて多かった。

冒頭の歌では、網代木の数が多いことと、宇治川の「ウヂ」が「氏」に通じることから、「もののふの　八十宇治川」と歌われたのである。

もののふの　八十伴《やそとも》の男《を》も　己《おの》が負《お》へる　己《おの》が名負《なお》ひて　大君《おほきみ》の　任《ま》けのまにまに　この川《かは》の　絶《た》ゆることなく　この山《やま》の　いや継《つ》ぎ継《つ》ぎに　かくしこそ　仕《つか》へ奉《まつ》らめ　いや遠長《とほなが》に

（『万葉集』巻十八—4098）

これは、大伴家持の長歌の一節である。

多くの官人たちもそれぞれに、自分の名に恥じない役目を負って、大君の御命令のままに、この川のように絶えることなく、この山のようにますます続いて、そうやってお仕えするでしょう、永遠に、という意味である。

もののふの　八十氏人《やそうぢひと》も　吉野川《よしのがは》　絶《た》ゆることなく　仕《つか》へつつ見《み》む

（『万葉集』巻十八—4100）

は、先の長歌の反歌である。ともに、吉野離宮に聖武天皇が行幸される時に備え、大伴家持があらかじめ作って準備していた歌であった。

ももしきの（百敷の）

カモ「景年画譜」

沖辺《おきへ》には　鴨《かも》つま呼《よ》ばひ　辺《へ》つへに　あぢむら騒《さわ》き　ももしきの
大宮人《おほみやひと》の　まかり出《で》て　遊《あそ》ぶ舟《ふね》には　梶棹《かぢさを》も　なくてさぶしも　漕《こ》
ぐ人《ひと》なしに
（『万葉集』巻三—257）

沖辺には、鴨が妻を呼び、岸辺には鶴鴨《あじかも》が群れ立って騒いでいる。大宮人が退出して遊んだ舟は、梶も棹もなく、本当に寂しい。もう、誰も漕ぐ人もいないから、という意味であろう。

この長歌は、鴨君足人《かものきみたるひと》が、その名にふさわしく、鴨や鶴鴨を歌っているが、おそらく、高市皇子《たけちのみこ》の香具山の宮（『万葉集』巻二—199）で、亡き皇子を偲んだ歌であろう。

この香具山のほとりには、かつて埴安《はにやす》の池が存在していたし、香具山の宮は、その池に臨んでいたようである。

この池のほとりには、式内社の土安《はにやす》神社（畝傍坐建土安《うねびにいますたけはにやす》神社）が祀られていた。

埴安《はにやす》の　池《いけ》の堤《つつみ》の　隠《こも》り沼《ぬ》の　行《ゆ》くへを知《し》らに　舎人《とねり》は惑《まと》ふ
（『万葉集』巻二—201）

は、持統十（六九六）年、高市皇子が薨《こう》ぜられた時に、悲嘆する舎人《とねり》が詠んだものである。

ところで、冒頭歌では「ももしきの」と詠まれているが、「百磯城《ももしき》」の原義は、石がいっぱいに敷きつめられた聖なる地域を指す。大和国磯城《しき》郡は、ヤマト王権の発祥地であり、大三輪神社の斎《いつ》く聖なる地域と考えられたところである。そのことから、「大宮」に掛かる枕詞となったのであろう。

第十代の崇神天皇は、磯城の瑞籬宮《みづかきのみや》におられたというが、そこは天皇のお住まいだけではなく、天照大神、大和大国魂神《やまとのおおくにたまのかみ》も祀られていた聖域であったことを、想起すべきであろう。

ももしきの　大宮人《おほみやひと》の　罷《まか》り出《で》て　遊《あそ》ぶ今夜《こよひ》の　月《つき》のさやけさ
（『万葉集』巻七—1076）

大宮人達が、宮廷を退出して、宴会をしている今宵の月は、本当に清く美しい、という意味であろう。

ももしきの　大宮人《おほみやひと》は　暇《いとま》あれや　梅《うめ》をかざして　ここに集《つど》へる
（『万葉集』巻十—1883）

この歌を、耳にするならば、必ず、山部赤人の、

ももしきの　大宮人《おほみやひと》は　いとまあれや　桜《さくら》かざして　今日《けふ》もくらしつ
（『新古今和歌集』巻二・春歌下—104）

が口をついて出てくるのではないだろうか。

梅が尊重された奈良の文化人と、桜をこよなく愛した平安朝の歌人の趣好の違いを端的に示すものといってよい。

その分岐点をなす象徴的事件は、村上天皇の時代に、御所の左近の梅が、桜に変わったことであるといってよい。

ただ、誤解のないようにいうならば、桜を好む伝統が早くから見られたことは、『古事記』や『日本書紀』のいくつかの物語からも、窺《うかが》うことができる。

ももしきのおほみや
（百敷の大宮）

宮廷の女性「前賢故実」

大伴家持の相聞歌に、

ももしきの　大宮人《おほみやひと》は　多《おほ》かれど　心《こころ》に乗《の》りて　思《おも》ほゆる妹《いも》

（『万葉集』巻四―691）

という歌がある。

「心に乗りて　思ほゆる妹」が、きわめて斬新な表現となっているが、わたくしの心の上に、ずっしりと重い印象を与えたあなたのことが、しきりに想われる、という意味であろう。

この歌は、「百磯城《ももしき》の　大宮人」と歌い出されているから、家持が恋した女性は、宮廷に仕える女性であろう。

大宮（朝廷）に「百磯城の」を冠して歌っているが、百磯城は、数多くの石が敷きつめられた宮廷を示している。つまり、磯城とは、立派な石を敷きつめた聖なる地域である。

ヤマト王権の発生地と見なされている地域が、磯城の地と呼ばれたのは、そのためである。

「崇神紀」三年九月条には「都《みやこ》を磯城《しき》に遷《うつ》す。是《これ》を瑞籬宮《みつかきのみや》と謂《い》ふ」と見える。

このように、磯城の地に、ヤマト王権の最初の都が置かれたため、「敷島の大和」と称されたのである。

磯城は聖域を示すものであったから、もともとは、宮廷というより、神域として設けられたのであろう。

斎部広成《いんべのひろなり》が著した『古語拾遺』には「倭《やまと》の笠縫邑《かさぬひのむら》に就《つ》きて、殊《こと》に磯城《しき》の神籬《かむろぎ》を立《た》てて、天照大神《あまてらすおほみかみ》及《およ》び草薙剣《くさなぎのつるぎ》を遷《うつ》して皇女豊鍬入姫命《こうじょとよすきいりひめのみこと》に斉《いは》ひ奉《まつ》ら令《し》む」とあるように、神を斎《いつ》き祀る場所が、磯城だったのである。

後に、天皇も現人神《あらひとかみ》と称され、神を祀った聖なる地域だったので、宮廷も磯城と呼ばれるようになったのである。

しかも、広大な地域に大宮が置かれるようになり、次第に、「百敷の大宮」と讃美して呼ばれるようになったのである。

「雄略記」には、

ももしきの　大宮人《おほみやひと》は　鶉鳥《うづらとり》　領巾《ひれ》取《と》り懸《か》けて……

という天語歌《あまがたりうた》が載せられている。この「ももしきの」は「毛毛志紀能」と表記されているが、大宮に掛かっているので、「百敷の」を意味している。

『万葉集』には、大津の都を回顧して、「ももしきの　大宮所《おほみやところ》　見《み》れば悲《かな》しも」（『万葉集』巻一―29）と、柿本人麻呂が、「近江の荒都」を歌っている。

人麻呂は、吉野の離宮の行幸に従い、

吉野《よしの》の国《くに》の　花散《はなぢ》らふ　秋津《あきづ》の野辺《のへ》に　宮柱《みやばしら》　太敷《ふとし》きませば　ももしきの　大宮人《おほみやひと》は　船並《ふねな》めて……

（『万葉集』巻一―36）

と讃歌を呈している。

「大君《おほきみ》は　神《かみ》にしいませば」（『万葉集』巻三―235）と、天皇が神格化を強めていくと、特に宮廷も百敷と讃ぜられるようになっていくのである。

ももたらず（百足らず）

筏下り「紀伊国名所図会」

百《もも》足《た》らず　八十《やそ》隈坂《くまさか》に　手向《たむ》けせば　過《す》ぎにし人《ひと》に　けだし逢《あ》はむかも　（『万葉集』巻三―427）

この歌は、田口広麻呂《たぐちのひろまろ》が死んだ時、友人の刑部垂麻呂《おさかべのたりまろ》が、偲んで歌った挽歌である。

曲り角の大変多い坂道の角々で、坂の神々に一生懸命祈るならば、道の隈に葬られた人に、おそらく逢うことができるだろう、という意味である。

この歌の八十隈坂は、おそらく墓場に赴く坂道であろう。その坂道の曲り角ごとに手向けをするのは、自らの安全祈願とともに、黄泉《よみ》の神をなだめる目的があったと思われる。

この歌は「百足らず　八十隈坂に」と歌い出されているが、「百足らず」は、百にも足らない数の「八十」に掛かる枕詞である。古代の人は、「八」や「八十」、「八百」などの「八」の数を好んだから、数の多さを表すのに、あえて「九十」とはいわなかったのであろう。「仁徳紀」三十年九月条にも、

河隈《かはくま》に　立《た》ち栄《さか》ゆる　百《もも》足《た》らず　八十《やそ》葉《ば》の木《き》は　大君《おほきみ》ろかも　（「仁徳紀」）

という歌を載せている。

たらちねの　母《はは》の命《みこと》か　百《もも》足《た》らず　八十《やそ》の衢《ちまた》に　夕占《ゆふけ》にも　占《うら》にもそ問《と》ふ　死《し》ぬべき我《わ》がゆゑ　（『万葉集』巻十六―3811）

母が、八十の衢で、夕占や占で問うているのであろうか。今にも、わたくしは死にそうなのに、という意味である。

この歌は、旅立った夫から、いつまでも消息が届かないので、心配のあまり、死にそうだという、妻の心境を詠んだものである。

ここでも、「百足らず」は「八十」に掛かる枕詞となっているが、時には「五十」や「い」に掛かる場合もある。

「藤原宮《ふぢはらのみや》の役民《やくみん》の作《つく》りし歌《うた》」の一節に、

真木《まき》のつまでを　百《もも》足《た》らず　筏《いかだ》に作《つく》り　のぼすらむ……　（『万葉集』巻一―50）

の歌では、明らかに「百足らず」が「筏」の「い」に掛かる枕詞として用いられている。

神奈備《かむなび》の　清《きよ》き御田屋《みたや》の　垣内田《かきつた》の　池《いけ》の堤《つつみ》の　百《もも》足《た》らず　斎槻《いつき》の枝《えだ》に　みづ枝《え》さす……　（『万葉集』巻十三―3223）

の歌では、「百足らず」は「斎槻」の「い」に掛かっている。

ただ注意される点は、「斎槻」を万葉仮名では「五十《い》槻《つき》」と書いている点である。『万葉集』の古い書物の多くでは「卅槻」と書かれているが、これは「五十槻」の誤記であろうといわれている。

「百足らず」に対し、「百《もも》足《た》る」という言葉も盛んに用いられていたようである。

新嘗屋《にひなへや》に　生《お》ひ立《だ》てる　百《もも》足《だ》る　槻《つき》が枝《え》は　上枝《ほつえ》は　天《あめ》を覆《お》へり　中《なか》つ枝《え》は　東《あづま》を覆《お》へり　下枝《しづえ》は　鄙《ひな》を覆《お》へり……　（「雄略記」）

この歌の「百足る」は、「多く満ち足りる」とか、非常にたくさんの意である。ちなみに、「槻」は、現在の欅《けやき》であるが、古代に「ツキノキ」と呼ばれるのは、神の憑く聖木だからであろう。

ももづたふ（百伝ふ）

敦賀「二十四輩順拝図会」

ももづたふ　磐余《いはれ》の池《いけ》に　鳴《な》く鴨《かも》を　今日《けふ》のみ見《み》てや　雲隠《くもがく》りなむ
（『万葉集』巻三―416）

大津皇子《おおつのみこ》が、天武天皇の崩御の後、皇位継承の問題のもつれから、叔母の持統天皇によって死を賜った時の歌である。

磐余《いわれ》の池で無心に鳴いている鴨を見るのも今日限りで、わたくしは死んでいくのだろうか、という悲痛な歌である。

「百伝ふ」は、文字通り多くの地を伝って行く意であり、そのことより、まず遠隔地である「角鹿（敦賀）」や「伊勢」などに掛かるといわれている。

たとえば、「応神記」に、「この蟹《かに》や　何処《いづく》の蟹《かに》　百伝《ももづた》ふ　角鹿《つぬが》の蟹《かに》……」として、角鹿に「百伝ふ」が掛けられている。

角鹿は、越前国敦賀郡のことである。

「仲哀記」には、応神天皇が皇太子の時代、伊奢沙和気大神《いざさわけのおおかみ》を参詣すると、鼻の欠けた入魚《いるか》が与えられたが、血なまぐさかったので、血浦《ちぬら》という地名がつけられたと記されている。その血浦が訛って、「ツヌガ」の名が生じたと伝えられている。

また、「垂仁紀」三年条では、額に角のある人が渡来した所であるから、「角鹿」の名が付けられたという異伝が記されている。

敦賀の地は、ヤマト王権にとって、重要な大陸文化を摂取する窓口であった。だから、「百伝ふ」の代表地として、伊勢とともに用いられたのであろう。

百伝《ももづた》ふ　八十《やそ》の島廻《しまみ》を　漕《こ》ぐ船《ふね》に　乗《の》りにし心《こころ》　忘《わす》れかねつも
（『万葉集』巻七―1399）

この歌では、「百伝ふ」は「八十の島廻」に掛かっている。その類歌として、

百伝《ももづた》ふ　八十《やそ》の島廻《しまみ》を　漕《こ》ぎ来《く》れど　粟《あは》の小島《こしま》は　見《み》れど飽《あ》かぬかも
（『万葉集』巻九―1711）

があるが、ここでも「八十の島廻」に「百伝ふ」が掛けられているのである。

『古事記』によれば、顕宗天皇が置目《おきめ》の老媼《おみな》を宮の近くに住まわされ、召される時は、鐸《たく》を引き鳴らしたという。その時の御歌を、

浅茅原《あさぢはら》　小谷《をだに》を過《す》ぎて　百伝《ももづた》ふ　鐸響《ぬてゆら》くも　置目《おきめ》来《く》らしも
（『古事記』）

と伝えている。

「百伝ふ」は鐸に掛かっているが、この鐸は、一般に、いわゆる「駅鈴《えきすず》」の意に解され、その駅鈴の音が次々と伝えられ、遠くまで赴くことから、「百伝ふ」が枕詞となったと解されている。

それにしても、古代の人々は、「百」という言葉を好んで用いたが、「モモ」はまた「桃」にも通じて、吉祥《きっしょう》や永遠の意味も込められていたのかもしれないと、わたくしは、密かに想像している。

もものはな（桃の花）

モモ「花卉画譜」

春《はる》の園《その》　紅《くれなゐ》にほふ　桃《もも》の花《はな》　下照《したで》る道《みち》に　出《い》で立《た》つをとめ

（『万葉集』巻十九―4139）

『万葉集』のなかでも、秀句の誉れ高い、大伴家持の歌である。

正倉院の「樹下美人図」を彷彿《ほうふつ》とさせる歌といってよいであろう。天平勝宝二（七五〇）年三月一日に、「春苑《しゅんゑん》の桃李《たうり》の花《はな》を眺矚《てうしょく》して作《つく》りし歌《うた》」と題されている。

「眺矚」は、高い所から目を見開いて、よく注意して眺望することである。

「下照る道に　出で立つをとめ」の言葉を耳にすると、『古事記』の阿遅《あじ》鉏高日子根神《すきのたかひこねのかみ》の妹、下光比売《したてるひめ》のことを思い出す。

「下照る」とは、花の美しさのため、その下が照り映えることである。

橘《たちばな》の　下照《したで》る庭《には》に　殿建《とのた》てて　酒《さか》みづきいます　我《わ》が大君《おほきみ》かも

（『万葉集』巻十八―4059）

河内女王《かわちのおおきみ》のこの歌では、橘の花の白い色が、美しく照り映えるさまを詠んでいる。

さて、冒頭の歌では、桃の花の、美しい桃色が映えていることが、乙女をいっそう美しく彩っていた、と詠んでいるのであろう。

だが同時に、桃には不老長寿や、悪霊を鎮める力があるという信仰があったようである。

「神代記」には、伊邪那伎命《いざなぎのかみ》が、黄泉《よみ》の国から逃げ帰る時に、桃子《もものみ》を悪霊に投げて救われたので、その桃子に人々が「苦《くる》しき瀬《せ》に落《お》ちて患《うれ》ひ惚《なや》む時《とき》、助《たす》くべし」と言われ、意富加牟豆美命《おほかむづみのかみ》（大神之実《おおかみのみ》）の名を贈ったと記されている。

後に宮中においては、破邪《はじゃ》のために「桃の弓」を作り、「葦の矢」とともに、追儺《ついな》の鬼やらいに用いられていた（『内裏式』十二月、大儺式）。

桃は、早くから中国から輸入されていたが、それと同時に、「桃」の呪力の伝承も入ってきたと考えられている。

『日本書紀』によれば、推古朝あたりに、朝廷において尊重されてきたようである。

それを裏付けるように「推古紀」には「二十四年の春正月《はるむつき》に、桃李《ももすもも》、実《みな》れり」「三十四年の春正月《はるむつき》に、桃李《ももすもも》、花《はな》さけり」などと、桃や李の花が、正月に咲くことが、丹念に記録されるようになってくる。

これは、単に、花を愛でたというだけでなく、不老不死の願いも込めたのであろう。

この伝統は引きつがれ、たとえば「皇極紀」二年二月条にも「桃《もも》の花始《はなはじ》めて見《み》ゆ」と、正史に、わざわざ記載されている。

もちろん、奈良朝においても、桃は律令官人たちに愛好されていた。

桃《もも》の花《はな》　紅色《くれなゐいろ》に　にほひたる　面輪《おもわ》のうちに　青柳《あをやぎ》の　細《ほそ》き眉根《まよね》を　笑《ゑ》み曲《ま》がり　朝影見《あさかげみ》つつ　をとめらが……

（『万葉集』巻十九―4192）

この長歌は、美貌の乙女を表現したものであるが、最初に「桃の花　紅色に　にほひたる　面輪」と、美しく映える女性の顔を描き出している。

もりへするゑ（守部するゑ）

筑波山男山峰「山水奇観」

万葉時代には、娘の結婚を最終的に決めるのは母親であった。娘の方から見れば、母親の監視は大変厳しく、あたかも山に守部を据えて、人の入山を警戒しているように思われたのである。

筑波嶺《つくはね》の　をてもこのもに　守部《もりへ》するゑ　母《はは》い守《も》れども　魂《たま》そ合《あ》ひにける（『万葉集』巻十四―3393）

ここに筑波山が登場するのは、男女の交合を奨励する歌垣が行われる山として、有名であったからである。筑波山のあちこちに、母は守部を置いて見張っているが、恋人とは切っても切れない相愛の仲だ、と主張している歌である。

母に気に入ってもらえない求婚者は、次の歌のように、思っていたようである。

汝《な》が母《はは》に　嘖《こ》られ我《あ》は行《ゆ》く　青雲《あをくも》の　出《い》で来我妹子《こわぎもこ》　相見《あひみ》て行《ゆ》かむ（『万葉集』巻十四―3519）

「守部」を詠んだ歌には、次のようなものもある。

橘《たちばな》を　守部《もりへ》の里《さと》の　門田早稲《かどたわせ》　刈《か》る時過《ときす》ぎぬ　来《こ》じとすらしも（『万葉集』巻十―2251）

守部が見守る、門田の早稲を刈り取る時期は、すでに過ぎてしまったが、あの方はもう来ないつもりであろうか、という意味である。

この守部の里は、奈良県天理市守目堂町であろうといわれている。このほか、兵庫県尼崎市や福岡県久留米市北野町にも守部荘の名があるが、必ずしも、それらの地とは限らず、母が守部を据えた所と見るべきであろう。

「守部するゑ」の守部は、一般的な守衛の人々というよりは、本来、朝廷直轄の下級官人で、天皇家の所領を守衛していた役人を指した。「部」は大化前代以来、職業集団を称する話であった。

逃げてしまった鷹を求めた、次のような歌もある。

あしひきの　をてもこのもに　鳥網張《となみは》り　守部《もりへ》をするゑて……（『万葉集』巻十七―4011）

ここでも、「をてもこのもに」「守部をするゑて」いるが、「をもてこのも」は、原文に「彼面此面」と表記され、あちらこちらの意である。『万葉集』では、

足柄《あしがら》の　をてもこのもに　さす罠《わな》の　かなるましづみ　ころ我紐解《あれひもと》く（『万葉集』巻十四―3361）

の歌にも登場する。ちなみに、「かなるましづみ」はきわめて難解な言葉の一つであるが、鳴りをひそめて静かにという意味であろうか。少なくとも「しづみ」であるから、静まりかえることと解してよいであろう。「かなる」は、「鳴く」を思わせる言葉であるからである。『万葉集』の防人《さきもり》歌の、

荒《あら》し男《を》の　いをさだはさみ　向《む》かひ立《た》ち　かなるましづみ　出《い》でてと我《あ》が来《く》る（『万葉集』巻二十―4430）

にも「かなるましづみ」の用例があるが、第四句以下は鳴りをひそめて、そっと、わたしは出発してきた、という意味であろうか。

やきたちの（焼き大刀の）

古代の武人「前賢故実」

絶《た》つと言《い》はば　わびしみせむと　焼《や》き大刀《たち》の　へつかふことは　からしや我《あ》が君《きみ》

（『万葉集』巻四―641）

この歌は、湯原王《ゆはらのおおきみ》に贈られた、ある娘女《いらつめ》の歌とされている。

二人の関係を絶つと言えば悲しくなるだろうと配慮されて、当たり障りないことをあなたに言われるのは、本当に辛い、という意味である。

「へつかふ」は「辺付ふ」で岸に近づくこと、または、そばに寄ることが原義であるが、ここでは相手の気持ちを気遣う意味であろう。

「焼き大刀」は、文字通りに解すれば、鍛え上げてから加熱し、それをまた水で冷やして堅くした、切れ味のよい大刀のことである。

当時の武人は、そのような立派な刀を身につけることを好んでいたのである。そのことから「焼き大刀の」は、「へつかふ」に掛かる枕詞となったといわれている。

現代人からみれば、大袈裟でとまどう表現であるが、律令官人たちは、それこそ身近なものを、比喩的に用いたものであろう。

焼大刀《やきたち》の　稜打《かどう》ち放《はな》ち　ますらをの　寿《ほ》く豊御酒《とよみき》に　我《われ》酔《ゑ》ひにけり

（『万葉集』巻六―989）

この歌の、詞書《ことばがき》には「湯原王《ゆはらのおほきみ》の打酒《だしゅ》の歌《うた》」とある。「打酒」とは、酒を買うことの俗語である。

焼き鍛えた大刀の鎬《しのぎ》（刃と峰との境界に稜を立てて、高くしたところ）を打ち放ちながら、ますらお達が祝う豊御酒《とよみき》を飲んで、わたくしは酔ってしまった、という意味であろう。

おそらく、万葉の時代の武人達は、お互いの刀の鎬を打ちあって、仲間の結束を誓い合ったのであろう。

焼《や》き大刀《たち》を　礪波《となみ》の関《せき》に　明日《あす》よりは　守部《もりへ》遣《や》り添《そ》へ　君《きみ》を留《とど》めむ

（『万葉集』巻十八―4085）

大伴家持のこの歌は、礪波の関に明日から守衛の番人を増員しておこう。あなたがそこから脱出できないようにするために、という意味である。

もちろん、これは戯歌《ざれうた》に過ぎないが、天平感宝元（七四九）年五月に、東大寺の僧、平栄《へいえい》たちが、越中国に来訪した時の酒宴の歌である。

礪波の関は、越中国礪波郡にあり、越前国との国境に置かれていた関である。現在の、富山県小矢部市の礪波山の東麓に置かれていたという。

朝夕《あさよひ》に　音《ね》のみし泣《な》けば　焼《や》き大刀《たち》の　利心《とごころ》も我《あれ》は　思《おも》ひかねつも

（『万葉集』巻二十―4479）

「焼き大刀」は、鋭い刀の意味から、「利《と》し」に掛かる枕詞として用いられている。

この御歌は、氷上大刀自《ひかみのおおとじ》のものとされているが、朝夕、声をあげて泣いているので、しっかりした心を、わたくしは持つことができない、という意味である。

氷上大刀自は藤原鎌足《かまたり》の娘で、天武天皇の夫人となり、但馬皇女《たじまのひめみこ》の生母となった（「天武紀」二年二月条）が、天武十一（六八二）年春正月に薨《こう》じている。

やくしほの（焼く塩の）

塩焼く煙「播磨名所巡覧図会」

志賀《しか》の海人《あま》の　火気《ほけ》焼《や》き立《た》てて　焼《や》く塩《しほ》の　辛《から》き恋《こひ》をも　我《あれ》はするかも
（『万葉集』巻十一―2742）

志賀の海人が、煙を立てて焼く塩のように、塩辛い恋を、わたくしはしていることよ、という意味である。志賀は、筑前国糟屋郡志珂郷で、福岡市にある志賀島のことである。「焼く塩の」は、ここでは「辛き」に掛かる枕詞となっている。

海藻に海水をかけて付着させ、それを釜で焼いて作った塩が、藻塩である。

朝《あさ》なぎに　玉藻《たまも》刈《か》りつつ　夕《ゆふ》なぎに　藻塩焼《もしほや》きつつ……
（『万葉集』巻六―935）

という歌は、この藻塩焼きを歌ったものである。

網《あみ》の浦《うら》の　海人娘子《あまをとめ》らが　焼《や》く塩《しほ》の　思《おも》ひそ焼《や》くる　わが下心《したごころ》
（『万葉集』巻一―5）

の歌では、「焼く塩の」が「思ひそ焼く」の「焼く」を導く言葉となっている。

志賀《しか》の海人《あま》の　一日《ひとひ》も落《お》ちず　焼《や》く塩《しほ》の　辛《から》き恋《こひ》をも　我《あれ》はするかも
（『万葉集』巻十五―3652）

は、冒頭の歌の類歌といってよい。

この歌の原文では、「恋」に、あえて「孤悲」の万葉仮名を当てているが、辛き恋は、あくまで人には言えぬ、ひとりだけの悲しみだったからであろう。

志賀の海人の藻塩は、大宰府の近くに存在していたから、よく人に知られ、しばしば『万葉集』に歌われている。

志賀《しか》の海人《あま》の　塩焼《しほや》く煙《けぶり》　風《かぜ》を疾《いた》み　立《た》ちは上《のぼ》らず　山《やま》にたなびく
（『万葉集』巻七―1246）

などの歌も、その一つである。

志賀《しか》の海人《あま》は　め刈《か》り塩焼《しほや》き　暇《いとま》なみ　くしらの小櫛《をぐし》　取《と》りも見《み》なくに
（『万葉集』巻三―278）

は、志賀の海人は、海藻を刈り、塩を焼くというような忙しい仕事しているので、髪を梳《す》く櫛さえ、手に取ることはない、という意味であろう。おそらく、め刈りの海藻のように、髪は乱れていたので、恋人にすぐ逢うことはできない、と歌っているのであろう。

志賀の海人とあるが、藻塩を焼く作業には、どうやら、主に女性が関わっていたようである。もちろん、海に出て漁をする海人は男性であろう。「神功皇后紀」摂政前紀に、新羅《しらぎ》の様子を窺《うかが》わせるために、「磯鹿《しか》の海人《あま》」を視察に遣わしたと記されている。これも、男性の海人と考える方が、穏当であろう。

須磨人《すまひと》の　海辺常去《うみへつねさ》らず　焼《や》く塩《しほ》の　辛《から》き恋《こひ》をも　我《あれ》はするかも
（『万葉集』巻十七―3932）

須磨の海人が、海辺からずっと離れずに焼いている藻塩のように、辛い恋をわたくしはしている、という意味である。

これも冒頭の「志賀の海人の」に類する歌といってよいであろう。

「焼く塩」は、万葉びとにとっては常に「辛き恋」の象徴であったのであろう。それは塩が「辛《から》い」ことにとどまらず、その労働が昼夜を分かたずに続く「辛《つら》い」仕事であることも示しているのである。

やすけなくに（安けなくに）

泊瀬川「和朝名勝画図」

遠妻《とほづま》の　ここにしあらねば　玉鉾《たまほこ》の　道《みち》をた遠《どほ》み　思《おも》ふそら　安《やす》けなくに　嘆《なげ》くそら……（『万葉集』巻四―534）

遠い所に残してきた妻が、今ここにいないし、また、道が遠く離れているので、妻を思う心は不安で、わたくしは嘆いている、という意味であろう。

この歌を詠んだ安貴王《あきのおおきみ》は、『続日本紀』には「阿紀王」、または「阿貴王」の名で記されているが、天平元（七二九）年三月に、無位から従五位下に叙せられ、十六年経って、やっと天平十七（七四五）年正月に、従五位下から一段進んだ従五位上を授けられている。官位の昇進が遅いことからも、あまり官界での目立った活躍はなかったのであろう。

一般的に、親王の身分でない王は政治の世界から遠ざけられ、なかなか高官になれなかったようである。

この歌は、「思ふそら」、「嘆くそら」と、リズムにのって歌われているが、この「そら」は、程度のはなはだしいことを意味し、ここでは、「思うことすら」とか「嘆くことさえ」などの意味である。

ところで、「安けなくに」という言葉が登場するが、「安け」は、「安し」の古い未然形である。

つまり、「安けなくに」は、「安心できなくて」の意である。

『万葉集』を繙《ひもと》くと、「嘆く」に掛けている場合が少なくない。

彦星と織女の、一年ごとの逢引の歌にも、

思《おも》ふそら　安《やす》けなくに　嘆《なげ》くそら　安《やす》けなくに……（『万葉集』巻八―1520）

と歌われている。

万葉仮名では、「思空《おもふそら》　不レ安久尓《やすけなくに》　嘆空《なげくそら》　不レ安久尓《やすけなくに》」と記されているが、これは、思いが定まらず、心が空白の状態になり、歎きの対象が目の前になく、心が不安にかられていることを、表しているようである。

見渡《みわた》しに　妹《いも》らは立《た》たし　この方《かた》に　我《われ》は立《た》ちて　思《おも》ふ空《そら》　安《やす》けなくに　嘆《なげ》く空《そら》　安《やす》けなくに……（『万葉集』巻十三―3299）

も、同じ文句を連ねている。

この歌は、天の河をはさんで立つ彦星と織女を思わせるが、「或《あ》る本《ほん》の歌《うた》の頭句《とうく》に云《いは》く、『こもりくの　泊瀬《はつせ》の川《かは》の　をち方《かた》に　妹《いも》らは立《た》たし　こち方《かた》に　我《われ》は立《た》ちて』といふ」と註があるので、大和の泊瀬川付近の相聞歌であろう。

この歌の万葉仮名は「思虚《おもふそら》　不レ安国《やすけなくに》　嘆虚《なげくそら》　不レ安国《やすけなくに》」と記され、心や嘆きの「空虚さ」を強調している。

あしひきの　山《やま》のたをりに　立《た》つ雲《くも》を　よそのみ見《み》つつ　嘆《なげ》くそら　安《やす》けなくに　思《おも》ふそら　苦《くる》しきものを……（『万葉集』巻十九―4169）

これは、大伴家持の妻の大伴坂上大嬢《さかのうえのおおいらつめ》が越中に来た際、奈良に居る母、大伴坂上郎女《いらつめ》へ贈った歌の一節であるが、家持が代作したといわれている。

わたくしは、都を偲んで山脈の方を見ているが、山の窪みに立つ雲を、はるか遠くに見るばかりである。嘆くことすら、心安らかでなく、思ふことすら、心苦しくて、という意味である。

やすみしし

遣隋使船「中等教科にほんれきし」

やすみしし　わご大君《おほきみ》の　大御船《おほみふね》　待《ま》ちか恋《こ》ふらむ　志賀《しが》の唐崎《からさき》
（『万葉集』巻二―152）

「八隅知之《やすみしし》」と万葉仮名で書かれているこの枕詞は、文字通り、隅の隅まで、見わたす限りの全域を支配されることである。「知」は支配する意味である。それゆえ、「八隅知之」や「安見知之《やすみしし》」は、「我が大君」に掛かる枕詞となったのである。「推古紀」には、

やすみしし　我《わ》が大君《おほきみ》の　隠《かく》ります　天《あま》の八十蔭《やそかげ》　出《い》で立《た》たす　御《み》空《そら》を見《み》れば　万代《よろづよ》に　斯《か》くしもがも　千代《ちよ》にも　斯《か》くしもがも　畏《かしこ》みて　仕《つか》へ奉《まつ》らむ　拝《をろが》みて　仕《つか》へまつらむ　歌献《うたづ》きまつる（「推古紀」）

の長歌が載せられている。

これは、正月の宴で置酒《ちしゅ》《さかもり》をして、推古天皇が群臣をもてなされた時の賀歌である。わが大君が憩われている、広大な御殿を拝み見ると、永遠に、この様子を記憶にとどめたいと思う。わたくしは、その御殿を畏《かしこ》みながら拝し、お仕えしよう、という意味であろう。

推古朝には、遣隋使が派遣され、それの答礼として、裴世清《はいせいせい》が来日している。それに加えて、新羅《しらぎ》、百済《くだら》などの使節が来朝し、大陸の先進文化を盛んにもたらしていた。日本がほぼ全国統一された国家となり、積極的に大陸諸国と広く交渉が行われていく過程で、「八隅知之」の言葉が次第に定着していったのではあるまいか。『万葉集』にも「やすみしし　わが大君《おほきみ》　神《かむ》ながら　神《かむ》さびせすと」と歌い出される長歌は「山川《やまかは》も　依《よ》りて仕《つか》ふる　神《かみ》の御《み》代《よ》かも」（『万葉集』巻一―38）と結ばれるのである。

推古朝を経て、律令国家の体制が確立していく時代に「やすみしし　わが大君」と歌われることが多くなってくるのは、けだし当然のことであろう。

やすみしし　我《わ》が大君《おほきみ》の　食《を》す国《くに》は　大和《やまと》もここも　同《おな》じとそ思《おも》ふ
（『万葉集』巻六―956）

の歌は、大宰帥《だざいのそち》に任ぜられた大伴旅人が、西辺の地まで、我が大君の支配されている地であることを強調しているのである。

この歌の「食す」は、支配することである。古代において、服属の証《あかし》を示すため、その国の穀物を供して食していただく慣習があった。

たとえば、「神武紀」即位前紀には、菟狭《うさ》（宇佐）国造が、服属した時「一柱騰宮《あしひとつあがりのみや》を造《つく》りて饗奉《みあへたてまつ》る」と記されているが、土地の作物には、大地の霊が込められていると観念されていたから、それを召し上がった天皇に国《くに》魂《たま》が憑依《ひょうい》すると考えられていた。「食す国」の言葉が生まれてきた所以である。「おす」は「食す」だけでなく、「押す」「圧す」とも解され、上から支配することも意味している。

大君《おほきみ》います　この照《て》らす　日月《ひつき》の下《した》は　天雲《あまくも》の　向伏《むかぶ》す極《きは》み　たにぐくの　さ渡《わた》る極《きは》み　聞《き》こし食《を》す　国《くに》のまほらぞ……
（『万葉集』巻五―800）

この山上憶良の歌に見える「たにぐくの　さ渡る極み」は、祝詞「祈年祭」にも「谷蟆《たにぐく》のさ度《わた》る極《きは》み」とあるが、「天雲の　向伏す極み」つまり地上界に対し、地下の世界までもを支配される、と述べているのであろう。

やそとものを
（八十伴の男〈緒〉）

武器を持つ古代人「前賢故実」

もののふの　八十伴《やそとも》の男《を》は　廬《いほ》りして　都《みやこ》なしたり　旅《たび》にはあれども　（『万葉集』巻六—928）

武人である多くの氏族の男達は、仮小屋を立て、あたかも都のように、にぎわいを示している。もちろん、これは旅先のことであるが、という意味である。

この歌は、聖武天皇が難波宮に行幸された時の、笠朝臣金村《かさのあそみかなむら》の歌である。冬十月とあるから、天平十六（七四四）年十月の行幸であろう（『続日本紀』）。

「もののふの　八十伴の男」は、多くの氏族の武人の男達の意である。

「允恭記」には「味白檮《あまかし》の言八十禍津日《ことやそまがつひ》の前《さき》に、玖訶瓮《くかべ》を据《す》ゑて、天《あめ》の下《した》の八十友緒《やそとものを》の氏姓《うぢかばね》を定《さだ》め賜《たま》ひき」と記されている。

大和の明日香の甘樫の岡に、「盟神探湯《くかたち》」を据えて、氏族の偽りを正されたことを述べたものである。

八十伴の「伴」は、朝廷につかえる職業集団である伴部で、その首長を定めたというのであろう。ちなみに、これらの伴部集団の頂点に立つのが物部氏と大伴氏で、彼らは、その代表として政治に参加し、「大連《おおむらじ》」と称していたのである。

伴部には、土師部《はせべ》、服部《はとりべ》、弓削部《ゆげべ》、矢作部《やはぎべ》などと、それこそ数多くの職業集団が存在していたので、「八十伴の男」と呼ばれていた。大伴家持の、

食《を》す国《くに》は　栄《さか》えむものと　神《かむ》ながら　思《おも》ほしめして　もののふの　八十伴《やそとも》の男《を》を　まつろへの　向《む》けのまにまに……　（『万葉集』巻十八—4094）

は、天皇が支配なされるこの国は、栄えるであろうと、神の御心のままにお思いなり、あらゆる官人達を従えられて、という意である。

家持は、大伴氏の棟梁であるから、ことさらに「もののふの　八十伴の男」として、「もののふ」の誇りを強調している。また、

わが大君《おほきみ》の　天《あめ》の下《した》　治《をさ》めたまへば　もののふの　八十伴《やそとも》の男《を》を　撫《な》でたまひ　整《ととの》へたまひ……　（『万葉集』巻十九—4254）

と、ことさらに、「もののふの　八十伴の男」が、天皇の慈《いつくし》みを受けていることを強調する歌も詠んでいる。

それは、律令官人として、政治を独占している藤原氏への批判と、武人としての自負とを如実に示しているのであろう。

家持は越中守の時代には、次のような歌も詠んでいる。

婦負川《めひがは》の　速《はや》き瀬《せ》ごとに　篝《かがり》さし　八十伴《やそとも》の男《を》は　鵜川立《うかはた》ちけり　（『万葉集』巻十七—4023）

婦負川の早瀬ごとに篝火《かがりび》をかざし、多くの男達が、鵜飼をしている川に立っている、という意味である。

婦負川は、越中国婦負郡を流れる川で、鵜飼の人たちが盛んに川魚を獲っている光景を歌ったものである。

この歌の「八十伴の男」は、大勢の使用人を指していると思われる。

やましろ（山背）

宇治川「拾遺都名所図会」

平安遷都の延暦十三（七九四）年以前の「ヤマシロ」の国は、山城ではなく、山背である。

建国以来、ほとんど大和の国に、長い間、都が置かれていたから、奈良山を越えた北の国は、山背と呼ばれていたのである。

「成務紀」五年九月条に「山《やま》の陽《みなみ》を影面《かげとも》と曰《い》ふ。山《やま》の陰《きた》を背面《そとも》と曰《い》ふ」とあり、ヤマシロの国は山の陰（北）にあったから、山の背、つまり「山背」であったのである。

しかし、大化改新の詔《みことのり》では、「北《きた》は近江《あふみ》の狭狭波《ささなみ》の合坂山《あふさかやま》より以来《このかた》を、畿内《うちつ》国《くに》となす」（「孝徳紀」二年正月条）と規定されているから、明らかに畿内国に含まれていた。

律令時代には、大和、山背、摂津、河内の四つの国が畿内の国となっていった。天平宝字元（七五七）年五月に和泉の国が、河内の国から独立してからは、五畿内といわれるようになる。

そらみつ　大和《やまと》の国《くに》　あをによし　奈良山越《ならやまこ》えて　山背《やましろ》の　管木《つつき》の原《はら》　ちはやぶる　宇治《うぢ》の渡《わた》り……

（『万葉集』巻十三―3236）

この歌では、大和の国から山背の国に至る道筋が詠まれている。

山背の管木は、山背国綴喜《つづき》郡綴喜郷である。現在の、京都府京田辺市周辺である。

「仁徳紀」三十年条には、八田皇女《やたのひめみこ》が宮中に召し入れられたことに腹を立てた皇后磐之媛《いわのひめ》は、宮中に帰らず「宮室《おほとの》を筒城岡《つつきのをか》の南《みなみ》に興《つく》りて居《ま》します」と記されている。

「継体紀」五年十月条には、都を河内の樟葉《くすば》の宮《みや》より、「山背《やましろ》の筒城《つつき》に遷《うつ》す」と述べられている。

このように、山背国の綴喜は、ヤマト王権とは、古くから、密接な関係を有していた。

奈良時代には、天平十二（七四〇）年十二月に、聖武天皇が山背の恭仁《くに》京を営まれている。

そのため、この恭仁京をめぐる歌が、少なからず『万葉集』に収められているのである。

山背《やましろ》の　久邇《くに》の都《みやこ》は　春《はる》されば　花咲《はなさ》きををり　秋《あき》されば　もみち葉《ば》にほひ　帯《お》ばせる　泉《いづみ》の川《かは》の　上《かみ》つ瀬《せ》に　打橋渡《うちはしわた》し　淀瀬《よどせ》には　浮《う》き橋渡《はしわた》し　あり通《がよ》ひ　仕《つか》へ奉《まつ》らむ　万代《よろづよ》までに

（『万葉集』巻十七―3907）

この境部老麻呂《さかいべのおゆまろ》の歌は、「三香原《みかのはら》（甕原）の新都《しんと》を讃《ほ》めし歌《うた》」と題されているように、恭仁京への讃歌である。

山背の久邇《くに》京は、春になると花が咲いている。秋になれば黄葉に色づき、帯のように流れている泉川の上流の瀬には、打橋を架け渡し、淀の瀬には舟をならべた浮橋を渡している。わたくしは、いつまでも通い続けて、御奉仕しよう、という意味である。

だが、苦労して建設された恭仁京も、天平十六（七四四）年二月の難波京への遷都で終焉を迎えるのである。

やまのゐの あさきこころ
（山の井の　浅き心）

古代の女性「前賢故実」

昔、葛城王《かずらきのおおきみ》が、陸奥の国に遣わされたことがあった。

だが、陸奥の国司は、葛城王をあまり丁重に接待しなかったようである。

葛城王はプライドを傷つけられて、怒りが顔に表れるほど、かんかんに怒ってしまい、国司らが用意した食事にほとんど目もくれず、不愉快の様をあらわにしていた。

その時、かつて中央の宮廷に仕えていた前《さき》の采女《うねめ》と呼ばれる娘が、葛城王の前で、左手に觴《さかづき》を捧げ、右手に水をもち、葛城王の膝をたたいてリズムを取り、次のような即興の歌を詠じて、なぐさめたというのである。

安積山《あさかやま》　影《かげ》さへ見《み》ゆる　山《やま》の井《ゐ》の　浅《あさ》き心《こころ》を　我《わ》が思《おも》はなくに

（『万葉集』巻十六―3807）

葛城王は、前の采女の風流なる様を見て、たちまち、心うちとけ、楽しんだと伝えられている。

安積山の山影が、浮かんで見える山の井のように、安積山の「アサ」ではないが、わたくしが、あなたに浅い気持ちで接しているとは、思わないでしょうね、という意味であろう。

安積山は、陸奥国安積郡の山で、現在の、福島県郡山市日和田町の東北に位置する額取山《ひたいとりやま》である。この山蔭にある、かつて帷子《かたびら》とよばれていた地域に、采女塚や山の井があると伝えられている。昔より、安積山の影が、この有名な山の井に映っていたので、「影さえ見ゆる」と歌われたのであろう。

「山の井の」は、「浅き心」に掛かる枕詞である。

この歌は、大変有名な歌と見えて、

八雲立《やくもた》つ　出雲八重垣《いづもやへがき》　妻籠《つまご》みに　八重垣作《やへがきつく》る　その八重垣《やへがき》を

（『神代記』）

の歌とともに、「この二歌《ふたうた》は、歌《うた》の父母《ちちはは》の様《やう》にてぞ、手習《てなら》ふ人《ひと》の、初《はじ》めにもしける」（『古今和歌集』仮名序）といわれている名歌である。

『大和物語』百五十五段に、大納言の娘が、ある内舎人《うどねり》にかどわかされて、安積山という所に、庵を構えて暮らしていたという話が記されている。

年月を経て、山の井に行き、自分の姿が「わがありしかたちにもあらず、あやしきやう」になってしまったのを見て、

あさかやま　かげさへみゆる　山《やま》の井《ゐ》の　あさくは人《ひと》を　思《おも》ふものかは

（『大和物語』百五十五段）

と詠み、自らの姿をはかなんで死んでしまったと伝えている。

『万葉集』の場合は、若い頃、采女として身につけた風流や雅《みやび》が失われていない女を称《たた》えているエピソードである。

伝承歌は同じようなものでも、それをめぐって作られる物語の結末は、まったく異なってしまっているのである。

ちなみに「風流」という言葉であるが、『万葉集』では、大伴田主《たぬし》は「風流（雅）秀絶」であるとし、「みやび」と訓《よ》ませている。「みやび」は、都風《みやこふう》の礼儀をわきまえることをいうのであろう。

やまびこの（山彦の）

ヒキガエル「潜龍堂画譜」

賊守《あたまも》る　筑紫《つくし》に至《いた》り　山《やま》のそき　野《の》のそき見《み》よと　伴《とも》の部《へ》を　班《あか》ち
遣《つか》はし　山彦《やまびこ》の　応《こた》へむ極《きは》み　たにぐくの　さ渡《わた》る極《きは》み　国状《くにかた》を
見《め》したまひて……

（『万葉集』巻六―971）

この歌は、天平四（七三二）年に、藤原宇合《うまかい》が、西海道の節度使に遣わされた時、高橋虫麻呂《むしまろ》が宇合を激励した歌である。

外敵の来襲に備えるために、筑紫に赴き、山の果て、野の果てまでをよく調べよと、配下の者たちを、それぞれの部署につかせ、山彦が応える限りの地や、ひきがえるが這って行く限りのすみずみまで、国状を視察になられて、という意味である。

この歌で、興味を引かれるところは「山彦の　応へむ極み　たにぐくのさ渡る極み」という表現である。

山彦は、山の神である。彦は「日子《ひこ》」で、太陽神の御子のように、高貴な男性をいうのである。この「彦（日子）」に対する言葉が、いうまでもなく「姫（日女《ひめ》）」である。

「山彦」は「山響《やまひ》く」に由来するという考えもあるが、やはり、「山の神」と解する方が、わたくしはよいと思っている。

それはともかくとして、「山彦の　応へむ極み　たにぐくの　さ渡る極み」というのは、遠く地の果てまで、という意味が込められている、常套的文句である。

「たにぐく」は「谷蟇」で、ひきがえるのことである。「神代記」には、大《おお》国主命《くにぬしのみこと》が、少名毘古神《すくなひこのかみ》のことについて、世の中のことをよく知るという多《た》邇具久《にぐく》に尋ねた話が伝えられている。「たにぐく」は、「谷潜り」が原義であろうが、地霊神の一種と見なされていたのであろう。

山彦《やまびこ》の　相《あひ》とよむまで　妻恋《つまごひ》に　鹿鳴《かな》く山辺《やまへ》に　ひとりのみして

（『万葉集』巻八―1602）

山彦が響き合うほど、妻を恋う鹿が鳴いているこの山辺に、わたくしは、妻を恋しく思いながら、たったひとりでいる、という意味である。山彦が、こちらの言葉を返してくるように、いつも、妻は自分のそばにいるが、今は、その妻がいないので、本当に寂しい気持ちにさせられる、と歌っているのである。

これは、大伴家持が、奈良の京に妻の坂上大嬢《さかのうえのおおいらつめ》を残し、久邇《くに》（恭仁）京に赴いていた時の歌である。

このころの　朝明《あさけ》に聞《き》けば　あしひきの　山呼《やまよ》びとよめ　さ雄鹿鳴《をしかな》くも

（『万葉集』巻八―1603）

の歌が続き、それを「天平十五（七四三）年八月十六日」に作ったと註しているからである。

里人《さとびと》の　聞《き》き恋《こ》ふるまで　山彦《やまびこ》の　相《あひ》とよむまで　ほととぎす　妻《つま》恋《ごひ》すらし　さ夜中《よなか》に鳴《な》く

（『万葉集』十巻―1937）

里人が聞いて恋しくなるまで、あるいは、山彦も応じてくれるほどに、ほととぎすが、妻恋をして鳴いている。この夜更けまでも、という意味である。この山彦も、常に自分の思っていることに、反響してくれるものと考えられていたのであろう。

ゆくみづの（行く水の）

鴨長明「国文学名家肖像集」

潮気立《しほけた》つ　荒磯《ありそ》にはあれど　行《ゆ》く水《みづ》の　過《す》ぎにし妹《いも》が　形見《かたみ》とそ来《こ》し

（『万葉集』巻九―1797）

潮の香りのする荒磯ではあるが、亡くなった妻の想い出の地と思ってきた、という意味である。「過ぎにし妹」は、「過去妹之《すぎにしいもが》」と書かれているので、すでに亡くなってしまった妻のことであろう。「行く水の」は、過ぎ去ってしまったことや、とどめかねる物を表す言葉に掛かる枕詞である。

「行く水の」という言葉を耳にすれば、多くの方は、鴨長明の『方丈記』の冒頭に「ゆく河《かは》の流《なが》れは絶《た》えずして、しかも、もとの水《みづ》にあらず。淀《よど》みに浮《うか》ぶうたかたは、かつ消《き》えかつ結《むす》びて、久《ひさ》しくとどまりたる例《ためし》なし」という、無常観に彩られた文章を思い出されるだろう。

まさに「行く水」は、「過ぎ去りし」を、象徴するものであった。

巻向《まきむく》の　山辺《やまへ》とよみて　行《ゆ》く水《みづ》の　水沫《みなあわ》のごとし　世《よ》の人我《ひとわれ》は

（『万葉集』巻七―1269）

巻向山の山辺を響かせて流れ行く水の、水泡のようだ。この世に生きているわたくしは、という無常感を歌ったものである。

この歌は、源　順《みなもとのしたごう》の、

世《よ》の中《なか》は　何《なに》に譬《たと》へむ　明日香川《あすかがは》　さだめなき世《よ》に　たぎつ水《みづ》のあわ

（『順歌集』）

の先駆をなす歌として注目されているが、この世の無常を訴える感情は、仏教の教えが、次第に知識人の心に浸透していったことを示すものであろう。

行《ゆ》く水《みづ》の　帰《かへ》らぬごとく　吹《ふ》く風《かぜ》の　見《み》えぬがごとく　跡《あと》もなき　世《よ》の人《ひと》にして　別《わか》れにし　妹《いも》が着《き》せてし　なれ衣《ごろも》　袖片敷《そでかたし》きて　ひとりかも寝《ね》む

（『万葉集』巻十五―3625）

この長歌は、「古挽歌《こばんか》」と詞書にあるように、古くから伝えられた挽歌である。

行く水が、ふたたび帰らぬように、野に吹く風が、わたくしたちの目には見えないように、跡も残さない世の人だから、亡くなった妻が着せてくれた、なれ衣の袖を、ひとり寂しく敷いて寝ることであろう、という意味である。

「世間の無常を悲しみし歌」の一節にも、

吹《ふ》く風《かぜ》の　見《み》えぬがごとく　行《ゆ》く水《みづ》の　止《と》まらぬごとく　常《つね》もなく　うつろふ見《み》れば……

（『万葉集』巻十九―4160）

と詠まれている。もちろん、「行く水」は、無常感の象徴としてばかり歌われているわけではない。

高山《たかやま》の　岩《いは》もと激《たき》ち　行《ゆ》く水《みづ》の　音《おと》には立《た》てじ　恋《こ》ひて死《し》ぬとも

（『万葉集』巻十一―2718）

この「激ち行く水」は、恋の激情を示しているといってよいだろう。

奥山《おくやま》の　木《こ》の葉隠《はがく》りて　行《ゆ》く水《みづ》の　音聞《おとき》きしより　常忘《つねわす》らえず

（『万葉集』巻十一―2711）

の「行く水の音」は、人の噂と解するよりも、むしろ相手の秘めた恋心の比喩ではないだろうかと、わたくしは考えている。

ゆくらゆくらに

黒髪「聯珠百人一首」

天雲《あまくも》の　ゆくらゆくらに　葦垣《あしかき》の　思《おも》ひ乱《みだ》れて　乱《みだ》れ麻《を》の　麻笥《をけ》を
なみと　我《あ》が恋《こ》ふる　千重《ちへ》の一重《ひとへ》も　人知《ひとし》れず　もとなや恋《こ》ひむ
息《いき》の緒《を》にして　（『万葉集』巻十三―3272）

天雲のように、ゆらゆらと思い乱れている。それは、あたかも、乱れ麻が麻笥に納まらないように、わたくしは恋い乱れているが、そのことの千分の一でさえ、人に知られず、やたらと恋い焦がれるだろう。命がけで、あなたを愛している、という意味である。

この歌の「ゆくらゆくらに」は、万葉仮名で「行莫行莫《ゆくらゆくらに》」と記されている。この言葉は、気持ちがゆらゆらと揺れ動くさまを言うのだが、おそらく、「行《ゆ》く莫《なか》れ（行くな）」と言いきかせても、自分の魂が、ふらふらと出てしまう様をいっているのであろう。

ぬばたまの　黒髪《くろかみ》敷きて　人《ひと》の寝《ぬ》る　甘眠《うまい》は寝《ね》ずて　大船《おほぶね》の　ゆく
らゆくらに　思《おも》ひつつ　我《わ》が寝《ぬ》る夜《よ》らを　数《よ》みもあへむかも　（『万葉集』巻十三―3274）

妻の黒髪を敷いて、わたくしは他人のように満ち足りて眠ることができないのだ。ゆらゆらと定まらぬことを、あれこれと考えながら寝る夜は、幾夜と数えることができないほど続いている、という意味である。

この歌では、「ゆくらゆくらに」には、「往良行羅二《ゆくらゆくらに》」の文字を当てているが「往ったり来たり」して、心が千々に乱れる様を表そうとしているようである。この類歌は、

ぬばたまの　黒髪《くろかみ》敷きて　人《ひと》の寝《ぬ》る　甘眠《うまい》は寝《ぬ》ずに　大船《おほぶね》の　ゆく
らゆくらに　思《おも》ひつつ　我《わ》が寝《ぬ》る夜《よ》らは　数《よ》みもあへぬかも　（『万葉集』巻十三―3329）

であろう。

この歌では、「ゆくらゆくらに」は「行良行良尓《ゆくらゆくらに》」と表記している。「行良」の文字は、「勝手に行くが良い」と放任している気持ちの表現ではないだろうか。それぞれ勝手な行動を起こして、まとまらないことをいっているのであろう。

たらちねの　母《はは》の命《みこと》の　大船《おほぶね》の　ゆくらゆくらに　下恋《したごひ》に　いつか
も来《こ》むと　待《ま》たすらむ……　（『万葉集』巻十七―3962）

大伴家持のこの歌は、母上様が、落ち着かずに、心のうちで、わたくしが、いつか帰ってくるかとお待ちであろう、という意味である。

「ゆくらゆくらに」は、『万葉集』では、多く「大船の」を伴うようである。この歌の「ゆくらゆくらに」は、万葉仮名で「由久良由久良尓《ゆくらゆくらに》」と記されている。

別《わか》れにしより　沖《おき》つ波《なみ》　とをむ眉引《まよび》き　大船《おほぶね》の　ゆくらゆくらに
面影《おもかげ》に　もとな見《み》えつつ　かく恋《こ》ひば　老《お》いづく我《あ》が身《み》　けだし堪《あ》
へむかも　（『万葉集』巻十九―4220）

大伴坂上郎女《さかのうえのいらつめ》のこの歌は、お別れした日から、その丸い眉のお顔が、いつもゆらゆらと面影となって見えるが、こんなに恋しがっていると、わたくしはいつの間にか年老いてしまい、本当に堪えられるだろうか、という意味である。

ゆふだすき（木綿襷）

古代の女性「伊勢参宮名所図会」

木綿は、楮《こうぞ》などの樹皮をはいで、その繊維を水でさらし、糸に紡いで織った布である。

それで作った襷を掛けるということは、神に仕える巫女の姿となることである。

木綿《ゆふ》だすき　肩《かた》に取《と》り掛《か》け　斎瓮《いはひへ》を　斎《いは》ひ掘《ほ》りする　天地《あめつち》の　神《かみ》にそ我《あ》が乞《こ》ふ　いたもすべなみ

（『万葉集』巻十三―3288）

とも歌われ、必ず木綿襷を肩に掛けて祭ったのである。

「斎瓮」は、「忌瓮《いんべ》」と同じで「孝霊記」には、「針間《はりま》（播磨）の氷河《ひかは》の前《さき》に忌瓮《いはひべ》を居《す》ゑて、針間《はりま》の道《みち》の口《くち》と為《し》て」と記されている。

斎瓮は、神を斎《いつ》きまつるために、大地に掘った穴に神聖な壺を据えて、酒を盛って供えるものである。

「崇神紀」十年九月条にも、反乱した埴安彦《はにやすひこ》を鎮定するために「忌瓮《いはひべ》を以《も》て、和珥《わに》の武鐰坂《たけすきのさか》の上《うへ》に鎮坐《す》う」と記されている。和珥坂は、現在の奈良県天理市の和邇町あたりにある坂である。

「丸邇坂《わにさ》の土《に》を　初土《はつに》は　膚赤《はだあか》らけみ」（「応神記」）と歌われていることから、この丸邇坂付近は、焼物の原料の赤土の産地であったのがわかる。

木綿《ゆふ》だすき　肩《かた》に取《と》り掛《か》け　倭文幣《しつぬさ》を　手《て》に取《と》り持《も》ちて　な放《さ》けそと　我《われ》は祈《いの》れど……

（『万葉集』巻十九―4236）

の歌でも、木綿襷を肩に掛けて神祭りをしていることが詠まれている。

わがやどに　みもろを立《た》てて　枕辺《まくらへ》に　斎瓮《いはひへ》をすゑ　竹玉《たかたま》を　間《ま》なく貫《ぬ》き垂《た》れ　木綿《ゆふ》だすき　かひなにかけて　天《あめ》なる　ささらの小野《をの》の　七節菅《ななふすげ》　手《て》に取《と》り持《も》ちて　ひさかたの　天《あま》の川原《かはら》に　出《い》で立《た》ちて　みそぎてましを　高山《たかやま》の　いはほの上《うへ》に　いませつるかも

（『万葉集』巻三―420）

この長歌は、石田王《いしだのおおきみ》が亡くなり、丹生王《にうのおおきみ》が作った挽歌の一節である。

我が家に祭壇のための玉御諸《たまみもろ》を設けて、枕もとには斎瓮《いわいべ》をすえて、竹の玉をすき間なく貫き垂らし、わたくしは、木綿の襷《たすき》を腕に掛け、天にあるという小野の七節の長い菅《すげ》を手に持ち、天の川原に出て禊《みそぎ》をすればよかった。そうすれば、あなたは生き返ったかもしれないのに、高山の巌の上に葬ってしまったことが、本当に残念だ、という意味であろう。

木綿襷を掛け、菅などを持って舞うのは、一種の魂《たま》呼びの呪法であろう。

「神代記」の天の岩屋戸の段には、岩屋に籠もられ、身を隠された天照大神に対し、天宇受売命《あめのうずめのみこと》が、「天《あめ》の香山《かぐやま》の天《あめ》の日影《ひかげ》を手次《たすき》に繋《か》けて、天《あめ》の真拆《まさき》を縵《かづら》と為《し》て、天《あめ》の香山《かぐやま》の小竹葉《ささば》を手草《たぐさ》に結《ゆ》ひて、天《あめ》の石屋戸《いはやと》に汚気《うけ》伏《ふ》せて踏《ふ》み」とどろかせたと記されている。

ちなみに、「日影」は、日蔭蔓《ひかげのかずら》のことであり、「真拆《まさき》」は、定家葛《ていかかずら》をいうようである。

ゆふだたみ（木綿畳）

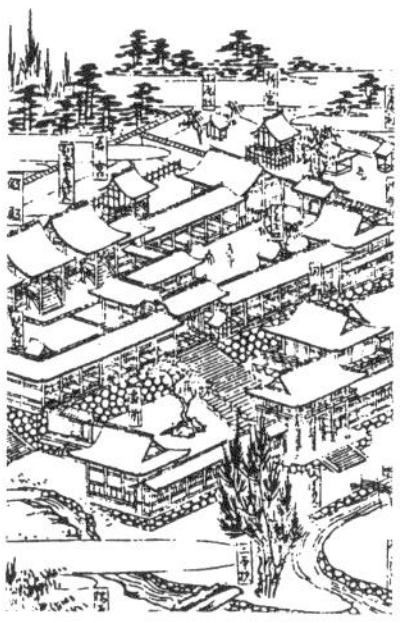

上賀茂神社「都名所図会」

天平九（七三七）年の夏四月、大伴坂上郎女《さかのうえのいらつめ》が、賀茂の神社を拝し、そのついでに相坂山《おうさかやま》を越えて、近江の淡海（琵琶湖）を望み見て、夕方になって帰宅したことがあった。

夏四月と記すのは、旧暦では一月、二月、三月を「春」として、四月、五月、六月を「夏」としたからである。それぞれの季節の変わり目には、夏四月、秋七月、冬十月などと記すのが慣習であった。

木綿畳《ゆふたたみ》　手向《たむけ》の山《やま》を　今日《けふ》越《こ》えて　いづれの野辺《のへ》に　廬《いほ》りせむ我《われ》（『万葉集』巻六―1017）

木綿畳というは、木綿を折り畳んだものをいうようである。主に、神事に用いられたものである。

木綿は、楮《こうぞ》の樹皮をはがして蒸し、その繊維を水で洗い、細かく裂いて糸としたものである。この木綿は、好んで神事に用いられ、榊にとりつけられる幣《ぬさ》には、木綿を用いている。

木綿畳の語は、

木綿《ゆふ》たたみ　手《て》に取《と》り持《も》ちて　かくだにも　我《あれ》は祈《こ》ひなむ　君《きみ》に逢《あ》はじかも（『万葉集』巻三―380）

という坂上郎女の反歌にも詠まれている。

その長歌には、「しらか付《つ》く　木綿取《ゆふと》り付《つ》けて」（『万葉集』巻三―379）と歌われ、「木綿」に枕詞「しらか付く」が用いられている。

しらかつく　木綿《ゆふ》は花物《はなもの》　言《こと》こそば　何時《いつ》のまさかも　常忘《つねわす》らえね（『万葉集』巻十二―2996）

「白香付《しらかつく》」は枕詞ではないとする説もあり、原義も必ずしも明らかではないが、一説には、楮などを細かく裂いて、白髪のようにしたものをいうようである。

「木綿」が、細く裂かれたことは、「神武紀」三十一年四月条に、「内木綿《うちゆふ》の真迮《まさ》き国《くに》」とあることにより窺《うかが》うことができるだろう。

「皇極紀」二年二月条にも「国《くに》の内《うち》の巫覡《かむなきら》等、枝葉《しば》を折《を》り取《と》りて、木綿《ゆふ》を懸掛《しでか》けて……争《いそ》ぎて神語《かむこと》の入微《たへ》なる談《ことば》を陳《の》ぶ」とあり、神事には、必ず木綿が用いられているのである。

『延喜式』神祇二、四時祭下にも、「鴨《かも》（賀茂）別雷《わけいかづち》の社《やしろ》（上賀茂神社）には木綿一斤十両《ゆふいっきんじゅうりょう》、鴨御祖《かもみおや》の社《やしろ》（下賀茂神社）には木綿三斤四両《ゆふさんきんよんりょう》」が献じられている。

これらは、朝廷の儀礼の規定であろうが、個人的に参拝する者も、木綿を畳んで献じたのである。

このように、神に物を献ずることを、「手向《たむ》け」と称していた。

「礪波山《となみやま》　手向《たむけ》の神《かみ》に　幣奉《ぬさまつ》り」（『万葉集』巻十七―4008）と長歌の一節に歌われているが、手向けの神に幣が献ぜられているのである。

これは、大伴家持が正税帳使《しょうぜいちょうし》として上京した頃に、大伴池主が、富山県（越中）と石川県（加賀）の県境にある礪波山で家持の無事と再会を祈って手向けしたものである。

ゆゆしき

住吉神社祭礼「住吉名勝図会」

かけまくも　ゆゆしきかも　言《い》はまくも　あやに恐《かしこ》き　明日香《あすか》の
真神《まかみ》の原《はら》に　ひさかたの　天《あま》つ御門《みかど》を　恐《かしこ》くも　定《さだ》めたまひて……

（『万葉集』巻二―199）

言葉に出すのも憚《はばか》られ、口に出して言うことも恐れ多いが、明日香（飛鳥）の真神の原に、天皇は宮殿を、恐れ多くもお定めになって、という意味の柿本人麻呂の歌である。

真神の原は、「崇峻紀」元年是歳条に「始《はじ》めて法興寺《ほふこうじ》を作《つく》る。此《こ》の地《ところ》を飛鳥《あすか》の真神原《まかみのはら》と名《なづ》く」とあるように、現在の飛鳥寺（安居院）の付近が真神の原と呼ばれていた。

『大和国風土記』逸文には、昔、明日香の地に老いた狼がいて、多くの人を食ったので、土地の人々はこの老狼を大口《おおくち》の神と称して恐れていたとある。それより老狼が住んでいる所を、大口の真神原と呼ぶようになったと伝えている。

「天つ御門」は、天武天皇の宮殿、浄御原《きよみはら》の宮である。「赤駒《あかごま》の　腹這《はらば》ふ田《た》居《ゐ》」（『万葉集』巻十九―4260）とか、「水鳥《みづとり》の　すだく水沼《みぬま》」（『万葉集』巻十九―4261）と言われるような湿地を切り開いて、天武天皇は都を置かれた。

「ゆゆしき」は、「由由」とか、「忌忌」と表記されるように、触れれば大変なことになるため、触れることはタブーであるという意の語である。いわば、憚りの多いという意である。

隠《こも》り沼《ぬ》の　下《した》ゆ恋《こ》ふれば　すべをなみ　妹《いも》が名告《なの》りつ　ゆゆしきものを

（『万葉集』巻十一―2441）

わたくしは、密かに恋していたが、どうしようもなく、ついに恋人の名を口に出してしまった。慎まなければならないのに、という意味である。

おそらく、神に誓って、恋人の名を出さないといっていたのであろうが、あまりの恋しさに、ついに口に出してしまった男の告白の歌であろう。

ゆゆし恐《かしこ》し　住吉《すみのえ》の　現人神《あらひとがみ》　船舳《ふなのへ》に　うしはきたまひ……

（『万葉集』巻六―1020）

恐れ多い住吉の現人神よ、船の舳先に先導されて、という意味である。

天平五（七三三）年に、入唐使に贈ったとされる長歌にも、

かけまくの　ゆゆし恐《かしこ》き　住吉《すみのえ》の　我《わ》が大御神《おほみかみ》　船《ふな》の舳《へ》に　うしはきいまし　船艫《ふなども》に　立《た》たしいまして……

（『万葉集』巻十九―4245）

と同様な歌詞を連ねている。

「神代紀」の伊奘冉尊《いざなぎのみこと》の禊《みそぎ》の段に、底筒男命《そこつつのおのみこと》、中筒男命《なかつつのおのみこと》、表筒男命《うわつつのおのみこと》の三神を、「住吉大神《すみのえのおほみかみ》なり」と記しているが、この神は住吉（住の江）に祀られた海上交通を司る神であった。

住吉は、現在の大阪市住吉区住吉である。

『摂津国風土記』逸文には、神功皇后の時代、住吉の大神が鎮座される土地を求められ、この地に至って、「真住《ますみ》吉《え》し」といわれたので、住吉の名がつけられたと伝えられている。

ゆりもあはむ
（ゆりも逢はむ）

ユリ「草木図説」

伊美吉縄麻呂《いみきなわまろ》の、

灯火《ともしび》の　光《ひかり》に見《み》ゆる　さ百合花《ゆりばな》　ゆりも逢《あ》はむと　思《おも》ひそめてき
（『万葉集』巻十八―4087）

という歌は、灯火の光に映えている百合の花、その「ゆり」ではないが、これより後も逢おうと思い始めた、という意味である。

「ゆり」という言葉は、「のち」「後で」の意の名詞であるという。

我妹子《わぎもこ》が　家《いへ》の垣内《かきつ》の　さ百合花《ゆりばな》　ゆりと言《い》へるは　否《いな》と言《い》ふに似《に》る
（『万葉集』巻八―1503）

紀豊河《きのとよかわ》のこの歌は、あなたのお宅の垣の内に咲いている百合の花、その「ゆり」ではないが、「後で」と言われたのは、「いや」という言葉に似ているように聞こえる、という意味である。

道《みち》の辺《へ》の　草深百合《くさぶかゆり》の　後《ゆり》もと言《い》ふ　妹《いも》が命《いのち》を　われ知《し》らめやも
（『万葉集』巻十一―2467）

道端の草深いところで咲いている百合の花、その「ゆり」ではないが、「後で」と言う恋人の真意を知ることができようか、という意味であろう。

この歌では「後云」と書いて「ゆりもといふ」と訓《よ》ませている。

大伴家持は、

さ百合花《ゆりばな》　ゆりも逢《あ》はむと　思《おも》へこそ　今《いま》のまさかも　愛《うるは》しみすれ
（『万葉集』巻十八―4088）

と詠んでいるが、後にもお逢いしようと、わたくしは思っているからこそ、今、まさに、この時も、あなたと愛を交わしているのだ、という意味である。

古代の日本の人々は、百合の花を非常に愛好していたようである。

「神武記」によると、神武天皇が、狭井河《さいのかわ》の辺りにあった伊須気余理比売《いすけよりひめ》の許《もと》に妻問いをされたが、この狭井河は「其《そ》の河《かは》の辺《ほと》りに、山里理草多《やまゆりくさは》に在《あ》りき。故《かれ》、其《そ》の山由理草《やまゆりくさ》の名《な》を取《と》りて、佐韋河《さゐがは》と号《なづ》けき。山由理草《やまゆりくさ》の本《もと》の名《な》は佐韋《さゐ》と云《い》ひき」と註されている。

百合は「幸草《さきくさ》」であり、吉兆を象徴していたのである。

なでしこが　その花妻《はなづま》に　さ百合花《ゆりばな》　ゆりも逢《あ》はむと　慰《なぐさ》むる　心《こころ》しなくは　天離《あまざか》る　鄙《ひな》に一日《ひとひ》も　あるべくもあれや
（『万葉集』巻十八―4113）

撫子《なでしこ》の花のような可憐な妻に、百合の花の「ゆり」ではないが、後で逢おうとでも想って心を慰めていなければ、鄙の地に一日たりともいられるようなものではない、という意味である。

この大伴家持の歌は、「庭《には》の中《うち》の花《はな》の作歌《さっか》」と題されているから、越中の国府の館に咲く花を見て、都に残していた若妻を偲んで歌ったものであろう。

愛する人を愛撫することを暗示している撫子と、「幸草」である百合は、いわば愛妻の形代《かたしろ》であったのではあるまいか。

さ百合花《ゆりばな》　ゆりも逢《あ》はむと　下延《したは》ふる　心《こころ》しなくは　今日《けふ》も経《へ》めやも
（『万葉集』巻十八―4115）

これも大伴家持の歌であるが、百合の花の「ゆり」ではないが、後でも逢おうと、心の中で密かに思っているのでなければ、どうして今日も過ごすことができようか、という意味である。

よしゑやし

石見国高津山人丸社「山水奇観〈山陰奇勝〉」

石見《いはみ》の海《うみ》　角《つの》の浦廻《うらみ》を　浦《うら》なしと　人《ひと》こそ見《み》らめ　潟《かた》なしと　人《ひと》こそ見《み》らめ　よしゑやし　浦《うら》はなくとも　よしゑやし　潟《かた》はなくとも

……

（『万葉集』巻二—131）

石見国の角の浦一帯には、良好な浦がないと、人は御覧になるだろう。また、良い潟がないと、人は見ているだろう。えいままよ、浦はなくとも、えいままよ、潟がなくとも、という意味である。

角の浦は、島根県江津市都野津《つのつ》町の浜である。波子町の大崎鼻《おおさきばな》まで長く続く長汀《ちょうてい》を、角《つの》と称したといわれている。

冒頭の歌は、柿本人麻呂が赴いた、石見国を擁護する長歌の一節である。

他人に言わせれば、たいした所ではないかもしれないが、わたくしには、別れた妻の思い出の地として、鮮明に脳裏に焼きついている所だ、といっているのである。

その気持ちが、「よしゑやし」という言葉に込められているのであろう。

つまり、「よしゑやし」は、その「よしゑ」という副詞に、「や」「し」の助詞がつけられた語で「どうでもよい」という意味である。

面白いのは、この「よしゑやし」に「縦画屋師《よしゑやし》」の文字が当てられていることである。文字通り解すれば「縦《たと》え画師であっても」立派に描くことはできまい、という意味であろう。だから、素人の自分には、充分それを表現できなくとも「まあいいさ」と放擲《ほうてき》してしまうことを、この言葉で示そうと苦心しているのではあるまいか。

よしゑやし　恋《こ》ひじとすれど　秋風《あきかぜ》の　寒《さむ》く吹《ふ》く夜《よ》は　君《きみ》をしそ思《おも》ふ

（『万葉集』巻十—2301）

どうなろうともかまわないと思って、あなたのことを恋しく思うまいと決めたけれど、秋風の寒く吹く夜には、どうしても、あなたのことが切に想い出されてしまう、という意味だろう。

この歌では、「よしゑやし」には、「忍咲八師《よしゑやし》」の字が当てられており、恋の花をこっそり咲かせている作者の偽らざる心境を示唆しているようである。

よしゑやし　恋《こ》ひじとすれど　木綿間山《ゆふまやま》　越《こ》えにし君《きみ》が　思《おも》ほゆらくに

（『万葉集』巻十二—3191）

ええ勝手にしろと、あなたに恋することをやめようと思うが、木綿間山を越えて去ってしまったあなたをどうしても想い出してしまう、という意味である。

この歌の「よしゑ」には「不欲恵《よしゑ》」の文字が当てられていて、「愛の恵みを欲しない」という気持ちを示している。もちろん、反語的な表現である。

よしゑやし　死《し》なむよ我妹《わぎも》　生《い》けりとも　かくのみこそ我《あ》が　恋《こ》ひわたりなめ

（『万葉集』巻十三—3298）

ええい、もう、わたくしは死んでしまうよ、わが恋人よ。生きていても、このようにずっとあなたのことを、ひとり恋い続けてしまうよ、の意である。

この歌では、「死」に「二二」の字を当てている。二掛ける二は四《し》だからである。

よそのみに

環頭大刀（高麗剣）（笹間良彦画）

闇《やみ》の夜《よ》に　鳴《な》くなる鶴《たづ》の　外《よそ》のみに　聞《き》きつつかあらむ　逢《あ》ふとはなしに
（『万葉集』巻四—592）

闇の夜に、鳴き声だけが聞こえてくる鶴のように、あなたの噂ばかり聞かされている、一度もお逢いすることなしに、という意味である。この歌の「外のみに」は、恋の圏内から外れることなしにであろう。つまり、主体的に、関わりが持てないことをいっているのであろう。

『伊勢物語』に載る、

そむくとて　雲《くも》にはのらぬ　物《もの》なれど　世《よ》のうきことぞ　よそになるてふ
（『伊勢物語』百二段）

の「よそになる」は、他人事となるの意である。ちなみに、この歌は、世に背を向け、出家しても、雲に乗れるわけでもないが、世の憂きことは他人事にはなるようだ、という意味である。

春日野《かすがの》に　照《て》れる夕日《ゆふひ》の　よそのみに　君《きみ》を相見《あひみ》て　今《いま》そ悔《くや》しき
（『万葉集』巻十二—3001）

いつもは、ただ美しい光景だとながめていた春日野の夕日が、山の彼方に沈んでいく。それと同じように、あなたを遠くに見ていたことが今は悔やまれてしかたがない、という心境の歌であろう。この場合は、「よそのみに」は、「傍観」する意であろう。積極性の欠如が、後悔のもととなったといってよい。

よそのみに　君《きみ》を相見《あひみ》て　木綿畳《ゆふたたみ》　手向《たむけ》の山《やま》を　明日《あか》か越《こ》え去《い》なむ
（『万葉集』巻十二—3151）

遠くから、あなたを密かに思って見ていたが、打ち明ける勇気もないので、明日は手向の山を越えて、わたくしは去って行くだろう、という意味である。手向の山を越えるのも、一種の「よそのみに」の状態になることを示しているのであろう。

高麗剣《こまつるぎ》　わが心《こころ》ゆゑ　よそのみに　見《み》つつや君《きみ》を　恋《こ》ひわたりなむ
（『万葉集』巻十二—2983）

わたくしの心がだらしないため、気持ちを打ち明けることもできず、これからも、遠くから、あなたを恋し続けることであろう、という意味である。高麗剣は、柄の先に環《わ》がある立派な剣である。そのため、「わ」という言葉の枕詞となったものである。

しかし、あえて高麗剣を冒頭に出すのは、おそらく、この歌の作者が、自分が立派な武人であることを示すためであろう。たとえ、いくら凶敵に強くとも、恋にはまったくのうぶであった武人の、やるせない歌ではないだろうか。

よそのみに　見《み》ればありしを　今日《けふ》見《み》ては　年《とし》に忘《わす》れず　思《おも》ほえむかも
（『万葉集』巻十九—4269）

聖武天皇の御製である。他人の家だとばかり見ていたけれど、今日、あなたの家に行って拝見すると、あまりにも美しいので、毎年忘れないで想い出される、という意味である。この「よそのみに」は、「まるで他人事のように」の意味であろう。

よのほどろ（夜のほどろ）

古代の男性「絵本和歌浦」

夜《よ》のほどろ　我《わ》が出《い》でて来《く》れば　我妹子《わぎもこ》が　思《おも》へりしくし　面影《おもかげ》に見《み》ゆ（『万葉集』巻四―754）

この歌には、「夜のほどろ」という見なれぬ言葉が用いられているが、「ほどろ」は、雪などが「はらはら」と降る様をいうようである。

『万葉集』には大伴旅人の、

沫雪《あわゆき》の　ほどろほどろに　降《ふ》り敷《し》けば　奈良《なら》の都《みやこ》し　思《おも》ほゆるかも（『万葉集』巻八―1639）

という歌が収められているが、この「ほどろほどろ」は、一説には、「はだら（斑ら）」と同義であるといわれている。つまり、雪がほどけるように、まだらの状態で降るのである。

「夜のほどろ」は夜がほどけるように、ほのかに明るくなることをいうのであろう。

おそらく、冒頭の歌は、妻問いした男が、夜の明けきらぬ頃に、妻の家から帰りながら、今別れたばかりの妻の、別れを惜しんで沈んでいる顔が、しきりに想い出されてしかたがない、という意味ではあるまいか。

夜《よ》のほどろ　出《い》でつつ来《く》らく　度《たび》まねく　なれば我《あ》が胸　切《き》り焼《や》くごとし（『万葉集』巻四―755）

夜明けのまだ暗い内に、妻の家から出てくることが、何度も重なってくると、次第に、わたくしの胸が切り焼かれるような苦痛をおぼえる、という意味であろう。

この歌と冒頭の歌は、大伴家持が大伴坂上《さかのうえの》大嬢《おおいらつめ》へ妻問いした時のものである。

今の時代にこの歌を読み返してみると、ややオーバーに思えるかもしれないが、昔の妻問いは、夜明け前の暗い路を、ひとりとぼとぼと帰宅しなければならなかったことを想像すれば、このような歌も、素直に気持ちを歌っていることが理解できるであろう。

聖武天皇の

秋《あき》の田《た》の　穂田《ほだ》を雁《かり》がね　暗《くら》けくに　夜《よ》のほどろにも　鳴《な》き渡《わた》るかも（『万葉集』巻八―1539）

という御歌も『万葉集』に収められている。

秋の穂が出た田に、雁が、夜の明けきらぬうちに、鳴き渡っている、という意味である、ここにも「夜のほどろ」という言葉が用いられている。

『和泉式部日記』の一部にも、「そら耳《みみ》をこそ聞《き》きおはさうじて、夜《よ》のほどろにまどはかさるる」と記している。

空耳なのに聞いたようなことをいうのはとんでもないことだ、夜がまだ明けきらぬ時分にうろたえさせないでほしい、の意である。

このように「夜のほどろ」は、夜の闇がほどけ散る様を表している言葉と思われる。

よばひ（呼ばひ・婚ひ）

古代の住居「古代日本人の生活」

他国《ひとくに》に　よばひに行《ゆ》きて　大刀《たち》が緒《を》も　いまだ解《と》かねば　さ夜《よ》そ明《あ》けにける　（『万葉集』巻十二―2906）

この歌を目にすると、わたくしは、『古事記』の八千矛神《やちほこのかみ》（大国主神《おおくにぬしのかみ》）が、高志国《こしのくに》の沼河比売《ぬなかわひめ》に婚《よばい》した時の歌を思い出す。

麗《くは》し女《め》を　有《あ》りと聞《き》こして　さ婚《よば》ひに　あり立《た》たし　婚《よば》ひに　あり通《かよ》はせ　大刀《たち》が緒《を》も　いまだ解《と》かずて……　（神代記）

と歌われているように、夜明けを迎えざるを得なかった八千矛神の物語が、万葉の歌と重複して感ぜられるのである。『古事記』には「用婆比《よばひ》」と表記されているが、冒頭の『万葉集』の歌では、「結婚」の文字が当てられるように、「夜這い」とはまったく異なる意味をもつ言葉である。

「よばひ」は、むしろ「呼び合い」から起こる言葉であった。結婚を求めて呼びかけることである。それが後に、男が、女の寝所に忍び込む意味に転じていったのである。次の歌の「来呼ぶ」が本来の「よばひ」である。

誰《たれ》そこの　我《わ》がやど来呼《きよ》ぶ　たらちねの　母《はは》にころはえ　物思《ものおも》ふ我《われ》を　（『万葉集』巻十一―2527）

古代の結婚は妻問いであり、男が女の許《もと》に通うことから始まるが、その結婚を最終的に決める権利は、女性の母にあったようである。

それゆえ、いかに恋をしていても、その逢瀬は、母の厳しい監視のもとに置かれていたのである。

汝《な》が母《はは》に　嘖《こ》られ我《あ》は行《ゆ》く　青雲《あをくも》の　出《い》で来《こ》我妹子《わぎもこ》　相見《あひみ》て行《ゆ》かむ　（『万葉集』巻十四―3519）

母の同意がなければ、激しく叱責されて、追い返されたのである。たとえ、夜おそく恋人の家を訪ねたとしても、

奥床《おくとこ》に　母《はは》は寝《い》ねたり　外床《とどこ》に　父《ちち》は寝《い》ねたり　起《お》き立《た》たば　母知《はし》りぬべし　出《い》でて行《い》かば　父知《ちちし》りぬべし……　（『万葉集』巻十三―3312）

という有様で、恋人を外に誘い出すことは、ついにかなわなかったのである。

特に庶民の家は竪穴式住宅で出入口は一つであり、その近くには一家の主人の床が敷かれていた。

そのため、密かに恋人を呼び出すためには、示し合わせた声を上げて知らせたり、あるいは笛を吹いたり、家の屋根に石を投げたりして、苦心惨憺たる思いをして、やっと誘い出さなければならなかった。

『竹取物語』には、美貌のかぐや姫を一目見ようと、人々が競い合ったことが記されている。「夜《よ》るは安《やす》きいも寝《ね》ず、闇《やみ》の夜《よ》に出《いで》て、穴《あな》をくじり、かひ《（い）》ばみまどひあへり。さる時《とき》よりなむ、よばひとは言《い》ひける」とあるが、ここでは、明らかに「夜這い」の意に転化しつつあることを示しているといってよいであろう。

「呼び合い」を示す典型的な例は、雄略天皇が、

この岡《をか》に　菜摘《なつ》ます児《こ》　家告《いへの》らな　名告《なの》らさね……　（『万葉集』巻一―1）

と「菜摘ます児」に、家と名を告げるように求めたことである。

そして最後に「我《われ》こそば　告《の》らめ　家《いへ》をも名《な》をも」と、自らの名前を明かしているが、これが、「呼び合い」、つまり、「よばい」の原型を示すものといってよいであろう。

よろしなへ（宜しなへ）

大和三山「南都名所集」

耳梨《みみなし》の　青菅山《あをすがやま》は　背面《そとも》の　大《おほ》き御門《みかど》に　よろしなへ　神《かむ》さび立《た》てり……

（『万葉集』巻一―52）

耳梨の山（耳成山）は、青くすがすがしい山として、北の大門として、いかにも神々しく立っている、という意味である。

この歌は、藤原京の讃歌であるが、天の香具山は都の東の山で、春を象徴する山であり、東の御門をなし、畝傍山は西の山で、瑞々しい山として西の御門とされている。

それに続いて、北の位置の大門をなすように、耳成山が、いかにも神々しく立っているし、南の方には、遥かかなたに、吉野山が南の大門として存在していると述べているのである。

これは、東の方向を「日《ひ》の経《たて》」とし、西を「日《ひ》の緯《よこ》」、北を「背面《そとも》」、南を「影面《かげとも》」とする考えにもとづいているのである。

「成務紀」五年九月条に「東西《ひむがしにし》を日縦《ひのたたし》とし、南北《みなみきた》を日横《ひのよこし》とす。山《やま》の陽《みなみ》を影《かげ》面《とも》と曰《い》ふ。山《やま》の陰《きた》を背面《そとも》と曰《い》ふ」の記述が見える。

藤原京は、大和盆地にあって、人々から、聖なる山として尊崇される大和三山に囲まれ、さらに、天武持統朝発祥の縁《ゆかり》の吉野山を南に望む所に作られており、永遠の願いと意図が込められていたといってよいのである。

ところで、この讃歌に、「よろしなへ」という言葉が用いられているが、「よろし」に、助詞の「なへ」が付けられたもので、「いかにも好ましい」「まさにふさわしい」などの意に用いられている。

宜《よろ》しなへ　わが背《せ》の君《きみ》が　負《お》ひ来《き》にし　この勢能山《せのやま》を　妹《いも》とは呼《よ》ばじ

（『万葉集』巻三―286）

右の歌は、丹比真人笠麻呂《たじひのまひとかさまろ》が、紀伊国の勢能山にむかって、

栲領巾《たくひれ》の　かけまく欲《ほ》しき　妹《いも》の名《な》を　この勢能山《せのやま》に　かけばいかにあらむ

（『万葉集』巻三―285）

と詠んだことに、春日蔵首老《かすがのくらのおびとおゆ》が答えたものである。

口に出したいと思っている「妹」という言葉を、この勢能山、つまり「背の山」の名に使ったらどうであろうかと、丹比真人笠麻呂がいうのに対し、いくらなんでも、勢能山という由緒正しい山を、勝手に「妹の山」と名を変えて呼ぶのは、おこがましいといっているのである。

もちろん、これは一種の戯《たわむ》れの歌であり、あからさまに妻恋しとのろけた笠麻呂に対し、春日蔵首老がからかったものであろう。

『万葉集』に、

背《せ》の山《やま》に　直《ただ》に向《む》かへる　妹《いも》の山《やま》　事許《ことゆる》せやも　打橋渡《うちはしわた》す

（『万葉集』巻七―1193）

とあるように、背の山と妹の山は、紀の川をはさんで、お互いに面するように立ち、一般には、これらを併せて妹背山と呼んでいた。

現在の和歌山県伊都郡かつらぎ町背ノ山の「背山」と、かつらぎ町西渋田の「妹山」が、いわゆる妹背山に比定されている。そこは、大和から紀の川の上流の吉野川を下り、その下流の、紀の川沿いの街道の途中にあった名所であった。

よろづよに（万代に）

古代の武人「前賢故実」

万代《よろづよ》に　いましたまひて　天《あめ》の下《した》　奏《まを》したまはね　朝廷去《みかどさ》らずて
（『万葉集』巻五―879）

大宰帥《だざいのそち》の任を終えて都に帰る大伴旅人に贈った、筑前守山上憶良の歌である。都にお帰りになって、大納言という高官につかれたら、ぜひ万年までお健やかに過ごされ、天下の政治を聖武天皇に奏上して、立派な業績をあげてほしい。どんなことがあっても、朝廷を去られることがないように、という意味である。特に「朝廷去らずて」とつけ加えたのは、旅人が年老いて愛妻を失い、往年の気力を失いつつあったことや、それにもまして、藤原の四兄弟（武智麻呂《むちまろ》・房前《ふささき》・宇合《うまかい》・麻呂《まろ》）の専制の圧力が、大伴氏の棟梁である旅人に重くのしかかっていたことへの激励であろう。

旅人のような教養人には、次第に仏教的な諦観が浸透しつつあり、権力抗争を避ける姿勢が強くなりつつあったのである。その反面、旅人には大化前代以来の、名門の嫡流としての誇りも、ぬぐい去ることはできなかったのである。その旅人の意識を「万代に　いましたまひて」と力づけたのが憶良の歌であろう。その憶良も、病気が重くなった時に、

士《をのこ》やも　空《むな》しくあるべき　万代《よろづよ》に　語《かた》り継《つ》ぐべき　名《な》は立《た》てずして
（『万葉集』巻六―978）

という、広く人々が誉め愛吟した歌を残している。

立派な男として生まれたからには、無為に終わってよいであろうか。後世まで、永く語り継がれる英名を立てずに、という意味である。憶良は大伴旅人とは異なり、名門の生まれではなかったけれど、遣唐使の一員として唐に渡り、勉学に励み、筑前守を務めるようになったが、それでも決して、顕官にのぼりつめたとはいえなかった。ただ、彼は、人情味あふれる優れた万葉歌人として、それこそ「万代に」、その名を伝えてきたのである。

大伴《おほとも》の　名《な》に負《お》ふ靫《ゆき》帯《お》びて　万代《よろづよ》に　頼《たの》みし心《こころ》　いづくか寄《よ》せむ
（『万葉集』巻三―480）

これは大伴家持の歌であるが、大伴氏の名誉ある名をつけた靫《ゆき》（矢を入れるもの）を身につけて、永遠に栄えると誇りに思っていた、この心の矜持《きょうじ》を、今後、どこに寄せたらよいのか、という意味である。

万代《よろづよ》に　心《こころ》は解《と》けて　我《わ》が背子《せこ》が　捻《つ》みし手《て》見《み》つつ　忍《しの》びかねつも
（『万葉集』巻十七―3940）

いつまでもと、心を打ち解け、いとしい恋人がつねった手を見ながら、恋しくてたまらない想いでいる、という恋歌である。

「心は解けて」は、恋人の変わらぬ愛情を知らされて、今までいろいろと心配していたことが、嘘のように消え去ることをいうのであろう。

万代《よろづよ》に　照《て》るべき月《つき》も　雲隠《くもがく》り　苦《くる》しきものぞ　逢《あ》はむと思《おも》へど
（『万葉集』巻十―2025）

永遠に照るような月でも、雲に隠れてしまうと苦しいことだ。あなたとお逢いしたいと思っているのに、という意味である。

この歌は、七夕の夜に織女星と逢えると期待していたのに、雲に隠されてしまったことを惜しむ彦星の歌だと言われている。

七夕も「万代に」わたって、語り継がれてきた伝説である。

わがせこ（我が背子）

木曾路「山水奇観〈東山奇勝〉」

わが背子《せこ》は　仮廬作《かりいほつく》らす　草《かや》なくは　小松《こまつ》が下《もと》の　草《くさ》を刈《か》らさね
（『万葉集』巻一―11）

古代において、恋人や夫妻の間では、男を「背」と呼び、「女性」を「妹」と称していた。さらに遡ると、同世代の男と女は、お互いに、「せ」とか「いも」と呼び合ったといわれている。

「仁賢紀」には「古《いにしへ》は兄《あに》弟《おとと》長《ひととなれる》幼《いとけなき》を言《い》はず、女《をみな》は男《をとこ》を以《も》て兄《せ》と称《い》ふ。男《をとこ》は女《をみな》を以《も》て妹《いも》と称《い》ふ」（「仁賢紀」六年是秋条）と記されている。

信濃道《しなのぢ》は　今《いま》の墾《は》り道《みち》　刈《か》りばねに　足踏《あしふ》ましなむ　沓《くつ》はけ我《わ》が背《せ》
（『万葉集』巻十四―3399）

信濃の道は今、新しく開かれた道である。いとしいあなたが切り株で足を怪我をするかもしれない。それゆえ、ぜひ、沓を履いてほしいという意味であろう。

「刈りばね」は、道をならしても、木の株などが残り、それがはね返って、歩行の邪魔となるものをいうのであろう。

『続日本紀』には、「美濃《みの》、信濃《しなの》の二国《にこく》の堺《さかひ》、径道険阻《けいどうけんそ》にして、往還《おうかん》、艱難《かんなん》なり、仍《よ》って吉蘇路《きそぢ》を通《つう》ず」（『続日本紀』和銅六年七月条）とあるが、当時、盛んに道が整備されつつあったのであろう。

流《なが》らふる　われ吹《ふ》く風《かぜ》の　寒《さむ》き夜《よ》に　わが背《せ》の君《きみ》は　ひとりか寝《ぬ》らむ
（『万葉集』巻一―59）

誉謝女王《よざのおおきみ》のこの歌は、待ちわびているわたくしに風が吹きつける寒い夜に、わたくしのいとしい人は、独り寝をしていることであろう、という意味であろう。

『続日本紀』の慶雲三（七〇六）年六月条に「従四位下與射女王卆《じゅしいのげよさひめみこしゅつ》す」と記されているが、その他のことは、詳《つまび》らかではない。

わが背子《せこ》に　恋《こ》ひすべながり　葦垣《あしかき》の　外《ほか》に嘆《なげ》かふ　我《あれ》し悲《かな》しも
（『万葉集』巻十七―3975）

いとしいあの人が恋しくてどうする術《すべ》もない。葦垣の外で、ただ嘆いている自分が哀れだ、という意味である。

長歌に見える、

あをによし　奈良道来通《ならぢきかよ》ふ　玉梓《たまづさ》の　使《つか》ひ絶《た》えめや　隠《こも》り恋《こ》ひ　息《いき》づき渡《わた》り　下思《したも》ひに　嘆《なげ》かふ我《わ》が背《せ》……
（『万葉集』巻十七―3973）

をうけた短歌である。

奈良を往来する使いが絶えることがあろうか。閉じこもって恋しさに溜息をついて、密かに思っている、いとしいあなた、という意味であろう。その背の君は、「天離《あまざか》る　鄙《ひな》も治《をさ》むる　ますらを」である。

梓弓《あづさゆみ》　引《ひ》きて緩《ゆる》へぬ　ますらをや　恋《こひ》といふものを　忍《しの》びかねてむ
（『万葉集』巻十二―2987）

ますらおも、恋には忍びかねていたのである。

わぎもこ（我妹子）

伊勢神宮外宮「伊勢参宮名所図会」

我妹子《わぎもこ》を　いざみの山《やま》を　高《たか》みかも　大和《やまと》の見《み》えぬ　国遠《くにとほ》みかも
（『万葉集』巻一—44）

我妹子を、いざ見ようと思うが、いざみの山が高いのであろうか。我妹子が住む大和の国は、わたくしには見えない。わたくしがいる所が、大和から遠いためなのだろう、という意味である。

この歌は、持統天皇六（六九二）年三月に、天皇が伊勢に行幸された時、それに従った石上大臣《いそのかみのおおきみ》（石上麻呂《まろ》）が、大和に残してきた妻を偲んだ歌である。いざみの山（去来見乃山《いざみのやま》）は、旧伊勢国飯高郡の波瀬村の西の嶺、高見山の別名であろうといわれている。現在の三重県松阪市にある山である。

この伊勢の行幸については、中納言の三輪高市麻呂《みわのたけちまろ》が、農作が始まる前の行幸は、農事を著しく妨げるという理由で、強硬に反対した、曰《いわ》く付きの行幸であった（『持統紀』六年三月条）。

持統天皇も、反対説を考慮して、行幸の道筋の伊賀、伊勢志摩のその年の調役を免じて労に報《むく》いている。石上麻呂も、この行幸に従って伊勢に赴いて、愛妻を偲ぶ歌を詠じたのである。

その愛妻を、「我妹子」と呼んでいるが、「わぎもこ」の「わぎも」は「我が妹」の略であろう。「わぎもこ」の「こ」は、親愛の気持ちの表現であるといわれている。このように、恋人や妻に、特に深い愛情を示す言葉となっている。

我妹子《わぎもこ》に　我《あ》が恋《こ》ひ行《ゆ》けば　ともしくも　並《なら》び居《を》るかも　妹《いも》と背《せ》の山《やま》
（『万葉集』巻七—1210）

わたくしの妻を恋しいと思いながら行くと、羨ましいことに並んでいるよ、妹山と背山が、という意味である。

これは、紀伊の妹背山を目にした、旅する男の詠嘆の歌である。原文で「並び居るかも」に、あえて「並居鴨《ならびをるかも》」の字を当てているのは、いつも雌雄並んでいる鴛鴦鴨《おしがも》（オシドリの異称）を羨ましく感じたからだと思われる。

我妹子《わぎもこ》に　逢《あ》はず久《ひさ》しも　うまし物《もの》　阿倍橘《あへたちばな》の　こけ生《む》すまでに
（『万葉集』巻十一—2750）

わたくしの恋人に逢わなくなって、もう長い。阿倍橘の木に、苔がはえるまでになってしまった、という意味である。

『和名抄』では、「橙」を「安倍太知波奈《あべたちばな》」としているので、この歌にある「阿倍橘」は橙《だいだい》のことであろう。

旅《たび》にても　喪《も》なくはや来《こ》と　我妹子《わぎもこ》が　結《むす》びし紐《ひも》は　なれにけるかも
（『万葉集』巻十五—3717）

旅の途中は、無事で早く帰ってほしいと、わたくしの愛する妻が、ふたりの愛情の誓いとして結んでくれた下紐は、もうよれよれになってしまった、という意味である。「喪なく」は、災害や不幸もないことを言い表す言葉である。

葦垣《あしかき》の　隈処《くまと》に立《た》ちて　我妹子《わぎもこ》が　袖《そで》もしほほに　泣《な》きしぞ思《も》はゆ
（『万葉集』巻二十—4357）

この歌は、上総国市原郡の防人《さきもり》、刑部直千国《おさかべのあたいちくに》の歌である。「しほほに泣く」は、袖が濡れるほど泣いている様を表す言葉であろう。いつ帰るとも知れぬ夫を、遠く離れた九州の防人《さきもり》に出す妻の姿を、夫が歌ったものである。

わすれがひ（忘れ貝）

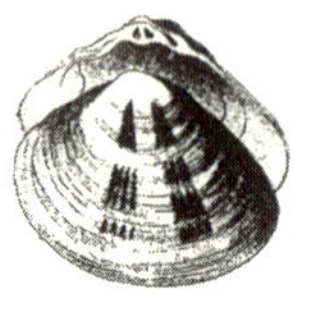

ハマグリ「日本重要水産動植物之図」

若《わか》の浦《うら》に　袖《そで》さへ濡《ぬ》れて　忘《わす》れ貝《がひ》　拾《ひり》へど妹《いも》は　忘《わす》らえなくに

（『万葉集』巻十二―3175）

失恋の痛手から逃れるために、若の浦（和歌の浦）に来て、袖が海水に濡れることを忘れて、夢中で忘れ貝を拾い集めたが、どうしても、妹のことを忘れることはできなかった、という嘆きの歌である。忘れ貝は、二枚貝の一枚の貝だけが取り残されたものをいうのである。それを見つけると、つらい恋の想い出が消える、という俗信があったようである。

『万葉集』は、新羅へ遣わされた使者が、亡き妻を偲んで詠んだとも思われる歌を伝えているが、

秋《あき》さらば　我《わ》が船《ふね》泊《は》てむ　忘《わす》れ貝《がひ》　寄《よ》せ来《き》て置《お》けれ　沖《おき》つ白波《しらなみ》

（『万葉集』巻十五―3629）

と、「忘れ貝」を亡き妻を思う悲しみから逃れるものとして描いている。

新羅への使者として瀬戸内を航海していた一行が、玉の浦にさしかかった時の歌に、

わたつみの　手巻《たまき》の玉《たま》を　家《いへ》づとに　妹《いも》に遣《や》らむと　拾《ひり》ひ取《と》り　袖《そで》には入《い》れて　返《かへ》し遣《や》る　使《つか》ひなければ　持《も》てれども　験《しるし》をなみと　また置《お》きつるかも

（『万葉集』巻十五―3627）

とある。

どうも大変屈折した心理状態であるが、海神が手に巻いている玉を、家の土産に、と思って袖に入れたが、都へ遣わす使いの者もいない、また、それを喜んで受け取る愛妻も死んでしまっているから、持って帰る甲斐もないので、また海に返しておいた、という意味である。

このように、いつも愛妻が喜ぶものを探してしまうが、本当に、わたくしに、今、必要なものは、忘れ貝であるといっているのである。

海人娘子《あまをとめ》　潜《かづ》き取《と》るといふ　忘《わす》れ貝《がひ》　よにも忘《わす》れじ　妹《いも》が姿《すがた》は

（『万葉集』巻十二―3084）

海女の娘が、海に潜って採るという忘れ貝の「忘れ」ではないが、わたくしは恋人の姿を決して忘れはしない、という意味である。

この歌の原文では「妹が姿」に「妹之光儀《いもがすがた》」という麗々《れいれい》しい文字を当てているが、光り輝くような美しさを言い表そうとしたものであろう。

紀《き》伊の国《くに》の　飽等《あくら》の浜《はま》の　忘《わす》れ貝《がひ》　我《われ》は忘《わす》れじ　年《とし》は経《へ》ぬとも

（『万葉集』巻十一―2795）

紀伊国の飽等の浜で採れる忘れ貝の「忘れ」ではないが、わたくしは決してあなたのことは忘れはしない。どんなに年が経っても、という意味である。

ちなみに、飽等の浜については未詳だが、現在の和歌山市加太の田倉崎のあたりの浜かといわれている。

わせをにへす（早稲を贄す）

稲刈り「大和耕作絵抄」

にほ鳥《どり》の　葛飾早稲《かづしかわせ》を　贄《にへ》すとも　そのかなしきを　外《と》に立《た》てめやも

（『万葉集』巻十四―3386）

この相聞歌は、新嘗《にいなめ》の神事では、神を斎《いつ》く女性を除いて、すべての男達は戸外に出されることを理解していないと判らない歌である。

『常陸国風土記』筑波郡条に、神祖《みおや》の尊《みこと》が、子供の神々のもとを巡行する旅に出たが、そのひとりの駿河の福慈《ふじ》の神は「新粟《わせ》の初嘗《にひなへ》して、家内諱忌《やぬちものいみ》せり」を理由に、祖《おや》の神を家に入れることを拒否したという。

古代では、神に捧げられた神田からとれた新しい神稲を初穂と称して、神に捧げて祀ったのである。これが、新嘗の祭りの原型をなすものであった。新嘗を神に捧げる祭りは、一般に未婚の女性が中心となって執り行われた。その時、すべての男達は、神を祀っている家から、外へ追い出されたのである。

だが、その時、神祭りに専念しなければならぬ未通女《おとめ》にとって、一番気がかりなのは、いとしい男のことであった。

神を祀る聖女の役を、忠実に務めなければならなかったが、常に、脳裏を去来するのは、いとしい男のことである。

そのため、外に待たしている男を、祭りが終わるまで立たせることは、身を切るよりもつらいことだ、と思ったりするのである。

そのことを端的に示す言葉が、「そのかなしきを　外に立てめやも」である。

「かなしき」は、本来、心を強くゆすぶられ、感極まる状態をいう言葉であった。それゆえ、「悲しい」とも意味するが、一方において、「いとしさの余り、心が動揺する」意味にも用いられたのである。

「にほ鳥の　葛飾早稲」というのは、下総国葛飾郡で産する早稲のことである。「にほ鳥」は、「鳰鳥《かいつぶり》」の古名である。「かいつぶり」は、水によくもぐるから「潜《かづ》く」鳥とされ、「カツ」に掛かる枕詞となったという。

「神功皇后記」には、応神天皇の即位に反対して、戦い敗れた忍熊王《おしくまのおう》は、淡海の湖（琵琶湖）に追い詰められて、「鳰鳥《にほどり》の　淡海《あふみ》の湖《うみ》に　潜《かづ》きせなわ」と歌ったと伝えられている。ここでも鳰鳥は、「潜き」に掛かる枕詞となっている。

ところで「早稲を贄す」とは、神田の一番はじめに収穫された稲を贄《にえ》することである。「贄」とは神に供え、感謝して食べることである。

早稲の神穀を贄するというのは、新嘗の祭りの最大行事であった。

神話における瓊瓊杵尊《ににぎのみこと》は、この神稲を神格化したもので、高千穂の峯に下るというのは、米倉に堆《うずたか》く積まれた稲穂に降臨されることを意味するという。この神稲を「飯《いい》に為《な》して贄《にひなめ》」するのである。

わたつみの
（海神の・綿津見の）

龍宮「伽婢子」

わたつみの　いづれの神《かみ》を　祈《いの》らばか　行《ゆ》くさも来《く》さも　船《ふね》の早《はや》けむ
（『万葉集』巻九―1784）

この歌は、「入唐使」つまり、唐の国へ派遣された友人に贈った歌である。海の神々にお祈りしたので、行きも帰りも、乗られた船は早いだろう。だから、早く無事で帰って来ることを願っている、という意味である。「わたつみ」の「わた」は海の意である。

「継体紀」二十三年四月条に、大伴金村《かなむら》が、継体天皇に「夫《そ》れ海表《わたのほか》の諸蕃《となりのくに》、胎中天皇《ほむだのみかど》（応神天皇）の、内官家《うちつみやけ》を置《お》きたまひしより」と述べている。

「神代記」にも、神々の生成の段に「海《うみ》の神《かみ》、名《な》は大綿津見神《おほわたつみのかみ》」と記されているが、「わたつみ」は「海の霊」で、海を神格化した名称である。また、その神がおられる海そのものを、「わたつみ」と称している。

わたつみの　神《かみ》の命《みこと》の　みくしげに　貯《たくは》ひ置《お》きて　斎《いつ》くとふ　玉《たま》に　まさりて……
（『万葉集』巻十九―4220）

のように「わたつみの神」と歌われているが、この歌は、海神の御櫛笥《みくしげ》に納めて大切にされているという真珠の玉より、我が子が優《まさ》ると歌っているのである。

帰《かへ》るさに　妹《いも》に見《み》せむに　わたつみの　沖《おき》つ白玉《しらたま》　拾《ひり》ひて行《ゆ》かな
（『万葉集』巻十五―3614）

ここにも、「わたつみの沖つ白玉」として、真珠が歌題として詠み込まれている。

『万葉集』（巻九―1740）には、水江の浦の島子が「わたつみの　神《かみ》の宮《みや》」に至ったと記されている。

もちろん、「神代記」にも、火遠理命《ほおりのみこと》（山幸《やまさち》）が「魚鱗《いろこ》の如造《ごとつく》れる宮室《みや》、其《そ》れ綿津見神《わたつみのかみ》の宮《みや》」に至る話が語られている。

わたつみの　海《うみ》に出《い》でたる　飾磨川《しかまがは》　絶《た》えむ日《ひ》にこそ　我《あ》が恋止《こひや》まめ
（『万葉集』巻十五―3605）

この恋の歌では、飾磨川が絶える日にわたくしの恋は止むだろうと、ほとんど不可能なことにかけて、自分の恋の思いを詠んでいる。

この類歌には、

ひさかたの　天《あま》つみ空《そら》に　照《て》る月《つき》の　失《う》せなむ日《ひ》こそ　我《あ》が恋止《こひや》まめ
（『万葉集』巻十二―3004）

がある。

飾磨川は、現在の兵庫県姫路市を流れる川の古名であるが、船場川とか市川などのことではないかといわれている。

わたつみの　沖《おき》に生《お》ひたる　縄《なは》のりの　名《な》はさね告《の》らじ　恋《こ》ひは死《し》ぬとも
（『万葉集』巻十二―3080）

海の沖に生えている縄海苔《なわのり》の「名告《なの》り」ではないが、わたくしは、あの方の名前は、決して口には出さない、たとえ恋い死んだとしても、という意味である。

われはなし（我はなし）

セミ（明治期挿絵）

うつせみの　現《うつ》し心《ごころ》も　我《われ》はなし　妹《いも》を相見《あひみ》ずて　年《とし》の経《へ》ゆけば

（『万葉集』巻十二―2960）

現実に生きているような心は、わたくしにはもう無い。恋人を見ることなく、年が経っていくので、という意である。

うつせみは「虚蟬《うつせみ》」と表記されるように、蟬の抜けがらのような虚脱さをいうのであろうが、それを、ここでは「我はなし」といっているのである。自分の身体から魂が抜け出た状態が、「我はなし」であろう。

み空《そら》行《ゆ》く　名《な》の惜《を》しけくも　我《われ》はなし　逢《あ》はぬ日《ひ》まねく　年《とし》の経《へ》ぬれば

（『万葉集』巻十二―2879）

この大空をかけめぐって行くような浮名を、決して、わたくしは惜しいとは思わない。それより残念なのは、人の噂によって、あなたに逢わない日が多くなり、年が過ぎ去っていく方が大変悔やまれる、という意味であろう。

この「我はなし」は、わたくしは決してそのような気持ちではない、という意味である。

今《いま》しはし　名《な》の惜《を》しけくも　我《われ》はなし　妹《いも》によりては　千度《ちたび》立《た》つとも

（『万葉集』巻四―732）

大伴家持のこの歌は、今はもう、わたくしの名など惜しくはない。あなたに関わって、浮名が千度も立てられても、という意味である。

この「我はなし」は、決してそうでないと言って、変わらぬ決意を伝える言葉である。

思《おも》ひ遣《や》る　すべのたどきも　我《われ》はなし　逢《あ》はずてまねく　月《つき》の経《へ》ゆけば

（『万葉集』巻十二―2892）

自分の気持ちを、少しでも明るい方へ導く方法すら、わたくしは持たない。お逢いしないまま、長い月日が経っていくので、の意である。

この「我はなし」は、「お手上げだ」という意味であろう。いろいろと試みても、ついに良い方法が得られないことを、「我はなし」といっている。

古《いにしえ》より、恋の道にはいろいろな妨げが生じ、時には、自暴自棄の感情にとりつかれながら、ふと光明を見出して、我もなく歓喜したりするところに、恋の愉しみや醍醐味があるのであろう。それゆえ、恋の「我はなし」は、絶望と忘我の両義を持つのであろう。

玉津島《たまつしま》　見《み》てし良《よ》けくも　我《われ》はなし　都《みやこ》に行《ゆ》きて　恋《こ》ひまく思《おも》へば

（『万葉集』巻七―1217）

人が口々に誉める玉津島など見ても、少しも良いとは、わたくしは思わない。それより早く、奈良の都へ帰って、あなたを恋しく思う方がましだ、という意味であろう。この歌は、おそらく、

玉津島《たまつしま》　よく見《み》ていませ　あをによし　奈良《なら》なる人《ひと》の　待《ま》ち問《と》はばいかに

（『万葉集』巻七―1215）

の歌に答えたものではあるまいか。

玉津島は、現在の和歌山市の海岸にあった島で、今は陸化してしまったが、昔は、風光明媚なところとして有名で、聖武天皇は、神亀五（七二八）年十月に行幸され、ここに頓宮（離宮）を置かれた（『続日本紀』）。

をちかたに
（遠方に・彼方に）

籬島「和朝名勝画図」

こもりくの　泊瀬《はつせ》の川《かは》の　をち方《かた》に　妹《いも》らは立《た》たし　この方《かた》に　我《われ》は立《た》ちて　（『万葉集』巻十三―3299）

泊瀬川の向こう岸の方には恋人が立ち、こちら側の岸辺にわたくしが立っている、という意味である。おそらく、天の川をはさんで立つ彦星と織女に、自らをなぞらえた歌である。

泊瀬川は、初瀬川とか長谷川と書かれることもあるが、天理市福住町付近を水源として桜井市を抜け、さらに長谷寺の東方を通る川である。

この川は大和川に合流していたから、都が磯城《しき》や長谷で営まれていた時は、都に向かって大和川を遡る船が泊まる重要な拠点となっていたようである。それゆえ、「泊瀬」の川と呼ばれたといわれている。「をち方」は、遠く隔たった場所の意である。「方」は、方向を意味する。「をちこち」（遠近）の言葉があるように、「こち」（近）に対する「をち」（遠）である。

をちこちの　島《しま》は多《おほ》けど　名《な》ぐはし　狭岑《さみね》の島《しま》の……　（『万葉集』巻二―220）

これは、柿本人麻呂の長歌の一節で、あちらこちらに島は多いけれど、その名も麗しい狭岑の島の、という意味である。現在の香川県坂出市の沙弥島にあたるが、今は残念ながら陸化している。

「名ぐはし狭岑」は、おそらく「淋寝《さみね》」を意識したからであろう。なぜならば、人麻呂は、

波《なみ》の音《おと》の　しげき浜辺《はまへ》を　しきたへの　枕《まくら》になして　荒床《あらとこ》に　ころ臥《ふ》す君《きみ》が……　（『万葉集』巻二―220）

と水死した人に呼びかけているからである。

をちこちの　磯《いそ》の中《なか》なる　白玉《しらたま》を　人《ひと》に知《し》らえず　見《み》むよしもがも　（『万葉集』巻七―1300）

あちらこちらの磯の中にある真珠を、人に知られないように見る方法があればいいのに、という意味である。原文では「をちこち」に「遠近」と、意味通りの字が当てられている。

ももしきの　大宮人《おほみやひと》も　をちこちに　しじにしあれば　見《み》るごとに　あやにともしみ……　（『万葉集』巻六―920）

大宮人が、あちらこちらに大勢いるので、見るたびに、心が魅了されるという意味である。この歌は、神亀二（七二五）年五月に、聖武天皇が、芳野（吉野）の離宮に行幸された際に、笠朝臣金村が吉野の宮を讃仰した歌である。「ともしみ」は「羨しむ」で、「うらやましく思う」、あるいは「珍しく心が引かれる」の意である。

見《み》まく欲《ほ》り　来《こ》しくも著《しる》く　吉野川《よしのがは》　音《おと》のさやけさ　見《み》るにともしく　（『万葉集』巻九―1724）

の「ともしく」も同様の意味である。大伴家持の、

海人小舟《あまをぶね》　はららに浮《う》きて　大御食《おほみけ》に　仕《つか》へ奉《まつ》ると　をちこちに　いざり釣《つ》りけり……　（『万葉集』巻二十―4360）

に見える「はらら」は、「ばらばらに」とか「ちりぢりに」の意である。「神代紀」にも素戔嗚尊《すさのおのみこと》が、堅い地面を沫雪《あわゆき》のごとく「蹴散《くゑはららか》し」たとあり、「はららく」は、ばらばらに散らすの意で用いられている。

をちかへり（復ち返り）

橘諸兄「前賢故実」

石《いは》つなの　またをち返《かへ》り　あをによし　奈良《なら》の都《みやこ》を　またも見《み》むかも（『万葉集』巻六―1046）

ふたたび若返って、奈良の都をもう一度、この目で見ることができるだろうかという意味である。

「石《いは》つなの」は、岩に這う蔦《つた》のことで、もう一度、同じ所に戻って来るものに対する枕詞とされている。

これに類する表現は、「石葛《いはつな》の　延《は》へてしあらば」（巻十二―3067）であろう。

ところで、冒頭の歌の原文では「をち返り」に「変若反《をちかへり》」という字が当てられているが、これは「復《を》つ返《かへ》る」の意で、「若返る」とか「甦《よみがえ》る」ことである。

丹比国人《たじひのくにひと》の、

我《わ》がやどに　咲《さ》けるなでしこ　賂《まひ》はせむ　ゆめ花散《はなち》るな　いやをちに咲《さ》け（『万葉集』巻二十―4446）

の歌に見える「をちに咲け」の「をち」も同じである。

この歌は、左大臣　橘　諸兄《たちばなのもろえ》の宅での祝賀の宴で歌われたもので、撫子の花に、特別に賄賂《わいろ》を贈るから、いっそう若返って咲いてくれという意味である。

朝露《あさつゆ》の　消《け》やすき我《あ》が身《み》　老《お》いぬとも　またをち返《かへ》り　君《きみ》をし待《ま》たむ（『万葉集』巻十一―2689）

朝露のように、はかなく消えやすい我が身が年老いたとしても、またふたたび若返って、君をお待ちしよう、という意味であろう。

仏教的な無常感が次第に人々の心に芽生えてくるが、日本人は、古来より、甦りや、若返りの信仰を忘れてはいなかったようである。

たとえば、大国主命《おおくにぬしのみこと》は、八十《やそ》の神々の迫害を受けて、赤猪と思っていた焼け石を抱いて死んでしまったが、神産巣日神《かみむすびのかみ》の助けをうけて、麗しき壮夫となって甦る神話も、その一つである。

「よみがえる」は、黄泉《よみ》の国から帰ることだといわれているが、それは伊《い》耶那岐命《ざなぎのみこと》の神話に語られている通りである。

わが盛《さか》り　いたくたちぬ　雲《くも》に飛《と》ぶ　薬食《くすりは》むとも　またをちめやも（『万葉集』巻五―847）

わたくしの盛りの時期は、ひどく傾いているが、空を飛ぶという仙人の薬を飲んで、再び若返ることができればよいが、という意味であろう。

空を飛ぶ仙人とは、おそらく役行者《えんのぎょうじゃ》のごときものを想像しているのであろう。『日本霊異記』上巻第二十八によれば、彼は「飛《と》ぶこと翥《はふ》る鳳《おほとり》の如《ごと》く」と記されている。

雲《くも》に飛《と》ぶ　薬食《くすりは》むよは　都見《みやこみ》ば　いやしき我《あ》が身《み》　またをちぬべし（『万葉集』巻五―848）

ここにも「雲に飛ぶ薬」と見えるが、この歌は、雲に飛ぶ仙人が服用する薬を飲むよりも、奈良の都を見たら、いやしい我が身も、また若返るだろう、という意味である。

奈良の都は、地方とはまったく異なるほど、はなやかに彩られていたから、畿外の人々に、一度これを見ただけで若返るという気持ちを起こさせたのであろう。

あとがき

わたくしは、『万葉びとの心と言葉の事典』と題して、『万葉集』に現れる言葉の意味を考えてきた。

単なる辞書的な解説にとどまらず、言葉の本当の意味を解明するには、万葉びとがどのような環境で発言したかを調べることが、もっとも大切だと思っている。言葉にこめる感情がいかなるものかを注意深く観察しなければ、その言葉の真意や、ニュアンスは本当には判らないものだと思っているからである。

それゆえ、この本では、歌の作者のおかれている歴史的な環境や微妙な心理状態が、言葉にいかなる影響を与えるかを明らかにしようと試みたのである。従来のような言葉の言語的な解釈より、歴史的記事にからめた解説が多くなっているのは、そのためである。

言葉は、常に生き続けており、同じ言葉でも、異なる環境ではその意味が一変してしまうことも事実である。

つまり、言葉は、いつも時代の空気を呼吸して生きている。

わたくしたちが万葉びとの言葉を、『万葉集』から取り出して調べるためには、もちろん、第一に語源的な穿鑿《せんさく》からはじめなければならないが、同時に、その言葉を用いた人の立場や、その人が置かれた環境を加味して、あらためて考察する必要があると思っている。

このような試みは、学問のためにも必要なものだと信じている。

ところで、この本では紙幅の関係で実現しなかったのだが、万葉の短歌は、三行に分けて書く方がふさわしいと思われる歌が少なくない。

たとえば、

三輪山《みわやま》を　然《しか》も隠《かく》すか
雲《くも》だにも　心《こころ》あらなも
隠《かく》さふべしや　（『万葉集』巻一―18）

君《きみ》が行《ゆ》き　日長《けなが》くなりぬ
山尋《やまたづ》ね　迎《むか》へか行《ゆ》かむ
待《ま》ちにか待《ま》たむ　（『万葉集』巻二―85）

などである。

二行詩のように、上句と下句を分けて書くのは、平安末期から鎌倉初期の独自の美意識に影響されるところが大なのである。

『万葉集』の歌においては、このように三行詩のように書かれる方が、文意から見て適当だと思われるものが少なくないのである。

最後になったが、大変お世話になった遊子館編集部の方々、麻生九美さん、濱田美智子さん、牟田敏保さん、ならびに言海書房の小笠原日菜さんに心より感謝の意を表する。

井上　辰雄

►和歌索引

和歌索引

一、本書掲載の歌を、『万葉集』、『記紀』（古事記・日本書紀）、その他に分類し、それぞれを五十音順に並べて掲載頁を示した。
二、五十音順の配列は、歴史的仮名遣いによった。
三、歌末尾の（ ）内に、それぞれの歌集における歌番号を付した。

◎万葉集

《あ 行》

我が思ふ皇子の命は春されば植槻が上の遠つ人松の下道ゆ登らして国見遊ばし（3324）……178
我が心ゆたにたゆたに浮き蓴辺にも沖にも寄りかつましじ（1352）……237
我が恋は慰めかねつま日長く夢に見えずて年の経ぬれば（2814）……244
我が恋ふる君玉ならば手に巻き持ちて衣ならば脱く時もなく我が恋ふる君ぞ昨夜夢に見えつる（150）……166
我が恋ふる千重の一重も慰もる心もありやと家のあたり我が立ち見れば青旗の葛城山にたなびける白雲隠る天さがる（509）……34
我が衣形見に奉るしきたへの枕を離けずまきてさ寝ませ（636）……70
暁のかはたれ時に島陰を漕ぎにし船のたづき知らずも（4384）……73
あかねさす日並べなくに我が恋は吉野の川の霧に立ちつつ（916）……3
あかねさす日のことごと鹿じものい這ひ伏しつつぬばたまの夕に至れば大殿を振り放け見つつ鶉なすい這ひもとほり侍へど（199）……112
あかねさす日は照らせれどぬばたまの夜渡る月の隠らく惜しも（169）……3
あかねさす昼は物思ひぬばたまの夜はすがらに音のみし泣かゆ（3732）……202
あかねさす紫野行き標野行き野守は見ずや君が袖振る（20）……3、125
我が待ちし秋は来たりぬ妹と我と何事あれぞ紐解かずあらむ（2036）……228
我が面の忘れもしだは筑波嶺を振り放け見つつ妹は偲はね（4367）……27
あからひく色ぐはし児をしば見れば人妻故に我恋ひぬべし（1999）……52
秋風の清き夕に天の川舟漕ぎ渡る月人をとこ（2043）……154
秋風の日に異に吹けば露を重み萩の下葉は色づきにけり（2204）……227
秋風の日に異に吹けば水茎の岡の木の葉も色づきにけり（2193）……227、270
秋風は日に異に吹きぬ高円の野辺の秋萩散らまく惜しも（2121）……227
秋風は日に異に吹きぬ我妹子は何時とか我を斎ひ待つらむ（3659）……227
秋さらば今も見るごと妻恋ひに鹿鳴かむ山そ高野原の上（84）……161
秋さらば妹に見せむと植ゑし萩露霜負ひて散りにけるかも（2127）……163
秋さらば我が船泊てむ忘れ貝寄せ来て置けれ沖つ白波（3629）……314
秋さり来れば生駒山飛火が岡に萩の枝をしがらみ散らしさ雄鹿は妻呼びとよめ山見れば山も見が欲し里見れば里も住み良し（1047）……36
現つ神我が大君の天の下八島の中に国はしも多くあれども里はしもさはにあれども山並の宜しき国と川なみの立ち合ふ里と山背の鹿背山のまに宮柱太敷き奉り高知らす布当の宮は（1050）……5
あきづ島大和の国は神からと言挙げせぬ国しかれども我は言挙げす（3250）……93
あきづ島大和の国の橿原の畝傍の宮に宮柱太知り立てて天の下知らしめしける皇祖の天の日継と（4465）……50、275
あきづ羽の袖振る妹を玉くしげ奥に思ふを見たまへ我が君（376）……125
秋の田の穂田を雁がね暗けくに夜のほどろにも鳴き渡るかも（1539）……308
秋の野に咲きたる花を指折りかき数ふれば七種の花（1537）……8
安騎の野に宿る旅人うちなびきいも寝らめやも古思ふに（46）……7
秋の野のみ草刈り葺き宿れりし宇治のみやこの仮廬し思ほゆ（7）……85
秋のもみち葉まき持てる小鈴もゆらにたわやめに我はあれども引き攀ぢて枝もとををにふさ手折り我は持ちて行く君がかざしに（3223）……231
秋の夜の月かも君は雲隠りしましく見ねばここだ恋しき（2299）……117
秋萩の散り行く見ればおほほしみ妻恋すらしさ雄鹿鳴くも（2150）……161
秋山に落つる黄葉しましくはな散りまがひそ妹があたり見む（137）……117
秋山の木の下隠り行く水の我こそ益さめ思ほすよりは（92）……138
阿胡の海の荒磯の上のさざれ波我が恋ふらくは止む時もなし（3244）……166
安積山影さへ見ゆる山の井の浅き心を我が思はなくに（3807）……298
朝霧のおほに相見し人ゆゑに命死ぬべく恋ひわたるかも（599）……9
朝霧の通はす君が夏草の思ひ萎えて（196）……9

朝霧の八重山越えて呼子鳥鳴きや汝が来るやどもあらなくに（1941）……9
朝されば妹が手にまく鏡なす御津の浜びに大船にま梶しじ貫き韓国に渡り行かむと（3627）……62
浅茅原刈り標さして空言も寄そりし君が言をし待たむ（2755）……280
浅茅原小野に標結ひ空言も逢はむと聞こせ恋のなぐさに（3063）……280
浅茅原小野に標結ひ空言をいかなりと言ひて君をし待たむ（2466）……280
朝露に咲きすさびたる月草の日くたつなへに消ぬべく思ほゆ（2281）……152
朝露の消やすき我が身老いぬともまたをち返り君をし待たむ（2689）……319
朝鳥の通はす君が夏草の思ひ萎えて夕星のか行きかく行き（196）……187
朝鳥の音のみし泣かむ我妹子に今また更に逢ふよしをなみ（483）……11
朝鳥の音のみ泣きつつ恋ふれども験をなみと言問はぬものにはあれど我妹子が入りにし山をよ
すかとぞ思ふ（481）……202
朝戸を早くな開けそあぢさはふ目の乏しかる君今夜来ませり（2555）……18
朝なぎに玉藻刈りつつ夕なぎに藻塩焼きつつ（935）……293
浅葉野に立ち神さぶる菅の根のねもころ誰がゆゑ我が恋ひなくに（2863）……122
朝日さしそがひに見ゆる……こごしかも岩の神さびたまきはる幾代経にけむ（4003）……137
朝日さしそがひに見ゆる神ながら御名に帯ばせる白雲の千重を押し分け天そそり高き立山（4003）
……134
あさもよし城上の道ゆつのさはふ磐余を見つつ（3324）……12
あさもよし紀人ともしも真土山行き来と見らむ紀人ともしも（55）……12
あさもよし紀伊へ行く君が真土山越ゆらむ今日そ雨な降りそね（1680）……12
朝夕に音のみし泣けば焼き大刀の利心も我は思ひかねつも（4479）……292
葦垣の隈処に立ちて我妹子が袖もしほほに泣きしそ思はゆ（4357）……313
葦垣の末かき別けて君越ゆと人にな告げそ事はたな知れ（3279）……44
足柄の箱根飛び越え行く鶴のともしき見れば大和し思ほゆ（1175）……14
足柄の箱根の嶺ろのにこ草の花つ妻なれや紐解かず寝む（3370）……228
足柄の箱根の山に粟蒔きて実とはなれるを逢はなくも怪し（3364）……217
足柄のままの小菅の菅枕あぜかまかさむ児ろせ手枕（3369）……71
足柄の御坂かしこみ曇り夜の我が下延へを言出つるかも（3371）……88
足柄の御坂に立して袖振らば家なる妹はさやに見もかも（4423）……14
足柄の八重山越えていましなば誰をか君と見つつ偲はむ（4440）……14
足柄のをてもこのもにさす罠のかなるましづみころ我紐解く（3361）……291
朝咲き夕は消ぬる月草の消ぬべき恋も我はするかも（2291）……152
葦原の瑞穂の国に手向けすと天降りましけむ五百万千万神の神代より言ひ継ぎ来たる神奈備の
三諸の山は（3227）……271
葦原の瑞穂の国は神ながら言挙げせぬ国しかれども言挙げぞ我がする事幸くま幸くませとつつ
みなく幸くいまさば荒磯波ありても見むと百重波千重波しきに言挙げす我は（3253）……158
葦原の瑞穂の国を天降り知らしめしける皇祖の神の命の御代重ね天の日継と知らし来る（4094）
……15、271
葦原の瑞穂の国を天地の寄り合ひの極み知らしめす神の命と天雲の八重かき分けて神下しいま
せまつりし高照らす日の皇子は（167）……271
あしひきの名に負ふ山菅押し伏せて君し結ばば逢はざらめやも（2477）……203
あしひきの八つ峰の上のつがの木のいや継ぎ継ぎに松が根の絶ゆることなくあをによし奈良の
都に万代に国知らさむとやすみししわが大君の（4266）……151
あしひきの山川の瀬の鳴るなへに弓月が岳に雲立ちわたる（1088）……16
あしひきの山菅の根のねもころに我はそ恋ふる君が姿に（3051）……203
あしひきの山谷越えて野づかさに今は鳴くらむうぐひすの声（3915）……119
あしひきの山飛び越ゆる雁がねは都に行かば妹に逢ひて来ね（3687）……16
あしひきの山に生ひたる菅の根のねもころ見まく欲しき君かも（580）……238
あしひきの山のしづくに妹待つとわれ立ち濡れぬ山のしづくに（107）……73
あしひきの山のたをりに立つ雲をよそのみ見つつ嘆くそら安けなくに思ふそら苦しきものを（4169）
……294
あしひきの山辺に居りて秋風の日に異に吹けば妹をしそ思ふ（1632）……227
あしひきのをてもこのもに鳥網張り守部をすゑて（4011）……291
明日香川川淀去らず立つ霧の思ひ過ぐべき孤悲にあらなくに（325）……96、133
明日香川しがらみ渡し塞かませば流るる水ものどにかあらまし（197）……17
明日香川はなづさひ渡り来しものをまこと今夜は明けずも行かぬか（2859）……188
明日香の清御原の宮に天の下知らしめししやすみしし我が大君高照らす日の皇子（162）……127
賊守る筑紫に至り山のそき野のそき見よと伴の部を班ち遣はし山彦の応へむ極みたにぐくのさ

渡る極み国状を見したまひて（971）……201、299
あたらしき清きその名そおぼろかに心思ひて空言も祖の名絶つな大伴の氏と名に負へるますらを
の伴（4465）……280
新しき年の初めに豊の稔しるすとならし雪の降れるは（3925）……182
新しき年の初めの初春の今日降る雪のいやしけ吉事（4516）……182
新しき年の初めはいや年に雪踏み平し常かくにもが（4229）……182
あぢさはふ妹が目離れてしきたへの枕もまかず桜皮巻き作れる舟にま梶貫き我が漕ぎ来れば淡
路の野島も過ぎ（942）……18
あぢさはふ目は飽かざらね携はり言問はなくも苦しかりけり（2934）……18
あぢの住む渚沙の入江の隠り沼のあな息づかし見ず久にして（3547）……100
味経の原にもののふの八十伴の男は廬りして、都なしたり旅にはあれども（928）……262
あづきなく何の狂言今さらに童言する老人にして（2582）……19
梓弓末は寄り寝むまさかこそ人目を多み汝をはしに置けれ（3490）……20、226
梓弓手に取り持ちてますらをのさつ矢手挟み立ち向かふ高円山に春野焼く野火と見るまで（230）
……128
梓弓春山近く家居らば継ぎて聞くらむうぐひすの声（1829）……20
梓弓引きて緩へぬますらをや恋といふものを忍びかねてむ（2987）……20、312
梓弓引き豊国の鏡山見ず久ならば恋しけむかも（311）……20
痛足川川波立ちぬ巻向の弓月が岳に雲居立つらし（1087）……135
足の音せず行かむ駒もが葛飾の真間の継橋やまず通はむ（3387）……71
粟島に漕ぎ渡らむと思へども明石の門波いまだ騒けり（1207）……2
淡路の島は夕されば雲居隠りぬさ夜ふけて行くへを知らに我が心明石の浦に船泊めて（3627）…2
逢はむ日の形見にせよとたわやめの思ひ乱れて縫へる衣そ（3753）……148
相思はぬ妹をやもとな菅の根の長き春日を思ひ暮らさむ（1934）……122
相思はぬ人の故にかあらたまの年の緒長く我が恋ひ居らむ（2534）……173
会津嶺の国をさ遠み逢はなはば偲ひにせもと紐結ばさね（3426）……266
相見ては面隠さるるものからに継ぎて見まくの欲しき君かも（2554）……238
逢坂をうち出でて見れば近江の海白木綿花に波立ちわたる（3238）……103
近江道の逢坂山に手向けして我が越え行けば楽浪の志賀の唐崎幸くあらばまたかへり見む道の
隈八十隈ごとに（3240）……22、267
近江の海夕波千鳥汝が鳴けば心もしのに古思ほゆ（266）……103、284
逢ふよしの出で来るまでは畳薦隔て編む数夢にし見えむ（2995）……132
あぶり干す人もあれやも家人の春雨すらを間使ひにする（1698）……252
阿倍の島鵜の住む磯に寄する波間なくこのころ大和し思ほゆ（359）……172
天霧らひ日方吹くらし水茎の岡の水門に波立ち渡る（1231）……270
天雲の影さへ見ゆるこもりくの泊瀬の川は浦なみか船の寄り来ぬ磯なみか海人の釣せぬ（3225）
……99
天雲のたゆたひやすき心あらば我をな頼めそ待たば苦しも（3031）……23
天雲の八重雲隠り鳴る神の音のみにやも聞きわたりなむ（2658）……195
天雲のゆくらゆくらに葦垣の思ひ乱れて乱れ麻の麻笥をなみと我が恋ふる千重の一重も人知れ
ずもとなや恋ひむ息の緒にして（3272）……13、301
天雲の外に見しより我妹子に心も身さへ寄りにしものを（547）……23
天雲の外のみ見つつ言問はむよしのなければ心のみむせつつあるに（546）……23
天雲の別れし行けば闇夜なす思ひ迷はひ射ゆしし心を痛み（1804）……23
雨隠る三笠の山を高みかも月の出で来ぬ夜はふけにつつ（980）……260
天離る鄙とも著くここだくも繁き恋かも和ぐる日もなく（4019）……24
天離る鄙にある我をうたがたも紐解き放けて思ほすらめや（3949）……24
天離る鄙に五年住まひつつ都のてぶり忘らえにけり（880）……24
天離る鄙に名かかす越の中国内ことごと山はしもしじにあれども川はしもさはに行けども統め
神の領きいます新川のその立山に常夏に雪降り敷きて帯ばせる片貝川の清き瀬に朝夕ごとに
立つ霧の思ひ過ぎめやあり通ひいや年のはによそのみも振り放け見つつ万代の語らひぐさと
いまだ見ぬ人にも告げむ音のみも名のみも聞きてともしぶるがね（4000）……134
あまざかる鄙にはあれどいはばしる近江の国の楽浪の大津の宮に（29）……42
天離る鄙の長道ゆ恋ひ来れば明石の門より大和島見ゆ（255）……2
天照らす日女の命天をば知らしめすと葦原の瑞穂の国を天地の寄り合ひの極み知らしめす神の
命と天雲の八重かき分けて神下しいませまつりし高照らす日の皇子は飛ぶ鳥の清御原の宮に
神ながら太敷きまして天皇の（167）……127
天飛ぶや雁を使ひに得てしかも奈良の都に言告げやらむ（3676）……26

天飛ぶや軽の道は我妹子が里にしあればねもころに見まく欲しけど（207）……80
天飛ぶや軽の道より玉だすき畝傍を見つつあさもよし紀伊路に入り立ち真土山（543）……12、50、140
天飛ぶや軽の社の斎ひ槻幾代まであらむ隠り妻そも（2656）……26、80
天飛ぶや鳥にもがもや都まで送りまをして飛び帰るもの（876）……26
天の川い向かひ居りて一年に二度逢はぬ妻恋に物思ふ人（2089）……161
天の川梶の音聞こゆ彦星と織女と今夜逢ふらしも（2029）……248
天の原富士の柴山木の暗の時ゆつりなば逢はずかもあらむ（3355）……27
天の原振り放け見れば夜そふけにけるよしゑやしひとり寝る夜は明けば明けぬとも（3662）……27
天橋も長くもがも高山も高くもがも月読の持てるをち水い取り来て君に奉りてをち得てしかも（3245）……157
海人娘子いざり焚く火のおぼほしく角の松原思ほゆるかも（3899）……60
海人《あま》娘子潜き取るといふ忘れ貝よにも忘れじ妹が姿は（3084）……314
海人娘子らがうなげる領巾も照るがに手に巻ける玉もゆららに白たへの袖振る見えつ相思ふらしも（3243）……166
海人小舟はららに浮きて大御食に仕へ奉るとをちこちにいざり釣りけり（4360）……318
網の浦の海人娘子らが焼く塩の思ひそ焼くるわが下心（5）……293
天地と共にもがもと思ひつつありけむものをはしけやし家を離れて（3691）……206
天地と別れし時ゆ己が妻かくぞ年にある秋待つ我は（2005）……244
天地の神なきものにあらばこそ我が思ふ妹に逢はず死にせめ（3740）……31
天地の底ひの裏に我がごとく君に恋ふらむ人はさねあらじ（3750）……148
天地の初めの時のひさかたの天の河原に八百万千万神の神集ひ集ひいまして神はかりはかりし時に天照らす日女の命（167）……229
天地の初めの時ゆうつそみの八十伴の男は大君にまつろふものと定まれる官にしあれば（4214）……254
天地の分れし時ゆ神さびて高く貴き駿河なる富士の高嶺を天の原振り放け見れば（317）……27
天なる日売菅原の草な刈りそね蜷の腸か黒き髪にあくたし付くも（1277）……272
天にます月読をとこ賂はせむ今夜の長さ五百夜継ぎこそ（985）……257
天の海に月の舟浮け桂梶かけて漕ぐ見ゆ月人をとこ（2223）……154
天の下知らしまさむと八百万千年をかねて定めけむ奈良の都はかぎろひの春にしなれば春日山三笠の野辺に（1047）……63
雨降らずとの曇る夜のしめじめと恋ひつつ居りき君待ちがてり（370）……174
天降りつく天の芳来山霞立つ春に至れば（257）……65
天降りつく神の香具山うちなびく春さり来れば（260）……65
あやに哀《かな》しみぬえ鳥《どり》の片恋《かたこひ》づま朝鳥《あさとり》の通《かよ》はす君《きみ》が（196）……198
鮎走る夏の盛りと島つ鳥鵜飼が伴は行く川の清き瀬ごとに篝さし（4011）……118
荒し男のいをさだはさみ向かひ立ちかなるましづみ出でてと我が来る（4430）……291
あらたまの月重なりて妹に逢ふ時さもらふと立ち待つに我が衣手に秋風の吹き反らへば立ちて居てたどきを知らにむら肝の心いさよひ解き衣の思ひ乱れていつしかと我が待つ今夜この川の流れの長くありこせぬかも（2092）……167
あらたまの月立つまでに来まさねば夢にし見つつ思ひそ我がせし（1620）……29
あらたまの年反るまで相見ねば心もしのに思ほゆるかも（3979）……29
あらたまの年の経ぬれば今しはとゆめよわが背子わが名告らすな（590）……29
あらたまの年の緒長く相見てしその心引き忘らえめやも（4248）……173
あらたまの年の緒長く何時までか我が恋ひ居らむ命知らずて（2935）……173
あらたまの年の緒長くかく恋ひばまことわが命全からめやも（2891）……173
あらたまの年は果つれどしきたへの袖交へし児を忘れて思へや（2410）……111
あらたまの年行き反り春花のうつろふまでに相見ねばいたもすべなみ（3978）……29
新世にともにあらむと玉の緒の絶えじい妹と結びてしことは果たさず（481）……142
あられ降り鹿島の神を祈りつつ皇御軍士に我は来にしを（4370）……30
霰降り吉志美が岳を険しみと草取りかなわ妹が手を取る（385）……30
あり衣のさゑさゑ沈み家の妹に物言はず来にて思ひ苦しも（3481）……31
ありつつも君をば待たむうちなびくわが黒髪に霜の置くまでに（87）……46
沫雪のほどろほどろに降り敷けば奈良の都し思ほゆるかも（1639）……308
あをによし奈良道来通ふ玉梓の使ひ絶えめや隠り恋ひ息づき渡り下思ひに嘆かふ我が背（3973）……312
あをによし奈良の都は咲く花の薫ふがごとく今盛りなり（328）……33
あをによし奈良の我家にぬえ鳥のうら泣けしつつ下恋に思ひうらぶれ門に立ち夕占問ひつつ我を待つと寝すらむ妹を逢ひてはや見む（3978）……198
あをによし奈良を来離れ天離る鄙にはあれど我が背子を見つつしをれば思ひ遣ることもありしを大君の命恐み食す国の事取り持ちて（4008）……24

あをによし奈良山過ぎてもののふの宇治川渡り娘子らに逢坂山に手向けくさ幣取り置きて（3237）……194
青旗の木幡の上を通ふとは目には見れどもただに逢はぬかも（148）……34
我を待つと君が濡れけむあしひきの山のしづくにならましものを（108）……16、73
青柳の糸の細しさ春風に乱れぬい間に見せむ児もがも（1851）……212
青山の磐垣沼の水隠りに恋ひやわたらむ逢ふよしをなみ（2707）……263
いかさまに思ひけめかもつれもなき佐保の山辺に泣く子なす慕ひ来ましてしきたへの家をも造り（460）……165
いかにして忘るるものそ我妹子に恋はまされど忘らえなくに（2597）……192
伊香保ろのそひの榛原ねもころに奥をな兼ねそまさかし良かば（3410）……203
伊香保ろのそひの榛原我が衣に着き宜しもよひたへと思へば（3435）……203、251
斑鳩の因可の池の宜しくも君を言はねば思ひそ我がする（3020）……35
息の緒に我が思ふ君は鶏が鳴く東の坂を今日か越ゆらむ（3194）……183
憤る心の内を思ひ延べ嬉しびながら枕づく妻屋のうちにとぐら結ひすゑてそ我が飼ふ真白斑の鷹（4154）……243
いざ子ども早く大和へ大伴の御津の浜松待ち恋ひぬらむ（63）……58
いさなとり近江の海を沖離けて漕ぎ来る船辺つきて漕ぎ来る船沖つ櫂いたくなはねそ辺つ櫂いたくなはねそ若草の夫の思ふ鳥立つ（153）……22
いさなとり海や死にする山や死にする死ぬれこそ海は潮干て山は枯れすれ（3852）……37
石枕苔むすまでに新た夜の幸く通はむ事計り夢に見せこそ剣大刀斎ひ祭れる神にしませば（3227）……164
伊勢の海人の朝な夕なに潜くといふ鮑の貝の片思にして（2798）……38
伊勢の海の磯もとどろに寄する波畏き人に恋ひわたるかも（600）……75
伊勢の海の沖つ白波花にもが包みて妹が家づとにせむ（306）……38
磯の上に生ふる小松の名を惜しみ人には知れず恋ひわたるかも（2861）……192
石上降るとも雨につつまめや妹に逢はむと言ひてしものを（664）……39
石上布留の神杉神さぶる恋をも我は更にするかも（2417）……228
石上布留の尊はたわやめの惑ひに因りて馬じもの縄取り付け鹿猪じもの弓矢囲みて大君の命恐み（1019）……112
石上布留の山なる杉群の思ひ過ぐべき君にあらなくに（422）……39
石上布留の早稲田の穂には出でず心の中に恋ふるこのころ（1768）……235
いちしろく身にしみ通りむら肝の心砕けて死なむ命にはかになりぬ（3811）……281
いつしかも日足らしまして望月のたたはしけむと我が思ふ皇子の命は（3324）……147
暇あらばなづさひ渡り向つ峰の桜の花も折らましものを（1750）……188、235
暇なく人の眉根をいたづらに掻かしめつつも逢はぬ妹かも（562）……259
否と言はば強ひめや我が背菅の根の思ひ乱れて恋ひつつもあらむ（679）……122
否と言へど語れ語れと詔らせこそ志斐いは奏せ強ひ語りと言ふ（237）……115
否と言へど強ふる志斐のが強ひ語りこのころ聞かずて朕恋ひにけり（236）……115
印南野は行き過ぎぬらし天伝ふ日笠の浦に波立てり見ゆ（1178）……25
古にありけむ人の倭文機の帯解き替へて廬屋立て妻問ひしけむ葛飾の真間の手児名が奥つ城をこことは聞けど真木の葉や茂りたるらむ松が根や遠く久しき言のみも名のみも我は忘らゆましじ（431）……71
古にありけむ人も我がごとか三輪の檜原にかざし折りけむ（1118）……277
古に恋ふる鳥かもゆづるはの御井の上より鳴き渡り行く（111）……205
古の賢しき人も後の世の鑑にせむと（3791）……204
古ゆ言ひ継ぎけらく恋すれば苦しきものと玉の緒の継ぎては言へど娘子らが心を知らにそを知らむよしのなければ夏麻引く命かたまけ刈り薦の心もしのに人知れずもとなそ恋ふる息の緒にして（3255）……189
古ゆ語り継ぎつるうぐひすの現し真子かもあやめ草花橘ををとめらが玉貫くまでに（4166）……213
命をし全くしあらばあり衣のありて後にも逢はざらめやも（3741）……31
岩代の野中に立てる結び松心も解けず古思ほゆ（144）……279
岩代の浜松が枝を引き結びま幸くあらばまたかへりみむ（141）……170、279
石つなのまたをち返りあをによし奈良の都をまたも見むかも（1046）……319
岩の間をい行きもとほり稲日つま浦廻を過ぎて鳥じものなづさひ行けば家の島（509）……184
いはばしる近江の国の衣手の田上山の（50）……101
いはばしる垂水の上のさわらびの萌え出づる春になりにけるかも（1418）……42
石走る垂水の水のはしきやし君に恋ふらく我が心から（3025）……42
斎ひたまひしま玉なす二つの石を世の人に示したまひて万代に言ひ継ぐがねと海の底沖つ深江

のうなかみの子負の原にみ手づから置かしたまひて神ながら神さびいます奇しみ魂今の現に尊きろかむ（813）……250
斎瓮を床辺にすゑて白たへの袖折り返しぬばたまの黒髪敷きて長き日を待ちかも恋ひむ愛しき妻らは（4331）……201
石見の海角の浦廻を浦なしと人こそ見らめ潟なしと人こそ見らめよしゑやし浦はなくともよしゑやし潟はなくとも（131）……306
家問へば家をも告らず名を問へど名だにも告らず泣く子なす言だに問はず思へども悲しきものは世の中にぞある（3336）……185
家ならばかたちはあらむを恨めしき妹の命の我をばもいかにせよとかにほ鳥の二人並び居語らひし心そむきて家離りいます（794）……197
家人の待つらむものをつれもなき荒磯をまきて臥せる君かも（3341）……165
今さらに君来まさめやさな葛後も逢はむと大船の思ひ頼めど現には君には逢はず（3281）……106
今更に何をか思はむ梓弓引きみ緩へみ寄りにしものを（2989）……20
今しはし名の惜しけくも我はなし妹によりては千度立つとも（732）……317
今知らす久邇の都に妹に逢はず久しくなりぬ行きてはや見な（768）……226
今作る斑の衣面影に我に思ほゆいまだ着ねども（1296）……251
今行きて聞くものにもが明日香川春雨降りて激つ瀬の音を（1878）……17
今よりは秋づきぬらしあしひきの山松陰にひぐらし鳴きぬ（3655）……222
射水川い行き巡れる玉くしげ二上山は春花の咲ける盛りに秋の葉のにほへる時に出で立ちて振り放け見れば神からやそこば貴き山からや見が欲しからむ（3985）……233
射目立てて跡見の岡辺のなでしこが花ふさ手折り我は持ちて行く奈良人のため（1549）……44、231
妹に逢はずあらばすべなみ岩根踏む生駒の山を越えてそ我が来る（3590）……36、222
妹が袖さやにも見えず妻ごもる屋上の山の雲間より渡らふ月の惜しけども（135）……162
妹がため命残せり刈り薦の思ひ乱れて死ぬべきものを（2764）……79
妹が手を取りて引き攀ぢふさ手折り我がかざすべく花咲けるかも（1683）……231
妹が目をはつみの崎の秋萩はこの月ごろは散りこすなゆめ（1560）……180
妹がりと馬に鞍置きて生駒山うち越え来れば紅葉散りつつ（2201）……36
妹と言はばなめし恐ししかすがにかけまく欲しき言にあるかも（2915）……193
妹待つと三笠の山の山菅の止まずや恋ひむ命死なずは（3066）……260
いや継ぎ継ぎに知らし来る天の日継と神ながらわが大君の天の下治めたまへばもののふの八十伴の男を撫でたまひ整へたまひ（4254）……76
射ゆししの心を痛み葦垣の思ひ乱れて春鳥の音のみ泣きつつあぢさはふ夜昼知らずかぎろひの心燃えつつ嘆き別れぬ（1804）……13
色なつかしき紫の大綾の衣住吉の遠里小野のま榛もちにほほし衣に高麗錦紐に縫ひ付け刺部重部なみ重ね着て打麻やし麻績の子らあり衣の宝の子らが（3791）……31
鵜飼が伴は行く川の清き瀬ごとに篝さしなづさひ上る（4011）……188
うかねらふ跡見山雪のいちしろく恋ひば妹が名人知らむかも（2346）……180
うぐひすの声は過ぎぬと思へども染みにし心なほ恋ひにけり（4445）……119
うぐひすの春になるらし春日山霞たなびく夜目に見れども（1845）……67
宇陀の野の秋萩しのぎ鳴く鹿も妻に恋ふらく我にはまさじ（1609）……7
宇治川に生ふる菅藻を川速み取らず来にけりつとにせましを（1136）……45
宇治川の瀬々のしき波しくしくに妹は心に乗りにけるかも（2427）……45
宇治川の水沫逆巻き行く水の事反らずそ思ひそめてし（2430）……45
うちなびく春来たるらし山のまの遠き木末の咲き行く見れば（1422）……46
うちなびく春見ましゆは夏草の繁きはあれど今日の楽しさ（1753）……187
うち鼻ひ鼻をそひつる剣大刀身に添ふ妹し思ひけらしも（2637）……164
うちひさす宮にはあれど月草のうつろふ心我が思はなくに（3058）……47、152
うちひさす宮の我が背は大和女の膝まくごとに我を忘らすな（3457）……47
うちひさす宮女さす竹の舎人壮士も忍ぶらひ（3791）……104
宇治人の譬への網代我ならば今は寄らましこつみ来ずとも（1137）……45
うつせみと思ひし妹が玉かぎるほのかにだにも見えなく思へば（210）……48、135
うつせみと思ひし時に取り持ちて我が二人見し（210）……48
うつせみの命を惜しみ波に濡れ伊良虞の島の玉藻刈り食む（24）……48
うつせみの現し心も我はなし妹を相見ずて年の経ゆけば（2960）……317
うつせみの人なる我やなにすとか一日一夜も離り居て嘆き恋ふらむここ思へば胸こそ痛きそこ故に心なぐやと高円の山にも野にもうち行きて遊びあるけど（1629）……128
うつせみの世は常なしと知るものを秋風寒み偲びつるかも（465）……48
うつそみの人なる我や明日よりは二上山を弟と我が見む（165）……233、273

鶏鳴く故りにし郷ゆ思へどもなにそも妹に逢ふよしもなき（775）……49
鶏鳴く古しと人は思へれど花橘のにほふこのやど（3920）……49
海原の辺にも沖にも神留まりうしはきいます諸の大御神たち船舳に導きまをし天地の大御神たち大和の大国御魂ひさかたの天のみ空ゆ天翔り見渡したまひ（894）……237
海原の路に乗りてや我が恋ひ居らむ大船のゆたにあるらむ人の児ゆゑに（2367）……59
うべなうべな母は知らじうべなうべな父は知らじ蜷の腸か黒き髪にま木綿もちあざさ結ひ垂れ大和の黄楊の小櫛を押へ刺すうらぐはし児それそ我が妻（3295）……272
馬買はば妹徒歩ならむよしゑやし石は踏むとも我は二人行かむ（3317）……153
うまこりあやにともしく鳴る神の音のみ聞きしみ吉野の真木立つ山ゆ（913）……195
味酒三輪の社の山照らす秋の黄葉の散らまく惜しも（1517）……51
味酒三輪の山あをによし奈良の山の山のまにい隠るまで道の隈い積もるまでにつばらにも見つつ行かむをしばしばも見放けむ山を心なく雲の隠さふべしや（17）……51、194
味酒を三輪の祝が斎ふ杉手触れし罪か君に逢ひがたき（712）……277
馬柵越し麦食む駒のはつはつに新肌触れし児ろしかなしも（3537）……210
子孫のいや継ぎ継ぎに見る人の語り次てて聞く人の鑑にせむを（4465）……204
梅の花今盛りなり思ふどちかざしにしてな今盛りなり（820）……155
梅の花咲けるが中に含めるは恋ひや隠れる雪を待つとか（4283）……235
梅の花それとも見えず降る雪のいちしろけむな間使ひ遣らば（2344）……252
うらぶれて物な思ひそ天雲のたゆたふ心我が思はなくに（2816）……23
占部をも八十の衢も占問へど君を相見むたどき知らずも（3812）……53
うら若み花咲きがたき梅を植ゑて人の言しみ思ひそ我がする（788）……54
愛しと我が思ふ妹を思ひつつ行けばかもとな行き悪しかるらむ（3729）……55
愛しと我が思ふ君はいや日異に来ませ我が背子絶ゆる日なしに（4504）……55
愛しと思ひし思はば下紐に結ひ付け持ちて止まず偲はせ（3766）……55
飫宇の海の潮干の潟の片思に思ひや行かむ道の長手を（536）……268
置きて行かば妹恋ひむかもしきたへの黒髪敷きて長きこの夜を（493）……111
沖辺には鴨つま呼ばひ辺つへにあぢむら騒きももしきの大宮人のまかり出て遊ぶ舟には梶棹もなくてさぶしも漕ぐ人なしに（257）……286
奥床に母は寝ねたり外床に父は寝ねたり起き立たば母知りぬべし出でて行かば父知りぬべし（3312）……309
奥山の木の葉隠りて行く水の音聞きしより常忘らえず（2711）……300
奥山の賢木の枝にしらか付く木綿取り付けて斎瓮を斎ひほりすゑ竹玉をしじに貫き垂れ鹿じもの膝折り伏してたわやめのおすひ取りかけかくだにも我は祈ひなむ君に逢はじかも（379）……43、112
後れ居て我が恋ひ居れば白雲のたなびく山を今日か越ゆらむ（1681）……120
後れ居て我はや恋ひむ春霞たなびく山を君が越え去なば（1771）……219
後れゐて長恋せずはみ園生の梅の花にもならましものを（864）……265
後れ居て恋ひつつあらずは追ひ及かむ道の隈廻に標結へわが背（115）……267
忍坂の山は走り出の宜しき山の出で立ちのくはしき山ぞあたらしき山の荒れまく惜しも（3331）……52、186
おしてる難波の国は葦垣の古りにし里と人皆の思ひやすみてつれもなくありし間に績麻なす長柄の宮に真木柱太高敷きて食す国を治めたまへば（928）……13、165、190
おしてる難波を過ぎてうちなびく草香の山を夕暮に我が越え来れば山も狭に咲けるあしびの悪しからぬ君をいつしか行きてはや見む（1428）……46、56、84
大き海にあらしな吹きそしなが鳥猪名の湊に舟泊つるまで（1189）……113
大き海をさもらふ水門事しあらばいづへゆ君は我を率しのがむ（1308）……226
大君は神にしいませば天雲の雷の上に廬りせるかも（235）……5、57
大君は神にしいませば赤駒の腹這ふ田居を都と成しつ（4260）……5、57
大君は神にしいませば水鳥のすだく水沼を都と成しつ（4261）……57
大君いますこの照らす日月の下は天雲の向伏す極みたにぐくのさ渡る極み聞こし食す国のまほらぞかにかくに欲しきまにまに然にはあらじか（800）……82、295
大君の遠の朝廷とあり通ふ島門を見れば神代し思ほゆ（304）……179
大君の遠の朝廷と思へれど日長くしあれば恋ひにけるかも（3668）……179
大君の遠の朝廷としらぬひ筑紫の国に泣く子なす慕ひ来まして息だにもいまだ休めず年月もいまだあらねば心ゆも思はぬ間に（794）……179、185
大君の任けのまにまに島守に我が立ち来ればははそ葉の母の命はみ裳の裾捻み上げ掻き撫でちちの実の父の命はたくづのの白ひげの上ゆ涙垂り嘆きのたばく（4408）……149
大君の任けのまにまに鄙離る国治めにと群鳥の朝立ち去なば後れたる我か恋ひむな（3291）……245、282

大君の任けのまにまにますらをの心振り起こしあしひきの山坂越えて天離る鄙に下り来（3962）……245
大君の御笠に縫へる有間菅ありつつ見れど事なき我妹（2757）……32
大君の命恐みあきづ島大和を過ぎて大伴の御津の浜辺ゆ大船にま梶しじ貫き朝なぎに水手の声しつつ夕なぎに梶の音しつつ行きし君（3333）……58
大君の命恐みあしひきの山野障らず天離る鄙も治むるますらをや（3973）……61
大君の命恐みおしてる難波の国にあらたまの年経るまでに（443）……56
大君の命恐み大殯の時にはあらねど雲隠ります（441）……28
大君の命恐み妻別れ悲しくはあれどますらをの心振り起こし……国を来離れいや高に山を越え過ぎ葦が散る難波に来居て夕潮に船を浮けすゑ朝なぎに舳向け漕がむと（4398）……190
大君の命かしこみにきびにし家を置きこもりくの泊瀬の川に舟浮けて我が行く川の川隈の（79）……9、99
大君の命恐み食す国の事取り持ちて若草の足結たづくり群鳥の朝立ち去なば（4008）……245
大君は神にしいませば赤駒の腹這ふ田居を都と成しつ（4260）……5、57
大君は神にしいませば天雲の雷の上に廬りせるかも（235）……5、57
大君は神にしいませば水鳥のすだく水沼を都と成しつ（4261）……57
大崎の荒磯の渡り延ふ葛の行くへもなくや恋ひわたりなむ（3072）……217
大殿はここと言へども春草の繁く生ひたる霞立ち春日の霧れるももしきの大宮所見れば悲しも（29）……103
大伴の遠つ神祖のその名をば大久米主と負ひ持ちて（4094）……177
大伴の遠つ神祖の奥つ城は著く標立て人の知るべく（4096）……177
大伴の名に負ふ靫帯びて万代に頼みし心いづくか寄せむ（480）……247、311
大伴の御津に船乗り漕ぎ出てはいづれの島に廬りせむ我（3593）……58
大伴の御津の浜びに直泊てにみ船は泊てむつつみなく幸くいましてはや帰りませ（894）……158
大伴の御津の松原かき掃きて我立ち待たむはや帰りませ（895）……158
大名児を彼方野辺に刈る草の束の間もわれ忘れめや（110）……81
大橋の頭に家あらばま悲しくひとり行く児に宿貸さましを（1743）……240
大船にま梶しじ貫き海原を漕ぎ出て渡る月人をとこ（3611）……154
大船に真梶しじ貫き大君の命恐み磯廻するかも（368）……245
大船の思ひ頼みてさな葛いや遠長く我が思へる君によりては事の故もなくありこそと（3288）……59
大船の思ひ頼める君ゆゑに尽くす心は惜しけくもなし（3251）……59
大船の頼める時に泣く我目かも迷へる大殿を振りさけ見れば白たへに飾り奉りてうちひさす宮の舎人もたへのほの麻衣着れば夢かもうつつかもと曇り夜の迷へる間にあさもよし城上の道ゆつのさはふ磐余を見つつ神葬り（3324）……88
大船の津守が占に告らむとはまさしく知りて我が二人寝し（109）……59
臣の女の櫛笥に乗れる鏡なす三津の浜辺にさにつらふ紐解き放けず我妹子に恋ひつつをれば（509）……62
面形の忘るさあらばあづきなく男じものや恋ひつつ居らむ（2580）……19
妹に逢はずあらばすべなみ岩根踏む生駒の山を越えてそ我が来る（3590）……36
思はじと言ひてしものをはねず色の移ろひやすき我が心かも（657）……216
思はぬに横しま風のにふふかに覆ひ来ぬればせむすべのたどきを知らに（904）……53
思ひ余りいたもすべなみ玉だすき畝傍の山に我標結ひつ（1335）……50、140
思ひにし余りにしかばにほ鳥のなづさひ来しを人見けむかも（2492）……197
思ひ遣るすべのたどきも我はなし逢はずてまねく月の経ゆけば（2892）……317
思ふ故に逢ふものならばしましくも妹が目離れて我居らめやも（3731）……117
思ふ空苦しきものを嘆く空過ぐし得ぬものを天雲のゆくらゆくらに葦垣の思ひ乱れて（3272）……23
思ふそら安けなくに嘆くそら安けなくに（1520）……294
思ふ人来むと知りせば八重むぐら覆へる庭に玉敷かましを（2824）……139
思ふらむ人にあらなくにねもころに心尽くして恋ふる我かも（682）……203、238

《か　行》

鏡なす我が見し君を阿婆の野の花橘の珠に拾ひつ（1404）……62
かからむとかねて知りせば大御船泊てし泊りに標結はましを（151）……217
その生業を雨降らず日の重なれば植ゑし田も蒔きし畑も朝ごとに凋み枯れ行く（4122）……174
かき撫でそねぎたまふうち撫でそねぎたまふ（973）……201
垣ほなす人は言へども高麗錦紐解き開けし君ならなくに（2405）……98
かぎろひの春にしなれば春日山三笠の野辺に桜花木の暗隠りかほ鳥は間なくしば鳴き露霜の秋さり来れば（1047）……163
かくしてそ人の死ぬといふ藤波のただ一目のみ見し人ゆゑに（3075）……234

かくのみし恋ひし渡ればたまきはる命も我は惜しけくもなし（1769）……137
かくのみし恋ひやわたらむ秋津野にたなびく雲の過ぐとはなしに（693）……4
かぐはしき花橘を玉に貫き送らむ妹はみつれてもあるか（1967）……64
かくゆゑに見じと言ふものを楽浪の旧き都を見せつつもとな（305）……283
かけまくのゆゆし恐き住吉の我が大御神船の舳にうしはきいまし船艫に立たしいまして（4245）……304
かけまくもあやに恐き山辺の五十師の原にうちひさす大宮仕へ朝日なすまぐはしも夕日なすうらぐはしも春山のしなひ栄えて秋山の色なつかしきももしきの大宮人は天地日月と共に万代にもが（3234）……242
かけまくもあやに恐く言はまくもゆゆしくあらむとあらかじめかねて知りせば（948）……66
かけまくもあやに恐し言はまくもゆゆしきかもわが大君皇子の命万代にめしたまはまし大日本久邇の都は（475）……66
かけまくもあやに恐しわが大君皇子の命もののふの八十伴の男を召し集へあどもひたまひ朝狩に鹿猪踏み起こし夕狩に鶉雉踏み立て（478）……66
かけまくもゆゆしきかも言はまくもあやに恐き明日香の真神の原にひさかたの天つ御門を恐くも定めたまひて（199）……304
恐みと告らずありしをみ越路の手向に立ちて妹が名告りつ（3730）……145
可之布江に鶴鳴き渡る志賀の浦に沖つ白波立ちし来らしも（3654）……109
春日なる三笠の山に居る雲を出で見るごとに君をしそ思ふ（3209）……260
春日野に煙立つ見ゆ娘子らし春野のうはぎ摘みて煮らしも（1879）……67
春日野に照れる夕日のよそのみに君を相見て今そ悔しき（3001）……307
春日山朝居る雲のおほほしく知らぬ人にも恋ふるものかも（677）……60
春日山霞たなびき心ぐく照れる月夜にひとりかも寝む（735）……91、219
霞立つ春日の里の梅の花山のあらしに散りこすなゆめ（1437）……68
霞立つ春日の里の梅の花花に問はむと我が思はなくに（1438）……68
霞立つ長き春日の暮れにけるたづきも知らずむらきもの心を痛みぬえこ鳥うらなけ居れば（5）……281
霞立つ長き春日をかざせれどいやなつかしき梅の花かも（846）……68
風に散る花橘を袖に受けて君が御跡と偲ひつるかも（1966）……64
風をいたみいたぶる波の間なく我が思ふ君は相思ふらむか（2736）……69
風をいたみ沖つ白波高からし海人の釣船浜に帰りぬ（294）……69
風をだに恋ふるはともし風をだに来むとし待たば何か嘆かむ（489）……138、181
片貝川の清き瀬に朝夕ごとに立つ霧の思ひ過ぎめやあり通ひ（4000）……133
葛飾の真間の入江にうちなびく玉藻刈りけむ手児名し思ほゆ（433）……71、183
葛飾の真間の浦廻を漕ぐ船の船人騒ぐ波立つらしも（3349）……71
葛城の襲津彦真弓荒木にも頼めや君がわが名告りけむ（2639）……72
葛城の高間の草野はや知りて標刺さましを今そ悔しき（1337）……72
門出をすればたらちねの母かき撫で若草の妻取り付き（4398）……147
かの児ろと寝ずやなりなむはだすすき宇良野の山に月片寄るも（3565）……209
かはづ鳴く吉野の川の滝の上のあしびの花そはしに置くなゆめ（1868）……226
川に向き立ち思ふそら安けなくに嘆くそら安けなくに青波に望みは絶えぬ白雲に涙は尽きぬ（1520）……248
川の上のいつ藻の花のいつもいつも来ませわが背子時じけめやも（491）……40
河上のゆつ岩群に草生さず常にもがもな常娘子にて（22）……40
かへりみすれどいや遠に里は離りぬいや高に山も越え来ぬ夏草の思ひ萎えて偲ふらむ妹が門見むなびけこの山（131）……187
帰るさに妹に見せむにわたつみの沖つ白玉拾ひて行かな（3614）……316
かほ鳥の間なくしば鳴く春の野の草根の繁き恋もするかも（1898）……255
上野のまぐはしまとに朝日さしまきらはしもなありつつ見れば（3407）……242
神代より言ひ伝て来らくそらみつ大和の国は皇神の厳しき国言霊の幸はふ国と語り継ぎ……大和の大国御魂ひさかたの天のみ空ゆ天翔り見渡したまひ（894）……95、126
神風の伊勢の海の朝なぎに来寄る深海松夕なぎに来寄る俣海松深海松の深めし我を俣海松のまた行き帰り妻と言はじとかも思ほせる君（3301）……75、230
神風の伊勢の国にもあらましをなにしか来けむ君もあらなくに（163）……75
神さび立てり名ぐはしき吉野の山は（52）……212
神さぶといなぶにはあらずはたやはたかくして後にさぶしけむかも（762）……21
神奈備の磐瀬の社のほととぎす毛無の岡にいつか来鳴かむ（1466）……41
神奈備の磐瀬の社の呼子鳥いたくな鳴きそ我が恋まさる（1419）……41、77

神奈備の神依り板にする杉の思ひも過ぎず恋の繁きに（1773）……77
神奈備の清き御田屋の垣内田の池の堤の百足らず斎槻の枝にみづ枝さす（3223）……288
神奈備の三諸の神の帯にせる明日香の川の水脈速み（3227）……17
神奈備の三諸の山に斎ふ杉思ひ過ぎめや苔むすまでに（3228）……274
神葬り葬りいませてあさもよし城上の宮を常宮と高くまつりて神ながらしづまりましぬ（199）……171
鴨じもの浮き寝をすれば蜷の腸か黒き髪に露そ置きにける（3649）……272
韓衣着奈良の里の妻まつに玉をし付けむよき人もがも（952）……78
韓衣君にうち着せ見まく欲り恋ひそ暮らしし雨の降る日を（2682）……78
韓衣裾のうちかへ逢はねども異しき心を我が思はなくに（3482）……78
雁がねの来鳴きしなへに韓衣竜田の山はもみちそめたり（2194）……78
猟高の高円山を高みかも出で来る月の遅く照るらむ（981）……220
軽の池の浦廻行き廻る鴨すらに玉藻の上にひとり寝なくに（390）……80
聞かずして黙もあらましをなにしかも君がただかを人の告げつる（3304）……77
聞けば音のみし泣かゆ語れば心そ痛き天皇の神の皇子の出でましの手火の光そここだ照りたる（230）……202
紀伊の国の飽等の浜の忘れ貝我は忘れじ年は経ぬとも（2795）……314
紀伊の国の雑賀の浦に出で見れば海人の灯火波の間ゆ見ゆ（1194）……171
紀伊の国の室の江の辺に千年に障ることなく万代にかくしもあらむと大船の思ひ頼みて出立の清き渚に朝なぎに来寄る深海松夕なぎに来寄る縄のり深海松の深めし児らを縄のりの引けば絶ゆとや（3302）……230
昨日こそ年は果てしか春霞春日の山にはや立ちにけり（1843）……219
城上の宮を常宮と定めたまひてあぢさはふ目言も絶えぬ（196）……18
君が着る三笠の山に居る雲の立てば継がるる恋もするかも（2675）……260
君が行き日長くなりぬ山尋ね迎へか行かむ待ちにか待たむ（85）……321
君が行く道の長手を繰り畳ね焼き滅ぼさむ天の火もがも（3724）……55、131
君なくはなぞ身装はむくしげなる黄楊の小櫛も取らむとも思はず（1777）……52
君に恋ひいたもすべなみ奈良山の小松が下に立ち嘆くかも（593）……29、194
君に恋ふれば天地に満ち足らはして恋ふれかも胸の病みたる思へかも心の痛き我が恋ぞ日に異に増さる（3329）……227
君により言の繁きを故郷の明日香の川にみそぎしに行く（626）……264
君の御代御代隠さはぬ明き心を皇辺に極め尽くして仕へ来る祖の職と言立てて（4465）……110
君待つと我が恋ひをれば我がやどの簾動かし秋の風吹く（488）……138、181
君待つと庭にし居ればうちなびく我が黒髪に霜そ置きにける（3044）……46
肝向かふ心砕けて玉だすきかけぬ時なく口止まず我が恋ふる児を玉釧手に取り持ちてまそ鏡直目に見ねばしたひ山下行く水の上に出でず我が思ふ心安きそらかも（1792）……83
霧こそば夕に立ちて朝には失すといへ梓弓音聞く我もおほに見しこと悔しきを（217）……20
草香江の入江にあさる蘆鶴のあなたづたづし友なしにして（575）……84
草枕旅にしばしばかくのみや君を遣りつつ我が孤悲をらむ（3936）……96
草枕旅にし居れば刈り薦の乱れて妹に恋ひぬ日はなし（3176）……79
草枕旅行く君を幸くあれと斎瓮すゑつ我が床の辺に（3927）……43
草枕旅行く人も行き触ればにほひぬべくも咲ける萩かも（1532）……85
釧つく答志の岬に今日もかも大宮人の玉藻刈るらむ（41）……86
くすしくもいます神かも石花の海と名付けてあるも（319）……258
国々の社の神に幣奉り我が恋すなむ妹がかなしさ（4391）……199
柵越しに麦食む子馬のはつはつに相見し児らしあやにかなしも（3537）……210
雲居なす心もしのに立つ霧の思ひ過ぐさず行く水の音もさやけく万代に言ひ継ぎ行かむ川し絶えずは（4003）……133
雲に飛ぶ薬食むよは都見ばいやしき我が身またをちぬべし（848）……319
雲間よりさ渡る月のおほほしく相見し児らを見るよしもがも（2450）……60
曇り夜のたどきも知らぬ山越えています君をば何時とか待たむ（3186）……88
倉橋の山を高みか夜ごもりに出で来る月の光乏しき（290）……89
紅の浅葉の野らに刈る草の束の間も我を忘らすな（2763）……81
紅の色もうつろひぬばたまの黒髪変はり朝の笑み夕変はらひ吹く風の見えぬがごとく行く水の止まらぬごとく常もなくうつろふ見ればにはたづみ流るる涙留めかねつも（4160）……196
紅の濃染めの衣色深く染みにしかばか忘れかねつる（2624）……119
紅は移ろふものそ橡のなれにし衣になほ及かめやも（4109）……216
けころもを時かたまけて出でまし宇陀の大野は思ほえむかも（191）……90
今朝の朝明秋風寒し遠つ人雁が来鳴かむ時近みかも（3947）……178

今朝行きて明日は来なむと言ひし子が朝妻山に霞たなびく（1817）……10
飼飯の海の庭良くあらし刈薦の乱れて出づ見ゆ海人の釣船（256）……79
ここにして家やもいづち白雲のたなびく山を越えて来にけり（287）……120
心ぐきものにそありける春霞たなびく時に恋の繁きは（1450）……91
心ぐく思ほゆるかも春霞たなびく時に言の通へば（789）……91、219
心には千重に百重に思へれど人目を多み妹に逢はぬかも（2910）……226
心ゆも我は思はずき山川も隔たらなくにかく恋ひむとは（601）……241
心を痛み葦垣の思ひ乱れて春鳥の音のみ泣きつつあぢさはふ夜昼知らずかぎろひの心燃えつつ嘆き別れぬ（1804）……63
甑には蜘蛛の巣かきて飯炊くことも忘れてぬえ鳥ののどよひ居るに（892）……198
越の海の角鹿の浜ゆ大船に真梶貫き下ろしいさなとり海路に出でてあへきつつ我が漕ぎ行けばますらをの手結が浦に海人娘子塩焼く煙草枕旅にしあればひとりして見るしるしなみわたつみの手に巻かしたる玉だすきかけて偲ひつ大和島根を（366）……37
事しあらば小泊瀬山の石城にも隠らば共にな思ひ我が背（3806）……92、94
言霊の八十の衢に夕占問ふ占まさに告る妹は相寄らむ（2506）……95
言に出でて言はばゆゆしみ朝顔のほには咲き出ぬ恋もするかも（2275）……8
言に出でて言はばゆゆしみ礪波山手向の神に幣奉り我が乞ひ禱まく（4008）……199
言のみをのちも逢はむとねもころに我を頼めて逢はざらむかも（740）……203
このころの我が恋力記し集め功に申さば五位の冠（3858）……97
このころの我が恋力給はずは京兆に出でて訴へむ（3859）……97
このころの朝明に聞けばあしひきの山呼びとよめさ雄鹿鳴くも（1603）……299
子の泣くごとに男じもの負ひみ抱きみ朝鳥の音のみ泣きつつ恋ふれども験をなみと言問はぬものにはあれど我妹子が入りにし山をよすかとぞ思ふ（481）……11
この見ゆる雲ほびこりてとの曇り雨も降らぬか心足らひに（4123）……174
この山の黄葉の下の花を我はつはつに見てなほ恋ひにけり（1306）……210
この世には人言繁し来む世にも逢はむわが背子今ならずとも（541）……97
この岡に菜摘ます児家告らな名告らさね（1）……309
恋繁み慰めかねてひぐらしの鳴く島陰に廬りするかも（3620）……222
恋しけば袖も振らむを武蔵野のうけらが花の色に出なゆめ（3376）……278
恋にもそ人は死にする水無瀬川下ゆ我痩す月に日に異に（598）……270
恋ふる日の日長くしあれば我が園の韓藍の花の色に出でにけり（2278）……265
恋ふる日は日長きものを今夜だにともしむべしや逢ふべきものを（2079）……223
恋ふれかも心の痛き末つひに君に逢はずはわが命の生けらむ極み恋ひつつも我は渡らむまそ鏡直目に君を相見てばこそ我が恋止まめ（3250）……59
高麗剣わが心ゆゑよそのみに見つつや君を恋ひわたりなむ（2983）……307
高麗錦紐解き交はし天人の妻問ふ夕ぞ我も偲はむ（2090）……98
高麗錦紐解き放けて寝るが上にあどせろとかもあやにかなしき（3465）……98
高麗錦紐解き開けて夕だに知らざる命恋ひつつやあらむ（2406）……98
高麗錦紐の片方ぞ床に落ちにける明日の夜し来なむと言はば取り置きて待たむ（2356）……98
肥人の額髪結へる染木綿の染みにし心我忘れめや（2496）……119
こもりくの豊泊瀬道は常滑の恐き道ぞ恋ふらくはゆめ（2511）……99
こもりくの泊瀬の川のをち方に妹らは立たしこの方に我は立ちて（3299）……318
こもりくの泊瀬の山青旗の忍坂の山は走り出の宜しき山の出で立ちのくはしき山ぞ（3331）……34
隠りには恋ひて死ぬともみ園生の韓藍の花の色に出でめやも（2784）……265
隠り沼の下に恋ふれば飽き足らず人に語りつ忌むべきものを（2719）……100
隠り沼の下ゆ恋ひあまり白波のいちしろく出でぬ人の知るべく（3935）……100
隠り沼の下ゆ恋ふればすべをなみ妹が名告りつゆゆしきものを（2441）……100、304
隠り沼の下ゆは恋ひむいちしろく人の知るべく嘆きせめやも（3021）……100
児らが名にかけの宜しき朝妻の片山崖に霞たなびく（1818）……10
衣手の名木の川辺を春雨に我立ち濡ると家思ふらむか（1696）……220
衣手の別る今夜ゆ妹も我もいたく恋ひむな逢ふよしをなみ（508）……101
衣手常陸の国の二並ぶ筑波の山を見まく欲り（1753）……101
衣手の真若の浦のまなご地間なく時なし我が恋ふらくは（3168）……256

《さ　行》

坂鳥の朝越えまして玉かぎる夕さり来ればみ雪降る安騎の大野にはたすすき小竹を押しなべ草枕（45）……135
相模道の余呂伎の浜の真砂なす児らはかなしく思はるるかも（3372）……256
埼玉の津に居る舟の風をいたみ綱は絶ゆとも言な絶えそね（3380）……69

防人の堀江漕ぎ出る伊豆手舟梶取る間なく恋は繁けむ（4336）……239
桜の花は咲きたるは散り過ぎにけり含めるは咲き継ぎぬべしこちごちの花の盛りに見さずともかにもかくにも君がみ行きは今にしあるべし（1749）……235
咲けりとも知らずしあらば黙もあらむこの山吹を見せつつもな（3976）……283
咲けりとも知らずしあらば黙もあらむこの秋萩を見せつつもとな（2293）……283
楽浪の志賀津の海人は我なしに潜きはなせそ波立たずとも（1253）……22、103
楽浪の志賀の唐崎幸くあれど大宮人の船待ちかねつ（30）……103
さす竹の大宮人の家と住む佐保の山をば思ふやも君（955）……104、108
さす竹のよ隠りてあれわが背子が我がりし来ずは我恋ひめやも（2773）……104
里遠み恋ひわびにけりまそ鏡面影去らず夢に見えこそ（2634）……248
里人の聞き恋ふるまで山彦の相とよむまでほととぎす妻恋すらしさ夜中に鳴く（1937）……299
里人の我に告ぐらく汝が恋ふる愛し夫はもみち葉の散りまがひたる神奈備のこの山辺からぬばたまの黒馬に乗りて川の瀬を七瀬渡りてうらぶれて夫は逢ひきと人そ告げつる（3303）……77
さにつらふ妹を思ふと霞立つ春日もくれに恋ひわたるかも（1911）……105
さにつらふ色には出でず少なくも心の中に我が思はなくに（2523）……105
さね葛後も逢はむと大船の思ひ頼みて玉かぎる磐垣淵の隠りのみ恋ひつつあるに（207）……106
佐保過ぎて奈良のたむけに置く幣は妹を目離れず相見しめとそ（300）……108
さやかに見れば桙のほに夜の霧降り岩床と川の水凝り寒き夜を（79）……88
さ百合花ゆりも逢はむと思へこそ今のまさかも愛しみすれ（4088）……305
さ百合花ゆりも逢はむと下延ふる心しなくは今日も経めやも（4115）……305
さ雄鹿の入野のすすき初尾花いつしか妹が手を枕かむ（2277）……211
志賀の海人の磯に刈り乾すなのりその名は告りてしをなにか逢ひ難き（3177）……109、191
志賀の白水郎の塩焼き衣なれぬれど恋といふものは忘れかねつも（2622）……109
志賀の海人の塩焼く煙風を疾み立ちは上らず山にたなびく（1246）……69、293
志賀の海人の一日も落ちず焼く塩の辛き恋をも我はするかも（3652）……123、293
志賀の海人の火気焼き立てて焼く塩の辛き恋をも我はするかも（2742）……109、293
志賀の海人はめ刈り塩焼き暇なみくしらの小櫛取りも見なくに（278）……293
志賀の浦にいざりする海人家人の待ち恋ふらむに明かし釣る魚（3653）……109
磯城島の大和の国に明らけき名に負ふ伴の男心努めよ（4466）……110
磯城島の大和の国に人さはに満ちてあれども（3248）……110
磯城島の大和の国に人二人ありとし思はば何か嘆かむ（3249）……110
磯城島の大和の国の石上布留の里に紐解かず（1787）……39
磯城島の大和の国は言霊の助くる国ぞま幸くありこそ（3254）……95、246
しきたへの家をも造りあらたまの年の緒長く住まひつついまししものを（460）……73、111
しきたへの衣手離れて玉藻なすなびきか寝らむ我を待ちがてに（2483）……144
しきたへの袖返しつつ寝る夜落ちず夢には見れど現にし直にあらねば恋しけく千重に積もりぬ（3978）……111
敷きませる難波の宮は聞こしをす四方の国より奉る御調の船は堀江より水脈引きしつつ朝なぎに梶引き上り夕潮に棹さし下り（4360）……239
しぐれの雨間なくし降れば三笠山木末あまねく色づきにけり（1553）……260
しぐれ降る暁月夜紐解かず恋ふらむ君と居らましものを（2306）……228
しなが鳥安房に継ぎたる梓弓末の珠名は胸別の広き我妹腰細のすがる娘子のその姿のきらきらしきに花の如笑みて立てれば玉桙の道行く人は己が行く道は行かずて呼ばなくに門に至りぬさし並ぶ隣の君はあらかじめ己妻離れて乞はなくに鍵さへ奉る人皆のかく迷へればかほよきに寄りてそ妹はたはれてありける（1738）……113
しなが鳥猪名野を来れば有間山夕霧立ちぬ宿りはなくて（1140）……113
しなが鳥猪名山とよに行く水の名のみ寄そりし隠り妻はも（2708）……113
しなてる片足羽川のさ丹塗りの大橋の上ゆ紅の赤裳裾引き山藍もち摺れる衣着てただひとりい渡らす児は若草の夫かあるらむ橿の実のひとりか寝らむ問はまくの欲しき我妹が家の知らなく（1742）……114
死なむと思へど五月蠅なす騒く子どもを打棄てては死には知らず見つつあれば心は燃えぬかにかくに思ひ煩ひ音のみし泣かゆ（897）……107
信濃道は今の墾り道刈りばねに足踏ましなむ沓はけ我が背（3399）……312
しばしばも相見ぬ君を天の川舟出はやせよ夜のふけぬ間に（2042）……223
渋谿の荒磯の崎に沖つ波寄せ来る玉藻片搓りに縵に作り妹がため手に巻き持ちてうらぐはし布勢の水海に（3993）……116
渋谿の崎の荒磯に寄する波いやしくしくに古思ほゆ（3986）……116
潮気立つ荒磯にはあれど行く水の過ぎにし妹が形見とそ来し（1797）……300

潮満てば水沫に浮かぶ砂にも我はなりてしか恋ひは死なずて（2734）……256
島隠り我が漕ぎ来ればともしかも大和へ上るま熊野の船（944）……181
しましくは家に帰りて父母に事も語らひ明日のごと我は来なむと（1740）……117
下野の三毳の山の小楢のす目ぐはし児ろは誰が笥か持たむ（3424）……242
霜雪もいまだ過ぎねば思はぬに春日の里に梅の花見つ（1434）……68
白髪生ふることは思はずをち水はかにもかくにも求めて行かむ（628）……157
しらかつく木綿は花物言こそば何時のまさかも常忘らえね（2996）……303
白雲の絶えにし妹をあぜせろと心に乗りてここばかなしけ（3517）……120
白雲の竜田の山の露霜に色付く時にうち越えて旅行く君は五百重山い行きさくみ賊守る筑紫に至り（971）……120
白雲のたなびく山の高々に我が思ふ妹を見むよしもがも（758）……120
白波の荒磯に寄する渋谿の崎たもとほり松田江の長浜過ぎて宇奈比川清き瀬ごとに鵜川立ちか行きかく行き見つれどもそこも飽かにと布勢の海に船浮け据ゑて（3991）……116
しらぬひ筑紫の国は賊守るおさへの城そと聞こし食す四方の国には人さはに満ちてはあれど鶏が鳴く東男は出で向かひ（4331）……82
しらぬひ筑紫の綿は身に着けていまだは着ねど暖けく見ゆ（336）……12
白たへの我が衣手を取り持ちて斎へわが背子直に逢ふまでに（3778）……121
白たへの我が下衣失はず持てれわが背子直に逢ふまでに（3751）……121、148
白たへの天領巾隠り鳥じもの朝立ちいまして入日なす隠りにしかば我妹子が形見に置けるみどり子の（210）……184
白たへの袖はまゆひぬ我妹子が家のあたりを止まず振りしに（2609）……121
白たへの袖触れにしよ我が背子に我が恋ふらくは止む時もなし（2612）……121、192
白たへの袖折り返しぬばたまの黒髪敷きて長き日を（4331）……46
白たへの手本を別れにきびにし家ゆも出でてみどり子の泣くをも置きて朝霧のおほになりつつ山背の相楽山の山のまに行き過ぎぬれば言はむすべせむすべ知らに（481）……9
菅の根のねもころ妹に恋ふるにしますらを心思ほえぬかも（2758）……122
菅の根のねもころ君が結びたるわが紐の緒を解く人はあらじ（2473）……122
菅の根のねもころごろに我が思へる妹によりては事の忌みもなくありこそと斎瓮を斎ひ掘りすゑ竹玉を間なく貫き垂れ天地の神をそ我が祈むいたもすべなみ（3284）……43
菅の根のねもころごろに照る日にも乾めや我が袖妹に逢はずして（2857）……122
裾廻の山の渋谿の崎の荒磯に朝なぎに寄する白波夕なぎに満ち来る潮のいや増しに絶ゆることなく（3985）……116
周防にある磐国山を越えむ日は手向けよくせよ荒しその道（567）……145
須磨の海人の塩焼き衣の藤衣間遠にしあればいまだ着なれず（413）……123
須磨人の海辺常去らず焼く塩の辛き恋をも我はするかも（3932）……123、293
住吉の現人神船舳にうしはきたまひ着きたまはむ島の崎々寄りたまはむ磯の崎々荒き波風にあはせずつつみなく病あらせず速けく帰したまはね本の国辺に（1020・1021）……158
住吉の里行きしかば春花のいやめづらしき君に逢へるかも（1886）……221
住吉の敷津の浦のなのりその名は告りてしを逢はなくも怪し（3076）……191
住吉の野木の松原遠つ神わが大君の幸行処（295）……177
天皇の神の大御代に田道間守常世に渡り八矛持ち参ゐ出来し時時じくの香久の菓子を恐くも残したまへれ（4111）……141
天皇の神の御門を恐みとさもらふ時に逢へる君かも（2508）……124
天皇の敷きます国の天の下四方の道には馬の爪い尽くす極み（4122）……124
皇祖の遠き御代にもおしてる難波の国に天の下知らしめしきと（4360）……56
皇祖の遠御代御代はい敷き折り酒飲むといふそこのほほがしは（4205）……124
天皇の御代栄えむと東なる陸奥山に金花咲く（4097）……183
背の山に直に向かへる妹の山事許せやも打橋渡す（1193）……310
底清み沈ける玉を見まく欲り千度そ告りし潜きする海人は（1318）……273
その生業を雨降らず日の重なれば植ゑし田も蒔きし畑も朝ごとに凋み枯れ行く（4122）……174
天にみつ大和を置きてあをによし奈良山を越えいかさまに思ほしめせか（29）……194
そらみつ大和の国あをによし奈良山越えて山背の管木の原ちはやぶる宇治の渡り岡の屋の阿後尼の原を（3236）……126、297

《た　行》

高座の三笠の山に鳴く鳥のやめば継がるる恋もするかも（373）……260
高殿を高知りまして登り立ち国見をせせばたたなはる青垣山（38）……131
高円の秋野の上のなでしこが花うら若み人のかざししなでしこが花（1610）……54
高円の野辺のかほ花面影に見えつつ妹は忘れかねつも（1630）……128

高山の岩もと激ち行く水の音には立てじ恋ひて死ぬとも（2718）……300
高山の峰のたをりに射目立てて鹿猪待つごとく床敷きて我が待つ君を犬な吠えそね（3278）……44
たくづのの新羅の国ゆ人言を良しと聞かして問ひ放くる親族兄弟なき国に渡り来まして（460）……129
栲領巾のかけまく欲しき妹の名をこの勢能山にかけばいかにあらむ（285）……130、310
たくひれの鷺坂山の白つつじ我ににほはね妹に示さむ（1694）……130
たくひれの白浜波の寄りもあへず荒ぶる妹に恋ひつつそ居る（2822）……130
猛き軍士とねぎたまひ任けのまにまにたらちねの母が目離れて若草の妻をもまかず（4331）……245
織女し船乗りすらしまそ鏡清き月夜に雲立ち渡る（3900）……248
誰そ彼と問はば答へむすべをなみ君が使ひを帰しつるかも（2545）……73
誰そ彼と我をな問ひそ九月の露に濡れつつ君待つ我を（2240）……73
直越えのこの道にてしおしてるや難波の海と名付けけらしも（977）……84
畳薦隔て編む数通はさば道の芝草生ひざらましを（2777）……132
立ちて居てたどきも知らず思へども妹に告げねば間使ひも来ず（2388）……252
立ちて居てすべのたどきも今はなし妹に逢はずて月の経ゆけば（2881）……88
大刀の尻鞘に入野に葛引く我妹ま袖もち着せてむとかも夏草刈るも（1272）……249
橘の下照る庭に殿建てて酒みづきいます我が大君かも（4059）……290
橘の下吹く風のかぐはしき筑波の山を恋ひずあらめかも（4371）……64
橘の寺の長屋に我が率寝し童女放りは髪上げつらむか（3822）……74
橘の花を居散らしひねもすに鳴けど聞きよし賂はせむ遠くな行きそ我がやどの花橘に住み渡れ鳥（1755）……257
橘は花にも実にも見つれどもいや時じくになほし見が欲し（4112）……64、141
橘を守部の里の門田早稲刈る時過ぎぬ来じとすらしも（2251）……291
田道間守常世に渡り八矛持ち参ゐ出来し時時じくの香久の菓子を恐くも残したまへれ（4111）……64
立つ霧の失せゆくごとく置く露の消えゆくがごと玉藻なすなびき臥い伏し行く水の留めもえぬと狂言か（4214）……144
絶つと言はばわびしみせむと焼き大刀のへつかふことはからしや我が君（641）……292
谷狭み峰に延ひたる玉かづら絶えむの心我が思はなくに（3507）……136
丹波道の大江の山のさね葛絶えむの心我が思はなくに（3071）……106
狂言かおよづれ言かこもりくの泊瀬の山に廬りせりといふ（1408）……19
狂言か人の言ひつる逆言か人の告げつる梓弓爪引く夜音の遠音にも聞けば悲しみにはたづみ流るる涙留めかねつも（4214）……196
狂言か人の言ひつる玉の緒の長くと君は言ひてしものを（3334）……58
旅にありて物をそ思ふ白波の辺にも沖にも寄るとはなしに（3158）……237
旅にして妹を思ひ出でいちしろく人の知るべく歎きせむかも（3133）……268
旅にして物恋しきに鶴が音も聞こえざりせば孤悲て死なまし（67）……96
旅にても喪なくはや来と我妹子が結びし紐はなれにけるかも（3717）……313
魂合へば相寝るものを小山田の鹿猪田守るごと母し守らすも（3000）……97
玉かぎる磐垣淵の隠りには伏して死ぬとも汝が名は告らじ（2700）……263
玉かぎる昨日の夕見しものを今日の朝に恋ふべきものか（2391）……135
玉かぎるほのかに見えて別れなばもとなや恋ひむ逢ふ時までは（1526）……135、248
玉かぎる夕さり来れば猟人の弓月が岳に霞たなびく（1816）……16、135
玉葛花のみ咲きて成らざるは誰が恋ならめ我は孤悲思ふを（102）……96、136
玉葛実成らぬ木にはちはやぶる神そつくといふならぬ木ごとに（101）……96、136
たまきはる宇智の大野に馬並めて朝踏ますらむその草深野（4）……90、137
玉くしげ覆ふをやすみ明けていなば君が名はあれどわが名し惜しも（93）……138、181
玉くしげ二上山に鳴く鳥の声の恋しき時は来にけり（3987）……233
玉くしげみもろの山のさな葛さ寝ずは遂にありかつましじ（94）……106
玉釧まき寝る妹もあらばこそ夜の長けくも嬉しかるべき（2865）……86
玉敷かず君が悔いて言ふ堀江には玉敷き満てて継ぎて通はむ（4057）……139
玉敷ける家も何せむ八重むぐら覆へる小屋も妹と居りてば（2825）……139
玉敷きて待たましよりはたけそかに来たる今夜し楽しく思ほゆ（1015）……139
玉だすき畝傍の山の橿原のひじりの御代ゆ生れましし（29）……50、140
玉だすきかけぬ時なく息の緒に我が思ふ君は（1453）……183
玉だすき懸けねば苦し懸けたれば継ぎて見まくの欲しき君かも（2992）……238
玉だすきかけのよろしく遠つ神わが大君の行幸の（5）……177
玉津島見てし良けくも我はなし都に行きて恋ひまく思へば（1217）……317
玉津島よく見ていませあをによし奈良なる人の待ち問はばいかに（1215）……317

玉に貫く花橘を乏しみしこの我が里に来鳴かずあるらし（3984）……141
玉の浦に船をとどめて浜びより浦磯を見つつ泣く子なす音のみし泣かゆ（3627）……185
玉の緒の絶えたる恋の乱れなば死なまくのみそまたも逢はずして（2789）……142
玉の緒の惜しき盛りに立つ霧の失せゆくごとく置く露の消えゆくがごと玉藻なすなびき臥い伏
　し行く水の留めもえぬと狂言か（4214）……133
玉桙の道の遠けば間使ひも遣るよしもなみ思ほしき言も通はずたまきはる命惜しけどせむすべ
　のたどきを知らに隠りゐて思ひ嘆かひ（3969）……252
玉桙の道に出で立ち別れ来し日より思ふに忘る時なし（3139）……143
たまはやす武庫の渡りに天伝ふ日の暮れ行けば家をしそ思ふ（3895）……25
玉桙の道行き人はあしひきの山行き野行きにはたづみ川行き渡り（3335）……196
玉藻刈る辛荷の島に島廻する鵜にしもあれや家思はざらむ（943）……169
玉藻刈る敏馬を過ぎて夏草の野島の崎に舟近付きぬ（250）……187
玉藻刈る処女を過ぎて夏草の野島が崎に廬りす我は（3606）……187
玉藻なすなびき我が寝ししきたへの妹が手本を露霜の置きてし来れば（138）……111、163
玉藻なす寄り寝し妹を露霜の置きてし来れば（131）……144
たらちねの母が飼ふ蚕の繭隠りいぶせくもあるか妹に逢はずして（2991）……258
たらちねの母が飼ふ蚕の繭隠り息づき渡り我が恋ふる心のうちを人に言ふ（3258）……258
たらちねの母の命か百足らず八十の衢に夕占にも占にもそ問ふ死ぬべき我がゆゑ（3811）……288
たらちねの母が目離れて若草の妻をもまかずあらたまの月日数みつつ（4331）……29
たらちねの母が呼ぶ名を申さめど道行き人を誰と知りてか（3102）……160
たらちねの母に障らばいたづらに汝も我も事なるべき（2517）……97、147、191
たらちねの母に知らえず我が持てる心はよしゑ君がまにまに（2537）……147、191
たらちねの母にも告らず包めりし心はよしゑ君がまにまに（3285）……43、147
たらちねの母の命の大船のゆくらゆくらに下恋にいつかも来むと待たすらむ（3962）……301
たらつねの母が飼ふ蚕の繭隠り隠れる妹を見むよしもがも（2495）……258
誰そこの我がやど来呼ぶたらちねの母にころはえ物思ふ我を（2527）……309
ちちの実の父の命ははそ葉の母の命おほろかに心尽くして思ふらむその子なれやもますらをや
　空しくあるべき梓弓末振り起こし投矢持ち千尋射渡し剣大刀腰に取り佩きあしひきの八つ峰
踏み越えさしまくる心障らず後の世の語り継ぐべく名を立つべしも（4164）……149
父母が頭かき撫で幸くあれて言ひし言葉ぜ忘れかねつる（4346）……149
父母に知らせぬ児ゆゑ三宅道の夏野の草をなづみ来るかも（3296）……272
父母もうへはなさがりさきくさの中にを寝むと愛しくしが語らへば（904）……102
父母を見れば尊く妻子見ればかなしくめぐし（4106）……240
ちはや人宇治川波を清みかも旅行く人の立ちかてにする（1139）……45
ちはやふる神の御坂に幣奉り斎ふ命は母父がため（4402）……199
ちはやぶる神の持たせる命をば誰がためにかも長く欲りせむ（2416）……150
ちはやぶる神の社しなかりせば春日の野辺に粟蒔かましを（404）……67、150
ちはやぶる神の社にわが掛けし幣は賜らむ妹に逢はなくに（558）……150
千万の軍なりとも言挙げせず取りて来ぬべき士とそ思ふ（972）……93、120、201
つがの木のいやつぎつぎに天の下知らしめししを（29）……151
使はしし御門の人も白たへの麻衣着て埴安の御門の原にあかねさす日のことごと鹿じものい這
　ひ伏しつつぬばたまの夕に至れば大殿を振り放け見つつ鶉なすい這ひもとほり（199）……214
月草に衣そ染むる君がためいろどり衣摺らむと思ひて（1255）……47
月草の移ろひやすく思へかも我が思ふ人の言も告げ来ぬ（583）……152
月草の借れる命にある人をいかに知りてか後も逢はむと言ふ（2756）……152
月立ちてただ三日月の眉根掻き日長く恋ひし君に逢へるかも（993）……259
つぎねふ山背道を他夫の馬より行くに己夫し徒歩より行けば見るごとに音のみし泣かゆそこ思
　ふに心し痛し（3314）……153、202
筑紫辺に舳向かる船のいつしかも仕へ奉りて国に舳向かも（4359）……155
筑波嶺にそがひに見ゆる葦穂山悪しかる咎もさね見えなくに（3391）……134
筑波嶺のをてもこのもに守部すゑ母い守れども魂そ合ひにける（3393）……291
月夜には門に出で立ち夕占問ひ足占をそせし行かまくを欲り（736）……53
月読の光に来ませあしひきの山き隔りて遠からなくに（670）……156
月読の光は清く照らせれど惑へる心思ひあへなくに（671）……156
月読の光を清み神島の磯廻の浦ゆ船出す我は（3599）……196
つのさはふ石見の海の言さへく辛の崎なるいくりにそ深海松生ふる荒磯にそ玉藻は生ふる玉藻
　なすなびき寝し児を深海松の深めて思へどさ寝し夜はいくだもあらず（135）……230
つのさはふ磐余も過ぎず泊瀬山何時かも越えむ夜はふけにつつ（282）……159

海石榴市の八十の衢に立ち平し結びし紐を解かまく惜しも（2951）……160
翼なすあり通ひつつ見らめども人こそ知らね松は知るらむ（145）……179、279
妻隠る矢野の神山露霜ににほひそめたり散らまく惜しも（2178）……162
妻知らば来も問はましを玉桙の道だに知らずおほほしく待ちか恋ふらむ愛しき妻らは（220）…60
夫の命のたたなづく柔膚すらを剣太刀身に添へ寝ねばぬばたまの夜床も荒るらむ（194）……131
露霜の秋に至れば野もさはに鳥すだけりとますらをの伴誘ひて（4011）……163
剣大刀腰に取り佩きあしひきの八つ峰踏み越えさしまくる心障らず後の世の語り継ぐべく名を
　立つべしも（4164）……204
剣大刀名の惜しけくも我はなし君に逢はずて年の経ぬれば（616）……164、192
剣大刀名の惜しけくも我はなしこのころの間の恋の繁きに（2984）……192
剣大刀諸刃の利きに足踏みて死なば死なむよ君によりては（2498）……192
橡の解き洗ひ衣の怪しくもことに着欲しきこの夕かも（1314）……216
つれもなき佐田の岡辺に帰り居ば島の御橋に誰か住まはむ（187）……165
つれもなき佐保の山辺に泣く子なす慕ひ来ましてしきたへの家をも造り（460）……185
つれもなくあるらむ人を片思ひに我は思へば苦しくもあるか（717）……165
つれもなく離れにしものと人は言へど逢はぬ日まねみ思ひぞ我がする（4198）……165
解き衣の思ひ乱れて恋ふれどもなぞ汝がゆゑと問ふ人もなき（2620）……167
時つ風吹かまく知らず阿胡の海の朝明の潮に玉藻刈りてな（1157）……166、169
時つ風吹くべくなりぬ香椎潟潮干の浦に玉藻刈りてな（958）……169
時ならぬ斑の衣着欲しきか島の榛原時にあらねども（1260）……251
時の盛りを留みかね過ぐしやりつれ蜷の腸か黒き髪に何時の間か霜の降りけむ（804）……272
常磐なす岩屋は今もありけれど住みける人ぞ常なかりける（308）……170
常磐なすかくしもがもと思へども世の事なれば留みかねつも（805）……170、272
常世辺に住むべきものを剣大刀己が心からおそやこの君（1741）……164
年月もいまだ経なくに明日香川瀬々ゆ渡しし石橋もなし（1126）……17
年のはに鮎し走らば辟田川鵜八つ潜けて川瀬尋ねむ（4158）……172
年のはにかくも見てしかみ吉野の清き河内の激つ白波（908）……172
年のはに来鳴くものゆゑほととぎす聞けば偲はく逢はぬ日を多み（4168）……172
年のはに春の来たらばかくしこそ梅をかざして楽しく飲まめ（833）……172
舎人の子らは行く鳥の群れて侍ひあり待てど召したまはねば剣大刀磨ぎし心を天雲に思ひはぶ
　らし臥いまろびひづち泣けども飽き足らぬかも（3326）……164
との曇り雨布留川のさざれ波間なくも君は思ほゆるかも（3012）……174
とぶさ立て足柄山に船木伐り木に伐り行きつあたら船木を（391）……175
とぶさ立て船木伐るといふ能登の島山今日見れば木立繁しも幾代神びそ（4026）……175
飛ぶ鳥の明日香の川の上つ瀬に石橋渡し下つ瀬に打橋渡す石橋に生ひなびける玉藻もぞ絶ゆれ
　ば生ふる打橋に生ひををれる川藻もぞ（196）……17
飛ぶ鳥の明日香の里を置きて去なば君があたりは見えずかもあらむ（78）……176
遠音にも君が嘆くと聞きつれば音のみし泣かゆ相思ふ我は（4215）……202
遠つ人猟路の池に住む鳥の立ちても居ても君をしぞ思ふ（3089）……178
遠つ人松浦の川に若鮎釣る妹が手本を我こそまかめ（857）……178
遠妻のここにしあらねば玉鉾の道をた遠み思ふそら安けなくに嘆くそら（534）……294
通るべく雨はな降りそ我妹子が形見の衣我下に着り（1091）……70
灯火の光に見ゆるさ百合花ゆりも逢はむと思ひそめてき（4087）……305
豊国の企救の浜松ねもころになにしか妹に相言ひそめけむ（3130）……203
鶏が鳴く東の国に古にありけることと今までに絶えず言ひける葛飾の真間の手児名が（1807）…183
鶏が鳴く東の国に高山はさはにあれども二神の貴き山の並み立ちの見がほし山と神代より人の
　言ひ継ぎ国見する筑波の山を（382）……183
鶏が鳴く東の国の陸奥の小田なる山に金ありと申したまへれ（4094）……183
鶏が鳴く東男は出で向かひ顧みせずて勇みたる猛き軍士と（4331）……129
鳥じもの海に浮き居て沖つ波騒くを聞けばあまた悲しも（1184）……184

《な　行》

なかなかに黙もあらましをあづきなく相見そめても我は恋ふるか（2899）……19
なかなかに黙もあらましを何すとか相見そめけむ遂げざらまくに（612）……19、283
汝が母に嘖られ我は行く青雲の出で来我妹子相見て行かむ（3519）……291、309
流らふるわれ吹く風の寒き夜にわが背の君はひとりか寝らむ（59）……312
流る辟田の川の瀬に鮎子さ走る島つ鳥鵜飼伴へ篝さし（4156）……118、172
泣沢の神社に神酒据ゑ祈れども我が大王は高日知らしぬ（202）……51
泣く子なす靫取り探り梓弓弓腹振り起こししのぎ羽を二つ手挟み放ちけむ人し悔しも恋ふらく

思へば（3302）……185
慰むる心はなしに雲隠り鳴き行く鳥の音のみし泣かゆ（898）……202
慰もる心もありやと我妹子がやまず出で見し軽の市に我が立ち聞けば玉だすき畝傍の山に鳴く鳥の声も聞こえず玉桙の道行き人もひとりだに似てし行かねばすべをなみ妹が名呼びて袖そ振りつる（207）……80
名ぐはしき印南の海の沖つ波千重に隠りぬ大和島根は（303）……186
名ぐはしき吉野の山は影面の大き御門ゆ雲居にそ遠くありける高知るや天の御陰天知るや日の御陰の水こそば常にあらめ御井の清水（52）……186
嘆けどもせむすべ知らに恋ふれども逢ふよしをなみ大鳥の羽易の山に汝が恋ふる妹はいますと人の言へば岩根さくみてなづみ来し良けくもぞなきうつそみと思ひし妹が灰にていませば（213）……232
夏麻引く海上潟の沖つ洲に船は留めむさ夜ふけにけり（3348）……189
夏麻引く海上潟の沖つ洲に鳥はすだけど君は音もせず（1176）……189
夏麻引く宇奈比をさして飛ぶ鳥の至らむとそよ我が下延へし（3381）……189
夏の野の繁みに咲ける姫百合の知らえぬ恋は苦しきものそ（1500）……259
なでしこがその花妻にさ百合花ゆりも逢はむと慰むる心しなくは天離る鄙に一日もあるべくもあれや（4113）……305
難波津を漕ぎ出て見れば神さぶる生駒高嶺に雲そたなびく（4380）……36
難波の国にあらたまの年経るまでに白たへの衣も干さず朝夕にありつる君はいかさまに思ひいませかうつせみの惜しきこの世を露霜の置きて去にけむ時にあらずして（443）……163
難波の宮は聞こしをす四方の国より奉る御調の船は堀江より水脈引きしつつ朝なぎに梶引き上り夕潮に棹さし下りあぢ群の騒き競ひて浜に出でて海原見れば白波の八重折るが上に海人小舟はららに浮きて大御食に仕へ奉るとをちこちに（4360）……56
なのりその己が名惜しみ間使ひも遣らずて我は生けりともなし（946）……252
波の音のしげき浜辺をしきたへの枕になして荒床にころ臥す君が（220）……318
波の間ゆ雲居に見ゆる粟島の逢はぬものゆゑ我に寄そる児ら（3167）……150
な行きそと帰りも来やと顧みに行けど帰らず道の長手を（3132）……268
なゆ竹のとをよる皇子さにつらふわが大君は（420）……105
奈良の都はかぎろひの春にしなれば春日山三笠の野辺に桜花木の暗隠りかほ鳥は間なくしば鳴き（1047）……255
奈良の都を新た世の事にしあれば大君の引きのまにまに春花の移ろひ変はり群鳥の朝立ち行けばさす竹の大宮人の踏みならし通ひし道は馬も行かず人も行かねば荒れにけるかも（1047）……221、282
奈良の山の山のまにい隠るまで道の隈い積もるまでにつばらにも見つつ行かむを（17）……267
奈良山の小松が末のうれむぞは我が思ふ妹に逢はず止みなむ（2487）……194
奈良山の峰なほ霧らふうべしこそまがきのもとの雪は消ずけれ（2316）……194
鳴る神の音のみ聞きし巻向の檜原の山を今日見つるかも（1092）……195
鳴る神のしましとよもしさし曇り雨も降らぬか君を留めむ（2513）……195
鳴る神のしましとよもし降らずとも我は留まらむ妹し留めば（2514）……195
柔田津の荒磯の上にか青く生ふる玉藻沖つ藻明け来れば波こそ来寄れ夕されば風こそ来寄れ波のむたか寄りかく寄る玉藻なすなびき我が寝しきたへの妹が手本を露霜の置きてし来れば（138）……144
新室のこどきに至ればはだすすき穂に出し君が見えぬこのころ（3506）……209
にほ鳥の息長川は絶えぬとも君に語らむ言尽きめやも（4458）……197
にほ鳥の潜く池水心あらば君に我が恋ふる心示さね（725）……197
にほ鳥の葛飾早稲を贄すともそのかなしきを外に立てめやも（3386）……71、197、315
にほへる君がにほ鳥のなづさひ来むと立ちて居て待ちけむ人は（443）……188
ぬえ鳥の片恋づま朝鳥の通はす君が夏草の思ひ萎えて（196）……11
ぬばたまの昨夜は返しつ今夜さへわれをかへすな道の長手を（781）……268
ぬばたまの黒髪敷きて長き夜を手枕の上に妹待つらむか（2631）……200
ぬばたまの黒髪敷きて人の寝る甘眠は寝ずて大船のゆくらゆくらに思ひつつ我が寝る夜らを数みもあへむかも（3274）……301
ぬばたまの黒髪敷きて人の寝る甘眠は寝ずに大船のゆくらゆくらに思ひつつ我が寝る夜らは数みもあへぬかも（3329）……301
ぬばたまの黒髪濡れて沫雪の降るにや来ますここだ恋ふれば（3805）……200
ぬばたまのその夜の月夜今日までにわれは忘れず間なくし思へば（702）……200、210
ぬばたまの夜霧の立ちておほほしく照れる月夜の見れば悲しさ（982）……60
ぬばたまの夜霧は立ちぬ衣手の高屋の上にたなびくまでに（1706）……101

ぬばたまの夜のふけゆけば久木生ふる清き川原に千鳥しば鳴く（925）……200
ぬばたまの夜さり来れば巻向の川音高しもあらしかも疾き（1101）……21
ねもころに思ふ我妹を人言の繁きによりて淀むころかも（3109）……203
後の世の聞き継ぐ人もいや遠に偲ひにせよと黄楊小櫛然挿しけらし生ひてなびけり（4211）……52、204

《は　行》

萩の花咲きたる野辺にひぐらしの鳴くなるなへに秋の風吹く（2231）……222
萩の花尾花葛花なでしこが花をみなへしまた藤袴朝顔が花（1538）……8
愛しきかも皇子の命のあり通ひ見しし活道の道は荒れにけり（479）……205
はしきやし逢はぬ児ゆゑにいたづらに宇治川の瀬に裳裾濡らしつ（2429）……45
はしきやし然ある恋にもありしかも君に後れて恋しき思へば（3140）……206
はしきやし誰が障ふれかも玉桙の道見忘れて君が来まさぬ（2380）……206
はしきよしかくのみからに慕ひ来し妹が心のすべもすべなさ（796）……207
はしきよし今日の主人は磯松の常にいまさね今も見るごと（4498）……207
はしけやし妻も子どもも高々に待つらむ君や山隠れぬる（3692）……206
梯立の倉橋川の石の橋はも男盛りに我が渡してし石の橋はも（1283）……89、208
梯立の倉橋川の川のしづ菅我が刈りて笠にも編まぬ川のしづ菅（1284）……89、208
梯立の倉橋山に立てる白雲見まく欲り我がするなへに立てる白雲（1282）……89、208、273
はだすすき久米の若子がいましける三穂の岩屋は見れど飽かぬかも（307）……209
はだすすき穂には咲き出ぬ恋を我がする玉かぎるただ一目のみ見し人ゆゑに（2311）……135
はだすすき尾花逆葺き黒木もち造れる室は万代までに（1637）……209
はつはつに人を相見ていかにあらむいづれの日にかまた外に見む（701）……210
初春の初子の今日の玉箒手に取るからにゆらく玉の緒（4493）……142
初尾花花に見むとし天の川隔りにけらし年の緒長く（4308）……211
花細し葦垣越しにただ一目相見し児ゆゑ千度嘆きつ（2565）……212
花橘をほつ枝にもち引き掛け中つ枝にいかるが掛け下枝にひめを掛け汝が母を取らくを知らに
　汝が父を取らくを知らにいそばひ居るよいかるがとひめと（3239）……35
埴安の池の堤の隠り沼の行くへを知らに舎人は惑ふ（201）……214、286
はね縵今する妹がうら若み笑みみ怒りみ付けし紐解く（2627）……215
はねかづら今する妹はなかりしをいづれの妹そそこば恋ひたる（706）……215
はねかづら今する妹を夢に見て心の内に恋ひわたるかも（705）……215
はね縵今する妹をうら若みいざ率川の音のさやけさ（1112）……54、215
はねず色のうつろひ易き心あれば年をそ来経る言は絶えずて（3074）……216
ははそ葉の母の命はみ裳の裾摘み上げ掻き撫でちちの実の父の命はたくづのの白ひげの上ゆ涙
　垂り嘆きのたばく（4408）……129
延ふ葛のいや遠長く万代に絶えじと思ひて通ひけむ（423）……217
延ふ葛の絶えず偲はむ大君の見しし野辺には標結ふべしも（4509）……217
延ふつたの別れし来れば肝向かふ心を痛み思ひつつかへりみすれど大船の渡の山の黄葉の散り
　のまがひに妹が袖さやにも見えず（135）……83
隼人の薩摩の瀬戸を雲居なす遠くもわれは今日見つるかも（248）……218
隼人の瀬戸の巌も鮎走る吉野の滝になほしかずけり（960）……218
隼人の名に負ふ夜声いちしろくわが名は告りつ妻と頼ませ（2497）……218
春霞春日の里の植ゑ小水葱苗なりと言ひし柄はさしにけむ（407）……219
春霞たなびく田居に廬つきて秋田刈るまで思はしむらく（2250）……219
春霞たなびく山の隔れれば妹に逢はずて月そ経にける（1464）……219
春霞山にたなびきおほほしく妹を相見て後恋ひむかも（1909）……60
春雨に衣はいたく通らめや七日し降らば七日来じとや（1917）……220
春雨のしくしく降るに高円の山の桜はいかにかあるらむ（1440）……220
春雨の継ぎてし降ればほつ枝は散り過ぎにけり下枝に残れる花はしましくは散りなまがひそ草
　枕旅行く君が帰り来るまで（1747）……220
春雨の止まず降る降る我が恋ふる人の目すらを相見せなくに（1932）……220
春さればまづ三枝の幸くあらば後にも逢はむな恋ひそ我妹（1895）……102
春さればまづ咲くやどの梅の花ひとり見つつや春日暮らさむ（818）……68
春過ぎて夏来たるらし白たへの衣干したり天の香来山（28）……65
春の園紅にほふ桃の花下照る道に出で立つをとめ（4139）……290
春の野にあさる雉の妻恋に己があたりを人に知れつつ（1446）……161
春の野にすみれを摘むと白たへの袖折り返し紅の赤裳裾引き娘子らは思ひ乱れて君待つとうら
　恋すなり心ぐしいざ見に行かなことはたなゆひ（3973）……91
春花のうつろふまでに相見ねばいたもすべなみしきたへの袖返しつつ寝る夜落ちず夢には見れ

ど（3978）……125
春花の盛りもあらむと待たしけむ時の盛りそ（4106）……221
春花のにほえ栄えて秋の葉のにほひに照れるあたらしき身の盛りすらますらをの言いたはしみ
父母に申し別れて家離り（4211）……221
春は萌え夏は緑に紅のまだらに見ゆる秋の山かも（2177）……251
春日を春日の山の高座の三笠の山に朝去らず雲居たなびき（372）……67、260
春柳葛城山に立つ雲の立ちても居ても妹をしそ思ふ（2453）……72
はろはろに思ほゆるかも白雲の千重に隔てる筑紫の国は（866）……93
引き放つ矢のしげけく大雪の乱れて来たれまつろはず立ち向かひしも露霜の消なば消ぬべく行
く鳥の争ふはしに（199）……163
引馬野ににほふ榛原入り乱れ衣にほはせ旅のしるしに（57）……251
ひぐらしは時と鳴けども恋ふらくにたわやめ我は定まらず泣く（1982）……222
彦星と織女と今夜逢ふ天の川門に波立つなゆめ（2040）……223
彦星の思ひますらむ心より見る我苦し夜のふけ行けば（1544）……223
彦星のかざしの玉し妻恋に乱れにけらしこの川の瀬に（1686）……161
彦星の川瀬を渡るさ小舟のえ行きて泊てむ川津し思ほゆ（2091）……223
彦星の妻呼ぶ舟の引き綱の絶えむと君を我が思はなくに（2086）……223
ひさかたの天路は遠しなほなほに家に帰りて業をしまさに（801）……82
ひさかたの天つみ空に照る月の失せなむ日こそ我が恋止まめ（3004）……316
ひさかたの天照る月は神代にか出でかへるらむ年は経につつ（1080）……224
ひさかたの天の川に上つ瀬に玉橋渡し下つ瀬に船浮けすゑ雨降りて風吹かずとも風吹きて雨降
らずとも裳濡らさず止まず来ませと玉橋渡す（1764）……224
ひさかたの天の川原にぬえ鳥のうら泣きましつすべなきまでに（1997）……198
他国によばひに行きて大刀が緒もいまだ解かねばさ夜そ明けにける（2906）……309
人言の繁きこのころ玉ならば手に巻き持ちて恋ひざらましを（436）……166
人言の讒しを聞きて玉桙の道にも逢はじと言へりし我妹（2871）……225
人言はまこと言痛くなりぬともそこに障らむ我にあらなくに（2886）……225
人言を繁み言痛み己が世にいまだ渡らぬ朝川渡る（116）……92、225
人言を繁み言痛み我妹子に去にし月よりいまだ逢はぬかも（2895）……192、225
人さへや見継がずあらむ彦星の妻呼ぶ舟の近づき行くを（2075）……223
一重山隔れるものを月夜良み門に出で立ち妹か待つらむ（765）……132
人皆の笠に縫ふといふ有間菅ありて後にも逢はむとそ思ふ（3064）……32
人目多み逢はなくのみそ心さへ妹を忘れて我が思はなくに（770）……226
人目多み常かくのみし候はばいづれの時か我が恋ひざらむ（2606）……226
ひとり居るわが衣手に朝夕にかへらひぬればますらをと思へる我も草枕旅にしあれば思ひ遣る
たづきを知らに（5）……85
日並の皇子の尊の馬並めてみ狩立たしし時は来向かふ（49）……7
東の野にかぎろひの立つ見えてかへり見すれば月かたぶきぬ（48）……7
吹く風の見えぬがごとく行く水の止まらぬごとく常もなくうつろふ見れば（4160）……300
ふさ手折り多武の山霧繁みかも細川の瀬に波の騒ける（1704）……231
藤波は咲きて散りにき卯の花は今そ盛りとあしひきの山にも野にもほととぎす鳴きしとよめば
うちなびく心もしのにそこをしもうら恋しみと（3993）……46
衾道を引出の山に妹を置きて山道思ふに生けるともなし（215）……232
衾道を引手の山に妹を置きて山道を行けば生けりともなし（212）……232
布当の原あな貴大宮所うべしこそ我が大君は君ながら聞かしたまひてさす竹の大宮ここと定め
けらしも（1050）……104
藤波の影なす海の底清み沈く石をも玉とそ我が見る（4199）……234
藤波の咲く春の野に延ふ葛の下よし恋ひば久しくもあらむ（1901）……217、234
藤波の散らまく惜しみほととぎす今城の岡を鳴きて越ゆなり（1944）……234
船人も水手も声呼びにほ鳥のなづさひ行けば家島は雲居に見えぬ（3627）……188、197
船浮けて我が漕ぎ来れば時つ風雲居に吹くに沖見ればとゐ波立ち辺見れば白波さわく（220）……169
含めりと言ひし梅が枝今朝降りし沫雪にあひて咲きぬらむかも（1436）……235
冬ごもり春咲く花を手折り持ち千度の限り恋ひわたるかも（1891）……236
冬ごもり春さり来れば朝には白露置き夕には霞たなびく汗瑞能振木末が下にうぐひす鳴くも
（3221）……236
冬ごもり春さり来ればあしひきの山にも野にもうぐひす鳴くも（1824）……236
冬ごもり春さり来れば鳴かざりし鳥も来鳴きぬ咲かざりし花も咲けれど（16）……236
冬ごもり春の大野を焼く人は焼き足らねかも我が心焼く（1336）……236

冬ごもり春へを恋ひて植ゑし木の実になる時を片待つ我ぞ (1705) …… 236
冬過ぎて春来たるらし朝日さす春日の山に霞たなびく (1844) …… 67
ほととぎす来居も鳴かぬか我がやどの花橘の地に落ちむ見む (1954) …… 213
ほととぎす来鳴きとよもす橘の花散る庭を見む人や誰 (1968) …… 213
ほととぎす鳴く五月にはあやめぐさ花橘を玉に貫きかづらにせむと (423) …… 213
ほととぎす鳴く五月には初花を枝に手折りて (4111) …… 213
ほととぎす何の心そ橘の玉貫く月し来鳴きとよむる (3912) …… 141
ほととぎす花橘の枝に居て鳴きとよもせば花は散りつつ (1950) …… 213
堀江には玉敷かましを大君を御船漕がむとかねて知りせば (4056) …… 139
堀江より水脈泝る梶の音の間なくそ奈良は恋しかりける (4461) …… 239

《ま 行》

まかなしみさ寝に我は行く鎌倉の水無瀬川に潮満つなむか (3366) …… 240
まかなしみ寝らくしけらくさ鳴らくは伊豆の高嶺の鳴沢なすよ (3358) …… 240
まかなしみ寝れば言に出さ寝なへば心の緒ろに乗りてかなしも (3466) …… 240
真木のつまでを百足らず筏に作りのぼすらむ (50) …… 288
巻向の痛足の川ゆ行く水の絶ゆることなくまたかへり見む (1100) …… 21
巻向の山辺とよみて行く水の水沫のごとし世の人我は (1269) …… 300
ま葛延ふ春日の山はうちなびく春さり行くと山峡に霞たなびき高円にうぐひす鳴きぬ (948) …… 241
ま葛延ふ夏野の繁くかく恋ひばまこと我が命常ならめやも (1985) …… 241
ま葛延ふ小野の浅茅を心ゆも人引かめやも我がなけなくに (2835) …… 241
枕大刀腰に取り佩きまかなしき背ろがめき来む月の知らなく (4413) …… 240
ま日長く夢にも見えず絶えぬとも我が片恋は止む時もあらじ (2815) …… 244
ま日長く川に向き立ちありし袖今夜まかむと思はくの良さ (2073) …… 244
ま日長く恋ふる心ゆ秋風に妹が音聞こゆ紐解き行かな (2016) …… 244
真薦刈る大野川原の水隠りに恋ひ来し妹が紐解く我は (2703) …… 263
真幸くて妹が斎はば沖つ波千重に立つとも障りあらめやも (3583) …… 246
ま幸くて早帰り来とま袖もち涙を拭ひむせひつつ (4398) …… 249
ま幸くてまたかへり見むますらをの手に巻き持てる鞆の浦廻を (1183) …… 246
ますらをと思へる我や水茎の水城の上に涙拭はむ (968) …… 270
ますらをの出で立ち向かふ故郷の神奈備山に明け来れば柘のさ枝に夕されば小松が末に里人の聞き恋ふるまで山彦の相とよむまでほととぎす妻恋すらしさ夜中に鳴く (1937) …… 247
ますらをの思ひわびつつ度まねく嘆く嘆きを負はぬものかも (646) …… 247
ますらをの心はなくて秋萩の恋のみにやもなづみてありなむ (2122) …… 247
ますらをの心はなしにたわやめの思ひたわみてたもとほり我はそ恋ふる船梶をなみ (935) …… 148
ますらをの心振り起こし剣大刀腰に取り佩き梓弓靫取り負ひて (478) …… 247
ますらをの高円山に迫めたれば里に下り来るむざさびそこれ (1028) …… 128
ますらをの鞆の音すなりもののふの大臣楯立つらしも (76) …… 61
ますらをの行くといふ道そおほろかに思ひて行くなますらをの伴 (974) …… 247
ますらをもかく恋ひけるをたわやめの恋ふる心にたぐひあらめやも (582) …… 148
ますらをを伴へ立てて叔羅川なづさひ上り平瀬には小網さし渡し速き瀬に鵜を潜けつつ月に日に然し遊ばね愛しき我が背子 (4189) …… 188
まそ鏡清き月夜のゆつりなば思ひは止まず恋こそ増さめ (2670) …… 248
まそ鏡照るべき月を白たへの雲か隠せる天つ霧かも (1079) …… 121
まそ鏡持てれど我は験なし君が徒歩よりなづみ行く見れば (3316) …… 153
ま袖もち床打ち払ひ現には君には逢はず (3280) …… 249
真袖もち床打ち払ひ君待つと居りし間に月かたぶきぬ (2667) …… 249
ま玉つく越の菅原我刈らず人の刈らまく惜しき菅原 (1341) …… 250
松が根の待つこと遠み天伝ふ日の暮れぬれば白たへのわが衣手も通りて濡れぬ (3258) …… 25
松浦川川の瀬速み紅の裳の裾濡れて鮎か釣るらむ (861) …… 253
松浦川川の瀬光り鮎釣ると立たせる妹が裳の裾濡れぬ (855) …… 253
松浦川玉島の浦に若鮎釣る妹らを見らむ人のともしさ (863) …… 253
松浦なる玉島川に鮎釣ると立たせる児らが家路知らずも (856) …… 253
間なくそ人は汲むといふ時じくそ人は飲むといふ汲む人の間なきがごとく飲む人の時じきがごと我妹子に我が恋ふらくは止む時もなし (3260) …… 168
眉根掻き下いふかしみ思へりし妹がすがたを今日見つるかも (2614) …… 259
眉根掻き下いふかしみ思へるに古人を相見つるかも (2614) …… 259
眉根掻き誰をか見むと思ひつつ日長く恋ひし妹に逢へるかも (2614) …… 259
眉根掻き鼻ひ紐解け待つらむかいつかも見むと思へるわれを (2408) …… 259

三笠の山に朝去らず雲居たなびき容鳥の間なくしば鳴く雲居なす心いさよひその鳥の片恋のみに昼はも日のことごと夜はも夜のことごと立ちて居て思ひそ我がする逢はぬ児ゆゑに（372）……255
三香原久邇の都は荒れにけり大宮人のうつろひぬれば（1060）……255
三香の原旅の宿りに玉桙の道の行き逢ひに天雲の外のみ見つつ言問はむよしのなければ心のみむせつつあるに（546）……143
御食つ国神風の伊勢の国は国見ればしも山見れば高く貴し川見ればさやけく清し湊なす海も広し見渡す島も名高し（3234）……38
御食つ国志摩の海人ならし真熊野の小船に乗りて沖辺漕ぐ見ゆ（1033）……261
御食向かふ淡路の島に直向かふ敏馬の浦の沖辺には深海松採り浦廻にはなのりそ刈る深海松の見まく欲しけどなのりその己が名惜しみ間使ひも遣らずて我は生けりともなし（946）……230
御食向かふ城上の宮を常宮と定めたまひてあぢさはふ目言も絶えぬ（196）……171、262
御食向かふ南淵山の巌には降りしはだれか消え残りたる（1709）……262
水隠りに息づき余り速川の瀬には立つとも人に言はめやも（1384）……263
みさご居る磯廻に生ふるなのりその名は告らしてよ親は知るとも（362）……191
三島江の入江の薦をかりにこそ我をば君は思ひたりけれ（2766）……79
み園生の百木の梅の散る花し天に飛び上がり雪と降りけむ（3906）……265
み空行く名の惜しけくも我はなし逢はぬ日まねく年の経ぬれば（2879）……192、317
み立たしの島を見る時にはたづみ流るる涙止めそかねつる（178）……196
陸奥の安達太良真弓弦著けて引かばか人の我を言なさむ（1329）……266
陸奥の真野の草原遠けども面影にして見ゆといふものを（396）……266
道の辺の草深百合の後もと言ふ妹が命をわれ知らめやも（2467）……305
瑞垣の久しき時ゆ恋すれば我が帯緩ふ朝夕ごとに（3262）……269
水茎の岡の葛葉を吹き返し面知る児らが見えぬころかも（3068）……270
みつみつし久米の若子がい触れけむ磯の草根の枯れまく惜しも（435）……209
みどり子の這ひたもとほり朝夕に音のみそ我が泣く君なしにして（458）……146
みどり子の若子髪には……彼方の二綾裏沓飛ぶ鳥の明日香壮士が長雨忌み縫ひし黒沓刺し履きて（3791）……176
見まく欲り我がする君もあらなくになにしか来けむ馬疲るるに（164）……273
見まく欲り思ひしなへに縵かげかぐはし君を相見つるかも（4120）……273
見まく欲り来しくも著く吉野川音のさやけさ見るにともしく（1724）……273、318
耳梨の青菅山は背面の大き御門によろしなへ神さび立てり（52）……310
三諸つく三輪山見ればこもりくの泊瀬の檜原思ほゆるかも（1095）……274
三諸の神の帯ばせる泊瀬川みをし絶えずは我忘れめや（1770）……274
みもろの神奈備山に五百枝さししじに生ひたる栂の木のいや継ぎ継ぎに玉葛絶ゆることなく（324）……151、274
三諸の神奈備山ゆとの曇り雨は降り来ぬ天霧らひ風さへ吹きぬ大口の真神の原ゆ思ひつつ帰りにし人家に至りきや（3268）……174
三諸は人の守る山本辺にはあしび花咲き末辺には椿花咲くうらぐはし山そ泣く子守る山（3222）……52
都辺に行かむ船もが刈り薦の乱れて思ふこと告げやらむ（3640）……79
みやびをと我は聞けるをやど貸さず我を帰せりおそのみやびを（126）……276
みやびをに我はありけりやど貸さず帰しし我そみやびをにはある（127）……276
み雪降る安騎の大野にはたすすき小竹を押しなべ草枕旅宿りせす古思ひて（45）……7
み吉野の秋津の川の万代に絶ゆることなくまたかへり見む（911）……4
み吉野の秋津の宮は神からか貴くあるらむ（907）……4
み吉野の秋津の小野に刈る草の思ひ乱れて寝る夜しそ多き（3065）……81
み吉野の秋津の小野の野の上には跡見すゑ置きてみ山には射目立て渡し朝狩に（926）……44
み吉野の玉松が枝は愛しきかも君がみ言を持ちて通はく（113）……205
み吉野の耳我の山に時じくそ雪は降るといふ間なくそ雨は降るといふその雪の時じきがごとその雨の間なきがごとく隈もおちず思ひつつぞ来しその山道を（26）……168
見る人の語りにすれば聞く人の見まく欲りする御食向かふ味経の宮は見れど飽かぬかも（1062）……262
見れど飽かぬ吉野の川の常滑の絶ゆる事なくまたかへり見む（37）……4
見渡しに妹らは立たしこの方に我は立ちて思ふ空安けなくに嘆く空安けなくに（3299）……294
見渡せば明石の浦にともす火のほにそ出でぬる妹に恋ふらく（326）……2
見渡せば春日の野辺に立つ霞見まくの欲しき君が姿か（1913）……67
見渡せば近き渡りをたもとほり今か来ますと恋ひつつそ居る（2379）……146

三輪山を然も隠すか雲だにも心あらなも隠さふべしや（18）……321
昔こそ難波ゐなかと言はれけめ今都引き都びにけり（312）……190
昔こそ外にも見しか我妹子が奥つ城と今愛しき佐保山（474）……205、207
武蔵野に占へ象焼きまさでにも告らぬ君が名占に出にけり（3374）……278
武蔵野のをぐきが雉立ち別れ去にし夕より背ろに逢はなふよ（3375）……278
馬の爪筑紫の崎に留まり居て我は斎はむ諸は幸くと申す帰り来までに（4372）……155
むらきもの心摧けてかくばかり我が恋ふらくを知らずかあるらむ（720）……281
紫は灰さすものぞ海石榴市の八十の衢に逢へる児や誰（3101）……160
群鳥の朝立ち去にし君が上はさやかに聞きつ思ひしごとく（4474）……282
群鳥の出で立ちかてに滞り顧みしつついや遠に国を来離れ（4398）……282
婦負川の速き瀬ごとに篝さし八十伴の男は鵜川立ちけり（4023）……296
黙もあらむ時も鳴かなむひぐらしの物思ふ時に鳴きつつもとな（1964）……222、283
望ぐたち清き月夜に我妹子に見せむと思ひしやどの橘（1508）……284
もののふの磐瀬の社のほととぎす今も鳴かぬか山の常陰に（1470）……41
もののふの臣の壮士は大君の任けのまにまに聞くといふものぞ（369）……245
もののふの八十宇治川に玉藻なす浮かべ流せれそを取ると騒く御民も家忘れ身もたな知らず鴨じもの水に浮き居て我が作る日の御門に（50）……144
もののふの八十宇治川の網代木にいさよふ波の行くへ知らずも（264）……45、285
もののふの八十氏人も吉野川絶ゆることなく仕へつつ見む（4100）……285
もののふの八十伴の男は廬りして都なしたり旅にはあれども（928）……296
もののふの八十伴の男も己が負へる己が名負ひて大君の任けのまにまにこの川の絶ゆることなくこの山のいや継ぎ継ぎにかくしこそ仕へ奉らめいや遠長に（4098）……285
もみち葉の散りなむ山に宿りぬる君を待つらむ人しかなしも（3693）……211
黄葉の散り行くなへに玉梓の使ひを見れば逢ひし日思ほゆ（209）……16
ももしきの大宮人の罷り出て遊ぶ今夜の月のさやけさ（1076）……286
ももしきの大宮人は暇あれや梅をかざしてここに集へる（1883）……286
ももしきの大宮人もをちこちにしじにしあれば見るごとにあやにともしみ（920）……318
ももしきの大宮人は多かれど心に乗りて思ほゆる妹（691）……287
百足らず八十隈坂に手向けせば過ぎにし人にけだし逢はむかも（427）……145、288
百足らず山田の道を波雲の愛し妻と語らはず別れし来れば早川の行きも知らず衣手のかへりも知らず（3276）……101
ももづたふ磐余の池に鳴く鴨を今日のみ見てや雲隠りなむ（416）……289
百伝ふ八十の島廻を漕ぎ来れど粟の小島は見れど飽かぬかも（1711）……289
百伝ふ八十の島廻を漕ぐ船に乗りにし心忘れかねつも（1399）……289
百歳に老い舌出でてよよむとも我はいとはじ恋は益すとも（764）……21
桃の花紅色ににほひたる面輪のうちに青柳の細き眉根を笑み曲がり朝影見つつをとめらが（4192）……290

《や　行》

矢形尾の真白の鷹をやどにすゑ掻き撫で見つつ飼はくし良しも（4155）……243
屋上の山の雲間より渡らふ月の惜しけども隠らひ来れば天伝ふ入日さしぬれますらをと思へる我もしきたへの衣の袖は通りて濡れぬ（135）……25
焼大刀の稜打ち放ちますらをの寿く豊御酒に我酔ひにけり（989）……292
焼き大刀を礪波の関に明日よりは守部遣り添へ君を留めむ（4085）……292
やすみしわご大君はみ吉野の秋津の小野の野の上には跡見すゑ置きてみ山には射目立て渡し朝狩に鹿猪踏み起こし夕狩に鳥踏み立て馬並めてみ狩そ立たす春の茂野に（926）……4、180
やすみしわが大君神ながら神さびせすと吉野川たぎつ河内に高殿を高知りまして登り立ち国見をせせばたたなはる青垣山やまつみの奉る御調と（38）……76
やすみしわが大君高照らす日の皇子神ながら神さびせすと（45）……127
やすみしわが大君高照らす日の皇子藤原が上に食す国を（50）……127
やすみしわが大君高光る日の皇子しきいます大殿の上にひさかたの天伝ひ来る雪じもの行き通ひつついや常世まで（261）……25
やすみしし我が大君の天の下奏したまへば万代に然しもあらむと（199）……3
やすみしし我が大君のあり通ふ難波の宮はいさなとり海片付きて玉拾ふ浜辺を近み（1062）……37
やすみししわが大君の聞こしをす天の下に国はしもさはにあれども山川の清き河内と御心を吉野の国の（36）……82
やすみしし我が大君高光る日の皇子ひさかたの天つ宮に神ながら神といませばそこをしもあやに恐み昼はも日のことごと夜はも夜のことごと臥し居嘆けど飽き足らぬかも（204）……224
やすみししわご大君の常宮と仕へ奉れる雑賀野ゆそがひに見ゆる沖つ島（917）……171

やすみしし我が大君の食す国は大和もここも同じとそ思ふ（956）……295
やすみししわご大君高照らす日の皇子あらたへの藤井が原に大御門始めたまひて埴安の堤の上
にあり立たし（52）……214
やすみししわご大君高照らす日の皇子の聞こし食す御食つ国神風の伊勢の国は（3234）……82、261
やすみししわご大君の大御船待ちか恋ふらむ志賀の唐崎（152）……295
やすみししわご大君の高知らす吉野の宮はたたなづく青垣ごもり（923）……131
八十氏人の手向する恐の坂に幣奉り我はぞ追へる遠き土左道を（1022）……199
八千種の花は移ろふ常磐なる松のさ枝を我は結ばな（4501）……170
八百日行く浜の沙も我が恋にあにまさらじか沖つ島守（596）……256
山川も依りて仕ふる神ながらたぎつ河内に船出せすかも（39）……76
山背の鹿背山のまに宮柱太敷き奉り高知らす布当の宮は（1050）……275
山背の久邇の都は春されば花咲きををり秋さればもみち葉にほひ帯ばせる泉の川の上つ瀬に打
橋渡し淀瀬には浮き橋渡しあり通ひ仕へ奉らむ万代までに（3907）……297
大和道は雲隠りたり然れども我が振る袖をなめしと思ふな（966）……193
大和には群山あれどとりよろふ天の香具山登り立ち国見をすれば国原は煙立ち立つ海原はかま
め立ち立つうまし国そあきづしま大和の国は（2）……6、87
大和の青香具山は日の経の大き御門に春山としみさび立てり畝傍のこの瑞山は日の緯の大き御
門に瑞山と山さびいます耳梨の青菅山は背面の大き御門によろしなへ神さび立てり（52）…65
大和の国の石上布留の里に紐解かず丸寝をすれば我が着たる衣はなれぬ見るごとに恋はまされ
ど色に出でば人知りぬべみ（1787）……228
大和の黄楊の小櫛を押へ刺すうらぐはし児それそ我が妻（3295）……52
山吹の花とり持ちてつれもなく離れにし妹を偲ひつるかも（4184）……165
山の端にあぢ群さわき行くなれど我はさぶしゑ君にしあらねば（486）……184
山の端を追ふ三日月のはつはつに妹をそ見つる恋しきまでに（2461）……210
山辺の五十師の原にうちひさす大宮仕へ朝日なすまぐはしも夕日なすうらぐはしも春山のしな
ひ栄えて秋山の色なつかしきももしきの大宮人は天地日月と共に万代にもが（3234）……47
山辺の御井を見がてり神風の伊勢娘子ども相見つるかも（81）……38
山彦の相とよむまで妻恋に鹿鳴く山辺にひとりのみして（1602）……161、299
山びには桜花散りかほ鳥の間なくしば鳴く（3973）……255
山吹のにほへる妹がはねず色の赤裳の姿夢に見えつつ（2786）……216
山吹は日に日に咲きぬ愛しと我が思ふ君はしくしく思ほゆ（3974）……55
闇の夜に鳴くなる鶴の外のみに聞きつつかあらむ逢ふとはなしに（592）……307
雪の上に照れる月夜に梅の花折りて送らむ愛しき児もがも（4134）……205
行く水の帰らぬごとく吹く風の見えぬがごとく跡もなき世の人にして別れにし妹が着せてしな
れ衣袖片敷きてひとりかも寝む（3625）……300
夕占にも占にも告れる今夜だに来まさぬ君を何時とか待たむ（2613）……53
夕されば野辺の秋萩末若み露に枯れけり秋待ちかてに（2095）……54
夕さればひぐらし来鳴く生駒山越えてそ我が来る妹が目を欲り（3589）……36、222
木綿だすき肩に取り掛け斎瓮を斎ひ掘りすゑ天地の神にそ我が乞ふいたもすべなみ（3288）…43、302
木綿だすき肩に取り掛け倭文幣を手に取り持ちてな放けそと我は祈れど（4236）……302
木綿畳田上山のさな葛ありさりてしも今ならずとも（3070）……106
木綿畳手向の山を今日越えていづれの野辺に廬りせむ我（1017）……303
木綿たたみ手に取り持ちてかくだにも我は祈ひなむ君に逢はじかも（380）……303
夕星も通ふ天道を何時までか仰ぎて待たむ月人をとこ（2010）……154
ゆゆし恐を住吉の現人神船舳にうしはきたまひ（1020）……304
夜ぐたちに寝覚めてをれば川瀬尋め心もしのに鳴く千鳥かも（4146）……284
よしゑやし潟はなくともいさなとり海辺をさしてにきたづの荒磯の上にか青く生ふる玉藻沖つ
藻（131）……37
よしゑやし恋ひじとすれど秋風の寒く吹く夜は君をしそ思ふ（2301）……306
よしゑやし恋ひじとすれど木綿間山越えにし君が思ほゆらくに（3191）……306
よしゑやし死なむよ我妹生けりともかくのみこそ我が恋ひわたりなめ（3298）……306
よしゑやし直ならずともぬえ鳥のうら泣き居りと告げむ子もがも（2031）……198
吉野川石と柏と常磐なす我は通はむ万代までに（1134）……170
吉野川行く瀬の早みしましくも淀むことなくありこせぬかも（119）……117
吉野の国の花散らふ秋津の野辺に宮柱太敷きませばももしきの大宮人は船並めて（36）……
……4、275、287
よそのみに君を相見て木綿畳手向の山を明日か越え去なむ（3151）……307
よそのみに見ればありしを今日見ては年に忘れず思ほえむかも（4269）……307

世の中し苦しきものにありけらし恋にあへずて死ぬべき思へば（738）……91
世の中の常しなければうちなびき床に臥い伏し痛けくの日に異に増せば悲しけくここに思ひ出（3969）……227
世の中の人の嘆きは相思はぬ君にあれやも秋萩の散らへる野辺の初尾花仮廬に葺きて雲離れ遠き国辺の露霜の寒き山辺に宿りせるらむ（3691）……211
世の中の女にしあらば我が渡る痛背の川を渡りかねめや（643）……21
世の中を背きしえねばかぎろひのもゆる荒野に白たへの天領巾隠り鳥じもの朝立ちいまして入日なす隠りにしかば我妹子が（210）……63
世の人の貴び願ふ七種の宝も我は何せむに我が中の生まれ出でたる白玉の（904）……257
夜のほどろ出でつつ来らく度まねくなれば我が胸切り焼くごとし（755）……308
夜のほどろ我が出でて来れば我妹子が思へりしくし面影に見ゆ（754）……308
宜しなへわが背の君が負ひ来にしこの勢能山を妹とは呼ばじ（286）……130、310
万代にいましたまひて天の下奏したまはね朝廷去らずて（879）……311
万代にかくしもがもと頼めりし皇子の御門の五月蝿なす騒く舎人は（478）……107
万代に心は解けて我が背子が捻みし手見つつ忍びかねつも（3940）……311
万代に携はり居て相見とも思ひ過ぐべき恋にあらなくに（2024）……133
万代に照るべき月も雲隠り苦しきものぞ逢はむと思へど（2025）……311

《わ　行》

わが命しま幸くあらばまたも見む志賀の大津に寄する白波（288）……246
我が命は惜しくもあらずさにつらふ君によりてぞ長く欲りせし（3813）……105
わが大君の天の下治めたまへばもののふの八十伴の男を撫でたまひ整へたまひ（4254）……296
我が大君皇子の尊の天の下知らしめしせば春花の貴からむと望月のたたはしけむと（167）……221
若草の夫かあるらむ橿の実のひとりか寝らむ問はまくの欲しき我妹が家の知らなく（1742）……238
若草の妻取り付き平らけく我は斎はむま幸くて早帰り来と（4398）……246
若ければ道行き知らじ賂はせむ下への使ひ負ひて通らせ（905）……257
わが盛りいたくくたちぬ雲に飛ぶ薬食むともまたをちめやも（847）……284、319
わが背子が形見の衣妻問ひに我が身は離けじ言問はずとも（637）……70
我が背子が白たへ衣行き触ればにほひぬべくももみつ山かも（2192）……85
わが背子が袖返す夜の夢ならしまことも君に逢ひたるごとし（2813）……125
わが背子しかくし聞こさば天地の神を乞ひ禱み長くとそ思ふ（4499）……207
わが背子し遂げむと言はば人言は繁くありとも出でて逢はましを（539）……97
わが背子に恋ひすべながり葦垣の外に嘆かふ我し悲しも（3975）……13、91、312
我が背子に恋ひてすべなみ春雨の降る別き知らず出でて来しかも（1915）……220
わが背子は仮廬作らす草なくは小松が下の草を刈らさね（11）……312
わが背子は物な思ひそ事しあらば火にも水にも我がなけなくに（506）……94
わが背子をあどかも言はむ武蔵野のうけらが花の時なきものを（3379）……98、278
わが園に梅の花散るひさかたの天より雪の流れ来るかも（822）……265
わが手本まかむと思はむますらをはをち水求め白髪生ひにたり（627）……157
若の浦に袖さへ濡れて忘れ貝拾へど妹は忘らえなくに（3175）……314
わが母の袖もち撫でて我が故に泣きし心を忘らえぬかも（4356）……149
わが舟は明石の水門に漕ぎ泊てむ沖辺な離りさ夜ふけにけり（1229）……2
わが目妻人は放くれど朝顔のとしさへこごと我は離るがへ（3502）……8
我がやどに盛りに咲ける梅の花散るべくなりぬ見む人もがも（851）……69
我がやどに咲けるなでしこ賂はせむゆめ花散るないやをちに咲け（4446）……257、319
わがやどにみもろを立てて枕辺に斎瓮をすゑ竹玉を間なく貫き垂れ木綿だすきかひなにかけて天なるささらの小野の七節菅手に取り持ちてひさかたの天の川原に出で立ちてみそぎてましを高山のいはほの上にいませつるかも（420）……274、302
我がやどの時じき藤のめづらしく今も見てしか妹が笑まひを（1627）……168
我がやどの花橘を花ごめに玉にそ我が貫く待たば苦しみ（3998）……213
我が行きの息づくしかば足柄の峰這ほ雲を見とと偲はね（4421）……14
我が岡の秋萩の花風をいたみ散るべくなりぬ見む人もがも（1542）……69
若鮎釣る松浦の川の川波のなみにし思はば我恋ひめやも（858）……253
別れにしより沖つ波とをむ眉引き大船のゆくらゆくらに面影にもとな見えつつかく恋ひば老いづく我が身けだし堪へむかも（4220）……301
我妹子が植ゑし梅の木見るごとに心むせつつ涙し流る（453）……265
我妹子が家の垣内のさ百合花ゆりと言へるは否と言ふに似る（1503）……305
我妹子が形見の衣したに着て直に逢ふまではわれ脱かめやも（747）……70
我妹子が形見の衣なかりせば何物もてか命継がまし（3733）……70

我妹子が下にも着よと贈りたる衣の紐を我解かめやも（3585）……167
我妹子が何とも我を思はねば含める花のほに咲きぬべし（2783）……235
我妹子し我を偲ふらし草枕旅の丸寝に下紐解けぬ（3145）……85
我妹子と二人我が寝し枕づくつま屋のうちに昼はもうらさび暮らし夜はも息づき明かし嘆けど
も（210）……243
我妹子に我が恋ひ行けばともしくも並び居るかも妹と背の山（1210）……313
我妹子に逢はず久しもうまし物阿倍橘のこけ生すまでに（2750）……313
我妹子に相坂山のはだすすき穂には咲き出でず恋ひわたるかも（2283）……209
我妹子に猪名野は見せつ名次山角の松原いつか示さむ（279）……60
我妹子に恋しわたれば剣大刀名の惜しけくも思ひかねつも（2499）……192
我妹子に恋ひつつあらずは秋萩の咲きて散りぬる花にあらましを（120）……80
我妹子に恋ひつつあらずは刈り薦の思ひ乱れて死ぬべきものを（2765）……79
我妹子に恋ひつつ居れば春雨のそれも知るごと止まず降りつつ（1933）……220
我妹子に恋ひてすべなみ白たへの袖返ししは夢に見えきや（2812）……125
我妹子は釧にあらなむ左手の我が奥の手に巻きて去なましを（1766）……86
我妹子をいざみの山を高みかも大和の見えぬ国遠みかも（44）……313
わご大君国知らすらし御食つ国日の御調と淡路の野島の海人の海の底沖ついくりに鮑玉さはに
潜き出船並めて仕へ奉るが尊き見れば（933）……261
わたつみのいづれの神を祈らばか行くさも来さも船の早けむ（1784）……316
わたつみの海に出でたる飾磨川絶えむ日にこそ我が恋止まめ（3605）……316
わたつみの神の命のみくしげに貯ひ置きて斎くとふ玉にまさりて（4220）……316
わたつみの沖に生ひたる縄のりの名はさね告らじ恋ひは死ぬとも（3080）……316
わたつみの手巻の玉を家づとに妹に遣らむと拾ひ取り袖には入れて返し遣る使ひなければ持て
れども験をなみとまた置きつるかも（3627）……314
海の底沖つ玉藻の名告藻の花妹と吾とここにありと莫告藻の花（1290）……191
童になしみさ丹つかふ色なつかしき紫の大綾の衣（3791）……105
我も見つ人にも告げむ葛飾の真間の手児名が奥つ城処（432）……71
食す国は栄えむものと神ながら思ほしめしてもののふの八十伴の男をまつろへの向けのまにま
に（4094）……254、296
食国を定めたまふと鶏が鳴く東の国の御軍士を召したまひてちはやぶる人を和せとまつろはぬ
国を治めと（199）……254
をちこちの島は多けど名ぐはし狭岑の島の（220）……186、318
をちこちの磯の中なる白玉を人に知らえず見むよしもがも（1300）……318
一昨日も昨日も今日も見つれども明日さへ見まく欲しき君かも（1014）……238
娘子らが袖布留山の瑞垣の久しき時ゆ思ひきわれは（501）……269
処女らが後のしるしと黄楊小櫛生ひ代はり生ひてなびきけらしも（4212）……52
士やも空しくあるべき万代に語り継ぐべき名は立てずして（978）……149、311

◎記紀（古事記・日本書紀）

《あ　行》

浅茅原小谷を過ぎて百伝ふ鐸響くも置目来らしも……289
朝嬬の避介の小坂を片泣きに道行く者も偶ひてぞ良き……10
葦原のしけしき小屋に菅畳いや清敷きて我が二人寝し……15、32
あしひきの山田を作り山高み下樋を走せ……16
淡海の海瀬田の済に潜く鳥田上過ぎて菟道に捕へつ……101
天飛ぶ鳥も使ぞ鶴が音の聞えむ時は我が名問はさね……26
青山に鵼は鳴きぬさ野つ鳥雉はとよむ……198
いざ子ども野蒜摘みに蒜摘みに我が行く道の香ぐはし花橘は上枝は鳥居枯らし下枝は人取り枯
らし三つ栗の中つ枝のほつもり赤ら嬢女をいざささば良らしな……64
命の全けむ人は畳薦平群の山の熊白檮が葉を髻華に挿せその子……132
押照る難波の崎の並び浜並べむとこそその子は有りけめ……56
おしてるや難波の崎よ出で立ちて我が国見れば淡島自凝島檳榔の島も見ゆ離けつ島見ゆ……2
臣の子の八重の紐解く一重だにいまだ解かねば御子の紐解く……167

《か　行》

香ぐはし花橘は上枝は鳥居枯らし下枝は人取り枯らし三つ栗の中つ枝のほつもり赤ら嬢子をい
ざささば良らしな……213

河隈に立ち栄ゆる百足らず八十葉の木は大君ろかも……288
神風の伊勢の海の大石に這ひ廻ろふ細螺のい這ひ廻り撃ちてし止まむ……146
日下江の入江の蓮花蓮身の盛り人羨しきろかも……84
日下部の此方の山と畳薦平群の山の此方此方の山の峡に立ち栄ゆる葉広熊白檮……56、84
麗し女を有りと聞こしてさ婚ひにあり立たし婚ひにあり通はせ大刀が緒もいまだ解かずて……309
隠り国の泊瀬の河の上つ瀬に斎杙を打ち下つ瀬に真杙を打ち斎杙には鏡を懸けま杙には真玉を掛け真玉如す吾が思ふ妹鏡如す吾が思ふ妻ありと言はばこそに家にも行かめ国をも偲はめ……99

《さ　行》

さす竹の君はや無き飯に飢て臥せるその旅人あはれ……104
さねさし相武の小野に燃ゆる火の火中に立ちて問ひし君はも……128
しなてる片岡山に飯に飢て臥せるその旅人あはれ……114

《た　行》

栲綱の白き腕沫雪の若やる胸を素手抱き手抱き抜がり……129
手腓に蜩（虻）かきつきその蜩を蜻蛉早咋ひかくの如名に負はむとそらみつ倭の国を蜻蛉島とふ……6
楯並めて伊那佐の山の樹の間よもい行きまもらひ戦へば吾はや飢ぬ島つ鳥鵜養が伴今助けに来ね……118
ちはやぶる宇治の渡に棹執りに速けむ人し我が許に来む……150
つぎねふ山背河を宮泝り我が泝れば青丹よし那羅を過ぎ小楯倭を過ぎ我が見が欲し国は葛城高宮我家のあたり……153
つぎねふや山代河を河上り我が上れば河の辺に生ひ立てる烏草樹を……153
つのさはふ磐之媛がおほろかに聞さぬ末桑の木寄るましじき河の隈隈寄ろほひ行くかも末桑の木……159
とこしへに君も会へやもいさなとり海の浜藻の寄る時々を……37、191
豊寿き寿き廻し献り来し御酒ぞ乾さず食せささ……42

《な　行》

夏草のあひねの浜の蠣貝に足踏ますなあかしてとほれ……187
新嘗屋に生ひ立てる百足る槻が枝は上枝は天を覆へり中つ枝は東を覆へり下枝は鄙を覆へり……288

《は　行》

梯立ての倉椅山は嶮しけど妹と登れば嶮しくもあらず……89
梯立ての倉椅山を嶮しみと岩かきかねて我が手取らすも……89、208、231
花ぐはし桜の愛で同愛でば早くは愛でず我が愛つる子ら……33、212
波邇布坂我が立ち見ればかぎろひの燃ゆる家群妻が家のあたり……63
春日春日を過ぎ妻隠る小佐保を過ぎ……108、162
人は離ゆとも愛しとさ寝しさ寝てば刈薦の乱れば乱れさ寝しさ寝てば……79

《ま　行》

真玉如す吾が思ふ妹鏡如す吾が思ふ妻ありと言はばこそに家にも行かめ国をも偲はめ……250
道の後古波陀嬢子をかみの如聞えしかども相枕枕く……195
御間城入彦はや己が命を弑せむと竊まく知らに姫遊すも一に云はく大き戸より窺ひて殺さむとすらくを知らに姫遊すも……35
御諸の厳白檮がもと白檮がもとゆゆしきかも白檮原童女……50、277
御諸のその高城なる大猪子が原大猪子が腹にある肝向ふ心をだにか相思はずあらむ……83
み吉野の吉野の鮎鮎こそは島傍も良きえ苦しゑ水葱の下芹の下吾は苦しゑ……168
ももしきの大宮人は鶉鳥領巾取り懸けて……287

《や・わ行》

八雲立つ出雲八重垣妻籠みに八重垣作るその八重垣を……162、298
やすみしし我が大君の隠ります天の八十蔭出で立たす御空を見れば万代に斯くしもがも千代にも斯くしもがも畏みて仕へ奉らむ拝みて仕へまつらむ歌献きまつる……295
やすみしし我が大君の遊ばしし猪の病猪の唸き畏み我が逃げ登りし在丘の榛の木の枝……251
やすみしし我が大君の猪鹿待つと呉床に坐し白栲の衣手著具ふ……121
八田の一本菅子持たず立ちか荒れなむあたら菅原言をこそ菅原と言はめあたら清し女……32
やつめさす出雲建が佩ける刀黒葛多纏きさ身無しにあはれ……40
倭は国のまほろばたたなづく青垣山隠れる倭しうるはし……131
率寝てむ後は人は離ゆとも愛しとさ寝しさ寝てば……192

◎その他

《あ　行》

あさかやまかげさへみゆる山の井のあさくは人を思ふものかは（『大和物語』百五十五段）…298
あさみどりかすみにけりな石上ふる野に見えし三輪の神杉（『続古今和歌集』春上―39）……274
葦引の山鳥の尾のしだり尾のながながし夜をひとりかも寝む（『拾遺和歌集』恋三―778）……16
天飛ぶや雁の使にいつしかも奈良の都に言づてやらん（『拾遺和歌集』巻六・別―353）……26
天の原ふりさけ見れば春日なる三笠の山にいでし月かも（『古今和歌集』巻九・羇旅歌―406）……27、260
あられふる杵島が岳を峻しみと草採りかねて妹が手を執る（『肥前国風土記』）……30
うら若み寝よげに見ゆる若草をひとの結ばむことをしぞ思（『伊勢物語』四十九段）……54
大江山いくのの道の遠ければまだふみも見ず天の橋立（『金葉和歌集』巻九・雑部上―550）…106
思ひあまり出でにし魂のあるならん夜ふかく見えば魂むすびせよ（『伊勢物語』百十段）……279

《か　行》

かき曇り雨ふる河のさざら浪間なくも人の恋ひらるる哉（『拾遺和歌集』巻十五・恋五―956）…174
かささぎのわたせる橋にをく霜の白きを見れば夜ぞふけにける（『新古今和歌集』巻六・冬歌―620）……98、248
春日野に若菜つみつつ万世をいはふ心は神ぞしるらむ（『古今和歌集』巻七・賀歌―357）…67
かすが野の若紫のすり衣しのぶのみだれ限り知られず（『伊勢物語』初段）……276
風をいたみ岩うつ波のをのれのみくだけてものをおもふころかな（『詞花和歌集』巻七・恋上―211）……69
唐衣着つつなれにしつましあればはるばるきぬる旅をしぞおもふ（『古今和歌集』巻九・羇旅歌―410）……78
刈こもの思みだれて我恋ふと妹しるらめや人し告げずは（『古今和歌集』巻十一・恋歌一―485）……81
くらべこし振分髪も肩すぎぬ君ならずして誰かあぐべき（『伊勢物語』二十三段）……74
今日こそはいはせの森の下紅葉色にいづればちりもしぬらめ（『金葉和歌集』巻八・恋下―472）…41
言痛けばをはつせ山の石城にも率て籠らなむな恋ひそ我妹（『常陸国風土記』）……92、134
この衣の色白妙になりぬとも静心あるけころもにせよ……90

《さ　行》

三枝のはれ三枝の三つば四つばの中に殿づくりせりや（『催馬楽』三十七）……102
しなてるや片岡山に飯に飢へて臥せる旅人あはれ親なし（『拾遺和歌集』巻二十・哀傷―1350）…114
須磨のあまの塩やき衣おさをあらみまどをにあれやきみが来まさぬ（『古今和歌集』巻十五・恋歌五―758）……123
そむくとて雲にはのらぬ物なれど世のうきことぞよそになるてふ（『伊勢物語』百二段）……307

《た　行》

竜田河立ちなば君が名を惜しみ岩瀬の森の言はじとぞ思（『後撰和歌集』巻十四・恋六―1033）…41
玉の緒よ絶えなばたえねながらへばしのぶることのよはりもぞする（『新古今和歌集』巻十一・恋歌一―1034）……142
ちはやぶる神世も聞かずたつた河から紅に水くくるとは（『古今和歌集』巻五・秋歌下―294）……78
年をへて住みこし里を出でていなばいとど深草野とやなりなん（『伊勢物語』百二十三段）…49

《な　行》

何かその名のたつことのおしからむ知りてまどふは我ひとりかは（『古今和歌集』巻十九・雑体―1053）……81
なぬか行く浜のまさごと我が恋といづれまされり沖つ白浪（『古今和歌六帖』四）……256
野とならば鶉となりて鳴きをらんかりにだにやは君は来ざらむ（『伊勢物語』百二十三段）……49

《は　行》

初草のなどめづらしき言の葉ぞうらなく物を思ひける哉（『伊勢物語』四十九段）……54
人づてに知らせてしかな隠れ沼のみごもりにのみ恋ひやわたらん（『新古今和歌集』巻十一・恋一―1001）……263
深草や竹のはやまの夕霧に人こそ見えねうづらなくなり（『続古今和歌集』巻五・秋歌下―492）……49
淵やさは瀬にはなりける飛鳥川あさきをふかくなす世なりせば（『後拾遺和歌集』巻十二・恋二―696）……17

《ま　行》
まめなれど何ぞは良けく刈る萱の乱れてあれど悪しけくもなし（『古今和歌集』巻十九・雑体―1052）……81
みかの原わきてながるる泉河いつみきとてか恋しかるらん（『新古今和歌集』巻十一・恋歌一―996）……104、143
むつましと君は白浪瑞垣の久しき世よりいはひそめてき（『伊勢物語』百十七段）……269
ももしきの大宮人はいとまあれや桜かざして今日もくらしつ（『新古今和歌集』巻二・春歌下―104）……286
《や　行》
夕されば野辺の秋風身にしみてうづらなくなり深草のさと（『千載和歌集』巻四・和歌上―259）……49
世の常の色とも見えず雲居まで立ちのぼりたる藤なみの花（『源氏物語』宿木）……234
世中はなにか常なるあすか河きのふの淵ぞけふは瀬になる（『古今和歌集』巻十八・雑歌下―933）……17
世の中は何に譬へむ明日香川さだめなき世にたぎつ水のあわ（『順歌集』）……300
《わ　行》
わくらばに問人あらば須磨の浦にもしほたれつつ侘ぶとこたへよ（『古今和歌集』巻十八・雑歌下―962）……123
乙女ども乙女さびすもから玉を袂にまきて乙女さびすも（『本朝月令』）……125

►和語索引

和語索引

一、本書の見出し語の和語と本文中にある和語を五十音順に収録し、その頁を示した。
二、本文中の和語については、内容説明のあるものを適宜選択して収録した。
三、和語の見出しは仮名とし、適宜（　）内に漢字仮名表記を示した。

《あ　行》

あかし（赤石）……2
あかし（明石）……2
あかねさす（茜さす）……3
あきづ（秋津）……4
あきつかみ（現つ神）……5
あきづしま（秋津島）……6
あきづしま（秋津州）……4
あきの（阿騎野）……7
あさがほの（朝顔の）……8
あさぎりの（朝霧の）……9
あさづま（朝妻）……10
あさとりの（朝鳥の）……11
あさもよし（麻裳よし）……12
あしかきの（葦垣の）……13
あしかきのほか（葦垣の外）……13
あしがら（足柄）……14
あしはらのみづほのくに（葦原の瑞穂の国）……15
あしひきの（足引の）……16
あすかがは（明日香川）……17
あぢさはふ……18
あづきなく……19
あづさゆみ（梓弓）……20
あど……98
あなしかは（穴師川）……21
あふさか（逢坂）……22
あふみ（淡海）……22
あまくもの（天雲の）……23
あまざかる（天離る）……24
あまづたふ（天伝ふ）……25
あまつひつぎ（天日嗣）……57
あまとぶや（天飛ぶや）……26
あまのはら（天の原）……27
あらき（殯）……28
あらたまの……29
あらみかみ（明神）……5
あらみたま（荒魂）……51
あらればしり（阿良礼走）……30
あられふる（霰降る）……30
ありきぬの（あり衣の）……31
ありますげ（有間菅）……32
あをによし（青丹よし）……33
あをはたの（青旗の）……34
いかるが（斑鳩）……35
いけりともなし（生けりともなし）……232
いこまやま（生駒山）……36
いさなとり……37
いせ（伊勢）……38
いそのかみふる（石上布留）……39
いちしろき……218
いつへ（厳瓮）……43
いつも（厳つ藻）……40
いはせのもり（岩瀬の社）……41
いはばしる（石走る）……42
いはひべ（斎瓮）……43
いはふ（斎ふ）……164
いぶせし……258
いめたてて（射目立てて）……44
いやしけ……182
うきね（浮き寝）……272
うぢ（宇治）……45
うちなびく……46
うちのおみ（内臣）……137
うちひさす（うち日さす）……47
うつせみの（空蟬の）……48
うつひ……47
うづらなく（鶉鳴く）……49
うなゐ（宇奈井）……74
うねびやま（畝傍山）……50
うまさけのみわ（味酒の三輪）……51
うむ（績む）……189
うらぐはし……52
うらなひ（占ひ）……53
うらやむ（心病む）……181
うらわかみ（うら若み）……54
うるはし（愛し）……55
うれむぞ……194
おしてるなには（押照る難波）……56
おとのみなく（音のみ泣く）……11
おほ（鬱）……9
おほきみはかみにしいませば（大君は神にしいませば）……57
おほとものみつ（大伴の御津）……58
おほぶねの（大船の）……59
おほほしく……60
おほまえつきみ（大臣）……61
おもふそら（思ふそら）……294
およづれこと（およづれ言）……19

《か　行》

かがみ（可我見）……19
かがみなす（鏡なす）……62
かぎろひの……63
かぐはし（香し）……64
かぐやま（香具山）……65
かけまくも……66
かすが（春日）……67
かすみたつかすが（霞立つ春日）……68
かぜをいたみ（風をいたみ）……69
かたこひ（片恋ひ）……11
かたみのころも（形見の衣）……70
かつしか（葛飾）……71
かづらき（葛城）……72
かなるましづみ……291
かはたれとき（かはたれ時）……73
かほとり（容鳥）……255
かほばな（かほ花）……128
かみあげ（髪上げ）……74
かみくらのやま（神坐の山）……65、87
かむかぜのいせ（神風の伊勢）……75
かむながら（神ながら）……76
かむなび（神奈備）……77

かもじもの（鴨じもの）……272
かよみ（日読）……29、156
からころも（唐衣）……78
かりこもの（刈り薦の）……79
かる（軽）……80
かるかやの（刈る萱の）……81
きこしをす（聞こし食す）……82
きもむかふ（肝向かふ）……83
きもわかし（肝稚し）……83
くさか（日下）……84
くさまくら（草枕）……85
くし（奇し）……138
くしろつく（釧つく）……86
くにみ（国見）……87
くはし……52、186
くはし（妙し）……212
くもりよの（曇り夜の）……88
くらはしやま（倉椅山）……89
くりたたね（繰り畳ね）……131
けかれ（褻枯れ）……90
けころもを……90
けんぎゅうか（牽牛花）……8
こころぐき（心ぐき）……91
こころぐく（心ぐく）……91、219
こころもしのに（心もしのに）……46、284
こころゆも（心ゆも）……241
こちたし（言痛し）……92
ことあげ（言挙げ）……93
こどき……209
ことしあらば（事しあらば）……94
ことだま（言霊）……95
こひ（孤悲・恋）……96
こひぢから（恋力）……97
こまにしき（高麗錦）……98
こもりくの……99
こもりぬの（隠り沼の）……100
ころもでの（衣手の）……101
《さ　行》
さきくさの（三枝の）……102
ささ……42
ささなみ（楽浪）……22
ささなみのしが（楽浪の志賀）……103
さしまく……204
さすたけの（さす竹の）……104
さなかづら（さな葛）……106
さにつらふ……62、105
さねかづら（さね葛）……106
さばへなす（五月蠅なす）……107
さほ（佐保）……108
さほひめ（佐保姫）……108
さもらひ……94
さゐさゐ……31
しか（志賀）……109
しきしまのやまと（磯城島の大和）……110
しきたへの（敷妙の）……111
しくしく……220
しけらす……240
ししじもの（鹿じもの・猪じもの）……112
したばへ（下延へ）……88
しな……114
しながとり（しなが鳥）……113
しなてるや……114
しのびこと（誄）……28
しひかたり（強ひ語り）……115
しぶたにの（渋谿の）……116
しましく（暫しく）……117
しまつとり（島つ鳥）……118
しみにしこころ（染みにし心）……119
じもの……112
しらかつく……303
しらくもの（白雲の）……120
しろたへの（白妙の）……121
すがのねの（菅の根の）……122
すさぶ……152
すま（須磨）……123
すめみおや（皇御祖）……124
すめみま（皇御孫）……124
すめらみこと……57
すめろき（天皇）……124
そがひ……134
そでかへし（袖返し）……125
そらみつやまと（そらみつ大和）……126
《た　行》
たかてらす（高照らす）……127
たかまとやま（高円山）……128
たくづのの（栲綱の）……129
たくひれの（栲領巾の）……130
たけそかに……139
たそかれとき（たそかれ時）……73
たたなづく（畳なづく）……131
たたみこも（畳薦）……132
たつきりの（立つ霧の）……133
たてやま（立山）……134
たどき……53
たぶし（手節）……86
たまがえし（魂返し）……125
たまかぎる（玉かぎる）……135
たまかずら（玉葛）……136
たまき（太万伎）……86
たまきはる……137
たまくしげ（玉櫛笥）……138
たましける（玉敷ける）……139
たまだすき（玉襷）……140
たまぬくたちばな（玉貫く橘）……141
たまのを（玉の緒）……142
たまはやす（玉栄やす）……25
たまふり（魂振り）……142
たまふり（玉振り）……142
たまふり（鎮魂）……39、142
たまほこの（玉桙の）……143
たまねき（魂招き）……125
たまむすび（魂結び）……279
たまもなす（玉藻なす）……144
たまゆら（魂ゆら）……142
たまよび（魂呼び）……171、249
たむけ（手向け）……145、199
たもとほる（徘徊る）……146
たゆたふ……23
たらちねの（垂乳根の）……147
たわやめ（手弱女）……148
ちからひと（健人）……129
ちちのみの（ちちの実の）……149
ちのいろ（霊色）……146
ちはやぶるかみ（千早振る神）……150

ちまた（霊また）……53
つがのきの（栂の木の）……151
つきくさの（月草の）……152
つきたち（月立ち）……284
つぎねふ……153
つきひとをとこ（月人をとこ）……154
つくし（筑紫）……155
つくよみの（月読の）……156
つくよみのをちみづ（月読のをち水）……157
つごもり（月隠）……29、131、156、284
つつみなく（恙無く）……158
つのさはふいはれ（つのさはふ磐余）……159
つばいち（海石榴市）……160
つまごひに（妻恋ひに）……161
つまごもる（妻隠る）……162
つゆしもの（露霜の）……163
つるぎたち（剣大刀）……164
つれ……165
つれもなき……165
つれもなく……165
つれもなし……165
てし（手師）……109
てにまきもちて（手に巻き持ちて）……166
とききぬの（解き衣の）……167
ときじき（時じき）……168
ときじくのかくのみ……64
ときつかぜ（時つ風）……169
ときはなす（常磐なす）……170
とこみや（常宮）……171
としのはに（年のはに）……172
としのをながく（年の緒長く）……173
とのぐもり（との曇り）……174
とぶさたて（鳥総〈朶〉立て）……175
とぶとりのあすか（飛ぶ鳥の明日香）……176
とほつかみ（遠つ神）……177
とほつひと（遠つ人）……178
とほのみかど（遠の朝廷）……179
とみ（跡見）……180
ともし……181
ともしむ（羨しむ）……318
とものおと（鞆の音）……61
とよのしるしのゆき（豊のしるしの雪）……182
とりがなく（鶏が鳴く）……183
とりじもの（鳥じもの）……184

《な　行》

なかなかに……19
なくこなす（泣く子なす）……185
なぐはし（名細し）……186
なげくそら（嘆くそら）……294
なつくさの（夏草の）……187
なづさひ……197
なづさひわたる（なづさひ渡る）……188
なつそびく（夏麻引く）……189
なには（難波）……190
なのりその……191
なのりそも（勿告藻）……37
なのをしけくも（名の惜しけくも）……192
なへに……16
なめし……193
ならやま（奈良山）……194
なるかみの（鳴る神の）……195
にきびにし……9
にきぶ……99
にぎみたま（和魂）……51
にはたづみ（行潦）……196
にほどりの（鳰鳥の）……197
ぬえどりの（鵼鳥の）……11、198
ぬさまつり（幣奉り）……199
ぬばたまのよる（ぬばたまの夜）……200
ねぐ……201
ねのみしなかゆ（音のみし泣かゆ）……202
ねもころ……122、238
ねもころに（懇に）……203
のちのよの（後の世の）……204
のづかさ（野づかさ）……119

《は　行》

はしき（愛しき）……205
はしきやし（愛しきやし）……206
はしきよし（愛しきよし）……207
はしたての（梯立の）……208
はしにおく（はしに置く）……226
はだすすき（はだ薄）……209
はたやはた……21
はつか……210
はつはつに……210
はつをばな（初尾花）……211
はなぐはし（花ぐはし）……212
はなたちばな（花橘）……213
はなり（放り）……74
はにやす（埴安）……214
はねかずら（葉根縵）……215
はねずいろの（はねず色の）……216
はふくずの（延ふ葛の）……217
はやひとの（隼人の）……218
はらら……318
はるがすみ（春霞）……219
はるさめの（春雨の）……220
はるはなの（春花の）……221
ひくたつ（日くたつ）……152
ひぐらしの……222
ひこほしの（彦星の）……223
ひさかたの……224
ひたえ（純栲）……251
ひたる（日足る）……147
ひとことをしげみ（人言を繁み）……225
ひとめおほみ（人目多み）……226
ひな（日無）……24
ひなび（鄙び）……276
ひにけに（日に異に）……227、270
ひもとかず（紐解かず）……228
ひるめのみこと（日女の命）……229
ふかみるの（深海松の）……230
ふさたをり（ふさ手折り）……231
ふすまぢを（衾道を）……232
ふたがみやま（二上山）……233
ふぢなみの（藤波の）……234
ふふき（斑雑毛）……40
ふふめるは（含めるは）……235
ふゆごもり（冬籠り）……236
ふりさけみ（振り放け見）……27
へそ（閇蘇）……51
へにもおきにも（辺にも沖にも）……237
ほしききみかも（欲しき君かも）……238
ほどろほどろ……308

ほりえ（堀江）……239

《ま 行》

まかなしみ（真愛しみ）……240
まくずはふ（真葛延ふ）……241
まぐはし（目細し）……242
まくらづく（枕づく）……243
まけながく（真日長く）……244
まけのまにまに（任けのまにまに）……245
まさか……226
まさきくあらば（真幸くあらば）……246
ますらを……61、247
まそかがみ（真澄鏡）……248
まそでもち（真袖もち）……249
またまなす（真玉なす）……250
まだら（斑）……251
まつかひも（間使ひも）……252
まつら（松浦）……253
まつろふ（服ふ・順ふ）……254
まで（真手）……173
まで（全手）……173
まなくしばなく（間なくしば鳴く）……255
まなご（真砂）……256
まひなひ……257
まひはせむ（賂はせむ）……257
まほろば（真秀ろば）……131
まもらひ……118
まよごもり（繭隠り）……258
まよねかく（眉根掻く）……259
まろね（丸寝）……85
みか（御禾）……261
みかさやま（三笠山）……260
みけ（御食）……261
みけつくに（御食つ国）……38、261
みけむかふ（御食向かふ）……262
みごもり（身籠り）……131
みごもりに（水隠りに）……263
みそぎ（禊ぎ）……264
みそのふ（御園生）……265
みちのくの（陸奥の）……266
みちのくま（道の隈）……267
みちのながてを（道の長手を）……268
みづかきの（瑞垣の）……269
みづくきの（水茎の）……270
みづほのくに（瑞穂の国）……271
みなのわた（蜷の腸）……272
みまくほり（見まく欲り）……273
みもろ（三諸・御諸）……274
みやばしら（宮柱）……275
みやびを……276
みわ（甈）……51
みわ（三輪）……277
むざしの（武蔵野）……278
むすびまつ（結び松）……279
むなことも（空事も・虚言も）……280
むらきもの（むら肝の）……281
むらとりの（群鳥の）……282
めきこむ（めき来む）……240
めづま（目妻）……8
めのともしかる（目の乏しかる）……18
もがり（殯）……28
もだもあらむ（黙もあらむ）……283
もちぐたち（望ぐたち）……284
もちづき（望月）……284
もとな……283
もとほる（廻る）……146
もののふ……296
もののふの……285
もみ……117
ももしきの（百敷の）……286
ももしきのおほみや（百敷の大宮）……287
ももたらず（百足らず）……101、288
ももづたふ（百伝ふ）……289
もものはな（桃の花）……290
もりへすゑ（守部すゑ）……291

《や 行》

やきたちの（焼き大刀の）……292
やくしほの（焼く塩の）……293
やすけなくに（安けなくに）……294
やすみしし……76、295
やそとものを（八十伴の男〈緒〉）……296
やましろ（山背）……297
やまのゐのあさきこころ（山の井の浅き心）……298
やまびこの（山彦の）……299
ゆうだすき（木綿襷）……302
ゆくみずの（行く水の）……300
ゆくらゆくら……23
ゆくらゆくらに……301
ゆたにたゆたに……237
ゆつりなば……248
ゆふだたみ（木綿畳）……303
ゆゆしき……304
ゆゆしみ……199
ゆりもあはむ（ゆりも逢はむ）……305
よぐたち（夜ぐたち）……284
よごと（吉事）……182
よしゑ……147
よしゑやし……306
よそになる……307
よそのみに……307
よのほどろ（夜のほどろ）……308
よばい（娉い）……136
よばひ（呼ばひ・婚ひ）……309
よろしなへ（宜しなへ）……310
よろづよに（万代に）……311

《わ 行》

わがせこ（我が背子）……312
わぎもこ（我妹子）……313
わすれがひ（忘れ貝）……314
わせをにへす（早稲を贄す）……315
わたつみの（海神の・綿津見の）……316
われはなし（我はなし）……317
をぐき（小岫）……278
をす（食す）……295
をすくに（食国）……82
をちかたに（遠方に・彼方に）……318
をちかへり（復ち返り）……319
をちみづ（をち水）……157

►人名索引

人名索引

一、本書に登場する主な人名を五十音順に収録し、その頁を示した。
二、人名の読みは史料によって異同があるが、本索引では一般的な読みを一つ掲出した。本文中では、適宜振り仮名を付したので参照されたい。
三、同一人物で、史料によって異同のある人物表記はそれぞれを掲出した。
四、本索引では、宿禰、真人、朝臣、連などの姓を概ね省略した。

《あ　行》

あきのおおきみ　安貴王……………21、294
あさかのみこ　安積皇子……………66、107
あすかのひめみこ　明日香皇女……11、17、18、171、187、262
あぶらおきめのみこと　油置売命……………134
あべのいらつめ　安倍女郎……………94
あべのつぎまろ　阿部継麻呂……………179、227
あべのなかまろ　安倍仲麿……………27
あべのひろにわ　阿部広庭……………174
あまてらすおおみかみ　天照大神…38、75、107、154、166
あめのうずめのみこと　天宇受売命…42、116、140
あめのおしくもねのみこと　天忍雲根命…157
あめのひほこ　天日槍……………143
ありまのみこ　有間皇子……………170、279
ありわらのなりひら　在原業平……………78
ありわらのもとかた　在原元方……………41
ありわらのゆきひら　在原行平……………123
あんねいてんのう　安寧天皇……………110
いおきべのたけひこ　廬城部武彦……………118
いくたまよりひめ　活玉依毗売……………51
いしかわのいらつめ　石川郎女……16、73
いしかわのいらつめ　石川女郎…59、81、276
いしかわのたるひと　石川足人……104、108
いしかわのみみち　石川水通……………213
いしだのおおきみ　石田王……105、217、302
いすけよりひめ　伊須気余理比売……………32
いずみしきぶ　和泉式部……………90
いそのかみのおとまろ　石上乙麻呂…112、245
いそのかみのまえつきみ　石上卿……………120
いそのかみのまろ　石上麻呂……………313
いちべのおしはのみこ　市辺押磐皇子……………115
いなみのわきいらつめ　印南別嬢……………156
いわのひめ　石之比売…10、33、58、83、153、159
いわのひめ　磐姫…10、33、46、58、72、83、159
いんぎょうてんのう　允恭天皇…37、191、212
いんべのひろなり　斎部広成……………287
うけもちのかみ　保食神……………156
うないおとこ　菟原壮士……………221
うらしまこ　浦島子……………164
うらべのおたつ　占部小竜……………27
えのいのおおきみ　榎井王……………139
おうじんてんのう　応神天皇……42、64、85
おうみのおみけの　近江臣毛野……………193
おおあまのみこ　大海人皇子……………168
おおえのひめみこ　大江皇女……………224
おおくさかのみこ　大日下王……………84
おおくにぬしのかみ　大国主神…129、277、309
おおくのひめみこ　大来皇女…75、126、233、273
おおくめぬし　大久米主……………177
おおさざきのみこと　大雀命……64、195
おおたらしひこのみこと　大帯日子命……………156
おおつのみこ　大津皇子…3、59、73、75、233、273、289
おおとものいけぬし　大伴池主…91、134、188
おおとものいなきみ　大伴稲公…44、231、260
おおとものかきもち　大伴書持……………265
おおとものかたみ　大伴像見……………39
おおとものさかのうえのいらつめ　大伴坂上郎女…→坂上郎女
おおとものさかのうえのおおいらつめ　大伴坂上大嬢…→坂上大嬢
おおとものすくなまろ　大伴宿奈麻呂……………259
おおとものするがまろ　大伴駿河麻呂…68、219
おおとものたぬし　大伴田主……………276
おおとものたびと　大伴旅人……54、69、135、145、193、197、207、218、265、270、308、311
おおとものみなか　大伴三中……56、163
おおとものみゆき　大伴御行……………2
おおとものももよ　大伴百代……………259
おおとものやかもち　大伴家持…21、24、29、46、49、56、66、82、110、116、118、128、129、133、134、141、148、149、161、168、173、174、182、188、200、215、226、233、239、248、252、273、283、284、287、308
おおとものやすまろ　大伴安麻呂……96、136
おおなかとみのきよまろ　大中臣清麻呂…207
おおはらいまき　大原今城……………14
おおみわだいふ　大神大夫……………274
おおやまつみのかみ　大山津見神……………33
おきながたらしひめのみこと　息長帯日売命……………42
おさかべのあたいちくに　刑部直千国……………313
おさかべのたりまろ　刑部垂麻呂……145、288
おさかべのみこ　忍壁皇子……17、187、262
おしくまのみこ　忍熊王……22、103
おしさかのおおなかつひめ　忍坂大中姫…37、191
おしさかべのみこ　忍坂部皇子……………131
おとたちばなひめ　弟橘比売……14、128
おののうまかい　小野馬養……………241
おののおゆ　小野老……33、169
おはつせのわかささぎのみこ　小泊瀬稚鷦鷯皇子……………160
おみのおおきみ　麻続王……………48

《か　行》

かがみのおおきみ　鏡女王……106、138、181
かきのもとのひとまろ　柿本人麻呂…3、16、25、45、80、83、95、106、162、163、169、171、187、230、232、243、262、271、285、306
かげひめ　影媛……………160、162
かごさかのおおきみ　香坂王……………103
かさのいらつめ　笠女郎……9、29、194、266
かさのかなむら　笠金村…4、12、13、23、

85、140、143、262、296
かさのまろ　笠麻呂……………………12
かすがのくらのおびとおゆ　春日蔵首老…130、159、310
かすがのわにのおみふかめ　春日和邇臣深目……………………67
かずらきのおおきみ　葛城王……64、141、298
かずらきのそつびこ　葛城襲津彦……………72
かどべのおおきみ　門部王……………268
かみこそのいみきのおゆまろ　神社忌寸老麻呂……………………84
かみながひめ　髪長比売…………64、195
かものきみたるひと　鴨君足人…………286
かものちょうめい　鴨長明…………285、300
かものわけのみこと　鴨別命…………85
かるのおおいらつめのひめみこ　軽大娘皇女……………………80、212
かるのみこ　軽皇子…………7、127
かわちのももえのおとめ　河内百枝娘子…200、210
かわつひめ　川津媛…………………110
かわまたひめ　川派媛………………110
きなしのかるのひつぎのみこ　木梨軽太子…79、80、192、250
きのいらつめ　紀女郎……………21、49
きのかひと　紀鹿人………………44、231
きのはせお　紀長谷雄………………182
きのひめみこ　紀皇女………………80
きびないしんのう　吉備内親王…………108
くさかべのみこ　草壁皇子…3、7、73、81、196、221、229、271
くしなだひめ　櫛名田比売…………52、138
くめのひろつな　久米広縄…………173
くらはしべのおおきみ　倉橋部女王…………28
くるまもちのちとせ　車持千年…………195
けいこうてんのう　景行天皇……156、207、219
げんしょうてんのう　元正天皇…3、157、247
げんぴんそうず　玄賓僧都…………170
げんめいてんのう　元明天皇……61、143、176
こうが　恒娥……………………157
こうとくてんのう　孝徳天皇…………190
こうにんてんのう　光仁天皇…………42
こうみょうし　光明子………………28
こせのいらつめ　巨勢郎女…………96、136
ことしろぬしのかみ　事代主神…………95
こにきしのおおきみ　軍王……85、177、281
このはなのさくやびめ　木花之佐久夜比売…33
このはなのさくやびめ　木花開耶姫…………229

《さ　行》

さいめいてんのう　斎明天皇…………279
さえきのあかまろ　佐伯赤麻呂……150、157
さがてんのう　嵯峨天皇……………170
さかのうえのいらつめ　坂上郎女…29、43、91、111、112、128、129、165、180、259、294、303
さかのうえのおおいらつめ　坂上大嬢…91、128、148、152、168、180、226、284、294、308
さののおとがみのおとめ　狭野弟上娘子…55、117、131
しきのみこ　志貴皇子…41、42、128、161、202
じとうてんのう　持統天皇…3、76、86、115、214
しゃみまんぜい　沙弥満誓…………12、175
しょうとくたいし　聖徳太子……35、104、114
しょうむてんのう　聖武天皇…5、12、44、104、190、221、254
しょくしないしんのう　式子内親王…………142
じょめいてんのう　舒明天皇…………87
じんぐうこうごう　神功皇后……42、250、253
じんむてんのう　神武天皇…4、32、36、50、84、254
すいぜいてんのう　綏靖天皇…………110
すがわらのみちざね　菅原道真…………179
すさのおのみこと　須佐之男命……138、166
すじんてんのう　崇神天皇……………110
せいおうぼ　西王母………………157
そがのあかえ　蘇我赤兄……………279
そがのいるか　蘇我入鹿…………83、129
そがのうまこ　蘇我馬子……………17
そとおりひめ　衣通姫……37、187、191、212

《た　行》

たかはしのあそみ　高橋朝臣…………142
たかはしのむしまろ　高橋虫麻呂……93、120
たぐちのひろまろ　田口広麻呂……145、288
たくはたのひめみこ　栲幡皇女…………118
たけかいこのおおきみ　建貝児王…………177
たけちのみこ　高市皇子…3、92、112、147、163、171、214、225
たけのうちのすくね　武内宿禰…22、101、103
たじひのかさまろ　丹比笠麻呂……34、62、130、184、310
たじひのくにひと　丹比国人…………183、257
たじひのひろなり　多治比広成…………158、237
たじまのひめみこ　但馬皇女……92、225、267
たじまもり　田道間守………………141
たちばなのあやなり　橘文成…………238
たちばなのもろえ　橘諸兄…5、139、190、257
たべのいみきいちい　田部忌寸櫟子…………111
ちぬおとこ　千沼壮士………………221
つきのおびとおうみ　調首淡海…………12
つくよみのかみ　月読神…………154、156
つもりのとおる　津守通……………59
てんじてんのう　天智天皇…22、34、138、166、181、217
てんむてんのう　天武天皇…5、7、57、126、127、176、304
とおちのひめみこ　十市皇女…………40
とねりのみこ　舎人皇子……………101

《な　行》

なかとみのかまたり　中臣鎌足…………137
なかとみのやかもり　中臣宅守…31、55、117
なかのおおえのおうじ　中大兄皇子…137、279
ながのいみきおきまろ　長忌寸意吉麻呂…279
ながのみこ　長皇子…………146、161、224
ながやのおおきみ　長屋王……28、51、108
にいたべのみこ　新田部皇子…………25
にうのおおきみ　丹生女王……………54
にうのおおきみ　丹生王………………302
にぎはやひのみこと　邇芸速日命…………254
にぎはやひのみこと　饒速日命…………126
ににぎのみこと　瓊瓊杵尊…………107、229
にんけんてんのう　仁賢天皇…………67
にんとくてんのう　仁徳天皇…………10、32、56、64、159、190、195、239

ぬかたのおおきみ　額田王…51、125、138、
181、194、205、217、236、267
ぬなかわひめ　沼河比売……129、309
《は　行》
はくつうほうし　博通法師……209
はせつかべのたつまろ　丈部竜麻呂……163
はだのままろ　秦間満……36
はつせべのひめみこ　泊瀬部皇女……131
はやすさのおのみこと　速須佐之男命……52
はやぶさのわけのみこ　速総別王……89
ひえだのあれ　稗田阿礼……115
ひかみのおおとじ　氷上大刀自……292
ひなみしのみこ　日並皇子……229
ひみこ　卑弥呼……229
ふじいのこおゆ　葛井子老……206、211
ふじいのもろあい　葛井諸会……182
ふじわらのあさただ　藤原朝忠……263
ふじわらのいえたか　藤原家隆……49
ふじわらのうまかい　藤原宇合…28、93、120
ふじわらのおきかぜ　藤原興風……81
ふじわらのかねすけ　藤原兼輔……143
ふじわらのかまたり　藤原鎌足…106、137、138
ふじわらのとしなり　藤原俊成……49
ふじわらのひろつぐ　藤原広嗣…5、221、282
ふじわらのふひと　藤原不比等……138
ふじわらのまろ　藤原麻呂……259
ふふきのとじ　吹芡刀自……40
ふるのたむけ　振田向……86
ぶれつてんのう　武烈天皇……160
ほづみしんのう　穂積親王……92
ほづみのおゆ　穂積老……246、267
ほづみのみこ　穂積皇子……225、259、267
ほのににぎのみこと　番能邇邇芸命…15、33
ほんだわけのみこと　品陀和気命……42
《ま　行》
ままのてごな　真間手児名……71、183
みなもとのしげゆき　源重之……69
みなもとのしたごう　源順……300
みなもとのたかあきら　源高明……179
みわのたけちまろ　三輪高市麻呂…86、313
めとりのおおきみ　女鳥王……89
もとおりのりなが　本居宣長……31
もののべのおこし　物部尾輿……239
もののべのもりや　物部守屋……239
もんむてんのう　文武天皇……7、127、154
《や　行》
やしろのおおきみ　八代女王……264
やたのひめみこ　八田皇女……10、32、159
やちほこのかみ　八千矛神……129、309
やまぐちのいみきのわかまろ　山口忌寸若麻
呂……145
やまさきのおおきみ　山前王……217
やましろのおおえのみこ　山背大兄皇子…
36、83
やましろのおおきみ　山背王……282
やまとたけるのみこと　日本武尊……131
やまとたけるのみこと　倭建命…14、131、132
やまととひももそひめ　倭迹迹日百襲姫
……95
やまとのひめみこ　倭姫命……38、75
やまのうえのおくら　山上憶良…8、24、
82、95、102、107、149、158、272、279、311
やまべのあかひと　山部赤人…18、27、71、
133、151、169、171、172、200、252、260
ゆうりゃくてんのう　雄略天皇…6、56、84
ゆげのみこ　弓削皇子…77、80、117、205、224
ゆはらのおおきみ　湯原王…70、125、156、
223、292
《ら　行》
りがん　理願……111、129、165、173、185
りちゅうてんのう　履中天皇……63
《わ　行》
わかくさかべのおおきみ　若日下部王…46、
56、84
わにのおみくちこ　丸邇臣口子……83

井上　辰雄（いのうえ・たつお）
1928年生れ。東京大学国史科卒業。東京大学大学院（旧制）満期修了。熊本大学教授、筑波大学教授を経て、城西国際大学教授を歴任す。筑波大学名誉教授。文学博士。
著書等　『正税帳の研究』（塙書房）、『古代王権と宗教的部民』（柏書房）、『隼人と大和政権』（学生社）、『火の国』（学生社）、『古代王権と語部』（教育社）、『熊襲と隼人』（教育社）、『天皇家の誕生―帝と女帝の系譜』（遊子館）、『日本文学地名大辞典〈散文編〉』（遊子館、監修）、『日本難訓難語大辞典』（遊子館、監修）、『古事記のことば―この国を知る134の神語り』（遊子館）、『古事記の想像力―神から人への113のものがたり』（遊子館）、『茶道をめぐる歴史散歩』（遊子館）、『図説・和歌と歌人の歴史事典』（遊子館）、『在原業平―雅を求めた貴公子』（遊子館）、『常陸国風土記の世界』（雄山閣）など。

万葉びとの心と言葉の事典
2011年7月15日　第1刷発行

著　　者　　井上辰雄
発 行 者　　遠藤　茂
発 行 所　　株式会社 遊子館
107-0052　東京都港区赤坂7-2-17
赤坂中央マンション304
電話 03-3408-2286　FAX 03-3408-2180
編集協力　　有限会社 言海書房
印刷製本　　シナノ印刷株式会社
装　　幀　　中村豪志
定　　価　　カバー表示

ISBN978-4-86361-017-0 C3092

『日本うたことば表現辞典』 全15巻

大岡 信 監修

日本うたことば表現辞典刊行会編　B5判／上製・箱入／各巻平均400〜450頁　全巻完結

第1巻　日本うたことば表現辞典　植物編（上）
第2巻　日本うたことば表現辞典　植物編（下） 揃定価（本体36,000円＋税）ISBN978-4-946525-03-2
古代から現代の秀歌・秀句1万5000余を歌集・作家の時代順に収録。植物の和名由来、季語、別名、花材などを図説。

第3巻　日本うたことば表現辞典　動物編 定価（本体18,000円＋税）ISBN978-4-946525-06-3
鳥・獣・虫・魚たちが詠まれた「うたことば」を解説。古代から現代の秀歌・秀句1万1000余を歌集・作家の時代順に収録。

第4巻　日本うたことば表現辞典　叙景編 定価（本体18,000円＋税）ISBN978-4-946525-09-4
四季・山河・時候・気象・風物など叙景表現に秘められた叙情・隠喩を解説。古代から現代の秀歌・秀句1万1000余収録。

第5巻　日本うたことば表現辞典　恋愛編 定価（本体18,000円＋税）ISBN978-4-946525-14-8
古代から現代まで、恋やさまざまな愛情の秀歌・秀句5000余を収録した最大規模の恋と愛情の表現辞典。

第6巻　日本うたことば表現辞典　生活編（上）
第7巻　日本うたことば表現辞典　生活編（下） 揃定価（本体36,000円＋税）ISBN978-4-946525-22-3
日本人の生活歌を体系化。古代から現代の秀歌・秀句1万2000余を生活用語別、時代順に集成。1〜7巻の総索引を収録。

第8巻　日本うたことば表現辞典　狂歌川柳編（上）
第9巻　日本うたことば表現辞典　狂歌川柳編（下） 揃定価（本体36,000円＋税）ISBN978-4-946525-29-2
民衆の詩歌文学「狂歌・川柳」の作品を解説。「歳時記編・地名編・人名編」の3部構成。収録作品5000余。

第10巻　日本うたことば表現辞典　枕詞編（上）
第11巻　日本うたことば表現辞典　枕詞編（下） 揃定価（本体36,000円＋税）ISBN978-4-946525-83-4
詩歌文学の歌語の原点である枕詞研究の最新成果を統合・解説。枕詞1150余語、古代から現代の例歌5800余首を収録。

第12巻　日本うたことば表現辞典　歌枕編（上）
第13巻　日本うたことば表現辞典　歌枕編（下） 揃定価（本体36,000円＋税）ISBN978-4-946525-92-6
「地図＋絵図＋解説・例歌」で立体的に復元・解説した歌枕辞典の定本。八代集を網羅、古代から現代まで6000余首を収録。

第14巻　日本うたことば表現辞典　掛詞編 定価（本体18,000円＋税）ISBN978-4-86361-006-4
日本詩歌文学の修辞の基本「掛詞」の表現手法を例歌で実証的に分類・解説。現代語にも幅広く通用する日本語の妙を解説。

第15巻　日本うたことば表現辞典　本歌本説取編 定価（本体18,000円＋税）ISBN978-4-86361-000-2
和歌・短歌の表現手法の本歌取、物語や故事・詩などを典拠とした本説取の多彩な修辞の全貌を古代から現代の例歌で解説。

『図説・和歌と歌人の歴史事典』

井上辰雄　著　B5判／上製／370頁　定価（本体12,000円＋税）ISBN978-4-86361-004-0
歴史学者の視点で和歌の真意を推理し、歌人の人生を考察した新しい和歌鑑賞事典。古代から鎌倉初期の激動の歴史を見据え、古事記・日本書紀から新古今和歌集まで、さらに物語や日記文学も包括して解説。
見出し歌人：170余名、収録歌：500余首、収録歴史図：280余図、カラー口絵：藤原定家・寂蓮など古筆収録。